TRADICIONES PERUANAS

后浪　白凤森 译

Ricardo Palma

秘鲁传说

[秘鲁] 里卡多·帕尔马　著

四川人民出版社

纪念译者白凤森先生

前　言

　　广袤富饶的拉丁美洲具有悠久的历史和灿烂的文化，反映这片大陆多姿多彩社会生活的文学具有独特的风格和不朽的魅力。随着"文学爆炸"的轰动，拉美优秀文学作品的译介和评论工作，在我国已形成一定的规模和声势。加夫列拉·米斯特拉尔、巴勃罗·聂鲁达、加西亚·马尔克斯、奥克塔维奥·帕斯几位诺贝尔文学奖得主以及一大批声名卓著的作家的作品，已经译介到我国，引起广大读者的浓厚兴趣，并为许多作家所借鉴。

　　在我们介绍和研究诸多现、当代作家以及他们那轰动世界的作品时，我们也没有忘记，拉丁美洲出现过许多在世界上称誉一时、具有不衰的艺术价值、名垂世界文学历史的作家和作品，秘鲁作家里卡多·帕尔马的《秘鲁传说》就是这样一部古典精品。

　　里卡多·帕尔马生活在秘鲁历史上的动荡年代（生平详见"附录：里卡多·帕尔马年表"）。当时，国家虽已获得独立，但军人考迪罗争权夺利，内战频仍，民不聊生。作为一名热血青年，他痛感国家政治混乱，人民困苦，自然接受自由主义思想，参加政治斗争。他更是一位坚定的爱国者，当西班牙军队卷土重来，企图恢复在秘鲁的殖民统治时，他拿起枪杆，参加保卫卡亚俄的战斗；南美太平洋战争中，智利军队的炮火焚毁了他在米拉弗洛雷斯区的房屋，他又投身保卫利马的战役，为祖国的命运浴血奋战。

里卡多·帕尔马对祖国的一大贡献，是他在担任图书馆馆长期间做出的艰巨努力和取得的巨大成绩。他自一八八三年至一九一二年倾注将近三十年的心血，以国家主人和文人的高度责任感，请求美洲作家和新朋旧友捐赠图书；他用蚂蚁一样的勤劳和耐心，查询和收集大量的秘鲁图书档案，使毁于战火的国立图书馆获得新生，为保存和发展民族文化立下不可磨灭的功绩。

里卡多·帕尔马是一位学识渊博的多学科学者，在本国历史和语言学方面都有建树。作为作家，里卡多·帕尔马的创作道路是曲折的。最初，他同十九世纪中叶后的许多拉美作家一样，政治上受到独立时期爱国主义思想的激励，文学上接受统治欧洲的浪漫主义运动的影响，在创作上模仿他们的欧洲老师。《诗集》《和声——一个流亡者的书》和《西番莲》几部诗作都属于这类风格。此外，他还著有诗集《民间歌谣和金银细工》，文学和版本论文集《垃圾》及历史剧《罗迪尔》等作品。

但是，里卡多·帕尔马的可贵之处，在于他没有在浪漫主义运动里故步自封，而是逐步摆脱浪漫主义的束缚，在本国丰富的历史中发掘题材，专门描写本乡本土的风尚和生活，走上自己的创作道路，实现了从模仿到独创的飞跃。他在担任图书馆馆长后，从尘封已久的图书、史籍和档案中发掘出大量题材，运用丰富的艺术想象，独辟蹊径地创作了别具一格的《秘鲁传说》，奠定了自己在文学史上的地位。

所谓"传说"，是里卡多·帕尔马创造的一种新的文学体裁，一种独特的艺术形式，一种把历史纪事、逸闻传奇和风俗故事融为一体的秘鲁式文学。关于"传说"的特点，智利文学评论家、文学教授阿图罗·托雷斯－里奥塞科说，它"是一种短篇速写，既不是历史，也不是轶事或者讽刺小品，而是三者之中抽出的精华"。[1]更明确地说，"传

1　阿图罗·托雷斯－里奥塞科：《拉丁美洲文学简史》，吴健恒译，北京：人民文学出版社，1978年，第80页。

说""不同于短篇小说，不同于民间故事，不同于讽刺小品，也不同于历史逸事；它是介乎这四者之间的东西"。[1] 这两段话概括了"传说"内容和艺术上的特征，因此可以说，它是根据历史逸事和民间故事创作的一种讽刺性的短篇速写。

"传说"的创作非常简单，它的出发点或借口，可以是一个历史事件，一个并非确切的事件，一则珍闻掌故，一件人物传奇，一句俏皮话，一个成语……题材确定后，以这个事件或人物（或拟人化的东西）为核心，运用想象力进行艺术加工，结构情节，编织对话，描写人物，形成一个完整的故事。"传说"的结构大体相似，其发展线索几乎有一个固定的模式。篇首多有几句开场白，用戏谑、巧妙的语言说明作者怎样获得灵感要写这篇"传说"。然后是"传说"的主要部分，叙述主要事件和故事冲突，同时插入不少题外话，通过场面变换、人物言行和情节突变交代出一个完整故事。最后，在故事当中或结束以后，用或机智、或幽默、或玩笑、或讽刺的笔调，明确或含蓄地讲出故事在生活哲学方面的寓意。

《秘鲁传说》共计十卷，包括从印卡时期到共和国时期的传说共四百五十三篇，其中殖民地时期三百三十九篇。《秘鲁传说》不是一部有头有尾、以主要事件或人物贯穿始终的鸿篇巨制，而是由各自独立的一篇篇"传说"结集而成，但就是这些零散的"传说"，犹如一幅幅五彩缤纷的画面连缀在一起，生动形象地再现了从印卡帝国到十九世纪三十年代三百年间的历史风貌。印卡人的美丽传说、皮萨罗杀害印卡王阿塔瓦尔帕、征服者之间的血腥争斗、西班牙人的残酷统治、印第安人的武装暴动、波澜壮阔的独立战争、军阀之间的连年血战、南美太平洋战争中秘鲁军民的爱国壮举，等等，都在帕尔马的笔下再现出来。但帕尔马更感兴趣的是殖民地时期，描写这个时期的"传说"占了绝大部分——三百三十九篇。这些"传说"表现了统治者的巧取

1　白婴译《秘鲁传说》之"前言"，北京：人民文学出版社，1959年。

豪夺、草菅人命，他们之间的钩心斗角；历史名人的趣闻轶事；下层民众的机智幽默；利马社会的生活图景和风俗时尚……构成一部本国社会生活的历史。

帕尔马不是干巴巴地讲述历史，而是通过丰富的想象，进行巧妙的艺术创造，使历史事件和历史人物鲜活地凸现出来。在这样讲述历史的过程中，帕尔马写了秘鲁三百年间上至最高统治者、下至市井小民的各色人等：总督、主教、法官、神父、贵族、富商、征服者、殖民官员、起义领袖、律师、下级官吏、修士修女、小手艺人、小工匠乃至奴隶、家仆，等等。这些人物有的于史有据，有的来自多年前的故纸堆，有的来自民间口头传说，但经过帕尔马的天才之手，往往寥寥数笔，几个简单的动作表情，不多的言谈话语，就成了栩栩如生、跃然纸上、呼之欲出的艺术形象。特别应该指出，帕尔马写得最好的是利马妇女，在许多作品中描写了不同的女性形象，把她们优雅俏皮、机智大胆、多情又信教的特点写得惟妙惟肖、入木三分。

总之，《秘鲁传说》就是通过这样的故事和人物，再现了既悲惨又优美、既庄严又滑稽、既等级森严又无偏见的利马社会，把秘鲁的历史生活绘成一幅多姿多彩、令人赏心悦目的广阔画卷。

帕尔马不仅是研究语言的学者，也是驾驭语言的大师。他在《秘鲁传说》中的叙述简洁明快，晓畅生动，富有艺术魅力。他使用的语言以当时标准的西班牙语为主，同时采用了大量"西班牙美洲"特别是秘鲁语汇，还借用了一些印第安语，使作品读来更为亲切自然。再者，当情节发展、人物描写需要，或者作者情不自禁、有感而发时，经常插上一段多含讽刺、诙谐意味的短诗或民谣，或信手拈来言简意赅的西班牙成语，不仅给故事和人物起到画龙点睛的作用，更闪耀出帕尔马睿智、幽默的火花。

里卡多·帕尔马历经几十年创作的十卷《秘鲁传说》，获得了极高的评价，产生了广泛的影响，不少人起而模仿，但均为"东施效颦"，没有一部能与之媲美。《秘鲁传说》是秘鲁文学遗产中一颗光彩夺目的宝石，是帕尔马对拉美文学的伟大贡献。"里卡多·帕尔马的作品可能是秘鲁文学最宝贵的财富……只有很少的西班牙美洲作家获得像《秘鲁传说》作者这么高和这么当之无愧的声望。……在秘鲁，他被尊为'文学鼻祖'。"[1]然而帕尔马作品的意义还不止于此，它是逐步脱离西班牙的文学规范，走向发现本土艺术才能的第一步。因此有人说，他"通过漫长、卓有成果的作家生涯树立了自己的丰碑。全世界都推崇他的文学创作，赞扬他是美洲文化当之无愧的代表"。[2]

《秘鲁传说》出版后，立即引起秘鲁、拉美以及欧洲的强烈反响，不同版本已经"周游了世界"，其文学地位历久不衰。我国读者对《秘鲁传说》也不陌生。早在一九五九年，人民文学出版社就出版了白婴先生的译本，选入二十七篇。

现在这个译本以安德烈斯·科塞洛选编的两卷本（哈瓦那：飓风出版社，1971年）为蓝本，同时从阿根廷科德克斯出版社和秘鲁出版总公司一九五八年四卷集版本中选译了数篇。所用古巴版本有两大优点：一是篇目经过编者筛选，在目前我们无力出版全集的情况下，不失为一条"捷径"；二是选入的篇目依故事发生的年代排列，在篇题后面明确标出，并且分别归入秘鲁历史发展的不同时期，这在见到的其他版本中是没有的（阿、秘的四卷本收得全面，包括前九集的所有篇目，以发表先后排列）。我觉得，这种编排方法正好体现了《秘鲁传说》艺术地再现秘鲁三百年历史的意义，使读者明确地知道故事发生的年代，更好地理解篇目的内容，了解当时的时代风貌，所以选译时以此为基础。

这个版本选译《秘鲁传说》一百一十五篇（包括1959年白婴译本七篇），虽然较前译本增加许多，也仅及原作篇目的四分之一。选译的标准一是故事有趣，二是内容有代表性，三是注意各历史时期比重平

1　安德烈斯·科塞洛：《秘鲁传说创作者里卡多·帕尔马》，《秘鲁传说》（两卷本），哈瓦那：飓风出版社，1971年。

2　见奥古斯托·塔马约·巴尔加斯《序言》，《秘鲁传说》（四卷本）。

衡，总之，试图部分地再现原作的思想内容和艺术风格。如果读者能从"传说"中得到一点历史知识，从故事内容中得到一点感悟和启发，从作者诙谐幽默的文笔中得到一点愉悦甚至报以会心的微笑，那将是对译者的最大褒奖。

白凤森
一九九六年二月于北京团结湖

目　录

印卡和征服时期（……—1533）

殖民地时期（1533—1820）
奥斯特利亚王朝统治时期（1533—1700）

独立时期（1821—1830）

共和国时期（1833—18××）

其他传说

印卡和征服时期（……——1533）

殖民地时期（1533——1820）

独立时期（1821——1830）

共和国时期（1833——18××）

其他传说

帕利亚-瓦尔库纳（印卡时期）

太阳的儿子[1]带着这么多随从要去哪方？

图帕克·尤潘基[2]——库斯科的"阿拉维库"[3]称他是"具有一切美德的人"，正在胜利地巡视他辽阔的帝国，所到之处，响起居民异口同声的祝福。人民欢呼他们的君主，因为他给人民带来安乐和幸福。

胜利总是伴随着他英勇的军队，不驯的帕奇族部落已被征服。

头戴红色"廖图"[4]的勇士！你的身躯染上了敌人的鲜血，人们夹道欢迎，赞美你的英武。

女人！放下手中的捻线杆，牵着你的孩子，让他们跟印卡王的兵士们一起，学习怎样为祖国战斗吧！

长着巨大翅膀的兀鹰[5]被阴险地射伤，已经没有力气在蓝天上盘旋，落在安第斯山最高的山峰上，用身上的血染红了峰上的白雪。大祭司见它奄奄一息，说曼科[6]创建的帝国即将毁灭，外邦人将乘载远洋船只来到这里，把他们的宗教和法律强加给它。

1　印卡国王自称"太阳的儿子"。

2　图帕克·尤潘基（？—1493），印卡帝国国王。即位前于一四六四年北征卡哈马卡和基多王国。一四七一年即位后进行东征，扩版图到今智利和阿根廷。一四七六年灭奇穆王国。故去后，其子瓦伊纳·卡帕克继位。

3　阿拉维库，克丘亚语的音译，意思是印卡帝国的诗人。

4　廖图，原文是克丘亚语，印卡国王头上的标志。

5　兀鹰，印卡人心目中的神鹰。

6　曼科，即曼科·卡帕克，传说为印卡帝国创建者，第一代国王。

你们发出祈求，敬献牺牲，但全都徒劳；啊，太阳的女儿呀，因为预兆[1]必将应验。

老人，你是多么幸福，因为外来人只能践踏你的骨灰，你的眼睛不会看到你的亲人蒙受屈辱的那一天！可在这时，玛玛·奥克略[2]的女儿呀！牵来你的孩子吧，在祖国未亡之前的征服时刻到来时，让他们不要忘记他们父亲的英勇拼杀。

长着玫瑰般嘴唇的女孩，你的歌声多么优美；但你的声音中，带着俘虏的哀愁。

或者你把你心中的偶像留在了生你养你的山谷；今天，当你与你的姐妹们唱着歌，走在贵族酋长抬着的金肩舆前面时，你不得不掩住泪水，为征服者唱赞歌。不，林中的小斑鸠！……你心中的爱人就在你身旁，他也是印卡王的一名战俘。

夜色开始笼罩群山，国王一行在伊斯库查卡停下来。少顷，警报传遍宿营地。

那美丽的女俘，那戴着刺桐籽项链的姑娘，那将要沦为国王仆人的少女，在与心爱的人逃跑时被抓住，她的心上人为保护她被打死。

图帕克·尤潘基命令杀死这不忠的女奴。

她快慰地听着判决，因为她渴望跟她心灵的主宰一道而去，因为她知道这土地不是永久爱情的祖国。

啊，旅行者！从那时起，如果你想看女俘牺牲的地点——万卡约[3]的居民给那地方取名叫帕利亚-瓦尔库纳——那就注视连绵的群山吧，你会看到在伊斯库查卡与瓦伊南普吉奥之间有一块岩石，它的形状像是一位项戴刺桐籽项链、头缠羽毛头巾的印第安姑娘。那岩石好像是

---

1 传说印卡国王有预兆，历十二代国王后，异邦人将乘船来到秘鲁，征服其帝国。
2 玛玛·奥克略，第一代国王曼科·卡帕克的妻子。
3 万卡约系秘鲁中部胡宁省一州。

艺术家的手凿錾成的，当地人从天真的迷信心理出发，把它看作本地区客人的精灵，认为如果谁敢在夜间走过帕利亚-瓦尔库纳，一定会被石幽灵吞吃下去。

（1860 年）[1]

1　原著中有些篇目篇末附有写作年代。

佩德罗·德坎迪亚（1531）

当弗朗西斯科·皮萨罗[1]在加略岛[2]上被他的冒险伙伴抛弃时，只有十三个人决心仍然追随他，忍受绝望的处境带来的一切苦难。这十三个人是真正无所畏惧的人。他们是：老尼古拉斯·德里维拉、巴托洛梅·鲁伊斯、胡安·德拉托雷、弗朗西斯科·德奎利亚尔、阿隆索·布里塞尼奥、克里斯托瓦尔·德佩拉尔塔、阿隆索·德莫利纳、佩德罗·阿尔孔、多明戈·德索里亚鲁塞、安东尼奥·德卡里翁、加西亚·德赫雷斯、马丁·帕斯和佩德罗·德坎迪亚。

后来这十三人中，三个人没有看到征服完成就死了。阿隆索·德莫利纳爱上一个印第安姑娘留在通贝斯，被当地土人杀死；佩德罗·阿尔孔得疯病死去；马丁·帕斯在戈尔戈纳岛[3]染上黄热病丧了命；阿隆索·德莫利纳是马莫特尔一部小说中的英雄；弗朗西斯科·德奎利亚尔死在这个刽子手手中；卡里翁和索里亚鲁塞后来是不是在秘鲁作战，人们却一无所知，无论是在与印第安人的战斗中，还是在征服者的内讧中，没有一位纪事作家回忆过这两个名字。只有阿隆索·布里塞尼奥回了西班牙，靠着从阿塔瓦尔帕[4]的赎金中分得的钱

1　弗朗西斯科·皮萨罗（147?—1541），西班牙征服者。与迭戈·阿尔马格罗组织远征军，一五三三年征服秘鲁，建新卡斯蒂利亚省，被任为省督。一五三五年建利马城。后与阿尔马格罗发生内讧，将其杀死。三年后为阿尔马格罗之子所杀。其同父异母兄弟贡萨罗和埃尔南多也为征服者。

2　加略岛，哥伦比亚西南太平洋中岛屿。

3　戈尔戈纳岛，哥伦比亚南部太平洋中岛屿，一五三一年皮萨罗与其同伙开始征服秘鲁前，曾在此停留七个月。

4　阿塔瓦尔帕（1502—1533），秘鲁末代印卡王。被皮萨罗诱捕囚禁，印第安人运送大量金银财宝赎他性命，终被背信弃义的西班牙人杀害。

财，过上了富富有余的日子。

至于胡安·德拉托雷，后来他是阿雷基帕城的创建者之一，也是该城最富有的一位居民，最后在自己床上寿终正寝。

过了好几个月后，皮萨罗终于得到援兵，摆脱了在加略岛和戈尔戈纳岛陷入的严重处境。于是他向通贝斯进发，命令佩德罗·德坎迪亚在通贝斯港下船登岸，充当使者。所有的纪事作家一致认为，生于希腊半岛坎迪亚岛的佩德罗是个非常潇洒的小伙子。他来到通贝斯印第安人面前时，穿戴着金光闪闪的头盔和护胸甲，腰挎佩剑，手拿护胸盾和十字架，单凭那样子就对头脑简单的土人发挥了神奇的作用。

说起他的使命，许多史学家非常郑重地谈到一件传奇故事："通贝斯居民确信西班牙人是神人下凡，遂接受了他们的友谊；原来他们放出一只老虎，让它吃掉使者佩德罗·德坎迪亚，他把手里的十字架向老虎一亮就把它驯服了。"托莱多[1]总督时代，有人提交一份详细报告，使这段传奇的真实性不攻自破。

这次远征后，皮萨罗回西班牙直接与国王商议，得到了封赏和进行征服的物资，他的同行伙伴就是佩德罗·德坎迪亚。尽管坎迪亚早年是水手，后来又做过海盗，堂娜胡安娜王后仍宣布他是贵族，同意他使用"堂"[2]的称号，此外还任命他为通贝斯终身市长和皮萨罗的炮队队长。

在捕获印卡王阿塔瓦尔帕的行动中，就是佩德罗·德坎迪亚发射一门大炮（也有人说是小炮），作为信号，开始屠杀印第安人的。

从印卡王的赎金中，佩德罗·德坎迪亚分得四百七十马克白银和九千九百盎司黄金。

上面碰巧谈到了印卡王的赎金，那就正好在这里说明一下，在抓捕印卡王的一百七十个大胆的冒险家中瓜分的赎金，其数量高达

1　弗朗西斯科·德托莱多（1515—1582），西班牙行政长官。一五六九至一五八一年任秘鲁总督，任内下令处死图帕克-阿马鲁（1572）。

2　"堂"为对男子的尊称，只用于名前，女为"堂娜"。

三万五千四百八十六马克白银，九十五万一千九百零二盎司黄金。

此外，分给国王的是阿塔瓦尔帕乘坐的那顶纯金肩舆。

幸亏有正式文件证实瓜分了这么多财宝，否则，要说极短时间内在卡哈马卡那间囚室堆积了这么多金银就像是天方夜谭了。

除去皮萨罗家的弗朗西斯科、胡安和贡萨洛三兄弟，再除去贝纳尔卡萨尔和埃尔南多·德索托两位统领，从赎金中分赃最多的就是佩德罗·德坎迪亚。

皮萨罗派坎迪亚探查豪哈山谷，后来又派他进山探查。佩德罗·德坎迪亚费尽九牛二虎之力登上安第斯山，在有些地段只好使出他当水手的招数和手段，用粗绳把马匹拉上去。一行人到达卡亚俄时已是饥寒交迫，力尽筋疲。在库斯科，他从埃尔南多·皮萨罗那里获准招募人马并征服卡拉巴亚，在这次冒险行动中他也历尽不幸。

一个叫"加那利群岛人"阿隆索·梅萨的统领，密谋反对埃尔南多。埃尔南多以为坎迪亚参了暴动计划，命人将他逮捕，剥夺了他指挥征服的权力。坎迪亚终于证实自己清白无辜，埃尔南多·皮萨罗下令砍掉了梅萨的脑袋。

阿隆索·梅萨生于加那利群岛，在发生卡哈马卡的背叛事件时是步兵士兵。就是他和阿斯特特一起抓捕了阿塔瓦尔帕，而且要不是皮萨罗阻拦，当时就会把他杀死。瓜分财宝时，他分得一百三十五马克白银和三千三百三十盎司黄金。他是个粗鄙不堪的人，但很勇敢，有时会突然表现出贵族的豪爽心肠。在马拉会见中，皮萨罗分子准备背信弃义地抓起老阿尔马格罗，当时只有很少几个人愤怒地抗议这种不义之举，阿隆索·梅萨就是其中之一。据说他在阿尔马格罗[1]元帅身旁走过时，唱起了西班牙歌谣中的这首民谣：

---

1 迭戈·德阿尔马格罗（1475—1538），西班牙征服者。与皮萨罗一起征服秘鲁，后与其发生内讧，被其杀死。其子也叫迭戈，称小阿尔马格罗，杀死皮萨罗为父报仇。

是时候了，骑士，

是逃离这里的时候了，

因为我的肚皮越来越大，

我的衣服越来越短。

阿尔马格罗从歌谣中听出报警信号，逃出了那些人卑鄙地给他设下的圈套。

从那时以后，佩德罗·德坎迪亚就对皮萨罗兄弟怀恨在心，侯爵[1]死后，小阿尔马格罗自封秘鲁省督，他毫不犹豫地同意为他指挥炮队。在这个时期，坎迪亚展现出他的全部活力和才智，不久就造出滑膛炮和加农炮。

佩德罗·德坎迪亚的女婿在巴卡·德卡斯特罗[2]的队伍里当兵，女婿给他写信，要他虚发炮弹，因为阿尔马格罗派对对手的全部优势都在这种炮上。坎迪亚立刻把信拿给首领看，以证明自己忠贞不贰。这件事正发生在巴卡·德卡斯特罗向阿尔马格罗送交和解建议之时，阿尔马格罗当然没有相信谈判者的诺言，因为他在提议和解的同时正在瓦解他的军心。

阿尔马格罗派立刻向丘帕斯进兵讨战。战斗非常激烈。两支队伍一支高呼："圣地亚哥！国王和阿尔马格罗万岁！"另一支大喊："圣地亚哥！国王和巴卡·德卡斯特罗万岁！"保王派最杰出的统领佩拉尔瓦雷斯·奥尔金身穿白罩袍参加战斗，死在沙场。历史学家[3]的父亲加西拉索·德拉维加在战斗中负伤。

这时阿尔马格罗正在战场上驰骋，高呼："胜利了！别杀死，抓活

1　侯爵指弗朗西斯科·皮萨罗。

2　克里斯托瓦尔·巴卡·德卡斯特罗（1492—1566），西班牙政治家。一五四一年被卡洛斯一世任命为秘鲁省督，前往平息皮萨罗派与阿尔马格罗派内讧，战败并处死小阿尔马格罗。

3　指《印卡王室述评》的作者印卡·加西拉索·德拉维加。

的！"巴卡·德卡斯特罗的人马已经溃不成军，只有弗朗西斯科·德卡瓦哈尔仍在坚持战斗。就在这时，阿尔马格罗一个最好的朋友、刚刚击败保王军前队的萨乌塞多统领，向佩德罗·德坎迪亚传达命令，要他改变炮队位置。坎迪亚执行上司的命令，把炮架在另一地点，可打出的炮已不能杀伤敌方。保王派重整旗鼓，士气大振，几分钟前还在高唱凯歌的阿尔马格罗军，顿时一片惊恐。

阿尔马格罗不问青红皂白——时间紧迫也来不及问，直奔架炮的新地点，策马冲向坎迪亚说：

"叛徒！你到底还是听了女婿的劝告。"话音未落，挺出长矛把他刺死。

一个对他拥护的事业始终不渝的士兵，却在自己首领心目中被看作无耻之徒，就这样死去了。

他是个好人，豪爽，勇敢，仪表堂堂，身高体壮，胡须浓密，没有多少指挥才能，但直到当时是炮兵中最聪明的人。他死时五十七岁。

精于棋道的印卡王（1532—1533）

一

阿塔瓦尔帕

献给杰出的棋手埃瓦里斯
托·P. 杜克洛斯博士

　　统治西班牙七个世纪的摩尔人，把下国际象棋的爱好传进了这个被征服的国家。人们以为，天主教王后堂娜伊萨贝尔把侵略者赶出去后，侵略者的各种习俗和娱乐也跟这些人一起消失了。但事实绝非如此，对于这种有六十四间小房子，或在纹章学中称为六十四个方格的木板的爱好，早已在摧毁伊斯兰教在格拉纳达的最后一座堡垒的那些英勇上尉中深深地扎了根。

　　不久之后，下棋对弈就不再只是军人最喜爱的游戏，而且在教会人士，如修道院院长、主教、受俸牧师以及杰出的修士中，广泛地流传开来。因此，在西班牙完成了发现和征服美洲这项光荣事业后，对于所有身负要职来到新大陆的人来说，能在棋盘上对弈便成了出入社交场合的证明卡或通行证。

　　西班牙印制的第一部关于象棋的书，是在征服秘鲁后的最初二十五年间出版的，书名叫《自由派的发明与象棋艺术，住在萨弗拉镇的牧师鲁伊·洛佩斯·德塞戈维亚著》，于一五六一年在阿尔卡拉德埃纳雷斯印成。鲁伊·洛佩斯一直被认为是棋艺理论的奠基人，那本小书出版后不久，就被译成了法文和意大利文。

一八四五年前后《菲利多尔》[1]一书的样本问世，这时上面说的小书已在利马非常流行，并且在我刚刚成年的那遥远的岁月里，如同《塞西纳里卡》之于玩跳棋者一样，成为象棋爱好者的必读之物。如今在利马，即使不惜任何代价，这两种古书也一本找不到了。

跟随皮萨罗参加征服的军事统领，还有巴卡·德卡斯特罗和拉加斯卡[2]两位省督，以及努涅斯·德维拉[3]、卡涅特侯爵[4]和涅瓦伯爵最初这几位总督，每逢闲暇无事总要跳马飞象杀一盘消遣，这早已不是什么了不起的大事，与第一任利马大主教相比可谓小巫见大巫了。当时大主教下棋成癖，竟因忍不住只顾对弈，使得王家军队威风扫地。事情是这样的，据希门尼斯·德拉埃斯帕达说，利马检审庭派一位法官和堂弗赖[5]赫罗尼莫·德洛阿伊萨大主教指挥对叛军首领埃尔南德斯·希龙的战斗，这时王军兵营的民间诗人编了一支歌谣，挖苦长袍法官的懒惰和道袍大主教的棋瘾。这支歌谣没有什么诗韵，可句句说的是实情：

> 一个下象棋，一个睡大觉，
>
> 　噢，真荒唐！
>
> 既不吃饭，也不备战，
>
> 　噢，真荒唐！
>
> 一个打鼾，一个飞象……
>
> 　你看他们有多忙！

1　弗朗索瓦·安德烈·菲利多尔（1726—1795），法国象棋手，一七四八年发表《象棋着法概要》，为第一部象棋史系统概述。

2　佩德罗·德拉加斯卡（1485—1567），西班牙主教、政治家。任秘鲁检审庭庭长，一五四八年战败并下令处死贡萨洛·皮萨罗。

3　布拉斯科·努涅斯·德维拉，一五四四年任第一任秘鲁总督，一五四六年被贡萨洛·皮萨罗叛军杀死。

4　卡涅特侯爵，即安德烈斯·乌尔塔多·德门多萨（？—1561），一五五六至一五六一年任秘鲁总督。

5　弗赖（fray），西班牙语修士一词（fraile）的缩写，置于人名之前，本书中音译；也译为"修士"，置于人名之后。

士兵们在军营懒懒散散，连给养也不愿补充，弄得松松垮垮，军心涣散，若不是检审庭决定解除瞌睡虫法官和象棋迷大主教的职务，叛军就成其大事了。

*　　*　　*

一五三二年十一月十五日，西班牙人抓捕了印卡王阿塔瓦尔帕。从那一天起到一五三三年八月二十九日被无端杀害，他一直被囚禁在卡哈马卡的一间房子里。从传说中得知，埃尔南多·德索托、胡安·德拉达、弗朗西斯科·德查维斯、布拉斯·德阿蒂恩萨几位统领，以及军需官里克尔梅等人，每天下午都聚在充作囚室的房子里。

那里有两张棋盘，供上面说的五个人以及另外三四个人对弈消遣（这三四个人在我们看到的简要考证笔记中没有提到，这些笔记收存在藏于原国立图书馆的古旧手抄本中）。两盘同时下，棋盘是草草画在房里小木桌上的。棋子是泥巴做的，就是土著人用来制作小偶像和其他陶器物品（这种东西现在还能从古墓中发掘出来）的那种泥。到了共和国初年后，秘鲁人已不知其他棋子，只知有象牙棋子了，这是菲律宾人运来供市面销售的。

被囚的头两三个月，印卡王心事重重，非常压抑，所以，虽然每天下午都坐在他的朋友和保护人埃尔南多·德索托身边，但并没有显出弄懂了对弈中怎样走棋以及使用招数和变招的样子。后来有一天下午，索托和里克尔梅正在对阵，下到最后几步时，埃尔南多刚要跳马，印卡王轻轻一捅他的胳膊，悄声说：

"不，统领，不……出车！"

在场的人无不惊奇。埃尔南多沉思片刻，按照阿塔瓦尔帕的支着儿出车，又下了两三步，里克尔梅果然被将死。

那天下午后，堂埃尔南多·德索托统领为表示尊敬和礼貌，总让印卡王执白先行，请他下上一盘。过了两三个月，学生已经跟老师不相上下，对起弈来真是棋逢对手、将遇良才了。

上面提到的笔记说，除里克尔梅外，其他会下棋的西班牙人都请印卡王对阵，可他总是婉言谢绝，通过翻译费利皮略[1]说：

"我下不好，您下得好。"

民间传说断言，要是印卡王对棋道仍是一窍不通，他就不会有杀身之祸了。百姓们说，由于他给支着儿，里克尔梅在那个难忘的下午被将死，而阿塔瓦尔帕就为这一将送了命。原来是皮萨罗召开了一次有二十四名法官参加的会议，在那次不寻常的会议上，以十三票对十一票决定将阿塔瓦尔帕判处死刑，十三张赞成票中就有里克尔梅一票。

二

曼科·印卡

献给赫苏斯·埃利亚斯–萨拉斯

阿塔瓦尔帕无端被杀后，堂弗朗西斯科·皮萨罗于一五三四年进军库斯科。为了争取库斯科人的好感，他宣布，一不剥夺酋长的领地和财产，二不废除他们的特权；还说既然已在卡哈马卡用死刑惩罚了杀害法定印卡王瓦斯卡尔[2]的篡位者，他要把帝王的标志交给十八岁的少年、兄长瓦斯卡尔的合法继承人印卡王子曼科，于是举行了隆重的加冕典礼。随后皮萨罗移兵豪哈山谷，又从那里进驻里马克山谷，也称帕查卡马克山谷，缔建了未来总督辖区的首府。

后来印卡王曼科与西班牙人决裂（这些西班牙人由胡安·皮萨罗统率，他死后由其弟埃尔南多统率），我不想为造成决裂的事件和原因修史，只想说明一点，就是曼科巧妙地逃出库斯科，在安第斯山高原

---

1 费利皮略（16世纪），秘鲁印第安人，向西班牙人学会西班牙语，为征服者充当翻译。
2 瓦斯卡尔，秘鲁印卡王族。与阿塔瓦尔帕同为瓦伊纳·卡帕克之子，法定王位继承人，一五三二年被阿塔瓦尔帕杀害篡位。

建立了自己的统治。征服者总想进山剿灭，始终没有成功。

在皮萨罗派与阿尔马格罗派的内讧中，曼科给阿尔马格罗派帮过点忙。小阿尔马格罗兵败被杀后，手下十几个残兵败将，其中有迭戈·门德斯和戈麦斯·佩雷斯两位统领，在这位印卡王身边找到了避难所，因为这时他已在维尔卡潘帕建立了自己的朝廷。

门德斯、佩雷斯和另外四五个患难兄弟，经常用围棋和象棋消愁解闷。印卡王很快就养成了西班牙人的习惯，下起两种棋来兴头十足，甚至出手不凡，在象棋上更是堪称高手。

也是天意如此，不可抗拒，印卡王曼科竟像印卡王阿塔瓦尔帕一样，因爱好下棋而送了命。

一天下午，印卡王曼科正和戈麦斯·佩雷斯对弈，下得难解难分，迭戈·门德斯和三位酋长在一旁观战。

曼科走出一步"车王易位"，这在规则中是不允许的，于是戈麦斯·佩雷斯说：

"换位也晚了，捣鬼有术的先生！"

不知印卡王是不是听出了这个西班牙字眼里的轻蔑含义，只是为那步棋一再辩解，认为那样走不犯规，行得通。戈麦斯·佩雷斯回头对伙伴迭戈·门德斯说：

"看哪，统领，这印第安人真会跟我耍赖，臭……猪！"

下面还是看看一位无名氏纪事作家是怎么写的吧，他的手抄著作写到了托莱多总督时期，收在《西印度档案未出版的文献集》第八卷中。他写道："于是，印卡王抬手狠狠打了西班牙人一记耳光。西班牙人拔出短刀刺了他两刀，印卡王顷刻死去。印第安人赶去报仇，把杀人凶手和待在维尔卡潘帕州的所有西班牙人砍成了碎片。"

好几位纪事作家说，打架是下围棋时发生的，但也有人说，悲惨事件是因为下象棋时意见不合引起的。

我讲的是库斯科居民中流行的传说，同时也参考了十六世纪那位无名氏作者的权威性说法。

印卡和征服时期（……——1533）

殖民地时期（1533——1820）

独立时期（1821——1830）

共和国时期（1833——18××）

其他传说

奥斯特利亚王朝统治时期（1533—1700）

替罪羊（1533）

一

印卡王阿塔瓦尔帕的弟弟、印卡王族蒂图–阿陶奇率领大队印第安人随从，带着增加赎身财宝的金银前往卡哈马卡，路上突然得到消息，说西班牙人已在一五三三年八月二十九日把阿塔瓦尔帕杀死。蒂图–阿陶奇藏起携带的金银，聚起军兵，投奔基斯基斯去了。基斯基斯是印卡帝国最勇敢、最有经验的将军，当时正带领一支队伍袭扰西班牙征服者。

征服者进军库斯科，每天都与基斯基斯的军队交战。弗朗西斯科·德查维斯指挥的五十名西班牙人为皮萨罗殿后，一天下午为暴风雨所阻，在距主力五里¹处扎营，突然遭到六千名印第安人的袭击。西班牙人一如既往地奋勇厮杀，终因配合不好，又兼寡不敌众，丢下七具尸体和十三名俘虏狼狈而逃。

被俘的人里有：弗朗西斯科·德查维斯，是名豪爽的统领，后来在阿尔马格罗派暴动那一天为保卫侯爵丧生；阿隆索·德奥赫达，也是个勇敢的人，一年后得了疯病；埃尔南多·德阿罗，他的大胆豪爽

1　指西班牙里，1 里等于 5572.7 米。

也毫不逊色。

史书上说，为杀害阿塔瓦尔帕，进行过一次连开庭带结案一天就完的审讯，在那次装模作样的审讯中，许多人主张留下他的性命。一致的看法是，如果杰出的统领埃尔南多·德索托当时在卡哈马卡，征服事业就不会被这次既不公正、又无益处的犯罪行为玷污。在审判阿塔瓦尔帕的二十四名法官中，只有十三人判他死刑。拒绝在判决书上签字的十一个人，我们应该列出姓名，对他们的正直行为表示敬意，他们是胡安·德拉达（后来是杀死皮萨罗的阿尔马格罗分子的头目）、迭戈·德莫拉、布拉斯·德阿蒂恩萨、弗朗西斯科·德查维斯、佩德罗·德门多萨、埃尔南多·德阿罗、弗朗西斯科·德富恩特斯、迭戈·德查维斯、弗朗西斯科·莫斯科索、阿方索·达维拉和佩德罗·德阿亚拉。这正如谚语所说：一树之果有酸有甜，一母之子有愚有贤。

蒂图-阿陶奇不仅知道投票赞成处死印卡王的人的名字，也知道像胡安·德拉达一样甘冒在皮萨罗面前失宠为印卡王辩护者的名字，这里面就有弗朗西斯科·德查维斯和埃尔南多·德阿罗。

蒂图-阿陶奇发过誓，只要俘虏到其中一个刽子手，就杀死他以报杀兄之仇。他还提出，谁交出费利皮略的人身，就给予重赏。费利皮略是印第安人的无耻败类，他给西班牙人当通译，而且为了报复阿塔瓦尔帕一个妻子对他的轻蔑，还在主要的西班牙统领面前说长道短，鼓动他们处死印卡王。蒂图-阿陶奇没能称心地报仇雪恨。但三年后，堂迭戈·德阿尔马格罗发现费利皮略又一次背叛，命人把他分尸，到底惩罚了他。

蒂图-阿陶奇得知俘虏的姓名后，亲切地跟手下主要头人谈话，吩咐细心照顾伤员；伤员脱离危险，又豁达大度地释放，派印第安人抬着护送到库斯科附近。此外，他还向反对杀害阿塔瓦尔帕的统领赠送非常精美的翡翠，对他们保护国王的高尚（虽然是徒劳的）愿望表示谢意。

在跟年轻的印卡王族告别时，弗朗西斯科·德查维斯发现，十三名俘虏中少了一人。蒂图-阿陶奇狡黠地笑了笑，据说他用克丘亚语说了一句话，虽然不是逐字翻译，那句话至少表明了这么一句话的意思：

"噢！留下的就是替罪羊了。"

谁说"十三"不是招灾惹祸的数呢！

二

蒂图-阿陶奇到了卡哈马卡，把那名俘虏关进阿塔瓦尔帕被囚时呆的那间房子。

被挑中作替罪羊的这个西班牙人是谁呢？对战败者如此豪爽侠义的印卡王族蒂图-阿陶奇，为什么要对这个人炫耀残酷呢？

那西班牙人名叫桑乔·德奎利亚尔，不幸的是，最初几年他在西班牙当过一位法庭秘书的抄写员。说"不幸"，是由于他有这段经历，伙伴们认为他精通司法术语，在审判阿塔瓦尔帕时公推他做了书记员。

桑乔·德奎利亚尔理所当然地深受堂弗朗西斯科·皮萨罗的宠爱。他是加略岛上著名的十三人之一，征服就是靠这伙人的勇敢才实现的。

又是一个不祥的"十三"！

桑乔·德奎利亚尔当书记员时干尽了坏事，不仅把加重被囚印卡王悲惨境遇的话都记录在案，而且在向他宣读判决和把他送上行刑台时，对他极尽侮辱和嘲讽之能事。

蒂图-阿陶奇命人把他押到处死阿塔瓦尔帕的那个地点，一名传令官一边跟他走一边说："帕查卡马克[1]命令处死这个杀死印卡王的恶棍！"

印第安人保存着拷打印卡王用的那根棒子，管它叫"该诅咒的棒

1　帕查卡马克，秘鲁印卡神话中至高无上的神，意为创世者。

子"。他们就用这根棒子处死了桑乔·德奎利亚尔，并在广场上暴尸一整天，任人践踏唾弃。

　　由一位书记员偿付案件的代价并充当替罪羊，这在人类历史上大概是唯一的一次。

一吻殉节 [1] （1534）

一

奥德莱伊是美洲花果园里最美的花，是散发着天使气息的芬芳的白百合。

她的心灵是一架风鸣琴，爱的情感拨动着它的琴弦，发出的声音犹如云雀的哀啼。

奥德莱伊芳龄十五，面对她心爱人儿的英姿，是不会不怦然心动的。

十五岁还不恋爱是不可能的！到了这个年龄，爱情对于心灵，就像春日的阳光对于大地，催得人春情荡漾。

她的双唇像珊瑚一般鲜红，像紫罗兰一般馥郁，简直就是细润雏菊花上的一抹红线。

天真和纯洁这两种淡淡的油彩润红了她的面颊，恰似落日余晖染红我们崇山峻岭上的白雪。

缕缕秀发散乱而妩媚地披在洁白圆润的肩上，宛若印卡人之父 [2] 在春天的早晨撒在空中的条条金线。

---

1 这篇文字与其说是传说，不如说是我刚刚进入青年时期大为风行的浪漫小说。它是我读中学时写的，《新闻报》对我这乳臭未干的作者不无鼓励之辞。它是我步入文学生涯的试笔之作，我对它倍感亲切，若丢入废纸篓中，多有寡情薄义之嫌，故收入传说之中。——原注

2 指太阳，印卡人自称太阳的子孙。

她的声音充满恋情，像印卡人笛子的回声一样，令人回味无穷。

她的笑声具有《雅歌》的全部魅力，又有午祷钟声的一切纯洁。

她身材苗条，像我们山谷中的翠竹一样亭亭玉立，如果有谁知道她从什么地方走过，那不是根据她娇小的双足在沙地上刻下的脚印，而是凭着她的倩影留下的天使般纯洁的幽香。

她整个身心洋溢着纯洁气息，放射着灿烂的光华。——有些女子本身就带有天使身上那种纯洁和非凡的标志。或许是上帝把她们造化成了天使的姐妹吧！

二

美洲在卡斯蒂利亚狮子的爪下呻吟。

它洁白的外衣已经染上了太阳子孙的血污。

征服者们！你们传播基督教义，说它能带来和平和自由，却需要人的尸体，把救世的十字架竖在白骨堆上

但你们的事业受到上帝的诅咒，已像古希腊五城联盟之塔一样在上帝的震怒之下土崩瓦解。自由的阳光理所当然地穿透了三百年的沉沉黑暗，胡宁和阿亚库乔[1]的名字已成为光芒耀眼的大字永驻人间。

祖国！这个字眼蕴含着多么神奇的力量啊！她是给行人指引方向、使他们不会坠入深渊的明星，当横扫一切的潘佩罗风[2]势不可当地猖狂肆虐时，她又是遮蔽和保护行人的树商陆[3]。

祖国！这个字眼概括了人类的历史，概括了人类对一切美好事物、对母亲、对我们梦想的女人和在我们痛苦时给予安慰的朋友的爱。

1　这里指在此两地的著名战役。一八二四年玻利瓦尔在胡宁大败西班牙军队。一八二四年十二月九日，苏克雷将军在阿亚库乔大败西班牙军队，是为美洲独立战争决定性一役。

2　潘佩罗风，南美拉普拉塔河流域的强劲冷风。

3　南美洲一种高大挺拔的乔木。

三

那是一五三四年四月的一个黄昏。

薄暮时的阳光向平原倾泻着它那若明若暗的余晖。太阳正在摘去它的黄玉宝冠，即将到汪洋大海为它铺就的浪花飞卷的卧榻上安睡。

此时此刻，天地万物是一张七弦古琴，发出轻微的声响。顽皮的微风吻着茉莉花轻轻吹拂，树叶被火红蜂鸟的翅膀震动得垂下头，"图尔皮亚尔鸟"在一株白杨的树冠上唱着大概是悲伤的歌，落日犹如一堆篝火染红了天际……黄昏将近的时分，一切都是那么美，一切都使创造物翘首望苍天，赞美造物主。

在这样的时刻谈情说爱该是多么惬意！

亲爱的女人的话语对男人的心有多么巨大的魔力呀！倾听着远处流淌的小溪发出的轻轻絮语，感觉着带有柠檬花和灯芯草花散发出的馨香的微风掠过双鬓，置身在这支大自然协奏曲中，从崇拜为偶像的美人的嘴唇、眸子和酥胸中呷饮从内心发出的爱，这才是享受天堂的幸福……这才是不枉此生！

托帕尔卡的双手紧握着奥德莱伊的双手。他的双眼凝视着她的双眼，因为他的心灵从她的眼睛中获得了生命。

他们情深意笃，真挚相爱，犹如开放在同一根茎上的两朵鲜花，又似两只天鹅双双习练着在晶莹的湖面上荡起涟漪。

在一株棕榈的树荫下，奥德莱伊和托帕尔卡坐在田野献出的松软的嫩草座上，说着海誓山盟的话，整个大自然都在向他们微笑，向他们谈着爱情。在他们目力所及的地方，祖国四季皆美的天空对他们有一种难以言表的诗情画意。他们内心荡漾着甜丝丝的感觉，好像一名小天使在他们头上扑棱着闪着淡蓝和鹅黄光泽的翅膀。

为了不致亵渎爱情，还是不要把发自那两颗纯洁的、相爱着的心灵深处的话语原原本本地写出来吧。

四

基多史学家贝拉斯科神父称托帕尔卡为瓦尔帕·卡帕克,他是个二十岁的青年小伙,身材英武,仪表堂堂。他生于基多赛里部落[1],是阿塔瓦尔帕的弟弟。

阿塔瓦尔帕被杀害后,西班牙人给他系上作为帝王标志的缨穗,立为印卡王,但实际上不过是西班牙人实现自己野心的工具。

他统治帝国已有九个星期。

征服者心想:"他是个黄口孺子。"但在娃娃的外表下,却隐藏着大丈夫的心胸。托帕尔卡像美洲印第安人固有的性情那样缄默不语,暗中筹划着消灭压迫者所需的手段。

帮助托帕尔卡实现争取自由计划的,是秘鲁最骁勇的武士卡尔库奇马,还有阿塔瓦尔帕进行反对瓦斯卡尔的战争[2]时最为足智多谋、久经沙场的将军基斯基斯。

可是,唉!命运之神却偏偏保护一小撮西班牙人,使他的种种努力惨遭失败。

从那时起,认识到自己力量弱小的印第安人,便像最后一抹阳光一样阴郁沉沦了,正因为如此,大部分印第安人宁愿带着他们的偶像、他们的家财和他们的记忆隐居在山洞里。

但是,弱者从来不会被希望抛弃……谁知道,那个被压迫的种族是不是从未来中看到了远大前程呢?如果说诗人的歌声足以表达一代人的痛苦,却没有什么能像一首"亚拉维"那样向人表达如此丰富的感情。"亚拉维"是充满感伤情调的印第安人诗歌,是唱出来撕心裂肺的哀泣,又是对明天充满信心的颂歌。"亚拉维",这种如同在预言家的古琴伴奏下发出的深沉叹息一样,用全副深情伴着"克纳笛"声发

1　赛里部落是印卡帝国形成前厄瓜多尔众多部落的核心。阿塔瓦尔帕系印卡王瓦伊纳·卡帕克与该部落公主所生,故托帕尔卡与他是兄弟。
2　瓦斯卡尔和阿塔瓦尔帕均为瓦伊纳·卡帕克之子,瓦斯卡尔一五二五年继承王位,阿塔瓦尔帕兴兵将其战败处死,篡夺印卡王位。

自灵魂的抒情诗歌，兼上述三者而有之。

五

花园深处出现一位身着白色亚麻布长袍的长者，他那灰白的头发垂在和善的脸上，他的目光停在那对恋人身上，流露出亲切保护者的神态。

这位长者是卡兰基斯的大祭司。

"亲爱的祭司，请您过来！"年轻的印卡王招呼他，"像阿塔瓦尔帕系上红'廖图'那天为他祝福那样为我祝福吧。也为我爱的女子祝福，让她做我的妻子吧！"

一对年轻人双双跪在大祭司面前，只见他皱曲的面颊上滚动着泪花。

"想要祝福吗？那就祝福你们吧！……你们在同一颗星星的照耀下，孩子们，我为你们的爱情祝福……愿命运之神为你们绽开笑脸！可是不幸的君主啊，通巴拉的神启示我向你预言，你将是你神圣家族的最后一个人了。你的王位坐不了几个月了，你的王服会像阿塔瓦尔帕的一样染上你自己的鲜血。"

长者走了，口中还不住叹息：

"可怜你呀，太阳的儿子！可怜他们呀，你的百姓！"

当托帕尔卡从惶惑中恢复过来时，只见奥德莱伊正用深情的目光望着他。

"如果你爱我，我的小斑鸠，我会保将来平安无事的……命运之神必将为我们开出铺满鲜花的道路，在他刚刚使我们的祖国重现光辉的时候，你，我的爱神，一定会把你的嘴唇印在我的前额上说：'托帕尔卡，你又伟大又勇敢，我爱你。'是不是？"

说完，托帕尔卡用双手捂住了脸，因为犹如花草需要吐出露珠一样，人也需要抛洒泪水。

哭声就是露水，就是心中吐出的苦水。

六

当皮萨罗在加略岛上用剑划出一条线，说"爱功名的跟我来"时，十三个无畏的冒险家成了他的助手。堂加西亚·佩拉尔塔不属于那伙人，但皮萨罗总见他在刀光最密、厮杀最凶的地方出现，因此这位征服统帅对他颇为信任和厚爱。

生就一副钢筋铁骨，长就一副铁石心肠，军人的激情理所当然像决堤的洪水一样奔腾咆哮，势不可当。这样造就出来的人不懂得那套既甜蜜又诗意的感情，那是另一类人心目中人间幸福的史诗。

堂加西亚看见了奥德莱伊，并爱上了她。

应该说，一心要占有她。

说是要占有她，因为爱情不是对上帝创造的一切美好东西占而有之的欲望，而是把我们的身心同和我们一样感到一种神秘若失的气氛的另一个身心融合在一起。爱情是一团篝火，对它来说，每句话语，每个微笑，每次顾盼都如同投入火中的一块干柴。

堂加西亚对奥德莱伊的感情，与我们上面试图描绘的爱情风马牛不相及。只不过是少女的美貌刺激了他的感官，使他发誓要占有那迷人的肉体。

本来就有些借口怀疑托帕尔卡举事造反，堂加西亚凭着皮萨罗的信任，从那里讨得一道命令，把他关进牢房。皮萨罗[1]这位秘鲁史上的显赫人物，多次为手下同伙的古怪念头所左右，这次就这样甘愿受了堂加西亚的摆布。

七

大祭司刚刚为奥德莱伊和年轻的印卡王缔结姻缘祝福完毕，他们

1　关于弗朗西斯科·皮萨罗的年龄，众说纷纭，莫衷一是。普雷斯科特说他活了六十五岁，我愿借此机会说明，同意这个说法。根据我的查证，皮萨罗一四七五年生于埃斯特拉马杜拉省特鲁希略城一个郊外，一五一○年乘船来美洲，与巴尔沃亚一起发现南海，一五四一年六月在利马被杀，不满六十六岁。——原注

就要成为美满夫妻……厄运就降临了！

佩拉尔塔和六个士兵的身影出现在一座山头。奥德莱伊一见他那咄咄逼人的得逞架势，吓得脸色煞白。

印卡王被猛地拉出情人的怀抱，戴上铁镣，由西班牙人押走。

堂加西亚带着嘲讽的微笑看着奥德莱伊，一把抓住她的手臂，一边强拖着一边说：

"现在谁也救不了你了……愿意也好强迫也罢，反正你是我的了！"

八

牢房内一片昏暗，托帕尔卡斜倚在石凳上。他眼皮轻轻一垂，一颗露珠般晶莹的泪滴欲垂又止，粘附在长长的睫毛上。

他是在做梦还是在沉思？

我们在夜不成寐时，总感到在朦胧之中专注地思考着什么，此时此刻他的精神就处于这种状态。他的嘴唇微微翕动，似乎要说什么。他的脑海闪现出对阿塔瓦尔帕悲惨结局的回忆，但就在他陷入这阴郁念头的时候，奥德莱伊的身影犹如驱散黑暗的明星出现在他的幻觉面前。

他热恋的纯洁花朵或许已被那外国佬厚颜无耻的爱抚玷污了！

而你，娇嫩的奥德莱伊，天使般美丽的奥德莱伊，也感到泪水模糊了你瞳孔的光辉。

被从主人所在的巢中掏去的多情斑鸠是多么不幸！被从看着它长出的嫩茎上折去的纤弱含羞草又多么可怜！

九

牢门突然打开，急匆匆走进一个女子。

"奥德莱伊！"被囚人喊了一声，一把将她抱在怀里。

"快避开……避开你的嘴唇，我的吻会要人的命……我盟誓在先，死也不能对不起你……我就要死了……"

"长着温柔眼睛的小斑鸠，为什么说死呢？……跟我说说爱情吧，我渴望听到你那比云雀歌声还美妙和谐的声音……你飘飘欲仙的衣服发出的幽香，比我们山中的花草还令人心醉……你芬芳的气息吹得我感官焦躁，欲火中烧……"

"啊，我雄姿英发的国王啊，我的丈夫！我总算来到这里，在你的怀抱里咽下最后一口气了……外国佬死死箍着我，憋得我有气无力，差一点儿冤仇没报就惨遭身亡……可我猛然想起，一只戒指上有通巴拉的印第安人涂武器用的毒药……就把它涂在我的嘴唇上……我是你的，我对西班牙佬说，不过满足你野蛮的欲望后，你得准许我到我君王的牢房去……那不要脸的家伙签发一道命令，吩咐狱卒我进牢房时不得拦阻，接着就像饿虎扑食一样扑到我身上……色迷心窍的混蛋！不是吗？他以为我那火一般的热吻是极度欢乐的表示……以为我咬他的嘴唇是我已被快感弄得如醉如痴……不折不扣的蠢货！等到他离开我胸脯的时候……已经成了一具僵尸……"

"你说的这一切不可能是真的……你头脑发昏了……"

"我不贞洁……你休了我吧……我已经不能属于你了……为奴的就该死去。请原谅，托帕尔卡！"

"没有你，山谷里的百合花，我渴望活着还有什么意思？"

"你像你父亲瓦伊纳·卡帕克一样品格超群，英勇无畏……要活下去，祖国需要你那青春的活力。"

"祖国！提到她我就勇气倍增，但可能一切都将无济于事！……记得卡兰基斯的大祭司的预言吗？多么快就应验了呀！披枷戴锁的奴隶，横遭侮辱的丈夫，看我现在这个下场，说不定很快就会成为我的家族中第二个死在行刑台上的人……我的宝贝儿，如果感到生命在热恋的弥留之际离去不是更好吗？……奥德莱伊，我的奥德莱伊……吻我一下吧！如果我在你的嘴唇上迎来死神，那样死也是甜蜜的……既然你的心灵像最明净的苍穹一样纯洁，你的肉体被外国佬玷污又有什么关系？奥德莱伊……我崇拜你！……"

一对情侣的嘴唇以勃发的热情紧紧贴在一起，爱情的云雾模糊了他们的视线，他们胸中的神经剧烈地跳动，牢房里阴森的回声轻微地、费力地重复着这两句话：

"我的丈夫！"

"奥德莱伊！我的奥德莱伊！"

*　　　*　　　*

两小时后，狱卒向埃尔南多·德索托报告，说发现囚禁的国王和他的妻子已在牢中死去。

据说，一个征服者控告是卡尔库奇马毒死了托帕尔卡和堂加西亚，这员勇将声称自己无罪，但无人理会，最后被五马分尸。

（1852 年）

一场击柱比赛（1535）

堂佩德罗·阿尔瓦拉多，实现著名的墨西哥登陆的统领，向秘鲁进行了一次远征，阿隆索·德帕洛马雷斯随他的远征队来到秘鲁，这个士兵玩得一手很好的击柱游戏。

都知道堂弗朗西斯科·皮萨罗非常爱玩这种游戏。他在建造利马城时，在马蒂内特区建了一个击柱游戏场，每天下午到那里去消磨两个小时。也许是人们故意阿谀奉承，也许是确实没人胜得过他，反正他那击柱好手的声名始终不衰。

只要侯爵一到，任何比赛全都停止，让他和他的朋友占领场地玩耍。

一天下午，有人对他说起阿隆索·德帕洛马雷斯玩得多么精熟，皮萨罗想见识见识，跟他玩一场。

"士兵先生，有人跟我说，"皮萨罗对帕洛马雷斯说，"阁下玩击柱游戏是英雄好汉。如果您乐意，咱们玩一场较量较量。"

"阁下的建议使我受宠若惊，"帕洛马雷斯说。"下多大的注呢?"

"任凭您定。"

"我是个穷大兵，"帕洛马雷斯说，"不过腰上的布袋里还有三百个金杜卡多[1]。如果阁下觉着合适，咱们就一场下五十个。有幸跟省督大人对阵的人，不能玩得太小家子气哟。"

侯爵只说了声"好"，就开始比赛。

---

1 杜卡多，货币名。

那天下午，他们一直玩到日落西山。据明眼人的感觉看，帕洛马雷斯狡猾地卖了几个破绽，似乎是为了赢得对手的信任，所以有时皮萨罗输几场，有时帕洛马雷斯输几场，但到头来他还是赢了侯爵五十个金币。

后来俩人每天下午都玩，一直玩了一个月，皮萨罗终于口服心服，确信遇到了帕洛马雷斯这位老师，使他受益匪浅。一个月下来，皮萨罗欠他一百个金币。

侯爵每次输了，总是冲得胜的对手骂骂咧咧，帕洛马雷斯总是冷冷微笑，继续打下去，把所有的柱子都击倒。帕洛马雷斯真是个大玩家！

与此同时，赌博协议破裂后又过了一个星期，堂弗朗西斯科·皮萨罗也没想起还那一百个金币。一天，帕洛马雷斯终于直截了当向他提起此事。

"对捣鬼有术的家伙我不还钱。"皮萨罗怒冲冲地顶了一句。

"好吧，侯爵大人，不愿意您就不用还，就当我是输了自己的钱，赢了您的骂了。"

据加西拉索说，省督觉得这句话很中听，他马上转过身，笑着对出纳官里克尔梅说：

"把这小伙子要的钱如数给他，要的正是时候，他再也不会在击柱场上看我手里有钱了。"

据说堂弗朗西斯科·皮萨罗因为遇上高手，他那击柱手的自尊心受了极大伤害，从那以后，再也没有人见他手里拿过击柱游戏的木球。

我也许愿意，也许不愿意 ₍₁₅₃₅₎

献给曼努埃尔·孔查

一

跟寡妇结婚可是件了不起的英勇壮举，这种事比骑着瘦马在辽阔草原上跟发怒的公牛，而且是比修士的后颈肉还肥实，犄角像缝被子大针一样尖利的那种公牛格斗，需要更大的勇气。

这是因为，寡妇除了嘴上总挂着那一去不返的亡夫，搅得人心绪不宁外，在说话表达心愿时总是支支吾吾，转弯抹角，遮遮掩掩。为了证实这番话，我只好对佩里科·布斯廷萨的遗孀、一位名叫堂娜贝娅特里斯的女子大书特书，因为克维多[1]是不会无缘无故写出下面这几行诗的：

> 肉里绵羊肉最香，
> 鱼里石斑鱼最香，
> 飞禽里鹧鸪味最美，
> 女子里贝娅特里斯最娇媚。

说起我这篇故事里的贝娅特里斯，我也馋涎欲滴，直咽口水，因为如果加西拉索所言不虚（不是诗人加西拉索[2]，而是秘鲁纪事作家加

1　弗朗西斯科·德克维多（1580—1645），西班牙著名作家，著有诗歌、小说、散文等。
2　加西拉索·德拉维加（？—1536），西班牙诗人，著有十四行诗、田园诗等，对后来西班牙抒情诗有很大影响。

西拉索，他有时比电报还能说谎骗人），贝娅特里斯确实是个美貌佳人。正如谚语所说，没有太阳不成其星期六，没有红晕不成其少女。

话虽如此，但诸位还不知道佩里科·布斯廷萨是何许人也，也不知道他的"另一半"是什么样的人，所以还是趁此机会让大家认识一下。

佩里科·布斯廷萨是安达露西亚的壮小伙子，一五三五年前后两手空空来到库斯科，寻找他那出生于加利西亚的母亲。真的，要说胆子大，他敢在虎口里拔牙，要说脑瓜灵，我清楚地记得，他能写诗歌唱木曼陀罗。

那时候，征服者正处在残酷的困境之中。印第安人的起义遍及秘鲁各地，西班牙人和秘鲁人正如俗话所说，以眼还眼，以牙还牙。蒂图·尤潘基占据一座小山，率领八万人把皮萨罗围困在利马城内。那座小山后来取名叫圣克里斯托瓦尔山，大概是为了纪念这位圣人创造奇迹，迫使印第安人溃逃的缘故。结果，蒂图·尤潘基在战斗中殉国。

要说困境，住在库斯科的四百名西班牙人的处境更加令人揪心。印卡王族曼科统率二十万大军，把这座帝国都城铁桶般围了好几个月。征服者每天被迫进行战斗，做出了英勇的、近乎神奇的努力。布斯廷萨有幸在这时表现了出色的勇敢，简直勇敢得出奇，人们都说，连一向故作深沉的埃尔南多·皮萨罗也对他大加赞赏。因此毫不奇怪，佩里科一夜之间就从一个普通士兵变成了指挥一连优秀长矛手的上尉。

从那一天起，他就让人称他堂佩德罗·德布斯廷萨，咳嗽声音也大了，说话嗓门也粗了，身子也高了一截，即使对圣父基督，也不允许给他去掉这个称呼。

起义终于平息下去，埃尔南多·皮萨罗大赏三军，尤其重赏布斯廷萨，还把印卡人的"纽斯塔"（公主）堂娜贝娅特里斯·瓦伊拉斯嫁给了他。贝娅特里斯是印卡王瓦伊纳·卡帕克的女儿，这桩婚事不仅使他得到妻子拥有的大量财物，还使他在国内酋长和印第安人中有了巨大影响力。真是运气赛过快马，骡子也追赶不上——此言不谬也。

当时，堂娜贝娅特里斯是个二十五岁的妙龄女郎，生就如花似玉的容貌，又有雍容华贵的气质，用满腔柔情爱着堂佩德罗·德布斯廷萨；而他也真无愧于这一切，因为（让我们为他说句公道话）他完全是一副模范丈夫应该做到的样子。

后来征服者之间打起内战，投身贡萨洛·皮萨罗麾下、为反对王室事业而效命的布斯廷萨上尉，在安达瓦伊拉斯附近发生的一次冲击战中被俘。拉加斯卡是位并非对反叛者无端猜疑的教士，命令刽子手砍了他的头。

这样一来，堂娜贝娅特里斯公主成了寡妇。她穿起丧服，痛哭流涕，不管场合是否适宜，总把亡夫挂在嘴边。干脆说吧，整天听她唠叨那死者的丰功伟绩，简直让人牙都倒了。

现在请诸位允许我在这里收住话头，完全转入这篇传说。

二

我在另一个场合说过，堂费利佩二世陛下给秘鲁诸王国颁过一道圣旨，钦命富有的寡妇再醮，嫁给从为恢复秩序效力最多的西班牙人中挑选的人，不得借故抗旨不遵。国王认为，这样不仅可以奖赏驾下臣属，让他们娶个有钱的妻子，还可以防止新的反叛。

我——传说作者——若生来就是堂费利佩的臣属，一定会对这道圣旨面有难色。我认为，跟寡妇配对一定像穿上死人衣服一样，即便用烟熏法消了毒，也总还保存着一点死人味。

堂娜贝娅特里斯是阿塔瓦尔帕父亲的千金，既有家财又有威望，是不会被遗忘的。迭戈·森特诺将军就请求把公主嫁给他的爱子迭戈·埃尔南德斯。

迭戈·埃尔南德斯其人，真是"不敢恭维"。他年已半百，从前额、鼻子到厚嘴唇留有一条长长的刀疤，就因为这些，我们这位主人公简直是一位像星星一样的未婚夫……可那星星没有光！

迭戈·埃尔南德斯那丑陋不堪的样子，谁见了都会呕吐不止。

他脸上有刀疤，又是五十岁的老头子，但既然对寡妇来说"饿了吃糠甜如蜜"，堂娜贝娅特里斯本想自认晦气，将就算了。可就在这时，某君嫉妒福星就要照进迭戈·埃尔南德斯的家门，向这妇人耳朵里吹冷风，说未婚夫是奉命行事，概不由己；还拐弯抹角地说，埃尔南德斯小时候在西班牙当过鞋匠的学徒，并且给她送去一首诗：

> 公主，我用笔墨向你祝福，
> 你的情郎真是有风度，
> 你看他挥刀把剑舞，
> 像摆弄锥子一样娴熟。

在古代印卡帝国，人们把鞋匠和裁缝看作下贱职业。堂娜贝娅特里斯虽是个新基督教徒，却非常爱慕虚荣，怎么也忘不了自己是正经八百、道道地地的贵族，血管里流着瓦伊纳·卡帕克的血液。因此，她怒气冲冲地对迭戈·森特诺说：

"阁下介绍一个鞋匠做我的丈夫，有辱我的身份。"

森特诺极力分辩，铁了心地为自己的干儿子埃尔南德斯说好话；埃尔南德斯也死说活说地求告：

> 花枝招展的人儿，
> 若想让忏悔牧师宽恕你，
> 就请答应我的要求，
> 对我说一声"同意"。

库斯科的主教和其他知名人士左说右说，也是白费唾沫，堂娜贝娅特里斯仍然不听人劝。其实，女方执意不肯，干脆别再缠她，另找他人也就算了，普天之下有的是女子。恋爱就像打牌玩"对和"一样，哪张牌都会找到"对子"的。可是，他哥哥印卡王族保柳却许诺劝她让步，便对她说：

"贝娅特里斯，你这么拒绝会给咱们民族招灾惹祸。西班牙人伤了自尊心，一定会在最后一代印卡王留下的咱们这几个后代身上进行报复。既然迭戈·埃尔南德斯渴望得到的是你的财富，就答应婚事，给他算了。至于跟他同床共枕的事，他已答应我决不强迫你。对他和他的朋友来说，这桩婚姻是个面子问题。妹妹，咱们是弱者，就该让步才是。"

接着，他又说了一大套诸如此类的话，借以充实自己的理由。

促使他再三劝说的动机未免不近兄妹之情，原来据查，曼科死后，赛里·图帕克、保柳和另外几位印第安贵族都渴望把帝王的帽穗戴到自己头上。

保柳是要牺牲妹妹来实现自己的政治野心，期望以此得到征服者撑腰。

兄妹俩争论好半天，贝娅特里斯最后提出一个问题：

"说是决不向我要求他做丈夫的权利，可迭戈·埃尔南德斯凭着他剑上的十字和西班牙保护神圣地亚哥的名义向你发誓了吗？"

"发过了，贝娅特里斯。"印卡王族保柳说。

"既然这样，告诉他婚事我答应了。"

三

当天晚上，库斯科居民中的名门显贵在公主家济济一堂。

负责主持新人结合的库斯科主教问堂娜贝娅特里斯：

"您愿意迭戈·埃尔南德斯上尉做您的丈夫和伴侣吗？"

"我也许愿意，也许不愿意。"公主答道。

"这叫我怎么知道您的心意呢，堂娜贝娅特里斯？"主教又问，"愿意还是不愿意？"

"我已经说过了，主教大人，也许愿意，也许不愿意。"

"干脆快办完算了，别因为怕蝲蝲蛄就不种黑豆了。"主教大人有点生气地自言自语，接着为新娘新郎祝福，用拉丁文说"以圣父、圣子、圣灵的名义"，把他们结为夫妇。

这就是说，主教刚刚在人间联结在一起的关系，已在天国联在一起了。

公主那句"我也许愿意，也许不愿意"包含着诡辩家委婉否定的意思吗？我猜想是的。

是主教大人内心进行了某种使自己良心得安的神学推理，才把一句本来不是法典规定的回答当作是肯定了吗？那我就说不清了。

但我可以用发誓来肯定的是，凡事终有了结时，随着光阴荏苒，久而久之，堂娜贝娅特里斯大概对丈夫动了恻隐之心，因为……因为……见鬼！我真不知怎么说才好。真见鬼！桑查呀桑查，要是不喝酒，你那块酒迹又是什么？

她死后留下子女……如此说来……哪儿有不下蛋的母鸡……

斗篷骑士（1541）

关于一场内战的故事

献给切斯特伯爵堂胡安·德拉佩苏埃拉

一

斗篷骑士的身世及其发出的誓言

一五四一年七月五日下午，十二个西班牙人聚在佩德罗·德圣米利安的家宅中，他们都因在征服事业中建立功绩而受过国王的封赠。

他们待的那所房子一厅五室，有很大一片空地。房里的家具只有六把皮椅子、一个栎木长条凳和一张靠着墙的油渍斑斑的桌子。从远处一看，无论是房子还是住在里边的人，都显出一副跟叫花子一样的穷酸相。事实果真如此。

这十二位骑士是一五三八年四月六日拉斯萨利纳斯战役的败军之将，财物被胜利者统统没收；幸亏获准在利马居住，现在只能靠几个朋友的施舍过活。按照那些年代的惯例，胜利者本可干脆把他们绞死，可是堂弗朗西斯科·皮萨罗走在了时代的前面，更像是我们这个时代的人：对于敌人并不总是杀掉或囚禁，而只是全部或部分地剥夺他们的生活来源。有人落魄沉沦，有人飞黄腾达；有人饥肠辘辘，有人脑满肠肥——殖民地时期是这样，共和国从成立到现在依然如此。有人当锤子，有人当铁砧，每一次政治大翻个儿的变化都服从这条规律。正像民谣所说：

才出危国，

又入险境，

手鼓换人演奏，

声音并无不同。

或者像意大利人所说："刚出狼窝，又入虎穴。"

这十二位骑士是佩德罗·德圣米利安、克里斯托瓦尔·德索特罗、加西亚·德阿尔瓦拉多、弗朗西斯科·德查维斯、马丁·德毕尔巴鄂、迭戈·门德斯、胡安·罗德里格斯·巴拉甘、戈麦斯·佩雷斯、迭戈·德奥塞斯、马丁·卡里略、赫罗尼莫·德阿尔马格罗和胡安·特略。

下面我们从房子的主人开始，按十二位骑士在这篇纪事中作用的大小，非常简略地给每人画一幅历史肖像。是什么身份就给什么待遇嘛。

佩德罗·德圣米利安，圣地亚哥骑士团骑士，三十八岁，是俘获阿塔瓦尔帕的那一百七十个征服者之一。在瓜分印卡王的赎金时，他得到一百三十五马克白银，三千三百三十盎司黄金。作为堂迭戈·德阿尔马格罗元帅的忠实朋友，他始终追随他的不幸之师，最后被皮萨罗派击败而遭难。皮萨罗分子没收了他的财物，将那座搬空家具的"犹太人家宅"施舍给他——常言说得好："小麻雀何必大笼装。"圣米利安在吉星高照的年代里讲究排场，挥金如土。他勇猛无畏，举止文雅，受到普遍爱戴。

克里斯托瓦尔·德索特罗将近五十五岁，作为曾在欧洲服役的老兵，他的建议颇受重视。在拉斯萨利纳斯战役中他是步兵统领。

加西亚·德阿尔瓦拉多是个二十五岁的盛气凌人的小伙子，神态英武，生性专横，野心勃勃，对自己的长处颇为自得。他为人狡诈，不讲信义。

迭戈·门德斯原属圣地亚哥骑士团，是大名鼎鼎的罗德里戈·奥多涅斯将军的弟弟。哥哥在拉斯萨利纳斯之战中指挥那支败军，在沙场上丧生。门德斯四十三岁，更像是献媚女性的文人，而不像是行军打仗的武夫。

至于堂弗朗西斯科·德查维斯、马丁·德毕尔巴鄂、迭戈·德奥塞斯、戈麦斯·佩雷斯和马丁·卡里略，纪事作家只告诉我们，他们是胆大妄为的军人，很受同伴爱戴，都不到三十五岁。

塞维利亚人堂胡安·特略是利马城十二个缔造者之一，其他人是总监皮萨罗、司库阿隆索·里克尔梅、管库官加西亚·德萨尔塞多、塞维利亚人老尼古拉斯·德里维拉、鲁伊·迪亚斯、罗德里戈·马苏埃拉斯、克里斯托瓦尔·德佩拉尔塔、阿隆索·马丁·德堂·贝尼托、克里斯托瓦尔·帕洛米诺、萨拉曼卡人小尼古拉斯·德里维拉和书记官皮卡多。利马市议会最初的两位市长就是老里维拉和胡安·特略。可以看出，胡安·特略这位贵族曾是重要人物，我们介绍的这个时期他四十六岁。

赫罗尼莫·德阿尔马格罗跟阿尔马格罗元帅生在同一座城市，由于他们同乡又同姓，所以二人以堂兄弟相称。实际上并没有这样一层亲戚关系，因为堂迭戈原来是个可怜的弃婴。赫罗尼莫将近四十岁。

胡安·罗德里格斯·巴拉甘也是四十岁，被认为是颇有胆识而又经验丰富的人。

众所周知，现在，大凡自以为有点身份的人，都不会只穿衬衣加坎肩上街，古代也是一样，没有一个想被看作体面人物的人敢不穿外面的斗篷抛头露面。古代西班牙人，无论是散步赴宴还是参加宗教活动，也不管天气是冷是热，总是斗篷不离身。因此我想，蒙特亚古多部长一八二二年颁布法令禁止西班牙人穿斗篷之举对于秘鲁独立的意义，犹如起义军打胜一场大战役一样重要。斗篷一经废止，西班牙也就完了。

说到这十二位贵族贫穷落拓到何种地步，就是他们只有一件斗篷，有人不得不出门时，其余十一个人因为没有必须穿的衣服，只能憋在家里。

一天，安东尼奥·皮卡多——堂弗朗西斯科·皮萨罗的书记官，其实不如说是毁灭他的魔鬼——说起这班贵族时，称他们是"斗篷骑士"。这诨号一下子走红，便一传一地叫开了。

这里得简单介绍一下皮卡多的履历。

皮卡多一五三四年来到秘鲁，当时他是指挥著名的墨西哥登陆行动的堂佩德罗·德阿尔瓦拉多元帅的书记官。阿尔瓦拉多曾企图使北美的一些土地，不被划入皇帝授权皮萨罗进行征服的辖区之内，为此几乎与堂迭戈·德阿尔马格罗交战。这时皮卡多向阿尔马格罗出卖了自己上司的秘密，一天夜里，他怀疑丑行败露，逃到敌方营地。元帅派人追赶但没抓到，遂写信给堂迭戈说，如不交回这个不忠的下属，他决不谅解。尊贵的阿尔马格罗拒绝了这个要求，救了他的性命，可就是这样一个人后来给他和他的部下造成了莫大灾难。

堂弗朗西斯科·皮萨罗侯爵任用皮卡多做了书记官，使他对自己发挥了决定性的致命影响。就是皮卡多抑制了这位省督的侠义心肠，唆使他顽固地采取敌视态度来惩罚他的对手——这些人除了在拉斯萨利纳斯战役中被打败外，并没有什么罪行劣迹。

转眼到了一五四一年，据确实消息说，国王得知这些领地中发生的事件后，派遣获得硕士学位的堂克里斯托瓦尔·巴卡·德卡斯特罗追究省督的罪责。这时，阿尔马格罗分子准备为堂迭戈被杀伸张正义，派阿隆索·波托卡雷罗和胡安·巴尔萨两位统领去迎接王室钦差大臣，事先向他报告情况。但这位调查法官却迟迟不到，因疾病流行和海上旅途不顺，抵达诸王之城的日期一拖再拖。

与此同时，皮萨罗还想从斗篷骑士中招兵买马，并给索特罗和查维斯等人传去音讯，表示愿意帮他们摆脱所处的贫穷境地。但为了阿尔马格罗分子的荣誉，应该说明，他们并没有低声下气地去要那点嗟来之食。

事情到了这种地步，皮卡多的骄横日甚一日，千方百计地侮辱"智利帮"（这是他们对阿尔马格罗追随者的称呼）。阿尔马格罗分子恼羞成怒，一天夜晚在绞刑架上系了三条绳子，每条拴一张纸条，上写："绞死皮萨罗""绞死皮卡多""绞死贝拉斯克斯"。

侯爵得知他们竟敢如此犯上，非但没有生气，反而笑着说：

"可怜的家伙！应该让他们发泄一下心中的闷气。他们够惨的，我们不该再找他们的麻烦了。他们是输了的赌徒，才做出这种极端的事来。"

可是皮卡多倒真像他的名字一样被激怒了。[1] 就在那天——六月五日黄昏，穿上一件紧身背心和一件镶着银护胸的短斗篷，骑上一匹骏马，在小阿尔马格罗的保护人胡安·德拉达的家门前和十二个骑士的住所佩德罗·德圣米利安家宅前驰来驰去，策马扬鞭转了好几圈。这样挑衅还嫌不够，当有的骑士出门查看时，他甚至用刀划破他们的袖子，随口说："叫智利帮尝尝厉害！"接着用马刺一刺，扬长而去。

斗篷骑士们立刻派人去请胡安·德拉达。

小阿尔马格罗十九岁时成了孤儿，皮萨罗答应做他的义父，而且果然让他住进了宫中。可是这后生听腻了有损元帅及其朋友的坏话，离开侯爵成了胡安·德拉达的学生。胡安·德拉达是位敢作敢为、颇受尊敬的老人，出生于卡斯蒂利亚省一个高贵人家，公认他处事稳重，经验丰富。他住在"纽扣匠人弄"的门厅里（在利马，小手艺匠统称纽扣匠人，别的地方叫金银绦带匠），那里的几个房间直到今天还被称作"教士胡同"[2]。拉达把小阿尔马格罗视为亲生儿子和为元帅之死报仇雪恨的一面旗帜，而所谓"智利帮"当时共有二百多人，他们虽然都承认年轻的堂迭戈是头领，却把拉达视为给暴动分子撑腰打气和指引方向的合适人选。

得知骑士们召唤，拉达匆匆前往。老人到后，听说皮卡多又来侮辱，顿时怒气满胸，大家决定不等王室派的代表来主持正义，而是立

---

1 皮卡多，在西班牙语中有生气、被激怒之意。
2 "教士胡同"今天是堂佩德罗·比利亚维森西奥的财产和住宅。——原注

即行动，惩罚侯爵和他那骄横傲慢的书记官。

那天下午，穿着那群人那件斗篷的加西亚·德阿尔瓦拉多，一下子把它扯下来甩在地上，踩在上面说：

"让我们为拯救我们的灵魂发誓，誓为维护小阿尔马格罗的权利而死，誓要从这件斗篷上剪出安东尼奥·皮卡多的裹尸布！"

二

斗篷骑士实施的大胆行动

事情虽然策划得极其秘密，但侯爵还是觉察到智利帮经常举行非法集会，他们中间洋溢着一种无声的动乱气氛，他们在购买武器，还有，当拉达和小阿尔马格罗上街时，总有几个追随者远远地跟在身后做保镖。虽然如此，侯爵并没有吩咐采取任何预防措施。

省督在无所作为期间，接到好几个督办区的信件，报告说智利帮正不加掩饰地准备在全国举事。面对揭露的这些情况和其他迹象，他不得不在一天早上命人召来胡安·德拉达。

拉达来到时，皮萨罗正站在省督宫花园一棵桔树下（这棵树现在还活着）。据埃雷拉在他所著《数十年》一书中说，二人进行的对话是这样的：

"胡安·德拉达，有人对我说，你们一直在购买武器准备杀我，这是怎么回事？"

"先生，实际上我是买了两套护胸甲和一套锁子甲来防身的。"

"那么是什么原因促使你现在比过去更加注意置备武器呢？"

"先生，因为有人告诉我们，阁下在收集长矛，准备把我们都杀死，其实这也是众所周知的。阁下索性把我们干掉，愿意怎么办就怎么办好了。既然先砍了头，我不知道为什么还一定要留着脚。[1] 还听说

1　此句一语双关，意为你已杀了老阿尔马格罗，何必还要留着他的追随者呢？

阁下想杀死国王派到这里来的法官。如果您打算这么做，并且决心干掉智利帮，请不要都杀死。请阁下用一条船把迭戈流放出去，他是无辜的，我愿意跟他走，到命运想把我们带到的地方去。"

"是谁使你相信会有这样背信弃义的卑劣行为？我从来没想干这样的事，我比你更希望法官尽快到达。其实，要是同意乘坐我派到巴拿马去的船，他早就到这儿了。至于武器嘛，你知道有一天我出去打猎，去的人里谁也没有带长矛。我确实吩咐仆人买一支，他们买了四支。请求上帝吧，胡安·德拉达，但愿法官快来，了结这些事情，愿上帝福佑事实！"

有人说过，敌人的忠言不可不听，这话有点道理。如果皮萨罗听从狡猾的拉达当时的劝告，立刻把阿尔马格罗流放，也许会躲过那悲惨结局的。

两人又用友好的口气聊了一会儿。拉达临走时，皮萨罗亲手从树上摘下六个桔子送给他，那是利马城最早结出的桔子。

堂弗朗西斯科以为，经过这次会见，已经消除了一切危险，所以，虽仍不断接到报告，但他根本没有放在心上。

六月二十五日下午，一位牧师派人告诉他，说他在听一个人秘密忏悔时得知，阿尔马格罗分子企图暗杀他，而且很快就要动手。"这牧师想当主教。"侯爵说。接着他像平时一样，认为不会出事，由老尼古拉斯·德里维拉陪着，没有带保镖就去散步和玩掷球游戏。

当晚就寝时，小侍从一边帮他脱衣一边说：

"侯爵大人，街上到处都在传，说'智利帮'要杀大人。"

"嘻，别多嘴，小毛孩子，这些事你不懂。"皮萨罗打断了他的话头。

六月二十六日星期日清早，侯爵起床后有点心神不安。

九点钟，他召见法官胡安·德贝拉斯克斯，要他设法了解"智利帮"的计划，如果预感有什么严重情况，不必商量，立刻把头领和主要同伙关进监狱。贝拉斯克斯做了回答，事情后来的发展使这个回答颇有滑稽味道：

"大人放心，只要这权杖在我手里，我向上帝发誓，绝对伤不着您半点皮毛！"

皮萨罗一反常规，没有出宫听弥撒，而是让人给他在宫中小礼拜堂唱弥撒。

看来贝拉斯克斯没有为侯爵的命令保密（其实他该这样做），而是对司库官阿隆索·里克尔梅和另外几个人说了。这事很快传到佩德罗·德米利安那里，他赶到拉达家中，许多参加密谋的人都聚在那里，他把知道的消息告诉他们，又说："是动手的时候了。如果拖到明天，他们今天就会把咱们碎尸万段。"

胡安·德拉达、马丁·德毕尔巴鄂、迭戈·门德斯、克里斯托瓦尔·德索萨、马丁·卡里略、佩德罗·德圣米利安、胡安·德波拉斯、戈麦斯·佩雷斯、阿沃兰查、纳瓦埃斯等共十九个密谋者，急忙走出"教士胡同"（百姓们说是"织席匠街"，其实不然），直奔省督宫；与此同时，其他人分赴城中各地，执行其他使命。

戈麦斯·佩雷斯绕了个小弯，免得掉进水洼，招来胡安·德拉达一顿臭骂："咱这是到血池子里去洗澡，阁下还在小心地怕弄湿脚？快回去吧，你不是干这个的料。"

当时广场上有五百多行人，大概是去听十二点的弥撒的，都无动于衷地看着那伙人。几个精明人看出点苗头，只说了一句："这帮人是去杀侯爵或皮卡多的。"

身为秘鲁省督和督军的堂弗朗西斯科·皮萨罗侯爵，正在宫中一间大厅里和入选的基多主教、贝拉斯克斯法官以及另外十五位朋友喝茶闲谈，突然，一名侍从跑进来大声喊道："智利帮杀侯爵来了，大人！"

众人顿时乱作一团，有的沿走廊跑向花园，有的从窗口跳到街上。贝拉斯克斯法官也在跳窗户，为了抓牢栏杆，把法官权杖叼在嘴里。如此说来，他没有背弃三小时前发出的誓言：显而易见，此时侯爵身陷困境，那是因为法官没把权杖拿在手里，而是叼在嘴里了。

这时密谋者已经杀死一名统领，刺伤三四名仆人。皮萨罗穿着没有系紧的盔甲（场地狭窄，不能仔细系扎），斜披着斗篷当盾牌，手中持剑出门抵挡。跟他一起迎敌的，是他的同胞兄弟马丁·德阿尔坎塔拉，还有胡安·奥尔蒂斯·德萨拉特和两名侍从。

侯爵不顾六十三岁高龄，像壮年小伙子一般抖擞精神，奋力拼杀。四个手下人像他一样英勇无畏。他和那四人守住一道门，密谋者怎么也冲不进门槛。

"叛徒！为什么要杀我？无耻！像强盗一样袭击我的家！"皮萨罗挥着剑怒斥。拉达推一个密谋者向他扑来，被他一剑刺伤，这时马丁·德毕尔巴鄂砍来一刀，正中他脖颈。

秘鲁征服者只喊了一声"耶稣！"便倒下了，手指在地上画了一个血红的十字，吻着它。

这时，胡安·罗德里格斯·巴拉甘用一只瓜达拉哈拉细脖陶罐打破他的头，顿时鲜血直涌，堂弗朗西斯科·皮萨罗咽了气。

马丁·德阿尔坎塔拉、两个侍从和他一起被杀，奥尔蒂斯·德萨拉特身受重伤。

后来，密谋分子要抬出皮萨罗的尸体，拖着周游广场，但基多主教再三恳求，享有威望的胡安·德拉达也不同意，如此野蛮残酷的事才没有干出来。夜里，侯爵的两名下级仆役洗净尸体，给他穿上圣地亚哥骑士的衣服，但没套马刺（已经找不到了），在今天成为大教堂处所的院子（现在仍叫"桔树院"）挖了一座坟墓掩埋了。如今皮萨罗的遗体装在一口棺材里，上面盖着一块插有金别针的天鹅绒，停在大教堂主圣坛下面——至少大家以为是这样。

密谋者杀人后，走出宫院来到广场，高呼："国王万岁！""暴君已死！""阿尔马格罗万岁！""愿国家恢复公正！"胡安·德拉达满意地搓着手说："元帅生前交了这样一伙朋友，他们巧妙地向杀死他的人讨还了血债，等人们知道了这事的那一天该是多好哇！"

接着逮捕了赫罗尼莫·德阿利亚加、皇家收税官伊利安·苏亚雷斯·德卡瓦哈尔、市政会市长老尼古拉斯·德里维拉和利马许多头面人物。侯爵、侯爵弟弟阿尔坎塔拉和皮卡多的家被洗劫一空。从侯爵家劫掠的战利品价值十万比索，阿尔坎塔拉家的值一万五千比索，皮卡多家的值四万比索。

下午三点时分，二百多名阿尔马格罗分子已经成立起新政府，把小阿尔马格罗接入宫中，拥立为省督，等候国王赐予别的称号；尊奉克里斯托瓦尔·德索特罗为督军，授权胡安·德拉达指挥军队。

无论在利马还是库斯科，施恩会的教士都是亲阿尔马格罗的，他们抬出圣体匣举行宗教游行，急忙承认了新政府。修士在征服者的内讧中一直扮演重要角色，有的甚至把圣灵讲坛变成诋毁自己不喜欢一派的讲台。为了证明讲经布道对军人的巨大影响，现将一五五三年弗朗西斯科·希龙[1]写给巴尔塔萨尔·梅尔加莱霍的信件抄录如下，信上说：

> 高贵尊敬的大人：知悉神父大人用言辞对我开战甚于士兵用武器反对我。但愿在此事上改弦易辙，否则上帝一旦使我获胜，我将被迫不顾我们的友情和神父大人的神父身份。望高贵尊敬的大人自重。——写自我设在帕查卡马克的司令部。——您的奴仆吻神父大人的手。——弗朗西斯科·埃尔南德斯·希龙。

这里要做一条历史批注：这场阴谋的中心人物始终是拉达。小阿尔马格罗并不知道追随者的全部计划，关于刺杀皮萨罗行动，也没有征求他的意见，在这件事情上，这位年轻首领只是接受既成事实而已。

贝拉斯克斯主教被捕后，他的兄弟、库斯科主教维森特·巴尔维德修士（就是在抓捕和折磨阿塔瓦尔帕事件中起了重大作用的那个多明我会狂热教徒）设法让他逃走了。后来，兄弟二人搭上船只准备投

1　弗朗西斯科·埃尔南德斯·希龙（1510—1554），西班牙征服者。在秘鲁反对皮萨罗，领导暴动反对拉加斯卡总督，平息后被处决。

靠巴卡·德卡斯特罗，但在普纳岛上，与另外十六个西班牙人一起被印第安人用弓箭射死。教会是否把巴尔维德神父尊为殉难者之一，我们不太清楚。

事实是贝拉斯克斯逃出龙潭又进了虎穴。即使不是这样，斗篷骑士也不会饶过他。

从刚刚出现暴动迹象时起，安东尼奥·皮卡多就藏进司库官里克尔梅的家。次日，藏身地暴露，密谋者们去抓他。里克尔梅对阿尔马格罗分子说"不知道皮卡多先生在哪儿"，同时却用眼色示意，让他们到床下去搜。为人如此卖友求荣，恕我的秃笔无以评说。

斗篷骑士征得堂迭戈的赞同，在胡安·德拉达的主持下组成审判法庭。他们一一当面斥责皮卡多，说他在皮萨罗身边掌握全权时对他们横加侮辱，接着对他用刑，逼他说出侯爵隐藏财宝的地方。最后，九月二十九日，他们在广场砍了他的头。当时，在四名持长矛士兵和两名持火枪和火绳士兵的护卫下，由会讲西班牙语的黑人科斯梅·莱德斯马在鼓声中用西班牙语高声宣读了一份告示："此人在本处诸王国制造动乱，焚烧并侵吞大量王室财物，且严重损害侯爵声誉，对许多财物知情不举，并在此地收受巨额黄金贿赂，为此国王陛下诏命处以死刑。"

斗篷骑士的誓言一点不差地得到兑现：那件不寻常的斗篷做了安东尼奥·皮卡多的裹尸布。

三

首领和十二个骑士的下场

我们不想对小阿尔马格罗充当首领的十四个半月做详细记述，也不想为巴卡·德卡斯特罗为战胜他而被迫进行的战事修史作传。因此，我们只是粗略地讲讲其间的重大事件。

由于在利马居民中得不到什么支持，堂迭戈不得不弃城而走，到拥有众多追随者的瓜曼加和库斯科去扩充人马。开始撤退前几天，弗朗西斯科·德查维斯去找他诉说不满，由于没得到补偿，他说："我不愿再做你的朋友，现在就把剑和马还给你。"胡安·德拉达以抗上不遵的罪名将他逮捕，接着下令砍头，一个斗篷骑士就这样结束了一生。

胡安·德拉达年事已高，又因积劳过度身体虚弱，行动一开始就死在豪哈，这对暴动之举是一次致命打击。加西亚·德阿尔瓦拉多继之出任将军，克里斯托瓦尔·德索特罗被委任为副将军。

两位军事首领不久就发生分歧。当时索特罗卧病在床，加西亚·德阿尔瓦拉多去见他，要求他对几句话做出解释。副将军说："我不记得对你和阿尔瓦拉多家族说过什么。不过要是说过，那我现在还要说，以我这样的身份地位，根本不把阿尔瓦拉多家族放在眼里。这会儿我在发烧，身子很弱，等烧退了再用剑尖来要求我做解释吧。"于是，性如烈火的加西亚·德阿尔瓦拉多卑鄙地将他刺伤，一个部下结果了他的性命。第二个斗篷骑士就这样死去。

小阿尔马格罗本想立即惩办背信弃义的凶手，但又恐大事难成，只得作罢。加西亚·德阿尔瓦拉多凭借在士兵中的威望变得飞扬跋扈，密谋甩掉堂迭戈，然后按自己的意愿行事，要么与巴卡·德卡斯特罗交战，要么与他讲和。阿尔马格罗狡猾地佯装不知，反而设法争取阿尔瓦拉多的信任，后来巧妙地设下一计，请他参加佩德罗·德圣米利安在库斯科举行的一次宴会。就在那里的宴席上，堂迭戈的一名心腹冲向堂加西亚说：

"束手就擒吧！"

"不是就擒，是就戮！"阿尔马格罗补充一句，说着刺了一刀，另几位客人上前给他送了终。

还没向敌方开战，就这样折损了三个斗篷骑士。上帝早有安排：所有人都要在自己的血泊中暴亡。

与此同时，决定性的时刻日益临近，巴卡·德卡斯特罗向阿尔马格罗提议讲和，并发出一份赦罪书，但恰恰把仍然活着的九个斗篷骑士和另外两三个西班牙人排除在外。

一五四二年九月十六日，星期日，内战随着残酷的丘帕斯战役而告结束。战斗中，阿尔马格罗率领五百士兵厮杀，几乎战胜巴卡·德卡斯特罗麾下的八百人。战斗的第一个小时中，胜利似乎倾向于年轻的首领一方，因为迭戈·德奥塞斯指挥手下一支队伍，彻底击败了敌方一支分队。若不是弗朗西斯科·德卡瓦哈尔在巴卡·德卡斯特罗的人马中重整队形勇猛拼杀，还有更重要的，若不是指挥阿尔马格罗炮队的佩德罗·德坎迪亚用兵无能或有意背叛，"智利帮"必胜无疑。

双方死亡二百四十多人，还有许多人受伤。交战者兵力这么少而死伤如此之多，只能说明双方进行了势均力敌的拼搏战，须知阿尔马格罗分子对自己的年轻首领犹如对他父帅一样高度狂热。如此看来，古往今来，对事业的狂热总是造就英雄和烈士的。

那真是只有大胆无畏的人才能进入沙场的时代。战斗到最后总是肉搏战，精力旺盛、动作灵活和士气高昂是胜利的关键。

当时使用的是火枪，撞针枪是三百年后才发明的。火枪简直是士兵的累赘，不带点燃引线用的火镰、火石和火绒，滑膛枪和火枪这类武器就不能用。炮兵还处于初创时期，那些石炮、小口径长炮要说有什么用处，也不过像爆竹一样，声音大能吵人。严格说来，火药放出的都是礼炮，因为还不知道瞄准范围，炮弹不知会射到什么鬼地方。现在不论胆小鬼还是勇士，死在沙场就像解三次方程一样干净利索，真是快事！一个人的死，就像算术一样准确规矩，既没有加减错误也没有抄写错误。总之，让灵魂这样进入另一个世界应该是个安慰。干脆说吧，现在的炮弹是懂科学的炮弹，生来就受过教育，就清楚地知道落在什么地方。这就是进步。

获胜的希望全部化为泡影，马丁·德毕尔巴鄂和赫罗尼莫·德阿尔马格罗仍不愿离开战场，高呼着"打死我，侯爵是我杀的！"冲向敌群。他们立刻被杀死，尸体第二天被切割成好几块。

佩德罗·德圣米利安、马丁·卡里略和胡安·特略被俘，巴卡·德卡斯特罗下令立即砍头。

迭戈·德奥塞斯，这个给忠于王室的军队造成惨重伤亡的勇将，得以逃离战场，但没过几天就在瓜曼加被斩首。

留在库斯科任督军的胡安·罗德里格斯·巴拉甘在城里被俘，立刻被处死。堂迭戈建立的政府当局得知他已战败，宣布倒戈，投向胜利一方，以求得宽恕和赏赐。

印卡王族曼科为反对西班牙的征服，在安第斯山峰中保存着一支人数众多的印第安人军队。迭戈·门德斯和戈麦斯·佩雷斯在那里找到藏身之地，一直住到一五四四年末。此前一天，戈麦斯·佩雷斯与印卡王族曼科吵架，用匕首将他刺死，于是印第安人杀死了这两个骑士和到那里寻求避难的四个西班牙人。

小阿尔马格罗拼死战斗到最后一刻，见战局已定，无力回天，策马冲向佩德罗·德坎迪亚，大骂"叛徒！"，挺起长矛刺进他的心脏。这时，迭戈·德门德斯催他快逃，投奔印卡王族，可门德斯突然心血来潮，要进库斯科城与情妇告别，结果他们没有逃成。就因这一着失算，这位勇敢无畏的年轻首领被俘，门德斯侥幸脱身，后来如上面所说死在印第安人手里。

于是开庭审讯，堂迭戈被判死刑。他不服判决，上诉到巴拿马检审庭和国王，结果被驳回。这时他从容地说："我要把巴卡·德卡斯特罗带到上帝的法庭，我们俩将同时接受无情的审判。既然我死的地方就是砍死我父亲的地方，只求把我埋在同一座坟墓他的尸体下边。"

他在受刑就戮时表现了雄赳赳的气概（一位亲眼目睹行刑的纪事作家这么说）。在即将行刑的最后一刻，他不让人蒙眼，而是专注地看着耶稣受难像。行刑后，根据他的要求，人们把他埋在他父帅那座坟墓里。

这位二十四岁的少年男儿，是一位巴拿马印第安贵族妇女所生，中等身材，秀气的脸庞，工于心计略像其父，慷慨豪爽胜过为人大方、乐善好施的父亲，而且像父亲一样善于博得手下人的狂热爱戴。

随着首领和斗篷骑士相继惨死，"智利帮"就这样在秘鲁消失了。

大力士堂阿隆索（1542）

据说，平原上的英雄、委内瑞拉的派斯[1]将军在与宗主国进行"殊死战"时，俘虏了一名享有大力士名声的大块头西班牙士兵。这位爱国派将军对他说：

"听我说，西班牙佬，你要能摔倒我，就饶了你的小命。"

俘虏心中暗自一笑，接受了挑战，自以为稳操胜券。可派斯将军进行这类较量时，多凭智取不靠力拼，所以两分钟后，便把西班牙士兵摔了个仰面朝天。

于是将军说：

"嗨，孬种，准备挨枪子吧！"

听到这话，西班牙士兵不动声色地说：

"好吧将军大人，阁下跟我较量，就像猫逗耗子一样，现在就吃了我吧。"

猜得出，派斯觉得这话回答得很中听，饶了俘虏一命。

保王军里还有一个力大无穷的人，那就是桑塔利亚少校。据说他常拿起一叠四十张普通纸牌，抬手一劈两半，口中说道：

"这一手好多人都能来。"

后来，八十张优质版纸的纸牌叠成一摞，他还能一劈两半，口中说道：

1　何塞·安东尼奥·派斯（1790—1873），委内瑞拉军人。玻利瓦尔战友，率领平原骑兵部队多次击败保王军。一八二一年指挥卡拉沃沃战役，使委内瑞拉赢得独立，后数次任委内瑞拉总统。

"这一手能来的人不多。"

最后，一百六十张叠成一摞，他猛一用力又劈开，带着胜利自得的神气说：

"这一手就只有我桑塔利亚少校能来了。"

不过说起大力士的这类事情，派斯、桑塔利亚以及所有现代的参孙[1]，跟我说的堂阿隆索相比，只能算是吃奶的娃娃。关于堂阿隆索这个人，一位纪事作家说，当他的坐骑疲累不支的时候，他连马鞍子什么的也不卸，能把马扛起来，继续健步如飞地赶路。

*　　*　　*

征服者们称的"大力士"堂阿隆索是阿隆索·迪亚斯上尉，他是巴拿马都督堂佩德罗·阿里亚斯·达维拉的亲属。

在爆发拥戴小阿尔马格罗的反叛行动时，堂阿隆索已是库斯科居民。他非常尊敬皮萨罗侯爵，不想离开那座城市，便藏在城里，策划举事，支持国王派来平息秘鲁暴乱的巴卡·德卡斯特罗。

保王军八百名士兵离开瓜曼加，准备与阿尔马格罗手下的六百人交战，堂阿隆索得知这一消息后，离开藏身之地，前往丘帕斯战场，想及时赶到那里，参加一五四二年九月十六日进行的那场大战。

在只差几里就到达巴卡·德卡斯特罗的营帐时，他突然看见三名士兵骑着骏马疾驰而来，原来是巴卡·德卡斯特罗的人，要到库斯科去报告阿尔马格罗分子伤亡惨重的消息。

阿隆索·迪亚斯拦住一名报信士兵，士兵认出他是忠于王室的人，又是跟皮萨罗一起最早来到秘鲁诸王国的征服者，便翻身下马，激动地喊：

"大喜讯，上尉先生！国王万岁！暴君被打败了！"

1　参孙，《圣经·旧约》中人物，以力大著称。

堂阿隆索听到这大喜的消息，非常高兴，一下子扑进士兵的双臂，不住地说：

"国王万岁！使劲拥抱我，勇士，使劲！"

大力士堂阿隆索抱得那么紧，用力那么猛，那士兵大叫一声，吐出一口鲜血，扑通一声倒下了。

在征服时期的战斗中，阿隆索·迪亚斯不是用剑，而是用手臂杀印第安人，可他在因为胜利而极度兴奋时，却忘了自己的手臂能置人死地。

这个无意识地杀了人的人受到审判，巴卡·德卡斯特罗宣布他无罪，但禁止他今后拥抱任何人，不管是朋友还是敌人，是女人还是男人，否则处以死刑。

德门迪武卢先生在他著的《秘鲁历史辞典》为阿隆索·迪亚斯撰写的词条中说，从西班牙传来一道圣旨，剥夺了这位大力士拥抱的权利。我想，这道圣旨大概是批准了巴卡·德卡斯特罗宣布的那项判决。

* * *

谚语说得好，斗智胜过斗力，阿隆索·迪亚斯与弗朗西斯科·德比利亚卡斯廷一场比剑决斗的结果就证明了这个道理。比利亚卡斯廷是皮萨罗侯爵的伙伴，皮萨罗十分喜欢他，简直到了宠爱的地步，所以把瓦伊纳·卡帕克的女儿、一个名叫堂娜莱奥诺尔的公主许配给他为妻，使他成了库斯科的豪门大户之一。通过这桩婚事，比利亚卡斯廷成了阿亚维里的领主，在这片委托监护区里，有八千多印第安人向他纳贡。

比利亚卡斯廷是个丑得滑稽可笑的人。他嘴里牙齿不全，少了四颗门牙，那样子真叫人忍俊不禁。事情是这样的：一天，堂弗朗西斯科漫不经心地走在巴拿马一片树林里，突然，爬在树梢上的一只猴子狠狠向他打来一块石头，他当即吐出四颗牙齿。少顷，比利亚卡斯廷惊魂稍定，抽弓搭箭，到底把那只害得他余生之年龅牙露齿、丑陋不堪的猴子射死。还是现在的时代好哇，不用说人造假牙，甚至连人造下巴都问世了！如果我的记性不错，认识比利亚卡斯廷并跟他有点交情的加西拉索，就讲过石头打落牙齿这件事。

阿隆索·迪亚斯特别爱开玩笑，有一次取笑比利亚卡斯廷说：

"阁下只有勇气跟大胆的猴子斗，还落了个终生龅牙的下场。"

比利亚卡斯廷自尊心受到伤害，拔剑就刺，堂阿隆索急忙自卫，两把剑交叉在一起。堂弗朗西斯科膂力不及堂阿隆索，可智力却胜他一筹，不到两三个回合，就把他狠狠刺了一剑，疼得他死去活来地熬了七八天。

* * *

阿隆索·迪亚斯卷进了希龙叛乱集团，这位叛军首领兵败被处死后，"大力士"因一五五四年王室检审庭颁布的赦免令保住了性命。此后他退居库斯科，过起平静日子，成为当地一位最富有的居民之一。可是到一五五六年，总督卡涅特侯爵怀疑发生了新的叛乱，有人说迪亚斯是煽动者，总督秘密下令用大棒子把他打死了。

有个爱打听闲事的人，是总督大人的好友，一天他问总督，为什么下令杀死这么一位大名鼎鼎的西班牙人，总督笑着说："我下令杀死他，是为了治好这疯子那拥抱的坏毛病。他的抚爱是危险的，才禁止他抚爱，可他违反王室旨意，据库斯科最有名望的十位居民做证，有人见他在一次舞会上拥抱他的一位女干亲。"

事实如何自有人知，我是既不添枝也不加叶，更不想议论内中的青红皂白。因为拥抱人也好，因为煽动叛乱也罢，反正"大力士"堂阿隆索死了也无关紧要。

圣主圣地亚哥的马（1542）

一五四二年九月十六日，进行了镇压小阿尔马格罗追随者的丘帕斯战役，这场战役打得激烈残酷。在为国王和巴卡·德卡斯特罗而战的骑兵中，有个名叫马科斯·萨拉维亚的人，虽然身粗力大，却胆小怕死。

阿尔马格罗分子是随皮萨罗一起来到秘鲁的征服者中的精华，其中许多人对于治军作战颇有经验，因此这支队伍不仅对它们年轻的首领狂热爱戴，而且素有智勇双全的名声。面对这种情况，保王派军队在开战前夕对于获胜毫无信心。

马科斯·萨拉维亚吓得连大气也不敢出，在令人恐惧得上牙打下牙的第一次冲锋中，他就险些丧命。于是，他向圣主圣地亚哥正式许愿，如果能保他在战场上不失性命，就把自己的马匹送给他。

那时候，政府不向士兵提供马匹、马鞍和其他马具，这些东西都是骑兵自己的财产，国库另给骑兵一半军饷，作为养马之用。

因此，当时马匹奇缺，价格昂贵。即便是最不起眼的遍体伤痕的马也值一千比索，至于各位统领和重要人物的坐骑，估计都值三四千杜罗。

圣主满足了怯懦的马科斯的请求，保佑他在战斗中连一点皮毛也没有碰着。

于是该还愿了。等到第二天胜利者进驻瓦曼加的时候，马科斯就去拜见和感谢使他在战场上安然无恙的圣主圣地亚哥。可是，他怎么也不愿意割舍战马变成步兵。

他在教堂门口下了马，跪在西班牙保护神的神像前，口中说道：

"我的圣主啊，您要马有什么用？还不如要马值的钱呢。"

他从腰上的布袋里掏出价值四百比索的金币，放在圣坛上，又说：

"咱们的账就算了结了，圣主，我是欠多少还多少。"

可是，圣主圣地亚哥不认为他是这样的人，认为他奸诈狡猾，无赖透顶。那匹瘦马至少也值这两倍的价钱，跟久经沙场、深谙马情的圣主讨价还价未免太老奸巨滑了。有谁看见过把这位圣主画成用脚走路？他总是骑着神气的骏马，手握长剑或战旗的呀！

马科斯走出教堂，认镫上马；可是任凭他勒马嚼、踢马刺和抽马鞭，统统无济于事，那匹鬼马死活不肯迈步。本来那马一向性情温驯，根本没有直起身子使性子不走的事，这次却生来第一次表现出不听使唤和脾气固执。这不是因为别的，只能是神灵附体的缘故。

萨拉维亚又腻又烦，只好翻身下马，回到圣坛前面，对圣主说：

"唉，老滑头！没有人能打你的鬼主意。"

他把跟先前放的同样数目的金币搁在圣坛上。数目凑齐了，八百比索。

他重新上马，温驯的马像往常一样，迈着平稳的步子，继续向营地走去。

马科斯·萨拉维亚回首望望教堂，像祷告的人一样从牙缝里喃喃地说：

> 西班牙保护神圣地亚哥，
> 你这圣主真是了不起，
> 实在不简单。
> 你答应帮忙避灾难，
> 可又把最坏的马卖给我们，
> 一点不降价钱。

叛徒洛佩·德阿吉雷（1544）

探头看看某些人的灵魂深处，会吓得人心惊胆战。只要提起洛佩·德阿吉雷的名字，就足以令人毛骨悚然。

对于秘鲁来说，十六世纪是个罪行累累、恶棍横行的时代。真像是西班牙打开了监牢的大门，里边的囚犯逃将出来，相约到这个地方来会聚一样。征服中的暴行，皮萨罗分子与阿尔马格罗分子之间的战争，以及戈迪内斯[1]在波托西暴动中的恶劣行径，犹如一支狂热幻想曲的造物一样，映射在过去的三个世纪之中。人们不愿接受历史的证词。

一五四四年，许多冒险家随同佩拉尔瓦雷斯统领来到秘鲁，其中一个名叫洛佩·德阿吉雷，他是个二十三岁的小伙子，因为是最好的骑手之一而很有名气。他出生于吉普斯科亚的奥尼亚特的一个贵族家庭，他家在族徽上赫然绣着这样一句话当作骑士的口号："丢掉一切，保住名誉。"但他大部分青少年时期是在安达露西亚度过的，那时他整天骑马兜风练出一身好骑术，又因生性爱吵架，动不动对人拳脚相加，所以声名相当狼藉。

在贡萨洛·皮萨罗反叛王室时，阿吉雷加入了他的帮伙。拉加斯卡硕士来到秘鲁后，贡萨洛在一五四九年被迫撤出利马，阿吉雷是他最宠信的统领之一，便命他带领四十名骑兵掩护撤退。

撤退刚刚开始，洛佩·德阿吉雷就带着人马后退，高喊着"国王万岁！杀死暴君皮萨罗！"进了利马城。

---

1 布拉斯科·戈迪内斯（？—1553），西班牙冒险家，随皮萨罗征服秘鲁，残酷屠杀反对西班牙征服的起义者，剥削印第安人，一五五三年被处死。

他倒戈支持拉加斯卡，在城里杀了两个追随贡萨洛的人，而且在整个战斗中凶残狠毒。洛佩·德阿吉雷像老虎一样喜欢看血腥气，同伴们见他头脑发热，嗜杀无度，都从慈爱心理出发，称他"疯子阿吉雷"。

到了战争结束、对保王派分子论功行赏的时候，公正大人拉加斯卡对阿吉雷的汗马功劳嗤之以鼻。阿吉雷怀恨在心，离开利马到了波托西，一五五三年杀死郡守伊诺霍萨，伙同埃加斯·德古斯曼扯旗造反，当上了一支队伍的首领。这支人马在一个星期内三次易帜：拥护国王，反对国王，又拥护国王。后来，阿吉雷投到秘鲁平定者堂阿隆索·德阿尔瓦拉多元帅的部下，元帅执意要绞死这个叛徒；可是，因为奸刁之徒总能找到靠山说情，元帅只好把意图暂埋心中。

后来阿吉雷跟弗朗西斯科·希龙作战，腿上受伤，落下点残疾。

最后到一五五五年，卡涅特侯爵作为秘鲁总督来到这里，要铲除一切恶行，扼杀一切暴动萌芽。他给那些不安分的家伙找了差事，派一些人去淘干据传说藏着印卡王大金锁链的池塘，派另一些人去探查麦哲伦海峡。

在莫约班巴，纳瓦拉省出生的骁勇统领佩德罗·德乌尔苏亚征得总督同意，准备到马拉尼翁河岸进行探险，寻找一块宝地，据说那里遍地是黄金，居民们在金床上睡觉。乌尔苏亚统领在新格拉纳达王国才能出众、作战英勇，早已赢得普遍赞扬，所以许许多多渴望发财的人投到他的麾下。

乌尔苏亚的一位同时代人写过一部有趣的纪事著作，名叫《波哥大的公绵羊》，给我们描述了这位首领的英勇无畏精神，以及他那高尚的贵族心肠。佩德罗·德乌尔苏亚是潘普洛纳的建造者，那是哥伦比亚最重要的城市之一。

洛佩·德阿吉雷带着一个女儿（十一岁的女孩子）来到乌尔苏亚那里。跟随乌尔苏亚一起探险的，还有绝色美人堂娜伊内斯·德阿蒂恩萨——她生于利马，是皮萨罗侯爵宠爱的征服者布拉斯·德阿蒂恩萨的千金——以及另外几个妇女，其中有一个名叫拉托拉尔瓦的阿拉贡女人，是阿吉雷的姘妇。

探险的人们越来越疲乏，可还是没有找到那个黄金国。滥竽充数的人本来劲头不大，后来就更加泄气。一天夜里，以阿吉雷为首发动了哗变，佩德罗·德乌尔苏亚和他的情妇堂娜伊内斯被杀。

暴动者宣布塞维利亚的贵族堂费尔南多·德古斯曼为将军，堂洛佩·德阿吉雷为副将军。暴动文告写好后，他恬不知耻到极点地签上了"叛徒洛佩·德阿吉雷"几个字。一位历史学家还说，当时阿吉雷说，他之所以用那个声名狼藉的绰号签署文告，是因为乌尔苏亚都督被杀以后，他们那帮人永远会被当作叛徒对待，乌鸦再黑也没有他们的翅膀黑了；因此他们用不着为自己辩解，也不必再去费力地发现马拉尼翁的黄金宝地，应该做的就是拿下秘鲁这个世界上最好的黄金国，因为天是上帝为敢于攀登的人创造的，地是上帝为敢于攻占的人创造的。

探险者们在阿吉雷的裹胁下，又慑于阿吉雷对可疑者残酷处决的淫威，承认堂费尔南多·德古斯曼是秘鲁的君主——再称他将军他已经不满足了。一天，古斯曼责备他的副将军，说对手下人这样心黑手狠有害无益，结果没过多久，报复成性的阿吉雷就把他的君主也杀死了。他率领着二百八十名匪徒——他称他们是他的"马拉尼翁人"[1]，先后到了委内瑞拉的马加里塔岛、巴伦西亚和其他几座村庄，放手让随同他的那些残暴匪徒烧杀抢掠，犯下空前的暴行。

洛佩·德阿吉雷的军旗用黑色塔夫绸做成，上面绣着两把交叉在一起的红色宝剑。

他的"马拉尼翁人"都形象地称他为"铁腕首领"。

一天早晨，"铁腕首领"起床后感到有点惊恐不安，便叫来一位多

1　一八八一年，作者已写好了长篇历史小说《马拉尼翁人》的大部分，后来手稿在米拉弗洛雷斯的大火中付之一炬。——原注

明我会修士。修士听了他的忏悔，忏悔的内容如此可怕，修士拒绝宣布他无罪。洛佩·德阿吉雷从地上站起来，传来刽子手，冷冷地说：

"立刻把这个刁滑的修士给我绞死。"

他终于落到众叛亲离、像野狼一样走投无路的地步，带着他的女儿走进一座茅屋，对她说：

"请求上帝保佑你吧。我不愿意我死了以后你变成坏女人，也不愿意人们叫你叛徒的女儿。"

不知那假装相信上帝的无耻之徒要干什么，情妇拉托拉尔瓦赶忙上前解劝，他一把推开，把匕首刺进不幸女孩的胸膛。

这时，一个名叫莱德斯马的士兵喝令洛佩投降，洛佩应声说道：

"我不向你这样的大奸人投降。"他把头转向保王军的首领，请求准许他再活几个钟头，他有重要事情必须向国王陛下的忠实仆从说明；可是首领怀疑他要耍花招，命令从阿吉雷阵营开小差的士兵克里斯托瓦尔·加林多开枪。士兵用大铳枪开了一枪，阿吉雷觉得一条胳膊受了伤，说：

"没打准！你不会瞄准吗，不安好心的家伙？"

士兵们又开一枪，打伤了他的胸部，洛佩倒下去说：

"这一枪才够格！"

有人补上一枪打死了这个暴君，那也是他的一个"马拉尼翁人"。

接着，士兵们割下他的头，把身子砍成几段；他的头颅装在一个铁笼子里，在委内瑞拉一个村庄里存放了好多年。

据一位纪事作家说，洛佩·德阿吉雷不仅在心黑手狠方面，而且在冷嘲热讽方面都把弗朗西斯科·德卡瓦哈尔[1]当作榜样。据说他曾无意撞上他的一个士兵在做祈祷，便严厉地惩罚了一顿，还说：

"我不愿意我的手下这么信仰基督，我要求他们是这样的人：敢拿灵魂做赌注跟撒旦玩掷骰子。"

1　弗朗西斯科·德卡瓦哈尔，西班牙征服者。以残忍著称，绰号"安第斯山的魔鬼"。

有一次他出外远足，为倾盆大雨所阻，气得他大声咆哮：

"上帝以为因为下雨我就不让世界颤抖了吗？那阁下可是大错特错了。让上帝看看他是跟谁来这一套吧，我可不是什么害怕下雨打雷的戴学士帽的书呆子。"

他给费利佩二世国王的信是一份难得的文件，足以使人对这个人物有个全面的了解。

洛佩·德阿吉雷死于一五六一年十二月，当时是五十岁。他面貌丑陋，身材矮小，骨瘦如柴，一条腿有残疾，眼睛歪斜，但非常好动，说话吵吵嚷嚷，极爱饶舌。

作为对人类起源于神之说的一种抗议，许多魔鬼降临到了人间，上面讲的就是这样一个魔鬼的故事。奥维多-巴尼奥斯在他那部追根问底的纪事著作中，佩德罗·西蒙在他的《历史事件详情录》中，都非常详细地讲述了叛徒阿吉雷干的种种兽行。

法官的三条理由（1544）

一五四四年十月二十七日，利马居民个个人心惶惶。原来事出有因，真的事出有因。

当他们起床之后打开房门让新鲜空气自由吹进的时候，突然听到可怕的消息，说弗朗西斯科·德卡瓦哈尔带着五十个手下士兵，人不知鬼不觉地摸进了城里，把被控是布拉斯科·努涅斯总督朋友的许多头面人物投入监牢，还绞死两个人，这两人不是一般的倒霉蛋，而是佩德罗·德尔巴尔科和马钦·德弗洛伦西亚。他俩都是大有名气的人，是最早的征服者，就是说，是在卡哈马卡广场上抓捕阿塔瓦尔帕的那些人的伙伴。

卡瓦哈尔大慈大悲地警告利马居民，说贡萨洛·皮萨罗率领着主力部队，正在两里以外的地方等候回音，如果利马城不同意贡萨洛·皮萨罗当秘鲁省督，他卡瓦哈尔就决心继续绞杀人命，抢掠东西。

当时阿尔瓦雷斯硕士早已逃之夭夭，宣布支持总督，所以塞佩达、特哈达和萨拉特三位硕士组成了王室检审庭。这几位法官被卡瓦哈尔的威胁吓得心惊胆战，赶忙召集"名人团"在市议会开会。因为时间紧迫，不可能长篇大论、咬文嚼字地争来辩去，只把事情草草议了几句，就写成一纸承认贡萨洛为省督的文告。

据"帕伦西亚人"说，萨拉特法官是个老迈昏庸的人，轮到他签字时，他先画了一个十字架，签名之前，就在十字架下面写道：

我向上帝、向这个十字架并向福音书上的话发誓，我签字是出于三条理由：因为害怕，因为害怕，还是因为害怕。

＊　　　＊　　　＊

萨拉特法官跟一个女儿住在一起，女儿名叫堂娜特蕾莎，是个正值二十岁的少女，从头到脚透着标致妩媚，血管里流动着安达露西亚人的热血，这就足以令人猜测到，她要想永远做个黄花闺女是何等艰难。其实在少男少女之间也是自然的事，那姑娘相中了卡瓦哈尔团队里的少尉布拉斯科·德索托做对象。少尉向他父亲求婚，但遭到拒绝，原来法官大人要找个高官厚禄的人做女儿的丈夫。情郎遭到拒绝后并不泄气，把他的心事告诉了卡瓦哈尔。

"岂有此理！"堂弗朗西斯科怒冲冲地吼起来，"滑稽小丑般的法官竟敢看不起我的少尉，这么呱呱叫的小伙子！我去对付那老家伙。好了，嘎小子，别那么傻呆呆的了，明天就叫你结婚，不然我就不叫弗朗西斯科·德卡瓦哈尔。我做你的证婚人就算大功告成了。你这么钟情我很难过，你得知道，小伙子，爱情是转眼就变酸的酒，不过这不关我的事，这是你的事，好坏你自己做主。我要做的就是让你结婚，打包票让你结婚，并祝你和特蕾莎小姐多儿多女，子孙满堂。"

卡瓦哈尔到了法官家里，一句开场白没说，就单刀直入地为他的干儿子向姑娘求婚。可怜的萨拉特心乱如麻，结结巴巴地推三推四，最终也只得让步。可是，等到公证人要求他签字表示同意时，这老好人叹了口气，拿起鹅毛笔写道：

凭这个十字架标记说明，我答应婚事有三条理由：因为害怕，因为害怕，还是因为害怕。

＊　　　＊　　　＊

于是，"法官的三条理由"这句话在利马就成了一句谚语。这句话我们从许多老人嘴里听说过，跟炮手提出的有九十九条理由一炮也没放那句话有异曲同工之妙，那句话是这么说的："第一条理由，没有火药。"——"剩下九十八条就别说了。"

女儿婚后不久，萨拉特得了严重的痢疾，一病不起，在接受涂油礼的那天晚上，卡瓦哈尔到他家里去看他，对他说：

"阁下要死了，这是你自找的。不要请医生了，喝一小撮用水冲的犀牛角散吧，那对你的病特别有效，就像蛋黄巧克力卷一样。"

"不，亲爱的堂弗朗西斯科先生，"萨拉特说，"我要死了，这不是我自找的，而是因为三条理由……"

"别说了，我知道。"卡瓦哈尔打断他的话头，笑着走出了垂死老人的房间。

"别给了你黑面包，还想要甜馅饼"（1544）

撇开残忍行为不谈，弗朗西斯科·德卡瓦哈尔是给我印象最好的一位历史人物。

我曾在另一个场合讲过，卡瓦哈尔生于拉加马（阿雷瓦洛村），《会说话的大理石像》一书的作者说（我不知道有什么根据），他是切萨雷·鲍尔吉亚的私生子，因此是教皇亚历山大六世[1]的孙子。如果这种说法得到证实，那就没有什么理由对他的残忍成性大惊小怪，因为他骨子里就具有老虎的本能，在这方面是无愧于他那个家族的。

他长期在西班牙从军，随同波旁王朝的卡洛斯五世参加过帕维亚战役、围困腊万纳和洗劫罗马的战事。后来，如同西班牙歌谣所说，他带着情妇卡塔丽娜·雷顿，随滕迪利亚伯爵、蒙得哈尔侯爵门多萨总督大人一行来到墨西哥。

卡塔丽娜是位葡萄牙贵妇，是唯一能对这位人称"安第斯山的魔鬼"的人有点支配权的女人。可是他对这女人并不非常尊重。比如说，有一次他在阿雷基帕请几个朋友吃饭，朋友们多喝了几杯，钻到桌子底下去了。堂娜卡塔丽娜见后叹息地说："看秘鲁怎么倒霉吧！统治它的人就是这个熊样子！"可卡瓦哈尔打断情妇的嘟哝，粗暴地说："闭嘴，老糟婆，让他们睡两个钟头醒醒酒，等醉意消了，他们当中最无

1　亚历山大六世（1431—1503），罗马教皇（1492—1503）。出身西班牙贵族，以贿选得任。力图扩张教皇国势力，控制全意大利政权，为此支持其私生子切萨雷·鲍尔吉亚直接控制罗马涅区，并不惜采用贿赂、暗杀等手段，是历史上最荒淫的教皇之一。一四九三年颁发圣谕，划分"教皇子午线"，为西班牙和葡萄牙确定殖民地范围。

能的人也会统治，而且我不仅是说统治秘鲁，而是统治半个世界。"

卡瓦哈尔到达美洲的时候，堂弗朗西斯科·皮萨罗正处在严重困境之中。印第安人起义遍及秘鲁全境，如果说库斯科的西班牙人受到可怕的围困，利马的西班牙人日子也很不好过，因为一支起义军已经占领了附近的圣克里斯托瓦尔山顶。

墨西哥总督一得到他的同胞身处险境的消息，就挑选二百名善战的士兵交给弗朗西斯科·德卡瓦哈尔指挥，一刻不停地派他火速急救那些征服者。等卡瓦哈尔赶到秘鲁时，风暴几乎已经过去，但他并没有因此而没有得到丰厚的犒赏。

这位年迈统领的最大恶习就是爱财如命，所以皮萨罗的慷慨大方赢得了他始终不渝的好感。统领对侯爵的感情如此深厚，可以说，如果没有他，就没办法在丘帕斯之战中为皮萨罗的死报仇雪恨，因为在那次战役中，之所以能够战胜小阿尔马格罗手下那狂热的军队，完全是靠了卡瓦哈尔老练的军事才能。

当第一任总督布拉斯科·努涅斯来执行国王的命令时，刚刚失去了情妇的卡瓦哈尔把财产卖了一万二千卡斯特利亚诺[1]黄金，做好了回西班牙的准备。可是，"谋事在人，成事在天"。

无论在卡亚俄，还是纳斯卡、基尔卡以及沿海的其他港口，堂弗朗西斯科都找不到一条准备起航的船能把他载回伊比利亚半岛。就在这时，他大发雷霆地喊道：

"既然陆地和海洋不同意让我在这样的时刻逃出这个匪巢，那我就发誓许诺，从今以后直到世界末日来临，让弗朗西斯科-德卡瓦哈尔的名声永远留在秘鲁。"

好家伙，他可真的留名了！

只要读一读"帕伦西亚人"或随便其他哪位著作者写的关于征服者内战的书，读到卡瓦哈尔像砍白菜一样杀人时那副冷酷又麻利的样

---

[1] 金衡，1卡斯特利亚诺合0.46克。

子，就足以叫人毛骨悚然；而且他杀的不仅是军人——因为说到底，在军人身上，抛头颅洒热血属于职业性伤亡——连教士和妇女也不放过。

卡瓦哈尔是个杀人魔王，是个传说中的妖怪，是个神秘莫测的家伙。在我国殖民地时期的历史上，没有人引起过诗人和小说家更大的幻想。卡瓦哈尔既伟大又渺小，既慷慨又吝啬，既高尚又卑鄙，是一个活生生的矛盾混合体。他的宗教感情不是他那个世纪的宗教感情，他的言谈有时闪现出不信教者的嘲讽和讥诮，他的凶残暴戾使人想起异教的罗马的暴君那些登峰造极的血腥手段，虽然如此，他身上对朋友那种忠诚不渝、牺牲自我的精神以及他那巨大的精神力量，却是值得称赞的。他是位军纪严明、通晓兵法、英勇善战的统领，所以他攻无不克，战无不胜。他是一位精明老练的政治家，"极其尊贵的人"堂贡萨洛·皮萨罗若是听从了他的劝告和主张，肯定不会落个上断头台的下场，而完全是另一番光景了。

* * *

一天下午，部下把四个忠于总督的西班牙士兵带到卡瓦哈尔面前，他们是刚刚在阿亚巴卡附近的一次交火中被俘虏的。肥胖得流油的堂弗朗西斯科对每人审问了三言两语，然后把手叉在圆鼓鼓的肚皮上，说出一句叫人心惊肉跳的话：

"小老弟，跟上帝和睦相处去吧，跟我是没法讲和的。"

就剩最后一个俘虏了，那是个二十岁的小伙子。当然，这可怜虫看到对他三个伙伴那吹胡子瞪眼的架势，便准备硬着头皮忍受。

"叫什么名字，活宝贝儿？"卡瓦哈尔问他。

"马丁·贝坦索斯，愿为阁下效劳。"士兵回答。

"贝坦索斯！姓可是够响亮的。西班牙什么地方人？"

"卡斯蒂利亚省比蒂古迪诺。"

"哈哈，小子听我告诉你，你的父亲大人是我小时候最好的朋友，当年统帅在世的时候我们常在一块儿开心取乐。像你这样当儿子的比拜神求仙还管用，谁也不会像割大麻一样砍掉你的脑袋。"

卡瓦哈尔转过身，对陪他审问的一个人说：

"拉米罗少尉，如果这小伙子真心倒戈的话，就编进阁下的连队。"

俘虏有充分理由认为自己要做刀下之鬼，这下又像死而复生的人一样庆幸起来，爽快地说：

"大人，我保证，并且凭着天堂里我那一席之地发誓，从今以后甘愿为阁下和都督大人效犬马之劳，为保卫和维护二位大人不惜鲜血和生命。"

"上帝保佑你有这么高尚的意图，孩子，跟我一块发迹吧，既然你是这个人的儿子，我要像你的生身父亲那样疼爱你。"

卡瓦哈尔在他脸上轻轻拍了一下，叫他退下去，惹得在场的人大吃一惊，因为他们从来没有见过"安第斯山的魔鬼"对人这么亲热。

可是，灾星正照在马丁·贝坦索斯头上。他看到堂弗朗西斯科对他那些怜爱的表示，越发壮起了胆子，不但不转身退出，反而像钉在地上一样站在那儿，放肆地说：

"既然大人如此开恩，那么为了更好地尽到我的职责，我想请您吩咐把马还给我，即使让我的脚离地面高点儿也好哇。"

这倒霉鬼真不该提出这样的愿望。卡瓦哈尔霎时涨红了眼睛，哑着嗓子喃喃地说：

"哈哈！好啊！给了你黑面包，还想要甜馅饼。滑头，马上就叫你尝尝厉害。你就像康波斯特拉的修道院院长，吃了熬杂烩，还想吃炖小鸡。"

他转向身旁充当行刑手的黑人士兵说：

"喂，卡拉克西奥洛，马上把这个小白脸给我绞死，吊在一棵树上绞，好让他的脚离地面高高的，他要多高就吊多高。"

马丁·贝坦索斯想弥补自己的冒失，满面忧伤地说：

"大人饶命，我用脚走甚至爬着也要跟随您，就是不想用您吩咐的办法让脚离地面高点。"

可是卡瓦哈尔转过头去，自言自语地说：

"有这么执迷不悟的吗！绞索会叫他知道天高地厚的。"

他说完就走了，嘴里哼着他最喜欢的小曲：

干亲家婆，身为村长太太的干亲家婆，
每年你都打发一个干儿子来找我，
总叫他吃我家饭，从不吃你家粮，
多有福气的干亲家村长！

已经犯的和将要犯的过错（1544）

迭戈·森特诺统领向基尔卡仓皇逃窜，沿途甩下许多掉队的士兵，弗朗西斯科·德卡瓦哈尔紧追不舍，俘虏了掉队的残兵。

一天早晨，卡瓦哈尔的侦察兵把森特诺的两个士兵带到他的跟前。

一个士兵神色威武，仪表堂堂；另一个士兵完全相反，打伤了一只眼，跌伤了一条腿，那丑陋的样子真像是桑乔·潘萨。

卡瓦哈尔对俘虏历来是速判速决，问上三言两语就得，其余的就是行刑手的事了。

这一次，"安第斯山的魔鬼"首先审问贵族模样的人，最后判他死刑。俘虏没有表现出一点为人所不齿的懦弱，只说出一段表示抗议的话：

"卡瓦哈尔先生，上帝保佑，我没有不忠行为。我的良心对我说，我没有犯背主降敌罪，该当被您判处死刑。在这场西班牙人打西班牙人的战争中，我一开始就为国王而战，从来没有变过旗号。"

"我明白，"卡瓦哈尔用他一贯的讽刺腔调说，"阁下是想留给您的后代一张清白的贵族证书，那就该知道，我绞死您就是为了成全您；既然阁下是陛下忠贞不贰的奴仆，国王一定会承认这样的事实，在儿子身上犒赏老子的功德。别糊涂了，您这一死，就是为造福子孙做好事，他们一定会感恩戴德的。既然这样，就跟这位好人去吧，念上一段像马黛茶一样苦的经文，痛痛快快地受死吧。"

说完转脸问另一个士兵：

"叫什么名字，丑八怪？"

"科斯梅·乌尔塔多，为上帝和大人效劳。"相貌丑陋的士兵说。

卡哈瓦尔听说他姓乌尔塔多，哈哈一笑，说：

"乌尔塔多！乌尔塔多！凭统帅的灵魂发誓！这才叫姗姗来迟，在我见过的所有基督教徒中从来没见过比他更丑的！他还叫'偷来的'[1]，扔到大街上也没人捡呀！"

少顷，他接着问：

"什么职业？"

"兽医。"

"难怪，看样子就比马屁股上的膏药还脏。治好了很多马吗？"

"是上帝治好的，不是我。"

"脑瓜倒挺机灵啊，滑头，就凭这点你得救了。我向来喜欢精明人。把你收在我的手下，给我队伍里的马治病。请记住，我对你宽大为怀。[2]"

"对此我求之不得。阁下把我已经犯的和将要犯的过错统统饶了，您的宽宏大量叫我心服口服。"像桑乔一样丑的人说。

*　　*　　*

几个月后，森特诺重新发起攻势，统率着一千多人到达瓦里纳，准备大战。卡瓦哈尔的人马不过五百，也准备打这一仗，但他不凭人多势众，要凭军纪严明和装备精良。尽管这位老练的副将军采取了防范措施，还是有几个不满分子在战斗前夕逃到了敌营，其中就有原是森特诺部下的科斯梅·乌尔塔多。

战斗一打响，卡瓦哈尔就向他的火枪手下了这样的命令（这是我们从好几位纪事作家那里抄来的原话）：

1　乌尔塔多原文意为"偷来的"。

2　这里原文是一句成语，意为"宽大为怀""宽宏大量"，但从字面上可直译为"饶恕你已经犯的和将要犯的过错"。

"我的孩子们，不要急着开火，白白浪费火药和子弹，瞄准了龟孙子们再打。"

这道命令下得太正确了，第一阵子弹射出去，就打死打伤二十多个保王派士兵，他们的队伍里一片惊恐。

最后森特诺打输了这一仗，兽医科斯梅·乌尔塔多又当了俘虏。当把他带到卡瓦哈尔面前时，卡瓦哈尔揪起他一只耳朵说：

"嗨，无赖！今天我可要绞死你。"

"那可不行，堂弗朗西斯科先生，您是言而有信的人，您答应过饶我不死的。"俘虏一口气地回答说。

"你在睁着眼睛说瞎话，无耻的家伙！"

"让这些先生做法官吧。有一天，大人当众对我说，我已经犯的和将要犯的过错你都饶了，十多个人都能做证。如果大人想不认账，就趁早把我绞死，不过这对您的名声不利，让它染上不守诺言的大污点。"

"看，这滑头倒真会找台阶下！"卡瓦哈尔自言自语，"糟糕的是说的是真的，我的君子之言成了他的护身符。"

当时由硕士拉加斯卡指挥的保王派军队已经快到安达瓦伊拉斯了，"安第斯山的魔鬼"生怕乌尔塔多的鬼脑瓜里再想出将要犯的别的过错，于是就放了他，允许他投奔那支队伍去了。

那个时代的西班牙人不管多么腐败邪恶，毫无信仰，却把履行诺言看得比什么都重。大概就是因为这个，才编出了一句谚语：买牛看角，交友听言。

圣安东尼奥的爱情表示（1544）

献给阿玛莉亚·普加太太

优雅的朋友，今天我讲给你的故事，
记载在一本发黄的手抄古籍上，
蛀虫咬去了结尾不知下文，
它本是一百年前在利马写就，
用的是优美的拉丁文。
作者是弗赖富尔亨西奥·佩尔林平平，
他本是修道院里逻辑学基础教师，
修道院名字就叫圣阿古斯丁。

一

当然喽！诸位怎么会知道乔皮-瓦兰加在什么地方呢？那我就不叫你们吃苦头去打听了。

乔皮-瓦兰加是胡宁省管界内一个很小的村子。早在皮萨罗分子和阿尔马格罗分子打内战的时代，这个小村子发生了一个故事，我今天要讲的就是这段民间传说。

奶奶有只小羊羔，
她说她要去杀掉，
剥下皮来做小鼓，
响鼓……不用重锤敲。

安东尼奥·卡塔里和玛格达莱娜·万卡夫妇俩都是酋长的后代，要说有美满夫妻的话，他们就是一对。

安东尼奥是个二十五岁的英俊少年，精力旺盛，比蜜蜂还能干，专一不二地爱着他的娇妻。

他开采着一个矿井，赚钱不少，过着丰衣足食的日子。

每当他在豪哈或万卡约的街头漫步时，不少夏娃的女儿冒着签字画押进炼狱赎罪的危险，冲着他唱：

> 一个风流潇洒的加那利人
> 走过我住的城区……
> 谁做了这加那利人的妻子
> 该是多么有福气！

玛格达莱娜是个漂亮姑娘，正当二十岁尚青春妙龄，像闪光的金币一样耀眼夺目，像蚂蚁一样勤劳，操持家务、侍候丈夫是一把呱呱叫的好手，用全副心肠和满腹柔情爱着她的丈夫。

说到安宁、幸福，这对小夫妻的家的确是天堂的一个角落——当然是没有毒蛇的天堂。家里没有婆婆。

他们已经放弃了父母的宗教信仰，新近做了基督教徒，热情地履行基督教规定的外来信仰的宗教仪式。无论是规定日子的弥撒，还是讲经布道和迎神会，乃至四旬斋节的忏悔，他们从来也不缺席。对他们还有什么可说的呢？是不是下决心说呢！要是下决心说，我可没有多大把握。

家中的主要装饰是一幅油画，那是卡洛斯五世雇来为美洲作画的一位著名艺术家的作品，画的是丈夫的保护神——圣主安东尼奥。圣主正值青春年华，出落得一表人才，长着海蓝色的眼睛，红润细嫩的面庞，金黄鬈曲的头发，脸上绽着甜蜜的微笑。

当然，圣主像前总点着一盏小油灯，如果说缺少那必不可少的一束鲜花，那是因为冰冷的帕斯科山区开不出花。

玛格达莱娜对她的圣主安东尼奥，像对那有血有肉的安东尼奥一样钟情。

世界上没有十全十美的幸福。这对夫妻就缺少点使家庭洋溢着欢乐的东西，这点东西就是生儿育女，因为在三年的夫妻生活里，上帝还没有屈尊赐给他们。

在孤独的时刻，玛格达莱娜跪在圣像面前，请求他像赐给待字姑娘未婚夫一样，为她创造点轻而易举的奇迹，在上帝面前说说情，让他赐予她做母亲的欢乐。

圣主安东尼奥固执地装聋作哑，逃避责任。

二

安东尼奥本来就有印第安种族的各种迷信念头，由于征服者的狂热信仰给我们传来新的迷信，他的迷信思想越加严重了。

当某个印第安人出门在外，必须离家二十四小时以上时，总在离家不远、道路的僻静之处堆起一小堆石头。如果回来时发现石头散开，他就确信无疑是妻子有了不忠行为。

安东尼奥必须到万卡约去一个礼拜。一个狂风暴雨的夜晚，有个年轻的西班牙人到他家要求借宿。他是个阿尔马格罗派的士兵，刚刚在一次交锋中战败，饿得饥肠辘辘，累得骨断筋疲，一只胳膊被火枪子弹擦伤。他只要求借宿一宵，避雨挡寒，再稍许来点吃的，也好稍稍恢复那疲惫的体力。

玛格达莱娜非常犹豫，不敢在丈夫出门时把一个陌生人留在家里。可惜那时还没有我们现在称为电报的那种能"咀嚼"语言和思想的机器，不然的话，她准会打个电报征求意见。

基督徒的慈善心肠终于压倒了她的顾忌。再说，还有矿上的三个女人和五个印第安工人和她住在一起，那外国人又有什么可怕的呢？

客人受到了殷勤的招待。玛格达莱娜亲自把一种草药敷在他的伤口上。她在裹绷带时抬眼一看，突然身子一阵震颤，失去了知觉。

原来那西班牙士兵是圣主安东尼奥，就是在她心目中争夺对丈夫之爱的圣主。就是那双眼睛，就是那副笑容，就是那头金发。

东方一亮，士兵离开她家，继续赶路去了。

三

刚过两三个钟头，安东尼奥回到家里。

路上他已经发现石头堆散开了。

从这一天起，对夫妻俩来说，幸福就不见了踪影。他把醋意藏在心里，窥视着妻子的一举一动。

玛格达莱娜像蓝天一样澄澈的良心上没有一丝负疚的乌云，但她凭着上帝赐予女人那种奇妙的本能猜到，她丈夫的心情犹如翻江倒海般的不平静。其实从丈夫刚一回来那时起，她就把他离开的几天里家中发生的事情统统告诉了他。因此，家中收留过一个阿尔马格罗派伤兵的事，安东尼奥是知道的。

这身心清白的妻子，一连几个钟头跪在圣主安东尼奥面前，在内心深处——借用一句话说吧——拍下了这位善人的形象。

在这种使夫妻感到反常、苦恼的气氛中，玛格达莱娜身上出现了做母亲的预兆。

安东尼奥脸色阴沉、眉头紧锁地等待着最关键的时刻。

四

玛格达莱娜生了一个男孩。

当收生婆把她认为是大喜消息的事情告诉安东尼奥时，他几步冲进妻子的卧室，抓起婴儿，抱到门口在阳光下仔细端详。婴儿像圣主安东尼奥一样，白皮肤，黄头发。

这一看气得他怒从心头起，恶向胆边生，拔脚就往附近的小河跑去，把刚刚出世的孩子抛进水里。

五

据传说，那时只见一个西班牙人模样的男子跳进水里，捞起婴儿，抱着上了山。

从那时起，过往行人就看见与乔皮-瓦兰加接界的山头上有一块巨大的石块或独石，远远望去，就像是怀抱婴儿的圣主安东尼奥，跟我们在教堂的神像或圣坛上看到的那位帕多瓦的圣主一模一样。

死后的一个嘴巴（1544—1546）

马略卡岛人路易斯·佩尔多莫·德帕尔马上尉是位伟大的军人和高尚的绅士。

他忠于布拉斯科·努涅斯·德维拉总督的事业，倾其所有装备了一连长矛手和后备队；可是有一次，手下的士兵说上尉欠他们军饷，总数多达一千个杜卡多，为此闹到快要散伙的地步。

佩尔多莫及时了解到这件事，来到闹事人中间。

"为什么要离开我？"他说，"我有什么事叫你们不痛快吗？难道我不是一直对你们亲如父子吗？"

"对不起，大人，"领头的人说，"拿着哗哗响的金币给国王效力可真带劲，可像这样赊着账作战，我们一点儿瘾也没有。要是陛下用得着我们，那就请他发给我们军饷。人家省督手下的兵，小日子又自在又没什么危险。咱是真人面前不说假话，我们不会到那边去，他们打的是叛军旗号；不过，倒真想到拉普拉塔镇那样的地方去，过几天舒服快活的日子。"

路易斯·佩尔多莫·德帕尔马已经年近五十，头发开始花白。他为人极其高尚，凡是跟他交往的人都对他又敬又爱。他慷慨陈词，痛斥闹事士兵的行为；这些人对自己的卑鄙做法后悔不已，纷纷宣布放弃军饷，誓死跟随上尉的旗帜。

"我不会永远没有钱，"他们的长官说，"你们稍等一会儿，我保证这次一定让你们领到军饷，否则就是我无能。"

说完，路易斯·佩尔多莫到了一个商人的家，向他借一千个杜卡多，期限八天，希望在这几天内收到家里剩下的最后一点财产变卖的钱。

商人耸耸肩说：

"希望是一钱不值的抵押品，上尉先生，那是会落空的，特别是现在这兵荒马乱的年月。我可不要这样的抵押。"

商人直截了当地表示了毫不信任的意思，换一位贵族碰到这种情况，早就打断话头，骂他是混蛋和犹太人，甚至打断他的肋骨了。可是，这位高尚的绅士摆出一副庄重的神态，从下巴上揪下一缕胡须，对商人说：

"我把这缕正直的胡子押给您八天，怎么样？"

商人也是慷慨豪爽之士，立刻满怀敬意地说：

"路易斯·佩尔多莫先生，要说用这个当抵押，我拥有的全部家当都可归您支配。请跟我来数一千个杜卡多吧。"

到期的时候，他赎回了自己的胡子。

那是什么样的时代！又是什么样的人呀！可那个时代和那些人的种子没有开花结果。

到了十九世纪这年月，在一个放高利贷人的眼里，整个下巴上的胡子能值半个小钱吗？更不用说是几根胡子了。

* * *

伊尼亚基托战役过后，路易斯·佩尔多莫·德帕尔马打了两年多内战，一直在跟贡萨洛·皮萨罗周旋。

弗朗西斯科·德卡瓦哈尔盘踞着丘吉萨卡。

路易斯·佩尔多莫隐藏在离城几里的一座山上。他跟堂弗朗西斯科军队中的贝坦索斯少尉约定，在圣米格尔节这一天杀掉弗朗西斯科，举起拥戴国王的旗帜。

城里的市议员阿隆索·卡马戈，以及贝纳迪诺·德巴尔沃亚和征服时期来到秘鲁的许多士兵卷入了这场密谋。

贝坦索斯少尉的血管里流的是犹大的血，他跑到卡瓦哈尔跟前告密，把兵变计划的细节和盘托出。"安第斯山的魔鬼"把主要密谋者一网打尽，又派知道佩尔多莫藏身之地的贝坦索斯带着四名亲信士兵，命令他们不管死活也要把他抓到丘吉萨卡。

那是晨曦初露的时刻，佩尔多莫上尉正在山林深处大大咧咧地酣睡，突然觉得树枝中间有轻微的响动，一下子惊醒。

贝坦索斯和手下四个士兵已经来到面前，站在离他两三步的地方。

佩尔多莫拔出短刀夺路而逃，一路上与追击者拼命厮杀。

他边逃边杀，来到一条五巴拉宽的小溪，溪水充沛，夹在深深的河床中急速奔流，溪上横着一根粗壮的树干权作小桥。佩尔多莫已经砍倒两个人，一只脚刚刚踏上独木桥，贝坦索斯追了上来，一刀正砍在他右手上，那一刀着实凶狠，砍得那只手只剩一根筋吊在胳膊上。

但是，佩尔多莫还是到了对岸，照着树干猛踢一脚，树干很快被急流卷走了。

那位勇士虽然疼痛难忍，仍然坚毅不屈，只见他俯下身去，用脚掌踩住砍断的手腕，使出浑身气力，用左手揪下右手，随着一声大喊："手啊，你这该死的家伙，怎么不会自卫……"便把它抛向对岸。

那只已经死去的手正好打在叛徒贝坦索斯少尉的脸上。

（据"巴伦西亚人"在他写的关于征服者内战的纪事著作中讲述）几天后，骁勇正直的路易斯·佩尔多莫·德帕尔马上尉，在山里被老虎撕成了碎块。

修士们的口头禅！（1546）

直到二十年多一点以前，利马马约尔广场上有两个镶在墙上的木制十字架。一个镶在通往佩塔特罗斯巷的拱门上方。那地方的对面就是绞刑架和耻辱柱，据此我们从基督徒的心理出发可以推测，安放这个十字架的目的，是让被处决的人在临终时刻看看我们得到超度的标志，在心情上得到安慰。[1]

另一个十字架镶在"宫殿街"和"邮政街"形成的街角上，位置正好在老尼古拉斯·德里维拉家的阳台下边，皮萨罗建利马城后，他是利马市议会的第一任市长。

这个十字架是在什么时候、因为什么安放在那里的呢？

读者先生，现在就把我经过长时间历史考证才终于弄清的事情写出来。

一

第一任秘鲁总督惨死在伊尼亚基托战役以后，这位不幸的统治者的弟弟埃尔南多·努涅斯·维拉将军在圣布埃纳文图拉港做了俘虏。

这时胜利者的满腔怒火已经稍稍平息，于是便把这位将军押解到利马，带到"极其尊贵的大人"堂贡萨洛·皮萨罗面前。贡萨洛·皮萨罗问他：

"阁下能按照古代卡斯蒂利亚骑士的风俗宣誓，保证像坐监狱一样

---

1 这个十字架现收藏在国立博物馆，名叫"被绞死者的十字架"，从前一直放在利马图书馆。——原注

住进埃尔南多·蒙特内格罗的房子，除去在规定的日子做弥撒以外不离房门，对过去治理这片土地的事情不抱怀疑、不表气愤，并且不煽动骚乱闹事吗？"

应该说这些要求太苛刻了；但是，努涅斯·维拉将军知道肩膀上的脑袋不太保险，便跪在一个十字架前，伸出右手答道：

"是的，我保证并发誓逐条做到。"

时间就这样过了几个月，君子协定的条件一点儿也没有违反。

后来终于传来一条消息，说被国王授予全权、前来制服这片王国上的骚乱者、强迫他们安分守己的拉加斯卡硕士已经到了巴拿马。这时努涅斯·维拉动了心思，他倒不想拿起武器去跟贡萨罗拼杀，而是想摆脱他的监视，逃到西班牙去，因为将军毕竟是历尽千难万险和惨痛遭遇的人。方济各会修道院院长负责安排逃跑的事，他私下里小心翼翼地约好一位船长，当时他的一条双桅帆船停泊在卡亚俄港，准备驶往尼加拉瓜。

不得不同努涅斯·维拉一起出逃的有贝纳迪诺·德洛阿伊萨上尉，他曾在瓦努科试图举起尊王的旗帜，举事失败后走投无路，被迫来到这里，住进方济各会修道院避难。那年头来不得半点含糊，参与政治的人都知道，那就是拿脑袋赌博。

万事俱备，就等着逃了；可是到了约定日的早晨，贡萨洛·皮萨罗得到详细报告，这一下……合该倒霉！真是离开阎王殿，又进鬼门关。

二

胡安·德拉托雷-比列加斯上尉——更多的人叫他"马德里人"，是在伊尼亚基托摧残总督尸体的那伙没心肝人里的一个。他残酷至极，竟然从总督尸体的下巴和上唇上揪下几根胡须，插在自己的帽徽上做装饰，而且就戴着这顶帽子，先是在基多，后是在利马的街头上耀武扬威。

也是合该这个无赖交好运，他在帕查卡马克的废墟中发现一个宝罐，从里边掏出估计价值八万杜罗的金银珠宝。贡萨洛·皮萨罗以王室的名义要求他拿出五分之一缴税，可是"马德里人"拒绝满足他的要求，反而控告到当时的检审庭去了。可谓人心不足蛇吞象，贪鬼欲壑永难填。

比列加斯上尉是方济各会修道院院长的好友，一天去看院长，请他出个主意，教他用什么方法逃出利马，把财宝带回西班牙。院长大人听他赌咒发誓保守秘密之后，把努涅斯·维拉的计划告诉了他，并说这机会对他再合适不过了，因为他可以在朝廷里把努涅斯·维拉当作保护人，这样国王就不会因为他参与反叛和摧残总督尸体而惩罚他了。

可是，当院长见到将军建议他跟"马德里人"结伴而逃的时候，将军满腔义愤地说：

"让我跟这类背信弃义的人打交道！宁肯让刽子手杀头我也不干！"

皮萨罗在加略岛上的时候，有十三个著名伙伴，堂娜胡安娜王后赐予他们"金马刺骑士"的称号。这个胡安·德拉托雷-比列加斯就是其中一人的儿子。贡萨洛被绞死四个月以后，藏在一座山洞的拉托雷被人发现，拉加斯卡下令令把他绞死。当他的父亲、加略岛上那位老人得知这叛逆儿子悲惨下场的消息时，高兴得穿着一件红斗篷，在阿雷基帕大街上走来走去，着实庆祝了一番。可见对那个时代的人来说，忠于国王的感情是多么崇高。

三

不管院长怎么转弯抹角地掩饰，比列加斯也听懂了他的意思，就是努涅斯·维拉拒绝跟他搭伙。于是他跑到宫里，说出了逃跑计划，同时却说他是出于对暴动事业的兴趣，去引诱被俘的将军，看他是怎样履行效忠誓言的，用这番花言巧语为自己的同谋行为开脱。一点不假，"不能辅尧行善的人，助纣为虐倒是把好手"。

当时跟贡萨洛在一起的，有塞佩达法官、加斯帕尔·梅希亚上尉和安东尼奥·德罗夫莱斯法警队长。皮萨罗怒气大发，转身对塞佩达法官说：

"请阁下到蒙特内格罗那所房子去，把努涅斯·维拉这个刁徒抓来，关进法庭的监狱。"

无耻的塞佩达，这个两面三刀、虚伪透顶的家伙，不等重复命令，就带着罗夫莱斯急忙出了宫门。

这时贡萨洛对梅希亚说：

"堂加斯帕尔，带上我卫队里的人到方济各会修道院去；修士们要是反抗，就绞死他们，再把洛阿伊萨抓来见我。"

加斯帕尔上尉带着拿枪持矛的人走出宫门，迎面碰上一位骑着一匹精壮母骡的教士。

教士名叫巴尔塔萨尔·德洛阿伊萨，曾经是总督的热烈拥护者，除了担任教士职务外，还一向关心政治和世俗事务。上尉不认识另一个洛阿伊萨，事情又合该这么凑巧，这位教士也住在方济各会修道院一间禅房里，故此以为下令逮捕的就是这个人。所以，上尉从街角上一看见他，就说：

"真走运！这回我们用不着多费时间瞎犯愁了。"

他一拉缰绳把骡子拦住，同时对教士说：

"快滚下来，爬下来也行，狡猾的先生，你被捕了。"

巴尔塔萨尔·德洛阿伊萨本来心中有鬼，听到这话就想反抗；可士兵们一拥而上，把他拖将下来，摔在老里维拉家的阳台下。

街上的人蜂拥过来保护教士，双方用石子对打，一颗石子打破了巴尔塔萨尔教士的头。

皮萨罗在一座阳台上听说抓错了人，赶忙派手下一名军官下来。军官走到堂加斯帕尔身旁，对他说：

"省督大人说阁下比笨驴还蠢，您把命令张冠李戴了。要抓的不是这个洛阿伊萨，是贝纳迪诺·德洛阿伊萨。"

"那我很遗憾，"梅希亚嘟嘟哝哝地说，"不过这家伙也是个该上绞架的捣乱分子。"

早已放开的洛阿伊萨教士正在脸盆里洗伤口，梅希亚带着兵要走时，他像预言家一样大声喊道：

"土匪头子！我在这儿流了血……叫你也在这儿流血。"

"可笑的预……预言家！修士们的口头禅！"梅希亚上尉用嘲笑的口吻说。

说完，就向方济各会修道院走去。

四

这样一来，由于延误了时间和出现了暴动迹象，贝纳迪诺·德洛阿伊萨乘机逃走。三四天后，就是一五四六年十一月十九日，埃尔南多·努涅斯·维拉将军因背叛誓言，在此地煽起暴动，被押到广场斩首，头颅挂在耻辱柱上。

在这位不幸的将军下跪让刽子手行刑时，法警队长安东尼奥·德罗夫莱斯骑着一匹骏马走进广场，此人是贡萨洛的一名宠信，大概是为了取悦主子，勒马来了个大转身，践踏了将军的尸体。

有气节的教士弗赖·托马斯·德圣马丁为被杀的将军做临终祈祷，目睹如此卑鄙下流的行径，不禁义愤填膺，厉声大喝：

"好狠的家伙！但愿上帝让你也落到这步田地！"

那人面兽心的家伙却无耻地哈哈一笑，掉转马头顺嘴哼哼一句：

"哼！谁把说教当回事……！修士们的口头禅……！"

五

可是，纪事作家们都说：这两个预言确实都一字不差地应验了。

一五四七年圣体节前夕，迭戈·森特诺率领手下人马到了离库斯科一英里的地方。

库斯科的守军增加了一倍，统归安东尼奥·德罗夫莱斯指挥，是贡萨洛·皮萨罗派他从利马到这儿来担任这个职务的。

午夜的钟声刚刚敲过，森特诺对他的部队训话并立下誓言：第二天，要么是他被对方的人杀死，要么他一定要在圣体游行队中的华盖上拔下一根撑杆来。

他抖擞精神奋勇攻城，天刚拂晓就告大捷。

早晨八点，罗夫莱斯的尸体已经吊在绞架上摆动；迭戈·森特诺虽然在战斗中两处负伤，但三四个小时后，他真的在圣体游行会的华盖上拔下了一根撑杆。

也许有人会说，在那个恶虎和豺狼残酷地互相吞吃的时代，要想预测某个士兵必遭惨死并不是什么困难的事，因为在那些征服者中，至少有三分之二的人都落得这样的下场。不过，加斯帕尔·梅希亚上尉的死，可真是令人称奇。

努涅斯·维拉被处决几分钟后，堂加斯帕尔骑马回宫，就在他走过老里维拉那座房子的阳台下边时，马匹突然前腿腾空直立起来，把漫不经心的加斯帕尔掀翻在地，撞在墙角上。

当人们赶去扶他时，他已经一命呜呼了。

从那时起，那里就安放了我们开头时说的那个十字架。到了这个既进步又敌视古迹的世纪，有那么一位建筑师或是泥瓦匠，不知道有关十字架的这段历史，就把它弄到不知什么地方去了。反正现在不是一六三一年了，殊不知据卡兰查记述，利马的宗教法庭曾在那一年强迫塞瓦斯蒂安·博加多悔罪，罪名就是在马兰博街上取下了几个十字架。

库斯科的皇家行刑官（1547）

一

一五四一年前后，塞维利亚省有两位情同手足的青年贵族，都是风流潇洒、家中富有而又堕落成性。

两人中年长的叫堂卡洛斯，年幼的叫堂拉斐尔。堂卡洛斯滥用朋友对他的亲密友情和一片信任，诱奸了他的妹妹。青春少年时的过失！

可是，天下事总是这样，没有永不泄露的秘密。后来人们就知道得一清二楚，以致闹得街谈巷议，满城风雨。堂拉斐尔确知受了侮辱，指天指地地赌咒发誓，要用鲜血洗刷自己的耻辱，便开始寻找诱奸者。可是堂卡洛斯呢，刚一预感到阴谋败露，就逃出塞维利亚，谁也说不清躲到什么地方去了。

受辱的哥哥到处打听了好几个月，终于从贸易署[1]一位官员的话中得知，堂卡洛斯隐姓埋名，改称安东尼奥·德罗夫莱斯，跑到西印度去了。

堂拉斐尔立刻办完变卖庄园的事务，把不幸的妹妹送进修道院，搭乘最先从加的斯起锚、开往卡亚俄的双桅帆船，来到秘鲁寻求报仇，而不是雪耻了。

二

一五四七年圣体节前夕，在距库斯科六里的地方，一个二十八岁

1　贸易署，西班牙管理对美洲殖民地交通和贸易事务的中央行政机构。一五〇三年始建于塞维利亚，一七一七年移往加的斯，一七九〇年撤销。

的英俊青年来到迭戈·森特诺上尉面前，要求当兵入伍。小伙子仪表堂堂，气宇轩昂，迭戈·森特诺上尉正在缺人之际（据加西拉索说，他只收罗了四十八个士兵参加他即将发起的冒险行动），高兴地收留了他，派他随侍左右。

安东尼奥·德罗夫莱斯已是贡萨洛·皮萨罗的红人，受命保卫库斯科，指挥着一支三百人的守军，都配备着火枪和长矛。可是，"非常崇高"的秘鲁省督这颗明星已经开始暗淡，他的党羽们都想背弃他。帝国都城[1]的居民已对他抱有敌意，正在开展活动瓦解守军的忠诚之心。

罗夫莱斯的三百名守军列成中队占据着马约尔广场。森特诺对守军的叛变寄予较大的希望，而不太指望自己士兵的奋勇厮杀。午夜刚过，他用手下的四十八个人发动进攻。枪声一响，居民们纷纷跑出来帮助攻城的士兵，没过几分钟，守军自己就高呼："森特诺！国王万岁！"

森特诺的旗帜上除了绣着国王的纹徽外，还绣着这样一句金字铭文：

> 尽管极力控制感情，
> 最终总要自卫和杀人。

枪声刚响时，佩德罗·德马尔多纳多（他是直到当时秘鲁土地上看到的最魁梧的人，所以人们都称他他的外号："巨人"）把正在念的《祷告经文集》往怀里一揣，拿起一支长矛就去参加混战。天色黑漆漆的什么也看不见，"巨人"不分是敌是友，刚有个人影走进长矛的刺杀范围，他就冲了过去，正好碰上迭戈·森特诺。佩德罗·德马尔多纳多打仗本不是为了国王，而是为了好玩。他对准上尉就勇猛地刺过去，

1　帝国都城，指库斯科，该城原为印卡帝国首都。

刺伤了他的左手和大腿，不过伤势很轻。正好当天刚入伍的那个士兵用火枪射击，一枪打中，"巨人"应声倒地，不然的话就把上尉"报销"了。

这场突袭或战斗，声势挺大，但没怎么流血；除了森特诺以外，别的人都没有流血，这是因为像上面说过的那样，守军几乎没有进行抵抗。即使"巨人"马尔多纳多也没有一点擦伤，原来火枪的子弹正好打中那本《祷告经文集》，射穿了羊皮封面和四十页纸，却没有伤着人。这件事被称为无可争议的奇迹，成了善男信女们喋喋不休的话题。

因为战斗"雷声大，雨点小"，这次胜利不费吹灰之力。获胜之后，森特诺把救了他性命的士兵叫到跟前，对他说：

"你叫什么名字，勇士？"

"名字留在西班牙了，在西印度都叫我胡安·恩里克斯，愿为大人效劳。"

"我想封赏你，因为我自以为是知恩图报的。告诉我，少尉官衔怎么样？"

"请大人原谅，我不想爬那么高。"

"那么你愿意当什么，小伙子？"

"想当皇家行刑官。"士兵用阴森森的口气说。

迭戈·森特诺和跟他在一起的人打了个冷战。

"那好，胡安·恩里克斯，"上尉稍停片刻说，"我就委任你为皇家行刑官，负责在库斯科处决人犯。"

没过几个小时，胡安·恩里克斯就行使起这新差事的职权，坦然自若地砍掉了堂安东尼奥·德罗夫莱斯上尉的脑袋。

三

胡安·恩里克斯腰身挺拔，眉清目秀，若不是说话尖酸刻薄，嘴唇上总挂着冰冷讥讽的微笑，招得人们不喜欢，本来可以成为通常所说的迷人的小伙子。

世上有些人没交好运，怀着一颗破碎的心度日，他们怀疑一切，甚至对于人类和生活只有轻蔑。胡安·恩里克斯就是这样的一个人。

他在背信弃义地诱奸他妹妹的安东尼奥·德罗夫莱斯身上报了仇以后，心想对于要求当人间执法官这个职务的人来说，不可能再恢复名誉了。

行刑官得不到人们的喜爱，也没有人愿意握他的手。行刑官招人厌恶，令人恐惧。行刑官身上总带着点坟墓的气息。行刑官还不如抬在街上的尸体，因为死人身上至少还有一点说不出来的圣洁味道。

就是胡安·恩里克斯处死的贡萨洛·皮萨罗，就是他处死的弗朗西斯科·德卡瓦哈尔，他还处决了在萨克萨瓦曼战败的其他统领。话既然说到这儿了，我们就讲讲他和那两个倒霉鬼之间的故事吧。

当他给贡萨洛蒙眼罩时，贡萨洛说：

"没必要。拿下去，我早就习惯在眼前看杀人了。"

"我满足阁下的要求，"胡安·恩里克斯说，"本人向来喜欢有胆量的人。"

在他从刀鞘里拔大刀的时候，皮萨罗对他说：

"把你的差事干漂亮点，胡安老弟。"

"阁下放心，保证漂亮。"恩里克斯应道。

加西拉索接着说："话音刚落，他用左手撩起皮萨罗按当时风尚留着的一拃长的胡子，反手把刀一劈，'咔嚓'一声砍下了他的头，那麻利劲儿就像砍白菜一样，接着，手里提着人头向周围人一亮。"

据说在他走过去处决卡瓦哈尔时，卡瓦哈尔对他说：

"胡安老弟，咱们都是干这个的，就请同行多关照了。"

"阁下放心，请相信咱是老行家，决不留下话把儿，让您等咱们在地狱见面的时候抱怨我。"

就是胡安·恩里克斯按照拉加斯卡的命令，不是砍脑袋，而是割下了"诽谤者"贡萨洛·德洛斯尼多斯的舌头，当他看到这残暴行动那么费劲时，大声嚷道：

"去掉蝎子的毒钩可真不容易！"

人们还传说，每当胡安·恩里克斯行刑完毕，总要凄楚地盯着尸体看上老半天；可是过一阵后，他就好像对自己的软弱感到羞耻似的，嘴角上露出那一贯的阴笑，哼起小曲来：

> 哎呀爷爷！哎呀爷爷！
> 你们种的是西瓜，我们收的却是黑豆。

四

堂弗朗西斯科·埃尔南德斯·希龙发动叛乱的次日，作为他好友和死党的胡安·恩里克斯喝得酩酊大醉，他带着绳子、棒子和大刀走上库斯科街头，要把不追随他反叛的人绞死砍死。

一年后，希龙被击败，胡安·恩里克斯跟希龙的两个主要中尉阿尔瓦拉多和科沃斯，还有另外十个统领，被堂巴勃罗·梅内塞斯抓获。

梅内塞斯把十二人判处死刑，接着转身对皇家行刑官说：

"胡安·恩里克斯，既然您干这个是老行家，就请把您的朋友，这十二位骑士用大棒子打死，法官先生们会为此报答您的。"

行刑官听出了这番话中的讽刺意味，于是说道：

"我倒愿意不报答。所谓报答肯定是这样，等我送这些朋友见了阎王，由我来凑足这十三个的数。卸磨杀驴嘛！"

他走到死刑犯们身边，又说：

"唉，先生们，请阁下们老老实实地受刑吧，知道是死在朋友手里也就得到安慰了！"

胡安·恩里克斯的差事刚办完，梅内塞斯手下的两个黑人奴隶就把一根拴好活扣的绳子套到他脖子上，把库斯科的皇家行刑官绞死了。

"骆驼鼻子"（1547）

一五四七年圣诞节之夜，
特鲁希略城没有"公鸡弥撒"[1]，
只有"母鸡弥撒"，
本传说要讲讲这是为啥。

一

堂娜玛利亚·拉斯卡诺（后来她以绰号闻名，人称"骆驼鼻子"），在我们把她介绍给读者这一年，是特鲁希略城一位非常了不起的人物。她是安达露西亚人，这时虽已年逾不惑，四十有五，但依然姿容秀丽，风韵迷人；加上她待人殷勤备至，绝无孤傲矜持心理，所以在城里居民中赢得许多人的好感。

她是胡安·德巴尔巴兰的遗孀，亡夫是皮萨罗征服秘鲁时的伙伴，在瓜分阿塔瓦尔帕的赎金时，作为骑兵队的士兵分得三百六十五马克白银和八千八百八十比索黄金。到一五三八年，冒险家胡安·德巴尔巴兰已经是位鼎鼎大名的人物了，因为他享有上尉军衔，当上了利马市议会的议员，还在肥沃的奇卡马谷地拥有一块最好的"委托监护地"。就在那一年，他让妻子从西班牙来到这里，妻子是位颇为动人的塞维利亚人，具有圣母玛利亚家乡女子的全部风韵。

弗朗西斯科·皮萨罗被杀后，巴尔巴兰和妻子给他那残缺不全的尸体穿上圣地亚哥骑士服，按照基督教的葬仪埋在大教堂的桔子园里。

---

1 "公鸡弥撒"是直译，意为圣诞节之夜的子时弥撒。

作为征服者首领如此忠贞不贰的朋友，不用说，他积极参加了与小阿尔马格罗火并的内战。内战结束后，他厌腻了充满风险和惨痛经历的冒险生涯，定居在特鲁希略。巴尔巴兰是少数不是惨死的征服者之一，他是在一五四五年因病不治而死的。

在一五四七年的时候，巴尔巴兰的遗孀并不是在皮萨罗建造的这座城市中独享绝对威望的贵妇，她的对手是堂迭戈·德莫拉统领的妻子堂娜安娜·德巴尔维德。堂迭戈·德莫拉是特希略城的建造者之一和它的第一任统治者，万查科和奇卡马谷地豪富的委托监护主，又是把甘蔗从墨西哥引进种植园后，第一位在秘鲁开办糖场、生产蔗糖的庄园主。费霍·德索萨和门迪武卢证实，所谓秘鲁最早的蔗糖是在瓦努科生产的说法，不过是历史学家加西拉索的凭空杜撰而已。

堂娜安娜窈窕妩媚，楚楚动人，一点儿不像三十岁的样子。她经常与阿隆索·德阿尔瓦拉多元帅的妻子结伴去听弥撒，由她的女仆把小毯子铺在盖着一座墓穴的石板上。按照堂娜安娜和许多国际法学者的说法，这种习惯就是所称的"习惯法"。看来特鲁希略的女人们严格遵守这一法律，谁也不敢跪在被认为是属于前任市长夫人和她的女友元帅夫人的那块地方。说元帅夫人是市长夫人的好友，是因为在政局突变，阿尔瓦拉多回转总督辖区首府的日子里，前任市长夫人把元帅夫人待若上宾。

一五四七年的圣诞节之夜到了，随之而来的是要举行著名的"公鸡弥撒"。十一点半，巴尔巴兰那徐娘半老的遗孀经过一番精心打扮，戴着镶有鹰嘴豆一般大宝石的耳坠，在吉卜赛女郎贝比塔·德蒙图法尔的陪伴下走进教堂。这女仆原来在自己家园时是个快活姑娘，到秘鲁不久后嫁给了一个少尉。她把小毯子铺在盖墓穴的石板上，早已聚在教堂里的人看见之后，立即发出一阵嘁嘁喳喳的窃窃私语。他们互相说着，"这回这儿可要热闹了"，这话一点儿没说错。

过了一刻钟，堂娜安娜和她的密友元帅夫人来了，她们二人戴着二十五只金别针，满身珠宝耀人眼目。堂娜安娜发现她们的地方被旁人占据，惊奇得停住脚步，但马上就恢复了常态，对堂娜玛利亚说：

"太太，自从特鲁希略建成的时候起，这个地方就一直属于我，希望您屈尊带着毯子换块地方。"

"您是哀求我呀还是命令我？"堂娜玛利亚用取笑的口气反唇相讥。"要是哀求，我一定照办；要是命令嘛，绝对没门儿！在上帝的家里，没有谁买下的地方。"

"您大概忘了是在跟谁讲话吧。放尊重点，要知道您是在跟堂迭戈·德莫拉副统帅的妻子和阿尔瓦拉多元帅的夫人讲话。"

堂娜玛利亚用目光把两位夫人从下到上、又从上到下打量一番，接着用特里阿纳[1]区的野姑娘那种轻蔑的冷漠态度，回敬了一句骂人的粗话：

"好一对臭婊子！"

下面可真得用药棉花团堵住耳朵，免得听见莫拉、阿尔瓦拉多、巴尔巴兰和蒙图法尔四位的妻子，在全然忘记了对她们所在地方应有的尊重之时吐出的污言秽语。人们一下子围拢过来，说实话，在场的男人和女人中与堂娜玛利亚交好的多，牧师听到吵闹声，带着教堂司事急忙赶到，当他明白了根本不能让她们安静下来时，便气冲冲地喊道：

"别再吵了，所有的人都出去！这哪儿是'公鸡弥撒'，简直是'母鸡弥撒'！"

信徒们离去后，司事关闭了教堂的大门，因为没有了听众，弥撒没有举行。

二

特鲁希略闹得满城风雨，像开锅一样持续了八天。堂娜安娜和她的女友听腻了闲言碎语，把房子和财产交给莫拉的亲戚加斯帕尔·德

1　特里阿纳，西班牙地名。

埃斯科瓦尔照看，动身去了利马。

毫无疑问，两位贵妇把圣诞节之夜发生的事情，告诉了他们在安达瓦伊拉斯的加斯卡军队中与贡萨洛·皮萨罗交战的丈夫。三月初，莫拉军中的两名士兵迭戈·马丁和老胡安，带着莫拉给埃斯科瓦尔的一封信到了特鲁希略，埃斯科瓦尔把他们安顿在家中。

没过几天，四月份第一个星期天的早晨，两个外来人闯进巴尔巴兰遗孀的家，剪掉她的发辫，在她的鼻子上狠狠割了一刀，害得她落了个"骆驼鼻子"——她在向当局呈递的诉状里就是让人这么写的。行凶后，两个歹徒悄悄溜掉，逃往他方，后来重新回了部队。

加斯卡任命戈麦斯·埃尔南德斯硕士担任稽查法官。他赶到特鲁希略，听取了最初几次申诉后，宣布判决，将堂迭戈·德莫拉监禁。堂迭戈·德莫拉得知这一消息时正在沙场上战斗，他说他不仅是名门贵族，也是秘鲁王国中资格最老的统领，因此像他这样的人不能入狱。这理由在稽查法官的心里很有分量，他不再坚持把他投入监狱。这位堂迭戈可是个好样的！没有一次暴乱他不是最信誓旦旦地参加，可每次到了紧要关头却总是说："我要回头是岸了。"或者说："交情到此为止了。"说完就开小差转到保王派阵营。因此他是个嗅觉非常灵敏的政客。

这个案子的文件存在国家档案馆，我曾经翻阅浏览过，共有五百多页。若不是迭戈·德莫拉在一五五六年被死神召去，这案子说不定会一直拖到今天也无法了结。

可怜的安达露西亚女人打了八年官司，按诉讼费的价格计算，总共花去六百一十比索黄金外加六个托敏[1]，到头来只得了个"骆驼鼻子"的诨名，就是她自己在第一份诉状上自称的那个外号。

---

1 托敏，拉美一种古币的名称。

魔鬼的红宝石（1547）

一八五五年一月五日爆发拉帕尔马战役的时候，名叫胡利亚纳的印卡人古墓是争夺最激烈的阵地，所以从那时起它就非常出名。这座古墓有个家喻户晓的传说，今天我就给读者们讲讲。

在贡萨洛·皮萨罗反叛时期，征服者"马德里人"胡安·德拉托雷从那座城市附近一座古墓中挖出大量财宝。从那时起，士兵中间就掀起一场挖掘印第安人要塞和坟地，希图得到宝物的热潮。

迭戈·古梅尔上尉的连队有三个弓弩手搭帮结伙，在米拉弗洛雷斯的古墓中寻宝，可是挖了好几个星期，也没有得到一件值钱的东西。

一五四七年耶稣受难日那一天，三个弓弩手也不顾是不是圣日——人的贪欲本来就是不敬神尊圣的，费尽九牛二虎之力拼死拼活地挖了一整天，结果只挖出一具木乃伊，连值两三个小钱的耳坠或陶器也没挖出来。三个人憋了一肚子火，不住地咒天骂地，污言秽语，不堪入耳。

太阳已经落山，冒险家们嘴里埋怨吝啬的印第安人做事真蠢，没有让人把他们埋在金床银床上，同时准备动身返回利马。突然，一个西班牙人朝木乃伊狠踢了一脚，踢得它滚出去老远。一颗明光光的宝石从干尸中滚落出来。

"噢乖乖！"一个士兵惊叫一声，"那是什么东西这么亮？凭圣母玛利亚发誓，是红宝石，还是大个儿的！"

说着就准备抬脚去追，这时用脚踢的那个士兵——一个专门恃强欺弱的家伙，拦住他说：

"站住，伙计！干尸是我踢出去的，红宝石不归我，别怪我不客气。"

"你凭什么发火！是我第一个看见它闪光的，我要拿不到手就杀了你。"

"都住嘴！"第三个西班牙人抽出一把俗称"小狗"的剑搭腔了，"难道老子就不算数？"

"连魔鬼的老婆都不敢对我哼一声，你们俩小毛虫还敢怎么样？"那个以强欺弱的家伙把短刀一扬，不示弱地说。

于是，三个伙伴大打出手。

红宝石放射出耀眼的光芒，映照着那场恶斗。看起来不像别的，倒像是该诅咒的宝石在用它不祥的光辉给厮杀者的贪婪和怒气火上浇油。

次日，在附近一座果菜园里做苦役的几个印第安人，发现了三个械斗者中一个人的尸体，另外两人身上被捅成了筛子，哭号着要求做忏悔。

堂弗朗西斯科·卡拉斯科少尉是如今建起乔里略斯村漂亮房子的那块地皮的主人，他在一六六三年把那几块地捐赠给了瓦乔村和苏尔科村几家打鱼为生的土著人家。谁能告诉卡拉斯科少尉，在不到二百年的时间里，他建的这座破旧渔村竟然变成秘鲁最富饶的村镇了呢？[1]

据说每年耶稣受难日这天夜晚，行人在乔里略斯的大路上走过时，都看见那颗魔鬼的红宝石在胡利亚纳古墓上闪光。

看来是后来有了火车头的呼啸声，才把魔鬼吓跑了。

---

1 一八八一年一月十三日夜，乔里略斯被智利军队占领，惨遭火焚。乔里略斯、巴兰科和米拉弗洛雷斯三镇的损失，估计价值数百万比索。如今都已重建，成为繁荣的市镇。——原注

"偷鸡不着蚀把米" (1550)

献给身居布宜诺斯艾利斯
的阿道弗·萨尔迪亚斯[1]

那是一五五〇年夏季的一个黄昏，晚霞初落的时候。

在这座三次加冕的诸王之城[2]的市议会权杖侍者弗朗西斯科·帕洛米诺家里，一张铺着绿色桌布的桌子周围聚拢着好几个人。他们是房子的主人帕洛米诺、胡安·德文托西利亚和迭戈·德阿尔卡尼塞斯，后两人是王家火枪队的士兵，专搞坑蒙拐骗的老手；还有一个叫佩德罗·卡罗塞拉，是利马骗子集团中最有名的一个光棍无赖。

他们手拿骰子筒赌得正起劲，只在不时对着瓶子喝一口里奥哈葡萄酒时才歇一下手。

一个身穿油污披风的仆人走进房间，凑近房子主人说：

"堂弗朗西斯科，有位打扮入时的绅士来找您，说请您出去一下，有话跟您说。"

"见他妈的鬼！甭管是谁让他进来吧，连国王都会因为来我家感到荣幸。"

仆人走了出去，不一会儿进来一个风流潇洒的蒙面人。

帕洛米诺起身伸出一只手，但陌生人没有握。帕洛米诺说：

1　阿道弗·萨尔迪亚斯（1850—1914），阿根廷史学家、政界人士，著有《阿根廷联邦史》。
2　指利马。

"先生有何贵干？"

"亲爱的堂弗朗西斯科先生，我来给您送一封信，您在库斯科的一位朋友托我亲手交给您。"

可是他在递信时，好像由于一时手笨，信落在了地上。

帕洛米诺俯身去捡，就在这时来人抽出一根木棒，眨眼之间朝着城市权杖侍者身上就是狠狠两棍，打了他个人事不知。

房间里顿时乱作一团，那场面读者们可想而知。

三个赌徒拔剑在手，冲向狡诈的来客；来客也不示弱，手握马刀摆好迎敌的架势，同时喊道：

"绅士们，这事与三位无关！我今天来只是要惩罚帕洛米诺，他怯懦地打了我的一位亲属，他年纪大了，又被人打伤，不能亲自来报仇雪耻。"

可是，权杖侍者的同伙不予理会，红了眼似的向他攻击，他抖擞精神熟练地招架，但到底是三个对一个，最后一定会战胜他。

> 每一下啄鸽
>
> 都把鸡冠当作目标……
>
> 愿上帝保佑我的公鸡
>
> 让它平安脱逃！

梅尔乔·巴斯克斯，就是拿木棒的那人这样盘算着。他且战且退，终于逃到街上。对手们没有出来追赶，转身去救被打伤的堂弗朗西斯科。

亲属正在街上等着堂梅尔乔，堂梅尔乔一和他打照面，就说：

"你该心满意足了，安东尼奥，侮辱你的那个混蛋已经受到了严厉惩罚。"

"你说他受到惩罚了？"亲属走近他说，接着又惊恐地问："鼻子呢，神通广大的人？"

“什么鼻子？”

“你的鼻子，基督徒。”

巴斯克斯抬手去摸，摸遍了沾满血污的脸也没有摸到。鼻子不翼而飞了。

“他妈的！”他惊叫一声：“被他们削去了！”

随着话音，他像一股飓风又一次冲进帕洛米诺的家，去找他的鼻子。鼻子找到了，就扔在靠近房门的地面上。

他用指尖轻轻捡起鼻子，转身走了出来，免得耽误时间，让帕洛米诺的同党再来攻击。

“鼻子给削掉了，安东尼奥！削掉了！”不幸的没鼻子人哀号着，“最糟糕的是鼻子已经凉了，医生也粘不上去了。”

巴斯克斯和他的亲属不敢稍停，急忙去找堂卡洛斯·巴列斯特罗斯，他是当时利马内外科大夫中数一数二的人物。

医生说鼻子已经死亡，不能复活，鼻子原来的主人唯一能做的事情，就是送去厚葬，以表对它的殷勤之意。

外科复鼻手术那时候还没有发明。埃德蒙多·阿勃特[1]还没有写出他那精妙的小说《一位公证人的鼻子》。

虽然长寿的（有人说，活了百岁）堂胡安·罗德里格斯·弗莱斯雷，在他那部著名的、颇为开心的纪事著作《公绵羊》中说，巴斯克斯让人给做了个非常逼真的泥鼻子，但另一位作家断言是用尼加拉瓜蜡做的。至于我，同意后者的说法。

说起梅尔乔·巴斯克斯·坎普萨诺，他一到秘鲁就当了“安第斯山的魔鬼”的笔墨官或者叫秘书，随着岁月流逝，成了利马上层游手好闲之徒的核心人物。他乐于助人，讲义气，爱打架斗殴，春风得意地过着快活日子，很受一般妇女的青睐。

梅尔乔·坎普萨诺的未婚妻是个姣好的利马姑娘，因为有几分姿

---

1 埃德蒙多·阿勃特（1828—1885），法国小说家，著有幽默小说多部。

色，便不知天高地厚，这山望着那山高。这次偷鸡不着蚀把米、报复未成反丢鼻的冒险的最后结果是，未婚妻蹬了梅尔乔，接受了佩里科·卡罗塞拉（削掉他鼻子那几人里的一个）的甜言蜜语和款款柔情，开始跟他投桃报李。这姑娘属于基督徒只要看上一眼，就腿发麻、嘴发颤的那类姑娘，就是说，长得相当漂亮。我同情那位情郎，他因为丢了鼻子，未能享受那朵娇艳、芳香的玫瑰花。这样的花朵上帝不是为没鼻子的人创造的。

　　梅尔乔·坎普萨诺出于害怕心理（倒不是怕男人，他腰上佩着利剑，谁也奈何不得；而是怕姑娘们说他丢了鼻子又被人取代，用冷嘲热讽把他压倒），逃出利马，在哥伦比亚圣菲城扎下营帐，我在书中得知，他在那里又有了新的冒险经历，是通过索莱达德·阿科斯塔·桑佩尔那优美的文笔讲出来的。

别人围墙里的果子 (1551)

尽善尽美的托莱多诗人加西拉索愿意说什么就说什么，反正我认为他在写出那两句诗时不太道德，也不符合事实。这两句诗连修女和背诵教条的小孩子都会背：

> 弗莱丽达，我看你秀色可餐，
> 比别人围墙里的果子还要鲜。

这两行诗比霍乱害死的人还多。因为我们这些在男女之间的事情上喜欢想入非非的男子，听人一遍又一遍地重复这两句，便想象别人的幸福是令人垂涎的美味佳肴，我们可以无须付钱地饱餐一顿这种事一定是像《福音书》一样的真理。于是我们就误入歧途，到禁猎区里去捕猎。

有人说穿石榴裙的并不亚于我们长胡子的，这种说法也是如此。他们说，既然加西拉索这么说，就一定是不容置疑的真理；还说倘若再有神父的祝福，那么姑娘就成了红衣主教的美食，我们会像苍蝇追逐蜂蜜一样渴望饱饱口福。

远在一五三六年，当这位爱情不专一的诗人还不到人说的基督年龄时，上帝因为他从少年心理获得灵感写出这两句惊世骇俗的诗要惩罚他，故而让他后脑勺挨了一石头，一命呜呼。上帝这样做时，是很清楚正在发生什么事的。愿上帝让加西拉索享受天国的荣耀吧，至于人间的荣耀，只要优美的西班牙语拥有对它的纯洁性感兴趣的入迷者，他就会活在人们心中。

现在还是回到上面说的诗句上来。我要说，鲜果变成馋嘴人的毒药的故事，在历史上比比皆是。

远处的不说，我们利马就有一位显赫的总督（涅瓦伯爵），在洛斯特拉皮托斯街上用性命抵偿了他那违反第九条诫命[1]的罪孽爱好，这爱好就是读了加西拉索那首田园诗后在心中产生的。

今天我要讲的，是一位响当当的显赫人物受了诗人甜言蜜语和闪烁之词的煽动，在库斯科落了个悲惨结局的故事。

没有的事！没有的事！难道我是心血来潮，要让加西拉索老兄威风扫地？见鬼！现在就来看看，我们能不能用这篇传说让世界讲点道德，因为它已经腐败堕落得不可救药了。

二

首先，我荣幸地向诸位介绍萨拉曼卡大学毕业的贝尼托·苏亚雷斯·德卡瓦哈尔硕士，与他同时代的利马妇女都称他"美少年"。

这绰号确实不是偷的，就凭这英俊小伙那健美的身材、漂亮的脸蛋、优雅的言谈和鼓胀的钱包，他完全受之无愧。他是个不折不扣、地地道道的美少年。可他的公共生活是普天之下最龌龊的生活，而且我一向认为，在灵魂的彩票房里住宿了这么一颗附在优美潇洒、招人喜欢的身躯里的卑鄙下流、专擅作恶的灵魂，真是一件大不幸。若不是我顾忌这些，我几乎，几乎敢用一首首尾韵四行诗来形容他：

　　　　没见过哪位运气之大，

<hr>

1 犹太教有"十条诫命"，简称"十诫"，包括：崇拜唯一上帝而不可拜别的神；不可制造和敬拜偶像；不可妄称上帝名字；须守安息日为圣日；须孝敬父母；不可杀人；不可奸淫；不可偷盗；不可作假见证害人；不可贪恋别人妻子、财物。犹太教以此为最高法律，基督教也奉为诫律。各教派的诫律内容基本相同，但具体条文的组织和次序不尽相同。这里应指贪恋别人妻子。

像这位先生这么邪乎，

他把自己一只小公牛，

变得像老母牛那么大。

干脆简要地说吧，正是由于他的罪过和卑劣行径，布拉斯科·努涅斯总督才杀死了皇家收税官伊利安·苏亚雷斯·德卡瓦哈尔。说起这位收税官，虽说是贝尼托的兄弟，但在做人的品德方面，却与他完全相反。

在摧残不幸总督的尸体时，这位硕士表现得尤为恶劣，他甚至命人把总督的头挂在绞刑架上，揪下他下巴上的胡须，做一件羽毛饰物插在自己帽子上。

他本是贡萨洛·皮萨罗最亲密的谋士之一，看到皮萨罗的事业已成强弩之末，便倒戈转向王室阵营，辩解说他这么做是因为贡萨洛拒绝把侄女堂娜弗朗西斯卡嫁给他。

提起弗朗西斯科·皮萨罗的这位千金，看来她在秘鲁是许多人垂涎的禁果，是个很会勾引人的姑娘。据我算来，她有过的未婚夫就不止四个，都是来到秘鲁的征服者中最主要的人物。实在地说，虽然他们没有闹到血流成河的地步，也有两个追求者为了她而拔刀弄剑，比武械斗。还有，她着实让所有的情郎都碰了一鼻子灰，因为最叫人恼火的是，她在一五五一年回西班牙嫁给了她的外公，而她叔叔埃尔南多竟能对这种事泰然处之。

诸位已从上面的粗略介绍中看到，贝尼托·苏亚雷斯·德卡瓦哈尔虽然风度翩翩，身份高贵，其实不过是个大无赖，真该吊上绞架示众，至少应该关进监狱。

三

为了奖赏他的背信弃义行径，检审庭庭长拉加斯卡让他担任了库斯科郡守这个重要职务。

让豺狼看管羊群，那后果真是不堪设想。郡守自恃代表当局，又握着法律的权杖，便开始花天酒地，四面出击，追逐女性，而且屡屡得手，因为所到的城堡即使不因他是美男子而向硕士献地纳降，也因为他代表法律而向郡守高悬免战牌。

正直的库斯科居民对郡守大人每天偷香窃玉十分气愤。没有一个稍有姿色又贞洁无瑕的女子逃过他的攻击，真个是饿虎出笼，众人遭殃。

有人说，女子十五岁是光彩夺目的珍珠，二十岁是精美的珊瑚，二十五岁是光芒耀眼的钻石，三十岁是晶莹剔透的珍珠母，三十五到四十岁是美妙的镶嵌细工织物，再以后是红黏土，五十岁……是光石头——我们这篇传说的主人公就持这种看法。

但他到底还是碰上了钉子。那是个面容姣好的姑娘，刚刚嫁给一个性如烈火的安达露西亚小伙。小伙以木匠为业，生性眼睛里不揉沙子，正如俗话所说，是个专爱没碴找碴的汉子。

郡守每次与姑娘不期而遇，总对她甜言蜜语地讨好，一天下午，又坚决地向她表示爱慕之意。姑娘以为三言两语就能说得他无言以对，叫他死了这条心，就说：

"大人另找高门吧。我是有夫之妇。"

"哟哟哟！还跟我来这套陈词滥调呀？听说娶你的那个修士是一只胳膊。别假正经了，小妞儿，今天半夜一定等我。"

> 生你之身的母亲，
> 真该生二十个你；
> 但愿由我收什一税，
> 幸好该我把你收取。

郡守那无耻和放荡的臭名早已人人皆知，所以，姑娘眼看自己的贞洁和丈夫的名誉处境危险，像喝了水银中了毒一样浑身颤抖，哀求日历上的诸位圣人保佑。

正在这时丈夫来了（只有我的传说里才有这么凑巧的事），看见妻子满面愁容，心慌意乱，问她是因为什么，她把事情从头到尾说了一遍。

"见他妈的鬼！"圣何塞教派的信徒骂道，"这消息简直叫我气炸了肺。好哇，好哇，好你个执法的大人！你个郡守大人想在我头上干这种缺德事，叫我还怎么见人？你小子想得倒美！用不着惊慌失措，家里的，让他半夜来吧，叫他好好吃顿老拳。"

四

这对夫妻住着两个房间，有座距地面六巴拉高的小阳台。

钟声敲过十二点，郡守斗篷遮面，带着偷鸡摸狗之流那种小心翼翼的神色出现在街角上。

他在阳台下停住脚步，像往常登高爬墙的人那样熟练地把一根绳梯抛到阳台栏杆上，试了试铁钩已经钩紧，便开始向上攀。

刚刚用手抓住栏杆，正准备跳过去的一刹那，突然闪出一个黑影，说时迟那时快，那黑影照他手上就是铁锤似的两拳。

郡守从十五英尺高的地方跌下，摔得不省人事，也是合该倒霉，脑袋正撞在街头一块大石头上，开了个大窟窿。

半小时后，巡夜警察前来收尸。

木匠主动到法庭自首，因为死者是身份显赫的人物，法庭不得不谨慎从事，案子一拖再拖，最后终于释放了他。

现在就请诸位说说，人心不足蛇吞象这种蠢事危险不危险，或者换句话说，对于堂费利佩二世陛下委任的库斯科郡守堂贝尼托·苏亚雷斯·德卡瓦哈尔硕士先生来说，加西拉索那两句诗是不是变成了苦酒和灾星：

> ……秀色可餐
> 比别人围墙里的果子还要鲜。

一心做媒的总督（1556—1561）

　　卡涅特侯爵、堂费利佩二世陛下委任的秘鲁总督堂安德烈斯·乌尔塔多·德门多萨阁下非常执拗，一心一意要办好所谓"钦命赐婚"这件事。堂安德烈斯常说，单身汉本来不会安分守己，对付他们爱动血性的最好办法莫过于结婚娶妻。披着斗篷到处乱窜、拴不住心的光棍，随时都想冒险闹事。既然上帝不愿意让男子光棍一条地活在世上，国王更不应该愿意和容忍这样，因为他是上帝的代表嘛。所以人们早就有言在先：男大当婚，女大当嫁。

　　一天下午，总督去看望桑蒂连法官，法官的侄女、一个非常妩媚的女人堂娜贝娅特丽斯在家中客厅接待了他。堂娜贝娅特丽斯是位年近三十的年轻孀妇，举止端庄，善理家务，既无子女拖累，又无猫狗做伴，长得眉清目秀，腰身婀娜，还有一笔财产，每月可有五百比索的收入。请诸位相信，是馋嘴猫们追求的一块肥肉。

　　总督对这小妇人颇有爱怜之意，可是他已是人过其时，不能再对爱神维纳斯大献殷勤，只好不住舔着嘴唇喃喃地说：谁能吃上这块肥肉该多好！

　　总督阁下在跟堂娜贝娅特丽斯谈话时得知，她厌倦孤身孀居的日子，愿意重新嫁人。于是，侯爵有意亲自把她嫁出去，并做婚礼的主持人，可最主要的事，即新郎的人选还没有着落。当天晚上，他左思右想，一夜未得安睡。他不想给他未来的干女儿找个凑凑合合的男人，而要找全利马能做丈夫的人中最潇洒不过的美少年。他思来想去，把所有独身男子考虑了一遍，最后把心思集中在堂迭戈·洛佩斯·德苏尼加身上。这小伙年纪跟基督相差不多，就是说在男子身上正是精力充沛的壮年时期，而且举止优雅，风度翩翩。

堂迭戈生在卡斯蒂利亚一个贵族家庭，积极参加了过去的反叛活动，证明他生性不是安分守己之辈。他的身上奔腾着造反暴动的血液，总见他跟一班幻想着武装哗变、重新闹事的不满分子搅在一起。

"这么风流潇洒的少年，"总督暗自思忖，"要是死在绞刑架上太可惜了。管他愿意不愿意，无论如何我要让他结婚娶妻，救他一命。"

他派人把洛佩斯·德苏尼加找来，对他说：

"我说堂迭戈先生，看您干的那些事，还是别那么狂热了。如果您需要的是地位和金钱，我来负责改变您的命运，保您祸去福来。"

堂迭戈首先感谢总督对他表示的个人的好意，然后说他确实一直在抱怨政府，因为政府没有对他论功行赏，还没有分给他一块一年能有一千杜罗进项的田产，可有些人功劳没有他大，反而得到了丰厚的赏赐。

总督和善地听了他的满腹牢骚，对他说：

"先生的话并非毫无道理，可是用让国家吃亏的办法来奖赏您，这事我做不了主，因为田产已经分完了。请先生明天再来一趟，咱们自有商量，保您不仅发财致富，而且会人人艳羡。"

那天晚上，总督再次拜访堂娜贝娅特丽斯，告诉她已做主把她嫁给利马最风流倜傥的美男子，现在就等她答应亲事了。堂娜贝娅特丽斯鼓起勇气问，这段风流佳话中的男方是谁；当听说原来是堂迭戈·洛佩斯·德苏尼加时，不禁高兴得心花怒放，用一个拥抱褒奖了年迈的撮合人。她像阿维拉城[1]的才女得知修道院长命令她不必斋戒，否则以教规论处时一样，内心暗自想道：

　　您是说遵了教规又吃炸肉条，

1　阿维拉城，西班牙城市，阿维拉省省会。

院长妈妈？

哎呀这事真好真叫妙，

便宜了特蕾莎！

　　这样一来，侯爵更得促成这桩婚事了。第二天，洛佩斯·德苏尼加准时赴约，总督大人见面就说：

　　"快来吧幸福的人儿，知道了等待着您的美事时，您会高兴得跳起来。阁下认识堂娜贝娅特丽斯·桑蒂连吧？"

　　"绝代佳人，我敢说。"德苏尼加说。

　　"而且很有钱财，没有儿女，没有婆母。"侯爵接着他的口气说，"阁下认为她是醋缸酒坛吗？"

　　"不，先生，我看她像兰花玉立。"

　　"听您这么说我非常高兴。那么阁下愿意娶她为妻喽？"

　　这个直截了当的问题问得年轻人犹豫了片刻。

　　"不，总督大人。"最后他坚决地回答。

　　这回是总督阁下感到惊奇了，他以为自己听错了，结结巴巴地连说：

　　"怎么……怎么……！这是怎么回事？"

　　"我说过了，不愿意跟堂娜贝娅特丽斯结婚。"

　　"那么要么您就结婚，要么就给我见鬼去，狡诈的先生。"堂安德烈斯恼羞成怒地坚持。

　　"好吧，先生，如果需要，我情愿上绞架……但决不结婚。"

　　"上绞刑架吧……真新鲜！竟有这样的傻瓜，阳关大道他不走，偏偏要走独木桥！"

　　总督百思不得其解。他站起身来，脚步匆匆地在房间里踱了一圈，最后心情平静了些，站在年轻人面前问：

　　"阁下有什么可以指摘堂娜贝娅特丽斯的品行和贞操的吗？"

　　"老天保佑，"堂迭戈急忙回答，"我对她的名誉没有一点可以说三道四的地方，而且请阁下相信，有谁胆敢玷污她的名誉，我身上的刀就割下他的舌头。不愿意结婚是因为我穷她富，我不愿意女人养活我。"

尽管总督费了千言万语，终于未能使德苏尼加改变这个最后决定。他有古代卡斯蒂利亚人那种典型的矜持和自尊。这种人在世界股票市场上是无法开价的。

总督本是爆竹捻儿的脾气——一点就着（就是因为爱发脾气才气死的），以下令监禁堂迭戈结束了这次谈话。本来嘛，他主动做媒成全好事，给人介绍女方，反遭白眼，大人对此当然不甘心。

他真像自己说的那样把堂迭戈绞死了吗？严格说来没有，不过，他找个借口说他在秘鲁是危险分子，把他赶回西班牙去了。

至于堂娜贝娅特丽斯，看来是堂迭戈的拒绝伤透了她的心，因为后来那位爱做媒人的总督又给她介绍好几个对象，她都看不上眼，做法官的叔父死后，她去了库斯科，遁进圣克拉拉修道院当了修女。这座修道院是秘鲁最早的修道院，创办于一五六〇年，比利马的恩卡纳西翁修道院还早好几年。

萨帕塔上尉（1558）

一

"好了，愿上帝长期与您同在吧。我是不到波托西不下马的了。福星不大会照到我的头上，它是瞎子，保佑的即使不是狡猾的百万富翁，也是胆大妄为的人。"

"愿上帝听见您的话，上尉先生，去您的吧。别忘了我可记住您的话了，等您交了好运，我就靠您的残羹剩饭摆脱穷命了。"王家火枪队少尉堂罗德里戈·佩拉埃斯带着讥讽的笑容说，同时紧紧握了一下长矛队和后备队上尉堂马丁·萨帕塔的手。

这是一五五七年某一天下午，两位果敢的军人在利马市议会门口交谈时最后说的话。他们二人在镇压弗朗西斯科·埃尔南德斯·希龙造反的战斗中奋力拼杀，获得了勇士的称号。

征服者的内战已经偃旗息鼓，辽阔的秘鲁总督辖区已经没有一点骚乱的种子。

萨帕塔上尉确信，行伍出身的人再靠军旅生涯过活是没有前途的，便决定到波托西去找从西班牙来的母亲，而且不再多想；他打好行装，套上马嚼子，从容不迫地踏上了去上秘鲁的旅途。

上尉当时是位二十五岁的精壮小伙子，姿态英武，肤色黝黑，留着土耳其式小胡子。他是六年之前叛乱战火正盛的时候来到秘鲁的。他入伍当兵，作战骁勇，步步高升，当了上尉。说不准他的原籍是西班牙哪个王国，有人认为他是安达露西亚人，有人说是旧卡斯蒂利亚人，因为他说起这两个省份，都是无所不知。

虽然他正值年少享乐之时，但对吃喝嫖赌却一无所好，从来没听说过他对女人有丝毫献媚的举动，不管是姑娘、有夫之妇还是寡妇，倒是他那过分的宗教热情超越常人，简直到了狂热的地步。他每月的第一个星期日都做忏悔、领圣餐；早晨弥撒和夜诵玫瑰经的仪式上肯定有他的身影；宗教节日和传经布道他从不缺席；没有一个教友会中没有这位兄弟参加。一个青年士兵竟然过着如此严格的苦行僧生活，人们一定会感到惊奇。别的许多人没有这般宗教热情，还被罗马谥为圣徒了呢。

二

萨帕塔于一五五八年到了波托西，一面虔诚地参神拜佛，一面积极寻找矿区。找矿的事进行得非常顺利，不到几年工夫，就在一五六二年发现了一条丰富的银矿脉，他用自己的姓氏命名为"萨帕塔矿"。接着，他立刻给他的朋友佩拉埃斯少尉写信，让他当矿山总管，答应用红利的百分之四给他作薪俸。

"萨帕塔矿"在由发现者和主人开采的十年期间，除了交给王室的"五一税"以外，所产的银锭价值三百多万比索（每个比索等于九个雷阿尔[1]）。

上尉不是不知餍足的贪财鬼，到一五七三年，他把矿山卖给一个巴斯克人的公司，在阿里卡雇了一条海船，装上银锭压舱，便一路顺风地漂洋过海，带着巨额财富在加的斯上了岸。在那里，他把二十五万比索分给教堂和修道院，还建了个什么慈善组织，救助寡妇孤儿。

可是事有蹊跷！有一天，这位腰缠万贯的"秘鲁老客"（当时人们对从秘鲁发财回到西班牙的人的称呼），却一个早晨就在加的斯杳无踪迹，连人带钱不翼而飞了。

1　雷阿尔为当时西班牙和美洲某些国家的辅币，有银质和镍质两种，币值因时代和地区而异。

这一来惊动了司法当局，当局费尽心机到处侦查，但一无所获，于是加的斯居民就编造出许多别提有多荒诞神奇的故事来。当然，每个故事里都有魔鬼出现，说魔鬼把虔诚的教徒连人带财宝都驮走了。

三

堂罗德里戈·佩拉埃斯继续在波托西干了三四年，作为矿山的雇员，他的钱箱子越来越满；后来因为跟新老板巴斯克人闹了些鸡毛蒜皮的小摩擦，他辞去职务，决定回西班牙。这时他已经积攒了很多钱，手头大概有十多万杜罗，这笔钱足够他在故土安享王公贵族般的生活了。

就在西班牙海岸已经遥遥在望的时候，几个柏柏尔人[1]海盗靠近了他乘坐的船只，把他和同船旅客掳到阿尔及尔，卖给了西格-阿尔-艾米尔大臣为奴。

大臣在阿尔及尔城郊有好几座花园，堂罗德里戈和几位同胞被派到一座花园去种花；转眼之间，这倒霉的西班牙人已经被囚了两个月，可还没有见过主人和老爷的面。

终于有一天下午，西格-阿尔-艾米尔在一群穆斯林随从的前呼后拥之下，去视察他的花园，其间也略施恩典，顺便斜眼看了看几个奴隶。也是天意使然，恰巧有一眼就落在被囚的佩拉埃斯身上。

夜晚，大臣打发走随从，叫人把那个西班牙奴隶传到客厅，刚一单独跟他相见，大臣就说：

"拥抱我，罗德里戈·佩拉埃斯。认不出我来了？"

原来阿尔及尔的大臣正是萨帕塔上尉。

四

现在我们该简略地讲讲萨帕塔的冒险生涯了。

1　柏柏尔人系非洲土著。

早在他是个十二岁的孩子时，就上船当了见习水手，后来船只在海上遇难，他侥幸到了西班牙海岸，在那一带走村串镇，过了六年沿街乞讨、靠上帝保佑的日子。后来来到秘鲁，参军征战，又转到波托西开矿，发了大财。

　　在加的斯居住的六个月时间里，他设法把万贯家私一点一点地运到阿尔及尔。凭着巨额财产和精明才智，他终于赢得苏丹王的好感，被提升到大臣的高位。

　　在美洲和西班牙，他那狂热的宗教热情只是一块假面具，后面隐藏着穆罕默德最忠实追随者的真相。当一五七〇年秘鲁设立宗教裁判所的时候，萨帕塔上尉开始疑神疑鬼，唯恐因为星期五穿干净衬衫，不吃女人宰杀的母鸡，洗手时洗到胳膊肘，或随便什么穆罕默德派教义中的琐事而暴露他的弄虚作假行为，招致跟宗教裁判所打交道。因此他匆忙卖掉矿山，漂洋过海，远远地离开了宗教裁判所的人。

魔鬼附身的女人（1561）

有人说乌尔苏丽塔被魔鬼附身了，对于第一任利马大主教堂弗赖·赫洛尼莫·德洛阿伊萨来说，这种说法差不多是真实可信的。

这个魔鬼附身的姑娘是附属教团居家修女，有时表现出强烈的虔诚信神，有时又比粗野村夫还不知廉耻。

一位写作传奇文学的外科医生说，只要找个丈夫，姑娘的病就会不医自愈；可是忏悔牧师（他想必比医生更知内情）却坚持认为，"病魔"已经进入姑娘身体的"司令部"——大脑，因此必须尽快驱除。

为了驱除妖魔，人们在一天早上把乌尔苏丽塔抬出家门，又由教堂司事和侍童抬进大教堂，后面跟了一大群小伙子和看热闹的人。一位受俸牧师——精通降妖伏魔的人——诵了一大串拉丁文，抹了一瓶圣油和半桶圣水，演了一套正儿八经的祓魔法术。可是这也毫无用处！显然，那姑娘犹如一所房子，一群鬼魅住将进去就再也不愿迁居，比死不辞职的部长还要顽固。据我的一位朋友说，乌尔苏丽塔当时可是大发神经。

受俸牧师越是念咒使法，乌尔苏丽塔越是怪相百出，嘴里还乌龟王八蛋地一股劲儿诟骂。

祓魔师终于精疲力尽，承认败阵。这时大主教下了决心，要与魔鬼一决胜负，遂吩咐把乌尔苏丽塔送进刚刚建成的圣安娜济贫院的小教堂，想看看卡兰贝贝魔王是不是魔鬼的对手。

洛阿伊萨先生也是白费时间，灰心丧气地扔掉了掸洒圣水的家伙。

纪事作家梅伦德斯在他所著的《西印度文库》中说，要不是多明我会修士弗赖·希尔·冈萨雷斯插手此事，魔鬼就会高唱凯歌了。这些多明我会修士是些人人敬畏的人；冈萨雷斯神父认为，魔鬼不过是我们常说的黄口孺子，打上一巴掌三皮鞭就能叫他服服帖帖。

神父大人——顺便说一句，他还是个年轻、英俊的修士呢——前去拜望大主教，大主教对他道出了心中的烦恼，因为魔鬼不仅要笑了受俸牧师，而且还嘲弄了大主教的法杖和法冠。

多明我会修士微微一笑，然后说道：

"大人把她送到我的修道院待上几个小时，要么是我法力无能，要么是魔鬼投降。"

大主教同意了这个建议，把乌尔苏丽塔关进一间小禅房，用清水就面包的苦行来惩罚她；只有被魔师修士进出禅房。

梅伦德斯宣称，希尔神父威胁说，要用抽鞭子来给她驱魔；"魔鬼"听说要挨鞭子丢脸面，吓得浑身直发抖；等到神父把它降得百依百顺时，才把乌尔苏丽塔转到圣赫罗尼莫小教堂；她在那里讲出了真情，说她身上根本没有什么魔鬼，那一切都是为了跟一个男子保持一种什么罪恶关系而装出来的。

希尔神父是用什么方法给乌尔苏丽塔驱除魔鬼的呢？这我不知道，我的同乡梅伦德斯对其他事情讲得务尽其详，但对这一点也没有说明白。但是，梅伦德斯这位颇受尊敬的纪事作家最后写出一条消息，惊得我目瞪口呆。

乌尔苏丽塔在经过希尔修士被魔后九个月的时候，便……"有作品问世" [1]……

"发表了一本书？"

"哪里，先生……生了个小魔鬼！"

---

1 原文既有发表著作，又有妇女分娩之意。

裙-袍的闹事 (1561)

一

我曾多次独伴孤灯夤夜攻读，在古书中查询被称为"裙-袍"的这种既迷人又独特的外衣的来历。不幸的是，我的废寝忘食全都白费了时间，这稀奇的事依然没有搞清，烦恼着我的心头。看来哥伦布发现美洲，比我确切地了解到哪一年穿出第一件裙-袍还要容易。因此，我只好甘心如此，任凭这样的事情湮没在时代的漫漫长夜之中了。常言说得好，闲事少管。

我清清楚楚地知道的是，大约在一五六一年前后，第四任秘鲁总督、昌凯城的建造者涅瓦伯爵，颁布过几条关于男子穿斗篷和姑娘穿罩袍的政令；还知道一位毫不妥协的丈夫因为妻子罪恶地爱穿裙子，剪破她一条非常可身的裙子，竟把她逼进了坟墓。

当然，在现在利马妇女的心目中，那种利马城独有的衣装不过是一种滑稽可笑的服饰了。将来的妇女对于现在大为流行的某些巴黎时装和假发，也会有同样的看法。

我们的祖母辈总是乐呵呵的，她们很会把生活变得像经常举行狂欢节那样开心。从前的利马妇女好像是一个模子里铸出来的，个个都是身段窈窕，玉腕似藕，丰腴凝滑，纤腰如蜂，双足姣小，凤目修长，明眸如漆，道出无限风情，左右顾盼，光亮灼人，正在爆发的火山也自叹弗如。还有她们那只手，圣主基督，那是一只什么样的手啊！

要说那只手

哪里是手指长成，

分明是一束鲜花

由五朵玉兰组成。

还有，她们那挺凸的部位显露得那么不可抗拒，那么令人垂涎，我以为，倘若她们的许诺全部都兑现，连伊斯兰教的仙女也望尘莫及。

"金银丝线裙"，"抽褶裙"，"飞翼裙"，"皮里特里卡式裙"也叫"费利佩式裙"，不管哪款裙子走红，一旦哪个妇女穿上裙子，不用说最细心的丈夫（因为目光迟钝是做丈夫者的通病），就连她的生身父亲在街上也认不出她。

一个利马妇女穿上裙-袍，简直会判若两人，看上去像露珠一样晶莹，似紫罗兰一般秀丽——我还是适可而止、别再卖弄文笔，不然的话，照这样用诗歌的语言比喻下去，就离题太远了。

再说，那俏皮的裙-袍还有一种隐秘的功效，就是能使妇女的头脑更加敏锐；说起人们讲述的她们那些机智聪颖的事，简直可以写厚厚的一卷书。

可是，好像光有正经的裙子还不足以惹起魔鬼伤脑筋似的，突然又兴起一种新时髦："破烂裙子"。圣母升天节的星期四，圣赫洛尼莫节，还有我查阅的记录中没有说明的两个节日这几天，利马的窈窕淑女和名门贵妇，都穿上这种服装到阿拉梅达大街去散步兜风。每逢这几个日子，阿拉梅达大街就呈现一幅破衣烂衫的女乞丐聚会的景象。不过谚语说得好：人不可貌相。当时的花花公子本来嗅觉就很灵敏，根据谚语都知道，最破烂的裙子和补丁最多的罩袍里裹的都是灿若明星的闺秀。

时运不佳的涅瓦伯爵并不是唯一颁布政令禁止这种服饰的统治者。还有几位总督，诸如钦琼伯爵、马拉贡侯爵、虔诚慈善的莱莫斯伯爵等，也都纷纷起而效仿。不用说，利马妇女总是勇敢地维护国旗的尊严，每次都是总督败北；要想对女人的事情立法，比跨越街垒还需要勇气。至于我们男人嘛，要说我们总是悄悄地、偷偷摸摸地支持利马妇女，助她们一臂之力，鼓动她们把印着可憎布告的纸张撕成零屑碎片，这也确是事实。

二

可是有一次，裙-袍吃了苦头，差一点儿突然死亡，正像人们常说的，差一点儿因中风发作而一命呜呼。

可能因为修士们在忏悔室听了那么一大串抱怨，加上裙-袍可能给人造成了那么多犯罪的借口，于是在由圣托里维奥[1]主持的一次利马教务会议上，有人提出一项建议：凡是穿这种诱惑人心的服装进入教堂或参加宗教游行的女人，均要立即革除教籍。立即革除教籍……这回够你们受的，女人们！

虽然事情是在秘密会议上发生的，但是单凭这一点，就足以变得比大张旗鼓地传播的消息还为公众所知。因此，利马妇女立刻点滴不漏地知道了会议上的一切情况。

说起来主要情况是，好几位高级神职人员猛烈抨击裙-袍，只有堂塞瓦斯蒂安·德拉塔温主教一人为它辩护，因此在教务会议上，圣典学家们称他是"魔鬼的律师"。

按说，委托一位神学家对教务会议，甚至对各项教条提出反对意见，或者换句话说，由他为魔鬼的案子辩护才合乎惯例，因为他用各种泛神论神秘主义说法是合法的。

所以在这次事件中，由这位始终与大主教和他的市议会合不来的主教做辩护人，官司很可能会输掉；可是，利马妇女很走运，事情推迟到下次会议再表决。

诸位还记得到了共和国时代，为了敲钟问题妇女闹事的情形吗？

1　圣托里维奥，全名圣托里维奥·阿方索·德莫戈莱维霍（1538—1606），西班牙教会人士。任利马大主教，一七二六年谥为圣徒。

还记得每当试图把容忍多种宗教信仰列为宪法条款时，国会里那混乱不堪的场面吗？那些喧杂场面跟一五六一年发生的这次骚乱相比，真可谓相形失色、望尘莫及了。

这表明，从利马城建成时起，我这些漂亮的女同乡们就喜欢闹事。

也真见鬼了！妙的是每次她们都如愿以偿，把我们这些非常惧内的男子汉战败，搞得我们灰溜溜的。

那时代的利马妇女不像现在这样，她们不会写字（因为怕她们与心上人传书递简就不教她们写字，这未免过分），也不会在文件上签名。根本用不着签名抗议，抗议就等于放弃权利；自古以来就是这样，抗议于事无补，一点用处也没有。但<u>那些</u>鬼精灵用不着签名抗议，因为她们善于阴谋闹事。

一天一夜之间，整个妇女界像鸡窝一样闹翻了天，结果上至衣冠楚楚的王室检审庭法官，下至最下层的无业游民，所有的男人都不得不出面干预。家里的混乱大有愈演愈烈无以复加之势。妻子不收拾屋子，仆人也只敷衍了事，弄得饭菜无味，孩子找不到妈妈抱，鼻涕满脸流，丈夫袜子破了没人补，衬衫比抹布还脏，总而言之，闹得到处一团糟。女人没有别的心思，只想着闹事。

带头闹事的不是别人，恰恰是堂加西亚·德门多萨总督娇宠的配偶——美貌非凡的堂娜特蕾莎，既然如此，诸位估计估计，这闹起来是不是太过分了。

说情人去，权势人物来，总算没有白费心思，达成了协议，反正最后是精明谨慎的圣托里维奥把问题拖了下来，同意把它放到规定为教务会议任务的诸件事情的最后。

所以我说女人们神通广大、无所不能，这话一点不假吧！

利马妇女发明了一种高论："问题推迟解决，就等于在这个问题上赢了。"她们已经凯歌高奏，家庭里也随之恢复了有条不紊的样子。

写到这里我突然想到，裙钗们从那时起就爱阴谋闹事，反对教务会议的存在；我这看法并非完全是心血来潮、唐突冒昧，因为在收集材料并核对日期后，我发现问题推迟几天以后，基多和库斯科的主教也找到借口，发出了魔鬼的反对之声，主教会议差不多也是不欢而散。"魔鬼的律师"偶尔也会成功的。

别说这是没有的事！

不信就跟女人们较量较量，看你们会不会一败涂地。

三

直到一八五〇年以后，法国化的风气才把裙-袍送进坟墓，看来它比总督的告示和教会的规定有效得多了。

裙-袍会不会有一天死而复生呢？我们还是以沉默作答吧，要不就用这句不置可否的口头禅：

"也许会也许不会。"

但是那风趣的闲谈，那睿智的头脑，总之利马妇女那种土生白人的优雅风度，却是再也不会像圣拉撒路一样死而复生了。

死人复活（1561）

一

话说一五六一年，萨格拉里奥和圣安娜两座教区教堂建立以后，洛阿伊萨大主教认为有必要建立圣塞瓦斯蒂安教区教堂，随着时光的流逝，利马的圣罗莎[1]应该在那里接受洗礼用的圣水。

我们要讲的故事，是在这座教堂仅仅建立两年之后发生的。教区里有那么一对夫妇，二人总也不能和睦相处，经常拌嘴动手，几乎成了冤家对头。后来还是马丁·德波雷斯[2]创造奇迹，总算劝得他们由一只鹦鹉做伴，在一个锅里吃饭了。

虽然如此，两人仍是经常争吵。有一次，脾气暴躁的妻子在口角时大发雷霆，一口气上不来，竟然背过气去。于是，急匆匆给她行过洗礼，把尸体装进棺材，抬进了圣塞瓦斯蒂安教堂。

丧妻的丈夫别提多高兴了，当天晚上就对朋友们说：

"上帝保佑，可让我把这条响尾蛇甩掉了。"

他在极度欢乐之际，解开钱袋绳子，痛快地付了一等葬礼的钱，一点儿没有讨价还价。

半夜时分，圣器看守人失魂落魄地跑去叫醒教区神父，说他刚才听见有很大的响声和压抑的叹息声，教堂里肯定有小偷或是冤魂怨鬼。神父惊恐万状，请邻居帮忙，由他们陪着进了教堂。

1　利马的圣罗莎，详见本书《罗莎的玫瑰园》。
2　马丁·德波雷斯（1579—1639），秘鲁教士。在利马创办第一所孤儿院，一六九二年谥为圣徒。

果然不错。死去的女人已经出了棺材，像疯子似的在教堂里奔跑喊叫。

在场的人给她服了一剂强心药，才使她平静下来。那并非真正死去的女人还可望活上许多年，足够她丈夫受的。周围的人看出了这一点，决定把她送到夫妻的卧房去。

丈夫摆脱了痛苦事，正在四仰八叉地鼾然大睡。突然响起敲门声，他从床上一跃而起，查看出了什么事。听说妻子不仅复活了，而且已经来到眼前，要求恢复她在家中的地位，他几乎昏厥过去。

"那可不行。我没犯什么了不起的大罪，应由上帝惩罚我，用这么个女人折磨我。她原来就不贤惠，现在又在阴间学了很多鬼点子，诸位好好想想会是什么样子。既然是死着出去的，我不能让她活着进家门，拿枪逼着我也不依，市议会强迫我也不干。"

人们说了千言万语，劝他改变决定，拉闩开门，可全都无济于事。他主意已定，死活不变卦。

最后，那女人只好暂时住到一位心肠慈善的女邻居家；官司打到民事法庭，案卷上写明：丈夫同意给她赡养费，妻子只得进了刚刚建成的恩卡纳西翁修道院。

不论是上帝的面子还是诸位圣徒的面子，那家伙怎么也不愿意跟复活的妻子和好。

还应顺便说明，据医生说，人们认为已经死去的人重获新生，这是利马发生的第一件这类事。

百姓们说，这件事是圣塞瓦斯蒂安教堂的神父创造的奇迹，他那善行和圣德的声名人人敬服。

二

利马读者，我敢拿任何东西打赌，你至少从祖母嘴里听说过"布拉卡蒙特先生"的名字。

我来让你认识一下这个人。在阿瓦斯卡尔当政时代，这人还在如今满是骗人的文官党[1]人和大杂烩的民族党人的城市里挣钱糊口呢。

布拉卡蒙特先生是位优秀的竖琴和吉他演奏手。

没有布拉卡蒙特先生，爱听弦乐的人就没法儿活；没有布拉卡蒙特先生，就休想搞起家庭舞会。

没有他的地方，最热闹的欢会也像守灵场面一样悽惨冷清。在如今唱的一些歌谣中，人们依然怀念着他的名字，这些歌谣，我只记得这么两小节：

> 布拉卡蒙特先生
> 有一根手杖，
> 那本是空心竹竿做成
> 上面系着绸布条。

> 布拉卡蒙特先生
> 有个相好的姑娘，
> 他给她吃肉冻
> 让她充饥肠。

一八〇六年的时候，几个浪荡小子去找布拉卡蒙特先生，要带他到"五角地"一带去参加一次小型家庭舞会，结果见他像树干一样直挺挺地死在床上。消息在半小时内传遍了全城，据说为了表示哀悼，那天晚上连一根吉他弦的响声也没有。

第二天，在塞尔卡多小教堂举行他的葬礼，许多会弹琴的人都参加了。两个跟死者要好的小提琴手和一个没有耳朵的笛手组成了乐队，准备开始演奏。

死者突然坐了起来，喊道：

1　文官党，秘鲁一八七一年创建的政党，一九一九年被禁。

"别奏对舞曲！来欢快的舞曲！欢快的舞曲！"

这次复活把布拉卡蒙特先生的名声捧上了天，让人们谈论了足有十五天。从下面这首歌谣看，人都称他是不会死的人：

> 壮公牛也逃不过
> 狭小的坟坑；
> 布拉卡蒙特先生
> 偏不到那里安身。

四五年后他又死过去了。这次看来事情是真的，可是，当把尸体抬出圣安娜教堂送往墓地的时候，他睁开大眼骂道：

"别跟我出洋相，见他妈的鬼！"

抬棺材的人赶快放下来，喊叫着四处奔跑，教堂里乱成一锅粥。

利马现在还有亲眼见过这场面的老人，我请他们为我做证。

有一首民谣谈到这第二次复活：

> 布拉卡蒙特先生
> 只有他的意愿
> 要他死的时候
> 他才会撒手人寰。

到底是事不过三，到第三次死去的时候，他没有抗议，人们把他埋葬了。

偷盗头骨（1565）

一五六五年前后，利马城马约尔广场不仅没有如今为它添姿增色的壮丽喷水池，就连大水槽也还没有，大水槽是后来托莱多总督命令建造的。

可是，广场上却赫然摆着几件东西，看见它们，即使胆子最壮的人也会吓得毛骨悚然。

佩塔特罗斯小巷对面竖着一根高木桩，桩子顶端挂着三只粗铁丝编的笼子。

大木桩名叫"耻辱柱"或"示众柱"。耻辱柱旁阴森森地竖着绞刑架。

每只铁笼子盛着一颗人头。

这三颗人头是刽子手亲手砍下来的，高悬在耻辱柱上，让过去肩膀上扛着它们的人遗臭万年。

三个反叛国王和当然君主堂费利佩二世的人，三个破坏秘鲁诸王国平静的人（这片土地本来太平静了，可现在却没有骚乱就活不下去），直到死后都在洗涤他们的罪恶。

这几个人的真正罪恶在于他们战败了。"成者为王败者贼"，历史的规律就是如此。这几个倒霉蛋要是在交战时再拼杀得狠一点，脑袋也许不会落到高悬示众，被小孩看成妖怪、老人视为奸贼的下场。

头颅是这三个人的：

"至尊至贵的统帅"贡萨洛·皮萨罗。

"安第斯山的魔鬼"弗朗西斯科·德卡瓦哈尔。

"侠义统帅"弗朗西斯科·埃尔南德斯·希龙。

国王的法律威力显赫，铁面无情。耻辱柱上那几颗人头震慑着征服者中的不安分子，同时也恫吓着被征服的人民。

最初是贡萨洛·皮萨罗，六年以后是弗朗西斯科·埃尔南德斯·希龙，顺应众人的要求，带头发动叛乱。严格考查起来，他们的事业就像卡斯蒂利亚村社社员的事业[1]一样。如果说村社社员是为争取权利和自由而战，那么那些征服者则是为维护利益和特权而战。

最先参加叛乱的人，最卖劲地怂恿首领发动叛乱的人，也是最先和最快倒戈的人。

这种事在人类历史上已是屡见不鲜，而且像独幕喜剧中的轻快歌谣一样还在反复重演。

现在还是回过头来说马约尔广场和它那吓人的装饰物吧。在那个除了天上的星斗没有其他公用灯火的年代，要想在夜深人静的时刻在广场上走一圈，非得举着十字架和大蜡烛不可。

所以毫不奇怪，人们讲了不少关于那几颗头骨的神奇故事。

一个喜欢观光修道院、素有奇迹创造者声名的老太婆，让一个瘫痪的人喝下用贡萨洛的几根头发配成的草药，治好了他的病。

除了这位以外，还有一个七老八十、像是巫婆和老鸹一样的老太太，曾看见一群魔鬼围着耻辱柱跳舞，一定要把卡瓦哈尔的头骨带到地狱里去。老贼婆还说，魔鬼的事没能得手，那是因为让铁丝编成的一个个十字给挡住了。

最后，还有不少无知的人赌咒发誓地说，头颅上空空的眼眶里放射出火光，照耀着广场。

---

1 卡洛斯二世统治之初，卡斯蒂利亚村社社员发动起义，维护民族权利和地方自由。一五二一年被王室军队战败，首领被处决。史称"村社起义"。

这样那样的街谈巷议，传到了弗朗西斯科·希龙美貌的遗孀堂娜门西娅·德索萨-阿尔卡拉斯的耳朵里。

正像历史学家一致记述的那样，希龙与堂娜门西娅两口子情深意笃，犹如一对鸳鸯。他们认为蜜月没有亏缺日，夫妻缠绵无尽时。在那场历时十三个月、几乎让王室检审庭惨败的劳神乏力的战事中，堂娜门西娅在大部分时间里都随侍在丈夫身边。大概这位勇猛首领遭遇的唯一的但决定性的抵抗，是由于他的狂热爱情引起的，因为他当时只顾跟她卿卿我我，而没有尽到军人的职责。

一五五四年十二月九日，在利马高声宣读了这样一张告示：

> 奉国王陛下和副统帅、尊贵的堂佩德罗·波托卡雷罗先生之命，现对该犯宣判如下：该犯因背叛王室、扰乱本地秩序，特命斩首正法，首级挂于城内耻辱柱上；其在库斯科的房产将予拆毁，撒上食盐，并在原地立大理石碑一面，挂上招牌，将其罪行公之于众。

丈夫在断头台上被处死，尊贵的太太宣布自己也死了，就是脱离尘世生活。在等待罗马准许她创建恩卡纳西翁修道院期间，她决定把丈夫的头骨从耻辱柱上盗下来。她不能只顾自己隐居修道，让她心爱人儿的遗骸暴露在光天化日之下，任人侮辱唾骂。

堂娜门西娅把这非常棘手的事托给好几个人，不幸的是，那些人胆小怯弱，试了几次都没成功。她白白花了许多金银，还不断受到势利小人的勒索。

事情难以下手，这也是实情。王室检审庭命人在耻辱柱上钉了一块告示牌进行恐吓，凡胆敢做出符合基督教义仁爱精神之举者，绞杀勿论。

希龙的头骨在铁笼里已经挂了十年，卡瓦哈尔和贡萨洛的头骨已经挂了十五年以上，这时，一位刚从西班牙来的绅士去拜访堂娜门西娅。绅士名叫堂拉蒙·戈麦斯·德查维斯，尊贵的嫠妇跟他进行了非常亲热坦诚的谈话，以致这位西班牙青年深受感动，当即说道：

"夫人，您把大事托给唯利是图的小人，这未免失算。我要在二十四小时之内让堂弗朗西斯科的头骨供在神圣的、不受亵渎的地方，否则就不叫堂拉蒙·戈麦斯·德查维斯。"

正好午夜时分，戈麦斯·德查维斯用他的圣费尔南多毛料斗篷遮住面孔，悄悄地向耻辱柱摸过去，后面跟着个膀大腰圆的壮汉（在他雇用这仆人期间，早已证明他忠诚可靠）。他登上仆人的肩膀，伸出胳膊，费了好大劲才解下一只笼子。

他捧着这件宝物，满心畅快地回到大主教街上的客店，点上灯烛一看，不料笼子上的字牌写着：

此系暴君弗朗西斯科·德卡瓦哈尔的头颅

戈麦斯·德查维斯毫不泄气，笑着转身对仆人说：

"咱们错把面包当圣饼了，不过再干一回就全解决了。全是上帝作怪，因为天黑，我拿错了。要想万无一失，就把耻辱柱上的头骨一扫而光，而且越快越好，事情不能拖到明天。既然我偷一个要绞死，干脆偷三个让他们绞死算了。"

主仆二人拔腿向广场走去。夜黑得伸手不见五指，又是三更半夜的好时候，所以这次他们又很得手，把另外两只笼子摘了下来。

第二天，利马全城到处三三两两地议论这件事。

政府一个公告接着一个公告，要严惩偷盗者。

走家串户侦查，甚至从参加过去叛乱的人中抓了许多替死鬼，关进监狱。

事实是当时政府也不知道是怎么回事，只好跟着老太婆们鹦鹉学舌：魔鬼到底如愿以偿，把头骨弄到地狱里去了。

　　原来是戈麦斯·德查维斯伙同天使教派一位善心的教士，把三颗头骨埋在了圣弗朗西斯科教堂。

我叫教会！[1]（1575）

献给堂胡安·安东尼奥·里贝罗博士

一

在一五七五年某一天的深夜，十二个西班牙冒险家聚集在瓜曼加城郊一座房子里，围在一张桌子四周，正在进行那种绝非正当的娱乐：在绿色桌布上掷骰子。赌徒都是职业矿工，尽人皆知，没有人比成年累月、流血流汗从地心里挖宝的人更醉心于赌博这种恶习了。

那是那年中最冷的一个夜晚，老天不知为什么下起雨来，闪电撕裂长空，狂风卷着暴雨，震天价响的雷声震得房屋不时颤抖。看来在这么险恶的天气里，不可能有人敢于冒险穿街走巷。

突然，有人敲响了那间房子的门，赌徒们暂时扔下骰子，带着惊奇的神色面面相觑。

"看在穿法衣的圣米连[2]份上！敲门的要是苦命鬼，到别处求人行好去吧。这儿不打发闲人！甭管是婊子还是无赖，快滚！快走你的阳关道，让我们安分守己的人消停会儿吧。"

"我就是为了消停才来找你做伴的，门多·希门内斯，快开门说话，我的斗篷和帽子都湿透了。"门外的人说道。

"原来是您，少尉先生。"希门内斯一边开门一边说，"阁下请进，欢迎欢迎，不过我猜得出，来凑足十三这个数的人决不会带来什么

1　古时罪犯不愿说出自己姓名，而又暗示自己受教会保护的用语。
2　圣米连（473—574），西班牙隐士。

好事。"

"还是让一个不像您这么狡猾又不信教的人预卜吉凶吧,门多·希门内斯。祝诸位平安,先生们。"新来的人说,随手把斗篷和帽子搭在靠近火炉的一把椅子上,挤进赌徒中间。

少尉是个三十岁的美男子,虽然脸庞非常稚嫩,但他已在当时麋集秘鲁的残忍的冒险家中赢得了尊敬。那天晚上,他穿戴得有点邋遢,却依然显得高雅华丽。头戴镶着蓝饰带的插羽帽,颈系弗兰德斯绣花围巾,上身穿胭脂红的坎肩,下身穿胭脂红的裤子,镶着墨玉色条条,腰系天鹅绒腰带,挂着一把包金尖的佩剑。

他住进瓜曼加还差点儿不到一个月,就已经进行过一场决斗。据说他在西班牙驻智利的团队里当兵时,从驻地开了小差,辗转到过图库曼、波托西和库斯科,但因他生性爱械斗,不得不相继离开那里。他祖籍吉普斯科亚省圣塞瓦斯蒂安,性情像巴斯克深山里的铁矿一样冷酷,称得上是心黑手辣拳头狠。他发明了一套剑法,据说跟他同时代的武艺高强的拳手剑师都招架不住,被那种刺杀法击中就死,为了影射它的作用,他称之为"无情剑"。

赌友们焦灼不安,瞪大眼睛盯着骰子转动。他看了一会儿,然后把一个鼓囊囊的钱袋扔在桌上说:

"诸位赌头太小气了,哪像贵族子弟和矿工,简直像吝啬的犹太佬。这是我的钱袋,谁敢试试,掷出的点比我小就归谁。"

"堂安东尼奥好大的手面,"门多·希门内斯应道,"没他妈什么了不起!这挑战我接受定了。"

"说干就干,我先掷!"少尉说,随手掷出来,"两个都是幺点!甭管是谁,恐怕天王老子也掷不出比我还小的点。我赢了。"

"您这手没什么了不起,等着瞧吧,说不定运气助我,跟您掷个平手。"

"别白日做梦了,您那两下子不怎么样。"

"我玩骰子从不冒险,海盗对海盗只拿火药桶下注。"

"行了，快掷吧，便宜话谁都会说。"

门多·希门内斯摇摇骰子筒，掷了出来。大家全惊呆了。结果他是赢家。

一只骰子落到另一只上面，正好把它盖住，面上就露出一个幺点。

少尉抗议赌友们的一致判决，抗议之后，两人对骂起来；骂完之后是"你捣鬼""你是婊子养的"；骂到没的骂了，堂安东尼奥拔出佩剑，一下打碎吊在屋顶上的灯。于是，在漆黑之中展开了一场恶斗。一时间刀来剑往，只听"上帝保佑！"一声叫喊，一个赌徒"扑通"倒地，其他人一窝蜂似的逃到街上。

杀人者撒腿逃跑，刚要绕过街角，迎面碰上了巡更队，队长例行公事喝叫一声把他拦住：

"为了国王，束手就擒吧！"

"捕快先生，只要我膂力顶得住，在我活着的时候休想。"

红了眼的杀人者挺剑冲向巡警，差点儿让好几个人去见阎王，幸亏一个人比伙伴手疾眼快，给少尉使个绊子，把他直挺挺地摔在地上。

巡更队员一拥而上，把他两只胳膊肘一捆，押进了监狱。

少尉因为赌博争吵而械斗，这已不是第一次。从前就有一次他竟神奇地保住了脑袋。那次是在库斯科一座村子里，他跟一个葡萄牙人赌，那人赌注很大，每注都下出一把值一个金盎司的钱币。堂安东尼奥一连赢了十六注，葡萄牙人一拍脑门说：

"魔鬼化身保佑！我追加赌注！"

"追加什么？"

"追加个 × 你媳妇。"葡萄牙人用一个金币拍着台布说。

"再有一个 × 你媳妇我也照收不误，并且还你一个 × 你媳妇。"上尉反唇对骂。

葡萄牙人是有妻室的人，听了这话并不搭腔，"唰"的一声拔出佩剑。堂安东尼奥也不示弱，三招两式就给对手送了终。有司衙门赶到，把他抓进监狱。开庭审案，判处死刑。就在刽子手已经把进地狱的"通行证"给了他，就是把绞人的细绳套在他脖子上的时候，突然一个驿卒赶到，带来了库斯科检审庭签发的赦罪令。

二

这次被捕后，立即进行审讯，没费多少文件就结案判决了。日子一天天过去，到第三个月时，处决时间到了，居民们拥在瓜曼加广场一个高高的绞架周围，等着看热闹。

审讯过程中，历数了堂安东尼奥所有的前科，少尉全不否认。全部指控完毕，他说："阿门，一件罪行要勒断脖子，干脆根据十件勒掉算了，反正都一样，我不赔不赚。"

在他看来，数目问题没有多大意义。

牧师进祈祷室听他忏悔，可是刚要给他圣餐，他一把就把那块圣饼夺到手里，撒腿就跑，嘴里不住地喊：

"我叫教会！我叫教会！"

谁有那么大的胆子，敢拦住手拿圣饼边跑边让人看的人呢？信教的人想：如果说少尉犯了渎神之罪，那么在大庭广众之中跟手拿圣餐的人厮打不也是犯了渎神之罪吗？

所以那人是神圣的。他叫"教会"嘛。

在西班牙国王的领地里，每当处决犯人时，所有教堂都大开其门，敲祈祷钟，这是一种惯例。

堂安东尼奥在众人跟随下躲进圣克拉拉教堂，跪在主圣坛前，把圣饼放在上面。

那时候，对于躲进教堂这种圣地的人，人间法律是无能为力的，所以少尉得以幸免。

阿古斯丁派主教堂弗赖阿古斯丁·德卡瓦哈尔听说了正在发生的事，急忙赶到圣克拉拉教堂，决心执行教会法规对堂安东尼奥这类渎神罪犯的规定。按照教会法规的刑罚，应该刮去手上汗毛，把手拿到火上去烤。

宗教裁判所在利马建立确实还没有几年，它可以提审犯人。引渡是宗教法庭的特权，但对民事法庭却是不合法的。但是，宗教裁判所的法官们当时正在这片土地上组建宗教法庭，忙得不可开交，根本想不到去跟瓜曼加的主教争夺管辖权。

堂安东尼奥请求主教大人听他做忏悔。忏悔进行了很长时间，可是最后，大家都感到非常惊讶的是，主教拉着堂安东尼奥的手，领着他进了修道院的接待室，接着跟女院长进行了简短的秘密谈话，让他进了修道院，随手关上了大门。

这等于是把豺狼关进羊圈里。

在信奉天主教的居民中，这件违反常情的事越闹越大，以至善男信女对他们主教的心地是不是圣洁嘀嘀咕咕地说长道短。侍从把居民的飞短流长传到主教耳朵里，但他只是虔诚地微笑不答。

时间就这样过了两个月，后来从利马来了一位总督的使者，带来一封给主教大人的密信。主教跟少尉见了一次面，第二天，堂安东尼奥在严密保护下离开瓜曼加，去了总督辖区首府。

到了利马，在三圣一体修道院的西斯特尔教派修女中把他关押了三个星期，刚一有船开往西班牙，械斗成性的少尉就背着一纸公文回了西班牙。

三

直到这时才宣布堂安东尼奥·德埃劳索少尉是个女流，父母给她取名叫卡塔丽娜·埃劳索，现在历史上称她为"少尉修女"。堂娜卡塔丽娜原来是个新入教的修女，正要公开宣布信仰的时候，逃出修道院来到美洲，参军入伍，在阿劳科战斗中奋勇拼杀，升为少尉军衔并享受贵族称号，在波托西动乱中她参加了一派，被尊称为上尉。

我们的目的不是为"少尉修女"的一生著书立传，只是要叙述她那不同凡响又鲜为人知的冒险活动中的一段故事，所以，如有哪位读者渴望全面了解她一生的秘密，请阅读印行于世的关于她的诸多著作好了。不过我们还应说明，堂娜卡塔丽娜后来又从西班牙回到美洲，她厌倦了冒险生涯，在维拉克鲁斯操起赶脚的职业，最后死在墨西哥一个村子里，时年七十余岁。她没有换下男子装束，虽然在女扮男装的时间里，用甜言蜜语博取了三五个少女的欢心，答应跟她们结婚，可每当要履行诺言的时刻又借故溜掉，或自食其言，她从来没有破坏贞操的罪过。

罗莎的玫瑰园 (1581)

献给我的女儿奥古斯塔

早年间来到美洲的外国人，在没有适应本地气候时，总要染上"间日热"和当时称为"比丘阿尔托"、现在叫疟疾的这种病。我们的长辈用一句话说明这种情况，叫作"水土不服"。大约在一五八一年前后，希腊人米格尔·阿科斯塔与利马的水手和商人举行了一次募捐活动，目的是建造一所医院，专门照看这些航海而来的人。不到两个月的时间，就募集到四万比索。

于是，就这样建成了圣灵医院。医院在一八二一年撤销，从那时起院址先后充作国立博物馆、女子学校、军事学校、爱乐学校、兵营和警察局，等等。历任教皇给予圣灵医院极大的恩宠和重视，这是利马的其他医院不曾得到过的。

在建起医院那个地方的后面，有一片很大的空地，地的主人加斯帕尔·弗洛雷斯在那儿胡乱盖起了几间棚屋（因为堂加斯帕尔绝非阔佬，没有钱大兴土木）。一五八六年四月三十日，他的女儿伊萨贝尔，就是利马的圣罗莎，就在一间棚屋降生了。当时正是西克斯图斯五世做教皇、费利佩二世当西班牙及其殖民地的国王、托里维奥·德莫戈罗维霍任利马大主教的时代。因为"痛风总督"堂马丁·恩里克斯已死，大主教还兼管王室检审庭。"痛风总督"统治了二十一个月，在国内没有做出什么可资纪念的事情，就一命归天永远不回了。在公共工程方面，有些统治者尽干些给翻浆的道路铺石子、用海绵吸海水那种劳而无功的事，这位总督就属于这类人。

堂加斯帕尔·弗洛雷斯那座家宅里有很大一片闲置空地，他的女儿用一双巧手把它变成了花果园。

在那个时代，利马人都喜欢种果树，不爱栽种花木，因此在私家花园里——还没有公共花园——就连不需要精心护养的花木也难以看到。当时最名贵的花卉，也就是各个品种应有尽有的康乃馨了。

玫瑰花不是原生于秘鲁，据加西拉索在他的《印卡王室述评》里说，秘鲁在被征服以前没有茉莉、棠棣、麝香石竹、百合和玫瑰这些花卉。所以，当这位利马贞女发现她的小花园里突然长出一株玫瑰幼芽的时候，真是惊喜非常。幼芽发育成一株玫瑰，许多家庭讨要玫瑰新枝去美化自家的门廊，利马女人讨要花朵来点缀自己那乌黑浓密的鬈发。

玫瑰花一下子变成大为时髦的东西，以致医生们根据经验发现，这种花有奇妙的医药功能。于是，人们把干花瓣像金子似的用手帕包起来收藏，用来缓解和医治疑难病症。门迪武卢在他的《洛萨诺》这篇文章中说，利马最早生产的玫瑰花是圣灵医院花园里的，实际上是因为离得太近，他把圣灵医院的花园与我们这位杰出的利马女郎的花园搞混了。

据说在一六六八年，当有人把要求为罗莎行宣福礼的公文呈给教皇克莱芒四世的时候，教皇怎么也掩饰不住淡淡的不信任情绪，从牙缝里轻轻地说：

"圣女？还是个利马人？嗯，嗯！那就撒点玫瑰花看吧。"

话音未落，奇迹马上出现，芬芳的玫瑰花片纷纷飘落在教皇的桌子上。

还听说从这件事情以后，教皇对利马的罗莎特别热情，在两年时间里，除了签发为我们这位女同胞举行宣福礼（1669 年 2 月 12 日）的敕书以外，还签发了六份敕书为她增添荣誉。最后一份敕书是任命她为利马和秘鲁的守护神，并修改乌尔班八世的圣谕，加速办理谥她为圣徒的手续，后来在一六七一年，他的继任者克莱芒十世将她和甘迪亚公爵、耶稣会会长圣弗朗西斯科·德博尔哈一起谥为圣徒。圣女罗莎被谥为圣徒时，已是她亡故之后五十四年了。

克莱芒九世在一六六九年逝世，从他的遗嘱中可以看到一个强烈的遗愿：在他诞生的皮斯托亚城建一座华丽的小教堂，纪念利马的圣女罗莎。

多明我会教士帕拉，在他一七六〇年刊印于马德里的《戴桂冠的罗莎》这本书中说，费利佩四世当上国王以后签署的第一份圣旨，就是要求为罗莎行宣福礼；还说，在一六六八年十月七日马德里居民庆祝宣福礼节日这一天，看见紧挨着太阳有一颗星星在闪闪发光。

*　　　*　　　*

一六七二年二月，当莱穆斯伯爵、萨里亚侯爵、陶里凡科公爵兼西班牙大公任秘鲁总督时，举行了隆重的谥为圣徒活动，利马街道用银锭铺路，据亲眼目睹庆祝活动的编年史家们说，铺路的银锭和装饰拱门及圣坛的珠宝，总价值估计为八百万比索。

当时那座房子和小花园的主人是堂佩德罗·德巴利亚多利德和堂安德烈斯·比莱拉，也就是在那时候他们让出了那块地方，以便在那里建造"利马的罗莎的圣堂"。

罗莎种的那棵玫瑰花树，移植到多明我会神父在他们修道院主要回廊中开辟的花园去了。

圣罗莎的蚊子（1581）

当嗡儿嗡儿叫的蚊子无所顾忌地围着枕头飞来转去，吵得你束手无策的时候，真称得上是人们的冤家对头。如果一个基督徒正津津有味地读书，或专心致志地把头脑中的思想倾诉于纸头的时候，突然被这种小动物打断，还怎能安然自在地读书写作呢？那就只好合上书本或扔掉水笔，拿起笔筒或操起扇子驱赶这种可恶的小生物了。

我以为，哪怕圣贤遇到这种事，也会被一大片蚊子扰得失去耐心，气咻咻地满嘴发牢骚，即使他比约伯[1]还冷漠。

正因为如此，我的同乡圣女罗莎虽然有那么大的勇气苦行禁欲，忍受肉体的痛苦，但她也发现，不发怨言地忍受这些长翅膀的小乐师的叮咬和演奏，是她的精神力量承受不了的折磨。

一位给这位利马圣女作传记的人就这个题目讲过些情况，现在权且以此写一篇传说吧。众所周知，在利马的罗莎出生和故去的那座房子里，有一片宽阔的果园，她在那里盖了一间专门用来静思和悔罪的隐居所，或者叫祈祷室。浇地的水形成的一个个小水坑滋生了无数蚊虫，而圣女又不能请求上帝为讨她的喜欢而改变大自然的规律，便选择了跟蚊子谈判订约的办法。所以她常说：

"我住进这个隐居所的时候，蚊子和我就订了君子协定：我保证不惊扰它们，它们保证不咬我也不乱嗡嗡。"

协定得到了双方的遵守，可现在……连政治方面的协定也没人

1　约伯为《圣经》人物，以特别能忍耐著称。

遵守。

这些又吵又闹、连咬带叮的小东西，即使从门口或小窗上飞进静室，也都是规规矩矩、老老实实地趴着，等到黎明时分圣女起床后，对它们说：

"哎，小朋友们，去赞美上帝吧！"

这时便响起蚊虫协奏曲，直到罗莎发话才停止：

"好了，小朋友们，现在找食去吧！"

乖乖的吸血虫们便向果园四散飞去。

天色快黑时，她召它们回来，口中说道：

"小朋友们，跟我一块儿赞美上帝，他今天把你们喂饱了。"

像早晨一样，又响起一阵协奏，最后罗莎对它们说：

"睡觉去吧，朋友们，可要规规矩矩的，不许吵嚷。"

这才叫教育有方哪，我妻子对我们那些娃娃的教育可不是这样，他们根本不听她的，每当让他们上床睡觉的时候，总是呜哩哇啦地乱喊一气。

可是有一次，圣女罗莎好像忘了下达命令，叫她的下属守规矩，一位名叫卡塔丽娜的居家修女到静室去看她，结果被蚊子咬了。卡塔丽娜受不了这般侮辱，用手一拍，打死了一只。

"这是干什么，教友！"圣女说，"这么狠心地打死我的朋友？"

"依我说是死对头，不是朋友。"居家修女反驳说，"看这只吸了我多少血，吃得多肥！"

"留它们一命吧，教友。这些可怜的小家伙，你一只也别打死。我保证它们不再咬你了，会像对我一样，跟你和睦相处，友好相待。"

果然如此，后来，再没有蚊子敢咬卡塔丽娜了。

有一次，辅佐教团的居家修女弗拉斯基塔·蒙托亚害怕蚊子咬，怎么也不肯走近罗莎的静室，罗莎也巧妙地利用她的小朋友惩罚了她那扭扭捏捏的样子。

"现在就让三只蚊子咬你，"罗莎说，"一只以圣父的名义，一只以圣子的名义，一只以圣灵的名义。"

话音未落，蒙托亚就感到三只蚊子叮她的脸。

为了证明罗莎能够驾驭小虫和家畜，纪事作家梅伦德斯讲了这么一件事：圣女的母亲非常钟爱养着的一只小公鸡，因为羽毛奇特又美丽，它成了家里的小宝贝。有一回小鸡病了，一副半死不活的样子，急得罗莎的妈妈说：

"要是好不了，只好把它杀掉炖肉吃了。"

这时，罗莎赶忙抱起小病鸡，轻轻抚弄着说：

"我的小鸡雏，快唱支歌儿吧，要是不唱就把你炖肉吃了。"

小鸡抖抖翅膀，竖起羽毛，非常欢快地唱出了：

嘓儿嘓儿嘓儿嘓儿！

（你说的逃生办法有多好！）

嘓儿嘓儿嘓儿……喔！

（这就走，正给我梳头哪。）

美人中的美人（1583）

献给里卡多·罗塞尔

我的朋友，你说我用四篇小品文、两句谎言和一句真话就编造一篇传说，不过，如果在我献给你的这篇传说里有什么触犯第八条诫命的内容，那是记录这件事的阿古斯丁教派纪事作家的罪过，而不是你诚实的朋友和同名人的罪过。

一

迭戈·马尔多纳多是秘鲁征服史上的重要人物。作为堂弗朗西斯科·皮萨罗在卡哈马卡那场武斗中的同伙，他从印卡王阿塔瓦尔帕的赎金中分得一份七千七百七十盎司黄金和三百七十二马克白银。他那聚财的欲望如此强烈，加上运气又如此之好，结果到创建利马城时，他已经有了"阔佬"的诨名。

更加公正地说，历史应该改一改他这个诨名，称他为"幸运儿"。所谓幸运，而且是不小的幸运，对他来说就是好几次脱身，而没有死在刽子手的手里，可从他那些不法行为和卑鄙勾当来说，他这几次历险也是罪有应得。每次内讧他都舞刀弄剑地入伙，开始时挑动暴乱，最后又以效忠国王告终。愿上帝将他封入圣贤之列，不过"阔佬"堂迭戈·马尔多纳多可真是个好样的。

这位征服者遭遇的最大困境，是著名的弗朗西斯科·德卡瓦哈尔一边说着俏皮话，一边杀亲朋密友时，想用绳子量量他们的脖子有多粗。卡瓦哈尔绞死脖子上挂着每日祈祷书的潘塔莱昂神父，只是因为他在这本祝福书里用铅笔写了这样几个字："贡萨洛是暴君"；而他要给煽动暴乱而又腰缠万贯的堂迭戈发放到有去无回的世界的通行证，则完全是任性胡为。可是诗人说得好：

> 世上谁人最万能，
> 首位当推钱先生。[1]

于是马尔多纳多一点不还价儿地又买了几年苟且偷生的日子。说不定哪一天我要调查一下他落了个怎样的下场，我想那下场大概是糟糕透顶的，是他卑劣的一生罪有应得的。

征服事业大功告成，侯爵的伙伴一个个从冒险家变成了上绞架、挨屠刀、挂树梢、进油锅的先生——不管历史用多么美妙动听的言辞给丑事涂金，那些人本来就是这等货色。这时，堂迭戈叫他一个侄子从西班牙来到秘鲁。侄子名叫堂胡安·德马尔多纳多-布恩迪亚，他虽然继承了伯父的一部分财产，却没有继承他那背信弃义的为人之道，而是一直忠心耿耿地为卡洛斯五世和费利佩二世的旗帜效命。

就在处事精明、受人欢迎和慷慨豪爽的堂弗朗西斯科·埃尔南德斯·希龙发动叛乱，弄得利马王室检审庭一筹莫展的时候，堂胡安·德马尔多纳多-布恩迪亚已在王室军队中成了颇受信赖的上尉，而且在很大程度上是靠了他的功劳，才战胜了那位既勇敢又不幸的首领。

国内恢复平静后，堂胡安退役蛰居，把祖居安在库斯科，在普卡尔坦博山谷还有一座很值钱的庄园。

二

战神的征战过去了，爱神的征战又开始了。这是自古以来的真理，

1　这是引用西班牙作家、诗人弗朗西斯科·德克维多-比列加斯的一句诗。

谁也不会为听到这新消息大惊小怪。

潇洒俊逸的上尉不能不（这又是一条天经地义的真理！）对丘比特俯首称臣，真心实意地爱上了一个普卡尔坦博姑娘。

我赞赏他的审美趣味，因为那姑娘不是为任何体弱多病的糟老头子，而是为像布恩迪亚这样青春年少、体魄健壮的小伙子准备的美味佳肴。

伊玛苏马克，或者（按卡兰查翻译这个土著语词汇的意思是）"美人中的美人"，是个风姿绰约的少女，血管里流动着印卡王族的血液，直截了当地说，是位印卡公主，印卡人称为"纽斯塔"。

读者先生，还是请您想象她有多美，按照您的想象力尽情描绘她那姣容的各个细节吧，至于我，坦率地说，我声明自己是画像的门外汉。不过您如果愿意的话，不妨给她画上象牙般的皓齿，石榴般的面颊，大理石般白皙的肌肤，红宝石般的嘴唇，黑宝石、蓝宝石或绿宝石般的眸子，金丝般的秀发，再加上诸如此类的宝石和配料，总之，那画像须跟街头雕像毫无二致。

我不钻那种牛角尖，只说姑娘美得像一抹月光，因为正如有人说硫酸盐是上帝创造的万物中的精华一样，历史学家是不会无缘无故地称她为"美人中的美人"的。

年轻的公主对西班牙少年的眷恋并非无动于衷，每天黄昏日落之际都到田野去等候她的情郎。

马尔多纳多每天总是扛上火枪，一边打着异色脖颈的鸽子（山谷里有的是这种鸟），一边走完从他庄园到幽会地点的一里路程。

如果读者们想全面领略那对幸福情人的强烈感受，就请阅读信手拈来的第一部田园情话好了。不过别忘了立刻喝杯水，免得那浓浓的蜜汁腻嗓子。

那段恋爱是一片万里无云的晴空。可是，"从福到祸只有一步之隔"这话又是多么千真万确呀！

一天傍晚，上尉一如往常匆忙去赴那令人陶醉的约会，就在他走出一片小树林刚要踏进平川的时候，突然听到一声使他撕心裂肺的惊叫。

原来是伊玛苏马克发出的喊声。

美丽的公主急忙奔跑着，一只老虎紧追不舍。

马尔多纳多远在二百步开外，不可能及时赶到，去跟老虎交手搏斗。

他开了一枪，子弹呼啸而过，没有打中老虎。

他又装上一颗子弹，在发怒的野兽抓住姑娘的一刹那瞄准了目标。可不幸的姑娘已经没救了。

这时上尉迟疑了一秒钟，痛不欲生，但还是做出极大努力射出了子弹。

必须为他心上人死前的挣扎减少一点残酷和痛苦。

马尔多纳多赶到平原上的时候，老虎在奄奄一息地翻滚，但没有放开抓着的姑娘。

上尉的子弹也射穿了公主的心脏。

那个即使面对天塌地陷也会不动声色的钢铁汉子，那个曾在千难万险中饱经磨炼的男子，感到眼里滚出一滴泪水，那是他有生以来因为痛苦而流出的第一滴泪水。他用宿命论者那种无与伦比的无奈心情，嘟哝着一句话走开了：

"天意难违！这是上帝的意愿！"

三

一个星期后，堂胡安·德马尔多纳多-布恩迪亚穿起阿古斯丁教派教士的道袍，进了库斯科的修道院。

由于深通克丘亚语和艾马拉语，他劝服许多不信基督教的人信教，成了阿古斯丁教派最显要的人物，一五八三年前后圣洁地去世。

骑在了驴身上，就不怕鞭子抽（1591）

卡兰查神父和另外几位纪事作家，记载了大约一五五〇年发生在波托西的一件事，这件事和我要讲的故事一模一样。可是库斯科居民中流行的说法是，这件事发生在这座"太阳之城"[1]。不管怎么说吧，反正事件的地点问题无关紧要，只要确有其事，我就可以毫无顾忌地动笔，用它充塞几张稿纸。

一

出生于马德里城郊平托村的曼西奥·谢拉·德莱吉萨莫是个漂亮军人，他有那个时代的一切恶习和一切美德，不过心地正直无私，令人敬佩。

当皮萨罗前往卡哈马卡，背信弃义地俘获阿塔瓦尔帕的时候，留下很少几个人在皮乌拉驻守，莱吉萨莫就是其中的一个。所以，一五三三年六月十七日瓜分印卡王的赎金时，他是没有份儿的。

在西班牙人攻占库斯科、洗劫神庙时，莱吉萨莫有幸抢到了著名的"金太阳"[2]。可是，那群大兵真是放纵胡为，莱吉萨莫当天晚上就参加赌博，一盘骰子掷完，就把那价值连城的瑰宝输掉了。从那时起，用来形容屡教不改的赌徒的那句话，便成了一句谚语："他简直敢用没出山的太阳作赌注。"

---

1 指库斯科。
2 金太阳，传说为印卡人一件珍宝。印卡人尊太阳为神，故用黄金打造一只金太阳，供于库斯科神庙内。

然而，每当库斯科市议会授予他荣誉职衔，让他执掌市议员的权杖时，他就忘了他的赌博嗜好。说起为人的道德，曼西奥·谢拉在当时可以为人师表，有口皆碑；可是只要他不是当局的掌权人时，就又会牌不离手，放纵旧日的恶习。

莱吉萨莫没有卷入内讧的争战之中，他之所以成为征服者中唯一没有落得悲惨下场的人，大概就是因为他采取了这种精明的、自有主见的态度。他自己在一五八九年九月十三日在库斯科留下的遗嘱中，就是这么说的（这位皮萨罗的最后一个伙伴，留下遗嘱就死了）。遗嘱收录在《阿古斯丁纪年》这本书中，普雷斯科特[1]发表了其中的一个片段。在这份罕见的文件中，莱吉萨莫赞扬印卡人慈父般的政府和秘鲁民族的美德，把征服者的道德贬得一无是处。

莱吉萨莫是医治无效而死的（或者说病死的，反正都一样），死时令人肃然起敬，犹如年高德劭的基督教徒一样；那是因为在他八十有余的时候，死神才来催命的。

据库斯科市议会第一部档案记载，一五三四年八月四日，四十名市民向王室捐赠了价值三万比索的黄金和三十万马克的白银，曼西奥·谢拉·德莱吉萨莫是捐赠者之一。这里提提这件事，是为了让读者有个印象，看看这位一年之前还拿没出山的太阳赌博的人，在很短时间内就得到了多少财富和多么高的地位。

市议会的那部档案中还有一份记录，据记录记载，在瓜分土地的时候，把最好的一块地分给了莱吉萨莫。

这位显赫人物的情人不是别人，是一位"纽斯塔"，即印卡王瓦斯卡尔家族的一位公主。这段爱情给了他好几个孩子，其中有个儿子，取了个基督徒的名字叫加夫列尔；这孩子跟他父亲一样，也给后人留

1　威廉·普雷斯科特（1796—1859），美国史学家。著有《墨西哥征服史》《秘鲁征服史》等。

下一条谚语。[1]

二

一五九一年前后，库斯科有位风姿绰约的窈窕淑女，名叫门西娅，不仅惹得一般浮浪子弟朝思暮想，即使许多老成持重的人也不禁心曳神摇，渴望把她弄到手。年少的堂加夫列尔·德莱吉萨莫当然也不例外，加入了那群围着蜂蜜转的苍蝇的行列，而且也不知是福是祸，可爱的门西娅并非铁石心肠，对他也有几分好感。

可当时的情况是，姑娘的正式情郎是卡拉特拉瓦的骑士、当时身为库斯科督军的堂科斯梅·加西亚·德桑托拉利亚，他许下一大堆诺言，甚至愿为她摘星揽月，来满足她那稀奇古怪的幻想。

西班牙中世纪的歌谣说得好：

> 说起恋爱这桩事，
> （愿上帝宽恕保佑咱，）
> 即使理智健全人，
> 也会闹得疯癫癫。

到底还是有多管闲事的人，不请自来地给堂科斯梅摘掉了障眼的罩布，把事情说破；当他得知他那满城风雨的恋爱中有个"副手"，或者说"第三者"时，只气得咬牙切齿，怒火烧胸。

一天下午，德桑托拉利亚先生带着几个法警在库斯科广场闲逛，这时堂加夫列尔转过街角，一时躲闪不及，与督军大人不期而遇。加夫列尔冷冷一笑，装作心不在焉的样子，手根本没有伸向帽檐，顺着大街扬长而去。堂科斯梅气得吹胡子瞪眼，大声喝道：

---

1 杰出的玻利维亚作家堂何塞·罗森多·古铁雷斯，一八七九年在《秘鲁评论》上发表了一篇关于曼西奥·谢拉·德莱吉萨莫的有趣文章，全文引录了那份著名的遗嘱。——原注

"无礼的家伙给我站住，你被捕了！"

与此同时，几个法警，这些在不会遇到危险时敢作敢为的人一拥而上，对手无寸铁的堂加夫列尔说：

"投降吧，小子，投降吧！"

堂加夫列尔又吵又闹，大声抗议，躲到对面墙边。可是谁都知道，过去跟现在一样，抗议是瞎耽误时间，白费唾沫；对于我们这些生来不是治人、而是治于人的人，凡手里有一点权力的人都可以任意横行。

没有圣贤为他做主，他到底被送进了监狱。

你们以为他的罪行是小事一桩吗？

"怎么着！一个浑小子在街上见到当局官员，不脱帽敬礼，直着脖子就这么过去了？好啊！不分等级，不讲特权，不讲法律，那不是大家都一样了吗？"——这就是桑托拉利亚先生为他那个等级的人做出的推断。

这种傲慢不尊的行为真该严惩不贷，以儆效尤。放过这样的事不加惩罚，也未免民主得太早了。

那个时代的权势人物，在做判决时真是麻利得很。第二天上午，全库斯科的人就已知道，中午时分要把堂加夫列尔押出监狱，让他光着脊背骑在驴上，就在原来不幸地撞上情敌、狂妄地没有向他行礼的广场上那个地方，由刽子手抽他十二皮鞭。

已故曼西奥·谢拉的朋友都为他的儿子担心，纷纷替他说情。惩罚的时刻到了，他们的求告一无所获，堂科斯梅一意孤行，坚持要实行那残酷而怯懦的惩罚。

这时堂加夫列尔已经来到街上，座下骑着一头痨病鬼的病驴，身旁跟着行刑手、开道人和低级法庭人员。突然，一位书记员赶到，传达上司的命令：笞刑改在次日执行。这就是朋友们从暴怒的督军那里得到的最大恩典。

年轻的莱吉萨莫得知事情的原委，平静地说：

"他们已经让我丢够了脸，还要怎么样也不用拖拖拉拉了。是苦酒就得咽下去。骑在了驴身上……就不怕鞭子抽。快走吧，毛驴！"

他用鞋跟朝驴身上一踢，走到了行刑手应该执行判决的地点。

三

这个谚语就是这么来的，有些人把它略作改动，说成"既然骑在驴身上，挨一百下跟一百多下都一样"。

三个月后，一天正午，堂科斯梅·加西亚·德桑托拉利亚路过堂加夫列尔挨打的地方，早已藏在一扇门后伺机而动的堂加夫列尔，猝不及防地冲上前去，用匕首结果了他的性命。

库斯科的居民帮助堂加夫列尔逃到利马，他在总督卡涅特侯爵的妻子、声势显赫的堂娜特蕾莎·德卡斯特罗那里得到了最坚决的保护。靠总督夫人和她在王室中的影响，传来费利佩二世一道圣旨，承认堂加夫列尔是诚实良民，并宣布他作为出身高贵的贵族，有权杀死使他蒙羞受辱的人。

秘鲁的政府（1600）

　　请堂莫德斯托·拉富恩特[1]多多原谅，他在他那文笔飞扬的散页文稿中写了圣特蕾莎[2]与基督的一段对话，不过我从我的独眼老奶奶那里听说，这段对话是在利马的圣罗莎与上帝之间进行的。《弗赖赫伦迪奥》[3]以它特有的典雅文风讲述了对话的情形，尽管如此，我还是要按照我的方式讲述在我国众口相传的这段故事。有人对我说，这段故事有剽窃之嫌，至于是否如此，就请读者根据自己的标准做定论吧。

　　一天，仁慈的上帝准备广施恩泽，我的同乡、利马的圣罗莎跟他进行了一次谈话。圣罗莎刚一知道上帝情绪极佳，愿发慈悲，就乘机求他给予恩赐——不是为她自己（因为她生来就注定被供上圣坛，早已备受恩宠），而是为她的祖国：

　　"上帝！请您赐福让我的祖国气候温和、风调雨顺吧。"

　　"我答应，罗莎。利马不会太热也不会太冷，不会终年干旱也不会暴雨倾盆。"

　　"我请求您，上帝，把秘鲁变成一个非常富饶的国家。"

　　"行啊，罗莎，行。现在她已是土质肥沃，物产丰富，又有无数地下宝藏，如果这些还不够，到时候我再赐给她鸟粪和硝石。"

1　莫德斯托·拉富恩特（1806—1866），西班牙记者、史学家，著有堪称丰碑的著作《西班牙历史》（三十卷）。

2　圣特蕾莎（1515—1582），西班牙女圣徒，神秘派女诗人。

3　《弗赖赫伦迪奥》，全称《著名讲道师弗赖赫伦迪奥·德坎帕萨斯的传记》，为西班牙耶稣会作家何塞·弗朗西斯科·德伊斯拉（1703—1781）所著，书中讽刺了蹩脚的传教士。

"上帝，我求您赐给利马妇女美貌端庄，赐给男人智慧聪明。"

喏，圣女就这样由着性子说下去。

她要求过奢，上帝开始不耐烦了。

已经提了这么多要求了，但上帝沉吟片刻，还是勉强笑着说：

"好啊，罗莎，好。"

同时他在窃窃私语：

"这姑娘就差要求我把秘鲁变成天堂的一个分号了。"

请求恩赐的姑娘太不精明，竟然不知道，提这么多要求谁也会逐渐厌烦的。到底是女人哟。她们都这样，得陇望蜀，欲壑难填。

上帝转身要走，圣女拦住了他：

"上帝！上帝！"

"嗯！怎么！还有要求？"

"是的，上帝。给我的祖国好政府吧。"

仁慈的上帝这回生气了，转身对她说：

"罗莎呀，亲爱的罗莎！快做你的油煎饼去吧！"

这就是秘鲁总也治理不好的原因，倘若圣女一开始就提出最后的那项要求，我们国家就会是另一个样子了。

该诅咒的人 (1601)

第九任秘鲁总督时代的故事

一

圣佩德罗-妈妈镇

一六〇一年前后，离利马不远的地方有两座繁华的村镇，住着一万二千多土著居民。如今这两座村镇已成了破败的荒村，到处房倒屋塌，没有几个人住了。一座小镇坐落在卢林河左岸，另一座更为富饶，横跨流入里马克河的支流圣佩德罗河的两岸。两座小镇都距海岸八九里地。

小镇中一个名叫圣佩德罗镇，一六〇一年复活节星期二这一天，镇上的牧师主持完弥撒，决定由教堂司事、他的黑奴陪着到利马去。走到乔西卡附近，牧师突然想起把祈祷书忘在了镇里，吩咐仆人回镇去取。

黑仆人走进圣佩德罗镇，以为是进了一座空城。当时正是午后一点，只见家家关门闭户，街上一个人影也没有。只有一座房子还开着门，他走过房前时，似乎听到点什么声音，便翻身下马，悄悄摸了进去。

他循声往前走，突然来到一座宽敞的大厅里，全镇的人都聚在那里，个个显出毕恭毕敬的神色。大厅中央高设一座圣坛，坛上供着一尊偶像，形似山羊。羊身用白银做成，羊角、羊蹄和羊奶头都是黄金制作，羊眼是两只像玛瑙一般的黑色宝石。一个印第安人穿着金银凸绣的法衣，行大祭司之职，用唱赞诗的腔调诵祷祭文，男女信徒依长幼顺序走近偶像，把嘴贴在一只奶头上，大祭司便说出那个克丘亚语词汇："妈妈！"

黑仆人看着如此古怪的祭神场面，吓得毛骨悚然，待到惊魂稍定，心中只有一个念头：赶快逃离这块偶然闯进的不祥之地。怎奈他余悸未消，竟把小心谨慎忘得一干二净，慌乱逃走之间被印第安人发现，有个外教人窥视了他们的宗教秘密。印第安人高声喊叫，紧追不舍；幸好黑仆人的马就在门外，他一跃蹿了上去，纵马飞驰，不一会儿就在帕里亚切大道赶上了牧师。

到了利马，牧师把事情经过报告给总督萨利纳斯侯爵。第二天，牧师带着王室检审庭和教会的决定，率领一队长矛手和火枪手奔向他主管的印第安人村镇。

牧师此行已经获得批准，要讲诵一道革除教籍的弥撒，可是却大失所望，连一个听讲的信徒也找不到。镇上空无一人，印第安人已经带着圣佩德罗镇和圣巴勃罗镇教堂的宝贝逃走了——谁都知道，征服者喜欢把宝物用在教堂的大烛台、圣体盒和圣坛帐幔上，并以此为荣。

从那时起，这座村镇就叫圣佩德罗-妈妈镇。小镇在圣安娜庄园那座山的脚下曾有一座疗养院，如今凡是沿奥罗亚铁路旅行的人还可望见疗养院的废墟。

自从原来的居民逃走后，圣佩德罗-妈妈镇就开始衰败，村社和土人的土地逐渐变成了庄园，有拉乔西卡、亚纳科托、莫约潘帕、查克拉萨纳、圣安娜、瓜钦加、库皮切和瓜亚林加等。

崇拜山羊的印第安人迁居到了昌查马约山，一七七〇年，印卡·加夫列尔·图帕克·阿马鲁[1]举旗起义，他们的后代组成义军中最精良、最骁勇的一支队伍，随他作战，起义不幸失败。图帕克·阿马鲁曾答应他们，要把他们祖辈的故乡、在他们心目中就像犹太人昼思

---

1 图帕克·阿马鲁（1738—1781），印卡王后裔，印第安人首长。一七八〇年发动反对西班牙统治的起义，兵败被杀。作者将起义时间误作一七七〇年。

夜想的耶路撒冷的圣佩德罗-妈妈镇重新夺回来。

有些人认为，宝贝就埋在圣佩德罗-妈妈镇的地窖里；另一些人怀疑藏在当作连通圣佩德罗和西西卡亚两镇道路的地道里；也有人猜测圣安娜山顶上藏着一批宝贝，说独立战争时期，有个逃兵在山顶藏身，看见一座山洞里有教堂用的帷幔和其他宝物。

如今住在圣佩德罗-妈妈镇的那些勤劳简朴的居民肯定地说，有些夜晚，在十二点这个鬼魂出没、精灵现身、巫婆作法、盗贼横行和情人销魂的时刻过后，他们听见在曾经建过疗养院的地方有敲钟的声音。

关于印第安人的偶像崇拜和迷信思想，我们不能说得太多。但有一点不能不写出来，就是在查查波亚斯州一座陡峭山峰的顶端，曾有一条泉水名叫库亚纳泉（爱情泉），那里山高路险，难以登临，必须攀石附葛才能靠近，即使如此，也有不慎失足、跌下悬崖的危险。泉水分作两股，人喝了一股里的水，会对给水喝的人萌发爱情，喝了另一股里的水会产生恶感，连西班牙人都迷信这件事。可是在一六一〇年，耶稣会教士毁掉泉水，破除了对泉水的偶像崇拜。托雷斯·萨尔达曼多在他那部有趣的《秘鲁古代耶稣会教士史札记》中就是这样说的。

关于那股泉水的奇妙功效，大概流传甚广，信者无数，所以直到今天，当一个人的情感转恶为爱的时候，人们还总是说："你大概喝了库亚纳的泉水了吧？"

二

总督萨利纳斯侯爵

堂路易斯·德贝拉斯科先生阁下原来是墨西哥总督，一五九六年七月二十四日以秘鲁总督身份入主利马。

荷兰制订了一个狂妄的计划，要抢夺西班牙在美洲的殖民地。西蒙·德科尔德斯、奥利弗·德诺特和另外几名海盗，带着多艘战船、强大的炮火和无畏的士卒已经穿过麦哲伦海峡，建立了一支海盗军，名叫"解去锁链的狮子"。路易斯·德贝拉斯科就任执政以来，就全力以赴，要粉碎这个计划。

总督命令实际上非常弱小的秘鲁舰队归他兄弟指挥，从卡亚俄出击。幸亏海盗们运气不佳，舰队没有进入他们大炮的射程，不然的话，肯定是惨败无疑。原来是风暴改变了荷兰人的航向，吹散了他们的船只；一艘船桅樯折断，险些沉没，赶忙降下旗帜，投降了智利当局。秘鲁舰队也险些被风暴摧毁，但旗舰遇难，总督的兄弟堂胡安·德贝拉斯科命丧汪洋。

一六〇一年二月十八日，人们还不知道这场灾难，正在海岸一带高兴地举行狂欢节，忽然听到不断传来的炮声，打乱了狂欢节的欢乐。大家不约而同地猜到，双方舰队正在进行海战。根据一六〇〇年的人口统计，当时利马人口已达一万四千二百六十二人，居民们纷纷举行祈祷和悔罪游行，请求上帝保佑王家舰队获胜。几天之后人们得知，奥马特（瓦伊纳-普蒂纳）火山爆发，摧毁了阿雷基帕等多座城镇。

与此同时，在整个总督辖区内，印第安人正在殊死斗争，要打碎征服者的桎梏。阿劳科人在一五五九年发动起义，杀死智利都督奥涅斯·德洛约拉。若不是利马市长堂弗朗西斯科·基尼奥内斯（他的妻子是圣托里维奥的妹妹）受命率军到智利大力镇压，阿劳科人早就收复了整个那片土地。北方的希瓦罗人也效仿阿劳科人揭竿而起。这两个部落曾使西班牙人大为惊恐，至今过着独立的、与文明格格不入的生活。

在普诺和查尔卡斯，起义烽火大有蔓延全国之势，当局寝食不安，不断采取措施，防止势头扩大。这些事实证明，就在利马的大门口也掀起了反对僭越者统治的斗争。

就在这个时期，在恩卡纳西翁修道院附近建了一所"离婚女子之家"，为的是收容妓女；但修女们反对与这些人为邻，闹得不亦乐乎，最后只好满足她们的要求，把收容所迁到现在圣伊尔德丰索小教堂旁边的残疾人住地。

此前有一道王室谕旨，规定禁止在美洲栽种葡萄，命令将已种的葡萄统统刨掉。这时又接到一份废除原来谕旨的法令，这是利马修道院一位耶稣会教士努力争取才颁布下来的。

据说有个素有赌棍名声的贵族呈了一张申请书，请求把空缺下来的一个财政部门的职位给他担任，让他生活有着。总督大人亲自给他写了一份批示："我不能冒险让你像赌自己的财产一样拿陛下的财产去赌博。改掉恶习就有饭吃了。"

堂路易斯·德贝拉斯科在各检审庭设立了一名保护印第安人的检察官，在工资、印第安人和黑人的劳动、矿山、酋长职权以及治国的其他许多方面，制订了一些明智的规章，这使他统治的时代成为一个值得纪念的时代。因此，费利佩三世赐予他萨利纳斯侯爵的封号，并调他重新担任墨西哥总督之职。

三

西西卡亚镇

圣佩德罗-妈妈镇变成荒村后，贝拉斯科总督和圣托里维奥大主教听说，西西卡亚镇的四千个印第安人也实行那种偶像崇拜，于是决定派遣五名传教士去帮助神父征服人心。印第安人商量妥当，一天夜里出其不意地抓住神父，用鞭子打死，随后又砍了几位传教士的脑袋。

神父的家位于广场的入口，直到现在，虽然过了好几百年，人们也不再信神信鬼，可谁也不敢在那间房子里住。百姓们说，晚上从房子旁边走过都有危险，常有一只握紧拳头的手从一扇窗户伸出来，谁胆敢从那儿走就狠狠打谁的头。

第二天，神父和传教士被害的消息传到利马，总督派去军队和一名牧师，要他宣布把印第安人革除教籍。可是，西西卡亚镇的罪犯们像圣佩德罗-妈妈镇的人一样，早已逃得无影无踪，到山里避难去了；他们的后代也像那个镇里人的后代一样，后来都参加了图帕克·阿马鲁的起义军。

西西卡亚镇的人也把教堂里的宝物藏了起来，其中有一只一台尔西亚[1]高的金铃铛，是贡萨洛·皮萨罗的赠物，只在隆重的弥撒仪式上才使用。有人认为那些宝物埋在村界小山的沟壑里，所以近些年还有人挖了好几回，想找到它们。

山沟右边有一座山洞，不知从什么时候起洞上就有一根一米多高的"路库马树"木桩。这大概是个记号吧？挖几下后，在不太深的地方，树桩周围有些碎炭渣，通常叫作"西斯科"。

一八三四年，雨水连绵，河水暴涨，曼努埃尔·托伦蒂诺（他是在一八六三年死的）在河岸边发现了古代制作的烛台，是上等片银。

一位有身份的人对记录这些情况的人说，一八〇九年，一位年过六十、几乎失明的印第安人到了西西卡亚镇。他的祖父是一六〇一年那些事件的当事人，把事情经过告诉了他的父亲，这位老人又把从父亲那里听来的传说的细节讲了很多。他来到西西卡亚镇的目的，就是利用亲属告诉他的固定标记从山里挖宝。他从市议会门口挖起，但因两眼昏花，年纪又大，未能如愿以偿。

在革除教籍那个时代，西西卡亚镇有一座大教堂和三座小教堂，每年缴纳五千比索的贡赋。村子的北部边界就是现在的边界，南部边界包括琼台和万凯两地的土地，直到谢内基亚庄园的水渠。这座庄园是葡萄牙的犹太人曼努埃尔·包蒂斯塔[2]的财产，他是一六三九年被利马的宗教裁判所烧死的。

---

1 台尔西亚，长度单位，1台尔西亚约等于0.28米。
2 帕尔马说曼努埃尔·包蒂斯塔·佩雷斯是葡萄牙人，但根据最新发现，他是西班牙人。——原注

四

十八世纪，每当利马城那些嚼舌老太婆说到某个被控有罪的印第安人时，总要接着说上一句：这个"乔洛人"[1]准是那些该诅咒的人里的一个。

她们认为，只有圣佩德罗-妈妈镇和西西卡亚镇才会生出坏人，不过她们忘了"山岗处处长蒺藜"。

---

1 乔洛人，这里指开化的美洲土著。

女人与老虎（1601）

　　让我们的头脑回忆童年岁月总是令人愉快的。那是充满玫瑰色幻想的时代，在那个时代里，我们丝毫没有对明天的忧虑，以为世界就是我们手中的玩具，就是我们眼睛所及的空间。那时，还没有人对着我们的耳朵窃窃私语什么友谊是手段、爱情是商品之类的话，那是多么幸福欢乐的时代呀！

　　昨天我一一回忆往事，想起一个女孩便突然停住思路。她是我童年时的伙伴，要说顽皮淘气可谓天下少有。她不是藏起奶奶的眼镜，就是给猫尾巴拴个爆竹，要么就搞出别的恶作剧。每当这时，和善的老奶奶总是轻轻打她几下，再大声说上两句：

　　"这孩子像犹大那么坏！比 X 太太还可恶！"

　　至于我，我得承认，老太太如此恶狠狠地说 X 太太如何如何坏，以致我对这位太太的惧怕更甚于对魔鬼的畏惧。光阴荏苒，日月流逝，我翻阅了经手的所有手抄书籍，对宗教裁判所（我不知它掩盖了多少真情）在利马惩处的坏女人一个也没敢放过。正在查阅无望之际，发现市政会议的一部文件集和《史料集》上载有关于 X 太太的翔实资料。这样做绝非是没事找事！既然老奶奶预卜这可怜女孩会落个十恶不赦的下场，那我一定要写篇传奇，目的就是要证明一个事实：随着时光似水，逝者如斯，不管这女孩会多么行为不轨、心存狡诈和为人卑劣，也不管她后来如何处心积虑地宁与魔鬼为伍而不与天神同行，永远也不会出现比我这篇故事里的贵妇更加心毒手狠的女人。

　　开场白表过，还是言归正传、转入正题吧！

一

一六〇一年前后，X小姐正像浪荡公子食不甘味朝思暮想的那样，是个芳龄十六的娟娟少女，出落得如花似玉，人人渴望。她父亲X先生大概是这座三次加冕之城的头号富翁，故去时做了件蠢事，把女儿堂娜塞瓦斯蒂安娜托付给堂布拉斯·梅迪纳监护。堂布拉斯·梅迪纳是位严厉的阿斯图里亚斯人，比堂佩拉约[1]还虚荣高傲，这小姐除了年轻美貌，家财万贯，还有一件罕见的美事，就是与她成婚不会有岳父岳母拖累。读者自可想见，这样的小姐必定是人人渴念，甚至最不嘴馋的男子也不能不垂涎三尺。

那个年代，婚嫁之事不像我们有幸生活的时代这么匆忙迅速。这是理所当然的！那时是蒙昧时代，现在是开明时代。在如今这个时代，昨天晚上还在玩布娃娃的姑娘，今天早晨就择婿成婚了。有些喜欢无事生非的人说，对妇女来说，现在出嫁结婚跟换个玩具没有什么不同，因此就像居家信女缝制女红或书记员抄写公文一样马虎草率。所以我再说一遍，公元一六〇一年那年月，男婚女嫁是件颇费思忖的大事。严厉的监护人先生觉察到堂娜塞瓦斯蒂安娜春心萌动，大有只要有个粗人说声"我求婚"，就表示"我愿意"之势，故此决定不让小伙子们在他家喝茶聚会，还像守财奴锁起财物一样对小姐来了个金屋藏娇。

在那样的年月，名门女子接受的教育，只是粗通文字略知当日圣贤的生平，稍能动笔记下洗了多少衣服，略会弹琴勉强能在唱圣诞颂歌的弥撒仪式上一显技艺而已。这只需多次反复合唱三圣颂歌，合诵九日祭祀祈祷书，稍微动手调制一些甜食冷菜，一点不用接触外人就学到了。我们这位花容月貌、百万家财的小姐接受的就是这样的教育。愿上帝伸出圣手拉我一把，免得我怪罪这是监护人的过错。还是怪罪

---

1 堂佩拉约，西哥特贵族，阿斯图里亚斯第一位国王，战胜穆斯林光复西班牙，故于737年。

那个时代吧，我尽可把这个和想到的一切罪责加到它身上，而这位时代阁下是完全可以承受的。

堂娜塞瓦斯蒂安娜被迫接触的社会，除了那位像弹花匠一样的竖琴教师——一个奇丑无比，连小鬼见了也会落荒而逃的老头子，就是一个又矮又胖但心地纯洁的修士、监护人和他的儿子堂卡利托斯。这小伙是个十八岁的神学院学生，父亲渴望把他培养成受人尊敬的道地的受俸牧师。他在父亲和寄居他家的人面前，装出一副正人君子和呆头呆脑的样子，犹如祭坛上的天使一般，可是看官先生，切莫轻信那装憨装愚的人，不然，我敢打赌，日后不定哪一天，您准会招来挠头的麻烦事。

堂娜塞瓦斯蒂安娜在监护人的调教下已有六个月之久。小伙每个星期天都离开神学院的禅房，到父亲大人家中度过，敲晚祷钟时才由一个黑人家仆陪着回去，将他交给神学院的工友。

但也是天意使然。堂卡洛斯[1]更喜欢钻研被称为"女人"的这部神秘之书，而无意阅读神学课本。耶稣会教士桑切斯[2]用他写的风格古怪的论文《论婚姻》，在少年小伙们中扇起的好奇心理，比引诱夏娃的毒蛇还有过之而无不及。大概是论文的某章某节落到了这种学院学生的手中，所以竟使一本邪书把一个纯洁如童男约瑟[3]的青年引上堕落之路，而且可能从利马教会手中夺去了一位最杰出的人物。这段序言大概可使读者知道了下文：尽管堂布拉斯多方防范，以保藏于金屋的娇娃安然无恙，但事实却是那情如烈火的少年刚向那一点即燃的少女直截了当地表示温存，姑娘便轻易允了。每逢星期天，那对恋人便趁着监护人按照懒惰的西班牙忠实子孙的习惯，照例睡午觉的时刻，互相倾诉说不尽的甜言蜜语，做出我想情人之间应有

---

1 即堂卡利斯托。

2 托马斯·桑切斯（1550—1610），西班牙耶稣会教士，生于科尔多瓦，故于格拉纳达。

3 即圣约瑟，《圣经》故事人物，其妻玛利亚受圣灵降孕，生子耶稣。

尽有的其他事情来。

男人是烈火，女人是干柴，只要一点火星就能燃起一场比荷马歌唱的还要凶猛的大火，魔鬼突然不期而至……"噗"地吹了一口！

二

时间就这样过了五年，在这期间，堂布拉斯·梅迪纳已经过世，姑娘成了自由的长女，享受着大笔遗产；堂卡洛斯确信自己不是上帝要求的进教会任神职人员的材料，丢了神学院学生的道袍。堂布拉斯年轻时在库斯科任过一届颇有油水的督办之职，后来又靠经商增加了财富，给他的继承人留下一笔不小的财产。

父亲在世时教子严格，不让他接近尘世。现在父亲一死，他便开始任性胡为，经常出入上流社会，而且所向披靡，无往不胜。

原来他对塞瓦斯蒂安娜的爱慕之情已经化为乌有。那段恋情已是陈年往事，味同嚼蜡，现在那少年需要另寻新欢。他忘记了要正式结婚和让他们偷情时生下的一双儿女取得合法地位的旦旦誓言。那恋着他的可怜女子更加意想不到的是，她接到堂卡洛斯一封书信，告诉她，他已和火枪队队长堂圣地亚哥·佩德罗萨的女儿（人称堂娜多洛雷斯）按宗教仪式结成夫妻。

这封便笺在痴情女子心中会产生怎样的后果，读者自然可想而知。一段时间内，利马的嚼舌妇把她丢名败誉的事挂在嘴边，而且随心所欲地添油加醋，甚至还传说她精神失常了。最后，她像所有曾痴心地爱过的女人一样，回到上帝身边，说得明白些就是当了修女，而且是苦修的修女。这类修女要读一位耶稣会教士发表的一部小册子，名叫《给耶稣基督的羔羊吃的精神苜蓿》，书中把敬献的圣饼称为"黑面包"（罪人面包）。

虽然如此，每当她在教堂或街头碰上那薄幸的情郎，总要出现一些吵吵闹闹的情景。堂娜塞瓦斯蒂安娜不肯让步，定要重新迷住寡情无义之人；而他呢，早已横下一条心，坚持那天真的妄想，要为世上树立一个忠诚配偶的榜样。

三个春秋又这样过去了。不幸的女人终于明白，对堂卡洛斯的爱情已毫无指望，于是决定改变策略，准备进行报复。

三

那天是星期一，堂卡洛斯听完弥撒走出圣阿古斯丁教堂，无意碰上了他的眼中钉肉中刺塞瓦斯蒂安娜。

"堂卡洛斯先生，我想最后一次跟您说几句话，不知您是不是肯赏光听听。"

"亲爱的夫人，只要您不坚持对我表示现在简直是罪孽的温情，我谨听尊命。"堂卡洛斯说。

"看到您是如此忠诚的丈夫，我很高兴。要知道我现在严格地过着修女生活，因此请不必担心，我不会说什么使人想起我们那些堕落行为的话。"

"那我洗耳恭听，夫人。"

"您知道，我有个儿子相当富有。在利马，在我的保护下，他不能受到应有的教育。明天有条大帆船从卡亚俄开往西班牙，这孩子要乘船去马德里，那儿会有亲戚照料他。我恳求他的父亲——您向他祝福，祝他一路平安。"

"夫人，您的要求是正当的，我答应过一会儿造访贵府。"

正好中午时分，堂卡洛斯在塞瓦斯蒂安娜的客厅把一双儿女搂在怀里。他的为父之心洋溢着对他们的舐犊之爱，他对即将启程去欧洲的儿子的爱抚和叮嘱充满无限柔情。女儿在堂娜塞瓦斯蒂安娜的示意下，给柔肠百转的父亲端上几块点心和一杯阿利坎特[1]葡萄酒。堂卡洛斯跟儿女又吃又喝（做母亲的也在一旁与他们一起吃喝），突然身子倒在长沙发上。

---

[1] 阿利坎特，西班牙地名。

原来那倒霉鬼喝的是一种麻醉药。

四

两小时后，一辆敞篷马车停在靠近城市的一座庄园的院子里。

堂娜塞瓦斯蒂安娜和两个孩子下了马车。车夫由另一个仆人帮助，把昏迷不醒的堂卡洛斯抬到一个房间的床上，这是存心报复的妇人为他准备好的。

等到只剩下妇人和她的刀下之鬼，她紧紧捆住了他的手脚，等他从致命的昏迷中苏醒过来。

堂卡洛斯恢复知觉时是何等惊惧，恕我口笨笔拙无法描绘。至于以后的事，还是看看纪事作家是怎么说的吧：

"塞瓦斯蒂安娜先把堂卡洛斯骂了个狗血喷头，接着说要他准备死，以赎他负心忘情之罪。然后她叫过来自己的儿子，让他站在父亲面前，说：'你父亲是我情人时我爱过你。他欺骗我的天真抛弃了我，现在做了另一个女人的丈夫，这女人没有像我一样为他牺牲自己的名誉。我现在恨你，就因为他那卑鄙的行为，出于这种理由，我要你当着这无耻之徒的面死去，因为我决不保留什么属于他的爱情证物。'说完，她怒冲冲地刺伤男孩，砍下头颅丢给堂卡洛斯。接着叫来女儿，说了同样的话，用同样方法杀了她。随后，她一边大骂堂卡洛斯该当千刀万剐，一边把他一条胳膊一条腿地砍下来，直到他咽气才罢手。如此骇人听闻地杀人害命后，她在夜间和车夫一道掩埋了三人的尸体，心情平静地回到利马。

"像堂卡洛斯这样的尊贵人物突然失踪，全城不禁为之骚动，妻子家更是乱作一团，这就迫使总督张贴榜文，凡能说出梅迪纳下落者赏银两千比索。车夫为重金所惑，将犯罪事实和盘托出。公众无不义愤填膺。犯罪妇人受刑不过，全部招供，被王室检审庭判处绞刑，然后砍下双手悬在城外高竿之上，指向她犯下如此残暴罪行的庄园。

"在心毒手狠的女人等待处决的四十八小时中，看不出她有一点伤感的样子。她镇静自若地说:'报复成功,我毫无畏惧地等着一死。'"

五

X 太太是利马马约尔广场上绞死的第一个女人。

(1860 年)

红斗篷、白坐骑和"嘟隆—咚—咚"鼓（1603）

好几部编年史说：堂胡安·德贝坦索斯硕士受门多萨总督之命，撰写一部关于印卡人和征服期间重大事件的史书。他是精通文墨之人，又谙熟克丘亚语和艾马拉语，所以这件差事干得很圆满。据说他最初的手稿考证详细，颇为真实可信，总督原打算送到欧洲去刊印，但其中的一部分在总督故去后不幸散失。着实可惜！得以保存下来的其余部分至今尚未发表，最近从马德里的档案里找出的一部抄本现仍收藏在利马。

这位贝坦索斯硕士定居普诺，在那里与堂娜安赫丽娜公主结婚，她是印卡王阿塔瓦尔帕的女儿，此前一度是堂弗朗西斯科·皮萨罗的情妇。

但是，我在这篇传说里要讲的不是硕士本人，而是他跟堂娜安赫丽娜生的幼子，也叫堂胡安·德贝坦索斯。

*　　　*　　　*

年轻的贝坦索斯作为如此显贵妇人的继承人，是阿桑加罗这块地方的封建领主。印第安人把他看作王室血统的后代，对他甚是恭敬。凭借他的财富和出身，贝坦索斯可以当上印第安人的首领，并渴望戴上红缨王冠，可他却对自己的西班牙祖先沾沾自喜，而把他母系的血统看得轻若鸿毛。

贝坦索斯在阿桑加罗过着骄奢淫逸、挥金如土的生活。他在那里的阿拉帕区拥有好几座矿山，每天有十五马克白银的收益，就是现在的许多欧洲国王也会垂涎欲滴的。无须多说，有了这么一大笔钱财，自然有许多西班牙人和土生白人争先恐后地对他阿谀献媚。

一六〇〇年的时候，有个比斯开省人被任命为阿桑加罗市市长这个人像比斯开省山里的铁矿一样，生性粗暴严厉，不论大人小孩，决不容忍他们对当局的命令有丝毫违犯。

一天，颁下一道公告，规定宵禁钟声响过后，任何居民不得在街上游荡，谈情说爱或者唱"亚拉维"[1]小曲勾引姑娘。

当时堂胡安正迷恋着一位漂亮的土生白人姑娘，根本不把公告放在眼里，照旧经常在夜间弹唱，博取姑娘的欢心。一天夜里，巡更队撞上了他，捕快们对他好言相劝，可他与市长素来不和，对此不予理会。

市长闻讯赶到闹事地点，只听得堂胡安骂他是无赖和蠢货。市长大人本来性如烈火，不会赔送笑脸，就把阿塔瓦尔帕的外孙关进监狱，第二天又放了，不过既然他冒犯当局，少不得对他训斥了一番。

小小的芝麻官！一个偏远小市的市长就这样把祖辈是十四代国王的人当成流氓无赖，简直是打错了算盘。好大的胆子！比斯开佬这个小小的芝麻官！

这场侮辱狠狠刺伤了骄傲自负的少年的心，他暗自发誓，不惩罚一下比斯开佬，打掉他的威风，报仇雪耻以后，决不回阿桑加罗。于是他躲进阿拉帕的矿山，把羞辱之事暂时埋在心底。

据传说讲，正在这时他挖出一个硕大的纯银块，重约三个阿罗瓦[2]，形状跟鹦鹉头一模一样，称得上是稀世珍宝。他写了一篇措辞精美的奏本，连同珍宝一起敬献给国王作礼物；为了防止奏本在宫廷"搁浅"，他同时又精心备了许多押本的东西，就是说，给对国王的圣

1　亚拉维，南美印第安克丘亚人一种传统民歌。五音三拍，节奏舒缓。流行于秘鲁、厄瓜多尔、玻利维亚等国。
2　阿罗瓦，重量单位，1阿罗瓦等于11.5公斤。

意最有影响的人物许多赠礼。

看来在那份本章里，他在备述自己的王室出身后，又对此前受辱之事大诉其苦，请求降旨格外尊重他的亲王身份。

我做了多方努力，想得到国王复旨的副本，可惜都没有结果，所以只好照普诺城全体居民众口相传的样子写了。

他们说，堂胡安·德贝坦索斯从一六〇三年六月在巴塞罗那签发的圣旨中得到如下恩赐：

第一：在阿桑加罗周围二十里以内地区享受亲王的荣誉和特权，他在巡视上述区域时，各村当局均应出村半公里以外迎接。

第二：进村时各村需敲钟致敬。他本人座下骑白马，身穿红斗篷，前有扈从吹牛角号、敲"嘟隆—咚—咚"（原文如此）鼓点开道。

第三：不受西印度法庭约束，凡控诉这位蒙受王恩之宠儿的案件均由国王调阅，亲自处理。

第四：他的寓所称为"贝坦索斯镇"。

$$*\qquad*\qquad*$$

直到现在，在距离阿拉帕矿区很近的地方，还可看到贝坦索斯别墅的地基，一座宽敞庙宇的废墟吸引着行人的注意。至于阿拉帕矿区是怎么衰落的，贝坦索斯镇又为什么没有建成，这大概可以做我将来再写一篇传说的情节。

根据一八七六年官方进行的人口普查，贝坦索斯镇现在是个破败的荒村，只有二十五个居民；对于这座曾是显赫的堂胡安的住址的村子，帕斯-索尔丹[1]在他编著的《秘鲁地理辞典》里连名字也没有提。

1　佩德罗·帕斯-索尔丹（1839—1895），秘鲁作家。笔名胡安·德阿罗纳，著有讽刺诗文、剧作等。

* * *

当贝坦索斯得知，在阿桑加罗市政府宣读过圣旨后，便在一天早晨穿上科尔多瓦毛呢料的红色斗篷，骑着一匹精心打扮、浑身雪白的骏马，在许多朋友的簇拥下出了阿拉帕矿区。

一名扈从敲着鼓，另一名印第安人吹着牛角号，在一夸德拉[1]以外纵马飞驰，为他开道。

阿桑加罗市无钟可敲，不过市政府的官员们倒是谨遵圣旨，一个个身着盛装，出村迎接亲王巡视。

亲王在那群人中巡视一周，寻找比斯开人市长的面孔。可市长大人为了摆脱义务，不来迎接他曾关进监狱的亲王，已经挂冠辞职，到利马去了。好一个狡猾的比斯开佬！

讲这个故事的人还说，由于未能如愿以偿地羞辱市长，堂胡安再也没有使用圣旨上赐给他的特权，像圣徒圣地亚哥一样吹着牛角号、敲着"嘟隆—咚—咚"鼓点进村。

1　夸德拉，距离单位，1夸德拉约合125米。

奇迹总督（1604—1606）

第十任秘鲁总督时代的故事

一

作者对历史小议一番

尊贵的蒙特雷伯爵堂加斯帕尔·德苏尼加·阿塞维多-丰塞卡先生无愧于"奇迹总督"的绰号，这倒不是因为他创造了奇迹（当然，看到他生活克俭、悲天悯人以及其他一些堪称楷模的美德，因而说他创造了奇迹的歌功颂德者也不乏其人），而是因为在他短暂的统治时期，秘鲁诸王国里奇闻怪事层出不穷，大行其道。编年史上记满了各种各样的咄咄怪事，例如放荡公子塞伦克在库斯科改邪归正，说他像索里利亚[1]写的神话故事里的蒙托亚上尉一样，自己参加自己的葬礼还不知道啦；一六〇四年十一月二十五日阿雷基帕地震中的怪事啦；雷电造成的巨大灾难啦；死人复活啦；一个修士因为他的姘头像母骡子一样留下马掌印而后悔啦；阴间的灵魂现身，到这块穷乡僻壤来游逛啦，等等——我还是到此为止吧，不然的话，照这样继续说下去，这篇故事就永远讲不完了。有人说，上帝已经不再操心费力地创造奇迹了，而魔鬼从来就没有创造过。我这个讲述历史故事的无名之辈和坚定不移的信徒，倒不是属于这类人。不过在这段时间里发生了两件奇迹，众口相传，妙趣无穷，我不禁技痒难忍，要在当今的十九世纪将

1　何塞·索里利亚-莫拉尔（1817—1893），西班牙诗人，剧作家，其作品对西班牙浪漫主义文学发展有很大贡献，一八八九年被授予"民族诗人"称号。《蒙托亚上尉》为其所著神话故事。

它们公之于众，让不信教的人受到感化，信教的人开心解闷，也让世上众人略知一二。

蒙特雷伯爵（他的千金是大名鼎鼎的奥利瓦雷斯伯爵－公爵的妻子）从墨西哥总督调任秘鲁总督，于一六〇四年十一月十八日来到利马。这时他已是沉疴在身、病体难支，很少或根本不能处理国家大事，只有在不太疼痛的时候才能下床，用几个小时巡视教堂，把自己所有的收入施舍给穷人。他因乐善好施落到一贫如洗的境地，到一六〇六年三月十六日故去的时候，竟连值几个马拉维迪[1]的典当东西也没有留下，结果还是王室检审庭拨出一点钱，把他安葬在圣佩德罗教堂里，墓碑上用拉丁文题了这样一句话：他的死使人多么悲痛。

丰塞卡家族的族徽是金底上五颗红星；阿塞维多家族的族徽是一面分成四等份的盾牌，第一和第四份为金色，上绣一棵绿色冬青树，第二和第三份为银色，上绣一只黑狼，红色饰边上绣着八个金十字。

他任期内仅有的成功之举是设立了财会法庭和发现了奥塔希提岛，由于发现了这个岛屿，人们才对地球上称为澳大利亚或大洋洲的那块地方的存在确信无疑。这次成就微不足道的海上行动得到了蒙特雷伯爵的大力支持：船只是在卡亚俄装配的，船队首领就是有胆有识的水兵基罗斯。

这个时期中，圣托里维奥、圣弗朗西斯科·索拉诺和圣罗莎在利马名噪一时，多明我会的奥赫达神父写出了他不朽诗作《拉克里斯蒂亚达》的最初诗篇。因此，说奇迹层出不穷是毫不奇怪的。

一位编年史家说，关于房柱上圣主基督像的那次非凡的奇迹就是在那时候发生的。关于这件奇迹，现在就照我的方式讲述如下。

一位忏悔牧师正在倾听一个悔过者竹筒倒豆子似的讲述自己的罪过，大概因为他的罪孽过于深重，牧师十分气愤，大声对他说：

"我不能宣布你无罪。"

---

1 马拉维迪，西班牙古币。

"宣布那人无罪吧，你为他费的工夫还不如我费的工夫多呢。"基督伸出食指说。

这件奇迹倒不在于基督开口说话，因为在这一点上可能有不同说法，而在于他的手指再没有回到原先的位置上去。

这件稀罕事只是偶然跃出我的笔端，其实我这篇传说的目的不是要讲这件事，而是读者在下面章节中看到的奇事。这几件奇事嘛，我不敢确指发生在哪一年，因为我请教过的那几位编年史家，对事件的主要情节记载一致，但对发生的日期却其说不一。

二

秤上放了一张四开麻纸，怎么竟有八个
里亚尔一枚的一千枚比索重？

读者先生，在上帝的这一方土地上，有位太太因丈夫亡故，家道中落，过着一贫如洗、鸡犬不如的日子。丈夫入土时，没有给家中留下一分一毫，倒丢下两个俊秀的姑娘。由于家中一无所有，她们时刻都有弃家出走流落街头，走上堕落道路的危险。母女三人靠做针线聊以谋生，可是那年头跟现在一样，缝缝补补只有些许收入，不能幻想挣多少钱，而且常常使人染上痨病和其他疾患。正如俗话所说，娘儿三个的日子真是食不果腹，衣不蔽体。

可姑娘们偏偏都有了自己的心上人，一个是泥瓦匠，一个是公务员，也叫见习书吏，两个人都是无可挑剔的正直小伙，可是穷得叮叮当当。只要上帝不发慈悲，让他们的日子过好点，按教会仪式结婚就没有一点指望。教堂的神父不是傻瓜，不会分文不取地白费唾沫，给人唱诵圣保罗使徒诗。

忧愁之中，做母亲的心生一计，有位阔绰的商人素有慷慨仁慈之名，何不求他施恩帮忙。那寡妇到了杂货铺，买了一张对折麻纸，从中间一剪为二，又从街角上的卡塔卢尼亚人那里借来牛角墨水瓶和鹅毛笔，写了一封小柬，在写好的信上撒上一撮沙土，用面包渣把四周粘住，附近一个专门给人送信的小孩，一溜烟似的送去了。

当时，商人正和几位朋友在店里喝茶闲谈，朋友都是腰缠万贯、挥金如土的人。商人接过信件，哈哈一笑，递给其他人看了看。信的原文如下——请读者原谅，字写得不合规矩，因为一个卑微低贱的缝衣婆是不懂得严谨的语法的：

尊敬的先生、我整个心灵的主宰：

　　神父的忏悔人堂娜胡安尼塔·里克尔梅请求吻阁下的手，恳求您给予救助，照此纸的重量施舍一点钱，愿上帝报答您并加倍偿还。

您恭顺的仆人

女人的要求如此古怪，朋友们着实哈哈大笑。素爱虚荣的商人把信放在秤一端的小盘上，在另一端的小盘上放了一个金盎司。真怪了！小盘子纹丝没动。朋友们个个惊诧，争先恐后地往上放，一个盎司一个盎司地往上放……全都无济于事！跟没放一样，放信的小盘子还是没有抬起来。

这事真该由宗教法庭立案侦查了，简直是了不起的怪事。

最后，秤上的金盎司刚刚加到价值等于八个里亚尔一枚的一千个比索时，小盘子终于被"制服"得抬了起来。寡妇就用这些钱给女儿作了陪嫁，后来女儿们子孙满堂，寿终而死。

我觉得这件奇迹还不像田鸡腿那么有味，那就再看下一件。

三

　　炼狱中赎罪的幽魂是怎样撮合苟且之事的？

对，对，这件事不是发生在利马，而是在波托西。

对这件事抱怀疑态度的人，只要去读一读巴托洛梅·马丁内斯·贝拉写的《帝国城镇纪年》就行了，那本书准不会说我是撒谎骗人。

据说萨米恩托郡守的侄子——对于他，读者还无缘拜识，我也一样——喜欢偷吃别人果园里的果子，是个道地的好色之徒！这小子经常跟一个人的妻子勾勾搭搭。这个人已经风闻此事，一天夜里突然闯了进去。那色鬼来不及逃身，只好龟缩成一团，藏在卧房里一件家具下面；通奸女人惊慌异常，吓得像喝了水银一样浑身发抖，口中喊道：

"炼狱中赎罪的幽魂快来救我！"

女人的丈夫奥特罗怒冲冲闯进屋里。他手握匕首，腰插短刀，一心要像在屠宰场和肉铺一样来个血肉横飞；可不知怎么刚进门槛就收住了脚步，客客气气地躬身说道：

"晚安，亲爱的太太们！"

接着，他继续向另一个房间走去，看样子是深信他的名誉一点也没有被玷污，那个把这件烦心事告诉他的好心人是个卑鄙的中伤者。

等到后来就剩下他和妻子二人的时候，他问妻子：

"你请的那些客人是多漂亮的姑娘啊！"

狐狸精般的女人不动声色地说：

"宝贝儿，那是几个非常喜欢我的好朋友，我是礼尚往来才请她们的。"

那女人算是心服口服了，正是由于炼狱中赎罪的幽魂及时赶到，殷勤帮忙，为她扮演了不光彩的拉皮条的角色，她才能化险为夷，绝处逢生。从此她痛改前非，不再水性杨花，并且对阴间的"女友们"倍加崇敬，甚至不惜一切地听弥撒做祷告来博取她们的欢心，以备将来再陷入这样尴尬境地时她们能召之即来。

要说这还不是了不起的奇迹，那就不算也罢，还是请别人来讲吧；至于我嘛，反正是像彼拉多[1]一样洗手不干、到此为止了。

---

1 彼拉多，罗马派往犹太的总督，约三〇年将耶稣钉死在十字架上。

一件违背誓言案（1607）

有个印欧混血人名叫迭戈·德巴尔维德，生于利马，二十五岁，刚刚跟卡塔丽娜·恩里克斯结婚不久。妻子年方十八，生于波托西，是西班牙人多明戈·罗莫的养女，此人的妻子名叫莱奥诺尔·恩里克斯。一六〇六年五月二十四日，迭戈·德巴尔维德来到帝国城镇波托西一位公证人面前，请求开具一份公证书，写明：他把手放在《圣经》上，对上帝和十字架发誓，保证在两年之内不吸烟、不喝玉米酒和葡萄酒；如果在此期间违背誓言，他甘受处罚，承担违背誓言的坏名声，并交付五百比索经过检验和盖印的白银，供宗教法庭各所监狱的囚徒吃喝之用。公证人开好证书，巴尔维德签字画押，多明戈·罗莫（他岳母的丈夫）、罗德里戈·佩雷斯和阿隆索·多纳伊雷也作为证人签了字。

这份文件现在藏于利马图书馆一卷手抄本中，这本东西名叫《宗教法庭文件集》。为了摘录，我见过这份文件。

时间还不到一年，也就是一六〇七年四月二日，两位妇女来到耶稣会会士、宗教法庭驻波托西督查官安东尼奥·德维加·洛阿伊萨神父面前。她们是三十六岁的莱奥诺尔·恩里克斯和十九岁的卡塔丽娜·恩里克斯，前者是巴尔维德的岳母，后者是巴尔维德的妻子。母女二人指控巴尔维德在酩酊大醉中扔出一块石头，打死了卡塔丽娜·恩里克斯的继父多明戈·罗莫，逃进大教堂避难。

办完把逃进神圣不可侵犯之地的罪犯引渡出来的诸项手续后，世俗政府就巴尔维德杀人一案提出起诉，与此同时，宗教法庭也判他犯有违背誓言罪，要求他交付公证书上说的五百比索。

巴尔维德按有关程序为自己辩护。他说，从证书字句的内容来看，没有说他保证不醉酒，只是说他保证不用玉米酒和葡萄酒来醉酒，但他完全有权用白酒来醉酒——从他承担义务保证不再喝从前酷嗜的玉米酒和葡萄酒那一天起，就大量喝起这种烈酒来了。

无数人出庭做证。所有的证人都说巴尔维德是个常年酒鬼，但没有一个酒店主人——葡萄酒或玉米酒的零售商，说卖给过他葡萄酒和玉米酒；还有，在这一年中，没有人见他抽过一支香烟。

这使我们想起了一个德国酒鬼的故事。酒鬼的妻子哀求他别喝啤酒了，他郑重其事地向她保证，当年的最后一天就是他用啤酒灌醉的最后一次。果然，十二月三十一号差一点不到午夜十二点的时刻，他烂醉如泥地来到妻子面前，说：

> 如果我再喝啤酒，
> 让上帝用暴死惩罚我。
> 新年要过新生活……
> 明天开始……喝白酒！

维加·洛阿伊萨神父在宗教法庭的审判中担任审判官，看到这种情形心中明白了八九，看来他是在白费口舌，瞎费时间，便停止了违背誓言一案的审理。世俗法庭的审判官呢，因巴尔维德将岳母丈夫的头部打伤致死，也只判他监禁五年，因为这种亲属关系本来就是减轻杀人罪的理由。

人类的始祖亚当长没长肚脐？（1607）

　　胡安·德尔卡斯蒂略学士是个精通诗词、诙谐幽默的利马人，都因他把才智用错了地方，触及了有点小聪明的人不该过问的事情，才落了个不得善终的结局。

　　诸位往下就会看到，正如早夭的纳西索·塞拉[1]所说：

> 那人有天才，我为此悲哀，
>
> 皆因有才人，招病惹祸灾。

　　在我出于癖好钻故纸堆时，偶然透过夹鼻眼镜看到五张写着密密麻麻小字的对开纸，原来是对那个人起诉的案件的详细摘要。

　　卡斯蒂略学士无可指摘地是个漂亮优雅的少年，颇受名媛闺秀们的青睐；这小伙脑瓜机灵，所以还没有穷到靠修道院施舍粥饭的地步。他在"下级官吏喷水池"附近拥有一排小房间，靠着房子的收入，虽不能香车宝马招摇过市，倒也足够他打扮得玉树临风，仪表堂堂。他平时穿塞戈维亚的呢料斗篷，紧身坎肩，镶花边的皱褶护领，赶上逢年过节的日子，还要配上一双银底边的雕漆鞋。学士既不吝啬，也不铺张，只是整天躺在被窝里睡懒觉，优哉游哉地过日子。

　　在利马，没有人能像他那样弹得一手好吉他，给姑娘们献上一支"帕萨卡耶"舞曲，和即兴吟诵十行诗和三行诗。

1　纳西索·塞拉（1830—1877），西班牙诗人、剧作家。

现在在堂费利佩·奥莱利亚纳档案馆里，还存放着克里斯托瓦尔·巴尔加斯公证处的往来记录。一六〇七年的时候，胡安·德尔卡斯蒂略学士是那家公证处茶话会上的常客。许多无所事事的人和打官司的人，每天都到这位公证人（或公证书的解释人）的办公室去，其中有一人名叫弗赖罗德里戈·德阿苏拉。他属于多明我会传道派，是位孤高气傲的修士，与快活的学士尔汝相称，不分彼此。

卡斯蒂略生性喜欢冷嘲热讽，总是不放过任何时机和场合跟可敬的修士争来辩去。修士是位出名的争论家和杰出的诡辩士。两人之间经常用颇为尖锐、但总是充满侮辱性字眼的短诗进行舌战。从刻薄的胡安·德卡维埃德斯[1] 在他著名的《诗人的牙齿》留给我们的作品来看，当时的文学兴趣就是这样。当然，对于参加公证人家茶话会的人说来，那一切都是开心取乐的笑料。

一天，学士大概是受了厄运的驱使，一时心血来潮，写了下面这样一首诗（过去从来没有写过），这种诗在当时很时髦，利马妇女管它叫"瘸腿猫"：

> 圣明的先生，
> 比偷信犹太教的圣安东，
> 还要肥胖臃肿。
> 好为人师的阿苏拉，
> 常年贪吃美酒大肉，
> 却分文也不花。
> 我说罗德里戈神父，
> 要论口巧舌能，
> 你哪是我的对手？
> 你的神学信条，

1　胡安·德尔巴列-卡维埃德斯（1645—1698），秘鲁诗人、剧作家。

不过是变酸的牛奶，

　　糠皮做的面包。

　　笨蛋，快说说你的观点，

也好早点吐出

　　一派乱语胡言。

　　不信听我问你：

人类的始祖亚当

　　到底长没长肚脐？

　　于是两人展开了非常有趣的争论。多明我会神父巧言善辩地证明，亚当与他的子孙没有区别，因此身上长着称作肚脐的那一小段肠子或赘生物。学士则论证说，亚当不是从娘肚子里生的，说他也有肚脐简直是胡说八道。神父用一个"委婉的否定"和一个"坚决的否定"作答，学士则用一个省略推理、两个复合推理和三对演绎推理反唇相讥。

　　参加茶会的人自然都在仔细推敲他们的见解，各自倾向于一方。这个命题真是别开生面，所以很快传到公证事务所以外，引起许多人的关注。

　　那时代利马的生活极其枯燥乏味，既然没有其他什么好玩的，许多重要人物就搜肠刮肚，对狡猾的利马学士提出的问题思考起来。

　　宗教裁判所得知了这件重大的荒唐事，绿十字会的那些人觉得此事非同小可，称学士的言论骇人听闻，甚至有异端之嫌。他们仔细调查卡斯蒂略学士的生活、习惯和履历，弄清了他的父亲原来是个信仰犹太教的葡萄牙人，因此自然推测他这个儿子的思想是在《圣经》和《可兰经》中脚踩两只船，就是说，他对摩西法律[1]并无恶感。

1　摩西为犹太教、基督教圣经故事中犹太人的古代领袖。《圣经·出埃及记》载，摩西带领在埃及为奴的犹太人迁回迦南，并在西奈山上接受上帝写在两块石板上的十诫。犹太人将《圣经》首五卷称作"律法书"，并称出自摩西之手，有《摩西五经》之称。

除此之外，学士曾在巴尔加斯的茶会上公开说过，日历上复活节这个日子定得不准确，还说在秘鲁和西班牙，圣水和醋是唯一完全一样的两种东西；总之，尽管放心，为了做出一锅味道鲜美的杂烩，宗教法庭是肯定能在卡斯蒂略学士的信仰中找到一大堆佐料的。

事情果然如此。一天夜里，宗教法庭的人突然闯到好写诗辩论的学士面前，把他关进牢房，只给吃清水加面包，进行严刑逼供，然后正式开庭审问。一六〇八年七月十日星期日三圣一体节那一天，在蒙特斯卡洛斯侯爵、尊贵的总督大人和宫廷要员到场观看的情况下，在大教堂的墓地里，在大庭广众之中把他当作异端分子活活烧死。据门迪武卢说，这是宗教裁判所在利马执行的第八次火刑，但据编年史家科尔多瓦-乌鲁蒂亚说，是第七次。

对于秘鲁这座三次加冕的诸王之城的信仰天主教的子孙来说，我们真该心满意足，开诚布公地赞颂我们天主教的-使徒的-罗马的宗教精神，因为宗教裁判所荣幸地烧死的唯一一个利马人就是卡斯蒂略学士，甚至他也不是纯粹的利马人，而是葡萄牙人的后裔。

有了这样的先例，吸取我的学士同乡的教训，看看哪一位敢壮起胆量——反正我是不行，搞清楚亚当到底长没长肚脐，并且把结果通过电报告诉我。关于这一点，宗教裁判所既没有说长了也没有说没长，问题依然存在。不过我觉得这事毫无意义，在结束这篇故事的时候，我倒希望不再打听这个，而是搞清审判的确切日期。

方济各会会士与耶稣会会士（1615）

一

史书上说，多明我会会士、方济各会会士与施恩会会士别扭了四分之一个世纪，争论是谁最早来到秘鲁。

多明我会会士说，他们应该享有这份荣誉，这不仅因为弗赖雷希纳尔多·佩德拉萨这么说——他是与因阴险歹毒留下臭名的弗赖维森特·巴尔维德[1]一起来到秘鲁的——而且因为皮萨罗侯爵在建维拉克鲁斯的教友会时也承认是这么回事。

施恩会会士说，是安东尼奥·布拉沃神父在利马举行的第一次弥撒仪式，因此他们最先来到秘鲁，这本是清如水、明如镜的事。要说皮萨罗不承认这一点，他的意见也无足轻重，因为诺拉斯科[2]的子孙们没有加入他的派别，而支持了老阿尔马格罗，他是出于报复而做出了如此不公之事。

至于方济各会会士，他们只是微微发笑，不声不响地让信徒们看一份罗马教皇的圣谕。圣谕根据一件事实承认，关于谁最先来到秘鲁这一争执不休的荣誉非他们莫属：在抓捕阿塔瓦尔帕的时候，天使派教士弗赖马科斯·德尼萨就在卡哈马卡，而且还促成阿塔瓦尔帕改信了基督教。既然教皇是这么说的，而教皇不可能自己受骗更不可能欺

---

1 维森特·巴尔维德，西班牙神父。一五三三年随皮萨罗征服秘鲁，亲自发出信号授意屠杀印第安人，参与杀害印卡王阿塔瓦尔帕。

2 彼得·诺拉斯科（1189—1256），法国教士，与雷蒙多·佩尼亚富特创建施恩会，死后谥为圣徒。

骗我们，那还用再说什么，事情早就了结了嘛。

最后，多明我会会士、施恩会会士和方济各会会士都对这芝麻大的小事争论腻了，便就此偃旗息鼓，按下不提，勾结起来阻止其他教派在利马建修道院。他们必须与之交锋的第一批人是阿古斯丁派教士，不过他们要对付的可是一群难斗的公鸡。伊波纳[1]那位圣者主教的这些门徒，凭着这么硬的靠山，拿出那么好的本领，办起事来是那么扎实稳妥而又不露声色，所以什么事办得都是轻而易举，马到成功。对手们不知从什么地方下嘴去咬他们，只好忍气吞声，善罢甘休。

一五六八年发生了蝗灾，也就在那一年，耶稣会会士好像从天而降，蜂拥而至。他们在总督和阿古斯丁教派教士的支持下，在其他教派的一片反对声中开始建立教堂，并且一点一点地控制了人们的思想和大量的世俗财产。

在基督教世界，多明我会会士与耶稣会会士的争斗由来已久，对于多明我会会士关于圣母玛利亚是怎样受孕的说法，双方写了许多本书，多明我会自然支持，耶稣会自然反对。双方还巧妙地用讽刺诗文开战，互相攻讦。多明我会会士写了这样一首讽刺性的文字游戏：

"如果跟着耶稣会会士，你永远也找不到耶稣。"

圣伊格纳西奥·德洛约拉的弟子用一句精心编出的谐音俏皮话进行反击：

"如果你不想成为多明我会的爪牙，就不要跟多明我会的爪牙混在一起。"

据说埃斯特万·达维拉神父（耶稣会第三任会长圣弗朗西斯科·德博尔哈派了五个人到利马，在鲁伊斯·德波蒂略神父领导下建修道院，他是其中之一）跟施恩会会长、第三任会长著名的弗赖米格尔·奥雷内斯的继任者弗赖迭戈·安古洛进行过一次舌战，安古洛会

―――――――――

1 伊波纳，非洲北部古城。位于今阿尔及利亚安纳巴附近，圣阿古斯丁曾任该城主教。

长的头发黄里透红，耶稣会的达维拉神父发现了这种情况，对他说：

"犹大的头发就有点发红。"

安古洛会长立刻反击：

"他是耶稣那一伙的。"

这一尖刻的反击噎得达维拉神父像泄了气的皮球。

至于方济各会会士与耶稣会会士在美洲的互相敌视，原因就在于两个教派都想在劝人信教和建立教区方面占据上风。

可是不知怎么回事，人们突然惊奇地发现猫鼠同桌吃饭了；换句话说，耶稣会会士与方济各会会士弃怨和好，彼此之间你来我往，客客气气，殷勤有礼了，同时还结成联盟，共同进攻和抵御其他教派。我查阅了许多编年史著作，翻遍了许多故纸堆，想要搞清这种突然变化的原因。在我已经完全失望、心想无从得知的时候，昨天晚上跟我的朋友堂阿德奥达托·德拉门蒂罗拉谈起了这件事。这位先生对祖国的历史可谓无所不知、无所不晓，听了我的话不禁放声大笑，说：

"嘻，你真是庸人自扰！要说这件事，还是听听我祖母是怎么跟我说的吧，说不定能人背后有能人呢！"

"是任意瞎编还是确有其事？"

"随你怎么说吧，不过一定是确有其事，因为我奶奶既不会凭空胡编，也不会说谎造谣，她可不是现在办报纸和当部长那类人的样子。"

我卷上一支烟，靠在椅子上，洗耳恭听诸位在下面就要知道的这段故事，生怕漏掉一个音节。

二

从前，一六一五年左右，在瓦曼加辖区一个小村的村口，住着一位帕科米娅太太。这老太婆别提多老了，她干着非常重要又急人所需的营生：当了一位"坦贝拉"（客店老板）、巫婆和（对不起还要说一句）拉皮条的。

跟她做伴的是她的女儿，那是四个相貌平庸、线条粗俗的姑娘，是贞操廉耻大可怀疑的女人。她们像生养了她们的老太婆一样，精于在月黑无人的时候，用各种各样歪门邪道和花花点子配制谈情说爱的迷魂汤。说得清楚明白点，这几个丫头就是村里那些野小子接受洗礼的圣水池……不过那圣水是下了毒的。

每当闲暇无事的时候，几个放荡丫头就像在山野小村能做到的那样，随着一把破三弦琴的琴声唱"亚拉维"小曲，跳"卡丘亚"舞，尽情欢闹取乐。弹琴的是个年老的印第安人，教堂里的圣器保管人，帕科米娅太太的相好的。

时值夏季一天，黄昏降临的时候，丫头们正在客店的外间屋开心作耍，两位方济各会修士和一位职事僧骑着俊美的图库曼母骡来到小院，他们从利马前来，要到库斯科的修道院去。

老太婆把一段蜥蜴尾巴放进一个布娃娃里当灵魂，此时正在用别针缝，她放下手里这饶有兴味的活计，把布娃娃藏在厨房的一口锅底下，急步出去迎接客人。

"大人们请下鞍吧，说句不该说的话，到这儿就算到家了，诸位会像主教一样受到款待。"

"上帝报答你的善心，教友。"职事僧说。

修士们下了骡子，姑娘们玩得正在兴头上，突然被打断，她们停止了欢闹，很不高兴，一个个噘嘴瞪眼地表露出来。

方济各会会士中最有身份的那人看到这种情景，对姑娘们说：

"接着玩吧，孩子们，别因为我们脸红，我们不是来打扰你们玩这种十分正派的游戏的。"

姑娘中最精明的那个说：

"既然神父大人允许，那就接着弹吧，科塔盖塔先生。"

四个学习巫术和鬼把戏的姑娘继续无所顾忌地跳起"卡丘亚"舞，与此同时，帕科米娅太太端来几壶浓浓的格罗里亚多¹招待客人。

1　格罗里亚多，美洲一种热水中搀烧酒和糖调配的饮料。

"格罗里亚多"好像受了巫婆老太的主使，很快就在他们身上发生了作用。尊贵的神父大人们只觉得热血沸腾，情不自禁地手舞足蹈，脑瓜子激动得完全丧失了理智。其中的一位再也经不住连同烧酒一起下肚的邪恶魔鬼的诱惑，一下子冲进姑娘们当中，抓住一个结成舞伴跳起来，口中说道：

"哎，姑娘们！圣王大卫也要娱乐娱乐，只要不是出于淫荡的意图，跳跳舞没有什么危险。"

另一位方济各会会士为了不向同伴示弱，也鼓足兴头跳起来，同时喊道：

"脚动得快一点，神父大人，像我这样跳得快一点！"

职事僧早就自愿当起了乐队演奏员，在门板上敲打着鼓点。突然，职事僧看到三个骑马人朝客店而来，略一端详，认出了他们，便通知他的上司立刻甩掉舞伴。几位方济各会会士一阵慌乱，躲进另一个房间。

新来的客人是三位耶稣会神父，他们像方济各会会士们一样，也要到库斯科去。出于礼貌，他们对跳舞的姑娘说，他们不是来打扰她们欢乐嬉闹的，可以继续跳，而他们自己，都挤在前厅一个角落里，念他们的每日祈祷书。

姑娘们不是聋子，听说允许玩耍，没等新客人重复，就接着跳她们的"卡丘亚"去了，客人们依然诵读，连眼皮也没抬。

这时，帕科米娅太太端来了跟给方济各会会士调配的一模一样的酒，客人一定觉得味道香醇，喝了一杯又一杯，最后喝得理智全失，不能自持，抓住姑娘做伴跳起来。这几位罗耀拉的子弟越跳越来劲，跳完一曲时不禁齐声欢呼：

"耶稣万岁！耶稣万岁！耶稣万岁！"

方济各会会士听到如此搅乱人心的喊声，顿时火冒三丈，决定如果再喊，就打断他们。

"喊圣子上帝万岁是堪称楷模的善举，"他们心中寻思，"可是话说回来，难道圣方济各¹就是无名小辈？他不也是了不起的人吗？这些耶稣会会士是些太自私的家伙，有血性的够格的方济各会会士不能对他们让步。"

也许是出于不幸，也许是出于侥幸，又跳完一轮舞，当耶稣会会士又像往常一样高呼"耶稣万岁！耶稣万岁！耶稣万岁！"时，方济各会会士谦恭和忍耐到了尽头，他们离开藏身的角落，冲到舞圈当中，发疯似的喊叫："圣方济各同样万岁！圣方济各同样万岁！"

亲爱的朋友，这就是耶稣会会士和方济各会会士是怎么样和为什么尽释前嫌、结成莫逆的：喏，等到老巫婆的"格罗里亚多"在脑子里挥发干净，他们恢复理智的时候，终于认识到应该放弃敌对行动，结为亲密朋友，因为若要避免争斗双方中的什么人一时走漏消息，让世人知道他们作为血肉之躯的人，也有过经不住诱惑的时候，就只有这一个办法。

1　圣方济各（1182—1226），意大利教士。一二〇九年创建方济各教派，死后谥为圣徒。亦译为"圣弗朗西斯科"。

借一还百（1616）

献给豪尔赫·德尔加迪略

一

辽阔的的的喀喀湖有一千三百二十六平方里，海拔高度一万二千八百五十英尺。可以想象，湖水会从山底下倒灌出去，流入大海和伊基克周围。

据传说讲，印卡帝国的创建者曼科-卡帕克，就是在十一世纪从这片湖水中诞生的。至今在湖中主要岛屿上仍可看到为太阳神建造的那座著名神庙的废墟，而月亮神庙的废墟，就在距主要岛屿没有几英里的科阿蒂小岛上。

在艾马拉语中，"的的喀喀"这个词的意思是"金属山石"，"科阿蒂"意思是"女王"或"女君主"。

印卡诸王在两座岛上供养了用于宗教祭礼的尼姑，她们是从贵族中挑选出来的，被迫发誓永守童贞。

传说还讲，圣托马斯[1]曾在的的喀喀湖畔的村庄传经布道，宣讲《福音书》。我们在另一篇传说故事里详细地讲到了一只十四英寸长的著名的大脚，至今还有几块巨石，当地人可以把石上的脚印指给人看。还有，据说这位使徒是在的的喀喀湖被印第安人用棍棒打死的。他原来住在卡拉布科村一座山洞里，随着岁月流逝，在村里发现了一个埋在地下的属于救世主这位门徒的大十字架。十字架上的一颗钉子已经

1　圣托马斯，十二使徒之一，因怀疑耶稣基督复活而著称。

作为文物被送到西班牙，另外两颗钉子和十字架的一部分，现在依然被人虔诚地保存在卡拉布科村的教堂里。教会当局已发出好几道公文，想证实这些事情真实与否。

许多史学家谈到，阿塔瓦尔帕被杀害以后，印第安人把那条众所周知的金绳索抛进了湖中，那是印卡王瓦伊纳-卡帕克为庆贺他的儿子瓦斯卡尔出生而下令打造的，有三百五十英尺长，一英寸半粗。此外，人们还说，为了不让西班牙征服者得到，湖中还隐藏了其他一些财宝，其中有一只用四只银狮做腿的金锅。

二

"科帕卡巴纳"的意思是"观景石"，因为可以从这里观赏的的喀喀湖最秀丽的全景。印卡人在科帕卡巴纳村也建造了祭祀太阳的神庙，庙门上有两只巨大的石狮子和两只兀鹰。不久前的一八八五年，发现了其中的一件东西，不过已经相当残破了。

一五五〇年，征服者在曾是太阳神庙的那片废墟上筑起一座教堂，教堂在一六三八年被毁，建起了现在那座以其曾拥有的财宝而闻名世界的圣堂。

科帕卡巴纳村的当地人在为村子封保护神这件事情上分成了好几派，一些人主张封圣托马斯，另一些人主张封圣塞瓦斯蒂安，还有不少人主张封德拉坎德拉丽娅圣母。最后这派人的首领是印卡王族后裔堂弗朗西斯科·蒂图-尤潘基，他决定雕一尊这位保护神的像。虽然他对雕刻一窍不通，但还是雕出一尊，可雕出的神像非常难看，惹得村里人个个嘲笑。堂弗朗西斯科没有因失败而灰心丧气，他跑到波托西，进了那里一位雕刻艺人的作坊学艺。经过千百次波折（阿隆索·拉莫斯神父的著作和阿古斯丁派教士弗赖费尔南多·巴尔维德一六四一年在利马发表的那本书中，都详细地谈到了这些波折），他终于雕出了自己的作品。拥护圣托马斯和圣塞瓦斯蒂安的两派也不再反对，出于讨好女人的心理，把地盘让给了一位女主宰。于是，在一五八三年二月二日那天，举行了盛大的庆祝活动，然后把德拉坎德拉丽娅圣母安放在科帕卡巴纳村的教堂。

无论是在弗赖阿隆索·拉莫斯那本书里，还是在弗赖拉斐尔·桑斯一八六〇年出版的那本书里，都说科帕卡巴纳村的圣母创造了无穷无尽的奇迹、这些奇迹使这位圣母在不到几年的工夫就遐迩闻名，威震四方，以致善男信女从整个美洲蜂拥而至，前去参拜和朝圣。一五八八年一月七日，颁来一道王室谕旨，命阿古斯丁派神父负责保护这座圣殿。

一六四〇年建造了现在这座教堂，教堂建成十字架形，有七十五巴拉长。

一位编年史家在谈到这座圣殿里供奉的圣像时说："半身圣像系用龙舌兰做成，但粉刷得非常精细，所用颜料稠密无比，看上去像是木头做的。圣像有五拃长，面容其美异常，令人称奇。眼睛虽然不是玻璃做的，但美丽得耀人双目，而且似乎能看穿人的心底。"

独立时期最初几年许多瞻仰过科帕卡巴纳村教堂的人至今还依然健在，若不是他们提供的证据完全一致，那么把那座教堂收藏的各种无价之宝列举出来，人们可能以为是山海经呢。现在我们对那些财宝略述一二。

圣体匣是黄金做的，连同底座共有三拃长。

圣母的神龛由四根精致的纯银粗柱支撑。

圣像头戴一顶镶满宝石的金冠，金冠周围有一道金圈，镶着十二颗星星、太阳和月亮。

圣像耳朵上挂着的钻石耳坠，每星期更换一次，圣母共有三十六对耳坠。

圣像的一百件披饰上那些胸针、戒指和纱绣，真可谓堆金簇银，价值连城。

圣母一只手上擎着一支黄金做的蜡烛，顶端嵌一颗象征火苗的红宝石。

圣母怀抱的婴儿也同样极尽奢华。王冠系阿雷基帕居民所赠，全是黄金和宝石，总督莱莫斯伯爵所赠的一根小权杖亦复如此。

圣母的腰带缀满各样宝石，其中一颗红宝石直径有两英寸长，足令过往行人叹为观止。

满身穿珠戴翠、光华耀眼的圣像，安详地站在一个做成百合花叶的银座上，脚下放着一位玻利维亚总统的佩剑和权杖。

在科帕卡巴纳教堂里，善男信女们凭着一片虔诚信奉之心，敬献的金银珠宝总共价值一百多万杜罗[1]，在整个基督教世界有没有哪个教堂像科帕卡巴纳教堂一样，我们是深表怀疑的。

三

一六一六年，在参拜科帕卡巴纳教堂的朝圣者当中，有一位西班牙青年，小伙子生得倒也眉清目秀，但从那满脸愁云中可以看出，显然他在精神上陷入无限痛苦，不能解脱。

事实确实如此。阿隆索·埃斯科托来到美洲寻找幸运之神，但在新大陆上，幸运之神对大部分西班牙人总是冷若冰霜，尽情耍弄。阿隆索·埃斯科托虽然大胆进取，生性正直，肯于吃苦，但总也甩不掉厄运。务农、经商、采矿，不管他干什么，总是时乖命蹇，晦气缠身，总之一句话，一年到头半饥半饱，少吃缺穿。

他带着身上仅有的一点钱前往科帕卡巴纳朝圣。一天下午，教堂里空无一人，他跪在圣坛前面，对圣母乞求道："圣母啊，你既然能看穿人心最隐蔽的角落，也一定知道我是个诚实无欺的人。我请求你，把你现在不需要的东西借给我用一用。咱俩搭伙做点买卖，我向你发誓，保证借一还百。你出资本做股东，我出力气去跑腿。圣母啊，救救我这苦命人吧。"

阿隆索·埃斯科托离开教堂时，带走了一对耳坠和两只银铸大

---

1 杜罗为银币名，一杜罗等于五个比塞塔。

烛台。

埃斯科托片刻不停，立即前往阿雷基帕，把耳坠卖了两千比索，烛台卖了五百比索。

走到阿雷基帕一片谷地的时候，他碰上了一位葡萄园园主。园主请他到庄园作客，他欣然接受。参观一座酒窖时，庄园主对他说：

"先生请看藏的这些酒，一大笔钱全飞了。这五百桶烧酒是我在瓦伊纳-普蒂纳火山爆发那一年的收成。眼看着这该死的火山害得我要倾家荡产了。酒变得太酸，当醋也卖不出去了。"

阿隆索·埃斯科托从一只桶里尝了点，说：

"这么办吧，要是能说定价钱，醋就归我，我想法把这五百桶运到沿海去零卖。"

二人拍板成交，埃斯科托先付一千比索，剩下的以后算清，雇了几匹骡子，先驮上一百桶，其余的暂存在庄园主的酒窖里，上路朝利马而去。

到了诸王之城，他打开一桶一看，发现醋已变成上等葡萄美酒——种葡萄的人都知道，这种现象是变质期的影响造成的。此外，埃斯科托正赶上大好时机，因为从加的斯起锚的几艘载酒船遇险沉没，这种得天独厚的消费品价钱看涨。许多编年史家说，在利马，有时候一阿罗瓦葡萄酒竟卖到五百比索。

埃斯科托马不停蹄，赶忙把存放的那几百桶运到利马，不到一年工夫就成了一位拥有大笔财产的富翁。于是他决定偿还欠科帕卡巴纳圣母的债。

一六一八年二月二日，科帕卡巴纳教堂隆重热烈地庆祝德拉坎德拉丽娅节，圣母的圣坛前面竖立着一只奇大无比的银烛台，点着三百六十五支蜡烛，正好等于一年的天数。

这就是圣母从跟阿隆索·埃斯科托合伙经商中所得的部分，除此之外，埃斯科托还向教堂捐了许多赠品。

那座大烛台的重量有二十六阿罗瓦！

四

一八二六年，苏克雷[1]将军为特殊情况所迫（至于是什么情况，我不想深究细查），下令把教堂几乎所有的金银全部熔化，铸成了钱币。于是，阿隆索·埃斯科托敬献的那座著名的大烛台随之化为乌有。

许多珍宝被普诺地区一座有名矿山的主人买去，那矿山不久就报废了。

据说圣母有一串极其贵重的珍珠项链，被当时一位为玻利维亚效力的英国将军买去，总共花了八千比索。将军把它赠给他的未婚妻，未婚妻只在参加一次舞会时戴了一个晚上，从第二天起就得了一种喉疾，后来一病不起，进了坟墓。

一八二六年以前，教堂一直由阿古斯丁派教士经管，一八二六年后负责照看的是一位牧师。

科帕卡巴纳圣母身上原来的珍宝现在已经所剩无几，屈指可数。我们听说，对圣母的崇拜已经大大衰落了。

1　安东尼奥·何塞·德苏克雷（1795—1830），美洲独立战争时的爱国军将领，曾任玻利维亚总统，一八三〇年六月四日被暗杀。

两只性情温和的小鸽子 (1616)

献给多明戈·比维罗

一

　　堂娜卡塔丽娜·德查维斯是丘基萨卡最令人垂涎的年轻孀妇。她长着金丝般的秀发，樱桃般的小嘴，还有那双眼睛，真是又明又亮，谁见了也难以脱身，就像见了法警一样。这还不算完。她正值二十二岁的青春妙龄，又有一笔很大的家产——房屋和耕地。

　　诸位想想，把这些美事加在一起，是不是就没有几个算术学家会按基督徒的方式迷恋演算，而全都幻想这可爱的孀妇脱去丧服换婚纱了。

　　但是，正如没有不挂乌云的天空一样，也没有十全十美到毫无缺陷的美人。说到堂娜卡塔丽娜，她的缺陷是一条腿错位，走起路来好像翻腾大海中的轻便三桅船，一颠一簸的。

　　俗话说，情人眼里出西施。那些尚未绝望的追求者说，这种瘸样子瘸得妩媚优雅，给风姿绰约、仪态迷人的美妇人平添了一分魅力。那些被甩掉的求爱者，犹如吃不到葡萄说葡萄酸的狐狸一样，对此反唇相讥道：

> 即使不是瘸腿人，
>
> 有时也会走不稳，
>
> 甚至还要跌几跤……

还是两腿长匀好。

尽管如此，堂娜卡塔丽娜太太仍是一位时装女王——还不敢说是独一无二的女王，因为堂娜弗朗西斯卡·马尔莫莱霍也住在那座城里，她是圣地亚哥骑士团和莱莫斯诸位伯爵家族的骑士堂佩德罗·德安德拉德的妻子。

堂娜弗朗西斯卡没有堂娜卡塔丽娜年轻，属于相反的类型——像我主基督一样长着褐色头发，虽然如此，却同样美丽，穿戴得同样风雅，因为她们二人的衣服和饰物虽然不是从巴黎运来的，确实是从当时高尚趣味的中心——利马——运来的。

堂娜弗朗西斯卡是波托西一位矿主的千金，结婚时的嫁妆就值五十万哗哗响的银比索，即使这样，还是有人指责岳父大人吝啬。这是与其他做岳父的人相比而言的，据编年史家马丁内斯·维拉说，这些人把女儿嫁给空有证书却不名一文的贵族时，拿出两三百万的陪嫁呢。矿主们的最大心愿，就是给自己的女儿买个有贵族称号、又来自阿斯图里亚斯和加利西亚的丈夫，他们属于当时最受优待的贵族之列。

寡妇堂娜卡塔丽娜有无数个追求者。到处兴风作浪的魔鬼不知用了什么法子，闹得堂娜弗朗西斯卡听到了风声，说她那幸运的丈夫也是求爱者里的一个，嫉妒之情像白蚁一样咬啮着她的心，就像蛀书虫啃咬羊皮书本一样。为了尊重事实，作为正直的传说作者，我应该说明一点：卡塔丽娜觉得，安德拉德身上散发出的不是单身汉那种特有的香味，而是已有妻室者的那种焦味，所以对他的甜言蜜语并不感冒。

最初，两位太太之间的敌意不过是争奢比阔，可是街头巷尾的风言风语始终不断，终于引发了全面的敌视行动。在堂娜弗朗西斯卡的客厅里，堂娜卡塔丽娜被挖苦得体无完肤；在堂娜卡塔丽娜的客厅里，堂娜弗朗西斯卡则被破鼓乱人捶似的骂得狗血淋头。

两个人在这种精神状态下迎来了一六一六年的濯足节。

圣弗朗西斯科教堂的祭坛已经精心装饰起来，丘基萨卡城所有上流社会人士都已会聚在那里。当然还悬挂着《最后的晚餐》和《捉拿耶稣》这两幅画，上面分别画着嘴含辣椒的金发犹大和面色黝黑的捕快。

下午三点，本篇传说里的两位女英雄靠在给圣坛做栏杆的扶手上，开始互相上下打量，目光像锋利的短剑一样你瞪我一下，我还你一眼。后来两人展开了游击战，向对方发出咳嗽和冷笑，随着摩擦加剧，开始跟各自的女仆嘁嘁喳喳。

堂娜弗朗西斯卡决定发动全线进攻，装作跟女仆说话的样子大声说道：

"黄头发的女人无法否认她们是犹大的后代，所以才这么背信弃义。"

对手已经开炮，堂娜卡塔丽娜不想光吃炮弹，立刻还击：

"混血女人也无法否认她们是犹太捕快的后代，所以脸皮才像心肝一样黑。"

"轻浮的女瘸子快闭嘴吧，没有哪位尊贵的太太屑于跟她说话。"堂娜弗朗西斯卡反唇相讥。

他妈的！你敢说女瘸子？愿上帝保佑！气急败坏的寡妇一下甩掉斗篷，伸出指甲就朝对手扑过去。对方见她来势汹汹，从容应对，跟堂娜卡塔丽娜抱成一团，略一使劲叫她失去平衡，摔了个嘴啃泥。接着，她脱下小巧的软木厚底鞋，撩起寡妇的衬裙，把那两座山丘暴露在众目睽睽之下，狠狠地打了三鞋掌，口中说道：

"母猪，叫你尝尝老娘的厉害，好学着点怎样尊重比你有身份的人。"

正如俗话所说，这一切都发生在一眨眼之间，弄得聚在教堂里的人你叫我喊，乱作一团。女人们一拥而上围拢过去，咯咯乱叫，比鸡窝还热闹。争斗双方的女友，费尽九牛二虎的力气才把她们分开，把堂娜卡塔丽娜拽走。

没有人哭天抹泪，更没有人号得死去活来，有的只是恶语交锋，拳脚相加，我从这里得到证明，丘基萨卡的女人们真是母大虫般的泼妇。

与此同时，男人们都拥将过去，打听出了什么事，在教堂的庭院里分成了几派，支持黄头发女人的占多数。

堂娜弗朗西斯卡生怕被这些人欺侮，不敢走出教堂。直到晚上八点，她丈夫带着马耳他骑士团的骑士堂拉斐尔·奥尔蒂斯·德索托马约尔郡守和一群法警赶到，护送她回家。

快走到马约尔广场时，黄头发女人的男朋友和黑脸蛋女人的男朋友之间正在持剑械斗，喊杀声不断，郡守只得丢下太太不管，带着法警去恢复秩序。

爱看热闹的人纷纷奔向广场，路上十分拥挤，堂娜弗朗西斯卡由丈夫用胳膊搀扶着，几乎无法通行。

一片混乱之中，一个印第安人飞奔而来，跑到这位太太面前，挥起手里拿的折刀，在她脸上划出一道"之"字形伤口，砍伤了面颊、鼻子和下巴。

卑鄙的毁面人在人头攒动和一片混乱之中，乘着漆黑的夜色逃得无影无踪。

二

自然，法庭开始搜寻罪犯，可那简直是大海捞针，白费力气。到了复活节后的星期一，刑事法官来到被怀疑为主谋的堂娜卡塔丽娜的家里。

法官兜了许多圈子，说他身为法官，职责所在，此次前来实是官差不由己，为此请她原谅，然后才问她是否知道，濯足节那天晚上，是什么人用折刀砍伤了堂娜弗朗西斯卡·马尔莫莱霍。

"是的，我知道，法官大人，您也知道。"寡妇不动声色地回答。

"我怎么会知道？难道我是这件罪行的同谋？"堂瓦伦廷·特鲁希奥斯恼怒地打断她。

"我没那么说，尊敬的大人。"堂娜卡塔丽娜微笑着说。

"好了，干脆直说吧，那位太太是谁砍伤的?"

"一只手上拿着的一把刀。"

"这我知道!"法官嘟哝了一句。

"我知道的也就是这个。"

法官无法再问下去。对堂娜卡塔丽娜只是怀疑，但没有确凿的证据是不能判罪的。

然而，两个冤家对头在世时，官司还一直在打;我甚至认为，案子里留下了一些细节，足够她们的儿孙辈去仔细调查。

这件事是堂华金·玛利亚·费雷尔对我们讲的，他是利马"孔科迪亚团"的上尉军官，后来在埃斯帕尔特罗[1]摄政时期任西班牙外交大臣。就是他，在二八二八年出版的一部难得的书中保证，说这段传说确有其事;不过，既然许多人打官司是只为争气，不为争利，那么我对此心存怀疑，而且是颇有根据的。

与此同时，堂娜卡塔丽娜常对她的朋友和邻居老太太们说，鞋掌打的紫斑要是敷上蘸樟脑水的药布去不掉的话，完全可以用裙子盖住;可是堂娜弗朗西斯卡呢，毁了她面容的那块大伤疤是永远也无法遮住的。

从上面说的这一切可以得出一条结论:丘基萨卡的这两位太太是……是一对性情温和的小鸽子。

---

1 巴尔多梅罗·埃斯帕尔特罗（1793—1879），西班牙将军、政治家。一八四〇至一八四三年、一八五四至一八五六年两次摄政。

圣母的骑士 (1617)

一

一六一七年九月，整个利马城一片欢腾。

原来是西班牙那艘大帆船运来了信件和报纸，上面绘声绘色地描述了宗主国大城市里，为"圣母纯洁受胎"[1]而举行的隆重庆祝活动。刚刚读完信件，住在拉斯曼塔斯大街一个富裕家庭的几个孩子，就排成一队，举着小圣母像在院子里游行，招来许多好奇的人聚在门口看热闹。孩子们出于一片虔诚的玩耍，立刻成了街谈巷议的话题，煽起了人们的宗教狂热，要在利马举行喜庆活动，其豪华壮观非要超过西班牙不可。

总督埃斯基拉切亲王、两个市议会和宗教社团一致同意，把计划付诸实行，其中尤以耶稣会的神父们最为热心。各个商会社团，特别是街头小贩，就是在佩塔特罗斯十字路口开店的那些商人们的行会，决心不惜倾家荡产，也要把活动的规模搞得空前豪华。

当时驻扎在秘鲁的四支荣誉军团的骑士们，也着实挥霍了一番。那几支军团是：

圣地亚哥军团，八四八年由堂拉米罗国王[2]为纪念克拉维霍战役而建立。军团骑士的徽章是红色十字形宝剑，是仿照当时通用的剑做的。

---

1 按宗教说法，圣母玛利亚是因圣灵感应而受孕，称纯洁受胎。
2 堂拉米罗国王（790—850），八四二年任阿斯图里亚斯-雷昂国王，传说克拉维霍战役的胜利是他获得的。

卡拉特拉瓦军团，一一五八年由国王桑乔三世[1]建立，徽章是红十字纹章。

阿尔坎塔拉军团，一一七六年由堂费尔南多二世[2]建立。骑士的十字勋章与长拉特拉瓦骑士一模一样，只是颜色不同，是绿色的。

蒙特萨军团，一三一七年由阿拉贡的堂海梅二世[3]建立。徽章是红十字纹章。

举世闻名的利马耶稣会教士梅纳乔；梅纳乔的著名伙伴、后来像圣贤一样寿终正寝的阿隆索·梅西亚神父；阿古斯丁派教士卡兰查——他所写的编年史，至今还为人们如饥似渴地参阅；受俸牧师堂卡洛斯·马塞洛·科尔尼——他是第一个戴上主教头冠的秘鲁人；比利亚罗埃尔——后来他也荣任主教并写了几本杰出的著作：这些人加上另外几位同样德高望重的教士，被指定为庆祝活动传经布道。

举行了十五天宗教游行，大街小巷披红挂彩，树上悬灯吊盖，在当当不断的钟声中，举行了化装舞会、斗牛和滑稽喜剧表演。那十五天里，贵族们举行舞会，利马贵妇们穿珠戴翠，炫耀百万家财；那十五天里，全城用沥青灯照明，在当时这种照明方法就像现在用天然气一样昂贵；那十五天里，宗教热情简直到了发狂的地步，还有……可说来说去，我何必要描绘这些呢？凡想知道详情的人，请读一读堂弗朗西斯科·德尔坎托的印刷所在一六一八年刊印的一本书吧，书的题目是《记在秘鲁诸王之城为"圣母纯洁受胎"举行的庆祝活动及其他》。作者不是别人，就是大名鼎鼎的堂安东尼奥·罗德里格斯·德雷昂·皮内罗，他是罗马帝国法教授和大祭司，是十七世纪最高文学巨匠之一。

在那些日子里，有许多支队伍在城里的大街上游行，其中最引人

1　桑乔三世（1134—1158），一一五七至一一五八年卡斯蒂利亚国王。

2　费尔南多二世为卡斯蒂利亚的阿方索七世之子，一一五七至一一八八年任雷昂国王。

3　堂海梅二世，一二九一至一三二七年阿拉贡国王，任期内创建雷利达大学。

注目的是一支由十五个小姑娘组成的队伍。她们全都不满十岁，父母都是高贵富有的人。小姑娘们装扮成天使的样子：身穿蓝绸料的小长袍，外面罩一件银白色罗纱做的小罩袍；头戴金质王冠，上面缀满珍珠、红宝石、蓝宝石、金刚钻、翡翠和黄玉。每个小天使的穿戴就是一堆价值连城的珠宝。

当亲王－总督走上宫室的阳台观看这支孩童游行队伍时，最漂亮的那个小女孩（后来她做了比利亚鲁维亚·德兰格雷斯的侯爵夫人），扮作圣米格尔[1]，是那支天使合唱队的队长。她走向总督阁下，对他唱道：

> 我是天国邮差，
> 给您带来消息：
> 圣母未犯原罪，[2]
> 乃是纯洁受胎。

可是，就在利马城表达市民宗教感情的庄严豪华的庆祝活动中，也出现了亵渎神灵的滑稽场面，虽然这与当时的落后精神是一致的。

我写这篇传说的意图，就是说说这个场面。

二

当时利马城里有个非常矮小的人，是个侏儒，名叫堂胡安·曼里克。谁也说不清他的家谱，他自称是拉腊七王子[3]中一位王子的后代。他继承了一笔来历清白的家产，从钱柜里拿出一笔钱来，想把它挥霍

---

1 圣米格尔·阿尔坎赫尔，天堂中天使队队长，战胜魔王撒旦。

2 原罪，基督教教义，称人类始祖亚当违背上帝禁令，偷食禁果而犯下的罪，传给后世子孙，绵延不绝，故称"原罪"。

3 拉腊七王子，十世纪西班牙卡斯蒂利亚贵族。其父贡萨洛·布斯托斯被摩尔人国王囚禁，为救其父，却因其叔父出卖被杀。

掉，但要采取一种方式，让公众的注意力都集中到他那其貌不扬的身材上。

那一天，大约正午十二点光景，全利马城的人都聚集在马约尔广场。这时，堂胡安·曼里克骑着一匹桃红色骏马飞驰而至。马身上披着绣着金线的紫白二色的马披，配着银马镫，前肚带上挂着小铃铛。骑手身穿闪闪发光的钢制铠甲、护颈甲和护手甲，头戴法国波尔多头盔，盔上缀着长长的羽毛和飘带，臂上揽着盾牌和长矛，手持托莱多短剑和锋利的匕首，胸前挂一条白色绶带，上面用金字写着这样的称号："圣母的骑士"。

由于他身材矮小，看上去活像是模仿堂吉诃德打扮的桑乔·潘萨。人们在惊奇之际，把精神全都贯注在那神采奕奕的小马和华丽耀眼的装束上，而没有注意马上的骑手，于是立刻爆发出一阵雷鸣般的掌声。

曼里克·德拉腊骑士来到总督宫前，潇洒地勒住马匹，撩起护眼罩，当众宣告如下：

"圣地亚哥-卡斯蒂利亚！……圣地亚哥-加利西亚！……圣地亚哥-雷昂！……我，圣母的骑士堂胡安·曼里克·德拉腊来到这里。凡拒不承认圣母玛利亚没有犯原罪、乃是纯洁受胎的人，我向他们挑战，叫他们来决一死战！我要剑砍矛刺，必要的话不惜拳打脚踢，叫他们俯首投降，承认犯了罪过。为此，我在这个决斗场上严阵以待，直到腓比斯[1]藏起他的金发之前不吃不喝。有胆量的犹太人，来吧，你会看到本人一言既出，决不反悔。圣地亚哥-加利蒂利亚！……圣地亚哥-加利西亚！……圣地亚哥-雷昂！……"

说完，他把一只铁手套扔在广场的沙地上。

人们没料到浪漫的游侠骑士们还有这玩意儿，便热烈地欢呼起来。一时之间，他大有天下英雄无敌手之势。

按照宗教裁判所的说法，那时的利马是信仰犹太教的葡萄牙人的

---

1 腓比斯，希腊神话太阳神阿波罗的别名。

麇集之地，据料这位圣母的骑士就是向他们挑战的。可那些不信天主的葡萄牙人对上面那番宣告却丝毫不敢理会，犹如老鼠见了猫儿一样，躲在窝里一动也不敢动。

堂胡安·曼里克瞪着警惕的眼睛，望着广场的四角，等着哪个不信天主的恶棍出来应战，准备挺起铁头长矛向他冲刺。可是黄昏六点的钟声已经敲过，既没有勇敢无畏的杜兰达特[1]，也没有怒气冲天的巨人费耶拉布拉斯[2]，既没有全身乌黑的半人半兽鬼怪，也没有胆小怯懦的妖术师来捡手套。

圣母纯洁受胎的教义在利马大获全胜，狡猾的葡萄牙人虽然恼羞成怒，也只是悄悄地嘀咕，对他骂战。

堂胡安·曼里克在人们的欢呼声中凯旋了。

从那天起，他就得了"圣母的骑士"这个诨名。

1　杜兰达特，十七世纪末一部史诗中英雄的名字。
2　费耶拉布拉斯，传说为中世纪的巨人英雄。

诗人总督历险记（1618）

一

"羊驼毛帽派"——这一派人因为戴小羊驼毛织的帽子而得名——在波托西内战中处于劣势。巴斯克派暂时得势，因为这座帝王城镇的郡守堂拉斐尔·奥尔蒂斯·德索托马约尔完全支持他们。

巴斯克人成了波托西的主人，主要官职都由他们担任。市议会有二十四个议员，其中一半是巴斯克人，甚至两名常设市长也是他们的人，王室敕命明令禁止也无济于事。土生白人、卡斯蒂利亚人和安达露西亚人结成联盟，要打破巴斯克人的一统天下，至少要搞点平衡，由此引起了两派的斗争。这场斗争造成那一地区多年间流血不断，直到一六二四年，"羊驼毛帽派"的首领堂弗朗西斯科把他的女儿堂娜欧亨尼娅，嫁给巴斯克派一位头面人物堂佩德罗·德奥亚努梅，才结束这场内乱。

一六一七年，总督埃斯基拉切亲王就治国之道给奥尔蒂斯·德索托马约尔写了一封长信，内容大致如下："我亲爱的堂拉斐尔，请注意波托西的几个集团流露出令人震惊的反叛情绪，已经到了采取极端严厉的手段取缔它们的时候了。任何软弱都是对国王陛下效命无方，都是对上帝我主的侮辱，都是对这片王国的忽视。因此我没有更多事务相托，只建议阁下酌情自处，你身为智勇双全的军人，哪里长出毒疮，就应把烧红的烙铁烙到哪里。由于波托西的这些情况，现在的局势已经混乱不堪，而且这种乱子有可能像手帕上的油一样蔓延开来。只希望复信时写上您已彻底平定骚乱，而不是别的内容。因为已经到了铲除这些派别的时候了，以免它们越闹越凶，在西印度这片土地酿成类似卡斯蒂利亚村社社员那样的事件。"

"羊驼毛帽派"的人发过誓言，不允许他们的女儿或姐妹嫁给巴斯克人。一个巴斯克人听说对方这条正式协议后，在波托西广场中心公开扬言：既然"羊驼毛帽派"的姑娘不愿做我们的老婆，我们这些堂堂男子汉就用剑去征服她们。

这些狂言大话煽起了更大的仇恨，波托西街头每天都有械斗事件发生。

奥尔蒂斯·德索托马约尔不可能化干戈为玉帛。他从支持巴斯克派的立场出发，认为总督的来信是授权他可以大干一场，便在一天夜里背信弃义地秘密下令，逮捕了堂阿方索·亚涅斯和"羊驼毛帽派"的十来个头领，派人把他们杀死，人头挂在了耻辱桩上。

天亮的时候，"羊驼毛帽派"的人目睹了这个毛骨悚然的场面，舞刀弄棒地去找郡守的人算账，吓得郡守溜到一座教堂躲了起来。可他又担心对方要他以命抵命，便骑马来到利马，行前扬言，他所做的只是严格执行总督的命令——我们看到这不是事实，因为总督大人在信中并没有授权他事先不经宣判就杀人。奥尔蒂斯·德索托马约尔来到利马后，许多"羊驼毛帽派"的人跟踪而至。

二

一六一八年的利马，人们以那个禁欲时代特有的隆重庄严气氛庆祝当年的濯足节。埃斯基拉切亲王堂弗朗西斯科·德博尔哈-阿拉贡总督阁下，率领一队衣着华丽的随员走出总督宫，巡视了城里七座主要教堂。

在圣多明各教堂，作为甘迪亚公爵圣弗朗西斯科·德博尔哈的一位亲属，他出于礼节，十分虔诚地诵读了第一篇祈祷词。正在他要离开的时候，突然遇上一位美貌非常的女人。女人身后跟着一个女奴，为她拿着跪拜时用的小毯垫。那夫人凝着眸子看了总督一眼——放射着磁性的一眼。堂弗朗西斯科微微一笑，也凝神看她一眼，同时把一只手贴在胸前，好像对那妇人说"投枪已经射中了目标"。

> 深深的大海，
>
> 吸引着万条江河；
>
> 我的目光哟，
>
> 追随着你的秋波。

总督大人是大名鼎鼎的风流男子，他在情场上的桃花运在利马早已不胫而走，广为流传。埃斯基拉切亲王身材魁梧，气宇轩昂，风度潇洒，又有处于生命力鼎盛时期男子的勃勃朝气，因为他毕竟刚刚三十五岁。堂弗朗西斯科·德博尔哈-阿拉贡以火热的幻想，文雅的谈吐，近乎鲁莽的勇敢精神和颇似挥霍的豪爽作风，堪称是那些为了他的国王或他的美妇杀身成仁的贵族骑士的最完美典型。

人人都有历史的偏爱，至于我，我承认偏爱这位诗人总督，而且热烈地偏爱他，因为他从家庭继承了许多羊皮纸古书，又用他自己那散文家和缪斯宠儿的生花妙笔写了不少诗词歌赋，这就使他的情趣加倍高尚。不错，他在统治秘鲁期间，让耶稣会会士发挥的影响未免太大，但是应该看到，他作为被罗马谥为圣徒的一位耶稣会会长的后代，也不可能不受种族偏见的束缚。如果说他在这件事上做得不对，那也是他那个时代的过错，不能要求人超越他天生所处的时代。

在其他几座教堂里，总督一路总是碰见那位夫人，两人每次又都像最初那样小心翼翼地暗送秋波，眉目传情。

> 既然你不爱我，
>
> 看上帝之面就不要看我；
>
> 既然你不能拯救我，
>
> 就不要迷住我。

到了最后一站，正当一个随从要把镶着金穗的红色天鹅绒方垫放在跪拜的小凳上时，埃斯基拉切亲王转过身去，匆匆地对他说：

"赫罗米略，那根柱子后面有上等野味。注意跟踪。"

看来赫罗米略是捕捉这类野味的行家里手，而且既有猎人的嗅觉，又有猎鹰的敏捷。难怪总督大人回到宫里屏退随员的时候，他早在大人的密室里恭候了。

"说吧墨丘利[1]，她是谁？"总督问道。他像同时代所有的诗人一样，喜欢神话。

"您看这张散发着香味的纸，它会告诉阁下。"随从答道，顺手从衣袋里掏出一封信。

"圣地亚哥德康波斯特拉[2]有阴功！已经传书递柬了！真是个小鬼头精！个头不大，你能耐可不小，我一定得写一首超过我那首《那不勒斯》的八行诗，让你名垂千古。"

总督凑近灯盏，只见信上写道：

> 风流人本是宫中骄子，
> 又是圣徒的后代，
> 他素食斋戒毫不奇怪，
> 虔诚的基督徒本该如此。
> 看他那微妙的表情，
> 要把我的手儿亲吻；
> 如果除此之外并无他意，
> 我答应让他如愿以偿；
> 若肯屈驾来吃夜点，
> 寒舍将无限荣光。

---

1 墨丘利，罗马神话中为诸神传递信件的神。
2 圣地亚哥德康波斯特拉，西班牙城市，为朝圣之地。

那神秘的女人非常清楚，她要打交道的是位诗人，为了更好地打动他的心，便使用了阿波罗[1]的语言。

"哎呀乖乖！"堂弗朗西斯科自言自语地说，"这小妇人还有几分才学哩！正像有人说的，是化身成维纳斯的密涅瓦[2]。赫罗米略，这可是我们的奇遇。拿斗篷，快告诉我这位女神的奥林匹斯山[3]在什么地方。"

半个小时后，总督用斗篷遮住面孔，向那妇人的家中走去。

三

堂娜莱奥诺尔·德巴斯孔塞洛斯是位风姿绰约的西班牙女人，被波托西郡守斩首的阿隆索·亚涅斯的遗孀，她抱定为丈夫报仇的决心来到利马。就是她巧施美人之计，调动了丘比特[4]的炮队，要把秘鲁总督诱到家中。因为在堂娜莱奥诺尔看来，埃斯基拉切亲王是杀死她丈夫的真正凶手。

阿隆索·亚涅斯的遗孀住在波尔沃斯阿苏莱斯街一座背靠河水的房子里，再加上院里房里不时有男子走路的声音，这种情形在这位富于冒险精神的风流男子心中引起了某种警觉。

堂弗朗西斯科跟妇人拘于礼仪地谈了足有半个小时，那妇人才说破姓名和身份，试图转换谈话方向，引他对波托西发生的事做出解释；可狡猾的亲王却对这个话题避而不谈，直接冲击谈情说爱的险峭之地。

像埃斯基拉切亲王这样精明的人，只凭眼前阵势就明白，已经给他设下了陷阱；他呆的那座房子大概是当晚"羊驼毛帽派"的总指挥部，对于这些人图谋害他的心计他早就有些预感。

到饭厅进食许诺的夜宵的时刻到了。所谓夜宵，就是那种味道鲜美的水果什锦，我们利马人称为"安特"，修女们制作的三四种罐头，

---

1 阿波罗，希腊神话中主管光明、青春、诗歌、医药和畜牧的神。
2 维纳斯为罗马神话中爱和美的女神；密涅瓦为智慧女神。
3 奥林匹斯山为希腊诸神居住地。
4 丘比特为罗马神话中的爱神。

还有那种经典式果酱面包。总督在桌旁就座后，拿起一只威尼斯产的细颈大玻璃瓶，里面装着甜美可口的马拉加葡萄酒，然后说道：

"很遗憾，堂娜莱奥诺尔，我无缘喝这种上等马拉加葡萄酒。我发过誓言，除了在我西班牙的葡萄园酿制的呱呱叫的帕哈雷特酒，其他酒我一概不沾。"

"总督大人可别因为我而放弃饱您的口福，这很方便，只要派我的一个仆人到您的管家那儿去拿就是了。"

"我殷勤的朋友，您一猜就猜出了我的心思。"

他转身对一个仆人说：

"喂，跟班的，你到宫里去找我的随从赫罗米略，给他这把小钥匙，告诉他把那两瓶帕哈雷特酒给我送来，在我寝室的食品柜里。口信可别忘了。给你这个盎司买夹心面包吃。"

仆人走了，埃斯基拉切亲王继续谈笑风生地说：

"我的酒味道太美了，所以得藏在我自己的房间里。我的书记官埃斯图尼加那个无赖，照我看来，简直像酒鬼一样，没有一瓶酒不是喝干才算解气？早晚有一天把我气急了，我要削掉他的耳朵，狠狠惩罚一下这类酒鬼。"

总督凭着赫罗米略的聪明，相信自己能化险为夷，照样侃侃而谈，频献殷勤。谚语说得好：要想脱圈套，用智最为高。

赫罗米略本来不是榆木疙瘩笨脑筋，得到口信后，用不着多想心里就明白了，埃斯基拉切亲王正面临严重危险。寝室食品柜里放的不是吃的，而是两支镶金小手枪，道地的皇家珍宝，是堂弗朗西斯科辞别费利佩三世来美洲那天国王赐给他的。

赫罗米略叫人扣押了堂娜莱奥诺尔的仆人，仆人突遭意外，摸不清头脑，吐露了真情。他听了三言两语，立刻认识到，必须刻不容缓地去救总督阁下。

幸好出事的那座房子与总督宫只隔着一个街区，几分钟后，卫队长就带着一队卫兵抓住六个"羊驼毛帽派"分子。他们已经密谋好了，要杀死总督，或者至少用武力强迫他答应某些有损于巴斯克派的条件。

堂弗朗西斯科堆着他惯有的嘲讽笑容，对那贵妇说：

"亲爱的夫人，您这张网的眼是丝织的，被狮子撞破您别奇怪。遗憾的是您和我没有把尤吉斯和奥勒非[1]的角色演到底！"

他把头转向卫队长，继续说：

"堂海梅，把那几个人放了，让这个有趣的插曲到处流传，让我的名字挂在人们嘴边上吧！您呢，我的夫人，别把我当作伪君子，而应该更加赞美埃斯基拉切亲王。他凭着他的族徽向您发誓，尽管他下令用法律的武器镇压了波托西的闹事，但没有授权任何人不经审判就杀人。"

四

一个月后，堂娜莱奥诺尔和"羊驼毛帽派"分子又踏上了回返波托西的道路，但就在他们离开利马的那个夜晚，一支巡夜队在一条小巷里发现了奥尔蒂斯·德索托马约尔的尸体，胸口上插着一把尖刀。

---

1 《旧约》经外书故事：寡妇尤吉斯乔妆打扮，诱惑巴比伦王尼布甲尼撒的大将奥勒非，乘酒醉将其杀死，救了犹太人，成为女英雄。

听其言观其人（1618）

利马图书馆有一部厚厚的手稿，题目叫作《法律疑案》。据手稿记载，在埃斯基拉切亲王任总督的美好时代，有一位花容月貌的孀妇，长着一双能置人于死地、真该监禁起来的眼睛，而且虽然已到我主基督的年龄，却依然鲜艳红润。

堂娜安娜渴望脱掉寡妇的丧衣，换上新娘的礼服；忘掉对亡夫的记忆，代之以血肉之躯的现实。可问题是虽然许多钟情的男子在她耳畔甜言蜜语，大唱赞歌，却没有一个人流露出把这套老生常谈对教区神父去说的意思。这些情人都以为堂娜安娜会为轻浮举止所动，可她在他们面前却像个烈性女子，难以亲近，因为她讨厌偷偷摸摸的私情，一心想找个品德高尚的男子，跟他枝生连理、花开并蒂地过平安日子，而不要玷污自己的名誉。

那一天是这位孀妇的生日，亲朋好友和风流男子纷纷前去祝贺。不消说，少不得大摆筵席，尽兴而欢。

堂克里斯托瓦尔·努涅斯·罗梅罗是渴望得到那妇人垂青的男子之一。他好像是被葡萄酒灌得头脑发热，只见他站在一张画着维罗尼卡的画前说道，那声调所有客人都听得到：

"我发誓并且再次发誓，将来不要别人，只要娶堂娜安娜·德阿吉拉尔为妻。"

编纂《法律疑案》这部手稿的人写到这里戛然而止，没有说在维罗尼卡女神面前发下的誓言，在堂娜安娜心中已变成了一件实实在在的事实，犹如在神父面前举行婚礼时讲的那些话一样。一些爱说长道短的人添枝加叶地说，这一回，堂克里斯托瓦尔·努涅斯·罗梅罗不慌不忙地以和平方式攻占了那座到当时为止还是坚不可摧的堡垒：

> 爱情原本是蜘蛛，
> 小心翼翼不慌忙，
> 爬到心灵角落处，
> 终能成功把网张。

时间过了一个月，堂克里斯托瓦尔甚至想到了净界里的婴儿，可就是没想到跟神父面谈这件事。堂娜安娜终于冲破一切顾忌，要求他履行诺言。

"我坚持我的誓言，"那风流男子恬不知耻地说，"如果违背誓言，上帝让我不得好死。"

又过了几个月，情郎的热情好似易挥发的碱水在逐渐消失。堂娜安娜猜想，堂克里斯托瓦尔准是一想到结婚就像想到上吊自杀一样，于是去找教区法官控告，正式提出起诉。二十位无可非议的证人提供证词，一字不差地说那位绅士的确在维罗尼卡神像前说过："我发誓并且再次发誓，将来不要别人，只要娶堂娜安娜·德阿吉拉尔为妻。"

"千真万确，教区法官先生，"那无赖说道，"这是我说的话，而且现在也不反悔。不过我们讲的是西班牙语，不是阿尔及利亚语也不是永加语[1]。我的誓言只是让我承担了跟堂娜安娜，而不是跟别人结婚的义务，不过要在我想结婚那一天，这一点想必教区法官先生是同意的。可是到现在为止，我独身一人过得挺自在，还没到这位太太把我抓到手里的时候。让她耐心点，等着魔鬼诱惑我做丈夫。我发誓并再次发誓，到那时候，就是她而不是别的女人完全有权把这个人搞到手了。"

教区法官说，他不是皇家语言学院（那时还没有这个机构），不想

---

1 永加语，指秘鲁、厄瓜多尔和玻利维亚炎热谷地的土语。

对用词是否恰当做判决；他的职责只是处理道义问题，为此判他与寡妇结婚，生儿育女建立家庭，否则将他逐出教籍。

堂克里斯托瓦尔气得暴跳如雷，提出上诉。不错，先生们，就像诸位刚刚读到的这样，提出上诉。

这场官司闹得利马全城大哗，引起的震动比地震还厉害。

最后，王室检审庭判决……塞万提斯的语言胜诉，堂娜安娜和教区法官败诉。

这是理所当然的事！君不见总督大人是诗人，又有语言纯正的癖好么。

于是，堂娜安娜继续孀居；堂克里斯托瓦尔·努涅斯·罗梅罗呢，他本来就是以过早地追求洁身自好和不为肉欲及其危险所惑而自诩的一类少年公子，也并没有违背他的誓言——到底也没有娶别的女人，在厌倦了独身生活后死去。

理发匠真有福！（1620）

一

还是从……从头讲起吧。

一五四二年九月，残酷的丘帕斯之战结束、秘鲁刚刚平静下来的时候，执政者巴卡·德卡斯特罗想对胜利者论功行赏；可是因为胜利者太多，赏赐太少，害得这位好心的硕士绞尽脑汁冥思苦想。想着想着，他突然一拍前额，高兴地说：

"好极了，乖乖，这下不会僧多粥少了。我的办法奇妙无比，简直就像五个面包的奇迹[1]一样。馋猫们，让你们吃个够！"执政者大人冥思苦想出来的办法，确实能让所有的人心满意足。那办法就是把手下的八百名士兵变成封建领主式的人。

当时利马城刚刚建立七年，大家都争着要房基地，渴望得到分封地和土著工役，或者去抢占非基督教徒的土地。

于是，政府就顺水推舟地满足他们的愿望，派一些人去发现"黄金国"[2]，或者叫卡内拉国，给另一些人同样是画饼充饥的许诺。

佩德罗·普埃耶斯、他的女婿贡萨洛·迪亚斯·德皮内达还有另外十来位统领，他们都是西班牙贵族，这时不想到远方去冒险，只想在国家的中心地带、离首府不远的地方占地分权，发号施令。"母猴只

---

1 典出《圣经》故事：一次耶稣为众人治病，中午时分，其徒手中只有五个面包和几条鱼，遂要人们回家吃饭。耶稣不同意，为五个面包祈福后，让门徒分给众人，结果在场的五千多人吃饱后，还剩十二筐面包碎块。

2 黄金国，南美洲的神话国度。据传位于哥伦比亚、委内瑞拉和圭亚那，盛产黄金。许多西班牙征服者费力寻找，终无所获。

要这么点东西——几个小松仁"。

执政官答应了他们的要求，让他们建造和开拓一座城市。那城市当时和现在都叫"瓦努科的莱昂骑士团骑士城"——这名字确实够响亮的！

那座城市外观漂亮，气候宜人，土地肥沃。几年后，总督卡涅特侯爵为她规定了城徽，又加封了"至尊至忠之城"的称号；他的几位继任者也赐给该城市议会好几个荣誉称号。没过多久，这座城市赢得了很高的威望，只需说明一点，就可看出她是何等重要：方济各会、多明我会、施恩会、阿古斯丁教派、上帝的约翰会等各派教士都在城里建了修道院。

我没到过瓦努科，这一点确实遗憾：可是听人说，如今的瓦努科可以用这么两句话来形容：

> 忆昨日花团锦簇，
>
> 看今朝面目全非。

至于建城的佩德罗·德普埃耶斯，我在另一篇传说中说到，他是惨遭杀害的。史学家们说他是有名的无赖，背信弃义，贪得无厌，心狠手辣，是个懦夫小人。

不管那人怎么样吧，我要说的是：瓦努科的主要建设者们初来秘鲁的时候，全身上下连个跳蚤也落不住，就是说分文皆无，可是由于偶然的机会，个个都成了与卡斯蒂利亚、安达露西亚、巴伦西亚和西班牙其他王国的贵族家族不相上下的人物。后来，他们的子孙更加"老子天下第一"，对殖民地的其他贵族显出一股非常鄙夷、不屑一顾的神色。这些瓦努科人甚至以为，他们是上帝用另外一种泥土捏成的，差一点就说出那位狂妄的葡萄牙人那番大话来：我们不是诺亚的后裔。当这个醉鬼在他的方舟上躲过洪水的时候，我们布拉甘萨家

族 [1] 也躲过了……不过是在我们自己的船上。

在君主制统治时期的秘鲁，没有一个村镇里显贵门第的贵族像瓦努科城里的这么威风赫赫。平民也好，百姓也罢，总之，普通人见了住在瓦努科城的征服者后代，都要屈膝下跪说声"瓦努科人"就等于是说"天生的贵族"。一句话，虽然他们在科瓦东加 [2] 没有纪念碑，但却是出生在美洲的加利西亚人、比斯开人和阿斯图里亚斯人。

上帝保佑，我写这些话，大概不伤害他们那敏感的神经，因为如今的瓦努科人大概都是共和派，也清楚自己是吃几碗干饭的了，所以，对卡斯蒂利亚的贵族头衔和爵位，对各种纠纷和赋税收入，对族徽和其他乱七八糟的纹章图案，都毫不在乎了。

说到这里，读者大概会问：闲扯这些干什么？这些风马牛不相及的事有什么关系？关于标题上这句谚语的故事要到什么时候才能开头？写纪事的先生，一定是巧克力茶淡而无味，您在用搅拌棒搅泡沫吧？

不是的，读者朋友。这几行字不是无缘无故地写下的，不写这几行，这篇民间传说就会有点晦涩难懂。好了，现在咱们不再兜圈子，开始言归正传，免得有人说我像布哈兰塞村 [3] 的那位风笛手一样，要人们给一个小钱才吹，给十个小钱才吹完。

二

传说在一六二〇年前后，在这座至尊至忠的"瓦努科的莱昂骑士团骑士城"里，住着一位堂费尔明·加西亚·戈罗查诺。他当然是位

---

1 布拉甘萨家族系葡萄牙王室家族，为若昂一世（十四世纪）之子阿方索后代。阿方索之孙于一六四〇年加冕为国王。该家族统治葡萄牙至一八五五年，后由分支继之至一九一〇年；一八二二至一八八九年统治巴西。
2 七一八年，西班牙军队在科瓦东加村以少胜多，击败阿拉伯军队，开始了从阿拉伯人手中光复西班牙的战争。后人在科瓦东加村竖起圣母像和纪念碑，供人瞻仰。
3 布哈兰塞村是西班牙南部科尔多瓦省一个村镇。

显贵人物，而且比熙德[1]和拉腊七王子还要崇高。为了加西亚家族的荣耀，堂费尔明用了这样的族徽：银色底子上一只展翅腾飞的黑色草鹭，红色绣边上穿插着金线刺成的"×"符号，同时还有一行小字："加西亚家族之上，谁说话也不算数。"

这位贵族住在现今行署大楼隔壁那座房子的第二层。这座房子当时还没有完工，大厅外的阳台还没有安装栏杆和百叶窗。

就是到了现在，这座阳台也是瓦努科的一处历史古迹，就像巴黎那座有名的窗户一样——在可怕的圣巴托罗缪之夜，亨利四世的笨蛋前任从那里探出头来打手势，下令屠杀胡格诺派教徒[2]。

堂费尔明是人们所说的对自己的相貌颇为得意、又非常好打扮的人，而且时时表现出显赫人物的派头。他有钱有势，整天只想偷香窃玉，而且看得出来，在这类事情上他总是福星高照，马到成功，就像恺撒和亚历山大[3]征城夺地一样。

一天，他一直在盘算着一次约会。那是一次不能派代表去的那种约会，时间定在我们祖辈通常睡午觉的时刻。

从早晨八点钟起，他的仆人就一直追着理发匠伊希尼奥，因为凡是要到维纳斯的田庄里拈花摘果的人，都必须把脸刮得干干净净，打扮得油头粉面。君不见在国家大事和丘比特掌管的事情上，外表如何是非常关键的吗？

可是那一天，该死的理发匠手头活计很多，简直比银钱拮据、商业破产时的账房先生还要忙。

1　熙德（约1043—1099），十一世纪西班牙声名卓著的军事统帅、民族英雄，是个带有传奇色彩的人物。十二世纪西班牙有人据他的事迹写成史诗《熙德之歌》，亦称《我的熙德诗》。十七世纪法国高乃依据此写出悲喜剧《熙德》。
2　胡格诺教派属新教（加尔文派），主张反对国王专制和天主教特权。一五七二年八月二十四日前夜至凌晨，该派重要人物聚集巴黎，参加亨利（那瓦尔）的婚礼，突遭天主教派武装屠杀，死亡两千余人。是日为圣巴托罗缪节日，史称巴托罗缪惨案，亦称"巴托罗缪之夜"。
3　指罗马帝国的恺撒和亚历山大大帝，他们曾多次远征，战功赫赫。

喏，他得给一位修士涂医用蚂蟥，给一位富家小姐上芥子膏，为郡守的妻子拔一颗牙根[1]，给一位市府议员刮脸，给一个小修士剃光头，给一位性情古怪的姑娘剪辫子，简直忙得不可开交！

"告诉你家老爷，给神父的侄女拔完几次火罐，我就去伺候他老人家。"理发匠在仆人又一次催促时说。

俗话说得好：没有一个理发匠是哑巴，没有一个歌唱家不是傻子。

过了一会儿，理发匠说：

"给代理公证人和检查员剃完，我马上就去给他老人家剃。"

与此同时，堂费尔明一边等着一边嘟哝：

"这些鬼头发，长得比穷人欠高利贷主的债还要长！"

就在理发匠忙这忙那，堂费尔明急得在家里团团转，过一会儿就出来观望一下，又进去苦等的时候，时间已经到了下午三点，对贵族老爷来说，渴望约会的时间已经过了。

伊希尼奥是个傻乎乎的印第安人，还是个小矬子；其实，即使他有哲学家的脑子和巨人的身材也无济于事。这倒霉鬼贴膏药和施行灌肠的手艺来得挺麻利，可剃头刮胡子有点二把刀。再说，他根本没想到贵族老爷有紧急要事，要是猜到，也许手中的剃刀不会那么慢吞吞的。

时钟敲过三点以后，才没有什么人再等他上药，也没有什么顾客再等他伺候。这时他才拖着散了架似的身子，朝戈罗查诺的家里走去。

堂费尔明正在等着他，气得比斗牛场上的公牛还要暴躁，只见他正在大厅里大步流星地兜圈子，不时地停下来，以为是听到了那不遵上命的费加罗[2]上楼梯的声音。

"这小矬子大概要等到鸡撒尿那天才来了！"堂费尔明不住地发牢骚，"凭我的保护神发誓，一定要叫这臭下三烂记住老子我是谁！"

1　古时理发匠兼作一般医生，治疗常见小病。
2　费加罗，博马舍在《塞维利亚的理发师》和《费加罗的婚礼》中创造的人物，此处为理发匠的代称。

222

伊希尼奥终于夹着装剃头工具的小包袱来了。还没走到堂费尔明身边，这位老爷一言不发，上去就是狠狠的一脚，又抽了一个嘴巴。理发匠打了个趔趄，跌跌撞撞地在大厅里直转磨，最后连滚带爬地转到虚掩着的房门边，这扇门通向没装栏杆的阳台。

你追我躲之中，可怜的理发匠以为那扇门通向另一个房间，便夺门而出，恰在这时，屁股上被着着实实踹了一脚。

伊希尼奥像皮球一样滚落到街上，脑袋开花，直挺挺地躺在光天化日之下。

这时，一个老得连牙齿都掉光了的西班牙贵族老太太，一个到处给人撮合苟且之事的人，一点不像现在的女人那样，见此情景会昏厥过去，反而大声叫道：

> 死得好哇，理发匠真有福！
> 摔死你的，是位骑士贵族！

我要说："凭我的信仰发誓！真是幸灾乐祸！"

死者埋进了坟坑，法庭不哼不哈，好赖没说。瓦努科城莱昂骑士团的贵族们却洋洋得意地说：这样一来，那无赖就学会怎样尊敬他的老爷们了。

从那时起，老太婆那句话就在秘鲁流传下来，成了一句谚语：

> 死得好哇，理发匠真有福！
> 摔死你的，是位骑士贵族！

善人和罪人（1625）

豺狼是怎样披上羊皮的

献给堂何塞·马里亚·托雷斯·凯塞多

一

械 斗

在蒙特雷伯爵堂加斯帕尔·德苏尼加-阿塞维多大人统治秘鲁诸王国的美好时代，一六〇五年六月一天黄昏时分，一大群人围在一家兼作小饭馆的店铺门前看热闹。店铺坐落在"吉他手街"，今天叫作"拿撒勒的耶稣街"，街上还有当年皮萨罗住过的房子。被一座阳台底部遮住的正面墙上挂着一块木牌，上面歪歪扭扭地写着：

伊比里胡伊坦加理发店兼小饭馆

小店里大概发生了什么引人注目的事，因为在密密麻麻的人群中，最没有眼力的人也能看出有司法人员在场，那是几名身穿短外衣、每人手里拿一根棍棒和一把短剑的法警。

"以国王的名义！以国王陛下的法律治罪！"一个瘦瘦的法警用胆怯又狡猾的声音大声喊着。

与此同时，污言秽语不绝于耳，地面上破椅子、空酒杯来回滚动，一时间双方拳脚相加，乱作一团。法警们对殴斗袖手观望，他们个个胆小怕事，唯恐打在自己身上，纷纷往后缩。若不是一个勇敢的年轻军官帮忙，他们肯定无法平息这场骚乱。只见这军官猛地拔出他的托雷多利剑，拍击着冲向滋事者，不顾一切地左挥右砍，一会儿对准这个，一会儿对准那个，时而前刺，时而回劈。法警们见此情景，也鼓起勇气，片刻之间就把几个流氓无赖五花大绑捆起来，押往"鱼市街"监狱。在我们这个民主时代里，却经常把自由党人和保守党人，赤色分子和反动分子与强盗一起关在那里，亲热地度过美好时光。愿上帝伸出圣手拯救我们，免得我们住进那里的小黑屋！

原来是四个横眉立目的泼皮无赖喝了四陶罐酒，个个烂醉如泥，却拒不付钱，还说喝下去的是硫酸，黑心的饭馆老板想毒死他们。

老板是个身材矮小，略显肥胖，面色黄褐的人，原籍巴西，只知道绰号叫"伊比里胡伊坦加"。他那肿胀的脸上，闪着两只比母狗眼还小的眼睛。喜欢飞短流长的女邻居们经常喊喊喳喳，说他会配迷魂药，这事使他不止一次跟宗教法庭打交道，因为在涉及巫师妖道这些人时，宗教法庭是一点也不含糊的。结果是饭馆和让他剃头的顾客全都遭殃，因为这些顾客都愿意找他理发而不愿光顾别人。原来这倒霉鬼虽然没有所罗门[1]那么多心计，倒也不死心眼，经常给他们详细地讲述这座三次加冕的诸王之城里一些男女调情之事，使好奇的顾客听得津津有味，眉飞色舞。还有，在他给顾客的胡须上刷肥皂时，他的侄女特兰斯维尔维拉西翁总是把一块块又干净又柔软的佛兰德[2]麻布毛巾递给他。特兰斯维尔维拉西翁是个正值十八岁妙龄的健美女郎，说话嘴甜，长得眉清目秀，身材丰满，照他巴西叔叔的话说，是个漂亮的"美妮娜"[3]。如果《卢济塔尼亚人之歌》的作者、卡塔琳娜·德阿台德的不幸情郎[4]在失去一只眼睛之前，把他的胡须放在"伊比里胡伊坦加"那敏捷的

---

1 所罗门，古以色列国国王大卫之子，以智慧著称。

2 佛兰德为欧洲中世纪一块伯爵领地，包括今比利时东佛兰德省、西佛兰德省及法国北部部分地区。

3 美妮娜，葡萄牙语的音译，意为姑娘、少女。

4 指路易斯·巴斯·德卡蒙斯（1524？—1580），葡萄牙著名诗人，《卢济塔尼亚人之歌》为其代表作。他在摩洛哥一次战役中失去一只眼睛。

双手和锋利的剃刀之下，肯定会对特兰斯维尔维拉西翁恭维一番，起码也要称她是：

> 爱情的玫瑰，美丽的紫红色玫瑰。

不过，凭受难的耶稣发誓！杰出诗人路易斯·德卡蒙斯这话绝不是阿谀奉承，而是对美的正确评价。

尽管叔叔那些轻浮的顾客向她献花，对她调情，赌咒发誓地说深深爱慕她，可那姑娘受过很好的教义教育，只是不予理睬，使他们无法再献殷勤。但也确有色胆包天的家伙（上帝的葡萄园里确实有不少这样的坏果子）不肯罢休，竟然想量量姑娘柳腰的尺寸。这时姑娘气得紧咬嘴唇，举起一只娇美浑圆的小手，给了无礼之徒一巴掌，说：

"请您记住，我叔叔收养我可不是为了让爱拈花惹草的贵族解馋的。"

这样一来，所有的顾客终于一致认为，那姑娘像首饰匣一样玲珑秀美，像桔子露一样清凉可口，却比山林里的虎豹还野性难驯，软硬不吃。于是他们不再想跟她谈情说爱，只能听理发师那成本大套的有趣神聊了。

可也是鬼使神差，世上就有突然之间一见钟情的事！女人可能是要多挑剔有多挑剔，总以为她们的芳心决不会容纳任何一位来客。突然有一天，她在哪一带街头跌了一跤，抬头一看，面前站着一位蓄着柔软的小胡子、长着黑亮的眼睛、气概英武的男子……不管你多么想不要心荡神摇，怕也是枉费心机，无济于事！喜爱之情已像电流一样击中心包。哪有外面有人敲门，不问声"谁?"的道理呢？

> 爱情好比是毒虫，
> 咬人一口实难熬，
> 即使跑到药房去，

想找解药也徒劳。

智者国王堂阿方索[1]说过，这个世界即使不是创造得很糟，至少看起来也是很糟，这话确实言之有理。如果他宣传这套说法，我敢断言，我们就会失去同情心，进而没有了爱心和其他烦人的情感；那样一来，我们这些男男女女肯定会生活得毫无激情。我再说一遍，同情心可是很要紧的，而写出下面这首诗的人更是说得妙极了：

> 要说爱情和桔柑，
>
> 两者相似大无边；
>
> 不管味道多甜蜜，
>
> 到底还是有点酸。

后来，特兰斯维尔维拉西翁屈服了，开始用脉脉含情的目光望着堂马丁·德萨拉萨尔上尉。这上尉不是别人，就是故事开始那天及时对饭馆老板拔剑相助的人。殴斗结束后，她和那风流男子悄声细语地交谈了几句话，可能既是表示感激之情，又是暗示约会之期。聚在一起看热闹的人没有注意他们说什么，但站在门口的一个蒙面人听到了他们的谈话，喃喃地说：

"以我故去的奶奶发誓！卑鄙的上尉要不是迷恋着这姑娘，要不是为了她才拒绝恢复我妹妹的名节，叫我不得好死！"

二

堂娜恩格拉西娅·德托莱多

在一间陈设着哥特式家具的客厅里，一位小姐仰靠在一只软椅上。

1　堂阿方索（1221—1284），即阿方索十世，西班牙卡斯蒂利亚和雷昂国王，博学多才，著有史学、法学、历法和诗歌作品。

一个青年男子坐在她身旁的长沙发上，向她高声朗读着一本讲述当日圣徒传记的对开本羊皮书。那真是值得赞美的时代，除了喜怒哀乐以外，执行教规也占去了西班牙人生活中的许多时光！

可是小姐并不注意听《基督纪年》讲的那些奇迹，而是全神贯注地盯着大厅一端挂钟的分针。没有比期待情郎的女人更焦急的人了。

现在是把她的名字公之于众的时候了。她叫堂娜恩格拉西娅·德托莱多，安达露西亚人，年方二十四，由于教养良好和家庭富裕，别有一番高贵气质，使她的美丽更显卓越超群。他的兄长堂胡安·德托莱多是塞维利亚一位家业殷实的财主，在利马充任皇家舰队军需官之职。堂娜恩格拉西娅随兄来到美洲，过着奢侈豪华、优哉游哉的日子。许多贵妇自感矮她一头，开始打听这位高傲对手的家世，发现她有阿尔普哈拉斯[1]人的血统，她的祖辈是皈依天主教的摩尔人，其中还有个把人穿过宗教裁判所给屡次崇信异端者穿的罪衣。说到给别人揭老底这种事，女人们过去和将来总是这样：她们打听不出来的，魔鬼撒旦[2]使出他这个打入地狱的天使的浑身解数也休想打听出来。还有人说，堂娜恩格拉西娅已经答应嫁给堂马丁·德萨拉萨尔上尉，但因为迟迟没有举行婚礼，有损这位高傲小姐的名誉和品德的风言风语便到处流传。

我们熟知内情，而且知道消息可靠，因此可以秘密地告诉读者，这些谣传并非毫无根据。堂马丁专走歪门邪道，是个放荡不羁、恶习成癖的行尸走肉。他一度为堂娜恩格拉西娅的美貌所吸引，时不时地跟她搭讪，最后海誓山盟地说爱她。那姑娘本来就很敏感，又不是铁石心肠，终于被花花公子的花言巧语征服，一天夜里为他打开了闺房的门。

上尉决定娶她为妻，向堂胡安求婚。堂胡安欣然允诺，提出六个月的期限，说需要在这段时间清理家产，把应得的一份分给妹妹。可也是到处作祟的魔鬼使然，恰在这段时间内，萨拉萨尔认识了"伊比

---

1 阿尔普哈拉斯为西班牙纳瓦达附近村镇，摩尔人聚居地。
2 撒旦系《圣经》中群魔之首。

里胡伊坦加"师傅的侄女，心中动了占而有之的邪念。从那一天起，他开始对堂娜恩格拉西娅冷淡无情，不理不睬，而她则要求履行诺言。于是，上尉说，他已写信到西班牙征得家庭同意，现在正等回音，一俟有船在卡亚俄停留便知分晓，因此要求延长期限。这种办法远非妥善，热恋中的安达露西亚姑娘不禁心生疑窦，把担心受骗的疑虑告诉了兄长。堂胡安开始对妹妹的未婚夫盯梢，而且我们在上一节中已经看到，果真偶然发现了他的行踪。

挂钟响亮地敲过八点，小姐好像中了电一样，一下子从软椅上坐起来。

"终于来了，上帝！我还以为时间停滞不前了呢！别念了，哥哥……堂马丁就要到了，你知道我多么渴望这次见面。"

"要是你发现真的受骗了呢？"

"那就照我的决定办，哥哥。"

姑娘说这句话时，眼里闪着阴森的寒光。

堂胡安打开一扇玻璃门，走了出去。

三

走向罪恶的一步

"可以进来吗，恩格拉西娅？"

"很高兴您这么准时，堂马丁。"

"小姐，我身为贵族，言而有信。"

"好哇上尉先生，倒要看看是不是这样。如果您愿意，咱们开诚布公地谈谈好吗？"

姑娘脸上挂着妩媚的笑容，用一个不卑不亢的手势向情人指了指自己身旁的一个座位。

现在该让读者认识一下堂马丁了，因为在"伊比里胡伊坦加"师傅的店里，我们忘了做这件符合严格礼仪的事，以致上尉的出场好像从天而降似的。倘若这样与不认识或没有正式介绍的人打交道，总是多有不便。

堂马丁将近而立之年，是一位人们所说的那种风流倜傥的男子。他身着骑兵上尉制服，在他那坦然自若的举止中，既有贵族的高雅风度，又有浪荡公子的轻浮气质。

落座之后，他两手握起恩格拉西娅的一只手，两人开始了情人间那种谈话，至于说的是什么，反正大家或多或少都略知一二。如果不是讲纪事，而是写传奇小说，尽管我们还没有能力涉笔这类文体，也要在这里匆匆写一段小说体对话。幸好讲纪事的作者可以抛开情人间那些甜言蜜语，直写事情的主要部分。

客厅的钟敲了九下，上尉站起身说道：

"小姐，恕我公务繁忙不能久留，虽然我心不情愿，也只能马上离开您了。"

"堂马丁，您刚才说的是您的最后决定吗？"

"是的，恩格拉西娅。凡是出身高贵的贵族都必须征得家人的同意和国王的恩准，只要没有得到同意和恩准，我们就不能举行婚礼。您的贵族门第没有污点，您的先辈没有人穿过有两个'×'标志的悔罪服，您的血统也没有混进摩尔人的血液。因此，如果国王和我的双亲不同意我的要求，我只能靠上帝福佑了。"

这段言辞是在提醒姑娘想想自己的出身。姑娘听他说这话时那种侮辱性的讥讽口吻，气得浑身发抖，面色紫红。但她很快镇静下来，装出对羞辱毫不在意的样子，注视着堂马丁，好像要从他的眼睛里看出他将怎样回答这个问题：

"上尉，您坦白地告诉我，难道您把父母的意志看得比我为您牺牲的名誉和您对自己的义务还重要吗？"

"小姐，您太烦人了。等出现那种情况时，凭我的信仰发誓，我会回答您的。"

"您就假设那种情况已经发生了吧。"

"既然这样嘛，小姐……但凭上帝吧！"

"那您请吧，堂马丁·德萨拉萨尔……您说得对……但凭上帝！"

堂马丁很有礼貌地一鞠躬，出门走了。

堂娜恩格拉西娅怀着女人自尊心受到伤害时的那种愤怒之情，用憎恨的目光送走他，双手按着胸部，好像要压住心脏的剧烈跳动，接着满面怒容、衣着零乱地冲向玻璃门，气得面色如幽灵般惨白的皇家舰队军需官正好来到门边。

"你都听见了？"

"但愿上帝没让我听见。"堂胡安强压怒火说。

"既然这样，你为什么不狠狠地刺他？为什么不杀死这个负心汉？杀了他，哥哥！杀了他！"

四

但凭上帝！

七个小时后，曙光刚刚开始染红天际，"拿撒勒的耶稣街"上，一个男子顺着一条绸布软梯，从"伊比里胡伊坦加"师傅的店铺上面特兰斯维尔维拉西翁住的房间的阳台上溜下来。他刚把脚蹬在最下面一级台阶上，就有一个蒙面人冲上前去，用匕首从他背后刺了一刀，并附在被刺者耳边低声说：

"但凭上帝！"

攀梯人一命呜呼倒在地上。他是因背信弃义而死，遭人暗算而亡。

与此同时，只听阳台上一声惨叫，而凶手却借着黎明时的朦胧光线，辨辨方向，大步逃去。

五

结 果

十五天后，利马的广场上竖起一座绞刑架。王室检审庭三下五除二地结了案子，把倒霉的理发师判处绞刑。这种做法与某位市长大人如出一辙：如果抓不到凶手，就把顺路抓到的随便哪个人关进监狱，以迅速结案。在法官们看来，这桩案子简直再清楚不过了。调查证实：死者曾是理发匠的顾客，死前及时帮助理发匠驱散了好几个无赖。这本身就是法庭思考的线索。垂到店铺阳台脚下的软梯不可能从天而降，特别是"伊比里胡伊坦加"师傅有个待字闺中的侄女，她如今已被杀人事件吓疯，而一个姑娘是不会无缘无故发疯的。法官们交换看法时说，把这些材料汇集起来就此结案，准备麻绳结绞索吧。至于那狡黠机灵、爱说笑话的理发匠，即使在严刑拷问时仍然不服，坚决否认参与杀人，那又有什么关系。

还有，周围四邻八舍的老太婆们说，她们讨厌"伊比里胡伊坦加"师傅，因为他会用巫术害人。一些丑陋不堪、没有情郎、嫁不出去的姑娘发着誓说，特兰斯维尔维拉西翁是个放荡丫头，经常跟四邻的小子们鬼混；还说她每到星期六就梳妆打扮，骑着竹扫帚跟她叔叔去参加巫婆的夜间聚会。

与案子有关的事情成了人们晚间喝茶时必不可少的话题。女人们要求对伤风败俗的侄女终身监禁，男人们则主张把狡猾的理发匠送上绞架。

于是检审庭宣布："诸位的要求将得到满足。"尽管"伊比里胡伊坦加"怨声冲天，声称无罪，刽子手还是对他说："嚼舌鸟闭嘴，快点受刑去死吧！"

就在绞索勒紧可怜的理发匠的喉咙，特兰斯维尔维拉西翁被关进幽居所的时刻，几年前由征服者弗朗西斯科·皮萨罗的一个弟媳创建的康塞普西翁修道院敲起了钟声，宣布不幸的堂马丁的未婚妻堂娜恩格拉西娅已经出家当了修女。

这就是人间的法律！难怪人说你是有眼无珠！

现在我们来把故事讲完：

总督于一六○六年三月六日在利马死去，比圣徒托里维奥·德莫戈罗维霍[1]早七天。

理发匠死在绞架上。

他的侄女终于失去了生而有之的或多或少的那点理智。

堂娜恩格拉西娅最后出家做修女，据说后来升任修道院院长，像一位笃信基督的老人一样，死时非常虔诚。

至于他哥哥，有一天在利马销声匿迹，后来……

基督与众人同在！愿上帝保佑你，读者。

六

很像圣人

如果我不动笔写这一节和下一节，借助几位西印度纪事作家的实录使我这篇传说具有历史的性质，那么本书的读者中，会有很多人竭力想证明我是娘胎中生出的最大的谣言制造家。但解开这个故事之谜的地点不在利马，渴望寻根究底的好奇读者必须展开思想的翅膀，和我一起飞到帝王城镇波托西去。这样人们就不会说，在我讲故事的辛劳一生中，把一个人悬在天地之间不管了，就像人们所说的圣伊诺霍萨其人和加里贝的灵魂一样。

在十六世纪的时候，波托西是美洲一个重要据点，凡梦想一个早上发大财的人都争先恐后地蜂拥前往。一九三八年一月，一个叫瓜尔帕的印第安人发现了它的丰富矿产，此后它的名声更加显要。开发著名的"发现者矿山"的迭戈·森特诺上尉，几个月内就发了一笔大财（若不是耶稣会教士阿科斯塔[2]、安东尼奥·德埃雷拉两位纪事作家，以及巴托洛梅·德杜埃尼亚斯写的《波托西史》给我们留下可供参考的

1　托里维奥·德莫戈罗维霍（1538—1606），西班牙高级神职人员。利马大主教，创建美洲第一座神学院，死后封为圣徒。

2　何塞·德阿科斯塔（1539—1600），西班牙传教士、纪事作家，著有《西印度自然和道德史》。

材料，我们会认为这是荒谬的神话），从那时起它就激起了征服者们的贪欲。不到十年，波托西的人口增加到一万五千，到一五七二年利马造币局根据王室御旨迁移到这座城镇时，人口又增加了两倍。

十六世纪最后几年，波托西真是财富遍地，奢华成风。后来，财富引发了居民间的纷争，一方面是安达露西亚人、埃斯特拉马杜拉人和美洲土生白人，另一方是巴斯克人、纳瓦罗人和加利西亚人。纷争后来演变成流血械斗，械斗中有时这一方取胜，有时另一方占上风。连妇女也染上了当时的好斗精神，门德斯在他的《波托西的历史》中，谈到了一场以长矛和盾牌为武器在田野上骑马决斗的大量细节。在这场决斗中，堂娜胡安娜和堂娜路易莎·莫拉莱斯姐妹俩，杀死了堂佩德罗和堂格拉西亚诺·冈萨莱斯兄弟俩。

这两姐妹并不是波托西仅有的勇武好斗的女人。一六六二年，法庭在押解堂安赫尔·梅西亚和堂胡安·奥利沃途中，他们的妻子带两位女友，四个女人手持匕首和猎枪拦住去路，打伤法官，杀死两名士兵，劫走丈夫逃往智利。同一年，堂娜巴托利娜·比利亚帕尔马重施她们的故技，带领两个未成年的女儿，母女三人执长矛盾牌挺身而出，援救被一伙仇人逼得走投无路的丈夫，杀死一人，打伤多人，吓得他们落荒而逃。

不过我们根本不想写波托西的历史，也不想写它的内战史。谁想了解波托西的重大事件，建议他去读巴托洛梅·马丁内斯·维拉一五七五年写的《帝王城镇纪年》那部书。

七

现在是真相

一六二五年年中。

在一个凉爽的上午，镇上居民一大早就纷纷拥向城镇教区教堂。

教堂中间高高放着一口棺柩，四支又长又粗的蜡烛照耀着它。

棺柩里躺着一具尸体，双手捧着一颗干头骨交叉在胸前。

死者死时很像圣人，几位公证人正在办理文件，写明此事，准备以后寄送罗马。印着托马斯·德托克马达[1]、佩德罗·阿尔布埃斯[2]和多明戈·德古斯曼[3]的历书，或许要加上一个人的名字了。

多年间，人们看着那个人穿着粗布悔罪衣，留着隐士的长胡须穿街走巷，吃野菜，睡地窖，身上总带着一颗干头骨，仿佛要随时看到人生悲惨，结局难料似的。所以这些居民，这些纯朴的居民对他的圣洁美德坚信不疑。请看宗教狂热和偏见有多大的力量！在场的很多人都说，尸体散发着玫瑰的芳香。

可是，当写完文件、正要把死者埋在教堂里的时刻，一位公证人突然心血来潮，要检查一下那颗头骨，结果在紧锁的牙齿中间发现一小块卷得很巧妙的羊皮纸，并当众开读。纸条上写道：

"我，堂胡安·德托莱多，你们都把我当作圣人，但我穿悔罪服并不是因为我品德高尚，而是出于险恶的用心。我在弥留之际郑重宣布：将近二十年前，因堂马丁·德萨拉萨尔损害上帝赐予我的名誉，使我蒙受耻辱，我用暗算手段剥夺了他的性命；他被埋葬后，我设法掘开坟墓，吞吃了他的心，割下头颅，重新将他埋葬；然后盗走他的头骨，带着它远走他乡，须臾不曾离身，以铭记我的耻辱和我的报复。但愿上帝已饶恕他，也望上帝饶恕我！"

几位公证人把请求谥圣的文件撕个粉碎，三分钟前还在死者身上嗅出玫瑰花香味的人们一哄而散，肯定地说德托莱多的尸体已经腐烂发臭，令人作呕，他们再也不相信人的外表了。

（1861 年）

1　托马斯·德托克马达（1420—1498），西班牙多明我会会士。一四八二年任宗教裁判所第一任法官。

2　佩德罗·阿尔布埃斯（1441—1485），阿拉贡宗教裁判所法官。被犹太人刺杀，死后封为圣徒，九月十七日为其节日。

3　多明戈·德古斯曼（1170—1221），西班牙讲道士。一二一六年创建多明我会，死后封为圣徒。

"走吧，毛驴！生就的穷命成不了阔佬！"（1630）

有句民间谚语，有人说出自波托西，有人说出自利马。不管出自哪里，我就把我听到的来历原原本本地讲给您听。

大约在一六三〇年前后，瓦罗奇里县有个印第安人（"瓦罗奇里"这个词的意思是"御寒的衬裤"，因为印卡王在征服这一带村庄时，曾要过这种衣服）。这印第安人有一支毛驴驮队，经常赶着它们去利马，运回土豆或奶酪，在市场上贩卖。

有一次，他在行程中捡到一块石头，也许是红银矿石，也许是纯银块，他把那东西带到利马，拿给好几个西班牙人看。西班牙人看到宝石非常惊奇，对他殷勤备至，提了一大堆建议，套他说出秘密。印第安人虚与委蛇，巧妙周旋，怎么也不说偶然发现的矿山在什么地方。

印第安人回到家乡。当地县长是个非常狡猾的印欧混血人，是这印第安人的把兄弟。他得知此事，就对印第安人设下了圈套。

"我说把兄弟，"他说，"只要你开那座矿山，'维拉科查'[1]准得杀死你夺矿。我嘛，你是信得过的。咱俩一块儿报官吧，我是一县之长，总督宫里有朋友。"

印第安人非常信任这个把兄弟，认为他是个忠诚可靠的人，同意了他的主张；可这倒霉鬼一字不识，就由县长办了一份文书，并且花言巧语地说，在保护和占有矿山条款中有两个合伙人的名字，骗得印第安人像对宗教信条一样深信不疑。

---

1 秘鲁古代土著对西班牙入侵者的称呼。

事情办完后的一天，县长心生一计，想独吞宝山，结果一脚把印第安人踹了。印第安人到处申冤告状，可是找不到人替他说话，原来印欧混血人拿出证件为自己辩护，证件上写得明白，矿山主人只是他一人的名字。县长本是那类精明到家的恶棍，把手脚做得天衣无缝，滴水不漏，一点把柄也没有留下。他是翻手为云、覆手为雨的那号人。

　　眼看印第安人被人如此背信弃义地剥夺了矿山，好心人纷纷给他出主意，唯一的办法是亲自到秘鲁总督（当时是钦琼伯爵大人）那里去告状。一天早晨，印第安人下了毛驴，把它拴在总督宫门外，走进宫里的门廊。"只要有嘴说话，终能到达罗马"。他一边打听一边走，终于在人指引下来到总督身边，当时总督正和妻子一起待在小花园里。

　　印第安人向总督诉说自己的冤枉，总督一直听他说了半个钟头。他觉得这种沉默是好兆头。不料最后，总督却给了他致命的打击，说虽然从社会道义上说印欧混血人确实要弄了他，可是在法律上却无法剥夺他的所有权，因为他有正式文书证明。最后，总督说了句话，和颜悦色地打发他回去：

　　"自认倒霉吧，孩子，别在这儿啰嗦了。"

　　告状的印第安人吞下这杯苦酒，脸色阴沉地退出宫门，骑上毛驴，脚后跟朝驴肚子一踢，喟然长叹说：

　　"走吧，毛驴！生就的穷命成不了阔佬了！"

伯爵夫人药粉 （1631）

第十四任秘鲁总督时代的故事

献给伊格纳西奥·拉-普恩特博士

一

一六三一年六月的一天傍晚，利马各教堂的大钟如泣如诉地齐声哀鸣，当时在利马的四个教派的僧人组成一个唱经班，合唱弥撒，朗诵祭文。三次加冕之城的居民，穿过六十年后总督蒙克洛瓦伯爵建造"埃斯克里瓦诺斯"和"波多内罗斯"门廊的地方，到总督宫的旁门前停住了脚步。

总督宫内，人们像穿梭一样进进出出，当然都是大大小小的头面人物。

你看宫里和民间那人心浮动、一片混乱的样子！简直就像一艘双桅帆船刚刚在卡亚俄抛锚，从西班牙带来重大新闻一样，或者说，就像在我们实行民主制的今天，正在发生惯用绞刑和火刑的司法机关能巧妙地立刻平息下去的大规模骚乱一样。

水有源，事有因，欲知端的，需要从头讲起。因此，读者先生，如果您愿意由我陪伴，就让我们征得正在上面说的那道门旁值勤站岗的火枪队队长的恩准，走进宫里一间内室看个究竟。

内室里有两个人，那是堂费利佩四世陛下钦差的秘鲁诸王国总督、钦琼伯爵堂路易斯·赫罗尼莫·费尔南德斯·德卡夫雷拉·邦巴迪利亚-门多萨和他的莫逆之交科尔帕侯爵。两个人一言不发，瞪大眼珠盯着一道小门，门启处，又闪进一位重要人物。

来人是位老者。他下身穿半长黑呢裤，脚蹬缀有石料扣绊的灯芯绒鞋子，上身着上衣和绿绒坎肩，坎肩上挂着一条粗粗的、镶有漂亮标记的银链。如果再加上一句，他戴着羚羊皮手套，读者一定会看到，那活脱脱是当时医生的典型装束。

这位胡安·德维伽博士是卡塔卢尼亚省人，以总督宫医生的身份刚刚来到秘鲁，是教人用处方笺杀人的那门科学中的一位卓越人才。

"怎么样，堂胡安？"总督询问他，与其说是用言语，不如说是用眼光。

"大人，没希望了。只有奇迹才能救活堂娜弗朗西斯卡。"

堂胡安带着内疚的神色走了。

看了这段极简短的对话，最不聪明的读者也会知道是出了什么事。

总督在一六三九年一月到达利马，两个月后，他那年轻貌美的妻子堂娜弗朗西斯卡·恩里克斯·德里维拉也来到这里——原来当时可能要与海盗进行海战，总督怕她在这场偶然事件中遇到危险，只好让她在派塔港先期下船。过了一段时间，总督夫人觉得染上了那种周期性黄热病，这种病现在名叫"间日疟"，早在印卡人时就知道，是里马克山谷一带的地方病。

大家知道，帕查库特克[1]在一三七八年派一支三万名库斯科士兵的军队去征服帕查卡马克地区时，因深受"间日疟"之害，军中的精兵强将统统死于非命。在欧洲人统治的最初时期，定居利马的西班牙人也因这种可怕的疾病吃尽了苦头，许多人没服什么已知的特效药自然康复，但也有不少人被它夺去了生命。

钦琼伯爵夫人已被宣布无法医治。这就等于科学通过它的权威人士堂胡安·德维伽之口做出了判决。

"这么年轻又这么漂亮！"极度伤心的丈夫对他的朋友说。"可怜的弗朗西斯卡！谁说你再也看不到你那卡斯蒂利亚省的天空和格拉纳

1　帕查库特克·尤潘吉（？—1471），古代秘鲁印卡王。

达省卡门教派的教士了？我的上帝呀！创造个奇迹，主啊，创造个奇迹吧！……"

"公爵夫人有救，尊敬的大人。"房间门口有人应声。

总督吃惊地回过头。说出如此宽慰人心的话的是一位牧师，是伊纳爵·罗耀拉[1]的一个弟子。

钦琼伯爵对耶稣会会士躬身施礼，会士接着说：

"我想看看总督夫人，请阁下相信，其余的全凭上帝。"

总督把教士领到垂死之人的卧榻前。

二

让我们把故事暂时搁在一边，极其粗略地把堂路易斯·赫罗尼莫·费尔南德斯·德卡夫雷拉执政时期的情况描绘一番。他是马德里人，圣地亚哥骑士团克里普塔纳地区的团队长，塞戈维亚城堡的要塞司令，阿拉贡省司库官，第四位钦琼伯爵，从一六二九年一月十四日至一六三九年一月十八日任秘鲁总督。

那个时期，太平洋受到葡萄牙人和荷兰海盗"木棍脚"的船队的威胁，总督的大部分活动都是组织卡亚俄和舰队进行防御。此外，他还派遣一千名士兵去镇压阿劳坎人[2]，三支远征队去平定普诺、图库曼和巴拉圭的一些部落。

为了维持费利佩四世及其朝臣的穷奢极欲，美洲不得不牺牲自己的繁荣向王室纳贡。苛捐杂税多如牛毛，利马商界被迫忍受这些沉重负担。

从那时起，波托西和万卡维利卡的矿产开始走下坡路，与此同时发现了邦邦和卡伊略马的矿脉。

就是在这位总督当政的一六三五年，发生了银行家胡安·德拉奎

1　伊纳爵·罗耀拉（1491—1556），西班牙教士。一译伊格纳西奥·洛约拉，一五三四年在巴黎创建耶稣会，死后封为圣徒。

2　阿劳坎人，亦译阿劳干人、阿拉乌干人。南美印第安民族，居住于智利中部和阿根廷西北部。

瓦破产这一重大事件——据洛伦特说,他的银行是得到私人和政府绝对信任的。直到不久以前,人们还用名为"像白天鹅一样咯咯叫的胡安·德拉智瓦"的化装游艺会来纪念这次破产事件。

钦琼伯爵像所有年迈的基督教徒一样狂热地信仰宗教,他颁布的许多命令都可证实这一点。如果旅客事先不出示证明此前已做过忏悔和领过圣餐的证件,任何船主不得允许他登船;士兵也必须每年一次履行这条规定,否则予以严惩;还规定四旬斋节的日子里,禁止男人和女人同在一座教堂。

正如我们在《利马宗教法庭纪年》那本书里所说,这是铁面无情的宗教裁判所杀人害命最多的时期。只要是葡萄牙人,又有点家财,就会让你在宗教法庭的黑牢里葬身。钦琼伯爵出席过三次火刑判决,仅其中的一次就烧死十一个葡萄牙犹太人,都是殷实富有的利马商人。

我们从弗里亚斯公爵写的一本小册子中读到,在伯爵第一次视察监狱时,有人对他谈到一件控诉一位基多绅士的案件,罪名是图谋暴动反对王室。总督看过审讯记录,推断这纯属污蔑不实之词,命令释放犯人,准许他回基多,并给予六个月的期限,在那里煽起暴动;同时订下君子协定,如果他煽不起暴动,由告密者支付诉讼费,并为绅士所受的损害赔偿损失。

这真是惩罚出于忌妒而告密的小人的绝妙办法!

总督大人曾经两次发布告示冒犯"戴面纱的女人",为此跟利马妇女闹了点小麻烦。女人们呢,说出来有点难为情,把布告撕成纸条卷纸卷了。制订法律对付妇女总是要以失败告终,过去和将来都是如此。

现在我们回过头来讲总督夫人吧,她还在卧榻上不知死活呢。

三

一个月后,宫中举行盛大的喜庆活动,祝贺堂娜弗朗西斯卡贵体康复。

金鸡纳树治疗黄热病的功能就这样被发现了。

洛哈地区有个名叫佩德罗·德雷瓦的印第安人，在黄热病发作时渴得嗓子直冒烟，在岸边长着几棵金鸡纳树的一条河叉里喝了很多水，没想到就这样把病治好了。他根据经验，把金鸡纳树根泡在水罐里，给患有同样病的其他人喝。后来他带着自己的发现来到利马，把这件事告诉了一位耶稣会会士。就是这位会士成功地医好了总督夫人的病，为人类做了一件比那位发明火药的修士还有功德的大好事。

耶稣会会士们把这个秘密保守了好几年，那时凡是染上黄热病的人都向他们求救。因此在很长一段时间里，用金鸡纳树皮磨出的药粉就叫作"耶稣会会士药粉"。

斯克里维纳博士说，一位名叫塔尔伯特的英国医生用金鸡纳霜为孔代亲王[1]、一位法国王储、柯尔培尔[2]和另外几位显要人物治好了病，然后把这项秘密卖给法国政府，得了一笔可观的钱财和一份终身养老金。

利内奥[3]为了对总督夫人钦琼伯爵夫人表示敬意，为金鸡纳霜规定了"钦琼霜"这个名称，现在科学界也这样叫它。

门迪武卢说，最初，金鸡纳霜的使用在欧洲遭到强烈反对；萨拉曼卡有人坚持认为，由于秘鲁人与魔鬼串通一气，它才有了医药功能，所以凡开这种药的医生都有杀头之罪。

至于利马人，直到几年前，还是把这种神奇树木的树皮制成的粉面叫作"伯爵夫人[4]药粉"。

1　孔代亲王（1621—1686），即路易二世。法国将军，一六四三年大败西班牙军队。

2　让－巴蒂斯特·柯尔培尔（1619—1683），法国政治家，路易十四在位时的财政大臣（1665—1683），任内奉行重商主义，通称柯尔培尔主义。

3　卡尔·冯·利内奥（1707—1778），瑞典博物学家。以植物研究著称，曾为动植物分类。

4　钦琼伯爵的第一个妻子名叫堂娜安娜·德奥索里奥，许多人一直以为被金鸡纳霜救活性命的就是她。堂费里克斯·西普里亚诺·塞加拉于一八七九年在《秘鲁评论》上发表了一篇有趣的历史论文，该文使我们确信，曾经到过利马的总督夫人名叫堂娜弗朗西斯卡·恩里克斯·德里维拉。因此，特加此注纠正我们过去所犯的严重错误。——原注

利马的圣徒弗赖马丁·德波雷斯
为什么不再创造奇迹了？（1639）

要说奇迹圣人或能够创造奇迹的圣人，我的同乡弗赖马丁·德波雷斯可说是无与伦比，我敢蒙着眼睛打赌，他可以使任何一位欧洲圣人相形见绌。

弗赖马丁是上帝的一个信徒，脑袋瓜儿不算清醒，可天生具有圣人的品德。我在另一篇传说里简单扼要地写过一篇他的传记，现在无须重复。我还是长话短说吧。读者们只要知道一点就行了：老波雷斯除了一个礼拜的七天和每根指头上用来捉跳蚤的一片指甲外，没有给他的孩子留下别的遗产，所以他只好皈依佛门，做了多明我会的职事僧，经常创造奇迹。就像油漂在水面上一样，上帝高于一切嘛。

过去，在我的国家还没有激进党、共济会会员和自由派思想家这类灾难，在我们都像头脑简单的烧炭夫一样什么都信的时候，虽然根本不需要什么奇迹不奇迹的，可我们却到处见到奇迹，而且是想要什么奇迹就有什么奇迹。可到了今天，也许正需要有点奇迹才能重新恢复信仰的时候，却为什么一个礼拜连一点小小的奇迹也没有了呢？我怎么也不能放弃我的公正态度，要对我知道与否无关紧要的事情问个水落石出，这大概是有其原因的。谁让我爱钻牛角尖呢？

著名作家、令人肃然起敬的演说家文图拉·德拉劳利卡神父大人，在一八六三年刊印的他那篇《弗赖马丁·德波雷斯颂词》中讲到，我们这位圣徒同胞一步没有离开利马，身子却到过马鲁古群岛 1、中国和日本，解救传教的耶稣会会士脱离苦难，这是因为上帝把分身法赐给了他，圣费利佩·内里 2 也曾想得到这种法术，但上帝却拒绝给他。文图拉神父还说，他在上面提到的那篇颂词中给我们讲的这些事，清楚地记载在谥他为圣徒的文件中。我要用粗线缝起嘴巴，一言不发，对这件奇迹毫无反驳之意。我这个人，在涉及修士的事情上，对什么都是"好、好、好"，而不想像暴君罗萨斯 3 的记录员那样，为了过分认真和讨好主子而险些送命。现在我就借此机会讲讲这段往事，我讲的时候，读者可以插空吸支烟。

据说有一篇颂歌要登在五月二十五日的《官方报》上。一天下午，记录员正在向那位至高无上的独裁者朗读校样，当读到下面这几行诗的时候：

> 人民把你敬仰，
>
> 阿根廷人知道，他们的旗帜
>
> 必将在你的手中胜利飘扬。

堂胡安·曼努埃尔·德罗萨斯突然打断他说：

"我不喜欢那句诗。把写'飘扬'的地方改成'飘动'。"

"尊敬的阁下，"爱多嘴的小伙子壮起胆子争辩，"'飘动'跟'敬仰'不押韵，那么一改……那么一改就不是诗了。"

堂胡安·曼努埃尔·德罗萨斯哪里容得小人物顶撞，用匕首狠狠敲着桌子吼道：

---

1 马鲁古群岛，印度尼西亚一片群岛，亦译摩鹿加群岛。

2 圣费利佩·内里（1515—1595），意大利教士。一五六四年创建崇尚通俗说教的奥拉托利会。

3 胡安·曼努埃尔·德罗萨斯（1793—1877），阿根廷将军。一八二八年起任联邦党领袖，一八二九至一八三二年、一八三五至一八五二年任布宜诺斯艾利斯省省长，任内实行独裁统治，利用"玉米棒子社"残酷镇压反对派。

"见他……妈的鬼！闭上你的臭嘴，写上'飘动'，不然我叫凶残的中央集权派砍你的头！"

现在请扔掉您的香烟。我回过头来接着讲我的传说，就是关于奇迹的事。远在十七世纪前三十年，朋友们在街上见面的时候，不是像现在这样说"有什么新闻？"和"部长辞职了没有？"，而是说"有什么奇迹？""从昨天到今天，心地善良的弗赖马丁又创造什么新奇迹了吗？"

每天早晨，都有一大群虔诚的老太太和年轻姑娘拥向多明我会修道院的接待室，要见这位职事僧，求他或大或小地创造点奇迹。有个外号叫"罗刹女"的女人，是个超级丑妇，凭她那副尊容，就不必向上帝求什么了，可她想求这位利马圣徒把她变成美人。据说这种奇迹弗赖马丁不能创造，也许是不愿或不会创造。他要是创造这类奇迹，那就有热闹好瞧了，因为那些让人一见就喊"老天救我"的丑八怪女人，不管白天黑夜都会缠住他不放的。

修道院院长见去接待室的女人比赶庙会的人还多，心中非常厌烦，便决心断然制止。一天早晨，他把弗赖马丁叫到跟前说：

"马丁教友，我禁止你事先不征得我的允许创造奇迹，否则依教规论处。"

"我谨遵禁令，尊敬的院长。"

可是，弗赖马丁本来就是个创造奇迹的人，他在原本不想违反禁令的情况下，却仍在不知不觉创造着不大不小的奇迹。

一天，一个泥瓦匠正在修理回廊，一不小心从高高的脚手架上滑下来，在悲痛之中高声呼叫：

"救救我，弗赖马丁！"

弗赖马丁双手一举应道：

"等一等，教友，我去征求院长的同意。"

泥瓦匠惊得目瞪口呆，像加里拜的灵魂[1]一样悬在半空，等着多明

---

1 加里拜是十六世纪西班牙著名编年史家，传说他死之后，灵魂既没有上天堂，也没有下地狱，而是在世上到处游荡。

我会职事僧回来。

"你可真会放马后炮!"院长说,"奇迹你已经创造了,还要我允许干什么?算了,去把这件做完吧。只此一回,下不为例。"

这件奇迹在利马引起的轰动,比铜鼓乐队的演奏声还要大,真的是家喻户晓,妇孺皆知。

弗赖马丁在一六三九年十一月故去,终年六十岁。他谢世后,利马城每个人都得到了他的一点遗物,或是道袍上的一块布条,或是衬衫上的一点布片,至少也是从他坟墓上挖下的一抔黄土。人们把这抔黄土装在天鹅绒做的小布包里,虔诚的信徒还把它当作圣骨盒挂在脖子上,据说,这种黄土治腹泻有特殊功效。

久而久之,这些遗物都被抛进了垃圾堆;至于修道院里保存的那些遗物,共和国时期的第一位大主教堂豪尔赫·贝纳文特叫人装进木箱,在一八三七年九月二十八日运往罗马,指明献给讲道会会长。我们利马人对于我们的圣徒同乡就是如此忘恩负义,到头来连一点他的遗物也没有了!我对此感到痛心,但我不会为如此忘恩负义而哭泣。我不一定非要像马拉加[1]那个刽子手一样,因为裁缝把他一位熟人的裤子的裤腰做瘦,结果整条裤子都糟蹋掉而心疼欲死。

在弗赖马丁死后好几个月的时间里,人们还成群结伙地到他的坟墓去求他创造奇迹,他倒也并非总是怠惰偷懒,不给人们造福。可是一天早晨,院长大人气得青筋绷得老粗,在修道院众僧的带领下到了坟墓旁,提着嗓门郑重其事地说:

"马丁教友,你活在世间的时候,对我的吩咐百依百顺,没想到升进天堂后你变得傲慢自大,对你的上司抗命不遵,不承认那一天你发誓要永远服从了。不要再创造奇迹。我通知你,命令你,不许再创造奇迹了。"

我们的圣徒同乡当时服从了,现在还在继续服从着院长的命

---

1 马拉加是西班牙南部港口城市。

令——即使人们说挖苦话的时候，也没有提到过他在一六四〇年以后创造了什么了不起的奇迹，这就证实了这一点。

到了如今的二十世纪，我觉得用奶瓶养苍蝇比创造奇迹更容易。

名誉要以生命来抵偿（1640）

第十五任秘鲁总督时代的故事

一

一六四〇年的时候，堂娜克劳迪娅·奥里亚穆恩是利马这座诸王之城最漂亮的姑娘。她正值二十四岁的花样年华，出落得冰肌玉骨，姣好的容颜浑若天使，任何馋鬼看见，都会垂涎欲滴。她属于那一类利马姑娘：她们在对你顾盼时，好像是在答应你；在对你微笑时，好像是在亲吻你。还有，她的父亲在一六三七年升入天国的时候，把她托给一位六十岁多病的姆母照管，还留给她一笔可观的遗产。这些因素加在一起，即使我们不在事先赌咒发誓，任何人也都会相信，有许多青年男子像光脚板的小孩追逐陀螺一样，围着这个姑娘打转。他们对她说情话，唱情歌，写情书，做飞吻，使用人类自有文明以来，我们男人用来攻击没有经验的和经验丰富的女人的各种武器。

看来对于克劳迪娅来说，女人一生中最值得记忆的那一刻的时钟还没有敲响，因为她对任何一个调情的男子，连一点最纯洁的媚态也没有。可是世界上的事情就是这么怪，越是想不到的事情越是要发生。一个复活节的星期四，这姑娘带着她的姆母和一个男仆到教堂去祷告，在从教堂出来回家的路上，她的心若有所失。不用说大家也知道，这如花似玉的姑娘大概是碰上自己心爱的人儿了。

事实也确是如此。当克劳迪娅走进圣多明各教堂时，正巧赶上总督带着一大群听审法官、市议员和宫中随员从里面出来。那些人都穿着极尽豪华的衣服，为了把这些华贵人物从从容容地看个仔细，姑娘靠在了那座著名的洗礼池上。这座洗礼池如今外表镶上了白银，成为多明我会引以自豪的所在，因为在利马建成的最初几年间，所有在利马出生的孩子，的确都是在这座池子里接受洗礼的。一行人过去以后，克劳迪娅正要把宛如竹笋的纤纤玉指伸进水池去捞什么东西，忽然有人以十分殷勤的姿态，把一束在圣水中浸湿的马鞭草送到她的面前。她抬眼一望，两颊顿时飞上一片红晕……愿上帝饶恕她！她竟然忘记了在胸口画十字。那是魔鬼在作祟了！

对这可怜的姑娘说来，那个重要时刻已经到来。站在她面前的是王家军队中最风流的军官。军官对她深深施了一礼，虽然没有作声，但他的目光已把心中的千言万语表露无遗。他的爱慕之情已经不言自明，那一束马鞭草已经到了克劳迪娅手中。在那个时代，任何一个有闲之士都没有产生灵感去发明花的语言，所以送花的意思就是人们想送花，并无其他含义。

克劳迪娅在别处祈祷时，也总是碰上这位文雅的军官。他总是跟她保持着适当的距离，这种微妙的审慎态度终于俘虏了她的心。对那些刚刚被丘比特的箭射中的人，可以用这几行含蓄的诗来描述：

> 请你不要望我，因为人家看见了
> 我们在互相凝望；
> 我们应该想个法子，
> 不要互相凝望。
> 我们不要互相凝望了。
> 当没有人看见时，
> 我们再互相凝望。

为了镇定她那假装正经的良心的慌乱，她可能会像某个神话传说中那个伪善的女人那样开脱自己：

我主明察，我并没有去找他；

可是我在您的圣殿里碰到了他。

堂克里斯托瓦尔·曼里克·德拉腊是一位西班牙青年贵族，他以总督曼塞拉侯爵卫队长的身份随他一起来到秘鲁。卫队长已经获准，将来回西班牙时，与总督大人的一个侄女结婚，成为他家族的亲属，因此是总督宠信的军官之一。

一猜便知，等星期六一到，基督复活，教堂敲起欢庆圣荣的钟声时，这位风流公子立刻改变了策略。这回他不再转弯抹角，而是直截了当地收紧了对堡垒的包围圈，就像骁勇的科尔多瓦[1]将军在阿亚库乔战役中那样，自言自语地说："前进！以胜利者的步伐！"

那场进攻是如此有力和坚决，以致克劳迪娅全军覆没以失败告终，最后宣布投降；正是：

要说女人的性情，

完全与湿柴一般同；

先是抵抗、呻吟和哭泣，

最后还是火熊熊。

当然，投降的第一条款，绝对必要的条件，就像歌谣说的那样：

即使要上云霄，

有些东西也不可少，

要有一架大梯子，

外加一架小梯子。

1　何塞·玛利亚·科尔多瓦（1799—1829），哥伦比亚将军。在阿亚库乔战役中英勇打击西班牙王军，对战役胜利起了决定性作用。

第一个条件是，只要一有战舰开往西班牙加的斯港，军官就托人去取一些家庭证件，一俟证件带到秘鲁，他们就应接受神父的祝福，举行婚礼。结婚的诺言在这里只能当作是小梯子，大梯子是姑娘对他深深爱慕。婚前期拖得太长，万一再闹得感情冷淡，会生出许多枝节，闹出许多麻烦。结婚需像吃煎鸡蛋一样，从热锅直接送到嘴里。

时间一个月一个月地过去，克劳迪娅望眼欲穿的证件并没有带来。最后她等得厌倦了，便威胁克里斯托瓦尔，说要把秘密张扬出去，闹它个地覆天翻。姑娘催逼甚紧，情郎吓得心慌意乱，与总督大人进行了推心置腹的谈话，求他想个解脱困境的主意。

他们两人之间的谈话内容我无从得知，我认识的编年史家也无人知晓。然而事实是经过这次谈话之后，一天半夜里，这风流男子，乘着鸡叫的时候在利马失踪，很可能在行李箱里也带走了堂娜克劳迪娅的贞操。

二

趁堂克里斯托瓦尔快马加鞭，在崎岖的路上驰骋的时候，让我们在这里插叙一段历史。

曼塞拉侯爵、"五镇"地区的主人、阿尔坎塔拉骑士团骑士、埃斯帕拉加尔骑士团团长和国王陛下的宫廷宠臣，尊贵的堂佩德罗·德托莱多-莱瓦大人，一六三九年一月十八日来到利马，接替原来的总督钦琼伯爵。

莱瓦家族的族徽是绿色底子上的金色城堡，围着红色镶边，上绣十三颗金星。

费利佩四世和他的嬖臣奥利瓦雷斯伯爵-公爵的奢靡和劣政，造成的后果甚至殃及美洲。一方面，巴西人支持葡萄牙与西班牙的战争，准备对秘鲁开战；另一方面，一支由威廉·帕骚[1] 装备，由亨利·勃雷

---

1 威廉·帕骚，指弗里德里希·亨利（1584—1647），尼德兰（今荷兰）贵族，一六二五年起任尼德兰总督，"三十年战争"期间抗击西班牙，争取独立。

安特统率的强大的荷兰舰队，威胁要攻占巴尔迪维亚和瓦尔帕莱索。曼塞拉侯爵采取了有力和正确的措施，制止邻国巴西人的进犯——顺便说一句，他们从那时起就对巴拉圭虎视眈眈。虽然荷兰海盗由于内部发生不和并与阿劳坎人结盟意外失败，放弃了攻击计划，但谨慎的总督不仅在古老的卡亚俄港筑起壁垒和炮台，命人在利马铸造大炮，以保无虞，同时还任命他的儿子堂安东尼奥·德托莱多统率诨名为"七个星期五"的小舰队。这个诨名是这样得来的：总督大人的儿子从奇洛埃一弹未发地回来，向父亲报告航行经过时说，他于星期五从卡亚俄起锚，下个星期五抵达阿里卡打探战况，下个星期五到达瓦尔迪维亚，下个星期五离开瓦尔迪维亚，下个星期五镇压了赌棍水兵的一次骚乱，下个星期五挽救了他的一只船舰使它免于沉没，最后是在又一个星期五回到了卡亚俄。

我们在《利马宗教法庭纪年》一书中说过，居住在利马的葡萄牙人几乎都是很富有的人，人们总怀疑他们与巴西串通一气来削弱西班牙的势力。一六四○年十二月一日，葡萄牙爆发反对西班牙统治的起义。宗教法庭惩罚甚至烧死了许多葡萄牙人，不管是否证明了他们犯有信奉摩西宗教的罪名。

一六四二年，总督下令葡萄牙人把所持武器送交总督宫，然后离开国境，这项命令也通知到了拉普拉塔总督区[1]当局。有六千多人到利马总督宫报到，但据说他们献给总督大把金钱，使他取消了驱逐的命令。一六四七年，当堂佩德罗·德托莱多-莱瓦向接任总督萨尔瓦蒂埃拉移交权力的时候，照例对他进行任职期审查，这时有人指控他犯有受贿罪，但结果是宣布他无罪。

侯爵的敌人们说，在他最卖力地迫害葡萄牙犹太人的时候，有一天他的管家向他通报，说有三个犹太人在接待室请求召见，总督回答

---

1 拉普拉塔总督区系西班牙建立的殖民统治当局，包括今阿根廷、乌拉圭和巴拉卡一带土地。

说："我不愿意接见那些把我主耶稣基督钉死在十字架上的坏蛋。"管家说出求见者的姓名，原来都是利马最富的商人。总督大人一听，态度立刻温和下来，说："唉！让这些可怜的魔鬼进来吧！耶稣基督死了那么多年，说不定加在犹太人身上那些罪名不过是夸大其词或无中生有呢！"关于总督被葡萄牙人的金钱收买这个普遍的谣传，爱说坏话的人就是用这段故事来说明的。

在曼塞拉侯爵的统治下，开通了万卡维利卡矿区的巷道；一六四一年又规定诉讼时使用有水印的纸，引起打官司人的恼火。这一切都使王室财库得到一笔新的收入。

一六四五年皮钦查火山爆发，基多市损失巨大，里奥班巴几乎全部摧毁；一六四七年一次可怖的地震，把智利圣地亚哥一千多名居民埋葬在地下。这两件事使利马居民惧怕天神发怒，再也不敢想欢会嬉闹和任意胡为，一个个全心全意过起了虔诚教徒的生活。基督教徒的情感达到了狂热程度，利马街头很少有哪一天没有悔罪游行。士兵们也被迫去听阿略萨神父讲道。在那些凄凄惨惨的年月，施恩会的乌拉卡、耶稣会的卡斯蒂略、多明我会的胡安·马西亚斯和阿古斯丁教派的巴迪略这些人都宣扬圣洁，并因创造奇迹而享有美誉。大家都刻苦修行，诚心向善，谁也不忌妒谁。

就是这位总督，在一六四五年举行盛大的仪式，恢复了那座使军队副帅弗朗西斯科·德卡瓦哈尔声名狼藉的大理石纪念碑。

三

那时统治帝国城镇波托西的，是它的第十八任郡守、卡拉特拉瓦骑士团的骑士堂胡安·巴斯克斯·德阿库尼亚将军。一六四二年初，堂克里斯托瓦尔·曼里克·德拉腊上尉拿着总督的信件去见他，总督在信中说，任命上尉指挥正在组建的图库曼守备军，同时让郡守大人对他格外关照。

当时正是开矿业大发展的时代，因为"羊驼毛帽派"已经和对手达成了某种停战协定，人们一心一意只想挖银子，尽情挥霍。那时的世风是如此奢侈，一位矿主的女儿结婚时，妆奁很少在五十万以下，有些老岳父还要在新婚夫妇的床上放纯金的小金条。如果这还不算奢侈，就让克罗伊斯[1]来说说什么叫奢侈吧。

我们眼前放着许多无可辩驳的文件，证明从一五四五年发现含银矿脉起，到一八〇〇年十二月三十一日止，从波托西山攫取的财富的价值共达三十四亿比索之多。当时只要随便挖一下，俯首便可得到财宝。别以为这是天方夜谭，因为这些证明文件是完全符合规矩的，没有算错，也没有写错。

我们知道有那么一座矿井，它一口井产的银子就比波托西所有矿井还多。这座矿井名叫"炼狱"。自从教会发明或发现了"炼狱"以后，它同时也就建造了一所永远填不满的无底大金库，用来存放信徒们的施舍，因为他们不断地往里丢钱，换取弥撒经、赎罪经、安魂经，来救赎炼狱中的灵魂。

狂饮滥赌、竞争奢华、追逐女性和拔剑决斗，这就是开矿者们日常生活的内容。堂克里斯托瓦尔既有贵族身份，又是英俊的军官，周围很快就聚集起许多殷勤的朋友，把他卷进了这种整日挥金如土、放荡胡为的生活。当时在波托西，人们都是今朝有酒今朝醉，哪管明天无酒时。

一天晚上，我们这位上尉正在一家最有名气的赌场里赌博，这时一位青年走进来，在他身旁坐下。那天，幸运之神总也不给堂克里斯托瓦尔一个笑脸，结果把钱袋里的钱输了个分文不剩。

陌生青年一个钱也没有赌，似乎正等着出现这样的危急关头，只见他一言不发，把自己的钱袋递给了上尉。钱袋装得满满的，纱孔里闪耀着金光。

"谢谢您，骑士。"上尉说着，一手接过钱袋，数了数里面的五十

1　克罗伊斯系小亚细亚古代吕底亚末代国王，以巨富和奢侈著称。

个盎司 [1]。

得到这笔钱后，疯狂的赌徒横下一条心去翻本，可那天这家伙赌运不佳，又输得精光，这时便转身对陌生人说：

"哦，骑士先生，既然您对我这么施恩，那么请您告诉我住在哪里，也好归还您慷慨地借给我的钱。"

"后天黎明时分，我在雷戈西霍广场恭候阁下。"

"我一定去。"上尉回答，虽然觉得订的时间不太合适，有点诧异。

陌生人用斗篷遮住面孔，走出赌场，堂克里斯托瓦尔伸出手，但他没有握。

四

那天黎明冷得刺骨，这种西伯利亚式的寒冷足以把火神爷冻僵。当晨曦微露，把高山峰顶撒满金光的时候，堂克里斯托瓦尔身披斗篷，来到荒僻的雷戈西霍广场，只见债主已在那里等他了。

"我很高兴您准时到达，上尉先生。"

"凡是有关还债的事我总是说到做到，我敢以此自夸。"

"那么堂克里斯托瓦尔先生对自己的诺言也是说到做到吗？"陌生人用毫不客气的讽刺语调问道。

"如果不是您，而是别人敢这样怀疑，我腰间佩的是好剑，就让它代替我的舌头来做完全的回答。可您对我有恩，所以我不这样做。"

"算了，没有贵族风度的贵族，还是少说废话，快拔剑吧。"

陌生人迅速地拔出剑，在堂克里斯托瓦尔还来不及招架时就刺出一剑。上尉勃然大怒，猛攻对手，对手剑法娴熟，沉着应战。双方你来我往，争斗了好几分钟。堂克里斯托瓦尔气昏了头，只顾一味进攻，忘记了防守。对手突然使出一着，逼得他扔了剑，见他手内空空，挺起一剑刺进他的胸膛，同时喊道：

1　盎司，钱币名，金质比索。

"我的名誉要你的生命来抵偿！杀你的是克劳迪娅！"

五

诗人胡安·索勃里诺曾经模仿佩拉尔塔的作品《利马的建立》，用诗的形式记述了波托西的历史；其中稍稍暗示了这个事件。

巴托洛梅·马丁内斯·维拉在他那部考察详尽的《波托西编年史》中说："就在一六四二这一年，堂娜克劳迪娅·奥里亚穆恩一剑杀死西班牙王国的骑士堂克里斯托瓦尔·曼里克·德拉腊，因为他用许多诺言引诱了她，结果却欺骗了她。堂娜克劳迪娅被捕后被判处死刑；正当她要被推上断头台时，当地土生白人打死打伤许多人，把她抢救出来，送进最大的教堂，又从那里转送到利马。早在前一年就发生过一场著名的决斗，诗人们写诗描写，市民们在街上传唱。在那场决斗里，出场厮杀的一方是堂娜胡安娜和堂娜卢西娅·莫拉莱斯，她们都是贵族小姐；另一方是堂佩德罗和堂格拉西亚诺·冈萨雷斯两兄弟，他们与两位小姐一样同属贵族。双方骑着四匹烈马，挥动长矛盾牌进行厮杀，结果，堂格拉西亚诺和堂佩德罗惨遭杀害，可能对方有充足的理由，因为那是有关名誉的问题。"

只要一涉及小小的名誉问题，波托西的女人们总是非常敏感。关于这一点，我想抄录另一位作者写的一篇故事予以证实："一六六三年，一个有钱的寡妇堂娜玛格达莱娜·特列斯与堂娜安娜·罗森在一所教堂里发生争吵，堂娜安娜·罗森的丈夫堂胡安·萨拉斯·德巴莱亚打了堂娜玛格达莱娜一记耳光。不久之后，堂娜玛格达莱娜以替她报仇雪耻为条件，与会计师、比斯开人堂佩德罗·阿莱丘亚结了婚。可是，阿莱丘亚迟迟不履行诺言，最后竟干脆拒绝履行。堂娜玛格达莱娜愤恨至极，终于在一天夜晚狠心地杀死了丈夫。据一位编年史家说，她甚至想挖出丈夫的心肝。后来她被关进监狱，处以杖毙的刑罚，虽然比利亚罗埃尔主教请求赦免，波托西的市民们也捐资二十万比索要搭救她的性命，但丘基萨卡的王室检审庭还是拒绝了赦免请求。"

唉，波托西的娇小女人们啊！

现在我们把堂娜克劳迪娅的故事讲完。

到了利马，总督认为不宜把事情闹大，下令此案就此了结。侯爵大人这样做大概是出于良心上的理由吧。

克劳迪娅进圣克拉拉修道院当了修女，举行仪式时作见证的是圣托里维奥的外甥、大主教堂佩德罗·比利亚戈麦斯。

幸亏克劳迪娅的榜样和莫拉莱斯姐妹俩的榜样不是有感染性的，否则，如果夏娃的女儿都染上这种习惯，总用刀剑来对付那些对她们始骗终弃的坏蛋的话，这个世界肯定早就没有男人了。

修女与卡尔特会僧侣 (1640)

证明由恨到爱只有一步之隔的传说

一

堂阿隆索·德莱伊瓦是个趾高气扬的卡斯蒂利亚青年，一六四〇年的时候，随被国王委任为波托西郡守的父亲住进了这座帝王城镇。

这是个大有油水的肥缺，早在一五九〇年就有人要把它弄到手，这人不是别人，恰恰是不朽的米格尔·德·塞万提斯·萨阿维德拉。虽然我不记得是在什么地方读到过，说这位杰出的西班牙文豪渴望得到的不是波托西的郡守职位，而是拉巴斯的郡守职位。这只是名字不同的问题！如果当时国王为了褒奖这位在勒班陀伤了一臂的人的功劳，依他的渴望把他派到秘鲁，那么肯定就不会有《堂吉诃德》问世，西班牙文学也就不会因这部精妙绝伦的著作真正引以为豪了。你看事情真是奇怪，竟然连国王们也会歪打正着。如果说国王当时忘恩负义、办事不公，没有恰如其分地奖赏这位正直的臣仆，那我们这些热爱这位文笔流畅、警句迭出的作家，怀着不衰的热情反复阅读他的作品的人，真该永生永世感谢他的吝啬和不公。[1]

堂阿隆索是个名副其实的娇惯儿子，因此可以想象，他总是到处搞邪门歪道。打架斗殴，聚众抽赌，乱搞女人，他是样样都来；他动辄拔剑相拼，走遍各处赌窟，更弄得女人心神不安，不管是有夫之妇

---

[1] 一五九四年七月，塞万提斯上书国王，请求委任他担任美洲当时空缺的四个职务之一，即卡塔赫纳船务局出纳官、波哥大司库官、危地马拉索科努斯科省省长或上秘鲁某地，特别是丘基亚沃（拉巴斯）的郡守。——原注

也好，黄花幼女也罢。总之，我们这位贵族是个贪得无厌的人，染上了所谓"追逐女性狂"的毛病。

所以，当人们得知他正像馋嘴猫一样追求一位叫堂娜埃尔维拉的妇人时，谁也不感到奇怪。堂娜埃尔维拉是堂马丁·菲格拉斯的妻子，这位先生是位颇有家财的比斯开人，圣地亚哥骑士团骑士，波托西市议员。人们说起他时，都说他是个不冷不热、不酸不甜、令人感到枯燥乏味的人。

堂娜埃尔维拉才貌双全，温文尔雅，这是无须说的，如果她又丑又傻的话，就不会成为编故事人的材料了。只有货色好，才能称着卖么。再说，堂阿隆索也是个口味很高的少年，是不会为了一个平平常常的女人拿名声去冒险的。

说句千真万确的话，下面这首首尾韵四行诗，简直就是一位蹩脚诗人怀着放荡和虔诚参半的心情为埃尔维拉写的：

> 我的眼睛就是证人，
>
> 见你正画十字祈福；
>
> 在你喊出"仇人"之处，
>
> 印个亲吻才能称心！

可问题是堂娜埃尔维拉是个非常清高、自恃端庄的女人，那花花公子传过无数话语和书信，全都没有回音。他成了热锅上的蚂蚁，整天围着心上的妇人转，要么就在那一带路上兜来兜去，想窥伺有利时机铤而走险，也都枉费了时间。

堂阿隆索毕竟不是什么矫揉造作的娃娃，他终于大彻大悟，如不调动援军，休想攻占堡垒，而且恰好得到堂娜埃尔维拉一位女友为他从中撮合。礼多打得顽石碎，或者说，没有打不开的保险锁。堂阿隆索·德莱伊瓦既已下定决心赢得这场征服战，当然出手大方，肯于花费。女友开始侦察地形了：在堂娜埃尔维拉面前极力夸奖少年的高尚品德、翩翩风度和其他方面的才干。菲格拉斯的妻子一听就明白这番赞扬目的何在，便打断殷勤的赞美者说：

"如果你再跟我谈起那个人，咱们就一刀两断，正派女人的耳朵讨厌听对公子哥儿的议论。"

圣人发怒，不再对他念经也就完了。时间过了好几个月，女友嘴上再也没有提过堂阿隆索的名字。原来这诡计多端的女人正跟花花公子商量办法，要设计一个圈套毁掉那矜持妇人的贞节，这叫强攻不成用智取，因为堂阿隆索·德莱伊瓦是不能忍受轻蔑的人。

一天早晨，堂娜埃尔维拉接到一封信，现将全文录下，所用外省方言之处特别标出：

"亲爱的埃尔维鲁恰：我因两胁疼痛不能出屋，此情料你可知。昨日答应你，把人家从利马给我带来、在利马味女人中正走红的精美丝绸花边和其他东西送你一观，现已不能成行。不过如你想看，即请光临，我等你，顺便发发慈悲看看你的曼努埃拉伊。"

堂娜埃尔维拉没有半点疑心，动身去了曼努埃拉的家。

引蛇出洞……这正是我们猎人想用的办法！

曼努埃拉是个肥胖臃肿的女人，就像一位诗人描写的那个女子一样：

> 姑娘，你的身材实在吓人，
> 看见的人都有评论：
> 说到矮小像侏儒，
> 说到肥胖像醋缸。

我们猜想，真正鼓动埃尔维拉到那里去的，与其说是看望腰酸腿疼的女友的愿望，不如说是彩带、布料和珠宝这类东西在所有夏娃的女儿心中引起的好奇心。可以肯定，引诱她去的象征性禁果，是一件丝绸衣服或其他什么"零七碎八的东西"。

说起在用法上颇有土生白人特点的"零七碎八的东西"这个词，诸位愿意听听在女人的漂亮小嘴里是怎么用的吗？

一个利马女人去商店，碰上个女友，开口就是这句：

"亲爱的，我在买些零七碎八的东西。"

一个女孩在嚼糖果、饼干或可口酥之类的零食，准有甜蜜的嘴唇开口说道：

"这孩子不生病才怪呢，整天吃些零七碎八的东西！哎呀呀，真恶心！"

亲爱的女读者们，请接受我的忠告，抛弃这个难听的词吧。也请读者原谅我这个封斋节的说教，现在还是不要离开话题，接着讲中断的故事吧。

曼努埃拉躺在床上接待客人。两个女人就家用药物的疗效随便聊了一会儿，后来曼努埃拉说：

"要是想看那些零七碎八的东西，就在另一个房间的桌子上呢。"

堂娜埃尔维拉进了隔壁的房间，门随后就关上了。

后来在那个关闭的房间里发生了什么事，无论是我，还是在著作中提到这段故事的那位堪为楷模的教士，全都没有亲眼得见。不过，有个爱嚼舌的女仆私下对教堂司事和那一带好几个老太婆说——其实这就等于登在了《大公报》上——堂娜埃尔维拉离开那里时大发雷霆，回到住所后气得晕了过去，不得不请来医生诊治。

有句谚语说得好：滚开的油锅，哪个苍蝇也不敢碰。不过我思忖，这一次这句谚语就没有什么意义了。

二

堂马丁·菲格拉斯的妻子郑重发誓，要报复那些侮辱了她的人。为了保证报复成功，她先把对不忠女友的满腔怨恨埋在心底，装作与她和好如初，忘记了她的背信弃义。

一天下午，曼努埃拉身患小恙，堂娜埃尔维拉给她送去一盘奶油蛋糕。幸好那拉皮条的女人刚刚吃过人家开的药，怕对药效不利，当时没有吃，把蛋糕放在食橱里了。

晚上十点，曼努埃拉拿出那盘蛋糕，准备饱餐一顿，拿近一看，吓得浑身冰凉。原来蛋糕里下了毒药，已经腐败变质，气味恶臭。她本想大闹一场，可是自己良心上也感到该受谴责，只好不事声张，多加提防。

至于堂阿隆索·德莱伊瓦，也如惊弓之鸟，漏网之鱼，整日疑神疑鬼，事事戒备。

一天夜晚，他正在一个赌窟里赌钱，突然进来两个彪形大汉，他本能地起了疑心。那天骰子掷得挺顺手，赢了不少钱，掷完那一局，他转身面对两个可疑人，送上一大把银币说：

"好哇，小伙子们！一点小意思，请收下，为我的健康玩两把。"

两人陪堂阿隆索·德莱伊瓦赌了一阵，然后道出真情，说他们受堂娜埃尔维拉之托，要把他捅成筛子，见他如此慷慨，不忍下此毒手。

从这时候起，堂阿隆索把他俩收在自己手下当了保镖，让他们陪着上街，走在离他身影不远不近的地方。应该谨防暗算。

此外，他给堂娜埃尔维拉写了一封热情的长信，恳求她原谅他因爱得发狂而干出的卑鄙之事。他还说，如果她需要他全身的血来报仇雪耻，不用借助杀手的匕首让他流血，最后是一句充满激情的诺言："我的埃尔维拉，只要你一句话，我就用自己的剑刺穿我的心脏。"

让我们承认这个事实吧：堂阿隆索是个手段娴熟的小伙子，善于用软硬兼施的两手把一场征服战顺利进行到底。正像民谣唱的那样：

> 对付女人和琴弦，
> 天才二字最为先，
> 能把琴声调得美，
> 能让女人气消散。

三

堂娜埃尔维拉计划的两次报仇均告失败，这一来她反而心明眼亮了，这就是说，虽然没有用著名的库亚纳泉（爱情泉）里的水洗过，她的心却转而产生了与恨相反的那种感情。人心真是难测的谜！

大概是花花公子那封热情洋溢的信成了一碗热油泼在火堆上，又燃起了熊熊烈火。不管是什么原因，我也不必详细打听，反正从此以后，这贵族与这妇人每天都在曼努埃拉家里幽会，二人海誓山盟，要相亲相爱，白头到老。因此，有人说过，让你喝过苦水的人，准会给你吃蜂蜜，这话一点不假。

当然，他们之间再也不提过去的事。老账休提，重新开始嘛！

可是，两个热烈的情人却忘了波托西还有一个名叫堂马丁·菲格拉斯的人。俗话说，不吃馒头争（蒸）口气。他早就对妻子心怀疑忌，一揣测到有人帮助她败坏名节，就把她关进小屋，派女仆和随从紧紧看守，甚至连祷告的日子也禁止她去教堂，还强迫她像女书记员一样无所事事地坐在桌子旁。

堂马丁·菲格拉斯无疑是丈夫中的尼禄[1]，如今已不合时代潮流的专制暴君。他不认为忍气吞声是借以登上天堂的美德，下面歌谣里唱的也不适用于他。

> 过去有个名猎手，
> 可惜办事太糊涂，
> 本想杀死一只鹿，
> 结果杀了一位丈夫。

有些做丈夫的听腻了妻子一再大喊大叫，就像这样叫喊是恭行圣

1　尼禄（37—68），古罗马皇帝（54—68 年在位），以暴虐放荡出名，曾杀死母亲、妻子和他的老师塞涅卡。

事一样："我非常正派！非常正派！像我这样的还真不多呢！我非常正派！"于是就对妻子说："我的乖乖，求上帝保佑去吧，即使你正派，也不该由我来嘉奖你，我只管在你不正派的时候惩罚你！"堂马丁·菲格拉斯就属于这类丈夫。

奥赛罗式的严厉管束迫使堂阿隆索禁欲，他岂肯善罢甘休。一天夜晚，他和那两个彪形大汉在堂马丁身上剌了三刀。可那几下干得不太漂亮，堂马丁临死前还是告了状，指控郡守的儿子是杀人凶手。

郡守大人是个在公务上没有强硬靠山的人，他知道后气咻咻地想道：如果此事证据确凿，法庭要履行职责，命令刽子手砍他的头，我纵有爱子之心也救不了他。自己愿意吞骨头，就让他伸直了脖子吞吧。

巡捕出动，捉住了其中的一个帮凶。这家伙来了个竹筒倒豆子，统统招认，在绞刑架上偿了罪。这就是所谓的弱者总是倒霉。

与此同时，堂阿隆索却骑着快马逃之夭夭，堂娜埃尔维拉去了丘基萨卡，隐身于母亲家中。

波托西当局发出逮捕令，命令丘基萨卡的法警头目追捕堂娜埃尔维拉——可能她在这场官司中要担沉重的罪名。

法警头目带着大群巡捕来到家中，要求老太太交人。老太太被逼无奈，转身对堂娜埃尔维拉说：

"孩子，戴上面纱跟这些先生们去吧；如果你确实清白，上帝会保佑你的。"

埃尔维拉走进内室，急忙跟自己妹妹说了几句话。片刻之后，走出一个头戴面纱的妇人，巡捕把她押走了。

他们就这样走过六个街区，一直来到监狱门口。这时那妇人摘掉面纱，法警头目一看才知上当，急得直跺脚，原来抓的是堂娜埃尔维拉的妹妹。

堂马丁·菲格拉斯的遗孀一刻不停地脱了身，等法庭人员再回来抓她时，她已经进入修女院安然脱险了，因为在那个时代，修女院是不可侵犯的避难所。

四

堂阿隆索取道布宜诺斯艾利斯回了西班牙。他有钱有势，又有许多关系，便不惜重金厚礼拉拢人情，为自己的案子辩护，结果讨得一份圣旨，全文如下：

"国王。——据报，名门贵族堂阿隆索·德莱伊瓦杀死帝王城镇波托西居民堂马丁·菲格拉斯一案，实属事出有因。为此，钦命秘鲁诸王国总督、各检审庭及各郡守辖区，对贵族堂阿隆索·德莱伊瓦免除一切罪名；据王室此项最终判决，该案即行终结撤销，不得追究。"

接着，堂阿隆索前往罗马，同样使用哗哗响的金币这个无可辩驳的理由，获得恩准与那位波托西市议员的遗孀结为夫妻。

可是堂阿隆索毕竟没有回天之力，无法阻止时光的流逝，到处奔波求告用去了三年时间。

情夫这般劳碌奔走，堂娜埃尔维拉却全然不知。这是因为，虽然堂马丁给她写过信，说明诸般情况，但是，或者因为当时欧洲与美洲通信困难，信件没有送到丘基萨卡，或者正如记录这段故事的宗教界编年史家猜测的那样，堂娜埃尔维拉严厉的母亲要平息女儿的轻浮引起的丑闻，坚持要她出家做修女，把信件都扣下了。

堂阿隆索·德莱伊瓦赶到丘基萨卡时，已是他亲爱的埃尔维拉公开许愿，永远脱离尘世一个月以后了。

讲故事的编年史家还说，不幸的情夫回到欧洲，出家做了卡尔特会僧侣，了却一生。

真可怜！但愿上帝已经饶恕了他……阿门。

卡塔丽娜·万卡的秘密宝藏（1642）

一

十一世纪初期，万卡人，或者说万卡约山谷的土著是一个独立好战的部落，印卡王帕查库特克经过艰苦奋战才把他们征服，纳入自己的帝国，但同时还承认奥托·阿普-阿拉亚是他们的酋长，并宣布他有权把名号和权力传给后代。

阿塔瓦尔帕被囚之时，皮萨罗派兵进入国家内地。万卡约的酋长是最早承认他新统治秩序的人之一，条件是西班牙人尊重他自古以来的特权。皮萨罗毕竟是精明的政治家，他觉得还是修好为宜，而且为了更加讨好酋长，取得更大的信任，还用一种神圣关系把自己与酋长联在一起，以教父的身份为酋长名号和领地的继承人卡塔丽娜·阿普-阿拉亚做了洗礼。

现在的圣赫罗尼莫村在当时是这个酋长国的首府，坐落在距万卡约三里、距奥科帕修道院三公里的地方。

这篇传说的女主人公通常被称为卡塔丽娜·万卡，是个非常虔诚和慈善的女人。她曾捐助大批瓷砖和木材，修建了圣弗朗西斯科教堂和修道院，据估计捐助物资价值十万比索。她还跟洛阿伊萨大主教和拉普拉塔的主教弗赖多明戈·德圣托马斯一起，建起了圣安娜医院。在这座神圣休养院的一间大厅里，悬挂着堂娜卡塔丽娜的画像，是一幅楚利盖拉[1]风格的作品。

1　楚利盖拉为西班牙建筑师家族。其杰出代表人物何塞·楚利盖拉（1665—1725），创造一种独特建筑风格，融哥特、巴洛克等因素于一体。

女酋长为了支持医院的开销，还把自己在利马的庄园和土地拨给它使用。她总是慷慨地为穷人排忧解难，慈善心肠有口皆碑。

她在利马王家税库里设了一笔基金，用基金的利息为圣赫罗尼莫、米托、奥科图马、康塞普西翁、辛科斯、丘帕卡和西卡亚的土著人交付一部分赋税，这是靠近酋长国首府的几个小村子。

也是她在这几个村子立下一个风俗，这风俗到现在还在实行，就是各村村长每年举行一次欢庆会，整个辖区的盲人在会上欢聚，村长管吃管穿，还要给他们提供住宿处所。大家知道，在山区里这类欢庆会要持续八天到十五天才散，在这段时间里盲人们可以尽情欢乐，肥羊肉和玉米酒可以尽情吃喝。

卡塔丽娜·万卡是在瓜达尔卡萨尔侯爵任总督时故去的，享年将近九十岁，男女老幼都悼念她。

堂娜卡塔丽娜每年在圣赫罗尼莫村的祖居住四个月，然后乘一顶银轿子在三百名印第安人的簇拥下回利马。不用说，沿途各个村落都载歌载舞恭候她的光临。国内的土人对她毕恭毕敬，犹如对待女皇或尊贵夫人一般，连西班牙人也非常崇敬她。

实际上，征服者是出于贪婪的心理才对女酋长如此恭敬的，因为她每年巡游山区回来后，都要用五十头骡子驮满黄金白银带回利马（这不是说笑话！）。堂娜卡塔丽娜是从哪里得到这么多财宝？是她的矿山和其他财产的经管人进献给她的贡赋呢，还是她的先辈在几百年间父子相传、逐步积累的秘密宝藏的一部分呢？人们普遍认为是后一种情况。

二

一六四二年前后，一位勤勤恳恳为教民谋福的多明我会修士做了圣赫罗尼莫村的神父，他既管教民灵魂的健康，又管教民身体的健康。俗话说得好，"守着什么吃什么"。可是，圣赫罗尼莫村这位好神父全然不这样干，他从不催逼任何人交付什一税和实物税，也不为主持葬礼婚礼收取好处费，更不像许多教区神父习以为常的那样，变着花样巧立名目，向被他们拯救的灵魂敲诈勒索，如同牧人对自己的羊羔一样。

所以我说这位神父大人是个少有的好人！

这位神父为人做事如此体恤教民，自然是手头拮据，缺衣少食，不过虽说生活清苦，他依然乐天知命，寝食俱安，可是终于有一天，他第一次对附近教区神父的阔绰起了羡慕之心。下面这首小诗无疑就是说的这类心理：

> 老太太对儿子寄予希望：
> 勤劳如蜜蜂，虔诚如羔羊，
> 还要从教会中弄点进项。

事情是这样的：教士会议发下一纸公文，通告他尊贵的堂佩德罗·比利亚戈麦斯大主教先生刚刚任命了一位主教辖区代表，或者叫巡视官。

像每次出现这种情况时一样，神父们赶忙操办，准备大肆挥霍一番，讨好巡视官一行。

日子飞快地过去，急得这位寒酸的多明我会修士团团打转，汗流浃背，思索着怎样隆重地接待来访的大员。

可是，不管他怎样绞尽脑汁地冥思苦想，有一点是一目了然的：没有鸡蛋做不了槽子糕，巧媳妇也做不出没米的饭。

俗话说得好：遇有为难事，自有帮忙人。这一次帮人渡过难关的，是神父连想也想不到的一个人。似乎可以说，那是个最不起眼的人，由于地位卑微，这号人一直被认为是当教堂司事和敲钟人的下三烂。

这个人就是圣赫罗尼莫村教堂的敲钟人，一个老得自己也记不清生于何年何月、像核桃一样满脸皱纹、没有一丝笑容、全身破衣烂衫散发着穷气的印第安人。

他很快就觉察到慈善的多明我会修士的苦恼和难处。一天夜里，打过宵禁钟后，他走到神父身边，对他说：

"神父大人，别发愁。让我给你蒙上眼睛，跟我来，我带你去一个地方，那儿的银子多的是，用也用不完。"

神父最初以为他的职事僧喝酒喝多了。可那印第安人执意要带他去，而且是完全清醒、一本正经的样子。神父终于想起一句谚语，"不听老人言，吃亏在眼前"，于是让他用小手帕蒙上眼睛，拿起自己的拐杖，扶着敲钟人的胳膊，迈脚向村里走去。

那时候，圣赫罗尼莫的村民跟现在一样，鸡一上窝就睡觉，听以村子像坟地一样冷清，比山洞里还昏暗。因此，不必担心遇上不速之客，甚至连偷偷张望的也没有。

教堂司事带着神父前走一阵，后退一阵，直到弄得他辨不清方向后，轻轻地在一扇门上神秘地敲了三下，门开处，领着神父进了一个院落。在院里又反复兜了好几个圈子，两人才开始走下台阶，来到一座地窖。

印第安人取下神父眼睛上的手帕，说：

"大人请看，需要多少拿多少。"

神父惊奇得目瞪口呆，像个傻子一样，等他从惊奇中清醒过来后，若不是因为法衣在身、满头白发和身体多病，简直会手舞足蹈、放声高歌。

> 一二三四
> 五六七，
> 今生有缘
> 经此奇遇！

神父正站在一条宽阔的走廊上，走廊被捆在石柱上的松明火把照得通明透亮。他看见银架上放着许多金神像，地上到处堆满了白光耀眼的银锭。

乖乖！那些财宝连罗马教皇也会给迷住的！

三

一个星期后，巡视官在一名教士秘书和几名侍童的陪伴下来到圣赫罗尼莫村。

巡视官大人原打算在那个教区逗留一两个钟头，可是受到的款待太隆重了，所以不得不盘桓了三天。招待活动有斗牛表演、丰盛的筵席、跳舞唱歌以及诸如此类的娱乐活动。可是，这些活动的奢侈豪华却令当地教民大为惊奇。

他们的神父挣的那点报酬连顿饱饭也吃不上，又从什么地方弄到钱搞出如此盛大的排场呢？最机灵的人也感到莫名其妙。

可是，自从巡视官一离开，从前欢快、亲热、爱说爱笑的圣赫罗尼莫村神父，就像被女巫吸了血一样开始消瘦，而且经常呆呆地思虑，说些含义不清的话，犹如没有头脑的人一样。

从那一天起，敲钟的印第安人活不见人死不见尸，甚至连一点消息也没有，简直像被大地吞下去一样，这也引起了村民的极大关注，并且成了村里老太婆在锅边灶沿窃窃私议的话题。

确实，那慈善神父心中早就产生了疑虑，由于教堂司事突然失踪而更加有增无已。最后，神父终于在脑子里形成一个固执的想法，认为那印第安人是变成人形的魔鬼，因此用来款待巡视官一行的那些金银，都是他从地狱里取出送给他的。难怪神父大人发痴发呆，这是有充足理由的。

他整日心事重重难以释怀，心情又如此忧愁，不久就一命呜呼，随后被人安葬了。

在奥科帕保存的修士档案里，有这位神父在弥留之际就魔鬼带他看见的宝藏提供的一篇证词，说是魔鬼用浮华和贪心引诱他。

卡塔丽娜·万卡在圣赫罗尼莫村的房子如今还在。村民们坚信，女酋长的万贯家财大概就藏在房子的一座地窖里，甚至在我们这个时代还有人挖掘过，大概是为了防止银锭在地下腐烂发臭或者长出绿毛。

"圣徒圣女间，筑墙要当先" (1646)

    利马修道院的阿古斯丁派教士弗赖米格尔·罗梅罗死于一六四六年，终年七十岁。生前人们都称他"疯癫神父"，如果他的全部疯话确实像传说和编年史家弗洛雷斯流传给我们的那些话语，那么我要说，这位神父大人的头脑一直是非常清醒的，而且那机敏的头脑连许多明智之人都会羡慕。

    罗梅罗神父的缺点是衣着邋遢，不修边幅，像个落发出家的第欧根尼[1]。他之所以因疯癫出名，大概是因为这个，而不是因为他的言行。一天，修道院全体人员聚在一起，要去宫里向新任总督行吻手礼。到了临街的接待室时，院长突然发现，弗赖米格尔穿的鞋子引得教友们没完没了地哄然大笑。

    "讲经师神父，"院长对他说，"大人怎么穿一双没有耳朵的鞋呢，像偷鸡贼似的？"

    "为了双脚不会走歪道[2]。""疯癫神父"说。

    这个回答无可非议，院长笑着说：

    "神父大人言之有理，非常有理。"

    但是，"疯癫神父"的绝顶机智，抛开别的不说，表现在上面提到的那位阿古斯丁派教士编年史家讲的这样一段故事上：

    在他的女忏悔人中有一位老太太，是一位既虔诚信教又姿容秀丽的姑娘的母亲。老太太对这位忏悔牧师说，她家的客人中有一位青年，

1　第欧根尼（约前404—前323），古希腊犬儒学派哲学家，生活极其贫困。

2　双关语，含"行为不端"之意。

每星期四和星期日做忏悔和领圣餐，经常跟她女儿就神学问题进行长谈。

"没有别的了？"

"没有了，神父。"

"那你赶快把青年拒之门外。不管他信教多么虔诚，在圣徒圣女之间筑起高墙总是有益的。"

女信徒没有接受忠告，心里暗想："这疯癫神父老糊涂了。"好长时间没有去做忏悔。

时间就这样过去，一下过了五个月。一天早晨，老太太突然来到修道院的接待室，说要见罗梅罗神父。罗梅罗神父来了，可怜的老太太一见，立刻抽泣起来。

"怎么了，孩子？喏，有什么心事快说吧。"

"唉，神父！谁想得到呢？我遇上的事从来也没见过。"

"这可严重了。你是说从来没见过？有话快说，别让我老提着心。"

"我说，神父，就是神父大人劝我永远不让进家门的那个青年……"

"噢，明白了！不用往下说了，教友。莫非是那小青年怀孕了？莫非是那个信徒，那个小圣徒，那个善人到底怀孕了？"

"不，神父，是我的女儿怀孕了。"

"那么说这绝不是什么从来没见过，而是非常自然的事。三天两头地进行那类虔诚的谈话，到头来必然会闹出怀孕的结局。要是那花花公子肚子大了，倒是从来没见过的事。去吧，孩子，别那么天真了，快去找法庭为损害的名誉想法子吧，要是法庭能够也愿意这么做的话。我们当修士的对这类事可帮不了忙。真是的，傻瓜，我早就及时告诉过你，圣徒圣女间，筑墙要当先嘛。"

蒙面幽灵（1651）

第十六任秘鲁总督时代的故事

一

一六五一年十一月的时候，必须先治好恐怖症，才敢壮起胆子在敲过宵禁钟后穿过圣弗朗西斯科小巷。那时跟现在一样，小巷一边的人行道像穷人的日子一样又窄又长，道上满是低矮破旧的房子，房子背后靠着河；另一边是一面非常高大的墙壁，只有穷神父修道院的一扇私用门。墙上有一座壁龛，至今犹存，里面供着悲伤圣母的神像，由一盏若明若暗的小油灯照着。在那既无煤气灯又无路灯的时代，这面壁龛更增加了小巷的阴森可怖气氛。

令居民感到恐惧的是出现了一具幽灵。幽灵身穿教士法衣，脸上蒙着风帽，样子跟裹上尸衣的人一模一样。在女人身上，好奇心理总是胜过恐惧心理。在好奇心的驱使下，那一带的老太太总是透过门缝探头探脑地看。因为恐惧心理最容易使人疑神疑鬼，老太太们就说，蒙面幽灵来去无踪，身子有时大得脑袋顶着天，有时又小得几乎看不见。

有个有嘴无心、爱说狂言的愣头青，在跟人闲聊时根本不把什么魔王妖女放在眼里，说他是天不怕地不怕的男子汉，用不着谁托付派遣，自告奋勇去跟幽灵见个高低。夜深以后，他进了小巷，伙伴们焦急地等着，却总也不见他回来说说较量得怎么样。天明时分，伙伴们才在圣母神龛下找到早已失去了知觉的他。等到苏醒过来，他赌咒发誓地说，那幽灵是个不折不扣的鬼魂。

经过愣头青这次冒险，人们又生吞活剥地信以为真，读者可想而知，本来就迷信的居民越发惊恐不安了。因此，蒙面幽灵就成了人们每次谈话必说的话题、所有爱嘟哝的老太太头疼脑热的病因、用来吓唬所有顽皮小孩的妖怪。

涉及利马的神怪故事太多了，其中有一个家喻户晓的关于萨瓦拉的马车的故事。满脸皱纹的老人对我们说，他们在半夜时分都见过那辆马车，它周围冒着地狱之火，在魔鬼的簇拥下穿街绕市而过。大概要有霍夫曼或爱伦·坡那样丰富和优美的想象力，才能创作出这类传说故事。我的文笔浅薄粗钝，只能写些真正发生、在历史上有据可查的事情，就像这篇传说一样。这篇故事是在尊贵的萨尔瓦铁拉伯爵先生受堂费利佩四世陛下之命，做第十六任秘鲁总督时发生的。

二

萨尔瓦铁拉伯爵、索夫罗索侯爵、哈恩王国和主教区首领堂加西亚·萨米恩托·德索托马约尔在任墨西哥总督时，是耶稣会会员在反对普埃布拉教区主教、杰出的帕拉福斯的斗争中最有力的支持者。处事精明的国王觉得把堂加西亚调离这个职位为好，于是改任他当秘鲁总督。一六四八年九月二十日，他在一片欢腾中隆重地到利马就任。

在他统治时期，基多发生了一次偷圣饼事件，还出现了圣婴耶稣在埃腾教堂的圣体龛现身的奇迹。如同在墨西哥一样，耶稣会会员在秘鲁也对这位年迈多病总督的思想产生很大影响，他给了他们许多赏赐，并且有效地保护了他们在梅纳斯和巴拉圭的传教活动。

在他统治时期，还发生过使库斯科变成废墟的罕见的地震。洛伦特在谈到这次大灾难时说："山里的一位神父赶路回教区，突然发现自己被悬在一道深渊上面，怎么也够不着地面，人们费尽力气救他，全都无济于事，他就这样可怕地苦熬五天，最后饿死了。"

一六五九年，萨尔瓦铁拉伯爵命人建造了如今利马马约尔广场上那座漂亮的青铜水池，取代了托莱多总督一五七八年下令建造的水池。

现在这座水池耗费了八万五千比索。

一六五五年，阿尔瓦·德利斯特伯爵前来接替萨尔瓦铁拉伯爵的职务，可是萨尔瓦铁拉伯爵身患疾病没能回欧洲，一六五六年六月二十六日在利马死去。

萨尔瓦铁拉家族的族徽是一面银盾牌，上绣三条马刀形条纹，由两条红色和金色条纹分成方格。

三

一六四八年，在上面说的圣弗朗西斯科小巷有一间房子（它与现在是共济会教堂的房子相邻），里面住着一位富有的阿斯图里亚斯商人。商人名叫堂古铁雷·德乌尔桑，两年前与一位二十岁妙龄的漂亮姑娘结为夫妇。姑娘名叫孔苏埃洛[1]，爱说怪话的人说，她倒真是名实相符。

诸位可以想象她是这样一位利马姑娘：腰肢软得像部长，眼能杀人像医生，巧舌如簧善言辩、说话撒谎心不慌像记者。说到性情，她比现在的市长还要朝三暮四，变化无常；她那本夫妻关系账总是那么杂乱无章，比现在共和国的财政还难以理清。亲爱的女读者们，孔苏埃洛是颗明珠，这么说不等于贬低诸位。

老好人堂古铁雷呢，除了其他致命的毛病外，就是对妻子爱得过了头，而且在涉及名誉的事情上非常敏感。因为这样的性情，堂古铁雷必然变成了颇受冷遇的人。

一六四八年那一年，堂古铁雷收到一封来信，要他回西班牙去接受一笔价值可观的遗产。他做过忏悔、领过圣餐后，开始了长途跋涉的旅行，临走时把买卖交给弟弟堂伊涅戈·德乌尔桑经管，还千言万语地叮嘱他，要像爱护自己的眼珠一样爱护他的名誉。

这不幸的人绝对不该这么办，可话说回来，所谓"开门揖盗"的

---

1 意为安慰，快乐。

事，也常常是命该如此。堂伊涅戈是个三十岁的小伙子，长得眉清目秀，仪表堂堂，早就轻易地跟几个姿色平庸的杜尔茜内娅[1]有过小小的风流韵事，因此得了个浪荡公子的名声。既然他是这样一个人，也就无须多说，他自然觉得年轻貌美的嫂子是嘴边的一块肥肉。嫂子假惺惺地忸怩一番，便投进他的怀抱，把那漂洋过海前往加的斯的人打入了另册。

圣阿古斯丁说，虽然他这位圣人不熟悉地理学科（他否认地球有对跖点），但对女人的事情却颇有研究。他说过："总有一天，男人会被迫爬到树上去逃避女人。"我们真该感谢上帝，因为在十九世纪剩余的岁月里，除了个别例外情况，这句预言还没有实现的迹象。

四

堂古铁雷原以为那点事会马到成功，可到了西班牙后，却因为遗产的事卷入了一场官司，而且要想等到官司结束，恐怕就要老死在祖国了。因为可以肯定，只要世界上有公文、书记官和法官，打官司就是花钱费时的事，而且比大拇指指甲沟发炎带来的麻烦还要多。

他在西班牙耽搁近两个月的时候，西印度的双桅帆船从利马给他带来几封信。在其中一封中，一位朋友，一位总是热心于报告坏消息的朋友，大致对他说了这样一段话：

堂古铁雷·德乌尔桑先生，我尊敬的先生和主宰：真是命乖运蹇，说到像阁下这样的正人君子时，利马城人人都在大谈您的名誉受到了多么严重的玷污，而且纷纷议论，说是不是有人已经给您戴上了绿帽子。得悉此事后，望阁下采取尊意以为最好的行动，以洗刷耻辱。我略尽朋友的义务，特将上述情况函告，并补充一点，如此不顾骨肉之情侮辱您的正是令弟。愿上帝赐给阁下坚强的决心，以弥补名誉上的损失。您的朋友、奴仆和牧师谨听您的吩咐并吻你的手。克里斯普

---

1. 杜尔茜内娅是《堂吉诃德》中堂吉诃德理想中的情人。

洛·金科塞斯（花体签名）。

有那么一位做丈夫的，一个多管闲事的人打断他的好梦带来这么一个消息，说"张三把你妻子拐跑了"，沉得住气的丈夫顺口说："那个臭婆娘，拐跑的好！"说完一翻身，又像没事人一样呼呼大睡去了。堂古铁雷可不是这位丈夫那样的人。

<h2 style="text-align:center">五</h2>

一六五八年十二月八日是孔苏埃洛的生日，因此在圣弗朗西斯科小巷那座房子里举行家庭宴会。筵席上传统的馅饼、鸡杂汤、美味的土豆辣椒烧肉和必备的加馅火鸡应有尽有；为了润嗓润喉，还上了"莫托卡奇"烈酒和卡塔卢尼亚深褐色甜酒。那个时代的筵席都是实实在在的东西，真能让人酒足饭饱，不像我们赶上的文明时代这样，尽是些装点桌面、华而不实的玩意儿。那年月确实是撑死的更常见。

因为害怕那个风帽蒙面的幽灵，那片居民区里，只要晚霞一落，家家户户便销门上锁。这真是人间的蠢事！那些蠢人就想不到，阴间的生灵既然是幽魂怨鬼，就有各处的通行证，能像一阵小风似的从锁孔里钻进去的。

孔苏埃洛的亲朋好友聚在大厅里，每个人都比平常多喝了一两杯酒，九点的钟声刚刚敲过一下，风帽蒙面的幽灵就来到他们面前，谁也不知道他是用什么办法、从什么地方闯进来的。

一猜便知，当时的景象是，所有在场人都吓得上牙直打下牙。男人们一看，急忙溜之大吉；女人们手足无措，就会她们那老一套，眼睛一闭晕了过去。我敢对天发誓，这乱作一团的场面是完全顺理成章的。你想，谁有那么大胆子，敢在炼狱的生灵面前大声喘气呢？

最初的惊恐过去以后，几个男人悄悄溜回来，女人也恢复了知觉，只见大厅中央横着伊涅戈和孔苏埃洛的尸体。原来是风帽蒙面人用匕首刺穿了他们的心脏。

六

堂古铁雷用鲜血洗刷了自己名誉上的耻辱后，即向刑事法官自首，在审讯中他用证据证实了负义弟弟和轻浮妻子的犯罪行为。鉴于他借助教士法衣来确保复仇行动万无一失，并在惊惧的居民中散布恐怖气氛，法庭判他向那一教派的修道院交付一千比索施舍费。谚语说得好：虽然破点财，但免了大祸灾——万幸！

堂古铁雷交齐罚款，乘船回西班牙去了。圣弗朗西斯科小巷的居民再也不相信鬼魂和蒙面幽灵了。从一八四八年到现在，共济会总部就在这里办公。

异端总督与刁钻的敲钟人（1656）

第十七任秘鲁总督时代的故事

一

敲钟人失职挨鞭打

最初（1551 年），阿古斯丁教派神父的教堂和修道院，都建在如今是圣马塞洛教区教堂的地方，直到一五七三年才迁到现在所占的这块宽阔地面上。那次迁移曾引起很大的争议和争执，因为多明我会和施恩会的修士反对其他教派在那里建立设施。

阿古斯丁派教士在生活习惯上克勤克俭，又有文化和科学知识，不久就取得了压倒其他教派的优势地位。他们在农村和城里购置了非常昂贵的财产，且管理得井井有条，所以岁入大增，以致一百多年的时间里，他们在每年"圣周"期间可以发放五千比索的施舍。最杰出的神学家和最出色的讲道士都是这个教派的人；他们还在一六〇六年创建圣伊尔德丰索神学院，对新入教者施行教育，从讲堂里培养出许多卓有才华的人。

有个名叫豪尔赫·埃斯科伊吉斯的利马人，是个刚满二十岁的小伙子，在一六五六年加入阿古斯丁教派。不过，他只会偷懒耍滑，根本不愿攻读课业，神父们不想让新入教的人里混进又笨又懒的废物，就想方设法把他赶出去。可这可怜虫偏偏在修道院的要人里找到一位靠山，神父们大慈大悲地同意他留下，把敲钟的美差赏给了他。

所有阔气的修道院里的敲钟人，手下都管着两个做奴隶的半大男孩，男孩穿杂役的僧衣。所以这差事并不怎么卑贱，须知干这差事的人除了干点粗活外，不仅能得六个比索工资，有住处，能在修道院饭堂吃饭，还管辖着听他发号施令的人呢。

在钦琼伯爵任总督的时候，由利马市政议会设立了"专门敲宵禁钟"的职位，半个世纪后又废止了。宵禁钟的敲钟人是这一行的上等职位，他没有别的职责，只管晚上九点在大教堂的钟楼上敲这道宵禁钟。这是个名誉性职务，每天挣一个比索的工资，所以很多人都想捞上这个肥缺。

不过这也不是可以安心睡大觉的差事，因为在利马，不管过去还是现在，要说有什么艰苦费力、要求腿脚快的差事，那就是敲钟人的差事。在殖民地时期，这差事苦得多，那时候宗教节日特别多，钟一敲就是三天；即使不太忙的时候，也常有邮包从西班牙运来，带来一些值得欢迎的消息，不是小王子的牙齿出齐了，就是出了一次麻疹或风疹但安全无恙的事，这时也得敲钟。

敲钟人的差事也不是毫无风险的差事。直到今天，利马读者还可以看见圣阿古斯丁小广场墙上镶嵌着一个小小的木十字架，这个十字架就清楚地向我们说明了这一点。事情是这样的：上个世纪末，一个敲钟人被来回摇摆的大钟的绕绳架缠住，整个大活人从空中一溜烟地跌下，撞在紧挨钟楼的墙上摔死了。

直到十七世纪中叶，利马还没有多少车辆，只有总督和大主教华丽的四轮马车，以及大法官和卡斯蒂利亚贵族拥有的四五辆敞篷马车。费利佩二世一五七七年十一月二十四日颁布一道王室谕令，规定不许在美洲制作车辆，也不准从西班牙运来；鉴于马匹数量太少，只能用于行军打仗，禁止用马拉车。为此，对于违犯者规定了严厉的惩罚办法。费利佩三世在位时虽然没有废止这道谕令，但到一六一〇年就开始不再严格遵守，以车代步的奢华风气便逐步扩展开来。众所周知，等到阿马特任总督的时候，赦罪节[1]那天，在赤脚僧大街炫耀的马车已

1　赦罪节系宗教节日，方济各会每年八月二日举行。

超过了一千辆。

敲钟人和他们的助手时刻都在钟楼上瞭望，他们得到的命令是：只要总督或大主教从他们修道院的小广场上通过，就需连续敲钟，这种惯例一直保持到卡斯特尔－多斯－里乌斯侯爵的时代。

一个星期天，总督阿尔瓦·德利斯持伯爵（读者从下文中将会看到，他对教会里的人怀有戒心是自有原因的）乘着马车，带着护卫去回访朋友。在那个时代，一辆马车发出的隆隆之声是件了不起的大事，家家户户把它跟地震前的巨响混为一谈，急惶惶地跑到街门口张望。

马车驶过了圣阿古斯丁修道院的小广场，可敲钟人和助手大概离开岗位玩耍去了，反正钟舌一动也没动。总督阁下对这种目无尊长的事大为恼怒，当晚在茶会上谈起时，轻率地把阿古斯丁派的修道院院长怪罪了一番。院长与总督私交甚笃，得知此事后，第二天就到宫里赔礼道歉，并搞清了事情的原委。敲钟人不承认自己擅离职守，说他看见马车经过，但不认为应该敲钟，因为那受过祝福的大钟不会为一位异端总督的到来感到高兴。

敲钟人豪尔赫认为，这跟堂卡洛斯·马塞洛·科尔尼主教的情况不一样。主教在利马成名以后，于一六二一年回故乡特鲁希略，即将主管那个教区。他当时感叹地说："钟声比往常敲得更欢快，因为那是我自己家里的钟，简直就像我父亲亲手铸造的一样。"事实确是如此。

对于这次可能造成王室代表与教派之间严重不和的失职行为，院长认为必须严厉惩罚。有人为敲钟人开脱罪责，那也无济于事，因为一个管敲钟的无名鼠辈，是不配对总督在他与宗教裁判所的不和中的表现说三道四的。

于是，每位神父手持皮鞭，在豪尔赫·埃斯科伊吉斯赤裸的脊背上狠狠地抽了一顿鞭子。

二

异端总督

阿尔瓦·德利斯特和比利亚弗洛尔伯爵、阿拉贡王室的后裔、尊贵的堂路易斯·恩里克斯·德古斯曼先生,是以总督头衔来到秘鲁的第一位西班牙大公。那是一六五五年的事,在此之前他在墨西哥担任总督之职。他是萨尔瓦铁拉伯爵的舅父,就是接替萨尔瓦铁拉伯爵来统治秘鲁的。古斯曼家族的族徽是两侧配有衬物的盾牌,蓝色顶端和下角;金色盾面,镶有红色方块,绣有七只蛇头;银白色侧边,五朵白地黑花组成斜十字形。

他是位具有很好管理才能的行政长官,又是位具有就那个时代而言比较先进思想的人物。但他统治的时期,却仅仅因为灾难重重而在历史上引人注目。他任职的六年,是充满血泪和哀伤,公众惶恐忧虑的六年。

比利亚鲁维亚侯爵指挥的大帆船,载着价值六百万比索的黄金白银和六百名旅客驶往西班牙,在昌杜伊乱礁处遇难沉没,只有四十五个人幸免于难。在利马,很少有哪个家庭没在那次事件中失去个把亲属。经过一次非同寻常的打捞,从海底捞出将近三十万比索,其中的三分之一献给了王室。

一年之后,即一六五六年,巴伊德斯侯爵刚刚就任智利都督,带着三只满载财宝的大船回欧洲,在加的斯附近的海战中被英国海盗击败,誓死不降,用火点着了自己船上的弹药舱。

最后在一六六二年,堂巴勃罗·孔特雷拉斯的船队从加的斯起锚,载着货物驶向秘鲁,中途被风暴打散,七艘船下落不明。

但对利马来说,最大的灾难是一六五五年十一月十三日的地震。当时的出版物详细描绘了地震造成的损失、赎罪游行和罪孽深重者的悔过自新。当时人们的心理真是诚惶诚恐到了极点,以致随时都有许多流氓恶棍把不义之财还给它们的合法主人。

一六五七年三月十五日又发生一次地震，持续一刻钟之久，使智利许多居民哀伤悲戚。最后是一六六〇年十月皮钦查火山猛烈爆发。仅这些事件就足以说明，这位总督是带着灾星来的。

为了加重人们心头的恐惧，一六六〇年天空中出现一颗彗星。利马学者堂弗朗西斯科·路易斯·洛萨诺观测到了这颗著名彗星，他是秘鲁第一位著名的宇宙志学者。

好像这幅阴暗图景还不够味似的，内战的烽火也来添灾加难，席卷了一方国土。印第安人佩德罗·博奥克斯，逃出瓦尔迪维亚的囚禁地，自称是印卡王后裔，加冕称王，拉起一支队伍，举旗造反；兵败被俘后，被解到利马，送上断头台。

还有，此前一直是西班牙殖民地的牙买加，被英国人强行占领，成为海盗活动的中心，闹得这些国家一个半世纪里人心惶惶，不得安宁。

总督阿尔瓦·德利斯特伯爵对自己的宗教观念非常淡漠，所以在利马不得人心。人民从自己纯洁的宗教狂热心理出发，认为就是他惹得上天发怒，降罪秘鲁。因此，总督得了个"异端总督"的外号，由于一位著名的耶稣会会士阿略萨神父的缘故，这个外号早已尽人皆知。那次事件是这么发生的：有一次，总督大人到圣佩德罗教堂出席节日活动，只顾心不在焉地与一位法官说话，而不注意听宣讲福音，被那位神父狠狠训斥了一顿。后来，利马大学在著名人物拉蒙·皮内罗任校长时，大张旗鼓地庆祝了教皇亚历山大七世颁布的关于圣母受孕节的赦书。虽然总督为玉成此事出了很多力，但人民还是不愿意给他去掉这个外号。

有一年，比利亚戈麦斯大主教参加圣体游行会时使用了遮阳伞，受到总督斥责，最后中途退场，国王对他俩一视同仁，决定无论总督还是大主教都不准使用遮阳伞。

阿尔瓦·德利斯特伯爵反对弗赖西普里亚诺·梅迪纳就任主教，因为任命他为瓜曼加主教的教皇圣谕不太符合规定。可是半夜时分，大主教到了圣弗朗西斯科教派新入教僧侣那里，主持了梅迪纳就职。

教会方面的书记官不服从命令，王室方面的法官把他们拘押起来，大主教把那些法官革除教籍。总督在检审庭的支持下，强迫大主教废止了革除令。

在受俸牧师的配备方面，阿尔瓦·德利斯特伯爵与大主教不知闹了多少纠纷。这些纠纷促使狂热信教的居民认为，总督是不信教的人和不虔诚的基督教徒，可实际上，他只是在极力维护王室推荐权。[1]

宗教裁判所在当时享有至高无上的权力和特权，不幸的是总督堂路易斯·恩里克斯·德古斯曼也与它公开不和。总督从墨西哥带来几本禁书，其中有一本是荷兰人威廉·隆巴多写的小册子。一次，总督私下里把它拿给一名宗教裁判所的法官或使节看，被这人告发。圣灵降临节的第一天，总督大人正与各个社团的人待在大教堂里，一位宗教法庭的检察官突然走上讲道台，宣读一项通告，勒令总督交出小册子，并把他的医生塞萨尔·尼古拉·万迭尔送交宗教法庭处理，因为怀疑他信仰路德教。总督气咻咻地离开教堂，向费利佩四世呈上一道义正词严的申诉，由此引起严重纠纷。后来，国王为他们解决纠纷，责备了宗教裁判所的做法，不过也友好地劝导阿尔瓦·德利斯特伯爵，让他把引起争执的小册子交出来。

至于那位法国医生，尊贵的伯爵用尽计谋才救他获释，没有死于残忍刽子手的魔爪。可是，从宗教裁判所那里救回一个受害者真是谈何容易。万迭尔在宗教法庭的牢房里关了八年多，一六六七年十月八日才认为他已经补赎了罪过。他们凭借没有根据的猜疑，控诉他犯有许多罪名，一条是说他披着信教的外衣，在房间里挂着一个十字架和一尊圣母神像，对圣母像大放亵渎之辞。宣判火刑后（幸亏没有立即烧死他），利马城举行了三天祈求活动、向神赔罪游行和其他宗教仪式，最后是把大教堂的神像转移到普拉多教堂。据推测，神像现在还供在那里。

1　王室推荐权即西班牙国王享有的教职人员推荐权。

一六六一年八月，阿尔瓦·德利斯特伯爵把权柄交给桑蒂斯特万伯爵后，回西班牙去了，他的心情是非常高兴的，因为他总算离开了一块时刻担着风险，生怕被当作异端分子烧死，变成烤肉条的土地。

三

敲钟人的报复

大概埃斯科伊吉斯没有转眼就忘掉鞭子的灼痛，心里暗暗发誓，要对那位装腔作势的总督进行报复，因为他把多敲或少敲一次钟也看得那么严重。

自鞭笞那一天算起还没过一个星期，一天深夜十二点到一点之间，圣阿古斯丁修道院钟楼上的钟，长时间地当当响个不停。在这个时刻，利马所有居民都躺在被窝里睡得正香。他们被钟声吵醒，纷纷跑到街上互相询问，有什么喜人的消息劳动了大钟，这么聒噪地庆祝。

堂路易斯·恩里克斯·德古斯曼阁下早就跟一位贵族女人有点逾墙钻隙之类的事——虽然如此，他还不是放荡鬼。等到十点一过，利马城没有人敢在街上行走的时候，总督就严严地遮住面孔，从"无依无靠者大街"上开的一个私用门里悄悄溜出来，由管家陪着去和那个俘虏了他的心的美貌妇人幽会。他总要在那儿如胶似漆、你恩我爱地过上两个钟头，午夜过后，再那么蹑手蹑脚、神不知鬼不觉地回总督宫。

第二天，全城人都知道了，在那么个时辰敲钟是因为总督在夜间从街上走过。于是，人们三五成群地在大教堂高大的台阶上长时间地议论开了，无非都是窃窃私议和揣测推想。其中一种说法越说越神，越传越广，说总督大人是小心翼翼地去参加异教徒的什么秘密集会，因为谁也不会猜疑，一位如此严肃正经的绅士会像随便哪个小青年一样，去干那种游手好闲、偷鸡摸狗的勾当。

总督阁下却很担心，怀疑是敲钟人走漏了风声，便秘密命人把他叫到宫里，带进自己的密室，对他说：

"真无赖！谁跟你说昨晚是我走过？"

"尊敬的阁下，"埃斯科伊吉斯面不改色地说，"我的钟楼里有猫头鹰。"

"那儿有猫头鹰跟我有什么关系？"

"阁下，您跟宗教裁判所有过点小麻烦，现在还跟它闹着别扭，那就该知道猫头鹰被女巫附体了。"

"这么说为了吓跑女巫，你就当当地敲个没完，搅得全城人心不安？你这个大滑头，我真想罚你去做苦役。"

"阁下可不配这么极端严厉地惩罚像我这么谨慎的人，是什么事促使一位堂堂的秘鲁总督深更半夜地在圣塞瓦斯蒂安街上来来往往，关于这个，他可连一点儿口风也没漏过。"

高尚的伯爵用不着更多暗示就已清楚，他的秘密以及与这秘密相联的一位贵妇的名声，就全凭敲钟人怎么办了。

"好了好了！"总督打断他说，"捆紧你的舌头，让你的大钟也当哑巴。"

"要说我倒好办，像死鬼一样不作声就是了，我本来就不喜欢把别人怎么生活告诉任何人。可要说那些大大小小的钟，我是寸步不让，铁匠造出来，可不是为那些给不道德的串门牵线搭桥和知情不举的坏女人效力的。阁下想让它们不作声，办法也很简单。只要您不经过广场，咱们各讨方便。"

"一言为定。那么你说吧，要我为你做什么？"

正像看到的那样，豪尔赫·埃斯科伊吉斯不是傻瓜，他请求总督跟院长说情，让他重新成为新入教的教徒。总督阁下只好答应。过了三四个月，阿古斯丁教派的院长就换了敲钟人。这位位高权重的保护人对他起了很大的作用，到一六六〇年，弗赖豪尔赫·埃斯科伊吉斯终于做了他的第一次弥撒，而他的见证人恰恰是那位异教总督。

有些人说，埃斯科伊吉斯最终只是个地位低下的教士；另一些人说，他最后担任了修道院的最高职务之一。事实如何，还是由它去吧。

对我来说，正式搞清楚了的一点倒是，总督由于害怕大钟的声响，每当想到圣塞瓦斯蒂安街去行风流之事时，再也没有从圣阿古斯丁修道院的小广场上走过。

　　　　到这里我的故事已经讲完，
　　　　通过这篇传说，
　　　　得出教训一个：
　　　　任何仇人都不可小看。

快刀斩乱麻（1664）

一

一六六四年五月十一日，大约下午四点光景，一个面貌丑陋、三十刚出头的男子，走进圣地亚哥骑士团骑士、圣赫罗尼莫·德伊卡郡守堂弗朗西斯科·卡维罗·德阿文达尼奥的家。他在距当时的巴尔维德镇、如今的伊卡市三里地的地方经营着一座葡萄园，人称"马拉加人"科尔巴兰。

郡守大人当时正待在客厅，悠闲地坐在一张大皮椅子里，第一百次地读着那位大名鼎鼎的拉曼却贵族的冒险经历。来人站在客厅门口，不紧不慢地轻敲三下房门，试探着问道：

"可以进来吗，大人？"

"进来吧，科尔巴兰。请坐，有什么事尽管说。"堂弗朗西斯科答道，顺手在读到的一页折了一下，把书放在写字台上。

"既然您允许，我就说了。是这么回事，我好像见了鬼似的，也许是想得太多，反正肺都气炸了。您是我的朋友，又肯赏光听我说，我也不需要别的，就想请您出个主意。"

"伙计，先说说为什么事苦恼，我要是有办法，一定帮你消愁解忧。

"那好，大人，大约两年前八月一日'圣彼得受缚节'[1]那天，您主持了我和莱奥卡迪娅的婚礼。可没过多久，她简直像疯了似的，整天

---

1 传说圣彼得曾在罗马和耶路撒冷被两条铁链捆绑，若干年后，两条铁链自行合为一体。为纪念这一奇迹，教会规定每年八月一日为圣彼得受缚节。

搞那套假虔诚。她总在教堂进进出出，跟那个机灵鬼一样的忏悔牧师鬼鬼祟祟，对我这大活人连理也不理。"

"科尔巴兰，你在疑神疑鬼。我看你是因为吃醋而恶语伤人吧。喏，要知道

> 醋意就像
> 小辣椒：
> 来一点提味，
> 吃多了嗓子发烧。"

"有那么一点，堂弗朗西斯科先生，直话直说吧，反正我心里总在担心。我妻子一个星期到忏悔室去两次，我对这事犯嘀咕。有人说得好：魔鬼念经文，实是想骗人。说实在的，不管我老婆有多少罪孽，这忏悔也太多了。就像从这类事情中看到的那样，教堂很可能成为借口，闹得一个个基督教徒身败名裂，声誉扫地。就说今天吧，我提出带莱奥卡迪娅到葡萄园去，可她死活不去。她又是个伶牙俐齿、能说善辩的人，竟然跟我说出这么一套话来，说不得到贡萨洛神父的允许，就是把她大卸八块也不跟我去。大人您看这叫什么事！我的家里要由那个忏悔牧师发号施令，而我这个丈夫和倒霉鬼，却是狗屁不如。我全心信赖的堂弗朗西斯科先生，既然这事都对您说了，就给我出个主意吧。"

"亲爱的科尔巴兰，要是你还不知道，听我告诉你，妻子应该服从丈夫，夫妻是上帝系在一起的绳结，也只有上帝才能解开。行使你的权威，快刀斩乱麻地解决吧。上帝保佑你，孩子，别再跟我扯闲篇了，这在须眉汉子身上可不相宜。快刀斩乱麻就踏实了。"

"快刀斩乱麻"，这话可叫科尔巴兰捉摸不透，他走出郡守家时嘴里还在念叨：

"嗯，那么就斩？教父说得有理，我是缺点老爷们气魄。可不管怎

么说，现在再斩也不算晚，特别是身上着刀就能斩。"

他继续沿街而上，向自己家中走去。

我们这位嫉妒的丈夫刚要迈脚跨进门槛，迎面撞上了贡萨洛神父，他是会了那忏悔女人刚刚出来。说干就干，免得夜长梦多！

贡萨洛神父是位年轻教士，漂亮小伙，总是打扮得干干净净，整整齐齐，享有老练讲道者的名声。科尔巴兰一见他，就像被毒蛇咬了似的，拔出腰上的刀就疯狂地扑过去，在教士身上刺了十七刀。

十七刀！是刺的。历史学家科尔多瓦－乌鲁蒂亚在他写的《三个时代》中一刀也没少说。

居民们若无其事地看着这件如此残忍的犯罪行为，幸亏法警及时干预，才把凶手捉住。

科尔巴兰被押到郡守，即他的教父面前，郡守对他说：

"你干什么了，该死的？"

"没干什么，堂弗朗西斯科先生，只是照您的主意，用快刀把乱麻斩了。"

二

大概是老天爷要在伊卡居民身上惩戒它的一个居民犯下的渎神之罪。

刚刚过了十二个小时，到五月十二日凌晨，一场可怕的地震把所有房屋夷为平地，全城化作一片碎砖烂瓦。一六六四那一年，全城居民不过一千五百人。

建造得非常坚固的圣弗朗西斯科教堂和圣阿古斯丁教堂纷纷倒塌，只有卢伦先生的小教堂抗住了剧烈地震。

大地开裂，形成宽大的裂缝；酒窖里的葡萄酒满街流泻，汇成小河。

皮斯科有六十人被砸死。

据马特里斯教区神父克里斯托瓦尔·罗德里格斯硕士记述（现在

还存有刊印本），他在自己教区的坟地里埋葬了四百六十四具尸体；据估计，每个修道院埋葬的人有一百多个，就是说，几乎有一半居民丧生。

"最初的震动只是短短的一瞬（罗德里格斯硕士这么说），这下震动过后，整个大地持续震动了一刻多钟。两三个月前，耶稣会传教士埃基拉斯神父就预测到了这场地震，我认为这次残酷的惩罚是三种原因招来的：居民之间仇怨相对，不共戴天；居民心理傲慢，冒犯神父；堕落的居民生活放荡，乱伦通奸。"

从可敬的利马人弗朗西斯科·德尔卡斯蒂略写的《生活》这本书（1863 年由红衣主教加西亚·桑斯出版）中可以看到，利马也感到了这次地震，不过烈度较弱，时间也较短。

科尔巴兰被解到利马，看来他是一心要把卡维罗·德阿文达尼奥卷进自己的案子，因为他总是坚持说，杀死贡萨洛神父时，是按照郡守的主意办的。

辩解没能救他的命，经总督桑蒂斯特万伯爵判决后，他被处以绞刑。据说判决时有位法官心存疑虑，不肯签字，总督大人对他说：

"快签，放心大胆地签吧，这不是快刀斩乱麻，是快刀斩人肉了。"

喝吧，神父，这样你就痛快了……！（1668）

一位总督夫人掌权时代的故事

莱莫斯伯爵夫人、秘鲁总督夫人堂娜安娜·德博尔哈，是位为人豪放、性格比托莱多的钢铁还坚强的贵妇。卡洛斯二世年幼时期，摄政西班牙王国的堂娜玛利亚·安娜·德奥斯特利亚[1]陛下就把她看作是这样的人。她在任命伯爵为秘鲁总督时，赐给他一道王室谕旨，准许他在为了最好地治理秘鲁而不得不离开利马时，将统治的权柄交给他妻子执掌。

根据这道谕旨，当总督大人认为必须亲自去平息拉伊卡科塔地区的骚乱、绞死富有的矿主萨尔塞多时，堂娜安娜就留在这座诸王之城，当上了王室检审庭庭长。她统治的时间从一六六八年六月起，到一六六九年四月结束。

博尔诺斯伯爵常说，最有头脑的女人也只能管理十二只母鸡加一只公鸡。这纯粹是蠢话！这种说法可不能用在堂娜安娜·德博尔哈-阿拉贡身上，诸位往下就会看到，她是无数例外情况中的一个。我知道有些女人能管好二十四只母鸡……再加两只公鸡。

不管怎么说，我们秘鲁人愿意也好，不愿意也罢，反正我们由一位女人统治了十个月……而且坦率地说，在她统治期间，我们的日子并不是一团糟，因为"手鼓毕竟是拿在行家的手里"。

为了诸位不至于说讲故事的人撒谎不纳税，说我用信誓旦旦的话强迫诸位相信我，我把博学的门迪武卢先生在他编写的《历史辞典》

---

1 奥斯特利亚家族即哈布斯堡家族，一五一六至一七〇〇年统治西班牙。

中关于这个人物写的一段话抄录如下："莱莫斯伯爵动身前往普诺时，把王国的统治权委托给他的妻子堂娜安娜。堂娜安娜在丈夫出行时行使统治权，解决了一切事务。王室检审庭承认她的权威，从它开始，没有人提出丝毫异议。我们手头有一份总督夫人任命一位财会法庭雇员的公文，公文开头写道：'莱莫斯伯爵堂佩德罗·费尔南德斯·德卡斯特罗-安德拉德及其妻子、莱莫斯伯爵夫人堂娜安娜·德博尔哈，鉴于审计法院的重要作用，根据为统治这里诸王国所拥有的职权，我决定并高兴地任命……云云'。"

还有一件证据：在奥德里奥索拉编纂的《历史文献》集中有总督夫人的一道命令，布置海上战备，抵御海盗。

堂娜安娜掌权时是位二十九岁的贵妇，虽说容貌不怎么俏丽，倒也腰身苗条。她的服饰非常华丽，凡在公共场合总是穿珠戴翠。关于她的性情，都说她颐指气使，不可一世，而且对自己的珠宝玉翠和贵族头衔洋洋自得，津津乐道。

天国的圣人中有一位就是她的祖父弗朗西斯科·德博尔哈，像她这样的人自然是爱慕虚荣的！

心怀不善的利马妇女从心里喜欢堂加西亚总督的妻子堂娜特蕾莎·德卡斯特罗，所以对莱莫斯伯爵夫人素以白眼相对，还给她取了个外号叫"大脚片"。我猜测，总督夫人大概是位脚生得很大的女人。

现在该讲这篇传说的故事了。据说就是这位堂娜安娜干过一件事，这件事恐怕鬼点子再多的统治者也想不出来。它充分证明女人的心理是多么狡黠，而且证明当女人干预政治或男人的事务时，她们是能够干得很出色的。

一六六八年，加的斯的大船载着许多旅客到了卡亚俄，其中有一位圣赫罗尼莫教派的葡萄牙修士，人称努涅斯神父。这位神父先生长得又矮又胖，宽肩膀，大肚皮，短脖子，眼泡肿胀，鼻子塌陷，头发深红。读者先生只要想象一下急中风患者是什么模样，就知道这位圣赫罗尼莫教派教士的尊容了。

神父刚一到利马，总督夫人就收到一封匿名信。信中向她告密说，这位修士根本不是什么修士，而是葡萄牙的间谍或秘密使者之类，为了顺利完成一件什么政治阴谋计划，才伪装成教士面目出现的。

总督夫人召见法官，让他们就指控做决定。诸位法官大人说，用不着多考虑，立即把努涅斯神父抓起来，公开绞死算了。如今时兴宪法保障个人权利和其他一些政治清明的做法，用这些来保护沦落在下层的人，就像用丝绸盔甲挡大棒一样。那个时代可不流行这一套。

精明的总督夫人反对这么草草了事，眉头一皱计上心来，对检审庭的同事们说："诸位把这事交给我吧，用不着大事声张，也不用费吹灰之力，就能弄清他是不是修士。穿上袈裟不等于就是和尚，但是是和尚必定穿袈裟。如果他是由剃头匠而不是由主教剃度的教士，那咱们就二话甭说，叫来孔萨尔维略，让他在广场绞架上给他一勒脖子就完了。"

这个满身污黑，像小鬼一样又脏又丑的孔萨尔维略是利马的正式刽子手。

总督夫人当天就吩咐管家，叫他邀请努涅斯神父到府里"吃便饭"。[1]

三位法官陪着高贵的夫人坐在桌前，凶神恶煞般的孔萨尔维略在花园里等待命令。

筵席十分丰盛，桌上摆的可不是现在经常上的修女吃零食那种有名无实的小东西，而是既有营养又实惠，真能填满肚皮的"干货"。那都是畜栏里的出产，有火鸡、母鸡，还有堆成小山般的猪肉卷。

努涅斯神父不是吃……简直是狼吞虎咽，对每盘菜都"礼仪周全"。

总督夫人对法官不住地挤眼，好像在说：

"瞧这位扫盘将军！是修士。"

努涅斯神父不知不觉地顺利过了一关。还有一道关呢。

---

1 此处原文一语双关，也含"做苦行"之意。

西班牙菜肴都是厚味，吃了当然叫渴。

当时的时髦做法是把瓜达拉哈拉的大陶罐放在饭桌上，这种水罐的作用是把水保存得更新鲜，喝起来甘美爽口。

神父在上饭后点心时吃了一大堆修女们吃的甜食、面条和糖点后，禁不住口渴难忍，想要喝水；嗓子干得直冒烟儿，怎能说话来聊天呢。

"这回给你来个一针见血！"伯爵夫人自言自语地说。

这是她期待着的决定性考验。如果客人不是衣帽外表显示的那种身份，喝水时就会是温文尔雅的，但修道院的公用饭厅里可不是这个样子。

修士双手抓起沉重的瓜达拉哈拉水罐，举到几乎跟头一样高，把它放在椅背上，挨近脸边，尽情大喝起来。

总督夫人见他渴得那副样子犹如沙漠盼水一样，喝水解渴的方式完全符合修士的规范，就笑着对他说：

"喝吧，神父，喝吧，这样你就痛快了[1]！"

修士把这句忠告当作是出于友好对他的健康表示关切，便嘴不离罐地一口气喝了个滴水不剩才放下水罐，接着，他用手抹了一把前额，擦了擦涔涔而下的汗水，"嗝儿"的一声打了个饱嗝，活像被鱼叉叉住的鲸鱼打响鼻。

堂娜安娜从桌旁站起来，走到阳台上，几位法官跟在身后。

"诸位先生有什么说的？"

"夫人，是修士，而且是响当当的修士。"法官们异口同声地说。

"从上帝方面和我内心深处来说，我都相信确实如此。那就让幸运的教士踏踏实实地走吧。"

现在诸位说说看，曾经统治秘鲁的这位女人是不是怎生了得！

1　此句为西班牙成语，一语双关，也含"这样你就能活命了"之意。

操纵选举的总督（1669）

　　直到共和国初年，能够牵动利马社会人心的事情，莫过于选举男女修道院的院长。神权政治在美洲人心中的影响非常之大，以致所有家庭的成员里，都至少有一两名修士或一两名修女。

　　除了与选举直接有关的修士和修女外，派别之争也渗透到城里各家，搅得人心浮动，人们都在运用各种各样的诡计和贿赂，以便达到自己的目的。编年史上记载了无数堪称丑闻的选举场面，如果把那些竞争最激烈的选举都写成历史，不知要费多少笔墨。所以我们只在几篇传说里浮光掠影地介绍了几次选举的情景。

　　可是，一六六九年阿古斯丁教派省教区大主教的选举，真值得我们专文介绍，因为它不仅在宗教方面，而且在政治和社会方面也有非同一般的重要性。为了把这次选举编成故事，我们千方百计地阅读了可靠的史料，还查阅了当时一部考证翔实的手抄本。

　　当时有兄弟二人都是修士，在利马上层社会和阿古斯丁派修道院中享有崇高的威望，他们是乌鲁蒂亚家的迭戈和赫罗尼莫神父。兄弟二人生于利马，属于国内最显赫、最富有的家庭。他们宣誓出家为僧时，交给教区财库响当当的五千比索，还捐了一座位于肥沃的波卡内格拉山谷的很值钱的庄园。

　　他们中年幼的那位，即弗赖赫罗尼莫去过罗马。在那里，教皇亚历山大七世颁发一道诏书，赐给他好几项荣誉和特权。后来他到了马德里，从国王费利佩四世那里得到一些恩赐，还有给秘鲁总督桑蒂斯特万伯爵的一封推荐信。

带着如此雄厚的本钱回到利马后，他便着手拉帮结派，要选他哥哥迭戈做省教区大主教。西班牙的修士们不想大权旁落，推举生于加利西亚的托瓦尔神父做候选人。利马的修士们都热烈支持乌鲁蒂亚兄弟，给西班牙的修士取了个绰号叫"大统靴"；西班牙修士为了报复，管利马修士叫"卖棒子渣粥的"。桑蒂斯特万伯爵为乌鲁蒂亚兄弟撑腰，但他们能否获胜还在两可之间，因为有选举权的美洲和葡萄牙教士只有二十六人，而西班牙教士有二十九人。两派都把这场斗争看作民族荣誉问题，因此不惜重金贿赂、拉拢关系和玩弄诡计，以求获胜。一时之间，利马城没有哪个人不卷进去支持某一派别的。这次选举竞争极为激烈，最后，利马教士弗赖迭戈·德乌鲁蒂亚终于以一票的优势获胜。

当地人，就是秘鲁人对于胜利非常自豪，大张旗鼓地着实庆祝了一番。这也难怪，因为在此之前，权柄一直是掌握在西班牙教士手里的。赢得这次选举，标志着我们秘鲁人在独立的道路上悄悄迈出了一小步。

乌鲁蒂亚神父掌权期间，换了一位新总督，他就是耶稣会教士的密友、莱莫斯伯爵堂佩德罗·德长斯特罗－安德拉德。因为一些小小的过失和抗命行为，他曾把巴拿马都督佩雷斯·德古斯曼因在卡亚俄，弗赖赫罗尼莫·德乌鲁蒂亚在前往欧洲途经巴拿马时，曾受过都督的热情款待，所以到监房去看他，见他手头拮据，还送给他一千比索。

这件事给总督知道了，从这个时刻起，他就对乌鲁蒂亚兄弟恶眼相待。乌鲁蒂亚兄弟自信在利马深得人心，尤其自信早已巧妙地把许多修士扩充到当地人的派别，人数众多，所以对总督的怨怒根本不放在心上。

转眼到了一六六九年。这一年要进行新的选举，乌鲁蒂亚兄弟把本派的一位教士提作候选人。他们把持着四十四票，自认可以稳操胜券。而对方呢，有十五票拥护托瓦尔神父，十二票拥护乌略亚神父，还有九票赞成拉古尼利亚神父。西班牙人一派这种混乱状况，也为利马派的胜利保了险。

总督是拉古尼利亚的同乡和密友，他跟托瓦尔的支持者串通好了，在耶稣会教士的参与下要了几套花招，让他们转而支持拉古尼利亚。

至于巴托洛梅·德乌略亚神父，让他放弃竞选打算是比较容易办到的。有人曾对他提出指控，虽说他已被宣判无罪，控告者也已受到惩罚，但在公众的心里到底留下了阴影。正像俗话说的：平底锅打人，不疼也蹭身黑。这控告是这么回事：乌略亚神父当库斯科修道院院长时，他的对手在他的小禅房里抓到一个姑娘，后来在审案过程中得知，原来是对手用金钱收买了她，让她闹得满城风雨。

手腕高超的总督终于说服这几派的人，答应让他们在选举资格审查小组任职，并说：

"亲爱的神父们，如果必要的话，我们要坚持这一步，直到最后一息。要是咱们西班牙人不团结起来，这些秘鲁佬就会像水里的油一样，永远压在上面。"

正像看到的那样，即便如此，西班牙人那一派也只拼凑了三十六票，而对手土生白人或乌鲁蒂亚兄弟那一派却掌握着四十四票，此外他们还控制着选举资格审查小组。根据阿古斯丁教派的章程，审查小组是专门负责确定教士有无选举权的，因此可以肯定，它会凭着有些根据的理由，对西班牙人那一派的三个人剥夺选举权。

到了七月二十九日，总督根据检审庭的决定给弗赖迭戈·德乌鲁蒂亚发下一纸公文，要他立即进行选举，迭戈·德乌鲁蒂亚回复说，审查小组还没有就选举资格审查完毕，不能选举。总督坚持立即进行，乌鲁蒂亚仍固执己见。总督大人采取断然措施，带着大批保镖，赶着两辆窗帘密闭的马车，赶到了圣阿古斯丁修道院。

莱莫斯伯爵来到临街接待室，传弗赖迭戈和土生白人派四位最有影响的教士来见，不由分说、抗议和理论，把他们关进马车，命令押送到卡亚俄去。

接着，总督大人在王室检审庭法官的陪同下闯进教士会堂，强令教士进行选举。早已占领修道院的士兵对利马派教士冷嘲热讽，甚至进行威胁恐吓。争执中，总督大发雷霆，吩咐再调一辆马车来，把两位为维护权利而冒犯他的审查小组的神父抓进车里，押往卡亚俄。

其中一位是马托斯神父，葡萄牙人，是当地人派别里一位重要人物。他对西班牙派一位神父说：

"神父大人你看，他说的不是实情。"

眼见谎言被揭穿，西班牙神父恼羞成怒，冷冷地说：

"神父大人这是怎么讲话的，您得注意点分寸，这可是王室谕旨。"

马托斯神父对此回敬说：

"那就看看王室谕旨到底是怎么说的吧，因为说谎的人并不尊重王室谕旨，倒是反对弄虚作假的人尊重王室谕旨。"

说完走出会堂，连总督大人也被他的大胆直言惊得目瞪口呆。

从下午四点到次日早上五点，总督和法官一直在圣阿古斯丁修道院坐镇，平息教士的愤激情绪，督促进行选举。

他们逼迫赫罗尼莫·德乌鲁蒂亚神父投票，否则将他逐出教籍。这位神父先是在一份措辞强硬的抗议书上签名，投票时又把一大把豆粒扔进了投票箱。这是一个表示愤愤不平的行动。根据习惯，对于输了钱的赌徒，总要允许他干点撒野耍泼的事，甚至把牌撕碎也没关系，所以总督对此只当作没看见。

修道院附近的街上挤满了市民和军人，那里不仅有男人，还有许多显贵的夫人。西班牙人为总督的强硬手段鼓掌喝彩，土生白人却对此咒骂连声。两派都很激愤，剑拔弩张，军人赶忙干预，乌鲁蒂亚派的几个人才没打破拉古尼利亚神父两个拥护者的脑袋。

直到早上五点，来回摆动的大钟当当敲响，向诸王之城的善良居民宣告：弗赖弗朗西斯科·洛约拉·拉古尼利亚神父获胜。

关于这次不寻常的选举，我们还是听听胡安·特奥多罗·巴斯克斯神父有什么议论吧。他是阿古斯丁教派一位编年史家，写了一部杰出的著作，藏于利马图书馆手抄本部，至今尚未刊印，他说："这次胜利是采取暴力手段，搞垮在那座城市既有血亲关系、又受人爱戴的乌鲁蒂亚兄弟才取得的，所以没有像往常那样兴高采烈地庆祝。幸亏拉古尼利亚神父以他渊博的学识，奉公守法的精神，掌权时张弛有度的美德赢得了人们的喜爱，才使得谁也不会以为，他是像小偷一样从狗窝上偷偷摸摸爬墙头进来的，而不是像有才德的神父一样，大大方方地从正门进来的。"

弗赖迭戈·德乌鲁蒂亚于这次失败两年后故去，没过几个月，那位操纵选举的总督也一命归西了。

普诺女人，会召羊皮口袋的女人 (1672)

民间传说

亲爱的读者，你一定多次听说过"普诺女人，会召羊皮口袋的女人"这句话。这句骂人的话是用来指圣卡洛斯德普诺城的女人的，说实在的，它是能对那里出生的女人进行的最大侮辱，因为这就和管她们叫女巫一样。对于如此刻毒地侮辱她们的坏蛋，即使她们扒皮抽筋，食肉饮血，也是不算过分的。

我不敢说这句话有很多根据，但既然这座城市位于"莱卡科塔"山的山坡上，那也一定有点根据。因为在塞万提斯用的纯正西班牙语里，"莱卡科塔"的意思大概就是"女巫的巢穴"。

我写过一本小册子名叫《利马宗教法庭纪年》，是什么时候、怎么样发表的我已经不记得了。我在那本小书里给普诺的女巫们开了一张很长、很详细的名单，而且写明了她们的手段和情况，但我反复找了半天，却发现宗教法庭从来没有惩罚过一个普诺的女巫。

不过，虽然传说讲普诺有过女巫，那不等于说（在这点上，我跟现在生活在普诺的姑娘们有了麻烦）现在也有。即使有的话，我认为她们也不用别的巫术，而专用上帝赐给她们的那羚羊般的眼睛和两片珊瑚般的嘴唇上的魅力来迷人。

几句开场白表过，我觉得现在可以讲述故事或真事，而不会有被她们抓破脸的危险了。

女孩呀女孩，不是你们年代的事，不会伤害你们！

一

那是一六七二年，圣卡洛斯德普诺镇虽然由总督莱莫斯伯爵刚刚建成，却保留着五年前富饶的萨尔塞多矿场给整个地区带来的繁荣景象的痕迹。从那时起，凡是想在一天之内就发财的冒险家，还有想在一个晚上就通过做买卖赚得百分之百红利的商人，全都从秘鲁的四面八方一窝蜂似的拥到的的喀喀湖边。

在许多在镇上开店经商的人中，有一位名叫堂努尼奥·戈麦斯·德巴埃萨，专门经营收购羊毛、出售胡桃和椰子的买卖。他有一个合伙人，把整皮包的胡桃和椰子从智利运给他，由他经手卖给上秘鲁的一些村子。

堂努尼奥是个不到三十岁的小伙子，是镇上的头号美男子，像大阔佬一样慷慨好施，谈锋甚健，妙趣横生，又非常贪恋女色，不管天堂里的酸梨甜果，一律垂涎三尺。这不是"恋爱"是"乱爱"，凡是看到的女人全都爱。正像俗话所说：只要领子袖子齐全，什么破布都是衬衫。

当时的镇长是堂格拉西安·迭斯·梅里诺，他是阿尔坎塔拉骑士团的骑士，恪守道德准则和宗教信条的绅士，热心于惩罚不名誉的丑事。他严格执行利马发来的指令，终于把镇子管理得比卡尔特会僧侣的修道院还平静三分。为此，他曾发布一份公告，禁止任何人在打过就寝钟后上街游荡，违者处以罚款和拘禁。此外，他还坚决要求所有的人必须按教会规定的方式生活，因为他不能容忍在他的管辖区里有偷妻养汉、非法姘居和其他伤风败俗的罪恶现象。

> 谁为爱情得了病，
>
> 可是身上不发烧，
>
> 快到教区教堂去，
>
> 神父一下就治好。

镇里有位太太，做市议员的丈夫去世后，孀居一人。她年逾不惑，风韵犹存，而且据说她心慈面软，躬行善举，对人"有求必应"。镇长大人在她身边派了许多暗探盯梢，发誓说只要一抓住她的真凭实据，就把她嫁给跟她乱搞的人。

终于有一天晚上，一名暗探向他报告，说宵禁钟打过之后，堂娜巴尔德特鲁德斯小心翼翼地把门打开一条缝，放进一个漂亮男子，虽然蒙头遮面，但他认出来那人就是堂努尼奥·戈麦斯·德巴埃萨。

镇长大人一听别提多高兴了，搓着手说：

"这回她跑不了啦，我要让她嫁人，而且是个好主。她本来不穷，堂努尼奥更是论斤称金银，又是标准美男子。在任何婚姻中，丈夫带进大把金银，妻子也不是穷得叮当响，本该是这样才好。"

说完，他带着几个乡村警察到了堂娜巴尔德特鲁德斯的家，一边使劲敲门一边喊：

"为了国王！给法庭开门。"

堂努尼奥吓得大惊失色，可是堂娜巴尔德特鲁德斯毫不慌乱，悄悄对情夫说：

"（躲在门后边，我一开你就溜。）法庭到我家有何贵干？"

"开门就知道了，快点，不然给你砸个稀巴烂。"

"大人总得等我穿件裙子呀，这就给您开。"

趁两人说话的工夫，堂努尼奥已经很快穿上衣服，用斗篷遮好脸，接着藏到了门后。

堂娜巴尔德特鲁德斯刚一开门，镇长大人就手持灯笼闯了进去，接着被一个轻轻挪动的黑影撞了一下，结结实实摔了一跤。

"他妈的该死的猫！"镇长骂了一句，"要不是我躲开得快，非把脑袋开瓢不可。"

确实如此，警察们也看见，一只黑猫顺着大街飞也似的跑了。

堂娜巴尔德特鲁德斯的房子很小，堂格拉西安·迭斯·梅里诺仔细搜查一遍，只好告退，行前请她多多原谅深夜打扰。

走到拐角处，他狠狠地拧了一把打小报告的警察的耳朵，说：

"你看见进去的一定是那只猫，可你以为是人。听着，笨蛋，下次看准了再报告，免得让国王陛下的法律当场出丑。"

二

第二天，圣卡洛斯德普诺镇上的人不谈别的，都说镇长的侦察一无所获，那只黑猫差一点让大人摔得头破血流。

大概是堂努尼奥讨厌被人说成猫，也许是他不愿意跟官方衙门打交道，或者更可能的是，妇人那朝三暮四的魅力不能再迷住他了，反正他再也不把她放在心上。她写的情书他不给回复（真没教养），她在情书里定的幽会他也不去。

虽说都是人，但人跟人总是不一样。我想读者们大概同意我的看法，就凭这情郎这么不懂礼貌，也应该受到惩罚。

巴尔德特鲁德斯终于明白，她的情人拒绝重温鸳梦，于是决心用硬的办法重新征服他。谚语说得好：马儿不走用鞭抽嘛。

镇上有个剃头匠名叫帕斯夸尔，是个胆大包天的安达露西亚人。一天上午，她把剃头匠找来，对他说：

"你想赚两个金币不想？"

"连想也不敢想啊！太太，我就靠刮胡子、剃僧侣头、拔牙、灌肠、拔火罐和做泥敷吃饭，干一个月也挣不了这么多钱。"

"那好，先给你一个金币，别让任何人知道。明天是星期天，给我弄一绺堂努尼奥·巴埃萨的头发来。"

二人说定后，剃头匠回到自己的小铺，思忖起来：她给那么高的价钱要一把头发，这里有什么名堂？

"不，这事我不能干！"剃头匠沉思半晌，自言自语地说，"说不定那绺头发会损害那位先生的名誉。那位先生手面大方，刮刮胡子就给我一个银币，这里那些比发号施令的人派头还大的小气鬼，可干不出这么漂亮的事！见鬼，这事真麻烦！可这个金币么，圣体节时可以给我的阿尼塞塔买一顶毛呢花帽和一件条纹花布裙，退回去又怪心疼的。唉，怎么办好呢，从现在到明天早晨这段时光可真难熬！"

第二天，帕斯夸尔正给堂努尼奥理发刮胡子，因为他有个习惯，每逢去听大弥撒时，总要打扮得干干净净、整整齐齐。剃头匠是个正直的小伙子，他极力抗拒着诱惑，一丝不苟地剪着头发，收在围裙里。

帕斯夸尔出了堂努尼奥的房间，穿过店堂，借口抓一把椰子和一把核桃，脚步停在两个羊皮包前，伸出手里拿的剪刀，从每个皮包上剪下一点毛，包在一张纸里，得意扬扬地朝堂娜巴尔德特鲁德斯家中走去，自言自语地说：

"只要她不留意这些毛是金黄色，她心上人的头发是黑色，就万事大吉。"

堂娜巴尔德特鲁德斯把事先说好的另一个金币给了他，拿到负心情夫的身上之物，她非常高兴，又额外给他一个银币，算是成交后的请客费。

俗话说，爱情使人头脑发昏，这话不错。这位妇人没有细看头发的颜色，就把它加销上锁收藏起来，开始搬神请鬼，准备作法。

请诸位相信，为了写上面说的《利马宗教法庭纪年》那本小册子，我连巫术里必须精通的看家本事"系住鞋带穿线头"的办法都学会了，可即使这样，也没能搞清巴尔德特鲁德斯施的是什么法术。把头发缠在磁石上来得到男人的爱，这套把戏是无名鼠辈的女巫们特有的小伎俩，根本不是像人们说的尊敬的市议员遗孀这样的女巫大师们的手段。

在那个时代，"库亚纳泉水"还是为了得到别人的爱而必用的妙法，可是，巴尔德特鲁德斯手头大概没有这种水。

堂娜巴尔德特鲁德斯做完法术后，就着手打扮起来。她倾箱倒箧，把最好的衣服和首饰都穿戴上，打扮出一副惹人喜爱的样子，趾高气扬地出了家门，要到堂努尼奥住的那条街去兜上一圈。她心里满有把握，可以说是胸有成竹，只要堂努尼奥一看见她，就会像老鼠偷油一样寸步不离地追随她，因为巫术是不会失效的。

戈麦斯·德巴埃萨正站在自己的店门口跟一位朋友谈话，这时那半老徐娘在拐角处闪出了身影，可恶的是那情郎稳如泰山，一点儿也不动心。虽然如此，她在从他面前走过时，还是向他投去含义明显的一瞥，意思是说"这条船需要有人领航"，并向他微微一笑，笑的时候，就像托美·德布尔基略斯[1]说的那样：

> 那美丽的嘴唇，
> 已不是鲜红的石榴，而是盛开的玫瑰。

　　堂娜巴尔德特鲁德斯还没走过半个街区，就有一皮包胡桃和一皮包椰子跟在她身后，令人炫目地飞舞起来。街上的孩子乘机捡拾胡桃和椰子，脚步声、叫喊声乱成一片。她听到声音大惊失色，拔脚向湖边迅跑。她越加快脚步，羊皮口袋越停不下来，最后和堂娜巴尔德特鲁德斯一起，永远沉入了的的喀喀湖。

　　从那时起（当然是很久以前），就有了"普诺女人，会召羊皮口袋的女人"这句骂人的话。

1　西班牙著名剧作家洛佩·德维加一六三四年发表其戏谑作品时用的笔名。

啼哭的圣婴（1675）

佩里科·乌尔比斯通多是个头脑简单，但非常老实的小伙子。一六七五年前后，他像西班牙村夫唱的那样，当了个"臭皮匠"，说得明白点就是缝破鞋的，在当时的瓦曼加城，如今的阿亚库乔（意思是死人之角）省省会的卡梅内加区开了一间小铺。

不管善良的佩里科怎么扎锥子穿线地缝，经济状况却总是越来越糟，原来这可怜人做了件蠢事，娶了个什么事也不会干，可偏偏又挺漂亮，总想穿绸着缎的姑娘做妻子。真见鬼！许多社会地位更高的女人，都因为追求绫罗绸缎那该死的"飒飒"声已经闹得身败名裂，所以，如果以为鞋匠的妻子穿着这么贵重的衣料招摇过市，能不毁掉自己的名誉和别人的名誉，那简直是异想天开。

更糟糕的是，嫉妒像蚂蚁一样在咬啮着这小鞋匠的心，因为他的妻子卡西尔达在跟安图科·基尼奥内斯眉目传情，暗中来往。这个安图科·基尼奥内斯，正像人们常说的，是居民区的美男子，老太太用来吓唬小孩的妖怪，轻佻姑娘的爱慕对象。卡西尔达呢，直话直说吧，跟整天唱下面这首歌的迷恋吃喝玩乐的姑娘是一路货：

> 我会唱诺尔玛[1]的二重唱，
>
> 我的心儿真快乐，
>
> 因此我多么希望，

---

1 诺尔玛，意大利作曲家贝利尼的同名歌剧的主角。

有茶花女那样的结果。

佩里科占的小铺有两个房间,一间是夫妻俩的寝室,通向大街的那一间放着鞋楦子、干活用的束腰带、缝鞋用的小桌子和其他一些鞋匠用的零碎东西,除此之外还有一只红毛黑尾大公鸡,拴在一个角落的木桩上——在那个时代,没有鞋匠不养公鸡的。

可怜鞋匠的全部贵重东西就是一尊圣婴耶稣的神像,神像雕得非常精巧,鞋匠每天点一盏小油灯献给他。

鞋匠把漂亮的神像当成能倾诉家中伤心事的知己。一天傍晚,他为了挣一个金币,跟一位贵族说定一桩事,要到万塔去送几件紧急公文。临行之前,他走到圣婴耶稣面前对他说:

"听着,胖乎乎的小家伙,我委托你保护我的名誉和我的家;要是你报忧不报喜的话,咱俩没完,我要打断你的腿。就这么说定了,多加小心吧,小家伙,我明天就回来,回来再见。"

接着,他装了点古柯和自卷的烟卷,跟卡西尔达告别,再三叮嘱道,他不在家的时候,不要让男子溜进店,她的脚也不要迈出家门,然后骑上方济各的灰毛驴,慢悠悠地用六个小时走完从瓦曼加到万塔的七里路程,交公文,拿收据,胡乱填饱了肚子,便分秒不停地原路而回。

鞋匠赶到家时正是早晨九点,看到家门紧闭,不禁好生奇怪。卡西尔达本是爱起早的人,所以做丈夫的不会猜想她还没出被窝。佩里科敲敲门,又使劲地敲了敲……什么回音也没有……该死的门还是没开。

听见敲门声,走来一个弓身驼背、像附属教团一样耐劳的老太太。这是一个舌头比象鼻子还长,专爱到处瞎搀和打听闲事,然后自己添油加醋地编排流言蜚语,刺人心窝子的老太婆。

她叫堂娜普尔格丽娅,是个非常讨厌的人!

还有,这老太婆好像肚子里装满了谚语,不管合适不合适,开口就是一大套，而且只要说起话来，要想让她闭嘴简直比登天还难。就冲堂娜普尔格丽娅这样的人，桑蒂利亚纳侯爵一定说过，老太婆和炉子一样，都是靠"嘴"来添柴加热的。

"别瞎费劲了，小佩里科，要等你媳妇来开门呀，我看你得等到审判那天的晚上。女人呀，跟酒一样，专会欺骗感官敏锐的人。虽然这口饭难往下咽，你咽不下去，也不会给狗咽，可我还是得告诉你，自从你转身一走，那鸽子就飞了，现在待在基尼奥内斯的窝里，可得意了。你知道，那小子可是专门偷食的老鹰。再说了，孩子，到哪个山坡唱哪支歌，你就听天由命吧，反正在这个圆圆的世界上，谁不会游泳谁淹死谁。因为我爱说实话，我那些老街坊们讨厌我，不过我还得说，你要像个男子汉大丈夫一样挺起腰杆。别难过也别泄气，不然就会钻进牛角尖出不来，还会留下话柄，让那些不三不四、不安好心的人对你没完没了地说：'孬种，这回没辙了吧。'把羞耻丢到一边去，给它一脚把它踢得远远的，羞耻就像庄稼地里的稻草人，屁事也不顶。什么都要想得开，即便羞耻是青草，驴子该吃也得吃。消消气，孩子，别让火气和怒气发作个没完，让我以为是在对牛弹琴，一句也听不进。尽管说话的是疯子，听话的也要脑瓜子冷静。哪只麻雀都得忍着挨几下扎，再说了，没有治不好的爱情病，也没有忘不掉的为女人的痛苦。要知道，傻子越是不开口，越显得有学问而抬高声名；可许多人就是书念得太多，反而自讨苦吃。闹得满城风雨，到后来在社会上站不住脚，这样做就像自以为十拿九稳的情郎一样，黑夜还笑话别人，天一亮就成了笑料。千万别干这傻事！卡西尔达跟基尼奥内斯是臭味相投，一货对一主，碱地招喇喇蛄，一定会受到惩罚。说不定哪一天，基尼奥内斯把她甩了，你就能出了这口气。俗语说得好：善有善报，恶有恶报；不是不报，时候没到；时候一到，一切全报。要知道，谚语俗语都是一本小小的福音书，它们说的真理比那咬文嚼字的圣谕还多。谚语俗语都是所罗门发明的，他是位国王，学问比总督大人埃斯基拉切亲王大得多；不过也像总督一样，脑子里会作十行诗，比起比尔汉和跟皮萨罗一起来征服的那十二个法国贵族来，还要贪恋女色和爱挑纠纷。明白了这个道理，你得像世界上好些人那样，虽然脑瓜上的绿帽子比四层楼还高，也照样挺起腰杆做人。"

堂娜普尔格丽娅尽可以把成语俗语和胡言乱语一口气说上一年，反正那受辱的丈夫根本不理她。老太太刚说三言两语，佩里科从中得知自己受辱，这结实的小伙子就用肩膀狠狠地撞门，因为用足了力气，只两三下就撞开了。

他把两个房间通通看了一遍，确信妻子早就找野汉子去了。佩里科打开工具箱，操起一把锥子就朝圣婴耶稣冲过去，口中说道："啊，没良心的！你就这样维护我的名誉，这样报答我的疼爱吗？叫你吃我几锥子。"

说着就把锥子扎进满脸稚气的神像的一条腿。

老太太还在街上说着一连串的谚语，忽听佩里科的房子里有个婴儿在哭，心想那夫妇俩本来没有孩子，忍不住生了好奇心，冒冒失失闯进店里。

佩里科早已昏倒在地，手里还握着那沾满血迹的锥子。

把老太太吸引到屋里来的哭声已经停了。

邻居纷纷赶来去救鞋匠。鞋匠苏醒过来时说，他扎伤圣婴耶稣像后，圣婴就放声大哭起来。

* * *

后来教会当局提出的调查报告说，圣婴那条腿上留着从整个伤口流出来的血。

虔诚的居民就把这尊神像叫作"啼哭的圣婴"。后来这尊神像在盛大的仪式中移到了瓦曼加的大教堂，现在还在右边的殿堂里，安放在布尔戈斯[1]保护神的圣坛上。

鞋匠佩里科出家进了奥科帕修道院，几年后在那里虔诚地死去，死时是个职事僧。

至于卡西尔达，她的结局就像过皮肉生涯的女英雄们几乎总有的结局一样，落得个"茶花女"那样的下场。

1　布尔戈斯系西班牙城市，民族英雄熙德的故乡。

以此为戒（1675）

利马如同地球上所有的城镇一样，过去和现在都有专门供人聚会闲谈的场所，无所事事而又颇有兴致的人在早晨做祷告画十字时，在那里编造一些爆炸性的新闻、骗人的谎话和流言蜚语，吃过早饭后再传播出去。

一六七五年，在卡斯特利亚尔伯爵堂巴尔塔萨尔·德拉库埃瓦总督阁下统治时期，设在市政议会连拱廊下的一个书记官办事处，成了人们聚会闲谈的场所和中心。种种耸人听闻的流言蜚语都从这里产生出来，然后传播到居民之间，那速度比现代的电报还要快，因为现代电报的传送速度简直跟乌龟爬行一样，等送到收报人手里时（即使能送到的话），也早已时过境迁了。对共和国来说，这些造谣的人像天花和伤寒一样有害。如果不是这样，愿上帝惩罚我们，让我们忍受诗人的云山雾罩，书记员的"等等，等等"，药剂师的药方上那谁也看不懂的字，和裁缝师送来的长长的账单[1]的折磨。

特别是涉及政治谣言的时候，总会再次出现那万古不变的关于雪球的故事：最初只是一小撮雪，越滚越大，最后就成了一座小山。比如您说您读了一封信，信里说一只蚂蚁咬了张三的鼻子尖，五分钟后那消息就被传得面目全非，咬鼻子的就不再是蚂蚁，而是响尾蛇了。再比如哪位圣人的龙吧，最初说它的尾巴只有一米长，可是过不了几天，传来传去，就说那尾巴有一里地长了。这类"雪球"就像没娘的

1　在国外，一般用固定的裁缝，工钱先记账，一段时间后算总账，结果往往数额很大。

女孩一样，过不了多久，连她的生身父亲也认不出来了。

上面说的一六七五年十二月的一天，可怕的惊恐情绪笼罩着利马。不论是在家里还是在街上，人们都谈论着同一件新闻，说海边出现了海盗。开始时，说有一支五只小艇组成的船队，等到日落黄昏时，就说有三十艘海盗舰艇，载着一万名陆战盗匪，配备着二百门大炮。人们到处传说着详情细节，说得有根有据，可是仔细一调查，谁也说不清根据从何而来。是谁说海盗在派塔港对面出现？又是谁赌咒发誓地说他从可靠消息得知，海盗在阿里卡一带到处抢劫？不管怎么说，反正这"雪球"成了伊利马尼山 [1] 或别的哪座大雪山。

还有，不管什么獐头鼠目的人，全都变成了有名的大将，在制定作战计划，靠这类计划，他们最后肯定会向敌人求饶。这是因为过去跟现在一样，我的祖国的人有个毛病，总是好高骛远。除非他是缝鞋匠，否则你很难找到一个秘鲁人敢于对鞋子缝补得好坏发表意见。可是一说到治理国家，领兵打仗，冲锋陷阵，或是为国理财，那就没有窝囊废。就凭是生在秘鲁这一点，他就无所不能，甚至能宣布比最高法院的终审判决还不容置辩的决定，这是没有例外的法则。越是在政治和管理科学方面一无所知的人，越有能力谈论政治和管理，甚至能当上部长。同样，要想当记者，最重要的就是不懂语法而又不想学。

与此同时，政府一直漫不经心，就像对穆罕默德的拖鞋一样，根本不把海盗当作一回事。总督对天真的利马居民的惊恐觉得好笑，要求他们镇静下来，说他有充分理由可以断言，海边上根本没有说的那些海盗或海匪之类的人。

看到总督大人稳如泰山，没有发布任何保卫国土的措施，风言风语传得更加邪乎，简直弄得人心惶惶，幸好没有变成什么事都会发生的哗变或群众性抗议集会。因为在那个蒙昧时代，"抗议集会"这个词儿还没有被发明出来，如今有了这个词，我们甚至可以把最不负责任

---

1 伊利马尼山为玻利维亚境内安第斯山系中雪山，海拔六千七百一十米。

的统治者从家中拉出来，发动民众朝他们扔石头。

日子在一天天过着，每天都有一个新的弥天谎言传来，吓得胆小的人们战战兢兢，搅得总督无法忍耐。他本不是那类相信神鬼和巫婆的人。但最后，居民的激动情绪犹如一把刀抵在他胸口上，逼得他不得不答复一群市议员说：

"既然城里要求这样，我们就像堂吉诃德一样向风车开战，不惜花费金山玉树准备自卫。可是等我找出那些制造这个弥天大谎的人，凭着我祖宗三代发誓，一定要狠狠惩罚他们。"

堂巴尔塔萨尔·德拉库埃瓦大人阁下解开王室钱库的口袋，在船上安装大炮，做了出色的备战工作。

为了证实当时那群情激昂的景象，现将一位编年史家的话照录如下："十二月十五日，在称为卡莱拉德尔阿古斯蒂诺的草原上，聚集了足有六千人，个个手执武器，士气昂扬，决心与海盗决一死战。"

与此同时，卡斯特利亚尔伯爵一方面不放松作战准备，一方面在追查那些制造了闹得举国惊慌的消息的人。暗探随时都把书记官办事处编造的一切谎言报告给他，总督在汇集材料，准备理出头绪。

一六七六年二月，在普遍的恐慌情绪持续两个月后，西班牙来的邮箱运到了卡亚俄，总督大人收到邮箱，心里有了底：无论英国人还是荷兰人，当时都不想在新大陆进行海上冒险，因此，利马居民可以安安稳稳睡大觉，不必担心被大炮惊醒。个别居民也收到从马德里来的报纸和信件，证实了官方那些令人安心的消息。

在这之前，总督早已把两个游手好闲的二流子关进监狱，这两人挖空心思地制造谎言，借此开心取乐；还关押了两个打鱼的印第安人，他们大概是为了出风头，一天早晨在书记官办事处断言，在奇尔卡一带看见了海盗的舰队。

堂巴尔塔萨尔·德拉库埃瓦毫不留情，命令把这几个人捆在利马广场的耻辱柱上，由行刑手狠狠地各抽二十五鞭。

惩罚是极端严厉的；可是……可是……还是按下不说了吧。

别拿火药当儿戏 (1679)

一

一六七九年前后，卡曼茜塔·多明格斯是个花容月貌、粉面朱唇的女郎。阿雷基帕是出漂亮姑娘的地方，可是没有比她更窈窕的了。

不用多说，就凭这一点，她就有一大群各色各样的爱慕者，可以编成一份长长的花名册。不过，说到这姑娘的为人，还得补充一点，她属于只许诺、不兑现的那种女人。

在众多的追求者中，有个人名叫帕科罗，是个安达露西亚小伙子。他为人豪爽，但不知廉耻，说起弹着吉他唱四行诗，可算首屈一指。

至少有一次在夜间阳台下唱小夜曲时，他对姑娘唱了这么一段：

> 天上布满美丽的霞光，
> 上帝把它们分赐四方；
> 你大概是近在身旁，
> 才美貌得位压群芳。

卡曼茜塔大概觉得不该断然拒绝，所以在小伙子对她说，是抱着善意目的追求她，并且决心按照教会的规定办事时，说，虽然"同意"和"不行"都是两个字的事，可是为了确有把握，她还是要问问她的忏悔神父弗赖蒂乌尔西奥。

于是，神父开始打听情况，最后搞清帕科罗是个没头脑的人，有点傻里傻气，而且懒惰成性，还有，他不管是西施还是罗刹，能占就占，所以在同时纠缠着三四个女人。

因此，神父对卡曼茜塔说：

"甩掉这小子，就像甩掉冤家对头一样。"

于是，听话的姑娘开始躲避这位求爱者。后来有一天，在听完大弥撒走出教堂时，这家伙竟不顾礼节，抢上去跟她搭话：

"他妈的！站住，美丽的麝香石竹花，凭我奶奶的在天之灵发誓，今天我一定要你把这受难的灵魂救出炼狱，像基督教导我们的那样，对这漂亮小伙说声'同意'。他妈的！我可不是遭别人白眼的人，我对谁都不买账，谁敢把我怎么样？他妈的！"

"喏，帕科罗，"姑娘结结巴巴地对他说，"要说我喜欢的……干脆说吧，我喜欢你像臭鸡蛋一样黏人那不知羞耻的样子……"

"你嘴里干净点，他妈的！"帕科罗打断她的话头。

卡曼茜塔把嘴一撇，一口气地说：

"我的忏悔神父不喜欢你，乖乖，你说的那事没门儿。这就是我的答复，但愿再也不见面！"

姑娘加快脚步，走进了家门。

"嘿他娘的！小模样不怎么的，脾气倒挺倔！等着瞧吧，看我的运气会不会那么糟！他娘的！"

帕科罗继续走着，嘴里对女人们一通臭骂，说她们在恋爱这种事情上，不是问自己心意如何，而是看别人觉得怎样，于是把弗赖蒂乌尔西奥当成了绊脚石。

蒂乌尔西奥在阿雷基帕确实没有好名声。他是个吃粮不当差的修士，还一心想当方济各会修道院的院长，把修道院搅得一团糟。

既然说到了方济各，就让我在接着讲传说之前，在这里插上一段人们对这位神圣教主的神像是怎么说的吧。

从西班牙运来好几尊善僧的神像，要运到库斯科各所教堂去。赶骡人骑着骡子，载着装神像的箱子走到比托尔山谷的时候，一头骡子开了小差，驮着箱子跑到阿雷基帕城方济各会教堂的门口。修士们出于好奇打开箱子，见里边有一尊雕得非常精美的方济各神像，个个心里称奇。因为他们还没有教主的神像，就决定把这尊奇迹般到了手边的神像占为己有。库斯科人向他们讨要，打起了笔墨官司。可是，阿雷基帕的方济各会教士们说，里面装的是猫，没有办法把这心爱之物交还给它的合法主人。我想库斯科的人终于厌倦了书来信往，也就作罢；即便到如今，他们读到我上面写的这段经过，再想旧事重提的话，阿雷基帕的教士们大概会以"过期作废"为借口赖着不给，这场官司也就不了了之了。

二

弗赖蒂乌尔西奥一大早去给一位女教友做忏悔，刚走到阿尔坎塔里利亚街的拐角，被一群密密麻麻的人挡住了去路。那群人正在看一张告示。他身为教职人员，官方的告示本来与他毫不相干，虽然如此，挤个地方看个究竟倒也没什么坏处。他戴上眼镜一看，那东西不是告示，而是一张讽刺诗文。诗的全文是：

> 那位修士野心何其大，
> 想把方济各修道院的院长当；
> 他本是一个柏柏尔人的崽子，
> 老子早在安达露西亚上了绞架。
> 修士的酒量比醉八仙还要大，
> 一天三瓶不在话下；
> 恶习跟着他的脚跟走，
> 品行比禽兽还低下；
> 专门在阿雷基帕，
> 把黄花闺女糟蹋。

可敬的修士用不着多想，就知道这一闷棍来自何方。于是他转过身，面对那群带着冷笑注视他的看热闹的人，非常谦恭地说：

"教友们，行行好揭下那张纸。看在上帝分儿上揭下来吧。这是帕科罗的造谣污蔑。"

帕科罗专爱诽谤的名声早已尽人皆知，围观者们听说讽刺诗出自这么个人之手，都相信上面写的不可能是真的，只是恶意中伤的胡说八道。在场者中有个身高八尺的大汉，踮起脚尖扯下了那张纸。

弗赖蒂乌尔西奥小心地把它叠起来，用嘴吻了一下，装进袖口，同时说道：

"亲爱的教友们！跟我一起请求上帝宽恕那个恶意侮辱牧师的可怜的罪人吧。"

修士说完继续朝前走去，身后那群人看到这副基督徒的温良恭顺样子，惊叹不已。

显然，弗赖蒂乌尔西奥很善于不露声色。写过《两把刀》的那位博学的阿雷基帕主教堂加斯帕尔·德比利亚罗埃尔曾说过两句话，弗赖蒂乌尔西奥大概是不会这么说的：

"也许我喜欢个别修士，但没喜欢过所有修士。"

三

过了几个月，谁也不再记得帕科罗，不再记得那张讽刺诗文，也不再记得弗赖蒂乌尔西奥。阿雷基帕的居民被非常严重的新消息闹得忧心忡忡。

曾经与著名海盗摩尔根为伍的哈里斯、科克和麦吉特这几名海盗，一六七九年三月驾着九条船从牙买加出发，在海上劫掠大批财物后，袭击了伊洛和阿里卡两座港口，大有沿着海岸继续骚扰之势。几乎与此同时，巴托洛梅·查普斯和约翰·瓦伦等另外几名海盗也在阿里卡登陆，经过八小时激战，瓦伦战死，秘鲁人才取得胜利。

如果海盗们铤而走险，闯到米斯蒂山[1]坡一带，有钱的居民肯定会大破其财，所以他们凑了很大一笔钱，要装备和养活一百名配备火枪的士兵。招兵买马时，他们为每人出八十杜罗，帕科罗是最早应征入伍的一个。

有一天，雄赳赳的城市保卫者还不知道海盗们刚刚在阿里卡受到重创，身着耀眼的军装，准备从阿雷基帕出发，向沿海开拔。为此，市议会和全城居民要在广场为前去与英国海盗一决雌雄的勇士们送行。

自从那位荣誉非常的修士发明火药以来，秘鲁是消费这玩意儿最多的国家。不管是世俗节日、宗教节日还是家庭节日，没有一次不燃放烟花爆竹的。有一位到过西印度的贵族，当卡洛斯三世国王问他秘鲁人在忙什么事的时候，他立即做了回答，这个回答是举世皆知的。当时他说：

"在忙着没完没了地放鞭炮。"

独立以后，要是我们把花在火药上的钱用来灌溉土地，那秘鲁就会是另一个样子了。哎哟，我发现我正在介入危险的政治领域，还是打住不说的好，免得像我们国家大部分政府要员一样胡来蛮干，因为他们都是这样，不管什么事，总是干不到点子上。

这些临时拼凑的大兵一面鸣枪，一面挺胸凸肚地向广场前进；居民们看在眼里喜在心头，频频欢呼致意，鼓励他们像吃烤牛排一样，把英国海盗生吞活剥下去。

帕科罗想让枪声更大些出出风头，在枪里装了两粒火药，在走过阿尔坎塔里利亚街的拐角处时，"呼"的一声放响了。

下面还是看看写《变成天空的阿雷基帕土地》的编年史家是怎么说的吧，因为有些情况我不知道怎么讲才好：

"火枪枪筒炸开，炸飞他一只胳膊，在空中转了几圈，正好打在他贴讽刺诗的地方。他用鲜血在对自己罪行惩一儆百的判决书上画了押，

1　米斯蒂山系秘鲁西海岸火山，阿雷基帕市就建于山坡上。

那血迹过了好多天才消失。"

抄录了上面这段话，我没有什么可说了，故事就到此为止吧，不过顺便再说一句，这个传说在阿雷基帕是家喻户晓的。

　　　　别跟我说这不是真的，
　　　　人家就是这样对我讲的；
　　　　如果编年史家说的是假的，
　　　　那过错可不是我的。

被传讯的女人（1688）

大主教总督时代的故事

　　我承认，在我已经发表的许多篇传说中，没有一篇比今天我要写的这一篇叫我这么左右为难。这篇传说的情节如此微妙棘手，以致墨水久久地凝在笔尖，始终写不下去。不过这回豁出去了，但愿有位好心的神灵助我顺利地渡过难关，并且能用一块庄重的面纱，遮住我这篇关于一件在利马曾闹得满城风雨的事件的真实故事，即使这面纱不太细密也好。

一

　　一六八八年的时候，有位太太名叫堂娜维罗尼卡·阿里斯塔萨瓦尔，虽说已是徐娘半老，但在任何一个既有异教徒也有基督徒的地方，仍可称为是个风韵标致的姑娘。她保养得丰满俏丽，连威斯特法伦 [1] 保存完好的火腿也相形见绌。

　　她是某某伯爵的遗孀——这"某某"伯爵是跟其他随便哪个称号一样的称号，因为我不想把他的真名实姓印成铅字，只好以"某某"代之。伯爵去世时，正式确定她做两个儿子的监护人，当时大儿子只有五岁。伯爵的财产称得上万贯家私，除了城里的祖居家宅和值钱的地产外，还有这座诸王之城附近一片肥沃谷地里的两座上好庄园。读者先生，请原谅我改换了人物的名字，也没有明确说出故事发生的地点，从一开始我们就说好了，称这孀妇为"某某"伯爵夫人。如果我

1　威斯特法伦系历史上德国北部地区。

不这样做，而把事情一五一十地说个明明白白，那您也许会凭着精明的脑瓜不太费力地用手指出这位"某某"伯爵夫人的后代。在保守秘密这类事情上，我像掌玺大臣一样忠于职守。

维罗尼卡过了丧夫之痛的最初几个月，并且履行了社会礼仪的老套之后，离开利马的住宅，带着大小箱笼到一座庄园去住。读者要想知道这片乡村地产有多气派，只说光奴隶就有一千二百人就够了。

在大批奴隶中，有个结实健壮、眉清目秀的黑白混血儿，年方二十四。伯爵在世时做了他的教父，对这个义子，伯爵一直特别爱怜，另眼相待。他的名字叫潘塔莱昂，十三岁时，伯爵把他带到利马，送他去学老一套行业，那时称为医学。至于那时的医学怎么样，利马的克维多——胡安·德卡维埃德斯在他那部脍炙人口的《诗人的牙齿》中已给我们留下了完整的印象。既然潘塔莱昂与卡维埃德斯是同时代人，在我们这位别具一格、以讽刺见长的诗人的著作中出现的众多形象中，大概就有他的一份。

当伯爵认为义子已经学够了本事，连希波克拉底[1]开的药方也可以改正的时候，便叫他回到庄园，当了医生兼药剂师，在其他奴隶住的工棚外边给他拨了一个房间，特许他穿体面入时的衣服，批准他在庄园管家、总管和牧师就餐的桌子上占有一席之地。管家是个二傻子一样粗鲁的加利西亚人，总管也是同一个模子铸出来的笨汉，至于牧师呢，是个又矮又胖的施恩会修士，脖子后面的肉比杂色公牛的还要厚。这几个人虽也免不了悄声嘀嘀咕咕，但也不得不同意新上任的"大夫"与他们同桌进餐。而且没过多久，也许是大夫为他们提供的服务真有用处，不止一次治好了他们的暴饮暴食，也许是他头脑机敏，风度不凡，赢得了他们的好感，反正牧师、管家和总管不跟这奴隶交往就没法生活，把他视为莫逆之交、不分彼此了。

就在这时，尊贵的伯爵夫人到庄园来住了，除了牧师和两个加利

1　希波克拉底（约前460—前377），古希腊名医。

西亚人——庄园里这几位地位最高的雇员外，她还让这位奴隶参加了她的夜间茶会。因为我们这里自然条件恶劣，很容易传染各种各样的小毛病，而这个奴隶对伯爵夫人来说，不仅是亡夫的义子和宠儿，而且还充当着"及时雨先生"的角色，可以随时开点缓解药治疗偏头疼，或是配制汤药治疗随便什么毛病。

可是，潘塔莱昂不仅因为医学知识而享有威望，他那彬彬有礼的风度，他那勃勃的青春活力以及他那充满朝气的健美身材，都与牧师和加利西亚人那粗俗的举止和外貌形成鲜明的对比。维罗尼卡是女人，单凭这一点就无须多说，在她的想象中，这种对比可能显得更加强烈。庄园里的生活清冷孤寂，百无聊赖，女人的神经又总是非常敏感，为了平息这敏感的神经，维罗尼卡总能在"蜜蜂花水"中得到信心，特别是给这种水喝的医生是个年轻、漂亮又聪明的男子，再加上每日亲密相处，耳鬓厮磨，还有……总之，所有这些加在一起，终于使调皮的丘比特在伯爵夫人的心上狠狠射了一箭。俗话说得好，"魔鬼得闲，捕蝇消遣"，"饥渴情人无挑剔"，所以就发生了……尽管诸位不是巫师大概也已经猜出来的事。有首歌谣说得有理：

> 天上日食不多见，
> 月食次数很频繁；
> 女人生来性情软，
> 容易失足胜过男。

二

请读者点支烟休息休息，我们乘此机会讲点殖民地时期的历史。

堂梅尔乔尔·德利尼安-西斯内罗斯先生，于一六七八年二月以大主教的身份来到利马，但他早在马德里宫廷找好了路子，所以五个月后，国王卡洛斯二世免去卡斯特利亚尔伯爵的职务，任命主教大人当了秘鲁总督，并赐予他许多封赏，后来又赐予他普埃布拉德洛斯巴列斯伯爵的封号，他把这个封号传给了他的一个兄弟。

他的族徽就是利尼安家族的族徽：镶着金色和红色绶带的盾牌。

卡斯特利亚尔伯爵总督卸任时，交出的王室金库丰满充盈，大主教总督接任后小心治理，免得落下肆意挥霍的名声。在利尼安-西斯内罗斯统治时期，国家的状况虽不算富有，但也可以说不愁衣食。讲到国家财富时，总督英明地指出，必须严防"近水楼台先得月"的监守自盗。

不幸的是他性情孤傲，对前任怀有不大不小的敌意，在"任职期审查"[1]期间无端地对他发起攻讦，损害了自己在历史上的声名。

就是在这位总督治理时期，利马居民给西班牙运去金锭购置"王后鞋"。"王后鞋"指的是国王结婚时，各地臣民献给他的贡礼，直话直说，就是百姓们进献的婚礼赠物。

巴西人占据了靠近布宜诺斯艾利斯的一片领土，总督大人立即调兵遣将，军队在拉普拉塔河地区都督堂何塞·德加罗副统帅的指挥下，经过激战把他们赶了出去。战争以签署《乌得勒支和约》[2]告终，葡萄牙得到西班牙很大让步。

海盗约翰·瓦伦和巴托洛梅·查普斯在达连[3]地区印第安人的支持下，从南方海上窜上大陆，在巴拿马掠到重要物资，包括"特利尼达号"船，洗劫巴尔巴科亚斯、伊洛和科金博几座港口，放火焚烧拉塞雷纳区，并于一六八一年二月九日在阿里卡港登陆。该省王军中尉兼大法官加斯帕尔·德奥维多率领居民，经过八小时浴血奋战打退海盗，迫使他们退回船舰，打死首领瓦伦和许多海盗，并俘获十一名俘虏。利尼安-西斯内罗斯急忙在卡亚俄港装备两艘船舰，装上三十门大炮，

---

1 任职期审查，是西班牙王室对在殖民地任职官员进行的审查。
2 《乌得勒支和约》是指一七一三至一七一四年，法国、英国与西班牙在荷兰乌得勒支签订的一系列和约。和约结束了西班牙王位继承战争，使英国增强在海上和殖民地的地位，严重打击了西班牙对美洲殖民地的贸易垄断。
3 达连系巴拿马一省。

批准由潘托哈将军指挥。虽然我们的舰队确实没有俘获海盗船，但它的行动也很有威慑力，海盗因在阿里卡惨败而士气大衰，离开了我们的海域。至于那十一名俘虏，后来在利马马约尔广场被处决。

这个时期还发生了严重的宗教问题。多明我会修士与耶稣会教士在莫霍斯、卡拉巴亚和亚马孙传教区的竞争，基多圣卡塔丽娜修道院修女一次喧闹的选举（其中许多修女放弃了幽居生活），还有莫利内多主教与库斯科受俸牧师因教规条例发生的争执，这些都是可以大书特书的话题。但最严重的还是利马方济各会教士引起的那场动乱，一六八〇年十二月二十三日夜间十一点，他们一把火烧了方济各会总供需僧弗赖马科斯·特兰的单人禅房。

在秘鲁第二十一任总督利尼安-西斯内罗斯治理期间，利马收到了《西印度法律汇编》的最初印本，那是一六八〇年在马德里印刷的。自此利马禁止制造不是用纯葡萄酒糟做的酒类，还为方济各会修女建了"维特尔博[1]的圣女罗莎修道院"。

三

西班牙古代戏剧有一部喜剧名叫《最大的魔鬼是嫉妒》，写这出戏的诗人的这则格言确实是一针见血。

伯爵夫人在庄园住了一年后，让人把一个小女奴接出利马的一座修女院。这小女奴只有十五六岁，像水葱一样鲜嫩，像机灵鬼一样精明，像圣诞颂歌一样欢快，还长着一双黑眼睛，乌黑乌黑，简直像乌金墨玉一般。她是维罗尼卡的宠儿和骄傲。在女主人把她送进修道院继续接受教育，专习贤妻良母的拿手好戏（针织女红和其他活计）以前，曾出钱聘请教师，教她学歌习舞。小姑娘把课程学得精熟精透，以致在整个利马，没有一个人能比她更熟练地弹奏竖琴，没有人比她更有一副纯洁自如的嗓子，能唱《美丽的阿明塔》和《快乐的牧人》，

1　维特尔博为意大利中部城市。

没有人比她的双脚更灵活，能跳"萨胡里亚那舞"，也没有人比她的腰肢更加纤细和柔软，能跳当地的土风舞。

要把赫尔特鲁迪斯的美貌全部描写出来，对我来说真比登天还难。即使我能给这个黑白混血姑娘画肖像，那也定然是苍白平淡，毫无光彩。读者只要想象一下锡兰[1]产的任何一种精制白糖和上等肉桂是什么样子，就可知道她的风韵如何。就是这类白糖和肉桂，促使那位放荡的施恩会睰教士在一支歌谣里说了几句话，我现在忠实地照录如下：

> 信女玛格达莱娜，
> 生就白糖肉桂身……
> 没想过得到一个混血姑娘的人，
> 就没想过得到上等佳品。

赫尔特鲁迪斯来到庄园，在牧师和医生心中煽起了美味佳肴会引起的全部欲望。牧师在翻开书本时，开始心不在焉；医生兼药剂师呢，一门心思只想着这小姑娘，结果有一次在给病人发药时，没有给他阿拉伯树胶而给了牵牛花根，还有一次抢救垂危病人，差一点儿不用向导指路就把他送进阴曹地府。

有人说过（即使没有人想过这么说，我也要说），情敌长着千里眼，在爱情的天空上，长尾巴的彗星他看不见，可是有一只跳蚤他也看得清。正是因为这个缘故，牧师不久就发觉，在潘塔莱昂与赫尔特鲁迪斯之间，存在着在政治领域我国一位名人称为"罪恶的勾结"的那种情形，并且还得到了证据。于是，这位气急败坏的情敌就想报复，把这套话告诉了伯爵夫人，还伪善地说，两个奴隶整天干道义和宗教谴责的这种下流勾当，是对如此荣耀家庭的不尊重，会闹得满城风雨，引起丑闻。蠢话！没有铸出钟来，自己又怕敲钟的事。

---

1 锡兰即今斯里兰卡。

如果施恩会牧师能猜到维罗尼卡早已把这个奴隶变成了比医生更重要的人物，大概就会把话憋在心里不给他告状了。伯爵夫人真能沉得住气控制自己，她向牧师这符合基督徒教规的告密道了谢，只说了一句：她知道怎样整顿家风。

　　牧师退去，维罗尼卡一个人关在卧房，感情的波澜像洪水一样在心中翻腾。她屈尊辱节，从高傲和偏见的顶峰俯就下来，把一个可卑的奴隶抬高到与自己一样的地位，决不能饶恕忘恩负义地欺骗她的人。

　　一个小时后，维罗尼卡满脸怒气地走进制糖作坊，命人把医生叫来。潘塔莱昂闻声而至，以为是给病人看病。伯爵夫人用法官一样的严厉口气问他，是不是与赫尔特鲁迪斯保持着不正当的关系。情夫矢口否认，伯爵夫人大发雷霆，命令黑奴把他捆在大铁环上，狠狠抽鞭子。折磨半个小时后，潘塔莱昂已经奄奄一息。伯爵夫人命令暂停惩罚，又去审问。潘塔莱昂还是矢口否认，伯爵夫人更加怒不可遏，威胁说要命人把他投进滚开的糖蜜锅。

　　面对残酷的威吓，不幸的潘塔莱昂毫不示弱，此刻之前，他一直毕恭毕敬地回答女主人的问话，此时却一反常态地说：“投吧，维罗尼卡，一年之后，像今天这样一天的下午五点，我要传你到上帝的法庭去辩理！”

　　“大胆！”伯爵夫人怒冲冲地大吼，同时用鞭子左右开弓，抽在不幸奴隶的脸上，“下糖锅！把他扔到糖锅里！”

　　多么残忍！

　　残忍的命令立刻执行了。

四

　　伯爵夫人完全神经错乱了，就这样被抬进了她的房间。时间过了好几个月，病情日渐沉重，医学也无能为力。狂怒的疯人在病情严重发作时一个劲地叫喊：

　　“我被传讯了！”

要命期限届满那一天的早晨就这样来到了，奇迹！清晨时分，伯爵夫人神志清醒了。接替了施恩会教士的新牧师被她叫到跟前，听她做了忏悔，以大慈大悲的上帝的名义宽恕了她。

　　女主人发给赫尔特鲁迪斯奴隶自由证，还送给她一笔钱，都由教士给了她。一个小时后，这个因为她招灾惹祸的美貌而酿成悲剧的黑白混血姑娘，动身去了利马，进第二方济各会的修女院当了一名杂役修女。

　　那一天余下的时间，维罗尼卡过得很平静。

　　庄园的钟表敲响了五点的第一下钟声，维罗尼卡听到钟声，一下子从床上跳下来，嘴里大叫：

　　"五点了！潘塔莱昂！潘塔莱昂！"

　　说着，她一头跌倒在卧室中间，死了。

银手臂 (1689—1705)

蒙克洛瓦伯爵、秘鲁和智利诸王国的总督、尊贵的堂梅尔乔尔·波托卡雷罗·拉索·德拉维伽先生，每逢听到喜欢嘲笑人的利马人给他取的"银手臂"这个外号，总是暴跳如雷，虽然这个外号更多地包含着荣誉，而不是嘲笑。因为据我所知，它是在颂扬一位在战场上变成残废的英勇战士。总督阁下的一只胳膊是在阿拉斯[1]战役中失去的，后来就用一只精巧的银手臂代替了那只有骨有肉的手臂，这银手臂可是罗马工匠创造的奇迹。

堂梅尔乔尔总戴着一只羚羊皮或狗皮手套盖着人造左手，虽然如此，人们照样叫他的外号"银臂总督"，而总督阁下却认为这外号是对他这位尊贵的上层人物的侮辱。

城里有些生就白糖肉桂之身的女人，就是百姓当中那些黑白混血女人，是那些好色之徒和糟老头子眼中的美味佳肴。事情就是这样，虽然总督阁下已到了垂暮之年，可每逢在街上碰到这么个女人时，总是瞪大眼睛盯着看个不休。利马的黑白混血姑娘像哈瓦那的一样，是这类女人中的"上等娇娃"。

> 谁要说维纳斯
> 生来是白人，
> 他肯定对这类事

---

1 阿拉斯系法国城市。

孤陋寡闻。

总督在跟某个这类仁慈的女百姓偷情和相好时，大概出过什么闪失，而且这位情郎在报答爱情欢乐时的大手大脚作风传到了公众之中，结果调皮的利马人为他编了一首歌谣。一天早晨，这首歌谣以无名讽刺诗的形式，在总督宫一条走廊的白墙上用木炭写了出来：

> 提起蒙克洛瓦伯爵，
> 人都叫他"银手"；
> 可在讨好黑白混血姑娘时，
> 却有两只金手。

无论是卡涅特侯爵和卡斯特尔富埃尔特侯爵，还是阿马特总督和别的总督，对别人的看法和不知什么人的窃窃私议根本不放在心上，而是针锋相对地用讽刺诗文回敬讽刺诗文。这位总督大人、蒙克洛瓦伯爵跟上面的人可不一样，他不懂得什么是俏皮话，在他看来，最枯燥无味和最没有意义的俏皮话也像盖着官方大印的文书一样严肃。于是，他命人把歌谣从墙上抹掉，但却不能从人们的记忆中抹掉它。

不过倒真得补充说明一点，从那以后，总督再也没有跟地位低下的姑娘们偷情。

一件控告上帝案（1695）

第二十四任秘鲁总督时代的故事

在利马王室检审庭的档案里明确记载着一件事，说曾经按照国王的要求，向西班牙发送过一桩有四百多页公文纸的诉讼案卷，我们这篇传说就是根据这条记载和耐心收集到的资料写成的。

一

上帝创造了好人，可是这位天神陛下在创造人类时，却好像是"掷了幺点"。

"人之初，性本善"，可是沮丧往往毒害他的心灵，逼他自私自利，就是说变成性恶。

谁渴望丰收灾祸，就先播种善举吧。指望受惠人知恩图报，就像今天请求圣人创造奇迹一样。

人类就是这样，智者国王堂阿方索说过，这个世界即使不是创造得很糟，至少也是很糟的样子，这话说得太有道理了。

一六九五年的时候，堂佩德罗·坎波斯·德阿亚拉是住在利马的一位阔绰的西班牙商人，种种不幸像砸在寒冷的不毛之地的冰雹一样，降落到他的头上。

决疑解难者说，哪里有苦难和不幸，上帝就在哪里出现。教义倒是挺安慰人心，可对大部分受难者来说，上帝并没有从天而降来福佑他们。

所以流传着这么一个故事：一位博学的主教劝说一位殷实的犹太人接受了天主教的洗礼。改宗之后，他的不幸就接踵而至。主教觉得应该安慰安慰他，就说："别失望，你的不幸正是主分给他所爱的人的恩惠。"这位新入教的基督徒大为恼火，说："那还是让上帝把这些恩惠留给他的老朋友吧，他不久前才认识我，何必对我这么信任和厚爱呢？"

堂佩德罗简直太慷慨了，谁有饥寒他就解囊相助，谁有不幸他就赶去安慰。这绝不是犯傻，因为人就像街上的石子一样卑微，躬行善事完全是出于自愿。

可是，他有一条船载着值钱的货物从加的斯开来，不想中途沉没；他给几个奸诈之徒作保，这几个人又破了产，两件事加在一起把他逼入了窘境。这位正直的西班牙人大大减价变卖财产，还清了债务，已是分文皆无。

最后的一点钱失去了，最后的朋友也离他而去。

他失去了一切，唯独没有失掉廉耻——可现在我们经常是首先失掉廉耻。

他想重整旗鼓再干，向许多人请求保护，他在富有的日子里曾经帮助过他们，而且这些人大概全是靠他才混到如今这丰衣足食的地步的。

这时候他才明白，"除了上帝和衣袋里的金币，没有别的朋友"这句谚语包含着多少千真万确的真理。

看来金钱是友谊最好的试金石。

堂佩德罗付出极大代价才明白一个道理：在许多人心目中，知恩图报是一项过分沉重的负担。

甚至连他爱过、并且以孩童般纯真的信仰相信也爱他的女人，也对他直言不讳地说时过境迁了。

> 爱情本是一条路，
> 左拐右拐似迷宫，
> 越是一直朝前走，

越是迷路走不通。

于是，堂佩德罗发誓要重新富起来，即使为了致富去犯罪也在所不惜。

他的灵魂中曾经有过的所有伟大、高尚和侠义的东西，都已经因为沮丧而死亡，心中升起一股对人类的深仇大恨。他像罗马的暴君一样，真想人类长出脑袋就是为了让他一刀砍下来。

他离开利马，到波托西居住去了。

在他离开前的两三天，有人发现一位比斯开省的放债人在床上被人杀死。一些人判断是因脑溢血而死，另一些人说是被人使劲用围巾勒死的。

是图财害命还是报复杀人？公共舆论都肯定是报复杀人，因为比斯开人的财产显然一点没少。

但是谁也没注意到，这个事件与故事主角的突然出走几乎是同时发生的。

转眼过去好几年，到了一七〇六年，堂佩德罗带着在波托西赚的五十万比索回到利马。可是，他再也不是原来那个人人都了解的肯于牺牲、慷慨豪爽的人了。

他像乌龟缩在壳里一样钻进自私自利的小天地，全利马人都知道他发了大财，银子多得车载斗量，他以此为心中乐事，但对穷苦人却连一个小钱也不肯给。

还有，堂佩德罗从前是那么快活和乐于交际，现在变成了一个孤僻的人。他独自走路散步，别人打招呼也不应，不去看望任何人，只拜访一位很有身份的耶稣会教士，跟他进行秘密的长谈，聊以自遣。

突然，人们风传坎波斯·德阿亚拉请了一位公证人，在他面前立下遗嘱，把自己偌大的家财留给圣保罗学校。

可是，不知他是心中后悔还是出于某种其他原因，一个月后他废掉那份遗嘱，签署了一份新遗嘱，把自己的钱财按等份分给利马的所有修道院，留出一笔钱为自己做悼亡弥撒，其余的分成几笔可观的遗产，继承者中有一位是前面提到的比斯开人的一个侄子。

正像一位当代作家非常形象地说的那样，那时候正是耶稣会教士与多明我会教士在垂死之人的枕头下互相抓破手掌，抢夺遗嘱的时候。

可是就在撤销原来遗嘱后没过多少天的时候，总督卡斯特尔-多斯-里乌斯侯爵在一天晚上收到一封很长的匿名信。总督大人看了一遍又一遍，接着思索起来，思索老半天，最后叫来一位刑事法官，命他一刻不停地把堂佩德罗·坎波斯·德阿亚拉缉拿归案，投进监房。

二

西班牙大公兼卡斯特尔-多斯-里乌斯侯爵堂曼努埃尔·奥姆斯·德圣帕乌·德森特马纳特-德拉努萨在出使巴黎时，卡洛斯二世突然驾崩，使这个君主国家陷入一场残酷的继位战争。侯爵不仅把"被巫术迷住"的国王传位给安茹公爵的遗诏拿给路易十四看，而且公开宣布支持波旁家族，还命令他卡塔卢尼亚省的亲戚攻击奥地利大公。卡斯特尔-多斯-里乌斯侯爵的长子，在一次战役中死去。

众所周知，美洲殖民地接受了卡洛斯二世的遗诏，承认费利佩五世为合法君主。费利佩五世呢，在内战还没有结束的时候，就急忙对卡斯特尔-多斯-里乌斯侯爵论功行赏，任命他做了秘鲁总督。他的族徽就是拉努萨家族的族徽：两个绣有红色舞爪雄狮的金色方块和两个绣有银色飞翼的蓝色方块。

德森特马纳特-德拉努萨先生于一七〇七年七月七日到达利马，他刚一就职理政，就大肆借债，强征军饷，收取人头税、宗教工程税和市政工程税。就凭这样搜刮民脂民膏，他终于给空空如也的王室国库送去了一百五十万杜罗。

跟总督同来的还有他的儿子堂费利克斯，他被委任为卡亚俄督军。早在侯爵进入利马的庄严的入城式上，大主教缺席就引起了许多人议论纷纷。

卡斯特尔-多斯-里乌斯侯爵是第一位带着"接任文书"来上任的总督,墨西哥人把那东西称作"裹尸布文书"。费利佩五世规定交给每任总督一份文书,外面包着三层封皮,放在王室检审庭,只有在总督死亡、身体不能理政或无法治愈时,才能打开漆封,得知里边的内容。"裹尸布文书"上写着三个候选人的名字,指定以代理形式接替死去总督的合适人选,直到国王做出新的任命为止。这样一来,在总督出缺时,原来由检审庭行使的统治权就取消了。

在他执政时期最引人注目的事件中,包括英国海盗瓦格纳大败卡萨·阿莱格雷伯爵的舰队,劫去秘鲁运出的五百万比索的事。这件事给其他英国海盗壮了胆,丹皮尔和罗杰斯攻占了瓜亚基尔,向居民勒索一笔巨额赎金。总督耗费十五万比索装备几艘军舰去遏制他们。军舰在舰队司令堂巴勃罗·阿尔萨莫拉指挥下在卡亚俄起锚,连渴望惩罚那些异教徒的新兵也乘上军舰去迎战。幸亏没有交战,因为当我们的士兵在加拉帕戈斯群岛寻找那些海盗时,他们早已离开太平洋了。

毁灭了帕鲁罗州许多村庄的地震,也是这个时期的一次重大事件。

在宗教事件中,值得一提的是把圣罗莎修女院的修女迁到现在这座修女院;还有,为争当阿古斯丁教派省区主教,比斯开人萨瓦拉神父与塞维利亚人帕斯神父进行激烈竞争,王室检审庭被迫出面主持选举,才避免了发生更大的混乱,经过十八小时的会议和多次投票,萨瓦拉以两票优势获胜。

年迈的卡斯特尔-多斯-里乌斯侯爵是个酷爱吟诗作赋的人,可是缪斯女神对老人几乎总是避而远之,所以在我们所知出自总督阁下之手的寥寥诗作中,诗的灵感简直少得可怜。而恭维者却把贡戈拉的警策之言用到他的身上,说他统治秘鲁的手段是:

有时挥舞残忍的马特的利剑,

有时显露金身的阿波罗的诗才。[1]

　　每逢星期一，总督都把利马的诗人聚到宫中吟诗作赋，直到两三年前，在首席宇宙志学者堂爱德华多·卡拉斯科的藏书里，还有一部名为《利马学院诗歌选萃》的大部头手抄本，书里载有每次聚会的记录和诗人在会上诵读的诗作，我们做过认真的寻访，想找到这部稀世著作的下落，可惜一无所获。据推测，它可能在某位图书收藏家手里，收藏家对此心爱之物颇为吝啬，自己拿着没用，也不让别人利用如此宝贵的珍品。[2]

　　在利马为堂路易斯·费尔南多王子诞辰举行的庆祝活动上，吟诗会像俗话说的那样"把老本都押上了"，甚至总督卡斯特尔－多斯－里乌斯侯爵还命人在高级教士和贵族到场的情况下，演出了悲剧《柏修斯》[3]。根据我们读到的一个片段来看，那是总督用蹩脚诗句写成的。

　　说到这部悲剧，我们的同胞佩拉尔塔[4] 在他那部《利马的建立》的一条注释中，说它音乐和谐、服装精美、布景华丽，还说总督在戏里不仅表现出他作诗天才的优雅，而且还显示出他精神的高尚和爱情的专一。

　　我们觉得，这种评价中有许多恭维成分。

　　卡斯特尔－多斯－里乌斯侯爵统治还不满两年，有人向费利佩五世告状，指控他凭借高位搞投机生意，串通走私犯诈骗王室财产，王室检审庭和贸易法庭支持控告，国王决定不等听这位秘鲁统治者的申辩，就把他灰溜溜地罢官。可是，侯爵一个给王后做侍女的女儿跪倒在费利佩五世脚下苦苦哀求，说起她父亲在继位战争中立下的汗马功劳，

<hr>

1　马特系罗马神话中战神，阿波罗即希腊神话中诗神。
2　《利马学院诗歌选萃》已于一八九九年在利马出版，《秘鲁传说》作者为它写了一篇很长的序言。——原注
3　柏修斯，即希腊神话中杀死蛇发女怪美杜莎的英雄。
4　佩德罗·德佩拉尔塔－巴尔努埃沃（1663—1743），秘鲁作家。著有史诗《利马的建立》以及历史、法学领域的著作。

国王又废除了成命。

不过，虽然国王在某种程度上满足了德森特马纳特-德拉努萨先生的要求，但他的自尊心并没有因此免受深刻伤害。那创伤是如此之深，以致在他统治三年之后，就在一七一〇年四月二十二日把他送进了坟墓。"裹尸布文书"指定的人中，即库斯科的主教、阿雷基帕的主教和基多的主教，只有基多的主教还活着。

他的葬礼在利马举行得相当冷清，但吟诵了大量诗歌，既有佳作也有劣品。吟诗会总算尽了自己的义务，用诗歌寄托了对这位会友的哀思。

三

现在再回过头来讲那封匿名信。信里指控堂佩德罗·坎波斯·德阿亚拉杀害了比斯开人，抢去他一千个金盎司，用它做本钱在波托西发了大财。

告密者拿出了什么证据呢？我们也说不清。

堂佩德罗被收监后，法官到监狱里来听他的供词。堂佩德罗回答说："法官先生，既然是上帝控告我，否认就是执迷不悟。我只是在以严守忏悔秘密为条件的情况下，向上帝透露过我的罪行。您尽可代表人间的法律对我起诉，不过请您写明，我控告上帝。"

罪犯说的这种分别论罪的办法显然有点诡辩的味道，可他却找到了愿意出面支持起诉上帝的律师——要是找不到就怪了——法庭上的诡辩手法多着呢！

因此，王室检审庭千方百计要把案子弄得人不知鬼不觉，可是案情中最细小的情节都已张扬出去，这场诉讼成了那个世纪一件轰动人心的大事。

宗教裁判所本来就跟耶稣会教士不和，正在找他们的岔子，就想插手这件事。

大主教、总督和利马社会最高层人士都支持耶稣会。堂佩德罗只说一位耶稣会教士对废除遗嘱不满，才写出那封匿名控告信，把忏悔的秘密泄露出来，此外提不出其他证据。

比斯开人的侄子这一方呢，要求把杀害叔叔的凶手的财产全都判归他一人所有，而财产托管人却要求执行第二份遗嘱。

法庭职员个个黔驴技穷，提出各种对立的、稀奇古怪的意见，吵得乌烟瘴气。

与此同时，事情越闹越大。幸亏堂费利佩五世陛下仔细地了解到全部案情，发下圣谕一道，宣布为了教会的尊严和他的属地的道德起见，他与西印度审务院亲自调处此案，做出决定，不然的话，真不知会闹到什么地步。

于是，堂佩德罗·坎波斯·德阿亚拉身背一纸押送文书，连同那厚厚的案卷，被解送到西班牙。

无须多说，遗嘱中几个受惠人也紧步后尘，到宫廷去为自己的权利奔走。

诸王之城恢复了平静，宗教裁判所分出心来，准备烧死德卡斯特罗太太，火焚耶稣会教士乌略亚的塑像和骨头。

精明的费利佩五世是怎么判决，或者说怎么平息案子的呢？不知道，不过可以推测，国王大概是用了某种息事宁人的办法，使诉讼各方和好，连罪犯堂佩德罗也从这块"圣饼"，即国王的宽大中得了好处。

这件诉讼的原始案卷还在西班牙吗？很可能是被那种蛀书咬人的虫子白蚂蚁吃掉了。因为随您怎么说都行，正好一句民间俗语的来历可给这篇传说故事收尾。俗语来历如下：

据说王室检审庭要求一位公证人出示一份公证书，里边有一份遗嘱和几份财产证书。当这位公证人推三阻四、支吾搪塞了一阵，最后无计可施的时候，便来到当时的总督卡斯特尔富埃尔特侯爵面前说：

"尊贵的大人，我把档案柜翻了个底儿朝天，也没找到这份该死的案卷，我猜想是让白蚂蚁给吃了。"

"是这样吗，亲爱的先生？"总督回答说，"那就把白蚂蚁关进牢房！"

从那时起，每当有什么东西找不到时，"算了吧，大概让白蚂蚁给吃了"这句口头禅，就成为谚语流传下来。

母 爱（1696）

"银臂"总督时代的故事

献给胡安娜·曼努埃拉·戈里蒂[1]

我们认为，把本篇传说中主要人物的名字改换一下是适宜的，在《被传讯的女人》和另外某篇传说里，我们就犯过这种可以宽恕的罪过。只要注意历史真实所言不虚，名字本来无关紧要；读者先生大概也会认为，我们给某些人物更名改姓是有理由的，而且是理直气壮的。

—

一六九〇年八月，蒙克洛瓦伯爵、萨尔萨地区阿尔坎塔拉骑士团团长、受堂卡洛斯二世陛下之命任第二十三任秘鲁总督的尊贵的堂梅尔乔尔·波托卡雷罗·拉索·德拉维伽阁下，来到利马就任。他是从墨西哥调到这里来任职的，随同前来的除了他的女儿堂娜何塞法、其他眷属和仆人外，还有一些西班牙士兵。士兵中有一个以英武的军人外貌格外出众的人物，名叫堂费尔南多·德贝尔加拉。他是埃斯特雷马杜拉省的贵族、骠骑兵卫队的队长。据说，他在墨西哥的美人中间就没有留下本笃会僧侣禁欲苦修的名声。他经常寻衅斗殴，聚众赌博，喜欢追逐女人，要想让他改邪归正简直比登天还难。总督像慈父般爱他，想亲自在利马给他娶个妻子，看看俗话说的"结婚可以改变人的

1　胡安娜·曼努埃拉·戈里蒂（1818—1892），阿根廷女作家，著有历史小说多部。

生活习惯"是不是真的。

埃万赫丽娜·萨莫拉除了年轻貌美以外，还有一笔偌大的财产，使她成了整个诸王之城人人渴望的对象。她的曾祖父是继赫罗尼莫·德阿利亚加、里维拉市长、马丁·德阿尔坎塔拉和"阔佬"迭戈·马尔多纳多之后，最受皮萨罗恩宠的征服者之一，在里马克河谷分得了大片土地。皇帝恩准他使用"堂"的尊称，几年后他给王室敬献贵重贡品，又获得了圣地亚哥骑士团骑士称号的恩赐。这位征服者官高爵显，广有家财，在年近百岁之时，觉得在这苦难的尘世上已经没有自己的使命，便在一六〇四年打点行装离开人间，把乡下和城里的财产留给长子继承，据当时估计，那笔财产价值二十万。

埃万赫丽娜的祖父和父亲大大扩充了那笔遗产，可是，埃万赫丽娜却在二十多岁时失去了所有亲人，被托付给一位监护人保护，她的财富引起了人们的嫉妒。

不久之后，在蒙克洛瓦伯爵那位淑静的女儿与这位富有的利马闺秀之间，建立起了最亲密的友情。这样一来，埃万赫丽娜有机会经常出入宫中，结识了卫队长。队长既然是个花花公子，自然利用一切机会向小姐献媚，巧妙地使她心中萌生了爱慕之情。这种感情，小姐虽然没有明说，但听到有人建议她跟堂费尔南多结为夫妻，也不禁暗自欢喜。大媒不是别人，恰恰是总督大人，颇有家教的姑娘是不能让这么高贵的媒人下不来台的。

婚后最初五年间，贝尔加拉队长抛弃了自己那种放荡不羁的生活，妻子和子女就是他的全部幸福，干脆说吧，他成了一位模范丈夫。

可是有一天，也是该着鬼使神差，堂费尔南多陪同妻子去参加一次家庭聚会，会上开辟了一厅，不仅有人在玩老式的"九点"[1]，而且还有许多人围着一张铺着绿布的桌子玩掷骰子。好赌的习性在队长心里只不过是暂时抑制着，所以一旦看见骰子就更加强烈地死灰复燃也就

---

[1] "九点"，一种以九点为每种花中最大牌的牌戏。

毫不奇怪了。他赌了，结果是赌运太糟，那一晚上就输了两万比索。

从这一时刻起，模范丈夫又彻底改变了生活方式，重新过起了狂热赌鬼的生活。赌运一天比一天坏，为了还赌账，他不得不偷拿妻子和子女的钱，就这样掉进了"翻本"这道无底深渊。

赌友中有位年轻的侯爵，骰子对他总是暗中助佑，可是堂费尔南多却一意孤行，偏偏要与自己的厄运抗争。许多个夜晚，堂费尔南多把他带到埃万赫丽娜的家里吃饭，饭后，两个朋友就关在一个房间里"倾家荡产"，在赌徒们的术语中，这个字眼精确得令人恶心。

赌棍和疯子肯定是一路货。照我看，如果说有什么污点贬低了奥古斯都大帝这位历史伟人的形象的话，那就是正如苏维托尼[1]所说，他在晚饭后总要玩"猜双单"[2]。

埃万赫丽娜做了种种努力，要使放纵的赌棍悬崖勒马。她哭天抹泪又甜言蜜语，怒气相争又和好如初，可是统统无济于事。对于心爱之人的铁石心肠，贤惠的女人本来也没有别的法宝可用。

一天夜晚，不幸的妻子已经上床睡觉，堂费尔南多把她叫醒，要那只订婚戒指。这是一只价值连城的钻石戒指。埃万赫丽娜大吃一惊，可是丈夫说，有几个朋友怀疑这件珍宝是否真有那么好，他只是想拿去叫他们开开眼，三言两语平息了她的惊恐之心。牌桌对手们呆的房间到底发生了什么事呢？原来是堂费尔南多输了很大一笔钱，没有什么值钱东西做赌注，这才想起了妻子那只金光闪闪的戒指。

厄运是无情的。两三分钟后，这只珍贵的戒指已经戴到赢家侯爵的无名指上了。

堂费尔南多羞惭、悔恨地浑身抖了起来。侯爵告辞要走，贝尔加拉送他到了客厅。可是刚一进入客厅，他回头朝通向埃万赫丽娜卧房的玻璃门望了一眼，透过玻璃看见她正跪在玛利亚圣像前啜泣。

1　卡约·苏维托尼（75？—160？），拉丁史学家，曾为"十二位恺撒"著过传记。
2　猜双单为一种游戏，猜对方手里东西是双数还是单数。

堂费尔南多再也控制不住自己的感情，他像猛虎一样快速扑向侯爵，从背后用匕首刺了他三刀。

倒霉的侯爵逃向卧房，倒在埃万赫丽娜的床前，断了气。

二

一六五四年发生阿拉斯之战的时候，当时非常年轻的蒙克洛瓦伯爵指挥一个连队。他作战骁勇，参加了一场非常激烈的战斗，结果身负重伤，退下战场时已是气息奄奄。他终于死里逃生，但却失去了右臂[1]，因此必须为他截肢。他装了一只银手臂代替截去的右臂，所以在墨西哥和利马，人们给他取了个绰号叫"银臂总督"。

"银臂"总督（顺便说一句，他家的族徽上绣着一句铭文："愿圣母玛利亚降福"）是接替大名鼎鼎的堂梅尔乔尔·德纳瓦拉-罗卡富尔来治理秘鲁的。据洛伦特说："蒙克洛瓦伯爵享有前任那么大的威望，但没有那么大的管理才能；他生活简朴，信教虔诚，为人稳健，善于调和；他用自己的榜样感化人民，缺吃少穿的人发现，他随时愿意用自己的薪俸和家中的收入给人施舍。"

"银臂"总督治理了十五年零四个月，就总督任期来说这是空前绝后的。这期间，国家一片安定和平，政务处理得井井有条，利马城内建起许多辉煌的建筑。国库的确不太充实，但那是因为非政治原因造成的。那时的迎神活动和宗教庆典规模宏大，设备豪华，使人联想到莱莫斯伯爵统治时期的情景。共有八十五座拱门的那几幢大门楼（那是花费两万五千比索建造起来的）、市议会和宫中回廊，都是在那个时期建造的。

一六九四年，利马城里出了一个怪物，长着两个头和两张美丽的面孔，两颗心脏，四条手臂，两个胸脯，中间由一根软骨连在一起，从腰到脚倒没有什么特别的地方。利马的百科知识学者堂佩德罗·德

---

1 在《银手臂》那篇传说中，作者说是左臂。

佩拉尔塔，以《大自然的异常现象》为书名写了一部非常有趣的著作，书中详尽地描写了怪物身体的各个部位，同时还不遗余力地要证明它有两个灵魂。

"中了巫术的"卡洛斯国王[1]一七〇〇年死去，继他登基的费利佩五世犒赏蒙克洛瓦伯爵，封他为西班牙大公。

"银臂"总督身体有病，年届八旬，且已厌倦了发号施令的日子，请求王室派人取代他，在这个愿望没有实现的时候，蒙克洛瓦伯爵就在一七〇二年九月二十二日故去，死后葬在大教堂里。他的继任者卡斯特尔-多斯-里乌斯侯爵直到一七〇七年七月才到利马就任。

总督蒙克洛瓦伯爵死后，他的千金堂娜何塞法继续住在宫里，可是一天夜里，在事先已跟她的忏悔牧师阿隆索·梅希亚说妥之后，她从一扇窗户滑下楼来，避入圣卡塔丽娜修女院，声言愿做圣罗莎修道院的修女，那座修女院当时正在建造之中。一七一〇年五月，堂娜何塞法·波托卡雷罗·拉索·德拉维伽转入新建的修道院，并当了它的第一任院长。

三

堂费尔南多·德贝尔加拉被关进监狱四个月后，王室检审庭判他死刑。他从被捕时起就供认说，他在破产的赌徒气急败坏大发作的情况下，背信弃义地杀死了侯爵。既然罪犯供认不讳，法庭只好实行惩罚。

埃万赫丽娜千方百计搭救她的丈夫，希望免除他这丢名败誉的死罪。在这种伤心欲碎的情况下，规定的行刑日期到了。这时，忘我而果敢的埃万赫丽娜出于对自己子女名誉的爱，决定做一次没有先例的牺牲。

1　卡洛斯国王，指西班牙国王卡洛斯二世（1661—1700），四岁继位，由母亲摄政十年。一六七五年亲政，西班牙失去许多土地，因无子女，死后引起继位战争。

就在总督蒙克洛瓦伯爵与听审法官们交换意见的时候，埃万赫丽娜身穿丧服，闯进宫中大厅说：堂费尔南多是在受法律保护的情况下杀死侯爵的。因为自己与侯爵通奸，恰巧被丈夫捉住；受辱的丈夫怒不可遏，拔刀就刺，自己得以脱身，却正好刺死了奸夫云云。

　　侯爵经常出入埃万赫丽娜的家，埃万赫丽娜的戒指作为爱情的信物依然戴在尸体的手上，匕首是从背后刺进的，侯爵正好死在妇人床脚下，这些情节以及其他一些细枝末节构成了充分的理由，所以总督相信了她的招供，下令暂停行刑。

　　负责本案的法官走进监房，让堂费尔南多确认妻子的供词。可是，法庭书记官几乎还没有把供词念完，贝尔加拉只觉得乱箭穿心，不能自持，突然发出一阵令人恐惧的大笑。

　　原来这不幸的人疯了！

　　几年之后，死神的翅膀扑到了这位高尚妻子圣洁的卧榻上，一位严肃的神父向这垂死的女子说了许多宗教上宽慰人心的话。

　　埃万赫丽娜的四个子女双膝跪地，等待着母亲临终时的祝福。这时，这自我牺牲的受害女子，才在忏悔牧师的催促下，向他们透露了那巨大的秘密。她说："世上的人会忘记给了你们生命的女人的名字，但是，假如你们的父亲走上断头台的台阶，他们肯定不会饶过你们。能够洞察我水晶般心灵的上帝知道，我在世人面前失去了我的名誉，就是为了将来人们不会说你们是死刑犯的孩子。"

圣约瑟的罩袍（1696）

曾在利马当过讲道会会长的弗赖安东尼奥·何塞·德帕斯特拉纳神父，写过一部考证详尽的纪事，名叫《圣约瑟的生平和美德》，大约一六九六年在马德里刊印出书。他在这部书中说到，赤脚修女修道院的修女保存了许多圣徒的圣物，其中一件就是圣约瑟的罩袍。不过他忘了说明，是这位长老在挥锤掌凿日子里穿的罩袍，还是当作节日盛装时穿的罩袍。

因此，人们纷纷猜想，这件圣人的衣服很能创造奇迹，引得知恩图报的信徒施舍捐赠许多钱物，无意中给修女和牧师们帮了大忙。要说不用请医吃药，光靠罩袍的奇迹治好了多少肠绞痛、乳癌、斑疹伤寒和肺结核病例，一时半会儿我也说不完。在帕斯特拉纳神父讲述的有价值的重大奇迹中，我记得有一件是在我的一位名誉清白的女同乡身上创造的。她婚后不育，盼子心切，结果把那位圣德高尚的木匠的罩袍往肚皮上一盖，它就圆鼓鼓地胀起来了。

我心中暗想，罩袍从两个多世纪以前就被那么拿来拿去，大概已经变成零条碎片了。但我生性懒惰，没去仔细打听它是不是还保存在修女院里，有兴趣打听的倒是长老的罩袍是怎么样和为什么来到利马的。

据说一六四〇年的时候，利马有一股盗匪，专门袭击修女院进行偷盗。因为大家都知道，那年月我们被英国和荷兰海盗吓坏了，过着提心吊胆的日子，所以许多人家都把贵重珍宝甚至整袋的金盎司存放在修女院里。多么值得赞扬的信任！

修女院是在一六〇三年建立的，赤脚修女也不能不受到盗徒袭击的威胁，因此她们实行严格的轮班制，每天夜晚由一个修女守卫修女院。

一天夜晚，一个在天使般的面庞上罩着又平又净面纱的年轻修女，正在手提灯笼执行守卫职责，突然觉得看见一个黑影藏在一根柱子后面。她大惊失色，连忙喊道：

"谁？"

"年轻的修女，别害怕。是我，圣约瑟，我作为这座修女院的保护神，是来陪你巡夜的。"

那修女很有胆量，一面口念"耶稣"一面报警，同时向那多管闲事的人冲去。可那人一溜烟跑掉了，只让她抓住了罩袍。

全体修女忙乱起来，要发现神秘的巡夜人是从什么地方走掉的，后来大家都悟出来了：这样的人不可能是凡人，而是天神。

从那一天起，罩袍就被列为圣物，开始不断地创造奇迹了。

圣阿古斯丁教堂的幽魂游行（1697）

　　没有一个利马人在孩童时期没有听说过圣阿古斯丁教堂的幽魂游行。我记得在我们还没有煤气灯的时候，敲过午夜钟以后，因为害怕碰上这些炼狱中的公民，若不先画几个十字，没有一个女人敢冒险通过那片小广场。

　　无论是卡兰查还是他的继任者托雷斯神父，虽然在《阿古斯丁教堂纪事》中都提到了一些更加令人着迷的事，可都没有谈到这种游行。但是在《变成天空的阿雷基帕土地》中，却说到预审法官堂胡安·德卡德纳斯经历过一件与我要讲的故事非常相像的事。

　　由于没有更加真实可靠的来源，现在就把一位通晓妖魔鬼怪和孤魂怨鬼故事的老太太给我讲的传说，如实地讲述出来。

一

　　一六九七年，堂阿方索·阿里亚斯·德塞古拉是刑事法官，他是西班牙诸王国的子孙，是个在任职期间得到了严厉甚至近乎残酷名声的人。凡是落入他手中的犯人，只有被判了绞刑才能得到解脱。喏，诸位都看到了，这种解脱倒也不错。跟他来不得从轻发落的要求，也休想用裙带关系和朋友之情来施加影响。法官先生就把他的骄傲自负，建立在他这种毫不让步和他在人们心目中引起的恐惧心理上。

　　法官先生住的房子与圣阿古斯丁教堂为邻，一天夜晚大约九点钟光景，法官正在阅读一份案卷，忽然听到呼喊"救人"的声音。堂阿方索抓起帽子、斗篷和剑，带着两个巡捕跑到街上，只见一个贵族家庭的青年已经奄奄待毙。这青年生性好打架，加上经常勾引妇女，屡次闹出事端，因此非常有名。

垂死的青年身边站着一个丑陋无比的人，身穿阿古斯丁教派职事僧的袍子，手里握着一把沾满血迹的匕首。

这人是个瘦弱矮小的印第安人，那副丑八怪的样子连小鬼见了也会吓一跳，全利马的人都叫他科米尼托教友。这职事僧生性恭顺，待人亲热，而且享有深明道义、信教虔诚的声名，所以人人喜欢。他常给居民分发"圣尼古拉的面包"，由于这个缘故，他比政府还得人心。

从他那温顺的性格来看，他连一只老鼠也打不死。原来他是在干完省教区神父交办的一件差事返回修道院途中，去救助那受伤之人的。他以为会救他性命，就把匕首从他胸口上拔了出来，这本来是慈善之举，不想却因此加速了他的悲惨结局。法官见他手里拿着匕首，便说："哈哈，狡猾的凶手！跟我上法庭吧。"

这声恐吓吓得科米尼托教友非同小可，一溜烟似的跑进修道院的门房。法官紧追不舍，嘴里骂骂咧咧，终于在第一道回廊的走道里追上了他。

修士都被惊动起来。他们对科米尼托素怀好感，搬出无数条理由为他们的职事僧辩护，并说躲进修道院后应享有豁免权。可是阿里亚斯·德塞古拉不予理会，科米尼托由一群如狼似虎的巡捕押送，投进了监牢，那是一帮拳头硬、心肠狠的家伙。

第二天就开庭审问。表面看来，科米尼托有罪：发现他时，他手里握着匕首，站在死者身边准备逃跑，就像司法人员来到面前所有罪犯的行为一样。科米尼托说上帝和他们土人的神灵可以做证，否认与杀人有任何干系。可是在那个时代，法庭有法庭的办法，只要一用这种办法，不管头脑多么简单的人也会变成精明的罪犯。科米尼托受了一刻钟的轮刑，骨头被轧得吱吱作响，最后供认犯了罪，可是我们知道，他连做梦也没想到会犯这种罪行。肉刑是没有什么人有勇气抗拒得了的论据。

不言而喻，可怕的法官只凭捕风捉影的罪行就可以让行刑手忙碌起来。

于是对科米尼托判处绞刑。

执行法律制裁的那天早晨到了。居民怎么也不相信这职事僧会犯罪，在"纽扣匠人街门廊"一带仨一群俩一伙地围在一起，商量营救他的办法，阿古斯丁教派的教士也不怠慢，一面鼓动居民想办法，一面在尽力争取刽子手，至于是用免罪的说教，还是用光闪闪的金币，就不得而知了。

反正是在绞刑架下，在已把科米尼托交给刽子手后，刽子手趁人不注意的时刻对着他的耳朵悄悄地说：

"到时候了，老弟。快跑，快跑吧，没有猎狗会抓你。"

科米尼托心中明白，居民会掩护他逃跑，拔脚就朝大教堂前的高台阶狂奔，想跑进宽恕的大门。居民纷纷为他闪路，呼喊着为他加油。

可这倒霉鬼也是前生注定，生来就该死在绞刑架上。就在他跑完一半路的时候，阿里亚斯·德塞古拉法官骑着马出现在"鱼市大街"的街角。法官一踢马刺，撞倒几个市民，冲向科米尼托，把他抓住。

刽子手喃喃地说：

"这回我可没辙了——这法官简直是魔鬼。"

接着他执行了他的差事，科米尼托作了他乡之鬼。

写出下面诗句的诗人说出了多么千真万确的真理呀：

> 人生好比是沙拉，
> 放的佐料没法量；
> 有时吃着没滋味，
> 有时酸得倒牙床。

二

在这些事情发生之前，X伯爵的一个仆人走进阿里亚斯·德塞古拉法官的家，把主人的一封信件交到他的手里。堂阿方索正被人们要求释放科米尼托的努力搅得心烦意乱，没有拆阅就放进了书桌的一只抽屉，嘴里还嘟哝哝说：

"这些阿古斯丁派教士在不遗余力地活动，好让我渎职犯罪，枉法徇情。修士们来头不小哇！"

职事僧被送上黄泉之路后，法官在夜晚十点过后才走进自己家门，突然想起了那封信，便撕开封条拆阅。信是写信人在自己庄园写好的，庄园距利马十五里，信上说：

"法官先生：如果不设法阻止像阁下这样明智而高尚的人由于对法律的过分热情而误入歧途，我会受到良心的谴责。您在狱中关押的那个阿古斯丁派信徒是清白无罪的。我因名誉受辱，有权派人杀死一个卑鄙小人。我原想将蒙受的侮辱公之于众而不雪耻，但我没有那样做。请阁下大施宏恩慨然决定，停止审理此案，使死者和生者均得安宁。愿我主在他的神圣事业中铭记阁下的高尚人品并使之发扬光大。阁下忠实的奴仆——X 伯爵。"

堂阿方索越往下看信，心中越感到内疚。他把一个无辜者判成了罪犯，由于没有及时拆阅这封生死攸关的信。他在良心上觉得有罪，他那法官的自负心理使他失去了理智。

法官的头像火山一样要炸裂开来。在寝室温暖的气氛中，他感到透不过气来，需要凉风清醒清醒自己的头脑。他打开阳台上的一扇百叶窗，把胳膊肘支在上面，前额埋在两只手里。

午夜的钟声响了，堂阿方索向邻接的教堂望了一眼。看到的景象冻凝了他血管里的血液，整个身子惊得如同木雕石像一般。原来教堂神殿的门敞开着，从里边走出一列长长的修士队伍，人人手里举着点燃的蜡烛。堂阿方索想逃，但一股神秘的力量使他动弹不得，犹如被钉在原地。

与此同时，游行队伍在教堂小广场上前进，单调地唱着凄惨的

《亚萨的诗》[1]，在阳台下停住了。

这时，阿里亚斯·德塞古拉借着蜡烛的幽光看见了什么，但看见的不是人的面庞，而是光光的头颅，那些蜡烛是死人四肢的棒骨。歌声突然停了，古怪的生灵中闪出一个，走向法官说道：

"看我怎么收拾你吧，混账法官！你因为妄自尊大而判案不公，你因为妄自尊大而残忍无情，害得我们的教友在炼狱中哀鸣，因为是你逼得他怀疑上帝是否公正。看我怎么收拾你吧，混账法官！"

钟楼的大钟阴森森地敲了三下，结束了幽魂游行。在利马，人们都把钟叫作"圣莫尼卡"，那是圣阿古斯丁的母亲的名字。

游行队伍绕着广场继续前进，终于消失在教堂的中殿里。

三

这是堂阿方索头脑中的一种幻觉吗？明智的做法还是不必回答，个人的想法如何就怎么认为吧。

清晨时分，一个仆人发现堂阿方索失去知觉，倒在阳台冰冷的地面上。苏醒过来后，他向照顾他的亲友说起了游行的情景，接着他讲的话传遍了全城。

没过几天，堂阿方索·阿里亚斯·德塞古拉辞去法官职务，出家进了耶稣会修道院，据说在那里虔诚地死去。

不仅如此，还有两个老太太赌咒发誓地说，在圣塞瓦斯蒂安街上看见过那些烛光，面对如此言之凿凿的证词，利马就没有人不对圣阿古斯丁教堂的幽魂游行确信无疑了。

说起幽魂游行，圣弗朗西斯科区的居民中还流传着一个故事，说每逢星期一，"索莱达德小教堂"也有一列游行队伍走出来，一个罪孽深重的老太婆探头去看，结果每个穿着长袍的修士走过她门前时，都吹灭手中的蜡烛对她说：

---

1 《亚萨的诗》系《圣经·诗篇》第五十篇。

"女教友，给我存一存这支蜡烛，我明天来取。"

这样一来，好奇的老太婆收存了将近一百支蜡烛。当时蜡烛是很贵的商品，她心中暗想第二天把它们卖了，捞一大笔钱，不等幽魂来要就搬家，可是早晨一起床，她发现每支蜡烛都变成一根大长骨，她的家成了一片遍地尸骨的坟地。老太婆如梦方醒，悔恨自己的罪过，赶快去找一位享有圣人名声的牧师想办法。牧师出了个主意，叫她把一个初生婴儿藏在罩袍下面，游行队伍走到面前时，使劲掐孩子，直到掐哭为止，已经悔罪的老太婆如法照办，多亏用了这条妙计，幽魂生怕连累孩子，才没有把她带走。骨头复又变成蜡烛，她一一还给了主人。

坦率地说，我们生活的这个十九世纪平庸无奇透了。妖魔已经不再从拉斯拉马斯山冈上出没，鬼怪已经不再投掷石块和袭击住户，圣人已经不再现身和创造奇迹，甚至连炼狱中的幽魂也想不起进行一次令人赧颜的游行来助佑我们了。由于气氛如此平淡索然，加上共济会会员给我们传来了不信教感情，现在利马还似乎真希望来一次幽魂游行呢——这话不假。

波旁王朝统治时期（1700—1824）

捕鼠陷阱（1715）

一

有位统领名叫堂佩德罗·安苏雷斯·恩里克斯·德坎波雷东多，关于他的智慧和勇敢，史学家们都是有口皆碑。一五三九年，皮萨罗派他去建阿雷基帕，还有瓜曼加和丘基萨卡，这几座城现在已是大名鼎鼎。干脆说吧，佩德罗·安苏雷斯是位幸运儿，虽然在他建的几座城里，记得他名字的人可能不太多。

征服者皮萨罗侯爵最有名的伙伴，显然都想在阿雷基帕定居，因为我们在第一批居民的名单上，看到有金马刺骑士堂胡安·德拉托雷。名单上还有"好人"米格尔·科尔内霍，他是位了不起的军人，到晚年，他已晋升到副将军级别。当弗朗西斯科·希龙在比利亚库里战斗中追击战败者时，他掀不开布尔戈尼[1]头盔的护眼罩，无法呼吸，在比利亚库里草原被灰尘憋死了。

我认为，佩德罗·安苏雷斯·德坎波雷东多在选择建城地址上做事欠妥，因为阿雷基帕城位于米斯蒂火山山坡上，而且距另外几座火山也不太远，而这几座火山，例如乌维纳斯火山和瓦伊纳-普蒂纳火

---

1 布尔戈尼系法国一地名。

山，最近几百年间都曾多次爆发。阿雷基帕城经常发生地震，大概就是由于这个危险邻居的缘故。

堂文图拉·特拉瓦达是位教会人士，他在一七五二年写了一本搜奇猎异的书，那是一部手写本，名叫《变成天空的阿雷基帕土地》，现存于利马图书馆。根据他的说法，阿雷基帕土地上有些特别奇异的现象，很值得在这里写上几笔。

他说，马赫斯山谷的一面山坡上有一座山洞，里面有海啸的声音，一七七三年一月二十三日发生地震时，洞里刮出一股势头强大的风，把生长多年、树干粗大的树连根拔起。

他还说，在凯略马一面巉岩上有两股泉水，放眼望去，其形态分别像一男一女，故人们称之为"亚当泉"和"夏娃泉"。两泉之水都是涓涓细流，凡喝此水的人都会变成哑巴。作者还说，在他那个时代，已用许多石块把两个危险的泉眼堵死，虽然如此，我看有些议员可能是喝过那里的水。

就是这位纪事作家说，一五五六年，在阿里卡辖区内的阿萨帕长了一个奇大无比的萝卜，能让五匹马在它下面乘凉。我看这萝卜是废物！他还说，为了取悦卡涅特侯爵总督的公子，这硕大的萝卜被献给他作午餐，一个萝卜就让所有客人和仆人吃饱了。

我想堂文图拉·特拉瓦达是安达露西亚人，他不满足于让我们吃了个巨人般的萝卜，还说一七四一年在万塔哈亚矿发现一块三十三担[1]重的纯质银砂，动用了船上的缆绳和机械设备才把它从山岩上开采下来。

写到这里，要对堂文图拉这样的好人说一句："您还管这叫银砂？殊不知在整个基督徒的土地上都管这叫'堂娜何塞法'了。"说到金砂银砂，堂科斯梅·布埃诺在他写的一部有趣的书中说，曾献给卡洛斯五世一块金砂，是在卡拉巴亚发现的，形状像马头，重量只有一担多

---

1 担，重量单位，一担即一百磅，在西班牙合四十六公斤。

一点。

还从秘鲁运给费利佩二世一块金砂，有人头那么大，与其他珍宝一起在巴哈马海峡[1]沉进了海底。

关于金砂银砂就说这些吧！

这些消息是我在上面提到的那本未刊印的书中看到的，现在写出来，只是因为书里也谈到我要讲的、在阿雷基帕广为人知的传说。读者已经看到，我是在找权威人士做后盾，好让谁也不会说，我是在不怕上帝惩罚地撒谎。[2]

二

此公是个长寿的小老头，丑得能吓死小鬼，牙床上只有两颗小牙齿，脸上的皱纹比手风琴风箱的褶皱还多，公元一七〇〇年时住在阿雷基帕。此公的大名没有流传后世，可是在会做“莫孔图约”和“米斯基里切奥”两种肉汤的土地上，孩子们都叫他堂赫里蓬迪奥。

此公是加利西亚山区的子孙，从早六点到晚六点，在圣阿古斯丁城门街一座小店里，会看到他站在柜台后面卖卡斯蒂利亚产的台面布和圣费尔南多产的呢料。幸运之星大概对他频开笑脸，因为大家都说，他是城里最富的商人。

堂赫里蓬迪奥从不出店堂的门槛，太阳刚要落山就关门打烊，不给任何人开门。米斯蒂火山尽可放心地喷吐岩浆和硫黄，老头决不探头观望。

他穿的是跳蚤色的乡巴佬长外衣，半长不短的灯芯绒裤，蓝袜子和长筒靴。嘴巴全瘪，因为没事可干，几乎所有的牙齿都移居他乡；鼻子倒勾，好像猎鹰的喙；一对小眼像猫眼一样明亮。一看这副形象，就叫人打心眼里恶心。

1　巴哈马海峡位于巴哈马群岛以南。
2　特拉瓦达的手写本著作已发表在奥德里奥索拉的文件集中。——原注

堂赫里蓬迪奥的美德实在无法恭维。他除了给人一句"你好"外，从不施舍任何东西；假如他有只报晓公鸡，也会不给它一粒米吃，把它活活饿死。他的慷慨心肠可说是"铁公鸡、瓷仙鹤、玻璃耗子琉璃猫——一毛不拔"。他说，给人施舍就是养活懒汉和妓女，播种善举就是准备收获忘恩负义之徒。他这想法也许并不错。

那么此公一定有恶癖吧？一点也没有。

赌博？他连最简单的牌戏也不会玩。

酗酒？算了吧！给一瓶卡塔卢尼亚葡萄酒兑上一升水，他一个星期也喝不完。

喜欢女人？怎么可能呢！犹如一个女人能毁灭世界一样，他看见女人就像见了不共戴天的仇人，总是避而远之。在他看来，女人在他的店里是没人要的商品。

或许他严格履行教规？您靠边站吧！他崇拜的是金钱，他的上帝是对半利。连星期日也不去听弥撒。

不错，绝望的人总还有根上吊的绳，朋友也可指望他帮助渡难关，比如说，把一件价值四倍的珍宝抵押给他，还得承认他收的利钱不算多。

说起堂赫里蓬迪奥，据说一天下午，一个乞丐来到他的店门前说："教友，给点施舍吧，上帝和圣母会报答你的。"

"好啊！"吝啬鬼说，"我看这买卖倒不错。拿张他俩签名的期票来，咱们好商量。"

这加利西亚人抠门儿到家了，半个比索的面包加半个比索的奶酪，就是一天早中晚三顿饭。要不怎么瘦得跟小鬼似的呢！

阿雷基帕没有人喜欢他。连他自己的骨头也不喜欢，因为他累了它们一天后，就让它们睡在一块只有几百根长毛的硬草垫上。

这老头跟波托西一个贪财鬼是一路货。这贪财鬼一六三六年死去时留下遗嘱说，用他的钱造一座实心银块的公用厕所，其余的埋在家中的庭院里，拴四条凶狗看门护院。在这份别出心裁的遗嘱里（马丁内斯·维拉在他写的《波托西纪事》里说到了这份遗嘱），这恶棍还让用他的钱把镇上所有的驴精心打扮起来，参加他的葬礼。生前一点不用的钱，这吝啬鬼竟这样来打发。

一天早晨，堂赫里蓬迪奥没有开门做买卖。此事非同小可，邻居们惊慌起来。

下午，人们把事情报告给了圣地亚哥骑士团骑士堂拉蒙·巴尔加斯郡守，郡守带着书记员和法庭公人到了圣阿古斯丁城门街，撞开店门，第一次大不敬地进了当作卧室的店后房间。

人们发现他直挺挺地躺着，确定无疑地死了。床的周围有几块硬面包渣和陈年奶酪的皮。

堂赫里蓬迪奥是以最滑稽的方式憋死的。

一只调皮的老鼠被奶酪味吸引，趁这吝啬鬼熟睡之机从他嘴里钻进嗓子眼，卡在食管里了。

我们得同意这个说法：晚饭吃奶酪太危险，说不定哪位会变成捕鼠陷阱。

活着的死人 (1716)

第二十六任和二十七任总督时代的故事

一

劳拉·贝内加斯像少年时期的恋爱幻想一样美。她的父亲名叫堂埃加斯·德贝内加斯，是利马王室检审庭的法官，是个毫无感情、性格生硬的老头子，而且一旦有了想法决不回头。他属于一贯正确的那类人，顺便说一句，这类人最容易办错事。

有这样一位父亲，劳拉不可能幸福。可怜的姑娘狂热地爱着一位年轻的西班牙医生，名叫堂恩里克·德帕迪利亚；这小伙没得到老头的同意，断绝了念头，乘船去了智利。铁石心肠的老法官反对这段姻缘，是因为他决定，把青春二十的劳拉与暮年五十的一位同行伙伴结合在一起。劳拉哭干了眼泪对父亲说，她不爱他为她挑的那个丈夫，但无济于事。

"姑娘家的扭捏作态！"冷漠的父亲对她说，"爱情是可以培养的嘛！"

"爱情是可以培养的嘛！"——这话毒害了许多人，日后还会生出怨恨情绪。纯洁的处女轻信了这套话，勉强过门为妻，心中却从来没感到萌生出许诺的爱。

"爱情是可以培养的嘛！"——这话不道德，是削弱妇女心脏跳动的撒手锏，是彻底描绘出家庭中专横作风的典型语言。

那个时代，有两种迫使女儿和女奴循规蹈矩的专横手段。

女奴言语轻率，或者对女主人的某个追求者随便乱说吗？那好，不远处就是卡塔卢尼亚人堂海梅或随便另一个没心肝人的面包房，把倒霉的女奴送到那儿过上几个星期或几个月，让她每天挨鞭子、饿肚子、干重活，尝尝最野蛮对待的各种滋味。要知道，那几个世纪不是像现在这样的自由派思想年代，而是基督教世纪，福音派的禁欲主义和奢华的宗教游行的世纪，总之，是建立修道院和圣徒创造奇迹的世纪。

对于不遵父训的女儿来说，修道院的大门随时是敞开的。可见，这种手段几乎像面包房的手段一样——"软刀子割肉"。

劳拉坚决不肯从心中抹去对恩里克的怀念，宁愿做圣克拉拉修道院的居家修女，第二年公开许愿正式出家，当时刚到利马的总督，带领市府议员和听审法官驾临现场，以壮出家仪式的声势。

二

西班牙大公，圣勃诺亲王，卡斯特尔德桑格罗公爵，布吉亚尼科侯爵，埃斯基亚比、圣托比多、卡普拉科塔伯爵，蒙特费拉托男爵，纳尔贝尔蒂、弗莱内内弗里卡、格拉迪纳尔卡、卡斯特尔诺沃爵士堂卡米内·尼古拉斯·卡拉克西奥洛，从拉普拉塔区主教堂弗赖迭戈·莫尔西略·鲁维奥·德奥尼翁手中接过了秘鲁的权柄（主教自1716年8月15日至10月3日是代理总督）。

为了庆贺他接任，写过《利马的建立》的诗人佩拉尔塔发表了一部吹捧这位那不勒斯出生的总督的著作；贝穆德斯·德拉托雷发表了另一部作品，名叫《黄道图中的太阳》。这两部书用贡戈拉式的虚夸文风，堆满了古怪的格言和御用文人的阿谀之辞。

像尊贵的堂卡米内·尼古拉斯·卡拉克西奥洛这样一位总督，要有一辆硕大的马车才能装下他的称号和贵族头衔，可他在秘鲁历史上几乎没有留下什么痕迹。关于他的统治期，只知他未能遏止走私活动，耶稣会传教团在山区取得巨大进展，和在那个时期创办了奥科帕学院。

圣勃诺亲王统治的三年零三个月，由于一场肆虐全国的流行病才为人记忆，在那场灾难中，土著居民的死亡人数超过六万。

就是在这位总督统治时期，接到一份王室通告，禁止给黑奴打烙印。所谓"烙印"，是主人用烧红的铁块盖在这些不幸者皮肉上的某种印记。

当时总督请求废除"米达制"[1]，因为许多委托监护主[2]滥用权力，甚至竖起绞架来恐吓印第安人"米达制役工"，可是国王却将圣勃诺亲王这个用意良好的请求束之高阁。

在一位享有这么多称号的总督的时期，没有完成一项公共建筑，没有一点进步，没有办成一件好事。

可是，据洛伦特说，倒有一场骇人听闻的悲剧震动了富有同情心的利马城。原来是一位不幸的智利人在窗户上吊死，在他房间里找到一份遗嘱，是在自杀前立下的，说如果能杀死他的妻子和一位修士（妻子是他的姘头），他把灵魂留给魔鬼。五天后，在一条小巷里发现了淫妇和奸夫腐败的尸体。

一七一九年八月十五日，正午十点前几分钟，天空变得一片昏暗，家家户户必须点灯点蜡。这是征服以后利马发生的第二次日全食，所以不得不举行悔罪和祈祷游行。

就是那位费赖迭戈·莫尔西略，在升到利马大主教的高位后，被费利佩五世任命为正式总督，一七二○年一月十六日取代了狂妄自负的圣勃诺亲王。关于这位大主教总督，人们背后议论说，总督任命是他用金银买的，因为他觉得代掌权柄那五十天特别惬意。大主教统治了四年，其间发生的最引人注目的事情是：巴拉圭开始出现耶稣会传

---

1 米达制，西班牙统治秘鲁时期实行的奴役印第安人的徭役制。一八二一年秘鲁独立后才废止。
2 西班牙在美洲实行一种殖民统治制度，将某一地区的印第安人"委托"给一个殖民者"监护"，并向他们传播天主教，征收贡赋和摊派劳役，这样的殖民者称为"委托监护主"。

教士与安特克拉之间的骚乱；英国海盗约翰·克利波顿俘获比利亚科查侯爵携家属从巴拿马乘坐的双桅船。

三

两年平安无事，修女劳拉甘心地过着幽居生活。

一天下午，负责看门的劳拉跟一位老年修女待在临街接待室，新委任给修道院病人看病的医生走了进来。

当时，每所修道院都住着许多人，包括修女、见习修女和女佣人，而圣克拉拉修道院，一者因为时尚所致，二者因为占地广阔，是利马住人最多的修道院。

这座修道院由圣托里维奥创办，一六〇六年一月四日开院。一位纪事作家说，创办八年时，有一百五十名戴黑面纱的修女和三十五名戴白面纱的修女；后来随着收入增加，逐渐增加到有两种修女四百名。

医生报出姓名，两位修女赶忙用面纱遮住面孔；看门修女让进医生，老年修女摇着声音清脆的银铃，引导医生进了修道院。

三人到了病人的禅房，在那里，修女劳拉再也控制不住激动心情，昏了过去。从一见面时她就认出，新来的医生就是她的心上人恩里克。她因强烈的神经刺激而昏倒，生命危险，必须有医生经常去治疗。

一天夜晚，十二点以后，两个男人抬着一个沉重的大包，小心翼翼地攀过修道院一面围墙，过了一会儿，帮助一个女人爬下来。

大包是从圣安娜医院盗来的一具尸体。

半小时后，修道院的钟敲个不停，报告院内发生火灾。修女劳拉的禅房陷入一片火海。

扑灭大火后，在床上发现一具完全烧焦的尸体。

第二天，举行过宗教仪式后，把在尘世生活中名叫劳拉·贝内加斯的女子埋葬在修道院的墓地。

赞美上帝！赞美上帝！

我的生命的保护人，

我完全是你的。

四

几个月后，恩里克偕着一个非常美貌的年轻女子——他说是他的妻子，在智利一座城市定居。

他们平息了心中的怨恨没有？他们幸福吗？搞清这些事可不是传说作者的义务。

一位任性的利马妇女（1727）

读者，不知你是否看过我那篇名叫《告示迷》的传说，[1] 在那篇传说里，我试图描绘卡斯特尔富埃尔特侯爵堂何塞·德阿门达里斯总督那倔强到近乎武断的脾气。今天，我要给你讲一个总督大人犯脾气的故事（这个故事上次忘记讲了），作为那篇传说的补充。

一

一七二七年左右，什么事都精通、什么事都不用学的堂阿尔瓦罗·德桑蒂庞塞是个安达露西亚贵族青年，他居住在利马，小伙子外表挺帅，但到处惹是生非。他经常出入赌窟，在窗户底下挑逗姑娘，而且是爆竹捻儿脾气——见火就着，一句话不对劲，就拔刀动武，寻衅斗殴。说起他的家当，可以用上一句话——"卖山里红的说辞：就这一挂"，也可以不必担心有恶意中伤之嫌，用一首首尾韵四行诗来形容：

> 有位贵族家乡是大山，
> 名叫堂帕斯夸尔·佩雷斯·基尼奥内斯，
> 他的衬衫是个单数，
> 可是不到三。

---

1 这篇传说未收入本书。

由于刚刚处决了安特克拉[1]，城里出现了骚乱迹象，总督命人发布告示，夜晚十点以后，居民不得上街。为使告示不致成为一纸空文，总督大人增加巡夜队的数目，有时还亲自率领巡夜队巡视全城。

安达露西亚青年不愿为遵守告示规定而牺牲向姑娘调情。一天夜里，巡夜队抓住他正在栅栏窗下谈情说爱。

"喂喂，贵族少爷，你被捕了！"巡夜队队长对他说。

"见鬼！"桑蒂庞塞顶了一句，随手拔出刀，四处挥舞，刺伤一名巡警，夺路而逃。

他在前面跑，法警在后面追，过了两三条街，他见一家开着门，便闪了进去，快步跑进大厅。

那家人正举行晚会，庆贺一个家里人的生日。桑蒂庞塞突然闯入，晚会泡了汤。

那家女主人是位利马贵族，名叫堂娜玛加丽塔·X，她的一位祖辈随皮萨罗一起征服秘鲁，由"疯子"王后堂娜胡安娜[2]封为贵族，是位穿金马刺的骑士，所以对自己的贵族出身极为骄傲。这自负的利马贵妇的丈夫是国内最富有的庄园主之一，虽然自己不是家有族徽的贵族，但对妻子的贵族特权却极为看重。

桑蒂庞塞告诉贵族妇女他正面临不幸，并为搅了她家的晚会感到非常抱歉，女主人领他进了里间的房子。

当时盛行吉诃德式风俗，作为封建制的残余，对多大的罪犯也不拒绝避难，而且贵族们为敢拿自尊心冒险、坚决维护住所不受侵犯而自豪。利马有些房子被称为"铁链房"，根据一道王室谕令，司法人员未经主人事先允许不得擅自进入；即使进入，也只能在某些特定情况

---

1 何塞·德安特克拉-卡斯特罗（1689—1731），秘鲁爱国者。生于巴拿马，任查尔卡斯王室检审庭法官。支持巴拉圭村社社员起义（1723—1725），抗击总督军队的镇压，一七三一年七月在利马被处死。

2 堂娜胡安娜（1479—1555），自一五〇四年为卡斯蒂利亚王后，其夫是"美男子"费利佩，因丈夫故去而疯癫。

下，而且需办理某些手续。我国殖民地时期历史上，世俗权力与教会权力、政府与个人之间发生过无数次关于避难情由的官司。现在，感谢上帝，我们已经没有了这类陈年旧事，在圣坛脚下就可以抓捕无权无势的小民；虽然宪法就在所不受侵犯庄严地写上了某某条款，可我们的执政者只把它当作"聋子的耳朵——摆设"。说到这儿，天赐良机来了，我正好顺便讲讲一条民间谚语的来历。

有那么一位总统，名字我记得，可不想写出来，在他看来，凡是不同意他的政策的人都是阴谋家。他把警察当局指使得忙碌不堪，命他把反对派戴上手铐，投进牢房。

正好午夜时分，检察院一位警员带领大批巡捕爬过墙头，闯进一户人家，据怀疑，那里藏着一位著名的煽动家。那家人早已进入梦乡，见司法人员突然闯入，大吃一惊。户主是个不可能介入政治闹剧的人，要求警员出示由主管当局签发、授权他进入民宅的书面命令。

"什么命令不命令的！"警员说，"这儿老子说了算！"

"要是没有命令，不允许您进入我家。"

"屁话！你好像不是秘鲁人。来，伙计们，给我搜！"

"宪法保障公民权利。"

"宪法，这时候还讲宪法？把这位先生捆起来！"

有什么办法呢？从那天夜里起，就有了这条谚语。凡是有一丁点儿权力的人都特别喜欢专横霸道，人民的真知灼见就用这条谚语说明：抗议专横作法毫无用处。

都知道堂娜玛加丽塔的家是"铁链房"，从房子延伸到门厅入口的粗铁链就证明着这一点。她家里有座地下室或藏身所，入口对全家是个秘密，只有女主人和一名亲信女仆知道，即使把房子推倒，很可能也发现不了这个神秘角落。

巡夜队队长在街门口把剑交给一名巡警，不带武器地走进大厅，用非常客气的话要求交出罪犯。

堂娜玛加丽塔端起了架子，对当局的代表说，她不是犹大那号人，不会把已得到她贵族身份保护的人交出来，他可以就这样对"告示迷"说，至于她嘛，总督大人发火她也不在乎。

接着，又说到处决安特克拉那天，骑兵队冲击方济各会教士的事。她像所有女人鼓起三寸不烂之舌时一样，这个那个地说个没完，好像那话是从泉水中冒出来的，最后，骂秩序的维护者是捕快和卑鄙的打手，骂总督是狗和被革除教籍的人。

泼出的水难回收，说出的话难回口。巡夜队队长无动于衷地忍受着那通发泄，气咻咻地退出来，命令巡警包围了那条街，然后回宫，让人叫醒总督，原封不动、一字不漏地报告了事情经过；还说总督大人希望在秘鲁被人敬若他的陛下费利佩五世本人，可那贵族妇女却把他骂了个狗血淋头，把对他应有的尊敬捣了个稀巴烂。

二

大家已经了解卡斯特尔富埃尔特侯爵的性情，因此可想而知，他当时气得吹胡子瞪眼。最初他想，管他什么铁链和贵族特权，把那放肆的女人抓起来，连同她的贵族封号一起关进"车库"算了——"车库"是法院监狱里一间牢房的代名词，是专门羁押生活放荡的女人的。

可他稍稍平静下来后寻思，对女人做绝了未免失策，人们会说那么干与他的绅士身份不相称。再一说，他想，女人鼓动舌头，这本是大自然赋予她们用来进攻和自卫的武器，可既然女人有"当家的"，最好的办法还是直接找他，像男人对男人那样达成协议。

说干就干，他叫来一位文职官员，派他火速去找堂娜玛加丽塔的丈夫，他当时在距利马几里外的庄园里，给他带去一封信。信中总督把事情经过叙述了一遍，最后写道：

"亲爱的先生，是该知道您的家里是谁穿肥腿裤子[1]的时候了。如

1　肥腿裤子是十六、十七世纪流行的一种男用服装。

果是您，就请在十二小时以内把得到裙子保护的人交给司法当局；如果是教会给您的那个不恭敬的伴侣，就请直话直说地告诉我，我将根据您的回复采取适当行动。

"愿上帝我主赐予阁下在您家里建立良好秩序的勇气，这非常重要，并请不要因这个愿望对我心怀恶感。——卡斯特尔富埃尔特侯爵（签名）"

对总督这封既挖苦又威胁的信，堂娜玛加丽塔的丈夫简短地回复道：

"侯爵先生，对您跟我谈到的不快之事，我很遗憾。如果不是阁下的信里对我名誉和人身的侮辱超过了对法律规定的热情，我愿干预此事。阁下尽可按照您的良好意愿和理智去做，对此我决不生气，但需顺便指出，爱并且尊敬他的同床伴侣和他子女的母亲的丈夫，都把治理家政的权力完全交给她，只要她不是与对其家庭的名声和姓氏的责任不相称。

"愿上帝保佑阁下健康，以便为本地居民造福和更好地为您的陛下效命。——卡洛斯·X（签名）"

如上所见，两封信都是长着毒刺的蝎子。

阿门达里斯收到堂卡洛斯的复信后，命人把他押回利马。

"好哇，亲爱的先生！"总督对他说，"跟我可来不得转弯抹角那一套。我给了您十二小时期限交出罪犯，现在怎么办吧？见好就收还是顽固到底？"

"随阁下的便。即使给我一百年，我也不会强迫我妻子把受司法当局迫害的人交出来。"

"那么说不交……！"侯爵咆哮着，"那好，带好随身衣物，今晚就把您流放到瓦尔迪维亚[1]去。凭我的保护神发誓，决不能给人留下话柄，说一个血统高贵的丈夫让我碰了一鼻子灰。阁下的家真是治理有

---

[1] 瓦尔迪维亚系智利港口城市，当时属秘鲁总督辖区。

方，不是公鸡报晓，而是母鸡司晨！"

可也合该是宫里隔墙有耳，整个利马立刻就得知，要把巨富堂卡洛斯押上准备当晚在卡亚俄起锚的"玛利亚德洛斯安赫莱斯号"三桅帆船。堂娜玛加丽塔抄起面纱，带着女管家、老男仆和几个随从走出家门，把全城都动员起来。大主教和几位受俸牧师，以及听审法官、市议会议员和有爵位的绅士纷纷去往总督宫，想让侯爵在关于流放的事情上改变主意。可总督大人给卫队长下过命令后，已经进屋睡觉，事先警告管家，无论如何，谁也不许叫醒他。

次日，当总督去征求王室检审庭同意时，"玛利亚德洛斯安赫莱斯号"已在地平线上消失了，一名听审法官壮起胆刚要开口，总督当时就把他顶了回去：

"让堂娜玛加丽塔交出犯人，就把她丈夫从瓦尔迪维亚放回来。"

可是，堂娜玛加丽塔生就一副现在大不时兴的脾气：她非常爱她的丈夫，但她认为，同意侯爵的要求就丧失了丈夫和自己的尊严。

说到坚持不让步，这贵妇与总督可谓针尖对麦芒。

三

时间过了好几年。

堂娜玛加丽塔给马德里宫廷发送了数不清的信件和申诉书，在弥撒、蜡烛和灯盏上花费了大笔银钱，指望诸位圣人创造奇迹，让费利佩五世狠狠地整一整总督。

在这期间，堂卡洛斯在流放中死去。

阿门达里斯一七三一年回了西班牙，被授予"金羊毛骑士勋章。"

在他的继任者比利亚加西亚侯爵统治时期，堂阿尔瓦罗·德桑蒂庞塞得见天日，为使司法机构不再找麻烦，他立即乘船去了一块葡萄牙领地。

对于这次滥用权威的事，卡斯特尔富埃尔特侯爵辩白说："我这么做，是为了让丈夫们学会不允许妻子做出轻慢法律和执法人员的事，不过我怀疑我这个惩戒是否是成功的。因为不管人们多么不赞成这种说法，事实是我们男人将总是些怕老婆的人，总是她们说了算，而把我们变成空头司令。"

她的发辫（1734）

献给著有一部与本篇传说同名的悲剧的
西班牙诗人堂托马斯·罗德里格斯·卢比

一

马里基塔·马丁内斯是怎么不愿意
让人叫她秃头姑娘马里基塔的？

　　我的女读者们，在座的诸位不算，马里基塔·马丁内斯可是个灿若明珠的姑娘，一七三四年前后，她经常在利马这些条街上满面春风地散步。我现在还觉得她就在面前，这倒不是因为我见过她，真见鬼！（在她吃面包时，诸位读者的奴仆我，还不过是上帝头脑中的计划之物呢）而是因为那个世纪的一位歌谣作者，对她的美德和娇媚做过一番描述。看样子那位作者是个容易动情的人，正在朝思暮想着这如花似玉的姑娘：马里基塔属于走起路来比主教大人施坚信礼还招人喜爱的利马姑娘。一位诗人曾为这类姑娘写诗赞道：

　　　　当年上帝造了太阳，
　　　　世界普遍沐浴阳光；
　　　　他对利马姑娘心存偏爱，
　　　　在她们脸上加了两倍温柔，
　　　　利马的阳光才格外明亮。

每当月光如水的夜晚，便必定是能看到马里基塔身穿雪白的粼光花布衣，颈系白色细纱围巾，脚踏四码半的玲珑小鞋，肩搭令死人复生的披巾，头插茉莉花朵，在大桥上下蹀来蹀去的时刻。月光给这少女的美貌平添了一股不可言喻的幻觉色彩，一向渴望这些有血有肉的情影的男子，总向她丢出一串串奉承话，而她呢，因为不想占人家的便宜，总是用使利马女人的风韵和机敏名闻遐迩的那种得体风度作答。

有些姑娘说："我可不愿整天唉声叹气。有口气尽情欢乐，没了气万事皆休！"马里基塔就是这类姑娘。

在殖民地时代，有月色的夜晚，大桥几乎无法通行。那是所有人的约会地点，两旁人行道挤满了优雅的青年人，他们一边吹着河上的微风驱散暑热，一边注视着赏心悦目的利马姑娘。女人是出来呼吸凉爽清风的，她们头上插的茉莉花散发出淡淡的清香，使周围的空气一片芬芳。

那时的时尚不是炫耀珠光宝气，而是插花戴朵。对于做父母和丈夫的来说，这种时尚再便宜不过了，只用半个小银币就能摆脱困境，甚至还能解人一难。

夏季的每个下午，不少男孩子在利马穿街走巷，只要吆喝一声"卖花喽！"姑娘们就从栅栏窗口探出头，买上两片香蕉叶托着的一串茉莉花、素馨花、金合欢花、达老玉兰花、柑桔花、番荔枝花和其他同样馥郁的鲜花。那时候，利马妇女在大自然而不是艺术中寻找自己的装饰物品。

古时的利马妇女不用牙痛药和牙粉，虽然如此，看得出来她们的牙齿还是又整齐又洁白。那时还不知道牙腔里可以镶假牙，也不知道可以用象牙做出没有什么可嫉妒上帝赐给我们的下颌的下颌。诸位知道利马妇女的牙齿那么白是谁的功劳吗？是卖草根人的功劳。跟卖茉莉花的人一样，卖草根的是另一类流动小贩，专卖几种柔软多汁的草根，姑娘们没事就咬着它，在牙齿上磨来擦去。

看上去是笑话，可这种行业没落了。现在没有卖茉莉花和卖草根的了，真是憾事！如今这时代，连狗都得交一份钱才能行使吠叫的权利，要是有卖茉莉花和卖草根的，大概市政捐税也得派到他们头上，叫他们有苦难言。请诸位原谅，还有卖黄色灯芯草的、卖烟头的、卖烤牛心串的以及其他小买卖人，如今也都不存在了。

题外话摘在一边，还是回过头来讲马里基塔吧。

我们这位老相识利马姑娘在大出风头的日子里，不找理发师也不用发卡，只在头上卷两个圆曲的大花；不用烫发工具也不用卷发器，更从来不用头油、香水、甘油和发蜡，只用上帝创造的水一洗就万事大吉，可她的头发越来越好。

可现在，姑娘们说水会烂头发根，我不想提出异议跟她们抬杠拌嘴，醉鬼们也说他们宁愿喝烧酒，因为水会生蛤蟆和小虫。

马里基塔对她的满头秀发自有她的高招。她引为骄傲的是梳了两条又光又亮的大辫子，要问那辫子有多长，就像索里利亚[1]在描绘夏娃的美丽时所说的：

> 人们用英尺测量她的整个身材。

一个月白风清的夜晚，马里基塔顺着大桥漫步，朝这个看一眼，对那个笑一笑，向远处的人甩出一句挖苦话。这时，突然有个人抱住她的腰，掏出一把锋利的剃刀，"嚓嚓"两下，割下她一条辫子。

人们狂呼乱喊，乱作一团。马里基塔顿足捶胸，气愤已极。人们拔腿就跑，关门闭户。同时总督官得到消息，说一群海盗不声不响地从河口摸进来，突然占领了城市。

总而言之，姑娘成了"光头"，为了不留话柄让人叫她"秃头姑娘马里基塔"，自愿过起幽居生活，进了一所修道院，从此人们再没有说起她。

---

1 何塞·索里利亚（1817—1893），西班牙浪漫派诗人。

二

她的发辫怎么成了秘鲁拥有一
位引为骄傲的艺术家的原因？

　　一怒之下割下马里基塔辫子的人，是个二十六岁的青年，是一个
西班牙人和一个印第安女人生的儿子，名叫巴尔塔萨尔·加维兰。父
亲曾给他留下一些钱财，可小伙子迷上了马里基塔，便纵情挥霍，最
后钱袋见了底。他那点儿家当，当然不能像那个流浪的犹太人一样，
袋里只有五块钱，却怎么花也花不完。

　　巴尔塔萨尔的干爹是方济各会修道院院长，出类拔萃、大名鼎鼎
的修士。他虽然非常疼爱义子，但得知令小伙子伤心的缘故，还是对
他进行了三小时的训诫。最初几天，刑事法官要求引渡案犯，可是，
要么是马里基塔思忖，即使把仇人绞死，辫子也不一定失而复得；要
么更有可能的是，院长大人的影响终于使法庭改变了初衷，反正事实
是当局没有坚持引渡条款。

　　巴尔塔萨尔被迫过起修道院的生活，为了解闷，便动手侍弄一块
木头，用它雕圣母半身胸像、圣婴耶稣、东方三博士[1]，总之，把伯利
恒事迹中所有在场的人都雕了出来，虽说雕像个儿很小，但整个那一套
都很精美，院长的客人到处张扬，说那是一个艺术奇迹。加维兰听到赞
扬劲头更足，便致力于雕刻跟真人一样大的神像，而且不仅用木头，还
用瓦曼加产的石头雕刻，其中一些神像至今还在利马的几座教堂里。

　　这位艺术家最受欢迎的作品是一件《悲伤的圣母》像，现在是不
是还收藏在方济各会修道院，我们不得而知。总督比利亚加西亚侯爵
听说了雕刻家的才华，想亲自见识一番，一天上午来到变成了雕刻室
的禅房。总督大人亲热地跟艺术家交谈，说宫中官员虽然颇为赞扬，但
说得还很不够。艺术家在总督和蔼态度的鼓舞下，说已厌倦了幽居生

1　东方三博士，指耶稣降生时从东方来朝圣的三位博士。

活，在三年的修道院生活中已弥补了罪过，渴望得到广阔的空间和自由。侯爵搔搔耳垂对他说，社会需要得到补偿，既然丑事是在大桥上干的，就必须在大桥上竖一件作品，其价值要让人们忘掉他作为人的过错，而赞扬他作为艺术家的天才。一席话说完，总督大人转身出门而去。

五个月后，一七三八年，利马城举行隆重的仪式和壮观的活动，庆祝费利佩五世骑在马上的雕像竖在大桥上。

在我们读过的描写庆祝活动的文字中，着实对艺术家大肆褒扬了一番。对他的荣誉大不幸的是，他的作品还没有他的寿命长久，在一七四六年那次大地震中，大桥的一部分倒塌，雕像也随之倾覆。

我们要在这里说一件奇怪的巧合事件。几乎就在费利佩五世的雕像从基座上坠落的同时，利马得到消息，说这位君主因急性中风死去。这次急中风嘛，有人说得好，是他肌体里的一次地震。

三

一座雕像怎么吓死了雕刻家？

直到一八二四年以后不久的时期，阿古斯丁教派的神父总要举行著名的圣星期四迎神会，每次午夜过后结束时，少不得喧闹混乱的场面，老太太们咋呼一番，还有些姑娘悄悄出逃。组成迎神队的停尸架共有二十多个，第一个停尸架上立着一尊完美的死人雕像，还有相应的死神和其他器物，这是艺术家巴尔塔萨尔·加维兰的精美之作。

加维兰给那件骷髅做最后修饰那天，国内许多教会人士和重要人物来到他的雕刻室，对他的尽职尽责一致给予热情肯定。艺术家又一次胜利在望了。

自从在方济各会修道院过避难生活起，巴尔塔萨尔就热情地崇拜巴克斯[1]，据说他最好的作品都是在酩酊大醉的状态中雕成的。

1　巴克斯系希腊神话中的酒神。

不久前我读过一篇关于爱伦·坡[1]和阿尔弗雷多·缪塞[2]的优美佳作，题目叫《纵酒在文学中的作用》。巴尔塔萨尔则可做题材再写一篇文章，我们就题名为《纵酒在美术中的作用》吧。

酒精使这位艺术家精神焕发，身体灵敏，可以说，酒精就是他的爱捷丽[3]。思想和力量，感觉和真实，巴尔塔萨尔都能在杯中物里找到。

为了庆祝阿古斯丁派教士委托他雕刻的作品顺利完成，巴尔塔萨尔跟几个朋友去了酒馆，喝了个玉山倾倒，烂醉如泥。夜晚十点，他才扶着墙壁回到雕刻室，拿起火石、火镰和火绒，打火点燃一支羊油蜡烛，衣服也没脱就倒在床上。

半夜时分他突然醒了。暗淡的烛光发出一股奇异的光，照在床脚下停放的那具骷髅上。死神的象征似乎直挺挺地向巴尔塔萨尔扑来。

他吓得魂飞魄散，加上酒精的作用模糊了理智，所以连自己亲手雕成的作品也认不出来了。他令人惊恐地喊了几声，邻居们闻声赶来，听他那前言不搭后语的话，知道他是神经错乱了。

这位伟大的秘鲁雕刻家，就在雕完那具骷髅像的当天疯癫地死去了，但直到现在，独立后最初几年参加过圣星期四迎神会的人，仍在赞不绝口地谈论这件作品的艺术价值。

---

1 爱伦·坡（1809—1849），美国作家，批评家。著有诗歌《乌鸦》、短篇小说集《述异集》及评论《创作哲学》等。

2 阿尔弗雷多·缪塞（1810—1857），法国浪漫派作家。著有诗集《坐着扶手椅观剧》《夜歌》，小说《一个世纪儿的忏悔》等。

3 爱捷丽，罗马神话中曾启示罗马王努马的仙女。

浪子回头（1746）

我是块破烂抹布，
决心变成一条短裙，
挂上一块招牌写明：
主啊，发发慈悲之心！

（1746 年民谣）

施恩会修道院里有一幅画，画着众人在教堂里围着一个骑马的人（不是圣彼得·诺拉斯科，而是一个秘鲁土生白人）。这种画不可能是随随便便画的，肯定是为了纪念什么重要事件，于是我开始打听是怎么回事。一位教会人士给我讲了一段关于这幅画的传说，现在我转述如下。

一

要说少心没肺又凶猛似虎的愣小子是什么样子，堂胡安·德安杜埃萨就是个典型代表。干起激怒有夫之妇、惹恼黄花闺女的事，谁也比不上他。

他虔诚地崇拜懒汉和醉鬼的保护神圣罗洛，活在世上就像法国人说的那样，过一天，算一天，[1]对什么都不在乎。只要有姑娘，有酒，有牌，有打架，有大吃大喝，就不要指望他改弦易辙。

没有绊索的公鸡，到处可称雄。

一七四六年十月二十八日，他和另外几个像他一样的混混儿，还

---

1 原文为法文。

377

有五六个同类货色的女人——都是些连魔鬼也不喜欢的人，凑在卡亚俄一家妓院里。你干我饮之间，一个丫头随着一只带有浓重鼻音的吉他，跟和她配对的花花公子跳着一支放荡的"萨胡里亚纳"舞曲，现在叫"库艾卡"舞曲。她尽力扭曲腰肢，那样子连蛇也自叹弗如，要不借助双手，单用嘴把一只酒罐从地上叼起来。与此同时，在场的人拍掌击节，齐声唱道：

> 玛利亚，把它给我叼起来，
>
> 何塞，把它给我叼起来；
>
> 你不给我叼起来，
>
> 那我自己叼起来。
>
> 有人说玉米粥着火了！
>
> 我看它着不起来，
>
> 海浪会滚滚而来，
>
> 把它浇灭消灾！

那场纵欲狂欢真是猥亵透顶，跳舞姑娘的动作真是淫荡至极，令人作呕，连"布丁加"[1]也会惊愕不已。别的我就不说了，只说这舞跳得粗俗透顶。

"萨马库艾卡"也叫"莫萨马拉"，是我们国家的一种舞蹈，源于利马，现在还没有传到别的城乡。要跳好这个舞，必须有一个举止非常优雅、身体非常健壮的姑娘。根据跳这支曲子的舞伴的素养，舞蹈可能走向两个极端：要么高雅得精妙绝伦，要么性感得不知廉耻——这就看你是向心灵说话还是向感官说话了。完全取决于心灵。

据说一位大主教偶然看见人跳"莫萨马拉"，转身向陪他的侍从

---

1 布丁加，秘鲁人对派到利马的西班牙塔拉维拉营士兵的蔑称，这些大兵以粗鲁、野蛮、残忍著称。

问道：

　　"这舞蹈叫什么名字？"

　　"萨马库艾卡，尊敬的阁下。"

　　"名字取得不对。这应该叫'肉欲的复活'。"

二

　　（一七三一年耗资八万比索在瓜亚基尔造船厂营造的）"圣费尔明号"战舰上刚刚敲过夜晚十点半的钟声，突然，一声巨响伴着剧烈的地震打断了那群人的纵情狂欢。地震过后，几个狗男女根本没想去打听镇里出了什么事，又钻进那间矮房子继续喧闹去了。

　　过了一刻钟，原来把马拴在妓院门口的胡安·德安杜埃萨走出屋子，到马鞍上的布袋里去取香烟，无意中向海上望了一眼。大海展现的景象令人惊恐万状，安杜埃萨一下子跳上马鞍，一踢马刺，纵马飞驰而去，同时向花天酒地的伙伴大喊：

　　"快跑哇哥儿们，海水漫出大海，要把玉米粥浇灭了！"

　　果然，海水从海滩后退两海里后，像憋足劲头准备更加凶猛地扑向对手的古罗马角斗士一样，一股铺天盖地、泡沫横飞的巨浪直向城镇压过来。

　　当时卡亚俄有七千居民，据奥万多侯爵、耶稣会教士洛萨诺和知识渊博的利亚诺斯·萨帕塔记述，没有被海浪卷走葬身海底的不到二百人。

　　夜晚十点半发生的地震，在利马城造成的损失也不算小，七万居民中有四千人被埋在建筑物的废墟中。上面提到的一位著述者说："从建城算起已有二百一十一年历史的工程，三分钟内便化作瓦砾。"

　　几座主要教堂没有倒塌，如圣塞瓦斯蒂安教堂。虽然那里也不是安全的避难所，还是打开了大门，失魂落魄的人赶忙跑进上帝的住所去避难，教堂里的居民和城里的居民一起向造物主祈祷。

　　与此同时，利马城里还不知道卡亚俄这场巨大的天灾。十一点过后，一个人骑马驰来，从城墙一段倒塌的短墙处跑进城里，穿过"圣哈辛托的足迹"和"上帝的圣胡安"街，见施恩会教堂开着门，便闯了进去，马也不下地走向主祭坛。伤心的居民和施恩会教士们见他如此亵渎神明，弄不清原因何在，着实吓了一跳。

几个信徒勒住烈马，惊魂未定的骑马人滚下马鞍，跪在修道院长面前喊道：

"忏悔，快忏悔！海水出槽了！"

令人心惊肉跳的消息像电流一样立即传遍利马，人们拔腿就向圣克里斯托瓦尔和附近另外几座小山奔去。

那到处碎砖烂瓦、惨不忍睹的景象，远不是笔墨所能形容的。

面对惨痛的局面，曼索·德贝拉斯科总督临危不惧，忠于职守，国王对他也很公正，赐给苏佩伦达伯爵封号，以示嘉奖。

三

浪荡公子胡安·德安杜埃萨彻底改变了生活方式，穿起施恩会职事僧的苦行衣，后来像圣人一样死在施恩会修道院里。

惩罚叛徒（1749）

一

一七四九年的时候，圣拉萨罗教区是利马城居民最少的一个区，因为不久前一七四六年的地震使这个区的不少建筑化作瓦砾。六月二十五日夜里，许多人神色诡秘地走进教区教堂附近一所房子的大厅。

我们说的这间大厅几乎是一片漆黑，厅内只有一盏微弱的油灯，根本称不上是照明设备。油灯放在一张铺着黑呢台布的桌子上，桌子后面有一幅耶稣受难像，像的下面放着一把出鞘的剑。

走进大厅的人坐在长板凳和牛皮椅子上。

大厅隔壁的一个房间里，停放着一口棺木，插着四支葬礼用的大蜡烛。棺木里仰卧着一具尸体。

每个进来的人都吻一吻基督的脚，挥着剑说：

"不，我不是来再次表示哀悼。是，我是来向亲属和朋友保证，如果按照上帝的旨意，他确实是被人杀死的，我一定用这把剑报仇雪恨。"

然后把剑放回原地，恭恭敬敬地走过去坐下。

在那个世纪，所谓"哀悼死者"就是这个样子，哀悼者必不可少的一套言行就是这些，一点不多，一点也不少。

夜里九点，尸体被抬到教堂，次日做完相应的安魂弥撒，唱完超度曲并挥洒圣水以后，再把尸体埋在教堂的墓地或地下墓穴里。

二

在场者保持着肃然的静默，九点的钟声刚刚敲响，其中一人站起身来，用克丘亚语[1]方言说：

"弟兄们，五个月前，你们在阿曼卡埃斯宣布我非常敬爱的父亲、尊贵的琼基酋长为秘鲁的印卡王。上帝的旨意已经让他死去……应该赞美上帝！但是，由很快就要进坟墓安息的人发起的拯救事业不能与他一起死亡，要由我去争取胜利。因此，让我们在曾是我们印卡王和君主的人的遗体面前再次宣誓，解放被奴役的祖国吧。"

在场的人都向停放棺木的地方伸出右臂，齐声应道："我们宣誓。"只有一个印欧混血人没有这样做，他的名字叫豪尔赫·戈贝亚。

众人排成队伍，把尸体抬到附近的教区教堂。

送葬的共有四十多人，既有印欧混血人，也有印第安人贵族，大部分是利马附近村子里的酋长。

离开圣拉萨罗教堂时，琼基的儿子和每个朋友一一握手，向他们发出这样的命令：

"兄弟，记住圣米格尔·阿尔坎赫尔节这个日子。要坚持，要有信心。到时候见。"

"忘不了。"参加密谋的人说——读者大概已经知道，那日子不是为了安葬死者，而是要揭竿起义反抗西班牙。

密谋者悄悄地走向四面八方。

豪尔赫·戈贝亚，就是没有举臂宣誓的那个人，向马约尔广场走去。一个蒙面人正围着壮观的水池（那时候水池一带还没有现在的花园、大理石和錾花的铁栏杆）踱来踱去，在那里等他。

"嗯，很好！"蒙面人对来人说，"他们订好日期了吗？"

"订好了，尊敬的阁下。"印欧混血人说，"都准备好了，就等三个月后行动，圣米格尔·阿尔坎赫尔节那一天。"

蒙面人不是别人，正是总督苏佩伦达伯爵，他转身离开告密人，迈步向宫里走去。

1　克丘亚语是秘鲁土著克丘亚人使用的语言。克丘亚人于十二世纪建立印卡帝国。

三

六月二十六日这一天，城内一片惊恐。政府开始大搜捕，不仅逮捕了印第安人的头面人物，还在非洲人社团抓走了几位有影响的黑人。

案件交由堂佩德罗·何塞·布拉沃·德卡斯蒂利亚法官审理。他对犯人严刑逼供——这种方法最为便当，连哑巴也会被折磨得说出话来，所以到七月二十日案件就审理完毕；二十二日，六名首领被绞死和分尸，人头用铁钩挂在大桥顶上和利马城门上，卷入事件的很多人被判处终身监禁，关进昌格雷斯、塞乌塔和胡安·费尔南德斯三座监狱。

历史上所称的"阿曼卡埃斯密谋"就落个这样的结局。

曼索·贝拉斯科总督在关于他执政时期主要事件的回忆录（也许是记述）中说，他从两位牧师那里得到了关于密谋的模糊消息，于是派一个奸细打入密谋者内部，用这种方法得到了全部计划的可靠情报。

看来在殖民地时期，忏悔的秘密就没有被严格地保住。小阿尔马格罗党羽的密谋，就是被教士们泄露给弗朗西斯科·皮萨罗的；在总督辖区时期的历史上，我们随时都可发现充当告密者角色的神父和修士。

我摘录这些消息的那部文件汇编还说："为防止印第安人和印欧混血人、黑人和黑白混血人发起暴动，给统治制造麻烦，采取了严格的戒备措施：派总督的骑兵守卫总督宫大门，民防骑兵守卫佩塔特罗斯巷对面，商业区的两连士兵守卫大教堂的台阶，四十名印第安人贵族荷枪实弹地守卫市议会楼下。早上八点绞杀了首犯印第安人琼基，其余五名犯人每隔半小时处决一个。"

就在那悲惨的一天的夜里，告密的印欧混血人豪尔赫·戈贝亚在利马失踪。据说，四个人手执匕首把他抓获，强行带走了。

四

从一七四三年起，印第安人胡安·桑托斯在昌查马约山自称印卡王，名号为"安第斯山国王阿塔瓦尔帕二世"，统率部落土人占领了拉萨尔山，大有进攻塔尔马、万卡约、瓦努科和其他村镇之势。西班牙当局布下守卫阵势，并在基米里堡垒架设火炮，后来碉堡落入印第安人之手，他们无情地砍掉了被俘士兵的脑袋。一七四九年，盛传胡安·桑托斯已被部下杀死；西班牙统治的村镇里的印第安人仍然同情这位首领，甚至秘密与他互通情报，开始公开地在利马密谋举事。

从那年一月起，起义者就在阿曼卡埃斯草原举行会议，仅在总督辖区首府，密谋者的人数就超过两千。他们的计划是：利用九月二十九日圣米格尔·阿尔坎赫尔节的机会（按照当地风俗，这一天，印第安人和黑人组成化装人群，举行欢乐活动，为此，主人和东家可以把猎枪和马刀借给他们），打算分几路同时行动，在城外四处放火，掘开河水一条支流，乘火光四起、河水泛滥的混乱之机，出其不意地杀死总督和所有西班牙人；卡亚俄监狱的犯人也应同时暴动，在大屠杀中只饶教士不死。

五

曼索·贝拉斯科总督认为，凭七月二十二日在利马竖起的绞刑架已经吓倒了印第安人，不可能再发生起义，其实他是大错特错了。

九月二十九日圣米格尔节那一天，几乎就在利马城门口的瓦罗奇利村爆发了革命，声势浩大，锐不可当，杀死十五六个西班牙人。革命精神传播到坎塔和其他一些郡，这些地方的起义者都因武器不足和组织不严而失败，但仍有两万多印第安人重新集结在瓦罗奇利，决心战斗到底。

蒙特里科侯爵和斯蒂列霍伯爵统率的王家军队，受命直捣义军的最后堡垒，消灭革命。时间过了好几个月，义军的声势却越来越大，因为在陡峭险峻的悬崖绝壁中，国王的军队根本不能与印第安人交战。

若不是义军阵营组织涣散（甚至有人背叛），他们在这场较量中就会再次取得成功，总督就会被迫以强者对强者的方式与瓦罗奇利村的人打交道，起义者就会得到有利于他们饱受压迫的民族的让步和特权。

一七五〇年五月起，王军开始取得优势；七月六日，两位主要革命领袖在利马广场被绞死。

一七八三年，在费利佩·图帕克-阿马鲁和西里亚科·弗洛雷斯的领导下，瓦罗奇利再次爆发革命，但又一次失败，主要发起者被送上绞刑架。

六

至于那个印欧混血人叛徒豪尔赫·戈贝亚，被抓后一直被囚禁在一座山洞。圣米格尔节那天，革命刚刚发动，就把他押解出来，绑在一根木桩上，割下舌头……喂狗吃了。

这丧门星令人恐怖地挣扎了一个小时，终于断了气。

利马城里的四个 P (1750)

一七五○年前后，秘鲁人堂弗赖·佩德罗·巴勃罗·帕尔多是危地马拉大主教，另一个秘鲁人堂何塞·德阿劳霍-里奥先生同时兼任危地马拉督军、都督和王室检审庭庭长之职。

关于上述第二位秘鲁人，我只知道他在去危地马拉之前曾在基多供职，任法官和检审庭庭长。

至于堂弗赖·佩德罗·巴勃罗·帕尔多·菲格罗亚，我知道他生于利马，属于圣弗朗西斯科·德保拉创立的米尼莫教派，作为这个教派修道院的代表，曾在马德里和罗马之间盘桓三年，是危地马拉历史上最后一任主教和第一任大主教。他办成了他的十八位前任想办而没有办成的事：一七四二年危地马拉教堂升格为大主教教堂。

不久之前有人说，利马有三个引人注目的 M，就是女人、医生和乐师。[1] 古代，就是还没有"进入祖国时期"[2] 的时候，人们都说利马是有四个 P 的城市。老老少少都在谈论这四个字母，可谁也不留心去打听指的是什么。多亏印卡·孔科洛尔科尔沃[3] 和他那本放肆无礼的小说《瞎眼行路人的引路人》，我总算搞清了这四个神秘字母的含义。

孔科洛尔科尔沃说，有一天，在危地马拉大主教家的墙上出现了一支用红赭石写的歌谣：

1　女人、医生和乐师三词在西班牙文中均以 M 开头。

2　即独立以前。

3　印卡·孔科洛尔科尔沃，即卡利斯托·卡洛斯·布斯塔曼特，十八世纪秘鲁作家，著有流浪汉小说《瞎眼行路人的引路人》。

利马城有四个P，

谁能为我解此谜；

送他比索五十个，

外加冷食消暑气。

当天晚上，这条谜语成了大主教阁下茶会上的当然话题。因为谁也猜不出来，参加茶会的又都是阿谀献媚之徒，便有一位受俸牧师说：

"先生们，何必再费脑子冥思苦想呢？四个P说的就是佩德罗、巴勃罗、帕尔多和在秘鲁发财后回西班牙的人[1]嘛！"

大家一齐鼓掌称是，在这个马屁味十足的答案就要得到确认的时候，忽有一位当时途经危地马拉的利马绅士来访。从来人那华丽的衣着和优雅的举止来判断，大概是位重要的，非常重要的人物。

来人头戴系着中国绸带的"卡拉曼杜卡"帽子，绸带上插一枚镶宝石的金别针；颈上系一条黑丝绣细纱围巾；身穿卡尔卡松[2]蓝毛呢上衣，缀有金扣的黑天鹅绒紧身半袖外套；裤子是那种所谓的"活襟裤"，也是天鹅绒制作，快到膝头有一条三指宽的金丝护腿带；袜子是最好的菲律宾丝绸；鞋子是锃光瓦亮的熟山羊皮，双层鞋底，鞋面上镶着小金星；手上六七只戒指熠熠发光；外套的一只扣眼吊着一条每节都镶着绿宝石的宽挂练；衬衫好像是荷兰细麻布做的，有三条基多制作、用佛兰德斯细工卷边的线带。

说明了他的衣着，读者大概会跟我所见相同，走进大主教同乡的大厅做客的这位利马人，绝非等闲之辈，而是一位非常高贵的人物。

"阁下来得正是时候，"寒暄过后，大主教对他说，"这几位先生正在绞尽脑汁地猜一个谜，足有一个钟头了。"

接着便把事情的原委告诉了他。

1　这四个词在西班牙文中均以P开头。

2　卡尔卡松，法国东南部一城市。

"哎呀呀！"利马来客说，随着话音，掏出一个足有一磅半重的金鼻烟盒，捏出一小撮闻着，"诸位何必庸人自扰？告诉诸位，可要永远记住，利马城里的四个P是水槽、大桥、面包……还有'梳子'[1]。"

我早知道，在阿马特[2]总督时代，当总督的情妇佩里乔利问他利马有什么新鲜事时，他常回答说："水槽、大桥和面包，过去现在都如此。"可这梳子么……见鬼！说实话我还真不明白。不错，在为一个公共场所设计的水上游乐设施中，总督确实看到开好了一条瀑布（不过现在已经不存在了），瀑布的名字就叫"梳子"。但是，要说那位危地马拉大主教在二十五年前指的就是它，这根本是不可能的。

现在，在十九世纪最后三十年的时候，如果有谁为我搞清，在我们祖父生活的那个世纪里，利马制作的牛角梳子有什么引人注目之处，我也许会送他礼物。这礼物不是那位爱打听闲事的危地马拉歌谣作者说的五十比索金币和冷盘小吃……而是要什么都行……不过，别要钱，也别要贵重东西。

---

1 在西班牙文中，这四个词均以字母 P 开头。
2 曼努埃尔·阿马特–胡涅特（1704—1782），秘鲁军人，殖民统治者。

宗教法庭的一名罪犯（1751）

一七五一年的时候，堂曼努埃尔·马维拉是利马最有信誉的药剂师。他的药店坐落在"总督宫街"，正因为这个缘故，虽然他卖的药材和药剂比同行们卖的价钱贵出一倍，可老实巴交的利马人还是宁愿到他的店里去买，所以这位老板真是生意兴隆，财源茂盛。

开方卖药的人是死神的卫士、医生的助手，所以没有哪一行比这个亏本的风险再小、赚钱的把握再大了。所有的放债和贴现银行都有随时破产的危险，可没听说过哪位药店老板破了产，不论在这里还是在耶路撒冷。

马维拉是个能说会道、招人喜欢的安达露西亚人，在这段故事发生那一年，他才刚到基督的年龄，科尔多多瓦-乌鲁蒂亚在他写的《三个时代》里说，他还是位有名的医生，但我在眼前的这些旧书里没有得到证实。

我们这位药店老板钟情着一位俏丽明媚的利马姑娘。他已向姑娘的父母求婚，老人接受了他的赠物，订好即将来临的复活节后的第一个星期天由牧师为他们天缘作合，举行婚礼。事情看来已经不会有什么变故了。可是诸位再往下看就会知道，什么叫"天有不测风云"，连煮熟的鸭子也会飞走的。

一个比法庭书记官还阴毒凶狠的老家伙——鬼知道他是多少教友会的会友，又是宗教法庭的使节——也对那姑娘垂涎三尺，情场战败之后仍不肯退出战场，还要孤注一掷较量一番。

药店老板因信教不太虔诚，或者说一点也不虔诚而出名，他很少在教堂露面，而且一有机会就对善男信女出言不逊，恶语相加。

一天傍晚，他戴着水獭皮帽子在药店门口待着，正巧这时城里所有的钟都敲响了晚祷钟。路上行人赶忙停住脚步，摘掉帽子，画起十字，诵起规定的祝福经文。不知是马维拉心不在焉，还是他本来就不尊重教会习俗，反正他的帽子还戴在头上。

恰在此刻，他的情敌——那老头子从那儿经过，一看他那样子，就像中了邪似的喊起来：

"异端分子！摘下帽子画十字！"

马维拉冷嘲热讽地反问：

"我说老兄，你是命令我还是哀求我呀？"

"命令你，可恶的异端分子，教会给了所有虔诚的基督徒这样的权利。"

"不过你得知道，'烤牛杂'大叔，老子不愿服从。"

跟宗教法庭使节的争吵越来越凶，周围开始围拢了好些人。

"摘掉帽子！"

"画十字祷告！"

"打死这个异端分子！"

喊着喊着，人们真的动起手来，捡起石头向店里的药瓶子扔过去，威胁说要把药店和老板砸个稀巴烂。

这时宫廷卫队赶到骚乱地点，卫队后面……愿上帝饶恕我们无罪！跟着宗教法庭的绿色敞篷车。

倒霉的马维拉只好乖乖地蹲进宗教法庭的地牢。

时间一过就是六个月，对他用尽了种种酷刑，比在炼狱里折磨罪人还狠毒，最后把他轰到大街上。当然，事先他得向专门惩罚异端堕落行为的宗教法庭法官大人们庄严宣誓，改正不信天主教的罪行，并保证在天主教所有庄严的祭日里做忏悔和领圣餐。

可怜的马维拉在被囚禁的几个月里变老了，老得好像过了五十个年头。原来像乌鸦翅膀一般黑的头发，变得像棉花一样白，脸上刻出了一道道深深的皱纹，看不出什么青春时期丰润的样子了。还有，他彻底破产了，因为谁也不在异端分子的店里买药，连一只药膏也不买。

在逃出一个很难放走它的猎物的法庭的魔爪时，马维拉唯一能够聊以自慰的，是听说那老家伙一下子把他的未婚妻打死了。

"佩里乔利"的乖戾言行（1762）

献给法国驻秘鲁公使及我的《秘鲁传说》的译者恩里克·博尔赫斯

一

米卡埃拉·比列加斯（即"佩里乔利"）是个既不像何塞·安东尼奥·德拉瓦列在《秘鲁邮报》上描写的那么富有诗意，也不像她的同时代人、《不知羞耻者的悲剧》的无名氏作者描写的那么没有诗意的女子。《不知羞耻者的悲剧》是一本有一百页四开纸的侮辱性小册子，一七七六年阿马特离任不久时为攻击他而出版，国立图书馆《杂录集》第二十五卷中还有一册。根据一七七七年三月三日的法令，宣布这部小册子和名叫《谈话和诠释性叙事》的小册子禁止流通和阅读，违者严惩不贷。

有人说米基塔·比列加斯[1]生于利马，此说不确。[2]她是一对贫穷、忠厚夫妻的女儿，一七三九年前后，在尊贵的卡瓦列罗斯德莱昂德瓦努科城度过寒酸的幼年时期。五岁时母亲将她带到利马，接受了那个世纪给予女子的那一点点教育。

她有丰富的想象力和极强的记忆力，能充满童趣地朗诵骑士小说和阿拉尔孔、洛佩、莫雷托[3]的喜剧片段，熟练地弹六弦琴，在吉他伴

---

1 米基塔是米卡埃拉的昵称。

2 现已最终证实，"佩里乔利"生于利马。几年前，劳尔·波拉斯·巴雷内切亚发现了她的出生证。——原注

3 阿古斯丁·莫雷托-卡瓦尼亚（1618—1669），西班牙剧作家，一生创作剧作逾百部。

奏下优美地唱流行的轻快歌谣。

一七六〇年米基塔刚过二十岁时，便首次在利马登台，从那一晚起就把观众迷住了。

二

"佩里乔利"是美人吗？如果美人是指五官端正、全身匀称，她不是；不过要说美人是指妩媚，那毫无疑问，米基塔完全能俘住任何趣味高尚的男子。

"她身材矮小，略显肥胖，动作非常灵活；脸是鹅蛋形，面色浅褐，有不少碎麻子，但她用精美的化妆品巧妙地掩盖起来；眼睛较小，但黑亮如漆，非常有神；头发浓密，手脚小巧玲珑；鼻子长得一点儿也不好看，是我们说的那种塌鼻子；嘴有点大，嘴里是两排小碎牙，如象牙般光亮洁白，上唇上边有一颗小痣，使她的嘴平添了一股不可抗拒的魅力；颈项圆润，肩头高耸，胸脯丰满。把这些完美之处和欠缺之处加在一起，即使今天也可说她是个外貌姣好的漂亮姑娘。"一位不偏不倚、但缺少诗意的老人早年就是这样描绘她的，在米基塔大为风光的时候老人曾有幸见过她，这幅画像与拉瓦列用既高尚又通俗的笔描绘的相差不多。

此外，她穿戴得非常优雅，审美趣味很高，而且虽说不是利马人，却像利马姑娘一样天性聪敏，谈吐风趣。

三

一七六二年，阿马特上任统治秘鲁不久，便在剧院认识了比列加斯，当时她是人们宠爱的演员，正处于青春和美貌的顶峰。米基塔是朵鲜嫩的玫瑰花苞，年届六旬的总督已是白发苍苍，自认为已与火热的爱情无缘，但却拜倒在她的石榴裙下，在十四年中为她干了比小青年还多的蠢事，引起衣冠楚楚的利马贵族阶层不少议论，因为他们非常高傲和虚伪。

这痴情的情郎毫无顾忌地与情妇抛头露面。有个时期，阿马特到米拉弗洛雷斯区他侄子堂安东尼奥·阿马特-罗卡贝尔蒂少校的庄园去过礼拜天，每逢星期六下午，就可看见他乘着总督的金色马车离开总督官，同时带着"佩里乔利"。米基塔有时身穿男子服装，有时身穿装饰着金色条带凸绣的华丽的天蓝色短裙，头戴羽毛做的小帽，骑马走在随行人员之中，俨然一位非常潇洒的骑手。

在利马，阿马特不是有人缘的总督，尽管他对美化城市颇有贡献。大概就因为这种偏见，他的同代人提出许多非议，甚至无中生有地说，他建造"水上乐园"只是为了讨好他的情妇，因为她那座富丽的房子，就是现在紧挨着"赤脚僧林荫路"，位于河流护墙脚下的那一座。他还计划在巴兰卡区建一座桥，地点就是现在巴尔塔桥占据的地方。

当时一本小册子在公共生活和私生活上全面诋毁阿马特，把他描绘成最不知餍足的贪婪者，王室财库最不知耻的盗窃者。

小册子是这样说的："阿马特作为总督每年的年俸是六万比索，外加圣战、专卖和其他部门的津贴一万二千比索，在统治的十四年零九个月中，合计为一百零八万比索。我估算，每年从出卖七十六个郡守、二十一个王室官员和其他不计其数的职位中，捞取的油水也有三十万，而且只多不少，因为最便宜的职位他要收三万杜罗的赠金，有些职位他可装进腰包两万比索。十四年中，他从这些收益和'没有敬献的圣饼'中捞到的好处，不会少于五百万，这还不算市议会在他生日时以'寿礼'名义孝敬他的金盎司。"

这位好非议人的作者还说，如果说阿马特对鲁拉和普利多两个大盗执法严厉、铁面无情，那是因为他不愿在这一行里有竞争者。

阿马特总督曾试图削减修女院的占地，出售多出来的土地，甚至从占地超过一个街区的修道院划出一块，开辟新街道，这也招来不少怨恨；人们吵闹不休，他只好放弃了这有益的计划。

还不错，这位花费十万比索重建圣多明各教堂钟楼的人，绘制圣母圣像服饰间草图并从个人财产中出资建造的人，画出"基督信女教堂"平面图并亲自指导泥瓦匠和木匠施工的人，倒没人说他信教不诚。

就像后来对阿瓦斯卡尔一样，有人诽谤阿马特说，他背弃了对国王和主公的效忠誓言，曾有宣布秘鲁独立、自己加冕称王的想法。这是毫无根据的诽谤！

不过说到这儿我才发觉，为了强调说明我对历史上背后议论的厌恶心情，竟然忘了这篇传说的主题是"佩里乔利"的乖戾言行。倘若过失得到弥补，几乎就等于得到了原谅。

四

一七七三年，一位姓马萨的演员是利马剧院的老板，他以每月一百五十比索的价钱雇用了米基塔，这在那时候是一笔非常优厚的工资，比我们现在能给莉斯托莉或帕蒂这样的女演员还多。说实在的，作为一个非常富有又出手大方的人的情妇，比列加斯用不着登台，可演戏是她钟爱的事，是她的乐趣，她可能宁愿斩断与总督的关系也不会放弃演戏。

看来，在分派角色时，身为喜剧演员的老板对一位名叫伊内西丽娅的新来的女演员显得有点偏爱，这种偏爱一直使米基塔肝火上升。

一天晚上，演出卡尔德隆·德·拉巴尔卡[1]的喜剧《爱恋之圣火！》，扮演男主角的马萨和扮演女主角的米基塔在舞台前部表演，在一段道白，就是一大串诗说到一半时，马萨悄声对她说：

"再生动点，我说，再生动点！要是伊内斯，会念得更好。"

上帝发火了。比列加斯忘了是在观众面前，举起手拿的鞭子，照狂妄的老板脸上抽了过去。

大幕落下。可敬的观众激怒了，齐声大吼：

---

1 佩德罗·卡尔德隆·德·拉巴尔卡（1600—1681），西班牙剧作家。著作甚丰，主要成就是喜剧。代表作有《人生是梦》《萨拉梅亚的镇长》等。

"把女戏子关进监狱,关进监狱!"

总督气得脸色比锅里的螃蟹还红,离开包厢。一句话,演出不欢而散。

当晚深夜,在全城已经沉睡时,阿马特用斗篷遮住脸,去了情妇的家,对她说:

"你闹出这场乱子,咱俩之间一切都完了。你得感谢我,不叫你明天上台跪着向观众道歉了。再见,佩里乔利!"

啜泣,昏厥,阿马特统统不管,转身回宫而去,决心要实行一位诗人的劝告:

> 如果你的香烟灭了,
> 就不要再点它;
> 如果你跟姑娘吵翻了,
> 就不要再爱她。

我在另一篇传说中说过,阿马特说话带有明显的卡塔卢尼亚人口音,每次情人间吵架时,总要对情妇骂一声:"佩拉-乔拉!"[1],这个词在经过他那没牙的嘴时,就变成了"佩里乔利"——这个绰号就是这样来的。

遗憾的是我们在阿马特时代还没有报纸和公报,要是有的话,新闻记者和撰稿人把戏院这场喧杂的前因后果对读者讲述时,一定会欢呼雀跃的!忍着点吧!我也只能满足于一位无名作者讲的这一点点了。

阿马特好几个月没去看火气正盛的女演员,女演员担心观众报复,也不敢在戏院露面。

但是,能使一切风平浪静的时间,一个名叫佩佩·埃斯塔西奥的顺风耳探子的好心斡旋,着过火的地方留下的热灰,还有,特别是

---

1 佩拉-乔拉,在西班牙语中意为"混血母狗"。

父爱……

哎哟！我忘了说了，"佩里乔利"与总督的爱情已经结出了果实。在拉普恩特–阿马亚街那座房子的院里，有时会看见一个漂亮的小男孩，他衣着华贵，胸前挂着一条小小的红绶带，是仿照圣赫纳罗王家骑士团骑士佩带的绶带做的。娃娃的外祖母经常从阳台上对他喊：

"快躲开太阳，孩子，你可不是什么随便的人，是大头儿的儿子！"

反正这么说吧，吵翻了的情人终于重修旧好，而且如果小册子的纪事作者没有说谎——看样子他了解点内情——一七七五年九月十七日正式实现了和好。

> 不知我们俩人，
> 怎会像顽童；
> 越是骂得厉害，
> 爱得越深情。

但是，必须让"佩里乔利"也与观众和解，其实观众这方面几乎早把一年半前发生的事情忘了。人民总是健忘的，而且非常健忘，昨天他们吹着口哨，差一点儿就动拳头赶下宝座的人，今天又拍着巴掌、搭起凯旋门欢迎了。

这类事我见得多了去了……甚至不久还会看到；我这个国家的政界人士有许多复活节前的礼拜日和许多耶稣受难日，在这方面他们胜过了基督。还是就此打住吧，我可不想陷入政治是非。

马萨得到抽他鞭子的米基塔的一些殷勤帮助，已经痊愈；观众像往常一样，被巧舌如簧的代理人的甜言蜜语说动了心，心急火燎地要再次为他们宠爱的女演员鼓掌喝彩。

果然，十一月四日，就是说情人实现和解一个半月后，"佩里乔利"登上舞台，演出喜剧之前唱了一支新的轻快歌谣，里面有一段词令观众很高兴。

那天晚上，"佩里乔利"收到了我们古老剧院历史上直到当时最狂热的欢呼。

调皮的小册子作者还说，米基塔上台时显得有点胆怯，可是总督直给她打气，从包厢上对她说：

"哎！用不着脸红，壮起胆子准能唱好！"

可是对这一切不能容忍的是伊内西莉娅。她在对手息影的一年半中一直演女主角，现在已不甘再做"佩里乔利"的配角，于是溜到卢林，结果被抓回。为了出狱，她撕毁了合同，撕了合同……也毁了自己的前程。

五

一七七六年，阿马特由吉里奥尔总督接任，他在收拾行李准备回西班牙时，利马流传起大量歌谣，对执政官离去有的表示惋惜，有的表示庆祝。

这些歪诗当中，最滑稽的是这几首：《阿马特的遗嘱》《甘蔗汁与草皮的谈话》《堂娜埃斯塔蒂拉的凄婉情歌》和《蛇与"用玻璃刮伤你自己吧"的对话》。

利马图书馆的手抄本中有一首短句歌谣，内容涉及我们这位女演员，抄录如下：

> "佩里乔利"对他的情夫堂曼努埃
> 尔·德阿马特先生离开此地回转
> 　　西班牙诸王国的哀怨和叹息

> 我的愿望之希望
> 　　已经死去，
> 皆因为最亮的太阳之光辉
> 　　就要散去。

舞台上将再没有

　　旋律和诗句，

皆因为音乐会演出

　　没了规矩。

我的嗓子已经毁掉，

　　有气无力；

可如果心里没了灵魂，

　　难道不该如许？

我将是座冰冷的雕像，

　　或是块大理石毫无生气，

爱情在我心中，

　　筑不起神坛殿宇。

剧院里所有的少女

　　都该哭泣，

皆因阿波罗退出了

　　恋爱游戏；

那位大人物首领

　　也不再讨好少女，

他正对恋爱之神

　　奉承阿谀。

你们看我自艾自怨

　　是否有道理，

皆因我们的花园，

　　已经没有荫庇。

既然没有园丁

　　耕耘培育，

鲜花瑞草将不能

再吐芳菲。
哎，他那感情的车轮，
　　是我安装上的；
在他爱情的火焰中，
　　别的女人只是纤灰微粒。
再不会有米拉弗洛雷斯，
　　也没有兜风之娱，
那时丘比特曾想
　　做我的仆役。
可也真够我受的，
　　我在不幸地回忆，
往昔的荣华
　　变作了烦恼忧虑。
黑沉沉的阴影
　　笼罩着我的思绪，
犹如扫帚星预示
　　凄惨的悲剧。

哎，好景不长哟！
　　我在思虑：
我的幸运
　　正回去见上帝。
即使残酷的时光
　　伤了我的身体，
但我的殷勤和眷恋
　　将永生不息。
我那光闪闪的马车，
　　乃是他赠予，

愿它成为安放痛苦的陵墓，
　　埋葬痛苦的坟地。
幸喜在如此悲痛时刻，
　　一个小爱神活泼又顽皮，
他留在我的身边，
　　聊可慰藉。

那是他的形象，他的形象，
　　而且凭我的眼力，
他虽然幼小，
　　却似乎风格独具。
英俊的阿多尼斯[1]，
　　我爱情的果实，
为偌大的不幸哭吧，
　　哭吧，咱俩一起哭泣。
如果你必须忍受
　　如此沉重的打击，
那我的眼泪将变成海水，
　　我的泣诉将变成划船苦役。
你还是航行吧，航行吧，
　　我温柔的当家的，
愿海神带着我的哀怨，
　　伴你而去。

　　说实话，写出这首诗的那位神秘诗人真够粗俗的，可多亏他，读者才能对那个时代和有关人物形成个完整的概念。

1　阿多尼斯为希腊神话中的美少年。

六

　　无论是拉瓦列，还是拉迪盖[1]（在《西班牙美洲》这部书中）和梅里美[2]（在他写的喜剧《圣体马车》中）都提到，当那不勒斯的国王，即后来西班牙的卡洛斯三世[3]授予阿马特圣赫纳罗王家骑士团的大勋章时（利马曾举行盛大活动庆祝这一恩宠，马约尔广场甚至表演了斗牛），"佩里乔利"竟厚颜无耻地乘坐两套骡子拉的马车去参加庆祝活动，这可是卡斯蒂利亚有爵位的人才享有的特权。

　　拉瓦列说："她如愿以偿，却引起了利马贵族的愤愤然。她乘着辉煌马车穿街过市，马车涂着上等金色颜料，由四匹骡子拉着，骡子有前导马夫牵引，他们穿着闪光的、绣有银丝边的制服，与骑马走在车后的侍从的制服一模一样。可是，当她风光耀眼、尽情享受着得到满足的虚荣心渴望的快意回家时，在圣拉萨罗街迎面碰上教区里的一位教士手举临终圣餐步行。以她那高等妓女的奢华与那人－神的寒酸，以她那人的高傲与神的谦恭一对比，她心痛欲裂，急忙下了马车，命人把手举基督圣体的卑微教士扶了上去。

　　"她感动得泪流满面，拖着她的丝罗锦缎走在街上，陪伴着圣人中的圣人；她不想亵渎那辆由于上帝乘坐过已经纯洁的马车，当即连车带牲口、连仆役带制服全都送给了圣拉萨罗教区。"

　　事实正如拉瓦列记述的那样，确是如此，但有一个细节例外。"佩里乔利"向教区赠送如此贵重礼物一事，不是发生在阿马特接受圣赫纳罗骑士团的绶带和十字勋章后举行的庆祝活动上，而是在赦罪节上（那时在赤脚僧神父的教堂庆祝这个节日，那天下午，整个利马贵族阶

1　雷蒙·拉迪盖（1903—1923），法国作家。著有《魔鬼附身》等小说。

2　梅里美（1803—1870），法国作家。主要作品有短篇小说《塔曼果》、中篇小说《嘉尔曼》等。本篇传说提到的《圣体马车》是一部出色的小喜剧。

3　卡洛斯三世（1716—1788），西班牙国王。初任帕尔马公国君主，征服那不勒斯王国称王。在其父费利佩五世一七五九年故去后，登西班牙王位。任内与英国进行两次战争，驱逐耶稣会，实行多项改革。

级都坐着豪华的马车到"赤脚僧林荫道"去）。

不到二十年前，作为一件历史上的珍贵物品，"佩里乔利"的马车还放在"赤脚僧林荫道"一处宅院兼果菜园的院子里供人观赏。马车的样子粗俗笨重，由于岁月无情，早已变成教区不能用的报废家具了。记下这点情况的人当时有幸观赏过那辆马车。

七

阿马特回到西班牙后，八十岁时在卡塔卢尼亚与他的一个外甥女结了婚，"佩里乔利"永远告别戏剧，出家做了卡门教派修女，生活俭朴，严守教规，使人忘记了她青年时期的丑闻。拉迪盖说："她献出金银，救助不幸者，用慷慨的手减轻了穷人的贫困。一八一二年，[1]她在穷苦人的赞扬中在维耶哈林荫道的房里死去，受到人们一致哀悼，给利马居民留下了令人愉快的回忆。"

1　一八一九年出版的《外来人指南》对拉迪盖的说法提出异议。"佩里乔利"死于一八一九年五月十六日。——原注

拿撒勒人（1763）

羊羔是怎样披上狼皮的

一

一七六三年三月三十日，"圣达米安号"轮船在卡亚俄的海湾抛锚，船上带着王室给圣胡安骑士团骑士、秘鲁总督堂曼努埃尔-德阿马特-胡涅特阁下的信件。那个时代，对利马居民来说，一艘远洋轮船的到来是件了不起的大事，而且在很长时间内，随船带来的消息更是人们茶余饭后的话题。他们争相传播，添枝加叶，不久之后，连最先说出的人也觉得面目全非了。

火枪队队长堂迭戈·德阿雷利亚诺受国王陛下之命，来利马负责指挥一连士兵，与其他旅客同乘"圣达米安号"到达。堂迭戈是位风流倜傥，像百灵鸟一样快活，像克维多的散文一样言谈风趣，像当今高利贷者一样殷实富有的少年。他在意大利度过最初的戎马生涯，除获得勇士的声誉（他对此颇为自得），还荣任上尉军衔（他对此更是津津乐道）。他到美洲来还有一件事情，就是继承在上秘鲁开矿的一位叔父留给他的一笔丰厚遗产。这位侄子不愿操心费事地检查交给他的账目，所以遗产顺利移交完毕。《语言字典》里称为遗嘱执行人的那些贪婪的吸血鬼，钻他如此大大咧咧的空子，着实捞了一笔，坑害了慷慨的继承人和死不逢时的叔父。但不管怎么说，现在展现在他面前的，是犹如现在的铁路线一般迅捷、笔直、没有障碍的康庄大道。

应该补充说明，阿雷利亚诺在利马受到热烈欢迎。他的战功使他在军队中享有盛誉，他的职务和地位为他打开了最高阶层的大门，他的翩翩风度为他赢得了妇人的青睐，他的大笔财富使他结交了亲朋密友，因为尽人皆知，没有比叮当响的金币更讨人欢喜的了。

可是没过多久，便传出关于上尉的最奇特的流言蜚语，虽然其中许多情况确有其事，但也得承认，有些是出于忌妒和诽谤而编造的。堂迭戈的行为本身更加助长了人们的飞短流长，因为他家华丽的大厅每天晚上都举行最为伤风败俗的纵酒狂欢。他不再涉足此前经常光顾的高雅社会，开始醉心于同生活放荡的狗男女们来往。

当时有位名不见经传的蹩脚诗人，他的诗句没有利马诗人胡安·德卡维埃德斯的讽刺趣味和独创风格，但也广泛流行，众口相传。他写过一首挖苦这位上尉的浪漫歌谣，歌中说他：

> 拨弄是非煽动争吵，
> 醉醺醺似长腿酒罐，
> 三天两头偷香猎艳，
> 吓得姑娘心惊肉跳。

搜罗点有意诽谤他人的材料乃是人之常情。一些人从另一些人那儿打听到这几句恶毒歌词，一传十，十传百，终于有一天传进了上尉的耳朵。他给手下两个仆人每人一根大棒，叫他们毒打那位阿波罗不肖子孙的脊背，以惩戒那些羞辱别人而自己不知羞耻的诗人。那可怜鬼被打得皮开肉绽，骨断筋折，像叫花子的衣服一样又破又烂。

与其说是为挨打的诗人申冤，不如说是对上尉的嫌恶，好几位豪门子弟告了他一状，但未能证明堂迭戈的仆人行凶打人是奉主之命，结果不仅赔了诉讼费又输官司，还得向受害人赔礼道歉。对手们口头认罪，阿雷利亚诺当然不肯善罢甘休，直截了当地对他们说，要比剑较量，一决雌雄。于是进行了三场决斗，三个对手每人被刺了条半尺多长的伤口。这样一来，其他人便乖乖地屈服于托莱多逻辑一条论据具有的雄辩威力，宣布任凭上尉享有他的良好声誉。从此，这件公案才像耶稣受难日的弥撒一样彻底了结，至于那歌谣，就再也没人提了。

与此同时，上尉继续过着他的放荡生活。据说一个星期日，他和几个狐朋狗友站在门口，恰好看见走过一位以美貌和端庄著称的妇人。堂迭戈听另几个少年谈到她时口气颇为敬重，越发激起了自己的邪念，打赌发誓地说，不出一个月，他一定要占有这位品貌兼优的窈窕淑女。从那一天起，他开始对那妇人大献殷勤。话休絮繁，单说一天夜晚，他约来几个无赖朋友纵酒宴乐，把他们引进自己的卧房，房里有一个妇人。

"你们这些傻瓜蛋才信什么品行端正！"他说，"那女人今天就要属于我了。不过有一件，我不喜欢假正经的女人，谁想玩我让给他。"

尽管那几个浪荡子早已腐败透顶，也不禁惊得目瞪口呆，纷纷溜出房间。

没过几个钟头，又一件丑闻已在利马闹得满城风雨。一个美丽妇人丢名败誉，对于忌妒她姿色的女人来说是一场胜利。那倒霉的妇人先是求她兄长报仇雪耻，不想他在决斗中被堂迭戈杀死，万般无奈，只好含羞忍泪遁入空门，进了修道院的禅房。

上面这件以及其他一些同样令人气愤的大胆妄为，使阿雷利亚诺绝不仅仅是在上等人物中威信扫地。他的狼藉声名早已是家喻户晓，尽人皆知，连乞丐也没有一个敢走近他的家门，因为他们肯定知道，倘若去了，被打断脊梁轰走就算是大吉大利了。上尉从来不向不幸者伸出慷慨之手，有人对他说起积德行善，他总是哈哈大笑，同时对妓女和流浪汉极尽讽刺挖苦之能事。

人们总是传播他的恶行劣迹。据说他在酒后总要大打出手。

由于我们这位上尉英雄恶行累累，令人切齿痛恨，终于引起了宗教裁判所的怀疑。不知他跟可怕的宗教法庭搞了什么名堂，反正法庭只对他训斥一番，要他听弥撒就算了事，可这种敬神活动从来没有人见他参加过。

堂迭戈·德阿雷利亚诺就是这样一个人，在高雅的总督辖区首府，他的丑行劣迹成了无所事事者闲谈的话题。不过请注意，他并不是给民间故事提供材料的唯一人物，还有一位称为"拿撒勒人"的人物。这是一个神秘的人，他与上尉相反，在世上代表着受苦受难者的上帝。

二

那时候，利马有一个虔诚教徒的会社，名叫"拿撒勒人教友会"。每逢星期五夜晚，他们齐聚在施恩会修道院的一座禅房，然后从那里出发，到今天依然紧挨大教堂的小教堂去，举行分配上帝救助不到者的宗教仪式。仪式完毕，他们分赴城中各处，募集和分送施舍。

那些夜晚，教友会会员们穿一件深紫色长袍，用一根麻绳系紧，戴一顶同样颜色的风帽遮住面孔。他们在民间颇有口碑，因为归根到底，正是平民百姓从那种乐善好施的友爱精神中得到好处。

自从一七六三年一位相貌不凡的人加入教友会后，人们对这些"拿撒勒人"的尊敬更加日甚一日。他去参加集会时总是用面罩遮面，穿会社的长袍时总是避开其他会友，没有人听见他参加过争论。种种迹象使人猜测，这位沉默、神秘的"拿撒勒人"是位显要人物。

一天，一位因诚实而颇受尊敬的商人，由于经营不善而彻底破产。古往今来皆如此，对手们对他是否正直开始说三道四，老实人走投无路，把自己关在房里，配好一剂毒药，既已决定自杀，便着手整理文薄证件，以证明自己诚实无欺。刚把文件整好，一个拿撒勒教友会会员出现在他面前，不知两人之间说了些什么，只知没过几个钟头，商人还清了欠债，不久之后又重振家业，还恢复了商店的信誉。两年后，他想偿还拿撒勒教友会会员借给他的那笔巨款，但隐姓埋名的恩人叫他用钱为孩子们建一所学校，剩下的分给穷苦人。

各座修女院里住着许多年轻妇女，她们渴望出家为尼，但没有院方条文规定的出家费，因此不能如愿。一天，蒙面的拿撒勒人来到各位院长面前，将所需银钱送到他们手中，让那些妇女获准做了修女。

所有受苦受难的人都盼望着星期五夜晚。这位拿撒勒人好像会分身法似的，决不让人空等一场。他总是让贫穷得到救济，让痛苦有所慰藉。

可是，这个人既然是孤儿的保护者和穷人的希望，却为什么总是来去无踪、神秘莫测呢？谁也没有看见过他的相貌，而他又总是躬行善事不加宣扬，芸芸众生本来就对不寻常的事情抱有迷信心理，又在所有济困扶危的好事中看到这位拿撒勒人的影子，便开始对他顶礼膜拜，敬若圣贤，甚至说他会创造奇迹。

不过在把这位拿撒勒人按下不表之前，我想讲一件奇遇。至今流传着许多关于他的传说，我们还都没有披露，但我觉得这件奇遇很值得公之于世。我还想暂时收住纪事作家的话头，从称为社会的这部书中临摹一幅最隐秘的图画。

三

一个花花公子经历中的故事

直到那天夜晚以前，我的眼睛从来没有凝视过如此美貌的女子。她光润秀丽的前额上，有一股模糊、神秘的哀愁，透过她修长、漆黑的睫毛，仿佛可以看到一滴泪珠。

我是怎么认识她的呢？

我这个胆大妄为、放荡无羁的少年，是在横穿一条街时碰见她的；虽然她罩着面纱，看不见她的面容，但我预感到她年轻而且貌美。我递过几句轻浮话献殷勤，她先是紧闭嘴唇不开口，接着不卑不亢地回绝我。她执意拒绝，我并不就此罢休，死皮赖脸地送她回了家。

当她摘掉遮脸的面纱时，我看到一个十全十美、天生丽质的佳人，惊诧得心醉神迷、呆若木鸡。姑娘身上有一股天使般的神韵，因为她那仙女般的美貌不是凭感官可以感觉出来的。

最初的感觉消失后，我打量了一下置身其中的房间。那是一座面向雷科莱塔街的小房间，里边真是家徒四壁，一贫如洗。

这时我的惊喜之情陡然一变，变成了对那个花样年华、美似天仙的尤物的尊敬，因为在统治着人类的腐败堕落气氛中，她已经抵抗住了贫穷的压力。她的贫困向我显示，她是开放在苦海边缘的一朵鲜花。虽然如此，只要她愿意，她本可以像其他不幸的女人一样，把自己的美色魅力廉价拍卖，改变自己的处境，享受荣华富贵的。普天之下有的是恬不知耻的老头子，他们不惜挥金如土，去换取那些落入风尘、身陷娼门的天使们的抚爱。

姑娘打开一扇二道门，让我走进另一个房间，里面光线昏暗，只有一盏小油灯放在玛利亚圣像前面。房间两端，依稀可辨两张木板床。一张床上躺着一个老妇，另一张上卧着一个老翁，见我们进屋，他们用令人揪心的声音喊道：

"罗莎……我饿呀！"

可怜的姑娘轻轻抚摩他们，把一碗吃的给他们分开。两位老人狼吞虎咽地吃了，吃完又哀号起来：

"罗莎……我渴呀！"

姑娘给他们喝了水，跪在两张床中间，轮流照料和安慰两位受罪的老人，与此同时，我惊得哑口无言，赶忙把视线从如此令人心酸的情景上挪开。

几分钟后老人睡着了，罗莎示意要我跟她到隔壁房间。我刚要嗫嚅着发问，她早料到我想问什么，忍住哽咽对我说：

"是我父母……他们是因为我疯的。"

她一下子哭出来，泪水哗哗地流过面颊。我理解了那种无法名状的痛苦，没有再问什么。两人相对无言，沉默良久。

后来，她终于拿定主意，对我讲讲她的经历，其实说起来也很简单。

罗莎的父母原来过着体面的小康生活，她是他们的独生女儿，被一个花花公子引诱成奸，后来又被抛弃。她的失节之事已经张扬出去，而那无耻之徒又已逃出利马，无法补救，父母便精神失常。从那一天起，她倾尽全力照顾二老，尽管含辛茹苦，费尽心血，还是没有能使他们恢复那区别人畜的灵光。再说，家中一无所有，请不起医生，罗莎又不敢把他们送进疯人医院，因为她知道那里对病人很野蛮。

姑娘沉默了。我心如刀绞，怀着对那个天使敬若神明的心情告辞了。她是奉了上帝之命，在满怀忘我精神和柔爱之情地日夜操劳，以使两位老人度过残年。

基督出于深刻的爱原谅了抹大拉 [1]，大概也会怜悯这个女人吧，她正承受着如此严厉的惩罚，来洗涤自己的罪过：那就是曾感到胸中有一颗心脏在跳动，曾屈服于一切生灵的那条法则——爱情。

四

是谁把我们上面大致讲述的故事告诉了那位"拿撒勒人"？

只知道第二天晚上，他穿着那件悔罪服出现在罗莎的陋室，后来他做了精心安排，拿出大笔钱请医生护理，终于使二老逐渐恢复了理智，也使苦命的姑娘恢复了生活平静。

虽然"拿撒勒人"再三叮咛，对他做的好事守口如瓶，但感恩戴德之情几乎总像一锅沸水在心中翻腾，姑娘便把他的所作所为传扬了出去。

五

那是一七六七年九月一天下午的最后时刻。圣保罗教堂的钟刚刚敲过庄重的晚祷钟，那位"拿撒勒人"走进耶稣会修道院临街接待室，然后走向院长的禅房。寒暄过后，他把一封密封信件交到院长手中，院长仔细看看邮戳，还没有打开，就好像已从某个蜡封标记上猜出信的内容，转身对送信人说：

"谢谢您，教友，我们这些罗耀拉的儿子永远忘不了您对我们的大恩大德。"

---

1 耶稣的女信徒之一，原为有罪女人，被耶稣基督感化皈依天主教。

那一天，一艘来自西班牙的战舰已在卡亚俄港停泊。舰长立即直赴利马，将随身携带的通告交给阿马特总督。

与此同时，那位"拿撒勒人"正把上面说的信件交给耶稣会的院长。

总督自己关在小接待厅读了通告。夜间十一点看戏归来，他召集王室检审庭法官们开会，激动地告诉他们，将采取行动驱逐耶稣会会员。总督下令采取若干预防措施，后来又命令，把法官和前来回复预防措施执行情况的人统统扣在宫内一座大厅，目的是采取突然行动之前，王室的命令不能让神父们知道。

不过一位当代作家写道，据查，事实是带有给总督通告的那艘战舰，也带来了马德里耶稣会院长的私人指示。至于他是用什么方法通过同一艘战舰把指示传达给利马的院长的，至今仍是不解之谜，因为当天在那艘战舰上，除了舰长以外再没有人上岸，而舰长并不知道王室通告的内容。

午夜十二点的钟声敲起时，一位大法官带领法庭书记、法警和一群下级执法人员，正在敲打修道院临街接待室的门，以执行卡洛斯三世谕旨的命令：把令人畏惧的罗耀拉的门徒在同一天内驱逐出西印度。[1]

看门的会友像等待客人一样迎进了一行人等。

事实是这样的：从当晚八点起，院长已把其他神父召集在一起，又命人找来不在院内的五六位神父，把从"拿撒勒人"那里收到的信件的内容告诉了他们。当总督派遣的一行人到来时，全体会友已一个不缺地坐在宽大雄伟的议事厅，手里拿着每日祈祷书，脚边放着一小包衣物。

阿兰达公爵[2]的指令通知总督，命执行队在钟响时集合，把神父们聚在议事厅，由院长命人去找当时不在的人。可现在事已至此，执行队员们无事可干了。这表明，马德里耶稣会的院长把谕旨条文的抄件

1　此处西印度指美洲。

2　阿兰达公爵即佩德罗·巴勃罗·阿巴尔卡·德博莱亚（1719—1798），西班牙政治家。卡洛斯三世大臣，任内推行行政改革，参与驱逐耶稣会。

也送给了利马的院长。

那年四月五日在帕尔多签发的王室命令得到了全面执行。下半夜一点，耶稣会会员们前往卡亚俄港，五点时分登上"秘鲁圣何塞号"战船的甲板。下午，战船载着一百九十年间在总督辖区发挥了巨大影响的那些人，消失在地平线上。

斯克里贝纳写道，耶稣会会员巧妙地报复了对他们采取的背信弃义行动，使贪婪的欲望彻底落空。所以人们以为，圣彼得修道院埋藏了大量财宝。我们在当今时代也看到，一家公司得到政府允许，进行挖掘要找财宝，但里边根本没有财宝，反而几乎把寺院挖倒，砸死信徒。

据说那一天，一位巴拉圭传教团[1]的院长正待在一个印第安人居留地，居留地名叫米拉弗洛雷斯，距萨尔塔城四十里，这位院长在规定时间的四个小时之前，得到传教团即将遭受打击的通知，当向他传达王室命令时，他微笑着说：

"请接钥匙吧，喏，我们把财宝装在每日祈祷书里带走了。"

人们一再说，驱逐耶稣会行动对这些会员来说是一次突然袭击。我们参阅的一些历史文献和关于王室谕旨在利马执行情况的细节本身表明，情况恰恰相反。

到了当今十九世纪，那个遭受了残酷打击的教派又再卷土重来，试图统治人们的心灵。那具僵尸犹如神话中的凤凰鸟一样，已从灰烬中死而复生，以新的强有力的武器投入了战斗。斗争正在激烈地进行。愿上帝福佑那些好人！

六

一七七四年十一月一天早晨，施恩会教堂刚刚打开大门，一大群

1　十七至十八世纪，耶稣会派遣许多支传教团到美洲活动，尤以巴拉圭的传教团在传教和组织生产、发展经济方面最为突出。

人立即拥进教堂中殿。

光线昏暗的殿中央，一座简陋的灵台上停放着一口棺材，周围立着寥寥无几的大蜡烛。

毫无疑问，要在那里举行祭奠仪式，即使最不聪明的人也会从那寒酸的布置和蜡烛中看出，那不是出于人心虚荣而为达官显贵举行的葬礼，也不会以为死者是因德高望重而受人爱戴、因才能超群而受人尊敬的人，因为如果是那样的话，人们的脸上会流露出痛苦之色的。

相反，几乎可以说，人们到那里去，就像参加庆祝会一样；如果谁走进人群，定会听到提及死者时的一片咒骂，而且越来越凶。

"把这个被革除教籍的恶狗埋在神圣的地方，简直不能容忍。"一位老太太嘟哝着，同时用身上居家修女道袍上垂着的布尖画十字。

"别说了，教母。"修道院一个职事僧说。他是个面庞肿胀、脸上有一道大疤痕、嘴里缺好几颗牙齿的小伙子。"我敢赌一遍十五段玫瑰经，他的守护神——魔鬼——早从棺材里把这异教徒的尸体偷走了。"

"我相信也敢证明，幸运的上尉早在地狱里烤焦了。"王室检审庭一位书记官用这种职业的人那种特有的稳重口气说，每说一句都吸一口鼻烟。

不过这些零零碎碎的议论还不能充分证明，把那些人吸引到中殿去的理由是正当的。为了不使读者绞尽脑汁去猜度，我简单地告诉诸位，堂迭戈·德阿雷利亚诺上尉因生活上纵情无度，不仅搞垮了身体，也把自以为用之不尽的家财挥霍殆尽，已经命归西天。他在临死时留下遗嘱说，把家中破烂什物卖掉，得到的钱在葬礼那天分给穷人，这样，虽然活着时没有给过什么施舍，死后还可为乞丐们做点有益的事。

此外，上尉还吩咐，在葬礼结束后，他的尸体运往教堂的地下墓室之前，由司礼神父用清晰、响亮的声音读一封信。那天早晨，这封信已经装入信封并且用蜡封口，就放在棺材上，但人们都怕那封信散出什么地狱的气味，谁也不敢碰一碰。

所以这就是说，人们到那儿去，并不是为了在一个连"哭丧婆"

（这种女人的职业，就是为像被大鱼吞吃的约拿[1]一样的人哭丧）都拒绝去哭的葬礼上得到些许施舍，而是为了凑凑热闹，好知道信的内容。

葬礼已经举行完毕，人们翘首以待的时刻越来越近。教堂里笼罩着一股冷森森的寂静，这时，司礼神父拿起信封，去掉封蜡。信纸上只写着两行字。

但是，那位耶稣基督意志的执行人刚一开口宣读，所有的人就像被弹簧击打了一样，一下子跪倒在地。

走出教堂时，人们依然泪流不止，每个人的脸上都露出痛苦的神色。

那些感恩戴德者发自肺腑的泪水，如同献给那个人心灵的涤罪谢礼一样，可能流到了上帝的宝座上，因为那个人正从他的灵床上通过神父读的信件说道：

> 为我祈求吧！
> 我就是那个拿撒勒人！

（1859 年）

---

1 据《圣经·旧约》，约拿不听上帝要他去尼尼微传教的召唤，登海船欲逃，遇风暴被抛入大海，为大鱼所吞，在鱼腹中度过三天，被吐到岸上，乃遵上帝之言去尼尼微宣教，使全城男女老幼痛心悔罪，遂得免于毁灭。主旨认为不论何人，只要真心悔过，均能获上帝拯救。

"出风头的是我卡斯特利亚诺斯！"（1768）

献给西蒙-胡安·维森特·卡马乔

　　马里基塔·卡斯特利亚诺斯完全可说是位标致秀丽的姑娘，大主教对她馋涎欲滴，法官对她朝思暮想。有这样一首民谣大概就是为她唱的：

> 渴望与你相见欢，
>
> 关门上锁密无间；
>
> 但愿铁匠都死绝，
>
> 但愿钥匙都折断……

　　你没见过她吧，读者先生？

　　我也没见过，不过有一位赶上了阿马特总督那美好时代的老人，我在无所事事时就听他讲关于马鲁希塔[1]的故事，当作本文题目的那句谚语的故事就是他讲给我的。

　　米卡·比列加斯是利马戏剧界一位女演员，是卡洛斯三世陛下任命的秘鲁诸王国总督阁下的心上人。这位显赫的情夫虽然努力纠正自己的卡斯蒂利亚语发音，也未能在王家语言学院占有院士之位，他在相爱甚笃的情人之间经常出现的发怒时刻大声咒骂，管她叫"佩里乔利"。关于"佩里乔利"，早有一支比诸位读者恭顺奴仆的秃笔精细的

1　马里基塔的昵称。

笔写过传记，说起来是个没有什么姿色的女人，看来总督先生不是什么审美力很高的人。

我在上面荣幸地说过，玛利亚·卡斯特利亚诺斯是已经声名大振的利马最漂亮的褐肤女郎。

> 一种一种共两种，
> 我独迷恋褐肤姑娘；
> 白色本是银匠造，
> 褐色才是上帝做成。

当时一首民谣就是这样唱的，给了诗人灵感的诗神大概就是这位马鲁希莉亚[1]。阿马特的那个百姓神气十足地对我说，当这位姑娘戴着二十五支金别针到城门兜风时，真使太阳黯然失色，月亮自惭形秽。

比列加斯把总督迷得团团转，卡斯特利亚诺斯也使位高权重的 X 伯爵拜倒在她的石榴裙下。伯爵是个拥有百万家财的老头子，身有残疾，且已到垂暮之年，但依然爱吃天堂的仙果。如果说总督被比列加斯弄得神魂颠倒，那么伯爵则被卡斯特利亚诺斯弄得疯疯癫癫。

比列加斯乘坐马车公开出游，炫耀她那可疑的魅力，想使贵族阶级的妇人们丢脸。全体贵族为之哗然，对总督群起攻之。可是，演喜剧的女演员在满足自己的虚荣心理和怪癖念头之后，把马车送给了圣拉萨罗教区，让教区神父乘它送临终圣餐。读者须知，在那年月，一辆马车已是价钱昂贵得非同小可，而"佩里乔利"的那一辆又是行驶在"林荫路"上最豪华的马车。

对手乘车兜风，在利马上层社会名声大噪，卡斯特利亚诺斯怎肯善罢甘休。

"不行！即使人们对我抱成见，我也一定要压倒那浪荡女人的傲

1　马里基塔的昵称。

气。我的情人不是什么只继承了猫狗的穷光蛋，再说，他也没有像总督那样学会从他的管家那儿偷摸什么，他花的钱是他自己的，地地道道自己的，不必向国王报告那钱是哪儿来的。不要脸的女戏子竟敢在我面前抖威风摆架子，好像我比不过她似的！小毛猴还想充大象呢！出风头的是我卡斯特利亚诺斯！"

说几句题外话吧。利马爱说怪话的女人说：圣地亚哥骑士团骑士、获得过无数十字勋章的堂曼努埃尔·德阿马特-胡涅特总督阁下，在他执政的最初几年，曾是位为官清正、政绩显著的典范。可是有一天，由于偶然的机会，他发现出卖督办职位是一座比帕斯科和波托西还殷实富饶的矿山，便受了发财致富想法的引诱。现在看看这个非凡的发现是怎样实现的。

阿马特总是黎明即起（我的一位作家朋友说，早晨不睡懒觉是贤明统治者的美德），披着一件粗毛罩袍下楼，到宫中花园悠然自得地侍弄花草，到上午八点才回去。一个谋求得到萨尼亚或豪哈督办职位的人（这是总督辖区中最重要的督办职位），把总督和他的管家弄混了，走上前去跟他攀谈，送给他好几百枚金币，让他运用对主人的全部影响，把那个渴望的肥缺赏给他。

"乖乖，老天！原来是这样啊，管家先生？"总督暗自想道。从那天起，他施展手段大捞油水，而不再需要管家了。没过多久，他聚敛了大笔财富，用来满足"佩里乔利"那些耗费巨大的怪念头，而"佩里乔利"呢，顺便说一句，正是所谓大手大脚，挥金如土的人。

现在回过头来说卡斯特利亚诺斯按照当时的时髦风尚，凡是有点身份的人都喜欢养一只哈巴狗。马鲁希塔养的是一只非常漂亮的小狗，是同类中的佼佼者。当时正赶上罗萨里奥盛会到了，伯爵的情妇衣着非常寒酸地去赴会，后边跟着一个抱着小狗的女仆。读者先生会说，这有什么稀奇！可关键在于那哈巴狗戴着一条镶有好几颗鹰嘴豆般大宝石的纯金项圈。

让一只戴着这么贵重宝石的小狗招摇过市，这种离奇举动引得人们在罗萨里奥节期间议论纷纷。可是罗萨里奥节过后，得知小狗"库皮多"连同所有贵重饰物一起，已由女主人赠给城内一家因没有收入而濒于关门的医院时，人们更加惊诧不已了。

从那时起，马里基塔在居民和贵族中赢得了她那骄傲对手米卡·比列加斯失去的一切好感。据说每当人们对她说起这件事时，她总要大肆议论一番，借以说明在她那类女人中，没有一个比她更加神气和奢侈："她想得可倒美！出风头的是我卡斯特利亚诺斯！"

这句口头语经多次重复，成了民间谚语，就这样传到了现在这代人中。

（1870 年）

西里洛判案（阿马特总督时代）

查查波亚斯县长堂西里洛·索罗加斯图亚先生，是位人们常说的那种不同凡响的长官，在执法审案的事情上是位独具一格的法官，有点像西班牙半岛上那位桑乔。

西里洛生于加利西亚，本是个粗里粗气、经常撒野的汉子。在阿马特总督卖官鬻爵，谁出价最高谁当官的时代，他动了心思，想买个官做，也好抬高身价。

刚来秘鲁时，他在一座矿山当工头，靠着吃苦耐劳和省吃俭用，攒了一笔五千杜罗的财富，后来又凭小聪明和运气，居然把它扩大了十倍。于是，西里洛变成了堂西里洛，随着地位的变化，内心产生了追求虚荣的念头。

在他初上任的时候，公文上的话念得结结巴巴，签名时的字写得歪歪扭扭，于是想到需要个秘书为他读读写写，便用每月二十比索雇了当地一名蹩脚律师专司其职。

堂西里洛为人邋遢，梳头从来不用梳子，只用手指抹几下就完事大吉。秘书劝他，为了显出堂堂官员的仪容和威严，应该找个理发匠剃头刮脸。堂西里洛照此办理，可事后却说，在刮脸用的这一个钟头里，他尝尽了炼狱里的各种苦刑。头光须净后，他步入大厅审理案件。

一个在荒郊野地偷牲畜的人被带到他面前，按犯罪学家说，这是偷窃牲畜罪。小偷说，路过一座庄园时，那四脚动物喜欢上了他，是自觉自愿跟他走的。牲畜主人说是他偷的。一个说是偷，一个说不是偷，法官犹疑不定，难以判决。"反正有一个不是该惩罚的小偷，就是污蔑别人的家伙。"他暗暗寻思，"两个人谁说的是真话呢？马上就见分晓。"

他转身对两个打官司的人说：

"对墙站着，尽量往高处吐唾沫。"

原告和被告站好，吐唾沫，小偷的唾沫落得比原告高出两拃。

"哈哈，你这撒谎的混蛋！连吐唾沫都不老实，绕着弯儿，还想让人相信你的话打赢官司？"法官大喝，"就该立刻命人用猎枪打死。"

"大人原谅，"法警打断他的话说，"村里没有猎枪。"

"那就给他刮脸梳头，反正都一样。"

*   *   *

秘书向他报告，有位妇人呈状起诉，告另一位妇人称她"女人"而不称"太太"，可这受辱的妇人在一切方面都是位地道的太太。

"秘书，拿笔写我判决如下：'命原告接受医生和监狱女检查员检查，以证明她不是女人，案结'。"

*   *   *

秘书近前向他念诉状，诉状开头写道："状下签名者本镇学校教师恭敬地向大人陈述……"

堂西里洛不想再往下听，立刻打断秘书，火冒三丈地说："什么话！这里只有我能在下面签名，因为我是当局官员，把那个冒用官称的狂徒关进监狱。还有什么要办的？"

"一个种地的状告管水员。状纸上说要求浇一次水，免得甜瓜旱死。"

"写吧：'甜瓜旱死不旱死与本官得失毫不相干，本官宣布不予受理'。"

两个印第安人合伙买了一头奶牛，付钱之后，才想起每人只能得半头。怎么分呢？其中一个盘算：如果牛死了，可以从犄角、颈背和整个前身得到更多的好处，谁不知道最好的、人人爱吃的肉是在前身呢？所以他提出要前半身。伙伴只好要了后半身。可是，牛是从头部吃草吃料、从尾部下小牛，于是发生争执，来打官司。

"此案情由清楚无误，了结办法一目了然。"堂西里洛说，"要前身的人出力出钱负责喂牛，吃料吃草任何人无权干涉；将来的好处，就是做黄油和奶酪的牛乳牛奶，归要后身的人所得。这案子简单好判，就像瓜德罗普的香烟一样，'我抽烟，你吐痰'；又像达罗卡[1]的宴会，'百姓送鱼肉，市长饱口福'。"

那一天，堂西里洛没有再审别的案子，判的案子不多，不过都是大案要案，足以使他万古流芳。

---

1 达罗卡系西班牙北部萨拉戈萨省城市。

一位利马妇人的尊严（1780）

　　十八世纪八十年代，圣哈维尔－卡萨－拉雷多伯爵先生与拉德埃萨·德贝拉约斯伯爵的四小姐之间，正进行着火山一般炽烈的恋爱。

　　对于圣哈维尔伯爵对自己女儿堂娜罗莎的爱慕，拉德埃萨·德贝拉约斯伯爵总是恶眼相看，他这样做不管有无根据，总是有其道理的。父亲的执拗反对非但于事无益，反而火上浇油。让女眷女仆看管她，甚至把她深锁香闺，也都无济于事。情人们总能想方设法传书递简，私自幽会。于是，便发生了热恋中的情人之间那种自然而然又司空见惯的事。干脆剪段截说吧……堂娜罗莎生了个私生子。

　　光阴犹如白驹过隙，飞快而去。或许是圣哈维尔伯爵的心由热变冷，另有新欢，也许是舆论不利、家庭不准使他心头负重，反正突然有一天，这忘恩负义的情郎和卡萨－曼里克侯爵小姐结了婚。当时一首歌谣唱得好：

> 对于男人勿轻信，
> （首先不要相信我）
> 姑娘，只因我爱你，
> 才把此话对你说。

　　堂娜罗莎意志坚强，把一片恋情扼杀在心底，对负心人的污辱表现出一副不理会的样子，把眼泪咽进肚里，隐居到圣克拉拉修道院。修道院院长和她友情甚笃，收她做了纳费寄宿的修女。这种陋习一直流行到独立后的一段时间。那时候，很少履行什么请求主教和牧师批准的手续，就打开修道院的栅栏门，随便接受那些仓促决定离开尘世和尘世诱惑的少女和老妇。

事情还不止于此。一六一一年，塞维利亚女人堂娜赫罗尼玛·埃斯基维尔获准入了利马赤脚修女修道院，庄严地皈依了宗教，可事先根本没有证实她是不是孀居一人。事隔不久，她以为已经亡故的丈夫突然不期而至，看到妻子和女儿做了赤脚修女，他也决定出家修行，做了方济各会修道士。他的儿子也步其后尘，走了这条路。这四人入道一事雄辩地说明，教会在那些年代有多大的影响，各教派是如何不理会那些烦人的手续，不遗余力地扩大自己队伍的。

圣哈维尔伯爵婚后不到一年，侯爵小姐突然死去。这丧妻之人旧情复萌，又想起了堂娜罗莎，于是要求与她见上一面。这高尚的修女半真半假地推托一番，终于同意了。

那花花公子如约来到小禅房，承认了自己的弥天大错，表示后悔莫及，最后请求准他弥补过错，跟堂娜罗莎结成连理。堂娜罗莎没有忘记自己已为人母，同意了伯爵的要求，但提出一个先决条件：婚礼必须在修道院大门口举行，由院长做傧相。

圣哈维尔伯爵对这点条件毫无异议，并慷慨解囊筹备婚礼。经过一番忙碌，不到一个星期就已万事俱备，举行庄严婚礼的日子也择定了。

修道院大门口搭起一座轻便高台，大主教特意恩准男女证婚人和宾客（都是出身高贵的人）进修道院。女院长身穿精美华丽的法衣，给新婚夫妇套上象征百年偕老的花环。

礼成后，丈夫正准备用自己华丽的马车携同爱妻回家之际，突然听到堂娜罗莎做出一番充满敌意的正式宣告，不禁惊得呆若木鸡。堂娜罗莎说：

"伯爵先生，我儿子的幸福要求我做这次牺牲，我已毫不迟疑地这样做了。作为母亲，我已经履行了自己的义务，但作为妻子，上帝还不允许我忘记遭受的奇耻大辱。我绝不跟把我的爱情视同儿戏的人一起生活，除非死掉，我绝不出修道院。"

圣哈维尔伯爵想用左手抓住那位名门闺秀，又是哀求，又是威胁；堂娜罗莎心坚如铁，不为所动。

监护人来到跟前，丈夫觉得新婚欢乐一点儿没有尝到，十分痛苦，向她诉说自己的不幸，满以为女院长会坚决站在他一边。可监护人虽身为修女，终究也是女人，因此完全理解她的教女那骄傲、自尊的做法。

"我说亲爱的先生，"女院长对他说，"只要我这双手还握着修道院长的权杖，罗莎就不会离开修道院，除非她愿意离开的时候。"

最后，伯爵只得绝望地走了。他用尽了各种办法和手段，试图让妻子打消怒气。后来，他确信通过和解途径的一切努力统统白费时，便诉诸世俗和教会法庭。

案件拖了一年又一年，要不是圣哈维尔伯爵的死亡予以了结的话，恐怕就变成一桩永远打不完的官司了。

于是，堂娜罗莎的儿子继承了父亲的爵位和财产；而那骄傲的利马妇人则摆脱了伴随一场诉讼而来的公证人、律师、传票以及其他麻烦的纠缠，在阿瓦斯卡尔[1]时代安安静静度完了余生，到底也没有离开圣克拉拉修道院。

好一位性格刚烈的利马妇人！

1　何塞·费尔南多·阿瓦斯卡尔（1743—1821），西班牙军人、政治家。一八〇六至一八一六年任秘鲁总督。任内镇压美洲独立运动，一八一六年罢职。

廷塔州郡守（1780）

第三十三任总督时代的故事

> 当时正在绞杀罪犯，
>
> 罪犯妻子开了言：
>
> "当家的，别伤感，
>
> 世上啥事都可能，
>
> 还没准绞索会绷断呢！"
>
> 无名氏

一

一七八〇年十一月四日，通加苏卡教区神父为庆祝自己的生日（也是卡洛斯三世陛下的生日），邀集教区内最显贵的居民和附近村中几位朋友共进丰盛的午宴。这些人一大早就纷纷来到，为他祝寿。

堂卡洛斯·罗德里格斯神父是位慷慨的教士，心慈面软，在收缴什一税和教区其他杂税的事情上毫不苛求，凭着这些使徒般的美德，成了教区内信徒的偶像。那天，他坐在宴席的首位，左侧是一位印卡王后裔，名叫堂何塞·加夫列尔·图帕克-阿马鲁，右侧是这位酋长的妻子堂娜米卡埃拉·巴斯蒂达斯。忽听一阵马匹奔驰之声，少顷，马匹停在教区神父家门口，骑马人马刺未解，走进宴会厅。

来人名叫堂安东尼奥·德阿里亚加，是廷塔州郡守，西班牙贵族，因历代高贵出身而盛气凌人，认为欧洲人和土生白人出身卑贱，对他们横行霸道。这位先生是这样的人：他说话粗暴，举止粗鲁，对役使的印第安人残忍无情，而且极端吝啬，如果他不是生而为人，而是生而为钟，为了不给人一点方便，会连打点报时也不干。更加令人不齿的是，因为数次冒犯教会当局，库斯科教区主教和牧师早已正式将他革除教籍。

郡守进屋后，所有食客纷纷起身寒暄。他全然不顾堂何塞·加夫列尔酋长，径直坐在酋长占据的椅子上。酋长只好坐到桌子的另一头，对高傲的西班牙人如此无礼感到大惑不解。吐过几句粗话，美食填饱肚皮，润过舌头之后，郡守大人说：

"大人别以为我从亚纳奥卡急忙赶来只是向您问安的。"

"您知道，"教区神父说，"不管您为什么而来，寒舍总是欢迎的。"

"昨天我接到一份通知，亲自一打听才知是假的，因此我为阁下感到庆幸。假若搞清是真的，我对天发誓，不管什么长袍秃头，一定会把阁下捆起来，狠狠抽一顿鞭子，叫你这后半辈子永远忘不了。只要印把子在我手里，哪个教士也别想跟我喘粗气。"

"上帝做证，我不知道阁下这样怒言怒色是为了什么。"神父被阿里亚加这通无理训教吓蒙了，嗫嚅着说。

"我心里有数，就我一个人明白，堂卡洛斯先生。我可不是吃菜馅的，岂能容忍在我这州里，像人说的在我眼皮底下，对我说三道四，又岂容在库斯科当主教的那个老疯子对我下那道革除教籍的废纸。凭我在天之灵的父亲发誓，哪个神父敢在我的地盘里惹我，我绝不留情！你记着，说不定哪天把我惹火了，动起气来，我立马儿就赶到库斯科，把那些大腹便便、男盗女娼的牧师剁成肉酱！"

郡守只顾粗言粗语地嚷叫，只是为了狂喝滥饮才歇口气，却不曾留意到，堂加夫列尔和几位客人悄悄溜出了客厅。

二

傍晚六点，骄横的贵族堂安东尼奥正骑马奔驰，赶回自己居住的村镇，突然马匹被人套住，发现自己被五个人团团围住，认得出都是与神父同桌进餐的人。

"阁下束手就擒吧。"人群中领头的图帕克-阿马鲁说。

郡守早已吓得魂不附体，没等他有丝毫反抗，这行人就给他钉上一副脚镣，押到了通加苏卡。接着，几个印第安人带着密封函件奔赴上秘鲁和其他地方，图帕克-阿马鲁竖起义旗，反抗西班牙。

几天之后，十一月十日，只见通加苏卡教堂对面高搭一副绞架，傲慢的西班牙贵族身穿囚衣，旁边站着一位劝他像基督徒一样去死的教士。听得传令官宣告：

"因安东尼奥·德阿里亚加专横暴虐，狡猾奸诈，敌视上帝及其使者，贪污腐败和欺上瞒下，蒙上帝恩宠，亚马孙地区和大派提提地区的君主和主宰、秘鲁、圣菲、基多、智利、布宜诺斯艾利斯以及南海陆地的国王，印卡王堂何塞·加夫列尔钦命对其执行此次处决。"

接着，刽子手（正是这丧门神郡守手下的黑奴）给他扒下表示贬黜的囚衣，穿上裹尸布，把绳子套在他脖子上。可是，就在他的身子刚刚离开地面几拃悬起来时，绞索突然绷断。这意外事件自然使印第安人吃了一惊，阿里亚加乘此机会，拔腿向教堂奔跑，口中喊道：

"我得救了！我去教堂！教堂会保护我！"

眼看他就要躲进神圣不可侵犯的避难所，这时印卡王图帕克-阿马鲁抢上一步，抓住他的脖子说：

"教堂不保护像你这样的大坏蛋！教堂不保护被教会革除教籍的人！"

刽子手再次抓起死刑犯，很快执行了他的无情使命。

三

传说讲到这里本该结束，但由于这篇作品的计划的缘故，我们必须用尾声的形式，对于发生此次事件时当政的总督说上几句。

极其尊敬的堂阿古斯丁·德豪雷吉先生出生于纳瓦拉省，属于米兰达伯爵和特瓦伯爵家族，是圣地亚哥骑士团骑士，皇家部队陆军中将。正在他任智利首席执政官时，卡洛斯三世命堂曼努埃尔·基利奥尔总督与他对调职务，此举既不公正也不成功。这位豪雷吉的骑士于一七八○年六月二十一日到达利马，说实话，他的前任中，没有一个人接任时遇到过更为凶险的兆头。

一方面，昌查马约山区的化外之人刚刚焚毁和洗劫了数座开化的村庄；另一方面，钦差大臣阿雷切的增捐加税和暴虐手段激起了严重动乱，民怨沸腾，许多郡守和税吏在动乱中死于非命。虽然基里奥尔已宣布暂停收缴令人愤恨的高额捐税，等待国王用更好的旨令取而代之，但可以说当时战火已燃遍全国。

此外，西班牙与英国于一七七九年宣战，欧洲接连发来通报，告知新总督：海上女王已装备一支舰队开往太平洋。

豪雷吉（在巴斯克语中，这个姓氏的意思是"极其尊贵的"）为防备海盗进犯，不得不在沿海加固工事和装备炮火，组建民团并扩充舰队，而这些措施均需要巨额开支，这又加重了人民的困苦。

堂阿古斯丁·德豪雷吉登上总督的宝座刚刚四个月，就得知阿里亚加郡守被杀的消息，郡守被杀后，图帕克-阿马鲁酋长在三百多里的广大土地上自称印卡王和秘鲁国君。

在这里给这场声势浩大的革命修史是不适宜的，但众所周知，它严重地危及了殖民政府，独立事业差一点在当时就大功告成。

一七八一年四月六日耶稣受难节那一天，印卡王及其主要臣属被俘，敌人对他们施行了最野蛮的暴行。割舌断手、五马分尸、绞杀杖毙……无所不用其极。这些野蛮行径都是阿雷切下令让干的。

印卡王、他的妻子堂娜米卡埃拉、他的子女和兄弟被处死后，革命者陷入群龙无首的境地。尽管如此，火种直到一七八三年七月才熄灭，那时处死了这位不幸印卡王的弟弟、瓦罗奇里土人的酋长堂费利佩·图帕克。福内斯教长说："这场革命就这样结束了，历史上将很难再有比这次更加正当又更加不幸的革命。"

豪雷吉家的族徽是罩了幕帘的盾牌，分成四块，第一块为金色，上绣一棵枝叶繁茂的栎树和一只走动的野猪；第二块为红色，上绣一座插着旗帜的银色城堡；第三块为蓝色，上绣三朵百合花。

据说一七八四年四月二十六日，堂阿古斯丁·德豪雷吉收到一份礼物，是一小篮樱桃。总督大人非常爱吃这种水果，可刚吃了两三颗，就倒在地上不省人事了。三十小时之后，宫内客厅大门开启，只见豪雷吉身穿宽大的骑士服，坐在华盖下的大皮椅上。按照此情此景的礼仪，总督府书记官在前，王室检审庭人员随后，走到距华盖两三步的地方，高声连呼三次"极其尊贵的堂阿古斯丁·德豪雷吉先生！"然后转身面对众人，说出必不可少的这句话："先生们，没有回答。他故去了！故去了！故去了！"接着，掏出一纸文告，法官一一在上面签了名。

印第安人就这样为死难的图帕克-阿马鲁报了仇。

行刑手潘乔·萨莱斯 (1795)

圣胡安教团骑士总督时代的故事

——"怎么,纪事作家先生!法国人把行刑手称作'高尚行动的执行者',您对这行也要唠叨几句?"——"是呀,我的读者。在亨利·桑松[1]已经写出自己家族,因而也就写出一六八四至一八四七年'巴黎的先生们'的历史的世纪,我不知道在我们这里操此残酷行业的最后一个可怜鬼的历史为什么不能公之于众。秘鲁在这方面比欧洲幸运和先进,她废除了正式行刑手的职务,以及后来在阿亚库乔田野枪毙犯人的做法。"

一

一七九五年一月二十四日,黄昏初降,几位贵族家庭青年在利马穿街过巷,每人前面走着一个身穿号衣的奴隶。几名青年的穿戴是:缀金扣的黑色天鹅绒上衣,花边帽,短裤,丝绸袜——通常所说的上等丝绸袜,用瓜曼加绦带系住,缀着小石子的扣袢鞋。这样可以显露出圆鼓鼓的腿肚子,到如今时代,某些人物对此可能看不顺眼,因为青年们身上那种穿戴非常罕见,可能该进历史博物馆了。青年们胸前抽褶斜摆衬衫的外面,斜披着一条贵重丝带做的绦带,上面有两个金字母绣出的字:"仁爱"。

1　桑松家族为意大利佛罗伦萨一家,后居法国,其成员为一六八八至一八四七年巴黎刽子手。夏尔·亨利·桑松(1739—1806),法国革命时期处死路易十六,一七九三年将职务传给其子亨利。亨利(1767—1840)为法国革命"恐怖时期"行刑手。亨利之弟路易一八四七年放弃了家族充当行刑手的传统。

走在这支慈善队伍每个成员前面的奴隶光着头，一手托着一只银盘，另一手拿着一只小银铃，过一会儿就摇响几下，不紧不慢地大声喊着一句话："为了给即将处死的人的灵魂做点好事，行行好吧！"

上层妇女并不喜欢求人施舍的动机，而是喜欢那募集者美男子的穿着打扮，纷纷向银托盘丢进一个光闪闪的小金币，或至少也是一个比索；街上的流氓无赖，为了不让讨要的"孩子"扫兴，也丢进一个雷亚尔或一枚圆柱形古币。

"仁爱教友会会员"在这种时候募集的施舍，用来让死囚犯在等待处决的四十八小时里吃几顿丰盛饭菜，满足他们的最后愿望，给他们办场像样的丧事；如果钱有富余，就用来做弥撒和代祷仪式。此外，要从施舍中拿出四个比索给死囚犯，由他恭恭敬敬地送给行刑手，算是套脖子的麻绳钱——因为不系别的领带。

在利马，行刑手这差事挣钱少得可怜，报酬只有每月十比索，就够租用一口"里维拉棺材"的；关于有几口"里维拉棺材"，为了不招现在承租人不自在和嫌弃，这里避而不谈。如果情况好点，就得由着人们风言风语地说，行刑手的产业里有一段被绞者给的绳子，这是发财致富的可靠药方。

这天下午，等待第二天处决的共有五名罪犯。其中四名是早该上绞架的"刺儿头"，每人身上背着好几条人命，都是阴险地在荒僻无人之地杀死的，此外还有多次抢劫和其他重罪。第五名是个黑人奴隶，二十岁的壮小伙，膀大腰圆，壮得像公牛，丑得像小鬼。有一天，他顶撞主人，主人为了惩戒，把他送到圣安娜面包房去和面。面包房管家有尼禄的名声，凡落到他名下的奴隶，都命他们脚上戴镣、光着脊背干活，还不时地在他们身上狠抽鞭子，留下一道道粗粗的血印。

犯上的黑奴屁股上刚挨了一鞭，就转身对管家说："堂梅莱霍，手下别那么狠。提防着我点，老子的脾气可不是吃哑巴亏的！"可是堂埃尔梅内希尔多（人们都这么称呼管家）是个从来不怕威胁的人，手中鞭子抽得更狠。也许是故意找岔子，也许是取悦黑奴的主人，他没有一天不抽他一顿的。不是说他和得太快，就是说他偷懒，反正在堂梅莱霍眼里，这黑奴简直里外不是人。

一天夜里，奴隶终于忍无可忍，眨眼间跳上柜台，抄起堂埃尔梅内希尔多平时切大面包用的刀，一点不剩地捅进了管家的心窝。

堂埃尔梅内希尔多是西班牙人，在利马有许多干亲。他们对他的死很痛心，对凶手气愤至极。名叫潘乔·萨莱斯的杀人者找不到靠山，与四名杀人盗匪一起被判了绞刑。

晚上七点，"鱼市街"挤满了人，真应了那句话：连个插针的地方也不剩。这正是多明我会神父应该举着圣佩德罗·阿门戈尔旗子，来到监狱的小教堂，为死囚犯"唱信条"的时刻。按照习惯，死囚犯必须躺在黑呢布上听那套老生常谈。为了参加这种提前举行的丧礼，在近处看看这些不幸的罪犯，人们总是蜂拥地求助听审法官和市议员才能如愿，而最漂亮的贵妇则是最渴望听那几句不祥之词的。可是那天晚上，人们却是乘兴而来，败兴而归，十点过后，不得不快快地退出小教堂，好像到戏院去看戏，结果赶上男主角或女主角生病而不演了一样。

多明我会神父没来监狱，早有人小声嘟哝了，说这是拿可敬的公众开玩笑。

事实是因为"金疙瘩"刚刚死去，行刑日期推迟了。这"金疙瘩"可是位重要人物，他这一死妨碍了法律的正常运行。

"我说先生，'金疙瘩'是什么人？我要求给我介绍一下'金疙瘩'！我想了解一下'金疙瘩'！"

"别急嘛，亲爱的读者，纪事作家可不能竹筒倒豆子，一口气都告诉您。好像人要喘口气一样，现在最好插一段话，就历史涂上两篇纸。"

二

尊敬的圣胡安教团骑士堂弗赖弗朗西斯科·希尔·德塔沃亚达·莱

穆斯-比利亚马林生于加利西亚，是神圣的圣胡安教团的大十字骑士，奥尔维戈桥地区的骑士团长，国王事务院成员，王家海军中将，一七九〇年三月二十五日在悲惨兆头的笼罩下进入利马。人们心中十分伤感，因为三月二十二日星期一夜晚，一场大火烧毁了圣安娜教区教堂，后来一直到十九世纪初才重建完毕。

教堂的碎砖烂瓦还冒着烟，人们没有心思欢迎这位刚在新格拉纳达任完总督的新总督。

第三十五任总督、圣胡安教团骑士希尔·莱穆斯的任期，是秘鲁非常富足的时代。贸易极大繁荣，在他五年任期内，进口达两千五百万比索，出口达三千二百万比索。

在多次"自愿"（？）捐赠中，利马居民给西班牙运去大笔钱款，以便跟法兰西共和国的恐怖分子开战；双桅大帆船给王室财库运去五百多万比索。

希尔·莱穆斯下令对利马进行一丝不苟的人口普查，结果是城墙环绕的区域内有居民五万二千六百二十七人，分属三千九百四十一家。

但是，这位总督统治时期最光辉的一页，是由他对文学的热情支持写成的。我们迄今有的第一份文学报纸，在一七九二年十月一日出版，名叫《学者日报》；不久之后，创办了著名的《秘鲁水星》杂志。一七九三年，由政府出资印刷，堂伊波利托·乌纳努埃刊印了《外地人指南》，以后几年连续出版，书中载满了难得的资料，我们致力于研究殖民地时代的人认为非常珍贵。"谜语诗人"堂埃斯特万·德特拉利亚-兰达积极为《利马日报》写稿；知识渊博的西班牙教士，因政治思想先进从西班牙流放至此的迭戈·西斯内罗斯神父（他用自己的名字命名了一条街，此街现在改名叫赫罗尼莫神父街），在一小圈子密友中传播百科全书派的著作。叫赫罗尼莫的那位神父，传播了四分之一世纪后促使共和制建立的种子。福音派传教士纳西索·希尔瓦尔—巴塞洛和曼努埃尔·索夫雷维耶拉两位神父，给《秘鲁水星》杂志寄送了关于山区的极好的说明文字和很有意义的地图。到了我们这个时代，只要研究某个边界问题，人们总是如饥似渴地查阅这些著作。

希尔·莱穆斯奉卡洛斯四世之召，一七九六年十月二日离开利马回国（此前几个月已将权柄交给奥希金斯）。到西班牙后，国王任命他为国务大臣——我们想是掌管海军部；一八一〇年故去时，他对生前做过导致拿破仑统治西班牙的摄政府成员颇为内疚。

三

"金疙瘩"是个几乎像侏儒一样的矮小黑人，胖墩墩的，外罗圈腿，嗜酒无度，弹得一手好吉他。有一次，他的姘头跟别人乱搞，被他当场抓住。他当机立断，干净利索地给那娘们和情人一人一刀，俩人一声没吭，立时丧命。法庭给他出了个难题，要么上绞架，要么接受当时空缺的行刑手差事。"金疙瘩"心想保脑袋要紧，同意做行刑手。可是，这小子不把公事放在心上，干起来吊儿郎当。只要通知他有犯人要绞，快准备干差事的家伙，就不知他到哪儿花天酒地去了。等到行使他高尚职责的时刻，却没了主角，就是找不着行刑手了。由于他，可怜的犯人只好苦熬漫长的绞刑期——令人恐惧的临终末日。再者，"金疙瘩"手头不熟练，系不好绞索的活套，而且总也不能又准又及时地打好脖子上的一掌。王室检审庭对他很不满意，如果说没有设法替换他，是因为这职务根本不是令人垂涎的肥缺。

一月二十三日上午，一名法警奉上司命令通知"金疙瘩"，要他二十五日上午十一点对五名罪大恶极的重犯执行绞刑。他干行刑手已经八年，还从来没有过这么大的举动，这回的差事这么非同寻常，所以他这回也要喝个非同寻常。这回真是喝得太多，结果"金疙瘩"像炮手倒在炮车脚下一样，跌死在一只甘蔗酒桶旁，再也没起来。

行刑手突然死去，急得法庭职员如热锅上的蚂蚁。没有人愿意接替他，看来罪犯得烂死在监狱里了。最后，法庭大人们拿出最后一招，决定看看死刑犯中是否有人愿意接受这卑贱职务，当一名正式行刑手，处死难友，保全自己一命。

再说那五名犯人，他们听说法庭官员碰上了难题，在一天听弥撒时，趁教士举起圣饼的一刻，悄悄地互相发誓，拒绝这项建议。他们想："这么说来，法庭找不到人接替死去的'金疙瘩'，没法儿吊死我们，只好放弃死刑，改判到查格雷斯或瓦尔迪维亚[1]当苦役犯了。"他们互相说道："眼下保住小命要紧，要说自由嘛，只好等待时机，看上帝安排了。"

最后，一位刑事法官带着书记员和捕快来到监房，先向四名死刑犯提出建议。话说曾经有个人，死也不愿结婚，人们在行刑台旁许诺他，只要愿意娶一位姑娘，就饶他不死，他对刽子手说："算了，哥们儿，凑合活着吧！"这大滑头倒挺识时务。四名犯人跟他有着同样心计，断然答道："法官先生，既然要这样两者挑一，我们宁愿上绞架。"

法官对四名惯犯的拒绝很失望，然后只是例行公事、并不指望受欢迎地对最后一名犯人说了那番话。这人正是提出对圣饼发誓那个主意的人，可法官刚一问他，大家就颇为意外地听他说：

"各位难友，你们每人至少欠三条人命，因此该当绞死三次。我只有一笔血债，只要改邪归正，这点小事是可以饶恕的轻微罪行。你们都看见了，各人的情况不一样，所以我接受建议。"

四

潘乔·萨莱斯自一八二四年起失了业，因为他靠"里维拉棺材"得的那十个比索租金被取消了。到他一八四〇年后死去之前，他开了一个兼有养狗栏的小店铺，店铺靠近圣拉萨罗教区名叫"普莱萨"的果园。从暴动者（他总把爱国分子称为暴动分子）给他"罢官"后，他靠编竹筐和向阿乔广场的商家出租狗为生，那些狗凶猛异常，跟雷特斯和布哈马的公牛斗起来也是呱呱叫。在萨拉维里执政时期，[2]潘

1　查格雷斯在巴拿马，瓦尔迪维亚在智利。
2　指一八三五年。

乔·萨莱斯还是主动给要枪毙的人蒙眼睛，不过不是以行刑手的身份，而是出于对这一行的爱好。

潘乔·萨莱斯死时仍忠于西班牙的事业，他肯定地说，"我们的主宰——国王"迟早会收回自己的权利，向忘恩负义的反叛分子算账。这可怜的行刑手经常诉说内心的痛苦，据说他曾一直打听消息，看能不能把剥夺他那笔收入的事控告到法庭。在他生前的最后几年，他总是为贪图一时好玩而犯下的违背誓言过错良心不安，于是找了一位赤脚僧做忏悔牧师，穿起悔罪衣，像个好基督徒一样虔诚地死去。

命中注定（1801）

献给卡洛斯·奥古斯托·萨拉维里[1]

一

十九世纪刚刚开始（读者朋友，我必须说明，这一节的事件发生在 1801 年）——原谅，这句话是经过反复斟酌写出来的[2]。那年的一天夜晚，拥有著名的萨拉曼卡大学的萨拉曼卡城全城轰动，原来大学生中一位风度潇洒的小伙子脱掉破旧的长袍，抛弃西塞罗[3]的作品和《学说汇纂》[4]，演起了天才的洛佩和浪漫的卡尔德隆的喜剧。

在大学城的一家酒馆里，聚集着一大群学生、喜剧演员和不三不四的女人，吃着味道鲜美的肥羊腿，喝着难得买到的没有掺水的"瓦尔德佩尼亚斯"葡萄酒。这群人都是些干什么都可以，对什么都无所谓的人物。店堂一头有个姑娘在炉边烤火，她是个卖唱的女孩，又是一个像吉卜赛人的可怜瞎子的引路人。姑娘名叫德戈利娅西翁，生就一副比丑八怪还丑的面孔，一副跟破锣一样的破嗓子，幸亏弹吉他的瞎子手法娴熟，琴声优雅，她的歌声才勉强能听得下去。

---

1 卡洛斯·奥古斯托·萨拉维里（1830—1891），秘鲁诗人、剧作家。著有浪漫派诗歌《曙光与闪光》《钻石与珍珠》等，剧作有《阿塔瓦尔帕，又名秘鲁的征服》等。

2 这里"刚刚开始"系一语双关，还有"幼稚无知"之意，故作者是经过反复斟酌才写出的。

3 西塞罗（前 106—前 43），罗马政治家、思想家和著名演说家。

4 《学说汇纂》系六世纪东罗马皇帝查士丁尼命令汇编的法学学说摘录，共五十卷。

"哎，德戈利娅西翁，我的孩子！给萨拉曼卡大学的明星拉斐尔先生唱支小曲吧。凭上帝发誓，他只要施展三分之一甚至五分之一的天才，就会超过伊西多罗[1]。"

姑娘咳嗽两声清清嗓子，瞎眼乐师弹出几个优美的音符，嘈杂声戛然而止，人们纷纷竖起耳朵，静听那含义隽永的小曲：

> 合唱队中众修女，
> 边唱边又说：
> 姐妹相称一大群，
> 就是没哥哥。
> 说句口头禅：
> 谁曾见过咖啡壶
> 没有搅棒拨？

"为漂亮姑娘叫好！"学生们齐声喝彩，把扁帽抛向空中。

可是，被盲乐师称为拉斐尔先生、样子像是当晚英俊的那个学生，却一直郁闷地坐在一边。他的同桌伙伴不知是怎么回事，都想让他打起精神；女人则瞪着馋猫似的眼睛不知羞耻地看着他，因为他毕竟是个英俊少年。为了稳妥起见，姑且说他刚刚在有教养的阿拉尔孔的《隔墙有耳》中崭露头角，得到观众疯狂的喝彩。

当酒入肝肠头脑昏昏的时候，拉斐尔走出了酒馆。恰好喜剧演员安东尼奥·埃斯佩霍发现他不辞而别，便到他伙伴的房间去找他，见他像刚才喝酒狂欢时一样忧心忡忡。

"拉斐尔，我的朋友，你心里有事。"

"是的，埃斯佩霍。喝酒时我总也甩不掉一个不祥的幻觉。听我说，自从咱俩结交以来，我心中萌发了一个无比强烈的愿望，要在舞

---

1 下文还提到伊西多罗·马伊克斯，据上下文推测，应为当时著名演员。

台上无愧于观众的掌声，要忠实地表达我们伟大诗人的作品的思想感情，要让所有的人兴奋激动，如醉如狂，以便赢得只有天才大师才能得到的桂冠。参加你的剧团以后，我在今天晚上举行了我的第一次演出，并取得了第一次成功。刚才我想起了我的父母，他们蔑视我，认为喜剧演员的称号是我甩在我这望族家门的污点。现在后退已不可能。我抛弃我的姓氏，从今以后我的名字要叫拉斐尔·塞瓦达……可在饮酒过程中，我的想象中猛然闪出一幅阴森森的景象。只觉得我置身在一座宽阔的广场，周围是数不清的人……所有人的眼睛都直直地盯着我……我是这巨大场面的主角……广场中央搭一座断头台……两个汉子押着我走上去……一个是刽子手，另一个是教士……那是你，埃斯佩霍，你，你为我打开了通向喜剧演员艰苦生涯的大门，又把我送到了坟墓的门槛！……"

拉斐尔·塞瓦达话还没说完，神志错乱猛烈发作，一头倒进朋友的怀抱，失去了知觉。

二

以教堂的前廊为舞台演出宗教寓言短剧的时代已经过去了。从前利马有一家剧院，一点也不舒服，更没有什么漂亮之处，由于它那滑稽可笑的样子，人们把它叫作"鸡窝"，我们那些如饥似渴地爱看文艺演出的观众，今天还是到这家剧院去。一六○二至一六六一年间，圣阿古斯丁大街一座房子里也有一家剧院，房子今天还叫"旧喜剧院"，是花费五万八千比索盖的，不过已经被现在的这家戏院取而代之。现在这家戏院是花费六万比索盖的，经过一七四六年的地震后，又用四万多比索进行修缮，当时负责领导重修工作的是利马名人奥拉维德[1]。这座剧院之所以有名，是由于音响设备好，至于建筑艺术，却没

---

1 巴勃罗·德奥拉维德－哈乌雷吉（1725—1803），秘鲁政治家，作家。曾组织对莫雷纳山殖民，因宣传百科全书派思想被监禁。

有什么可称道的地方。[1]

新剧院建成后，利马居民不仅能坐着看戏，而且能看到水平高超的艺人和种类繁多的演出了。每当演完《俄瑞斯特斯》[2]或《讲道的魔鬼》后，必有一对舞蹈演员展示西班牙舞蹈那种色情的魅力。接下来再演《斗牛士市长》或者拉蒙·德拉克鲁斯[3]的某一出独幕喜剧，观众要在欣赏完一种称作"托纳迪利亚"的轻快小歌剧（这是一种边走边唱的说唱剧）后才离去。剧院的经营者收费六个雷亚尔，就给观众演出朗诵、跳舞和唱歌，却从来不敢要求提高票价。可现在呢，真是彼一时也此一时也！

利马剧院的大幕上画着帕耳那索斯[4]，一八二四年以前还一直写着一首八行诗，这诗乃拉斯托雷斯伯爵的手笔。从我们所知他写的这首八行诗（而且无须恭维地说，是矮子里拔将军拔出来的作品）来看，他是一位毫无文采的文人。这首诗是：

> 这条光辉的品都斯山脉[5]的物件，
>
> 可救助饥寒交迫的人；
>
> 阿波罗犹如杰出的医生，
>
> 在这里教人诗韵，在那里赐人神旨。
>
> 我的闹剧讲的是一个严肃正经的事件，
>
> 有光辉的政治意义，影响深远；
>
> 谁在燃烧的东西上找到光焰，
>
> 请利用它的光亮，抛弃它的火焰。

---

1 一八八三年三月十六日下半夜，在该剧院演出了说唱剧《马赛女人》。几个小时后，剧院被一场熊熊大火烧成瓦砾。——原注
2 俄瑞斯特斯，一译奥列斯特，希腊神话中迈锡尼王加半农之子，曾杀母以报父仇。欧里庇底斯据此创作悲剧。
3 拉蒙·德拉克鲁斯（1731—1794），西班牙剧作家。
4 帕耳那索斯，位于希腊南部的山，传说为太阳神和文艺女神们的灵地。
5 品都斯山脉为希腊山脉，其一峰为阿波罗和缪斯（文艺女神）象征。

您看懂了吗，读者先生？反正我看不懂。

利马人第一次欣赏意大利歌剧是在一八一四年。演出的剧团很小，无论是男高音佩德罗·安杰利尼，还是女高音卡罗利娜·格里约尼，都没有什么技艺可言。演出的节目观众不喜欢，所以只演了寥寥数场。只是从一八四〇年以后，才有名副其实的艺术家开始占领抒情歌剧的舞台，那一年我们看了克洛琳达·潘塔内莉和特蕾西娜·罗茜两位令人难忘的演员的演出。

在这篇故事开始时的一八一四年，剧团的首席演员是伊西多罗·马伊克斯的学生，大名鼎鼎的罗尔丹，其他如滑稽演员罗德里格斯，扮演英俊小生的塞瓦达和扮演奸诈角色的巴尔贝托都是二流演员。当我们偶尔为奥洛格林在《理查三世》和《沙利文》、曼努埃尔·邓克在《蒙塔尔托主教》、希门尼斯在《两小时的恩宠》、卡萨库维塔在《犯罪的阶梯》、阿尼瓦尔·拉米雷斯在罗德里格斯·鲁比的喜剧作品、卢特加多·戈麦斯在《叛徒、不认罪的囚徒和列道者》、托雷斯在《路易十一世》、巴莱罗在《街头乐队的乐师》和布龙在《新悲剧》中的表演鼓掌叫好，并且向碰巧坐在我们邻座的老人表露兴奋之情的时候，总听到这种刺耳的回答："屁！这演员只能说凑合……你没看过罗尔丹的戏……嘿，罗尔丹！……那才值得一看呢。"

当埃米莉娅·埃尔南德斯、奥罗拉·费德里亚尼、玛蒂尔德·杜克洛斯、阿马莉亚·佩雷斯·文图拉·穆尔或者卡罗丽娜·西维莉几位演员得到我们用嘴喊"好！"和用手鼓掌的时候，也有个把人用嘶哑的、像是得了喉炎的嗓子打断我们：

"这些年轻人怎么这么爱激动！一看就知道你们没听过女高音莫雷诺的演唱。……莫雷诺，了不起！……"

罗尔丹在喜剧方面确实是个平庸之辈，可是根据颇为内行的评论家们的感觉来说，他在悲剧表演方面，迄今为止，我们的舞台上还没有一个对手堪与匹敌。至于女高音莫雷诺，我们只知道她达到了一个好演员的水平，但在当时并没有什么高超的技艺，可以让人们把她视为出类拔萃的人。都知道她几乎没受过什么教育，以致到十八岁才在后台学会流利地念台词，既然如此，我们的前辈却想极力抬高她的身价就是不可理解的了。

三

玛利亚·莫雷诺一七九四年出生在瓜亚基尔。一八一二年，拉斐尔·塞瓦达途经那座城市时认识了她，并深深迷上了她的美貌，便通过一个干瘪老太太做中间人给她传书递简。那时候，塞瓦达是个三十岁的安达露西亚人，长着一头浓密的金黄头发，两只又黑又大的眼睛，匀称健美的身材。除了男性美外，他那苍白的脸上还隐约露出种种恶习经常留下的迹痕。正因为这一点，玛利亚才觉得这情郎非常称心如意，为了使开头有个传奇色彩的结尾，与他商定逃出母亲的家门，一起私奔。

这对恋人登上即将在河口起锚的一艘船，远走他乡。他们游历特鲁希略和卡哈马卡，幻想着情人们梦想得到的一切顺利、万般如意的美事，一天早晨来到这座三次加冕的诸王之城。在此之前，塞瓦达竭尽全力教育他的情人，而她倒也心有灵犀一点通，不到两个月就能念出抄写喜剧角色台词的那一行行字句，而且具备了在乡村简陋戏园首次登台的条件。

这年轻女演员到达利马时，很快就十九岁了，生就一张漂亮迷人的脸蛋儿。读者尽可想象那面庞椭圆犹如鹅卵，秀发乌黑如漆似墨，香额润泽若雪，蛾眉淡扫春山，碧眼一双光闪闪，木人石雕也动心，朱唇两片含樱桃，挑动无限风流情，圆肩视而落魄，酥胸望而销魂。除了上面只言片语描绘的这些美妙之处，如果再加上她那由于三个酒窝而愈显妖媚的笑容和给人带来爱情希望的甜蜜嗓子，那就不难猜想，以这样的容貌为后盾登台亮相的女人，会在舞台上赢得多么狂热的喜爱和多少忠实的崇拜者。就连阿瓦斯卡尔总督也不顾自己为人庄重和年迈多病，三天两头拜倒在女演员脚下，大念风流经。

尽人皆知，戏界人的道德观念不太牢固（虽说后台从来不是道德学堂，但这些人中倒也不乏自尊的女人和正派的男人，指出这一点对于维护艺术的荣誉确是令人欣慰的），出于这种错误的信念，追求玛利亚的人越来越多，他们希望在她身上能够轻易得手。塞瓦达醋性大发，严加戒备，终于在一天晚上，当他看见女演员在更衣室从 C 侯爵手中接过一束精美的花时，狠狠打了她一记耳光。于是，玛利亚干脆对情人把话挑明，说她决心恢复自己的自由，并且从那天起就住到一个女朋友家里。

四

那些年代，在拉斯曼塔斯街中间地段有一座甬道狭窄的两层住宅：我们知道，这座住宅曾经变成过小客店，多亏高尚情趣的影响，今天又成了漂亮的"林奇–奥尔蒂斯"商场。房子外表寒酸破旧，里边由两排房间组成，尽头有一条摇摇晃晃的楼梯通向楼上的房间。直到当时涉足到里马克河[1]边的那位最风雅的安达露西亚女人，就犹如皇后住在王宫里一样，安闲自在地住在那里。

帕卡·罗德里格斯是位妙龄二十的健美女郎；长着一对蓝如大海、美似月光、顾盼迷人的眼睛。她的面庞略显褐色，像百合花一样鲜艳润泽，鲜红的芳唇上长着一片纤细得几乎觉察不到的汗毛，显示出一个女人生机勃勃的发育程度。为了给帕卡画出完整的肖像，还应说明她的身材婀娜苗条，每个毛孔都散发出青春、风雅和妩媚。既然她是舞女，我们还得展示一下她那圆润的双腿；不过读者先生，推心置腹地说，我们觉得还是不说为好，这样只字不提，可以使您免犯一种可以原谅的罪行。

虽然帕卡的一双眼睛顽皮轻佻，但她在我们这支纪事作家的笔所描写的美好岁月里，却是戏剧界女人中高尚的例外。愿上帝保佑她，

1　里马克河为秘鲁河流，流经利马城，在卡亚俄入海。

免得她被迫把后台的抹大拉们的丑事都抖搂出来！那些热恋这位舞女的人声嘶力竭地说，她不通情理，也不会让步，因为她有个愚蠢的癖好，就是始终爱着她的丈夫——丑角演员罗德里格斯。罗德里格斯是在二十多年前，在靠近乔里略斯的巴兰科镇的僻静住所里，像正人君子一样死去的。记得在我们孩提时期，他可真会叫我们开心取乐，逗得我们这些娃娃嘴里总是笑声不断。现在虽然我们已长大成人，却始终没有忘记他。

上面说到，帕卡害得一大群风流男子朝思暮想而又大失所望。她始终摆出安达露西亚人性格中那种生来就有的谈笑风生的姿态，但又决不使人抱什么希望，也不留下什么把柄让人骂她是卖弄风骚。女人尽可自夸贞节，因为还没有机会让她的贞节经受考验，那是在街角上拐弯时遇到的情况，而我们认为这种贞节是伪装的，含金量不高。只有不避险境而又能不失贞操、凯歌高奏的女人——恕我们坦率直言——才是真正贞节的女人。在这方面，我们得承认帕卡的贞节是节烈，经得起金钱利诱和精神折磨的考验——这一句话就足以说明一切。

另一方面，在宗教裁判所的火灰余热未尽的时代，在人们认为喜剧演员是不配按宗教仪式埋葬的被革除教籍的人的时代，种种社会偏见迫使从事演戏的女人的意志像泥巴一样软弱，除了纵情声色之外没有什么信仰可言。那时，演戏的女人也把自己看作贵重饰物，任凭人们的片时爱好、风尚和虚荣心开价。她们犹如香菌炖火鸡和红烧兔排骨一样，只是阔佬们一饱口福的美味佳肴。可是帕卡呢，她冲出了命运为她安排的这男盗女娼的堕落之地，每个星期都跪倒在一位教士脚下做忏悔。教士深明事理，当然不会拒绝，提出告诫让她好自为之，并且用基督教教义安慰她。希望向她伸出了手臂，妻子对丈夫的爱使她的名誉没有受到诽谤。

舞女帕卡就是这样一个人，她是出淤泥而不染的荷花，在泥淖中保住自己洁白翅膀的天使。为不幸的玛利亚敞开自己家门的正派女人就是这样一个人。

五

那是一八一四年八月二日，人们三三两两地走向"赤脚僧林荫道"。它是在一六一一年建成的，今天装饰着围有铁栏的花园和大理石像，但当时一样也没有。所谓"林荫道"只不过是几条陋巷，有胡乱栽植的柳树，几个粗糙的土坯座位和圣利维拉塔小修道院旁的一个青铜水槽。虽说寒酸简陋，它却是当时利马最有诗情画意的去处。从那里可以观赏秀丽的阿曼卡埃斯山丘；高耸的圣克里斯托瓦尔山峰，人们凭它的形状猜测里边隐藏着一座大山；还有拉斯拉马斯小山，好心的人们说那里常有魔鬼出没，甚至不止一个死心塌地的轻信者上山去找它。林荫道深处，耸立着赤脚僧传教士打坐的教堂，教堂是由职事僧弗赖安德烈斯·科尔索教友在一五九二年建的，如今它像上帝的手指一样神秘，在教堂正面朴素的建筑风格中显出严肃的神色，像是在召唤神灵打坐静思。

无论教堂还是修道院（院内有一处占地五亩的大片果菜园），都没有什么惊人之处。在一条回廊里，有一间小禅房由圣弗朗西斯科·索拉诺住过一段时间，他是修道院的第一任院长；还有一间在一八三〇年时由危地马拉神父居住，九年后他在伊卡像圣人一样死去。在临街接待室里，《圣母受孕秘义图》的油画下面写着几行文字，对神学一无所知的人看不懂这段话的意思：

波图伊特·德奎特·埃尔格作

万能的主能够
保护他的母亲吗？
他这样做了：他是正派人。
上帝或是想为而不能为，

或是能为而不想为。

想为而不能为，则不是上帝，

能为而不想为，则不是儿子。

所以要说他既能为又想为。

那天下午正举行赦罪节的活动，从中午十二点起，座位上就坐满了戴面纱的名门淑女——说起女人戴面纱，这个风俗已经由于模仿欧洲人的习惯废止了，看到这种事委实令人痛心！长袍和面纱连同利马女人的讽刺情趣和机巧心灵，统统销声匿迹了。难道我国人民就注定应该这样日复一日地失去一切带有我们民族精神标志的东西吗？

修道院临街接待室里挤满了穷人，他们从一个职事僧手里接过一碗碗饭食。那真是乞丐的宴会，基督徒出于慈悲为本，着实破费了一番！小康阶层的人、美貌的妇人和优雅的公子们也上前向教士讨上一片圣餐面包。不要以为是宣讲福音的教士赞扬的谦卑感情引导他们这样做，其实他们只是遵循风俗、仿效他人而已，这跟宗教感情风马牛不相及。

只见密密麻麻的人群中有位娟秀的少妇，全身穿着素黑衣服，正在帮职事僧们分发食品，还掏出一点小钱施舍周济乞丐。夹杂在围观人群里的一个男子，对她端详了一会儿，自言自语地说：

"那不是帕卡吗？她一个人来的？……这么说玛利亚留在家里，我能够没人察觉地见她了。"

男子用身穿的西班牙长风衣遮住面孔，脚步匆匆地离开了林荫道。那会儿要是有人盯着他的眼睛看一看，定会从中看出他的险恶用心。

突然，他被一个卖彩票的小贩拦住。

"老板！这个号我留下了。"彩票贩子对他说。告诉诸位吧，他就是诚实的琼伯，利马城尽人皆知的彩票贩行会的元老。

琼伯是个孤苦无依的老头，像驼背翁龙伯雷拉斯一样，一生中除了"下彩票"撞大运外一无所长。如今他已七十有余，看来是要学被神界法律判定直到世界末日都在人间流浪的阿夏维罗的样子，命中注定要兜售彩票，直到度过风烛残年为止。

蒙面人觉察有人跟他说话，似乎从一个萦绕心头的想法中清醒过来，用专注的口气说：

"买张彩票……哦！……你押吧……为了给一个即将死去的人的灵魂做点好事。"

琼伯惊惧地看着他，接着自己动手把人家告诉他的号码填上，收了钱，把填好号码的彩票交给蒙面人，蒙面人大步离去。

六

那天下午，玛利亚斜靠在帕卡房间一张天鹅绒长沙发上，心情像命中注定一样忧伤。种种悲惨的想法笼罩着她的心灵，或许她也想到了一个女人，这女人孕育了她，但她受了一个男人甜言蜜语的引诱，已经忘记了这女人的柔情。

自从玛利亚置身女友的保护下以后，塞瓦达不惜哀求、恫吓两手并用，企图强迫她恢复已被他的卑怯鲁莽割断的关系。可他越是央求，情人越是回绝，因为女人的通病从来是轻蔑低声下气的男人。那天下午，也是天意使然，面对威胁和哀求，玛利亚依然不为所动，情郎终因绝望而恼羞成怒，厉声说道："那好，玛利亚，既然你决心不愿属于我，我也不让任何男人占有你的美貌。"

接着，他用匕首在不幸的姑娘身上捅了六刀……

三天后就有一首献给玛利亚·莫雷诺的十四行诗在流传，据说是堂贝纳迪诺·鲁伊斯写的，他是堂伊波利托·乌纳努埃、巴尔德斯和诙谐的教士拉里瓦展露才华的时代里的一位文人。那首诗是这样写的：

> 缪斯们心痛欲裂动哀声，
> 哭泣一个女人悲惨丧生，

她像优雅的麦尔波米尼和塔莉娅[1]，

曾是我们舞台上迷人的明星。

她色艺双绝声誉隆，

高尚的观众无不赞连声；

如今人们再看她，

欢乐变作胆怕惊。

她迷人的岁月放光华，

狂徒竟敢徒然地熄灭它，

坟墓也张开阴险的手臂收留她。

神明为她伸张正义，

把坚硬的墓地变为祭坛，

供奉她的美貌、风韵和才华。

这首十四行诗确实不是什么上乘之作，但我们是作为历史证据写在故事里的。

七

拉斐尔·塞瓦达行凶杀人后，躲进赤脚僧修道院避难。他的罪行在利马居民中引起极大愤怒，人们要求立即惩办如此残忍地杀死公众最喜爱的女演员的罪犯。可是时光飞逝，好几天没有结果。幸亏凭着一个偶然情况，才终于发现凶手的下落。

读者大概还记得，塞瓦达溜进帕卡家前几分钟时买了一张彩票。五天后进行抽签，那张彩票中了奖。塞瓦达叫修道院的一个职事僧找来他的朋友——演员曼努埃尔·加西亚，把彩票的号码交给他，托他去领奖。这倒霉的家伙幻想拿到这笔钱做川资，准备逃出利马。

朋友就像剃须刀一样，十个里只有一个是好的。

1　麦尔波米尼是希腊悲剧女神，塔莉娅是喜剧女神。

加西亚毫不犹豫，直奔堂胡安·包蒂斯塔·德拉瓦列的家中告密，说出了塞瓦达的藏身之地。修道院院长正式表示反对，经过长时间交涉和办理复杂手续后，才把他押出修道院。

堂胡安·包蒂斯塔·德拉瓦列是利马城第一位民选的预审法官，西班牙议会一八一二年颁布的宪法授予了各殖民地这项自由派的权利。德拉瓦列先生接管案件后，快马加鞭抓紧办理，以求迅速结案，四个月后王室检审庭批准判决并下令执行。审理过程中，利马城第一次允许犯人在法庭上申诉。塞瓦达提出种种理由开脱自己，但均无济于事。公众中大多数赞成同态复仇法，要求惩办凶手。智利律师堂赫洛尼莫·比瓦尔担任此案犯人的辩护人，就在人们担心他的声望和无与匹敌的才能会使法官们犹疑不决时，市政会和总督宫正面墙上贴出了一些讽刺传单，其中一条写道：

你可知对塞瓦达怎么办？
算了！算了！算了！算了！

如今印行于世的比瓦尔的辩护词，是一篇雄辩有力，措辞精美的好文章，单凭这一篇文章就足以确立一个人在文学方面的声誉。

我们有幸在奥德里奥索拉先生珍贵的档案室里找到许多首讽刺诗文，现再抄录一首：

有人公开施逆行，
对付平静的无辜，
如不及时来严惩，
要让大麦[1]悔悟
——永远也不能。

1　西班牙文中"大麦"一词发音即为塞瓦达。

就在贴出上面这首讽刺诗文的地方，罪犯的朋友为了打动法官的宽大心理，贴出一首韵脚一样的五行诗：

> 公开的正义在行动，
> 不愿为平静的无辜
> 惩办罪行，
> 即使大麦不会
> 幡然反省。

最后，在总督宫一个门廊的墙壁上，出现了一首用木炭写的两行诗：

> 阿瓦斯卡尔！阿瓦斯卡尔！
> 如果绞死塞瓦达，叫你没有好下场！

据说拉斐尔在我们大剧院演出的最后一出喜剧名叫《悲天悯人的法官》，当德拉瓦列先生审讯犯人时，对他影射这部喜剧说："我是来在现实生活中扮演你在戏里扮演的最后一个角色的。"

八

比瓦尔文采飞扬的辩护获得一致的鼓掌，但未能改变法律规定，也未能减轻公众对玛利亚·莫雷诺情夫的愤恨情绪。塞瓦达终于在一八一五年一月二十六日星期四被打入死囚牢，二十八日下午一点，他无可奈何但面无惧色地走出监狱……他是刽子手在利马用大棒子处死的第二个人，也是最后一个人。

九

当人们开始离开广场时，陪犯人的教士摘下风帽，跪在尸体面前，动手给他穿寿衣，同时喃喃地说："可怜的拉斐尔！你在萨拉曼卡做的梦是你的命运在启示……它在咱们俩人身上都应验了……这是上帝的旨意!"

那位教士名叫弗赖安东尼奥·埃斯佩霍。

（1866 年）

一出隐秘的戏剧（1801）

献给堂阿道尔弗·达维拉

在这篇故事中，时间、人名和发生地点都不是真的。作者通通更改自有他的原因。至于情节，则绝对真实。在这几句开场白中，别的我就不说了，因为我不想说，明白吗？

一

堂奥诺里奥·阿帕里西奥是位年迈的卡斯蒂利亚人，圣罗莎德洛斯安赫莱斯侯爵。他最小也是最宠的女儿名叫劳伦蒂娜，妙龄十八，是一朵鲜艳芳香的花。

侯爵大人年近六十，因厌倦尘世的浮华，放弃了一切功名利禄，脱离了公共生活，决心平静地死去，与上帝和自己的良心安息，在宗教规定的日子里也几乎不进教堂。对侯爵大人来说，世界无非就是房子的院墙和家庭的欢乐。每到盛大节日和炫耀功勋的日子，他都穿上圣地亚哥骑士团骑士服，胸前挂满十字勋章和绶带，由此证明，他曾为勤王报国贡献了一生，为国王奋勇厮杀，也得到了丰厚赏赐。

侯爵经常举行夜间茶会，必到的客人有身为殖民地最显赫贵族的三四位老者、一位宗教法庭官员、两位受俸牧师、圣保罗教派修道院院长、施恩会会长和另外几位有名的修士。他跟他们下一盘十五子棋，玩一盘"打三家"或"九点为大"的牌戏；钟声打九点，用一小杯美味的上等巧克力饮料，外加卡塔利娜修女院修女做的烤面包片和杏仁糖招待诸位；十点的钟声一响，朋友们便纷纷告退。堂奥诺里奥在三

452

个女儿和堂娜宁法（这是兼作三个女儿的家庭教师、保姆、保护人或监视人的老太婆的名字）的簇拥下念诵玫瑰经，念完后，女儿一一亲吻父亲大人的手，他嘟哝一声"愿上帝使你们变成圣女"，然后，丧偶的老雄鸽、小雌鸽和雌猫头鹰就上床睡觉。

那是以家长为中心的生活。高尚可敬的长者家中每天都一样，侯爵家中宁静的天空上没有一丝预示风雨的乌云。

但是，堂奥诺里奥躺在清冷的床上夜不能寐，想着百年之后几个女儿还没有成家立业。两个女儿想去当修女，可侯爵心目中的宝贝疙瘩小女儿劳伦蒂娜，看样子不想隐身空门，而是向往尘世，享受那诱人的快乐。

慈爱的父亲认真地盘算起为她择婿的事来。一天晚上，他跟自己的朋友比利亚罗哈伯爵堂贝尼西奥·苏亚雷斯·罗尔丹谈到了这件难办的事，伯爵打断他的话头说：

"哎侯爵，别犯愁，犬子巴尔多梅罗简直像个王子，正好做令爱劳伦蒂娜的未婚夫。"

"非常荣幸，伯爵，不过听说令郎是个到处惹是生非的人。"

"嘻！那是嫉妒者瞎嘟哝和小青年的小毛病！谁信这一套？犬子确实不是神坛上的圣人，但只要结了婚就会安稳下来。"

第二天起，伯爵就带着儿子去参加圣罗莎侯爵的茶会，在老人们议论孩子的影响和国王的缺点时，这位公子获准向劳伦蒂娜求爱。四五个月后，双方父亲就商定了订婚以及随后结婚的细节。

巴尔多梅罗是个风度翩翩的小伙子，但一向性情放荡，专门勾引女性。说到攻城夺寨，那坚韧不拔的劲头和花样翻新的手段，谁也比不过他；不过只要堡垒投降或被他武力攻占，他马上就去另寻新欢，不念旧人。

巴尔多梅罗在堂娜宁法的贪占便宜上找到了堡垒内的援军，涉世不深的姑娘一是被不齿的女仆出卖，二是被对情郎的爱慕驱使，尤其是相信了未婚夫的贵族身份，所以，还没等教堂神父准许她降下战旗，就……缴械投降了。

不久，这堕落公子就厌倦了轻易到手的猎物，登门去看她的时间越来越短，最后干脆不去了。其实他这样做也是事出必然，原来是迷上了另一位爱神。

不幸的劳伦蒂娜寝食俱废，长吁短叹，身体明显变坏。老父亲猜不透自己宠爱的女儿的不幸到了何种地步，竭力让她重新欢乐起来，忘掉那花花公子的冷淡，但都无济于事：

"孩子，忘掉那个疯子吧，感谢上帝，他还算及时暴露了恶习。有的是如意郎君，你尽可由着性子挑，因为你年轻，漂亮，家里富有，人也正派。"

听见轻信的老父说她正派，劳伦蒂娜抱着他的脖子痛哭流涕，把羞红的面颊紧紧贴在他的胸前。

最后，老人决定给巴尔多梅罗写信，要求对他的奇怪做法说明理由，理屈词穷的放荡小子极其厚颜无耻、卑鄙怯懦地给恼怒的老人回了一封信，信里有这样一句恶毒的话："曾经是轻浮女儿的女人可能成为通奸的妻子。"多可怕！

<h2 style="text-align:center">二</h2>

侯爵觉得犹如被一个晴天霹雳打中，打得他呆若木鸡。

呆呆地静了一会儿，他心中又闪出一道希望的火花。

人心就是这样。希望往往是使我们陷入最大灾难的最后一点东西。

"放荡小子的狂言大话！这臭不要脸的在说谎！"老人叫喊着。

他把女儿叫到跟前，把那封可能是集一个恶棍的整个卑鄙灵魂之大成的信递给她，说：

"看看，回答我……这小子是不是在胡说？"

不幸的女儿一下跪倒在地，用因抽泣而哽咽的声音断断续续地说：

"原谅我……父亲……原谅我！……我那会儿是那么爱他……！可我对您发誓，我为爱上一个这么卑鄙的人而感到惭愧……！原谅我吧

原谅我吧！"

宽宏的父亲揩掉一滴眼泪，扶起女儿，把她紧紧搂在怀里说：

"我可怜的天使……！"

在父亲的心中，宽宏就像上帝的仁慈一样无边无际。

三

转眼过了整整一年，到了巴尔多梅罗写出那封恶毒信件周年的日子。

圣多明各教堂罗莎里奥圣母的圣坛前正举行九点钟的弥撒，就是如今我们说的贵族弥撒。社会上最上等的人都去参加。当时跟现在一样，为了看别人也让别人看自己，也为了向美貌、华贵的信女扯些淡而无味的殷勤话，男子中油头粉面的小子们都站在教堂门口和附近地带。

直到不久前，圣多明各教堂旁门对面有一条大铁链，下面用几根管子支着。那个星期天，巴尔多梅罗·罗尔丹靠在一根管子上，混迹在其他浮浪子弟中间，突然，圣罗莎侯爵来到面前，把手搭在他肩上，几乎趴在他耳边说：

"巴尔多梅罗，要是您不想我在您毫无防备的时候，像杀死一条疯狗那样杀死您，就在半小时内准备好剑。"

浪荡小子先是一惊，但随即镇定下来，傲慢地答道：

"我可不习惯跟老头子动刀动剑。"

侯爵继续赶路，走进了教堂。

过一会儿到了十一点，教堂司事在教堂门廊摇起小铃，表明神父即将走上圣坛的台阶，街上油头粉面的小伙们一下子溜得无影无踪。

半小时后，高贵的信徒纷纷走出教堂，小青年们又回到人行道原来的地点。巴尔德梅罗·罗尔丹站在了铁链下面。

圣罗莎侯爵迈着沉重、徐缓的脚步，来到他面前说：

"小伙子，准备好剑了吗？"

"我再说一遍，老不死的，跟你用不着动剑。"

侯爵拔出一把匕首，刺进了巴尔多梅罗的胸口。那时候，现代的左轮手枪还没发明呢。

四

从圣多明各教堂往前一个街区就是城里的监狱，堂奥诺里奥·阿帕里西奥一步一步向那里走去，碰上了市议会市长。

"市长先生，"他说，"出于上帝清楚，而我不愿说的理由，我刚刚杀了一个人，因此前来自首。请法律履行它的职责吧。"

被杀者的父亲比利亚罗哈伯爵急忙提出起诉，一个月后，他到王室检审庭的审判厅去接受最后裁决。

总督大人做审判长，审判厅座无虚席，挤满了听众。

为了特别尊重比利亚罗哈伯爵的身份，事先已经确定，让他坐在主诉检察官旁边。

侯爵占据被告席。

宣读诉状、听取主诉检察官的控诉和辩护律师的申辩后，总督对犯人说：

"侯爵大人，您有什么要为自己辩护的吗？"

"没有，大人……我杀了那个人是因为我们俩不共戴天。"

这个辩护理由从国家来说不合法律，从社会来说不合公理。检察官要求对凶手判处死刑，被告没有留出一丝余地，法庭无法援用从轻发落的常见手段。侯爵在审理中提供的简短证词，只能令人信口开河、无端猜测，辩护律师绞尽脑汁，也只能提出感情重于法律的辩护。真是英雄无用武之地。

总督摇铃示意转入秘密商议，这时侯爵的律师突然从座位上站起来，原来有位绅士刚刚交给他一封信。他向审判台走了几步，把信放在总督手里。

总督独自看了一遍，立即对手下扈从说：

"命令听众退席，关门！"

五

劳伦蒂娜意会到父亲性命危在旦夕，毫不犹豫地牺牲了自己的名誉，把害得她如此不幸的卑劣行径公开出来。她急忙跑到侯爵的写字台旁，砸断锁头，拿出巴尔多梅罗写的那封信，让一位亲戚送给律师。因为她知道，父亲永远不会求助于那份文件，虽然它可以挽救性命，或至少可以减轻罪责。

总督显然被感动了，说：

"比利亚罗哈伯爵先生，请过来，这是已故令郎的笔迹吗？"

伯爵默默地看信，看着看着，脸上露出极其痛苦的表情，同时用空着的一只手捂着胸口，好像是要扼制他那颗父亲的心脏的剧烈跳动。绅士的良心和血缘的感情进行着激烈的斗争！

最后，那封含有控告意味的信终于从他颤抖的右手中落下；他跌倒在一张皮椅上，接着用双手捂住脸，挡住纵横的泪水，同时费了好大力气，吐出一句掷地有声的话：

"他死得好……！侯爵有权杀死他！"

六

王室检审庭赦免了圣罗莎侯爵。

从严格的法律学角度来说，这个判决或许不太合适。法律界的重要人物尽管去批评好了。对此我不置一词，也没有兴趣。

不过，王室检审庭的法官们首先是人，然后才是法官，在做出无罪判决时，他们完全听从了他们作为父亲和正直人的良心的召唤，而对智者国王堂阿方索及其"杀人者死"的法律条文置之不顾。漂亮！漂亮！我为法官先生鼓掌，而且觉得有我鼓掌他们就知足了。

至于下层民众，对于判决的真正依据根本不知就里（因为总督、法官和律师达成了协议，对信件透露的内容严守秘密），对法律的不公发了不少议论。

女扮男装（1803）

殖民地历史上绰号为"修女少尉"的堂娜卡塔利娜·德埃劳索，不是美洲唯一脱掉石榴裙、改穿男子服装和谨守男子习俗的女子和修女。

一八〇三年十月二十五日，科恰班巴行文到利马王室检审庭，说发现在布宜诺斯艾利斯和波托西人称堂安东尼奥·伊塔的一位绅士，并不是享有男子权利的男子，而是西班牙阿格莱达镇寺院第二圣芳济会的修女，名叫堂娜玛利亚·莱奥卡迪娅·阿尔瓦雷斯。

根据利马图书馆《杂记手稿》第六百一十三卷摘要记述的文件，布宜诺斯艾利斯的主教堂曼努埃尔·阿萨莫尔的亲属中，有位青年名叫堂安东尼奥·伊塔，就在他要授予他教会神职的前夕，这位候补人员不辞而别逃到了波托西，那里的州官堂弗朗西斯科·德保拉·桑斯给了他一个卑微的职位。

不久之后，伊塔就和玛蒂娜·毕尔巴鄂结成密友。玛蒂娜·毕尔巴鄂是个生活放荡的印欧混血女人，三天两头闹出丑闻，为此被当局送进了圣莫尼卡修道院。堂安东尼奥每星期到会见室去看望她，还送她六个比索，维持她的舒适生活。

玛蒂娜被关进寺院几个月以后，美少年心想，若要让她不再过幽禁生活，只有一个办法，便向她提出结为夫妇，同时向她透露了自己的真正性别，当然免不了要她严守秘密。玛蒂尼卡[1]见这个主意能使她

1　玛蒂尼卡系玛蒂娜的爱称。

重见天日，便欣然同意。修道院牧师为婚礼祝福，证婚人不是别人，恰恰是州官大人。

在州官大人的保护下，几位商人给年轻人置办了价值两千多比索的货物供他经商。可是，不久他就破了产，为了躲避债主，他带着妻子逃到丘基萨卡，在莫克索斯山里找到了赚钱的职业，在那里，活计不管多重他也不皱眉头，干起来比得上块头最大、劲头最足的男子汉。不管是用绳子套凶猛的公牛，还是随便跟哪个人比拳弄棒，他也从不发怵。

过了五年安稳的假夫妻生活，凭着吃苦耐劳，省吃俭用，他终于积攒了一些钱。这时伊塔和妻子决定离开山区，到科恰班巴去定居，而且当真这么办了。

住到科恰班巴后，有人给玛蒂娜找了个真正的丈夫，可她却把女扮男装的人给她的所有好处忘得一干二净，竟然出面向陆军中将堂拉蒙·加西亚·皮萨罗把事情原委告发。

最初一段时间，伊塔进了施恩会的修道院，可是院长得知了要追捕他的案由，就将他交给世俗当局发落。世俗当局任命一位外科医生和两位产科医生，就他的性别进行专业检查。

堂安东尼奥·伊塔明知自己根本不是男子，终于主动招供，说出自己的真实姓名叫玛利亚·莱奥卡迪娅·阿尔瓦雷斯，身份是在逃修女，但出逃的原因不是为了偷情作乐，而是像堂娜卡塔利娜·德埃劳索一样，出于冒险精神。

案情审完后作出判决。根据判决，将这位修女送到利马，于一八〇四年登记入册后送回了西班牙原来那座修道院。

至于那忘恩负义、恩将仇报的玛蒂娜·毕尔巴鄂，结婚两个月后，新丈夫就对她的卑劣行为给了应有的报偿。

他一棒子就把她打死了。

我想诸位是不会为这死了的女人伤心的，我也不。

一只鞋露了马脚（1805）

十九世纪或者说光明世纪刚刚放射光辉的时候，一个姓罗萨斯的西班牙人，带着给阿亚库乔市显要居民的推荐信到那座城市定居下来，他是在布宜诺斯艾利斯做过波布拉西翁内斯伯爵的那个人的亲戚。

这位新来的居民是个风度翩翩的美少年，凭着仪表堂堂和谈吐潇洒，不久就赢得了人们的普遍好感。他的人望非常之好，所以居住刚刚三年就被任命为市议会的市长。

阿亚库乔男子中最杰出的人物，就是如今被称为"精华"的人物，每星期有三个晚上都在施恩会修道院院长的禅房里聚会，喝茶聊天。茶会在七点钟开始，他们一边等着朋友陆续到来，一边品着烧得很浓的巴拉圭马黛茶——我们祖父辈喝的就是这种茶。除去每月一次从利马送来邮件的时候外，城里很少有什么新闻，所以就那些老掉牙的话题聊上半个小时后，就摆上四五桌"九点为大"，再凑上一两局"说瞎话"。九点的钟声一响，两个职事僧每人用一只银托盘端来巧克力饮料，还有闻名遐迩、香甜可口的瓦曼加饼干。只要某个赌徒的表刚到十点，修道院院长就说：

"先生们，最后四盘。"

十分钟后，修道院便关门上锁，院长把钥匙压在自己的枕头下。

*　　　*　　　*

读者大概已经猜到，罗萨斯市长不仅是茶会上的常客，而且与神父大人有着亲密无间的情谊，正如俗话所说，二人到了情同骨肉的地步。

可是，每当魔鬼要拆散亲朋好友、斩断手足之情的时候，总是借助女人，开天辟地以来就是这样。风流儒雅的年轻市长和同样飒爽英姿的修道院院长就碰到了这样的事。原来院长虽为修道之人，信誓旦旦地要洁身自爱，实际却是个戴道冠的花花公子。他们好似两个没见过世面的人，竟爱上了同一个妇人。那妇人呢，既向这个搔首弄姿，又跟那人挤眉弄眼，是个地地道道的轻佻女子。

罗萨斯肯定觉察到，这个夏娃的女儿有点更钟情于幸运的修士，就是说修士略占上风，这事使他心里很不是滋味。之所以这样说，是因为很快就看出，世俗美男子与教会美男子之间有些冷漠。不过，为了不致因为与朋友完全断绝关系而让人笑话，世俗美男子还是隔三岔五地去参加情敌的茶会。

一天，市长下令颁布一份告示，除市长大人和巡夜警察外，禁止居民在夜间十点以后上街，这是贤明政府的布告。从那以后，茶会在九点半钟即告结束，时间一到，不等院长开口，市长就发话了：

"先生们，布告是对所有人颁布的布告，首先是对我颁布的。我要巡夜去了。"

大家都拿起长袍和帽子，向大门走去。

那些天的一个夜晚——是一个寒冬的夜晚，阴云像流泪似的下着雨，咆哮的狂风直刺心窝。十二点的钟声刚刚敲过，两个黑影把一架梯子搬到教堂门边，接着，一个黑影爬进祈祷室的窗户，跳下窗户进了修道院。他蹑手蹑脚地穿过回廊，走到院长禅房的门口，用钥匙也许是撬棍打开房门进入禅房，他点燃一支蜡烛，摸向寝室。院长大人正像傻僧侣一样鼾然大睡，那人照他胸口用匕首刺了一刀。院长身体结实，劲头又足，尽管冷不丁被惊醒，还是像鲤鱼打挺一样从床上一跃而起，抓住了凶手。

交手搏斗时，院长身上又被刺了七刀，两人厮打着到了回廊上。

随着院长的喊声，廊上开始大乱。被害者终于倒下，凶手从祈祷室溜走，顺梯而下回到街上。原来最初时刻，惊呆了的修士们只顾去救垂死的院长，根本没想到追捕凶手。

在"呼呼"厮打的时候，凶手失落一只镶着金扣袢的黑色天鹅绒布鞋，这证明罪犯绝不是干粗活的庄稼汉，而是身份高贵的人。

* * *

天亮后，阿亚库乔犹如开了锅一样群情鼎沸。堂堂的施恩会修道院院长竟然被暗杀！市民的骚动是不是有正当理由，诸位一想便知分晓。

早晨八点，市议会在罗萨斯市长的主持下已经开始行动，处理此事，这时修士们列队赶到，职位最高的修士说：

"尊贵的先生们：上帝的法庭已经指明了罪犯的社会地位。找到正好能穿这只鞋的那只脚该是人间法庭的事了。"

说着，把那只鞋放在桌子上。

* * *

在阿亚库乔的居民中，有权穿天鹅绒布鞋的不超过六十人，因此市议会决定第二天召他们前来，在每人脚上试穿那只鞋——要是真这么办，可就有热闹好看了。

于是，为阿亚库乔上等人做鞋的那位手工精细的鞋匠立刻被传唤来，要他说明情况。鞋匠说，做那种鞋用的是名叫"恰佩托纳"的鞋楦，足有四十码长，所有有身份的西班牙人都穿这个型号。土生白人贵族用的鞋楦名叫"迪斯弗尔萨达"，只有三十八码。

根据鞋匠说明的情况，至少有三十个西班牙人成为嫌疑人。

市长对死者深表哀悼，同时向修士们保证全力行动，一查到底，不把罪犯抓捕归案决不罢休。可是刚一回到家里，心里大概就打起了小鼓，因此当天夜里他就逃往库斯科，爬上高温湿润地带的高山，顾不得疲累的身子，一口气踏上了巴拉圭的土地。

阿瓦斯卡尔的妙计（1805）

一

圣地亚哥骑士团骑士和拉孔科迪亚侯爵堂费尔南多·德阿瓦斯卡尔-索萨总督阁下是位非常精明的人，凡是有幸见过他的人，不管是敌是友，对此有着完全一致的看法。倘若我的同时代人有谁怀疑这一点，我只需讲讲一八〇八年末，即阿瓦斯卡尔刚刚执政一年半时在利马发生的一件事，就可叫他俯首认输。

这座诸王之城市议会的第一位任命的市长是……是什么先生来着？我怕卷进说不清道不明的官司……略去他的尊姓大名。我们就称他为H吧。

H市长大人出身于权势家族。他可真是"白头童心"，这意思就是说，虽然白发苍苍、体弱多病，却依然像公鸡一样追逐母鸡，看见年轻女子就眉开眼笑。他过着老光棍的日子，家财殷富，家中和个人之事全都托给一位女管家和一大群奴隶去干，因此非常舒适安逸。

一天上午，H先生正在家中喝着加了肉桂和香子兰的美味的库斯科巧克力茶，门口来了一个丑八怪。那是个卖首饰的小贩，手里拿着一只小盒子，里边装着一支别针、一对耳坠和三只宝石戒指。老家伙突然想起，临近复活节了，他曾答应要在那一天给一个很讨他欢心的姑娘送那么一件东西。经过一番讨价还价，以一百个金盎司成交，他收下小盒子，打发小贩说：

"就这么着吧朋友，八天后来取钱。"

说定的日子到了，小贩没见着他；这天以后又去了好几回，讨账的总也跟欠账的说不上话，不是大人不在家，就是有贵人来访，总之，看门的黑奴横竖不让他进大门。一天下午，他终于在市议会门口撞上了他，便当着他几位同事的面对他说：

"请大人恕罪，在府上找不到您，只好到这地方来等，我们穷人总是讨人嫌。"

"这可怜鬼要干什么？要施舍？给你，教友，快走吧！"

说着，H先生从口袋里掏出一个小钱。

"说施舍是什么意思？"小贩气愤地说，"请付给欠我的那一百个金盎司。"

"有这么不要脸的无赖吗！"市长大声呵斥，"来人，叫法警，把这人给我抓起来，关进监狱。"

没有别的办法。不幸的小贩提出抗议，可是弱者对强者的抗议历来是白费唾沫，所以尽管他又提抗议又抗拒，还是因冒犯一市之长蹲了二十四小时班房。

放出来之后，这可怜人先后找到两位法官鸣冤，可是提不出证人拿不出证据，一位法官说他是疯子，另一位说他是骗子。

事情传到总督耳朵里，他在宫中秘密召见受害者，仔细询问了一番，然后说道：

"放心地走吧，咱俩见面的事对谁也别说。我向你保证，等到明天，要么是你收回首饰，要么是你因诽谤他人去服六个月苦役。"

二

阿瓦斯卡尔经常去看戏，只在生病或有重要原因时才不去。除去看戏的夜晚以外，他于七点至十点在宫中接待贵族界的朋友。漂亮的拉莫娜刚刚十四岁，潇洒自如地充当客厅的东道主，不过若看见小耗子在地毯上跑时则另当别论。阿瓦斯卡尔这位娇宠的千金娇气十足，只要爆竹一响，就浑身紧张地抽搐，所以总督禁止在宫院周围燃放烟花爆竹。这高傲的姑娘真会装模作样！几年后，她倒不怕佩雷拉的小胡髭。这佩雷拉是个漂亮小伙,是奉国王之命来对起义者作战的,可他到了秘鲁就知道接吻,没过多久就征服了拉莫娜的芳心,让她答应跟他结婚,接着就带着妻子回了西班牙。利马所有对那姑娘大献殷勤的年轻侯爵和伯爵个个后悔得顿足捶胸!话说当天夜晚,H先生照例参加宫中的茶会。总督手拉手地与他攀谈,跟他要点鼻烟,H先生把镶着红宝石姓名缩写字样的金鼻烟盒给了他。阿瓦斯卡尔吸了一口鼻烟,然后——无疑是毫不在意地——把别人的烟盒放进自己上衣的口袋。

突然,拉莫娜大叫起来。一只"细胳膊瘦腿"的蜘蛛正在客厅墙上光滑的白壁毯上爬来爬去,阿瓦斯卡尔借口去拿专治神经发作的神药蜜蜂花水,要么就是大蒜泡醋汁,轻轻走进一道小门,叫来卫队长,对他说:

"堂卡洛斯,快到H先生家里去,对他的女管家孔塞说,主人叫你以这只烟盒为凭——把烟盒交给她——去取十五天前买的那盒首饰。他想让拉莫娜看,因为那是女人觉得最稀罕的东西。"

三

晚上十点,H先生回到自己的家,女管家给他端上晚饭。市长大人正津津有味地吃着当地美味,堂娜孔塞带着老家仆的自信问道:

"先生,茶会怎么样?"

"马马虎虎。吓得天真的拉莫娜装模作样地直抽搐,这是不可能没有的把戏。这位千金是个矫揉造作的小姐,需要一个像我一样厉害的丈夫,到时候打她一顿棍子,保证治好她的惊吓症。最糟的是她父亲是个厚脸皮的老家伙,蹭我的鼻烟,还把我节日才用的鼻烟盒也装进腰包了。"

"没有,先生。烟盒在这儿呢,是宫里一个军官送来的。"

"几点,管家婆?"

"耶稣基督堂里刚刚打过八点,按照您让给我带来的口信,我把小盒子给了那军官。"

"你喝醉了吧，孔塞。你说的是什么小盒？"

"哎呀，就是那天您买的那个首饰盒呀！"

H先生像挨了雷劈一样，怔怔地一动不动。他早就猜着了。

没过两三天，他就拔腿去了北方（他在那儿有一块很值钱的乡村田产），利马再也没有人见过他的影子。

当然，行前他正式嘱咐男管家，把钱付给了债主。

颇有绅士风度的阿瓦斯卡尔叮咛卫队长和首饰贩严格保密，不过俗话说"没有不透风的墙"，这段故事以及它的全部细节还是让人知道了。

圣星期五的受雇哭丧婆（1807）

传说中的古代风俗画

直到五十年前，利马城里有一群满脸皱纹、比穷人身上的虱子还干瘪的老太婆。她们的职业是抽噎哭泣，大把大把地甩眼泪。真是个低贱、丑恶的职业！与众不同的是，这些人都像巫婆和老鸨一样，老得不能再老，丑得不能再丑。在西班牙，人们管她们叫"普拉尼德拉"，可在利马这地方，管她们叫"多洛里达"或者"约洛娜"，都是受雇哭丧婆的意思。[1]

一七八六年八月三十一日，堂特奥多罗·德克罗伊克斯总督命令颁发一项丧事布告，或叫丧事规定。我有幸在国立图书馆的《杂记手稿》第三十八卷上读过这份布告，因此我得以证明，殖民政府曾千方百计地禁止她们的活动。布告第十二条条文写道："雇用哭丧婆的做法违背宗教准则，触犯法律，应予取缔；违者处以在医院、救济院或面包房服役一个月。"看来这份布告像其他许多告示一样，成了一纸空文。

凡能留下一笔可供办起一场体面丧事的财产的人刚刚寿终正寝，遗嘱执行人和死者眷属便走街串巷，寻访最有名的哭丧婆，由她再去雇用陪她一起哭丧的伙伴。据我查阅的一部古书说，薪水是首席哭丧婆四个比索，陪哭者每人两个比索。当办丧人装出一副慷慨大方的样子，除正价外多给几个小钱时，哭丧婆们也得有点额外举动。所谓额

1　普拉尼德拉、多洛里达和约洛娜都是西班牙语的音译，分别意为号哭的女人、悲伤的女人和爱哭的女人。

外举动，就是一边哭号，一边顿足捶胸，像发羊痫风一样抽搐和揪头发。她们和那些手拿蜡烛前去吊丧的所谓"穷光蛋"一起，在教堂门口等着遗体抬进抬出，尽情发泄她们那非法出卖的悲痛。

不管你说她们什么坏话，反正我坚持认为她们挣的钱问心无愧。有些哭丧婆真是训练有素，好像身上携带着一座眼泪仓库一样。她们之所以装得如此惟妙惟肖，原来是用涂上大蒜汁或洋葱汁的手指在眼皮上擦来擦去。常常有这样的事，她们本来对死者全然不知，却撒谎说，在叹息和忧伤中赞扬他的美德真是赏心乐事。

"哎哟，可怜！多慷慨、多慈悲的人呀！"其实躺在棺材里的人是个不折不扣的高利贷者。

"哎哟，可怜！多大胆、多勇敢的人呀！"其实那不幸的死者由于害怕鬼怪幽灵的骚扰，生前就收拾细软准备搬家了。

"哎哟，可怜！多正直、多善良的基督徒呀！"可那死者由于作恶多端、屡教不改，理应在高处丧命，就是处以绞刑。

她们就是用这种腔调哭丧的。

哭丧婆的差事这还不算完，还有一件最难的事，那就是在死者家中接待吊丧三十天这种仪式。灵堂和客厅挂满黑色帐幔，点上钟形罩子灯或挡风蜡烛灯，外面罩上只透出一点光线的黑纱，或者干脆点一盏光线微弱的小油灯，使昏暗气氛更加阴森可怖，从晚上七点开始，死者的生前好友默默走进灵堂，一言不发地坐下来。干脆说吧，吊唁亡魂简直就像哑巴祭神一样。

客厅是妇女和不安定的大本营。女友们学着男人们的样子，缄口不语。这对夏娃的女儿们来说，虽然合乎礼仪，却是一种难熬的惩罚。只有哭丧婆才能大声哭号，她们每隔片刻就发出一声"哎呀耶稣！"的喊声或沙哑的叹息，犹如阴曹地府传来的哭诉。

吊丧仪式上往往出现滑稽可笑的场面。例如某个淘气鬼把五六只老鼠赶进客厅，于是出现一阵吵嚷、奔跑、尖声呼叫，甚至有人吓得昏厥过去。

幸好时钟敲过八点，接待吊丧仪式结束。这是女人们最感尴尬的时刻，谁也不肯第一个站起来。这场面叫"抽签起堂"。

最后，总算有个女人下决心大胆地站起来，走到并非总是伤心得死去活来的孀妇面前说：

"还能怎么样呢！听从上帝的旨意吧。算了吧孩子，他已经位列仙班，离开这个讨厌的世界安息了。别这么伤心了，这是冒犯万能的主的。"

所有女人一个个离去时都把这套话说上一遍。

全家人吊唁归来，自然要把丧夫的女人和前去吊祭的人议论一番。姑娘们鼓动上帝赐予她们的烂舌头，着实说一番坏话。至于老祖母或某个姑姑、姨娘，由于卡他性结膜炎作怪，没能与寡妇一起守灵，便开口问道：

"是谁'抽签起堂'的？"

"公证人的老婆埃斯塔蒂拉！"

"一定是她，这个不要脸的！早知道是她……这臭婆娘竟敢取名叫埃斯塔蒂拉！……"

我绞尽脑汁，百思不得其解，为什么如此背后伤人？毫无道理嘛！我想人家去看望，总不能永远待下去，总得有人率先告辞，再说叫埃斯塔蒂拉对上帝和别人也不是什么污辱呀！

哭丧婆每天晚上都得到一枚圆溜溜的比塞塔钱币，还有一块巧克力糕饼。不过别忘了，整整一个月她们都能这么轻易地捞到这些东西呢！

只有小孩子死了，哭丧婆们才无事可做。小天使升天了——就这么回事儿！

但是在所有哭丧婆里，有一位高级哭丧婆，她是这类人中的至高无上者，只有为总督、大主教或最显贵人物举行丧礼，她才屈尊到场。她与众不同，雅号叫"圣星期五的受雇哭丧婆"。人们管她叫另一个名字，为了不使亲爱的女读者脸红，姑且隐而不宣吧。

所以才有这种说法:"某某先生的葬礼真是登峰造极了。你听啊亲爱的,连圣星期五的受雇哭丧婆都光临教堂门口了。"

照我看来,这是对教堂的最大亵渎,可是每年十一月在大城市举行的向墓地送丧的串街游行,就是这样进行亵渎的。这一天,坟墓堆满鲜花、彩带和花圈,这是出于生者的虚荣心理,而不是出于死者亲属的悲痛感情。那些和蔼可亲的亲戚们说:"还能说我们什么呢!必须让别人看到我们是舍得花钱的。"最博学的书本上说道:我甚至在死亡身上看到了虚荣。

葬人的墓穴也成了恶意嘲笑和诽谤的对象。

"哎我说,"一个浑小子看着那些墓碑,对跟他同类的一个二流子说,"你看这儿埋的是谁?……卡尔曼小乖乖……怎么不记得了?……就是给我那开银行的表哥做情妇的那个,可让他花大钱了……这姑娘心眼挺好,也蛮漂亮,这是真的。不过有一样,描眉毛,还有,为了遮住她那龅牙齿,老是绷着嘴!"

"给堂梅尔吉亚德斯放的花圈好漂亮呀!要是他妻子活着时给放就好了!"

"堂胡尼佩罗的陵墓真不错!其实还可以再好点嘛!为了修陵墓,他当财政部长时早就捞足了!贼胆包天!"

"你看堂米尔顿墓上的碑文。他不过是头金镫银鞍的蠢驴,还称这大草包是知识渊博、无所不通呢!"

"堂娜雷梅迪奥斯是有名的骚狐狸!我可熟悉她,太熟了!我差点儿跟她丈夫胡安·拉纳斯决斗!"

"还不知道阿尔加罗沃侯爵死了呢,原来这老家伙已经入土了!好像他跟皮萨罗靴子后跟上的铁掌是同时代的吧!"

"哈哈,这儿埋的可是位大公无私的爱国者,这号人雁过拔毛,吃香的喝辣的,专会趁国家遭难捞油水!"

还是不要再给这种不恭的背后议论举例子了。当时有一首民谣正是说这些舌头根子压人的人:

脚上鞋子已穿破，
我用什么来缝连？
传播瞎话把人伤，
就用他们的烂舌尖。

　　真正的悲痛气氛被乱哄哄的嘈杂声吞没了。到了鬼节去墓地，看看人也让人看看（"文森特，上哪儿去呀？""人家上哪儿我上哪儿。"），就好像为了凑热闹和消磨时光去看斗牛一样，这是最令人厌恶、最愚蠢的亵渎行为。

　　还是让死者安息，回到哭丧婆的正题上来吧。

　　施恩会教派神父要与阿古斯丁教派神父在耶稣遇难节前夕的活动中比试高低，圣星期五祭奠游行时，抬出几座台架，里边放着装有耶稣基督圣像的木匣子。一个披头散发的女人走在台架后面，在一群信女的簇拥下高声喊叫，咒骂犹太们、该亚法们、彼拉多们以及所有助纣为虐的人。滑稽可笑的是，她满腔激愤地咒骂犹太人，简直把他们叫成婊子养的……可活着的人并不感到气愤。

　　夜间十一点，大名鼎鼎的"圣体游行队"也走出维拉克鲁斯小教堂，这支游行队是由皮萨罗的伙伴们那些贵族后裔组织的。皮萨罗创办了贵族兄弟会，还设法让教皇给这座教堂送来一块耶稣基督的十字架，多明我会教徒至今还收藏着这件圣物。

　　但是，这支游行队一派庄严肃穆，奢侈豪华贵族们绝不允许哭丧婆混迹其间，而是让施恩会教派的平民游行拿哭丧婆当摆设。

　　堂巴托洛梅·玛利亚大主教没有领教过这种滑稽游行，一八〇七年，他第一年参加教会游行时，在大街上让人把台架停下，命令那吵吵闹闹的哭丧婆滚蛋，因为她对当日圣贤不敬，竟敢口出污言秽语。

　　你们相信吗？人们竟然蜂拥而上制止这样做。这简直是做梦！赶走哭丧婆，让教会游行黯然失色，想得倒美！

　　精明的大主教微微一笑，顺从了大家的意愿，让游行照原样继续进行，不过第二年便严格禁止了施恩会教派这种亵渎行为。

至于吊丧仪式上的受雇哭丧婆，她们又勉强维持了几年。

从这篇简短的描述中可以看到，要说利马有什么有利可图的职业，那就算受雇哭丧婆这一行了。可是成为"祖国"后，随之而来的就是不信鬼神。从那时起，死人的事就叫人恶心了。一个人转世黄泉时，对于一件事是肯定无疑的：没有人郑重其事地哭他了。

我们用一种更糟的做法代替了受雇哭丧婆：在报纸上登讣告。

比卡耶哈还坏（1815）

说起"记着点卡耶哈是谁！"这句话，在墨西哥真是家喻户晓，妇孺皆知。

独立战争时，保王军里有位堂费利克斯·玛利亚·卡耶哈将军。一天他接到报告，说"墨西哥佬"（爱国分子）也许是草率地也许是隆重地（对这种事来说反正都一样）枪决了五六十名俘虏。

西班牙将军立刻跨上战马，率军出发，口中说道："现在要叫那些'新派小子'知道知道卡耶哈是谁！"

> 倒要看咱俩谁更凶残，
>
> 你要是罗尔丹，我就是费拉古托[1]。

他出其不意地袭击起义军，抓住好几百人，在一片草地上活埋，但把头露在外面，命令一团骑兵纵马飞奔作队形变换。当那些人脑瓜粉碎，马蹄下再没有什么可踩的时候，野蛮的将军心满意足地拍拍胸脯说："记着点卡耶哈是谁！"接着他喝下一杯加雪的巴达杏仁糖浆，好让浑身更舒坦些。

过去常听跟本世纪一起出生的一代人说，在强调某人多么狠毒时，人们总说他："比卡耶哈还坏！"在很长时间里，我以为利马口头语中的卡耶哈就是那位墨西哥的阿提拉[2]。可是，当我恶习难除，翻阅尘封

---

1 罗尔丹（或罗兰）和费拉古托均为法国十二世纪英雄史诗《罗兰之歌》中人物。
2 阿提拉（约406—453），匈奴国王（434—453），在位时为匈奴帝国极盛时期，曾侵入意大利北部，焚掠阿奎里亚等地，迫使西罗马乞和。

已久的故纸堆时，发现我的祖国也有过一位卡耶哈。他跟墨西哥的那位一样，是一位同一个模子刻出来、毫厘不爽的卡耶哈。我猜想，有些姓氏从根本上就是邪恶之辈，跟这些姓的人打交道，必须像修女们提到魔鬼时那样画十字。

介绍完上面情况，我们就可以一直讲下去，开场白就说这些吧。

一

介绍一些据同时代作家说
像魔鬼一样长尾巴的大兵

一八一四年四月二十四日，利马城里正在秘密策划大大小小的行动要推翻西班牙统治的时候，塔拉维拉营乘着"亚细亚号"军舰，从加的斯来到我们的土地。这个营由八百名小天使组成，都是从休达、梅利利亚¹、拉卡拉卡²的驻军和其他几乎同样有名的军校的精华中挑选的。这些小伙子像公牛一样结实，脸上带着疤痕、斑点和伤疤，凭他们那副丑陋的样子，能把最胆大的人吓得喘不上气来。

利马司令部的士兵在军事检阅时头戴狮子毛筒帽，脸上粘假胡子，因而引人注目。塔拉维拉营进城那天也招来许多人追着看，这倒不是因为士兵的威武气概或外表长相吸引了什么人，而是因为这是第一支带来军号的营队。在此之前，在西班牙步兵部队的军乐队里，利马人只看见过高音笛和鼓。

几年后，这些努曼西亚兵也引起了人们的飞短流长。

努曼西亚营士兵戴的是银檐便帽，他们的很多乐器，特别是鼓，也是这种贵重金属做的。

到达利马不久，人们通称为"塔拉维拉兵"的这些人就引起全城人的憎恶。他们肆无忌惮地抢人家的钱包，拐骗村里的姑娘，要么就

---

1 休达和梅利利亚是位于摩洛哥的要塞，为西班牙占领。
2 拉卡拉卡系西班牙村镇，位于加的斯湾。

在天刚亮时干净利落地捅谁一刀。对塔拉维拉大兵来说，根本没有什么神圣可敬的东西。看来只能是这样：堂费尔南多七世陛下没有打发天花、伤寒和其他灾殃，而把这些人派到这里，给了他们任意行动的全权，让他们像乌合之众一样对待我们。

大名鼎鼎的诗人堂安德烈斯·贝略[1]写了一首精美的八行诗给塔拉维拉兵画像，诗曰：

> 他们是可敬国王崇尚的英雄，
>
> 看他们把庄严的圣堂变成下流的酒馆，
>
> 在那里污言秽语脏话连声，
>
> 还有那不离嘴边的狂呼乱喊；
>
> 在那里连偷带抢像饿虎出笼，
>
> 竟用圣器杯碗喝酒吃晚餐；
>
> 连自己上帝的母亲也不饶过，
>
> 硬是揪下她鬓上的头冠。

一位权威性历史学家说，有个塔拉维拉大兵在街上遇见一位将军的贵族遗孀，是位风姿绰约的太太，对她行个军礼，说了这样一句军营里奉承女人的话：

"再见，准将夫人！但愿别让狼吃了你再吐到我的床上！"

太太把大兵的厚颜无耻行径告到部队一位上校马罗托那里，可素有"和事佬"臭名的马罗托却对贵妇人说：

"别假正经了，太太。这句奉承话说得太妙了，证明我的士兵会用自己的方式说俏皮话，不会用麝香给说的话洗澡。请感谢他的好意，

1　安德烈斯·贝略（1781—1865），委内瑞拉学者、作家。生于加拉加斯，当过玻利瓦尔的老师。一八二九年迁居智利，入智利国籍。一八三七年起为参议员，为智利政府编纂民法、进行教育改革。另有诗歌和语言学著作，被认为是拉美独立后最伟大的学者。

原谅他的粗鲁。"

人们对塔拉维拉兵恨之入骨，设下圈套报复他们，在巴兰卡和城里其他边远街道上，经常发现个把大兵的尸首。

于是，马罗托下令，必须五人一伙并带上刺刀才许出兵营。

那些土匪在利马的生活就是到处游逛，涎着脸皮注视土生白人，满嘴胡说些连最无耻的人听着也脸红的粗话。下午，他们到林荫道或者郊外去，玩"猜果壳"游戏，这是驻军们玩的一种赌博，专门赢傻瓜蛋的钱——古往今来这种傻瓜蛋都大有人在。这种赌博的玩法是，来回挪动三颗胡桃壳，让下注的人猜用面包渣捏成的一个小球藏在哪块壳下面。后来，有个掷骰子赌徒管那种赌法叫"翻胡桃壳"。不用说，塔拉维拉兵每天都因为这个打架，总要在利马人身上刺几个窟窿，然后大摇大摆回兵营，喝几大罐茴芹酒庆祝他们的英雄壮举。

对秘鲁来说，幸运的是塔拉维拉兵在我们这儿没呆多久就开到智利去了。到了那儿，他们照样放纵胡为，行凶作恶，比在这里有过之而无不及。从利马去接替加因萨准将职务的奥索里奥却听之任之。所以在圣地亚哥，现在一提起该天杀的塔拉维拉兵和指挥一个连的圣布鲁诺上尉，人们仍然谈虎色变，胆战心惊。

智利爱国者也确实对得起他们，在战场和被他们搅得阴森恐怖的首都街头杀他们的时候，也是毫不留情。

不论是利马的百姓还是圣地亚哥的百姓，都根深蒂固地认为，塔拉维拉兵长着画在魔鬼身上的那根尾巴，同样，爱国分子却坚信关于尾巴的说法纯粹是天方夜谭，所以只要遇到适当机会，总是先砍掉他们的狗头。

跟塔拉维拉兵根本不能讲军纪。他们是西班牙军官驱入战场的豺狼虎豹，可在打了胜仗后又不多加小心地锁起来，而是放纵他们为所欲为，在手无寸铁的被奴役的百姓身上发泄他们残忍的本能。

二

谚语中的英雄

一八一五年的时候，堂马丁·卡耶哈是塔拉维拉营第五连的上尉连长，素有相貌猥琐，奇丑无比，而且比蠢猪还蠢的名声。

堂马丁·卡耶哈其人三十五岁，身材矮小，罗锅驼背，一张粗俗的脸长在两绺浓密的络腮胡子中间，活像老虎潜伏在树林深处。上尉的尊容简直恶心透顶，利马诗人拉里瓦 [1] 在提到这家伙时说：

> 马丁，要么卖了络腮胡子，
>
> 要么买个身躯；
>
> 如果说你没有人样，
>
> 脸上的毛倒富富有余。

一个星期天，卡耶哈上尉打扮得人模狗样地在"圣安娜圣器室"那条街上溜达，那是一条比起部长大人对自己还要宽容的街道。他穿着紧身蓝色军上装，白色长裤，头戴花边帽，走起路来那装腔作势的样子，觉得人行道都窄了。

一个可怜的黑人骑着一头驴，在街角上拐弯的时候，没有及时让牲口闪开。上尉怕被踩着，一下子跳出人行道，可也该着他倒霉，一只脚正好踩进水洼，裤子上溅满了污泥浊水，看样子非得立刻更换不可。

卡耶哈一见衣服弄成这副样子，立刻想到自己这个塔拉维拉营连长可不是白当的，拔出佩剑就冲过去，一下子把驴刺死，接着又攻击晦气的黑人。黑人跪倒在地，作揖叩头苦苦哀求：

1　何塞·华金·德拉里瓦（1780—1832），秘鲁教士、诗人，独立运动中的杰出人物。

"老爷，看在圣母玛利亚份上，千万别杀我！"

可五连连长不懂得乞求不乞求，嘴里连爹带娘地骂着，用剑刺进手无寸铁的黑人的胸膛。

过路人目睹这种令人发指的暴行，个个义愤填膺，忍无可忍，纷纷向杀人凶手扔石头。恰在这时，从圣巴托洛梅街走来一群塔拉维拉兵，见自己的连长身处困境，拔出刺刀就向百姓扑过去，毫无顾忌地伤了很多人。

全利马本来就有充分理由憎恶塔拉维拉兵，听说这件事后终于被激怒，社会名流到总督那里去告状。总督大人答应为居民报仇雪恨，由军事法庭为他们伸张正义，惩办凶手及其同伙。可是，马罗托插手干预了此事，检察官说，一个奴隶的命不如草芥，不值得这么小题大做，充其量只能让堂马丁付给黑人的东家四百比索赔偿被杀的奴隶，二十比索赔偿驴子。

阿瓦斯卡尔总督眼见案情急转直下，为了摆脱麻烦和困境，决定把引起全城切齿痛恨的一营人调开，三更半夜就把那些温和的小鸽子送上船，顺水人情地送给了智利起义者——有了这帮家伙，可够智利起义者挠头的。

不知道卡耶哈落了个怎样的下场，但是，可以肯定他会在兰卡瓜或其他战场满足智利人的好奇心，让他们对他的尸体进行适当的检查，看看五连连长是不是因为长了尾巴而属于猩猩家族。

至于他在利马留下的唯一东西，就是人们对他罪恶行径的记忆，这记忆体现在一句早已不用的谚语里，那就是"比卡耶哈还坏"。

一言既出，驷马难追 (1816)

由于一想便知的原因，这篇故事中的人名乃至地名只好统统变更。最主要的是故事本身，而这个故事已是家喻户晓，众所周知，并且由于无数同代人亲口做证而得到了证实。

一

有位西班牙陆军准将，姑且称他为堂塞瓦斯蒂安吧，蒙堂费尔南多七世陛下的恩赐，当了某城的都督。他像熙德一样英武骁勇，凭着剑法超群而屡次升迁，又因如猎犬对主人般忠于国王，荣幸地得到国王的任命，负责督导某城百姓永远效忠王室……当时由于美洲其他地方义军蜂起，这种效忠之心已开始动摇了。

堂塞瓦斯蒂安本是行伍出身，并非宫廷侍臣，还应补充说明，又是安达露西亚人，所以总是竭尽全力来掩饰自己没有教养，免得嘴里冒出兵营里的粗话和土话。

陆军准将虽说外表粗鲁，内心里对于谈情说爱却是见火就着，一见钟情，爱上了城里一位最美貌动人、最有贵族气派的妇人。关于这位妇人，这里姑且借用神父和说唱诗人的特权；就叫她曼努埃丽塔吧。

我不想浪费笔墨来给这位千金小姐画像，如果我说她眼睛碧绿、深褐或湛蓝，读者定会说我比亲政府的记者还会撒谎。对于曼努埃丽塔，必须想象她长着一对漆黑的眸子，才能跟下面的歌谣相吻合：

眼睛碧绿是大海，

眼睛湛蓝是苍天，

眼睛深褐是炼狱，

眼睛漆黑……是阴间。

堂塞瓦斯蒂安高官厚禄，国王还答应不久将赐予他卡斯蒂利亚的
爵位封号，至于封号是圣地亚哥骑士还是蒙特萨骑士，我记不清楚。总
之，他家中富有，风度翩翩，闻名遐迩，所以颇得姑娘双亲的好感。父
母没有问姑娘心意如何——其实这道手续当时人们本来就不太介意——
同意把女儿嫁给他。

曼努埃丽塔心中还没有意中人，说对求婚者虽不十分爱慕，也没
有什么理由蔑视，既然父母觉得那么可心，她也应该说"同意"，反正
齁出去了。

于是开始筹备婚礼。婚礼在姑娘父母家举行，那豪华壮观的场面，
此前在城里还不曾有过先例。

拉维加伯爵特意从利马赶来，代表新郎的教父阿瓦斯卡尔总督参
加婚礼晚会，全国所有的豪门大户、各界英才、名媛淑女和大家富豪
也都纷纷光临。

酒席宴上觥筹交错，准将喝了一杯又一杯，"阿利坎特""赫雷斯"
等名牌美酒纷纷落肚，头脑便热了起来，不禁想起了过去的军营生活。
他放肆地把手搭在新娘那雪白圆润的脖颈上，冲着自己的战友们说：

"喂喂，嘎伙计们！我敢说，你们一定馋得直冒口水，看我得了这
么个美人儿真够眼热的！这也难怪你们……难怪，谁让……他……妈
的，我把城里最漂亮的小……小妞儿弄到手了呢！"

骄傲的曼努埃丽塔非常轻蔑地看了新郎一眼，气愤地起身就走，
躲进了自己的闺房。

准将一下子醉意全消，头脑清醒过来。他本不是存心侮辱人，只
是不由自主地露出军旅生涯的恶习，脱口说出那几句不逊之言，现在
要想收回，可能就得不惜抛洒全身的热血了。有支歌谣说得好：

咀嚼不透消化难，

出言不当劝人难，

咳嗽不畅吐不出痰，

考虑不周下场可怜。

在马德里阿瓦皮埃斯区的穷光棍和吉卜赛人中，这句玩笑充其量只能说是语言粗鲁，但它刺痛了这位年轻、高傲的妻子的自尊，弄得她心灰意冷，万念俱灭。

曼努埃丽塔的父母左说右劝，让她原谅丈夫，跟他到夫妻的住所去，统统无济于事。堂塞瓦斯蒂安竭力赔罪，又是哀求又是保证，说为了惩罚他的蠢话，不管小姐想怎样发落，他都一切照办，也是白费力气。曼努埃丽塔死活不肯宽恕，听到家里人和女友们劝说和求情，她反唇相讥：

"在举行婚礼的晚上，竟会忘记什么是自尊自爱和什么是妻子的尊严，我永远也不做这样人的妻子。"

从举行婚礼那天算起快满一年了，曼努埃丽塔从来不出父母家自己的闺房，除了父母、兄弟和一个女仆外，也不准任何人进去。

二

在结婚周年的三天前，曼努埃丽塔的母亲哭着央求她，不要再对堂塞瓦斯蒂安那么严厉了。

"好吧，母亲大人，您会满意的。"曼努埃丽塔说，"我当众受辱，必须当众雪耻。请您邀请咱们家所有亲友参加舞会吧。"

多情的准将得知岳母告诉他的消息，高兴得跳了起来，并发誓要请曼努埃丽塔宽恕，一定使她事事如意。

舞会的晚上到了，当告诉小姐客人一个不缺、都已齐集大厅时，她穿着新娘礼服光彩照人地出现了。

女士和先生们都站起身来。

准将往前走了几步，伸手要拉妻子的手，引她到大厅中央，可她一把抱住了他，对着他的耳朵悄声说出两句阴森森的话：

"有些侮辱是不能宽恕的，只能一报还一报。"

准将一下子昏倒在地毯上，浑身抽搐，进行着垂死挣扎。

原来曼努埃丽塔用匕首刺透了他的心脏。

两个塞瓦斯蒂安 (1817)

漂亮的卡尔曼小姐是有二百万家财的某侯爵夫人的独生女儿，一八一七年前后，她是利马城追求者最多的姑娘……显然，她不属于口唱这首歌谣的姑娘：

> 如果我要嫁给你，
> 妈妈给我送嫁妆，
> 嫁妆是座橄榄园，
> 不过如今在天上。

根据执政官官邸档案第九号卷宗记载，当时有一百五十八辆有篷马车和八百二十八辆敞篷马车缴纳税金，其中侯爵友人的几辆马车都是第一流的。每年生日之际，侯爵夫人都在名叫"阿曼卡埃斯"的散步活动中设午宴招待亲友，午宴的豪华丰盛为利马人赞不绝口。关于"阿曼卡埃斯"，需在这里稍加说明，这种散步活动几乎从利马建立就有了，它在圣胡安节开始，圣米格尔节结束。一五四九年，殷富的波托西矿场主堂安德烈斯·森特罗斯来到利马定居，在后来建起圣托马斯教堂的地方建了一所献给圣胡安·德莱特兰的小礼拜堂，那是接待荣获十字勋章的骑士的地方，授勋仪式过后，骑士们就参加到"阿曼卡埃斯"里去欢乐一番。后来，这座带有贵族特权的小教堂迁到宫里去了。关于"阿曼卡埃斯"草原这种露天散步活动的起源，已经搞清的就是这些。一八四三年利马出版一种称为《地图》的报纸，我们介绍的情况与这份报纸登载的一条简要新闻是一致的。

刚才故事打断了，现在接着往下讲。

了解这些前提之后，谁都猜得出来，卡尔曼一定有数不清的追求者。即将到手的二百万是很能吊起人们胃口的。

在向姑娘求婚的人中有这样两个人：堂塞瓦斯蒂安·德阿佩塞切亚和堂塞瓦斯蒂安·德恩卡拉达，两人都是圣地亚哥骑士团的骑士。阿佩塞切亚那一位年过四十，其貌不扬，家产不厚，而且为人吝啬，要不是为了做鸡毛掸子，连只鸡都从来舍不得吃。

恩卡拉达这一位呢，却是正好相反，年方三十，风流倜傥，家中富有，挥金如土。

两个塞瓦斯蒂安都已向侯爵夫人提出向她女儿求婚，夫人犹豫不决，尚未择婿。既然她认为两个求婚者都与她家门当户对，本应该让卡尔曼小姐按她的芳心，任意选择夫婿才对。可是，在那个还用草绳引火、野蒿熏蚊子的美好时代，做女儿的既没有发言权也没有选择权。

侯爵夫人昼思夜想，权衡每个对象的优劣。时间一天天过去，情郎们催她快点答复，最后她要求他们，给一个星期的期限做决定。

两位急于娶媳妇拜岳母的人的守护神——圣塞瓦斯蒂安节，正好就是到期的日子。从节前起，侯爵夫人就在厨房和饭厅里忙个不停，亲手做了两大盘欧查果蜜饯。一个仆人身穿节日盛装，来到恩卡拉达家里说：

"我家主人侯爵夫人祝先生节日快乐，并请接受她这点小小的礼物。"

恩卡拉达高兴得心都快蹦出来了，心想送的东西代表了岳母的疼爱之情，轻轻拍了一下黑种仆人说：

"告诉你家主人，她的馈赠我极为珍视，今晚我将向她叩问金安。"

他把一个金盎司放在黑仆人手里，又说：

"拿着，为我的健康喝一杯。"

仆人高高兴兴回到主人家，对这位情郎的慷慨大大称赞一番。侯爵夫人微微一笑，自言自语地说："现在看看那一个如何行事吧。"

仆人又带着一盘蜜钱到了阿佩塞切亚的家，回来时哭丧着脸，比参加葬礼还难看。姓阿佩塞切亚的这一位给的全部赏钱只是半个银雷亚尔。这时，侯爵夫人叫来卡尔曼，对她说：

"一个是爱慕虚荣，一掷千金，很快会把家财挥霍干净；一个是悭吝爱财，不肯花费，即使不会再增财源，也会保住财产抚养我的外孙。我喜欢后面这个。你就嫁给阿佩塞切亚吧。"

那天晚上，恩卡拉达去见侯爵夫人时受到一番奚落，有位诗人说得好，真是：

> 为了你我忘了上帝，
> 为了你我丢了荣誉，
> 到头来只落得
> 没了上帝，没了荣誉，也没得到你。

侯爵夫人的预见没有错。多年以后，生活奢侈的恩卡拉达终于一贫如洗，而阿佩塞切亚在遗嘱中留下了三百万的家财，我想他的后代如今又让这数字翻了两番了。

我不再说了……免得大家说我写的不是传说，而是一位同代人的传记。

印卡和征服时期（⋯⋯——1533）

殖民地时期（1533——1820）

独立时期（1821——1830）

共和国时期（1833——18××）

其他传说

因诺森特·"雀鹰"（19世纪20年代）

　　十九世纪二十年代，有个特鲁希略青年名叫因诺森特·萨拉特，是个道地的土生白人，做事比任何人都大胆，性情比萨马库艾卡舞还欢快。他在阿特山谷一座庄园当管家，庄园的名字叫梅尔加莱霍。

　　萨拉特热情支持圣马丁和以他为代表的事业，有时为独立派传递情报，有时为逃出利马、准备参加解放军队伍的爱国志士打掩护和当向导，立了很大功劳。

　　有人在拉塞尔纳[1]总督面前告发了他，当局派一名军官带几名士兵去梅尔加莱霍庄园执行命令，不管是死是活，一定要抓到这个起义派的管家。可是，不知是他猜到了会出事，还是他正好得到了通知，反正是及时逃走了。

　　他在各庄园短工中很得人心，现在被迫隐匿山林草莽，索性把短工组织成一支山民游击队，自任首领。同伴们给他取个诨名叫"雀鹰"，他高兴地接受了。有了这只转化成人形的凶悍猛禽，保王军着实吃了不少苦头。这里我只想说说使"雀鹰"威名远扬的那次大胆行动。

　　总督与圣马丁实行停火，准备进行彭乔卡谈判，西班牙人把自己的马赶到马约拉斯庄园的草场去放牧，命一名军曹带一支十个士兵的小队负责看守。

　　一天夜里，看马的西班牙人正在酣然大睡，"雀鹰"带着队伍小心翼翼地摸进牧场，解除了他们的武装，使他们丝毫不能抵抗，然后叫

1　何塞·德拉塞尔纳（1770—1832），西班牙军人、殖民官员。一八二一至一八二四年任最后一任秘鲁总督，一八二四年其军队在阿亚库乔被苏克雷战败。

醒他们。一个当剃头匠的游击队员立刻拿出剃刀和其他工具，给俘虏们剃去右鬓上的络腮胡和左唇上的小胡子，接着放他们去报告上司，就说军队的马全跑了。

"雀鹰"估计，没有一个士兵会带着这样一副滑稽相去利马出头露面，他们一定会先找剃刀，找到后再把脸上的胡须都剃干净，这至少得耽误两个小时。西班牙人很可能派一支分队设法夺回马匹，因此，他只要在西班牙人赶到前争取五六个小时，就可安然无事。事实证明他估计得很准。

两天后，莫内特将军受总督之命来见圣马丁，说他的政府认为，抢夺马匹破坏了业已达成的停火协议。圣马丁同意这个说法，但同时说明，关于马匹失踪一事，正规军既没有出过主意，也没有派人参与，而是该城居民的自发行动，共和派根本管不着他们。圣马丁还说，他没有为自己的军队接受那些马，"雀鹰"把它们赶到内地去了；有消息说，他在那儿卖了很多，还有些送礼了。

莫内特为剃胡子一事大为光火，想见识见识萨拉特，圣马丁答应派人寻找这位游击队首领，说他和他的队伍就在距他十五里的地方。

过了三四天，西班牙将军收到一封便笺，圣马丁告诉他，因诺森特·"雀鹰"已经到了他的军营。

游击队首领和莫内特将军进行了一次简短谈话。

"您为什么抢国王的马？"

"哼，就为这个……因为是国王的。"

"您卖马要价太低了。剩下的卖给我吧，我出好价钱。"

"将军，就是每匹出一千比索也没门儿！"

"那好。不过总有一天我要枪毙了您。"

"即使让您抓住，我都怀疑您办得到办不到。那葡萄可是酸的。"

"您说祖国到底给了您什么，可怜虫！"

"雀鹰"一听西班牙将军冒出这种不逊之言，立刻用手抓住马刀把，迎头痛击说：

"祖国给了我这把刀，叫我保卫她，砍掉西班牙佬的狗头！"莫内特将军转身就走，找圣马丁去了。

*   *   *

我在一八五一年见到了"雀鹰"，那时他已六十岁了，在塞尔卡多一带有一座小小的果菜园。他跟莫内特的谈话，是他亲口对我说的，我几乎是一字不差地写了出来，还给我讲了他游击生涯中的种种曲折经历。他在安度晚年，享受着骑兵少校的薪俸和荣誉。

时间—土锅—我们必胜 （1821）

一八二一年六月初，拉塞尔纳总督与圣马丁将军开始进行著名的蓬乔卡[1]谈判（或蓬乔卡停战）后，驻扎在瓦乌拉的爱国派军队接到这样一道口令和回答口令："时间—土锅—我们必胜。"

除去蒙特亚古多[2]、鲁苏里亚加[3]、吉多[4]和加西亚·德尔里奥[5]外，所有人都觉得，这道口令是个愚蠢的字谜，是句胡言乱语；即使更多地以基督徒的传递心理判断圣马丁的人，也都耸耸肩膀嘟哝："将军这做法真古怪！"

然而，这道口令却非常精辟而含蓄，是对一次伟大历史事件的概括。我今天就来讲讲这段故事，故事的材料，有的来自我从圣马丁的秘书和"旧祖国"时期其他士兵那里听到的口头传说，但更多的来自我的朋友、布宜诺斯艾利斯作家堂马里亚诺·佩利萨的权威性说法，他在他的一部有趣的书中一挥而就地讲到了这道口令。

一

出于历史上要求和赞扬的明智理由，圣马丁不想凭借一次战役的

1　蓬乔卡系利马城郊一座庄园的名字。

2　何塞·贝纳迪诺·德蒙特亚古多（1785—1825），阿根廷爱国者。一八一七年任圣马丁秘书，随其远征智利和秘鲁。

3　托里维奥·鲁苏里亚加（1782—1842），秘鲁将军。

4　托马斯·吉多（1788—1866），拉丁美洲独立战争时期军人，外交官，圣马丁的朋友和秘书。

5　胡安·加西亚·德尔里奥（1794—1856），哥伦比亚作家。曾是圣马丁的国务秘书，为其写过第一部传记。

胜利，而要借助政治上运用高明手段来占领利马。手下性急的军队渴望尽快与骄横的保王军一决雌雄，看着将军表面上那慢吞吞的样子，心里直冒火。但正如我们上面指出，这位阿根廷英雄正在考虑，要不费一枪一弹地进入利马，尤其重要的是不牺牲士兵生命，因为说实话，他的人马并不多。

在与首府中爱国志士经常不断的秘密通信中，他表示相信他们策划秘密行动的热情和活动，这种努力已为独立事业成就了多次重大行动，其中包括努曼西亚营的反正。

可是，暗探和前哨侦察队经常截获圣马丁与朋友之间的来往书信，多次挫败了计划的执行。一抓到携带密语信件的人，西班牙人就把他们枪毙，因此情况更为凶险，使这位敢作敢为的将军心情不安，思虑重重。无论如何，必须找到一种可靠而又顺畅的联络途径。

一天下午，将军脑子里萦绕着这个念头，带着吉多和一名副官，在瓦乌拉唯一一条长街上散步在桥的附近，他无意中把目光盯住了一所破旧的大房子，房子的院里有一座烧制砖瓦和陶器的土窑。在那个精制陶器还没有传到这里的年代，这是一种很赚钱的职业，因为除了只在富有人餐桌上才会见到的个把瓜达拉哈拉水罐和银制碗钵外，日常所用的餐具和厨房用品，都是国内用泥土打坯烧成的。

圣马丁突生灵感——这是只有天才人物的头脑才会忽然产生的神秘的灵感，自言自语地喊了一声："欧莱卡！[1] 难题解决了。"

房子主人是位年老的印第安人，脑瓜精明，而且坚决支持起义军。圣马丁跟他谈妥，烧陶工答应烧一只带夹层底的土锅，而且做得非常巧妙，即使最有眼力的人也看不出破绽。

印第安人赶着两匹驮着土盘土锅的母骡子，每星期去一次利马。当时我们这里还没有白镴制品和镀锡制品，那些土盘土锅里就混着那

---

1 欧莱卡，希腊文惊叹语，据说阿基米德发现王冠内含金量时所说。意为："我找到了！"

只"革命土锅",它与骡子驮的其他土锅没有明显区别,但在夹层底里藏着非常重要的暗语信。每次碰上野外巡逻队,赶骡人都让他们检查,泰然自若地回答询问;巡逻队军官说到"我们的君主费尔南多七世"时,他都摘下帽子行礼致敬;军官让他高喊"国王万岁!消灭祖国!"后,就放他继续赶路。谁会想到这可怜的印第安老人正儿八经地卷入了政治风云呢?

印第安制陶匠像某些士兵一样,是个有名的顺口溜诗人。一次,一名西班牙上校抓住了他,好像要要笑他,也许要让他改变政见,对他说:

"嗨,傻瓜蛋,如果你用我给的韵脚作一首四行诗,我送你一个比索。听着:

> 万岁,费尔南多七世
> 还有他高尚忠诚的人民!"

"这我张嘴就来,上校先生。"被俘的制陶匠说,"听着:

> 万岁,费尔南多七世
> 还有他高尚忠诚的人民!
> 但有个条件需要讲明:
> 就是他不能命令我……
> 给钱吧您!"

二

从那时起就在国内发挥巨大影响的教士堂弗朗西斯科·哈维尔·德卢纳·皮萨罗[1]先生,住在康塞普西翁教堂对面的房子里,他是

---

1 卢纳·皮萨罗(1780—1855),秘鲁教士。一八〇六至一八一二年居西班牙,参加反抗法国入侵斗争。回国后任利马市议会议员,同情独立运动;宣布独立后,在"爱国社"内宣传共和和自由主义思想。

圣马丁指定与印第安制陶匠接头的爱国人士。每天早晨八点，制陶工穿过康塞普西翁街，用足力气叫卖："土锅土盘！贱卖贱卖！"直到几年前，利马各类小贩都有专门的叫卖声，足可写成一本书。不仅如此，有些人家不看钟表，一听流动小贩的叫卖就知道是几点钟。

利马在文明方面有了进步，但是没有了诗意，它日复一日地把从前生活习俗中一切有独特、典型色彩的东西都丢失了。

我赶上了那样的时代，那时候，利马居民的主要营生似乎就是开动粉碎机，这粉碎机就是我们称的门牙和槽牙。读者根据下面描写的景象就可判断，我住的居民区里是怎样打发时间的。那时候我还在溜号逃学，专去钻果园、爬墙头，跟现在写传说、作歪诗大不相同，其实这样做也是一种消磨光阴、逃学玩耍的方式。

早晨六点，送牛奶的女人报告时间。

七点整，卖草药水的女贩和卖"新地牌"玉米酒的女贩上街叫卖。

卖饼干的男贩和卖酸奶的女贩八点叫卖，一分不多，一分不少。女贩总是喊："美味酸奶！"

卖面糊和牛肠的女贩一来，准是九点，这是教堂诵经时间。

卖蕉叶玉米粽子的女贩为十点报时。

十一点，卖甜瓜的女贩和修道院的黑白混血女人走过街头，混血女人卖可可奶糖、椰子羹、皇家果脯、玉米糖、花生糖和豆蓉。

十二点，挑着满筐水果的男贩和卖肉馅饼的男贩准时出现。

一点，卖"安特"饮料、蜜饯糖和甜食的男贩来报时，分秒不爽。

下午两点，卖油煎饼的女贩、卖"乌米塔"[1]的男贩和卖特鲁希略凉拌土豆鸡蛋的男贩高声叫卖，犹如雷鸣一般。

三点，卖皮糖的男贩、卖杏仁糖的女贩还有卖烤牛心串（或牛排串）的男贩大声叫卖，钟点比教堂的钟声还准。

---

1 乌米塔系南美洲一种食品。将嫩玉米磨碎，加上辣椒、西红柿、糖、猪油等调合在一起，用玉米叶包起来煮熟，放冷之后，再在火中烤热食用。

四点，是卖辣菜的女贩和卖栗子菠萝的男贩的叫卖声。

五点，卖素馨花的男贩、卖细面小饼干的男贩和卖布扎假花的男贩尖声叫卖。卖布扎假花的小贩还要大叫一声："鲜花，鲜花！姑娘，你闻不出来吗？"

六点，卖洁齿草根的男贩和卖饼干的男贩低吟浅唱。

晚上七点，卖糖果的男贩、卖饼干渣的女贩和卖玉米糊的女贩上街叫卖。

八点，是卖冷饮的男贩和卖蛋卷的男贩的钟点。

就是到了晚上九点，也有教区教堂司事身穿红罩袍，手提小灯笼走上街头，随着宵禁钟声为炼狱中的灵魂乞求赦免，或者为我主乞讨蜡烛。这个人还有一个作用，就是吓唬顽皮小孩子，叫他们上床睡觉。

九点以后，就由居民区的更夫代替那些流动钟表。更夫一边吹哨一边唱道："福哉圣母玛利亚！已经打过十点！秘鲁万岁！平安无事！"真是这样，对利马的巡夜更夫来说，不管天气多么阴沉，下多大的雨，他们总是那句口头禅："平安无事。"每隔六十分钟就把这烦人的话说上一遍，直到天明。

那是多么美好的时代呀！那时，人们尽可纯粹为了显示奢华而使用精密钟表，但若想知道当时是什么时间，没有比小贩的叫卖声更准确的钟表了。这叫卖声连一秒钟也错不了，而且无须洗油，或每六个月就送"医院"。还有，就是不用花钱！你看，一谈到古老风俗，我就忘乎所以，手中的笔就像脱缰的野马一样在纸上撒欢地奔跑。还是闲话少说，继续讲那位起义的制陶工吧。

三

卢纳·皮萨罗先生的管家佩德罗·曼萨纳雷斯是个皮肤黝黑的小黑人，具有"布丁加"和利马小痞子那种全副大胆放肆的野劲，下流话张嘴就来，会唱小曲，能弹吉他，身上总带折刀，但对主人非常忠诚，主人也很疼爱他。每逢叫卖土锅时，他就赶快出来，花一个比索买一只。可第二天，他又站在门口，手拿土锅叫喊："听着，不要脸的骗子，你这锅到处漏水……把昨天买的给换一个吧，不然打破你的狗头，叫你不敢欺骗买主。贼骨头！"

制陶工好像不把臭骂放在心上，每次都微微笑着，换一只土锅。

今天买，明天换，一方是粗话骂人，另一方是耐心忍受，这场面不知重复了多少次。一天早晨，街角上的剃头匠，一个特爱管闲事的安达露西亚人，忍不住直发牢骚：

"奇怪！这小教士怎么这么麻烦！我是个穷光蛋，可也不会为了一个小钱这么咋呼哇。嘻，黑崽子听着，泥烧的锅跟泥捏的女人一样，拿走了概不退换。上了当活该，就该自认倒霉。忍着算了，别这么叽里呱啦瞎吵吵，招邻居讨厌！"

"你这西班牙佬王八蛋，哇里哇啦叫唤什么！这碍着你哪根筋疼了？"小黑人曼萨纳雷斯用平常那种蛮不讲理的腔调顶撞，"刮你的胡子带骂人去吧，少管与你无关的闲事。瞧你那点德性，驴粪球外面光的西班牙佬，什么玩意儿……"

听到这通臭骂，安达露西亚人气得暴跳如雷，大叫：

"圣母玛利亚！今天我豁出去了……你等着，粪堆上刨食儿吃的鸡！"

说着，他抄起剃头刀猛地扑向佩里科·曼萨纳雷斯，曼萨纳雷斯没料到这一着，赶快躲进主人的房间。谁知道是不是剃头匠跟管家的吵闹引起了对土锅的怀疑，一点小事造成了重大影响！反正吵闹正好发生在制陶工最后一次私运土锅进城那一天，因为吵架发生在七月五日，六日天刚亮，拉塞尔纳总督就撤出利马城，九日夜间，爱国军队就进驻占领了它。

六月初，当印第安人把卢纳·皮萨罗先生的管家退回的第一只土锅送给圣马丁时，这位将军正在他的小客厅发布当天的命令。他暂停发令，读了夹底锅带来的信，转身面对助手加西亚·德尔里奥和蒙特阿古多，微笑着说：

"真是尽如人意。"

接着，他走到秘书身边说：

"马诺利托，写吧，今天的口令和回答口令：时间—土锅—我们必胜。"

圣马丁渴望的胜利，是不费枪弹地占领利马；就凭夹层底里带来比现代大炮还好的消息的那些土锅，取得了辉煌胜利，所以七月二十八日他就在利马宣布了独立，秘鲁成为自主国家。胡宁和阿亚库乔两次大捷便水到渠成了。

关于国歌的传说 (1821)

一

一八一○年前后，利马多明我会教士修道院和阿古斯丁派教士修道院有一所音乐学院，院长是很好的男高音歌手和出色的风琴演奏者弗赖帕斯夸尔·涅维斯。在当时那个时代，我们秘鲁人为享有艺术界巨大声名而骄傲，就是因为有这位涅维斯神父。

学院的第一个见习生是个十二岁的男孩。他大约一七九八年生于利马，名字叫何塞·贝纳迪诺·阿尔塞多，穿着一件仆役的长袍，只因他出身寒微，才对他关闭了大门，不能渴望操习教士的职事。

阿尔塞多酷爱海顿和莫扎特的作品，十八岁时他谱写的一首教堂赞歌和一首大弥撒曲，就为他乐师的声名奠定了基础。

一八二一年秘鲁宣布独立后，"护国公"堂何塞·德圣马丁发布法令，组织音乐比赛或考试，凡被宣布有资格用作共和国国歌的曲谱将得到奖赏。

据一位文笔流畅的作家说（这篇传说就是概括他的一篇文章写成的），进入比赛的共有六位作曲者。

到事先确定的那一天，所有乐曲依下列顺序进行了审查和演奏：

一、努曼西亚营首席乐师的乐曲。

二、作曲家瓦帕亚的乐曲。

三、作曲家特纳的乐曲。

四、作曲家菲洛梅诺的乐曲。

五、阿古斯丁教派教堂乐队作曲家弗赖西普里亚诺·阿吉拉尔神父的乐曲。

六、作曲家阿尔塞多的乐曲。

阿尔塞多的乐曲刚一演奏完毕，圣马丁将军立即站起身，热情地说：

"就用它做秘鲁国歌！"

次日，一道法令批准了圣马丁凭一时热情奋发表达的意见。

一八二一年九月二十四日晚上，为庆祝拉马尔[1]将军达成的卡亚俄要塞投降，在剧院首次演唱了国歌。美貌动人、红极一时的女歌唱家罗莎·梅里娜，在经久不息的掌声中演唱了各段歌词。

卑贱的作曲家阿尔塞多当晚受到的热烈欢呼，我这支秃笔真是无法形容。

歌词是堂何塞·德拉托雷·乌加特写的，但阿尔塞多精湛、庄严的赞颂乐曲应该配上比这更好的诗句。以在那些日子里主导一切的爱国热情为灵感写出的歌词，思想上是贫乏的，形式上也有不妥之处。词句中有许多葡萄牙式的虚张声势，却很少真正共和制的骄傲自尊。尽管有这么多缺点，我们也绝不应该允许修改或变更国歌的歌词。我们的父辈用鲜血哺育了自由和共和，我们应该像对他们留给我们的神圣遗产一样尊重它。有时可以感觉到，歌词中搏动着我们先辈那种雄武果敢精神，我们没有权利修改哪怕是一个音节，否则就是亵渎先贤的大不敬行为。

二

最后，让我们用几行文字简述一下作曲家阿尔塞多的传略。

军队所辖各部都请求"保护者"派国歌作曲者做他们的首席乐师，领少尉军衔，但阿尔塞多选择了智利第四营。他在这支部队里参加了托拉塔、莫克瓜两次战役和其他作战行动。

1　何塞·德拉马尔（1776—1830），秘鲁军人、政治家。

一八二三年该营奉命回智利时，阿尔塞多随部队到了圣地亚哥，不久后退役。

那时，智利的修士几乎还不知道圣歌，于是，圣方济会、多明我会和阿古斯丁教派的教士，纷纷与这位乐师签约给他们讲课，政府也雇他做军乐队的指挥。

我们这位同胞在智利首都度过了四十年，后二十年担任大教堂乐队的指挥，直到一八六四年秘鲁政府才把他请回，委托他在利马组建和领导一所音乐学校。由于政界人物极不稳定，学校没有建成，不过直到一八七九年故去时为止，他一直享受每月二百比索的薪俸。

作曲家阿尔塞多的作品包括多首进行曲、博莱罗舞曲、华尔兹舞曲和歌曲，在他谱写的所有作品中，以圣乐最为出色。

阿尔塞多也是作家，一八六九年利马印行了他的杰出著作《音乐的哲理》，这就是证明。

勋章的暴乱（1823）

帕尔多在他写的《我家乡的镜子》里精心描写过小孩戈伊托的形象，圣索菲亚德尔里亚尔塞克雷托侯爵、波瓦利切男爵简直跟他是同一个模子刻出来的。幸好这种轻信的利马人已经绝迹，以至我们这代人认为那不太像是真的，但有人赶上了见过这号人便是证据。

堂琼伯（倘若写出他的真名及头衔，他的后裔定会找碴儿吵架，为防止发生这样的事，我们姑且就这样称呼他）在政治上是个随风倒的人。

一八二一年圣马丁进入利马、保王军匆匆撤退之时，侯爵宣称是激烈的起义派，他说：

"真是，西班牙佬想让他们的美事持续到什么时候算完？不，先生，咱们索性里应外合，成为属于我们的一切的主人！祖国万岁，杀死西班牙佬！"

一八二四年卡亚俄要塞失守、被罗迪尔盘踞，"里瓦·阿圭罗派"与"托雷·塔戈莱派"[1]一片混乱，长期纷争不止，共和事业处境不妙。这时堂赫罗尼莫急忙见风转舵，经常出入保王派的圈子，激愤地说：

"真他娘的！上帝保佑着我们的主宰和君王堂费尔南多七世[2]，不能

1　秘鲁独立后，圣马丁让托雷·塔戈莱侯爵行使行政权力。一八二二年九月二十二日圣马丁引退离开秘鲁，军人集团将权力授予里瓦·阿圭罗，引起两派争斗。一八二三年六月，西班牙人重新占领利马，里瓦·阿圭罗逃往卡亚俄，不久放弃卡亚俄北上特鲁希略。西班牙盘踞卡亚俄，被围困两年，直到只剩二百多人时投降。
2　费尔南多七世（1784—1833），西班牙国王。一八〇八年三月登基，四月被拿破仑逼迫下台。西班牙人民以恢复他的王位为旗帜发起抗法斗争。一八一四年三月复位，厉行专制统治，压制自由派，同时派遣军队镇压拉丁美洲独立运动。

容忍那些起义的黑鬼洗洗手就把属于他的一切变成破烂！国王万岁，消灭祖国！”

当年十二月底，利马风闻共和军在科帕瓦伊科和马塔腊遭受挫折，这条消息更大大助长了首都保王派的气焰。

奥尔卡西塔斯在大主教街开了一家小店，当时是保王派举行茶会的地方。

那里可以随心所欲地决定国家的命运，抬高或贬低人的身价，制造和传播惊人的谣言。

为了纪念专制政体的恢复，西班牙铸造了一批印有国王胸像的勋章，店主人得到了一枚。一天，他拿出来给志同道合的朋友堂巴莱里奥·塔马里特和堂阿莱霍·查米丘米看，正在这时，波瓦利切男爵闯了进来。三个人佯装吃了一惊，串通好了引他轻信上当。

“喂，先生们，什么事呀？”

“没事，侯爵，没事！”

“怎么会没事呢？我进来时你们藏的那东西呢？奥尔卡西塔斯先生，我觉得我是信得过的，正义事业有我这样一个忠实的奴仆。”

“侯爵您听我说，问题是事关重大呀。”店主说。

“要是爱国派打听出我们手里的东西，小命就丢了。”查米丘米加了一句。

“明摆着嘛，”塔马里特也插了嘴，“事关重大就是事关重大，必须多加小心；世道不太平，跟自己衬衫的领子也得离远点。”

“哎呀老兄！你想跟我……跟圣索菲亚德尔里亚尔塞克莱托遮遮掩掩！门儿也没有！告诉你，塔马里特朋友，我是阿斯纳普吉奥共济会的人，事情的核心秘密我都清楚。”堂琼伯粗俗地拍着胸脯，自以为了不起地说。

“嘻！既然您都知道，又是拉塞尔纳-坎特拉克共济会的人，我们就不必捉迷藏了。”奥尔卡西塔斯说，接着拿出勋章，给堂赫罗尼莫看。

堂赫罗尼莫翻过来调过去地看，掂了掂分量，用指甲一弹，听了听"丁丁"的响声，最后还给主人，说：

"是银的，足值两个银杜罗。赌个正面反面怎么样？"

"乖乖，快别说这异端话！"塔马里特赶忙打断他，"快吻吻，好让上帝饶恕你。"

"给我，"侯爵说，"吻吻绝没坏处，说不定是哪位圣人的遗物，我还可以得到宽恕。"

"不，先生，比圣人遗物还珍贵。"查米丘米装作气愤地说。

"好好好！别生气，先生们，不知者不怪罪嘛！"

"为了犒赏他在利马的忠实臣民，"查米丘米接着说，"陛下组建了一个比天主教王后伊莎贝尔、圣埃尔梅内西尔多和卡洛斯三世几位享有更多特权的新的骑士团，并且派人送来五十枚印有他威容的勋章，分给本派的五十个人。"

"你说什么！我对西班牙比对基督教还忠诚，国王就没有想到我？"侯爵既嫉妒又生气地说。

"伙计，别着急，别发火！脾气倒不小！勋章运到时指名由圣伊西德罗伯爵代办，你只需去找他，立刻就会授给你一枚。"

"那我现在就去找，不抓紧，他就把我落下了，说我去晚了，等下批吧。"

"这就对了，侯爵，这叫趁热打铁……不过看上帝分上，你可得给我们保密，别把我们的名字捅出去。"

"放心吧，先生们，我的嘴是积钱罐，只进不出。"

于是，堂琼伯很快走过几条街，向圣伊西德罗伯爵住的商会街而去。伯爵是一家重要的老商社的经理，虽然在宣誓效忠独立的文告上签了名，其实只是个温和爱国派。

伯爵先生正在账房聚精会神地核对账目，侯爵进来说：

"伯爵先生，我是贸然而来。"

圣伊西德罗伯爵是个刻板、易怒的人，继续看着账册对他说：

"侯爵先生，既然你是不请而来，最好还是原路而回，我这会儿有一大堆事儿，等也没用。"

"我说先生，效命国王先于一切，"琼伯尖着声顶了一句，"告诉你，事情我都知道了。我来领我那一份，这就是证明。"

圣伊西德罗伯爵对政治素怀戒心自有他的道理，便放下钢笔，站起身嘟哝：

"我不明白你要说什么，堂琼伯先生。"

"那好，你现在就装作没人一样好了；不过你不知道，我可什么也不怕。把国王带给我的那份给我，还有相应的证书。放心，我会保持沉默，我跟我的那伙人一定按国王的要求全力去干，让已经陷入灭顶之灾的可恶的玻利瓦尔彻底地见鬼去。"

"哎我说侯爵先生，你是中午吃多了撑的吧。你这么没头没脑地说个没完，我要是听得懂一星半点，就让人把我钉到十字架上。"

"啊！你还这么固执地不承认，好像我不是会保密的人似的！不过先生，你这么干可要小心，如果不把我的勋章给我，我就不管三七二十一，放开我的舌头，把什么都抖搂出去。不管是你还是别人，都别跟我来这一套，那会叫你得不偿失，玻利瓦尔会无情地枪毙你他娘的！你打错算盘了！没见过这么厚脸皮的人！"

堂琼伯火冒三丈地离开圣伊西德罗伯爵的家，弄得他丈二和尚摸不着头脑，同时心里战战兢兢。

一路之上，堂琼伯逢人便说（当然让他们保密），波旁王朝的陛下派人送来一大批勋章，指名交给圣伊西德罗伯爵，可这位负责在忠实臣民中分发的人，鬼点子特别多，想违背国王的本意，一人独吞。

比印在《马德里公报》上还快，这件事迅速在拥护西班牙的人中传播开来，圣伊西德罗伯爵的家成了男人甚至女人进进出出的场所，都是去索要勋章的，因为他们肯定，"人民渴望的"费尔南多七世分发王室赐赠时是不会忘记他们的，早年人们帮助特拉斯塔马拉的那位国王推翻堂佩德罗国王篡夺王位时，他曾慷慨地分配"恩里克的赠物"，这次理应跟那次一样。

倒霉的伯爵不知怎么陷进了危险的迷宫，只能隐居到距利马五里的一座庄园，躲避那些讨要勋章的人和预见到的为难局面。

就在他突然离开利马时，传来了独立派军队在阿亚库乔取得重大胜利的特大喜讯。原来几个死缠着要勋章的人马上摇身一变，弃暗投明，为了博取"解放者"的欢心，告发说圣伊西德罗伯爵掌握着一项邪恶计划的来龙去脉，若不及时粉碎，必定使共和国濒临失败。

若是玻利瓦尔不够谨慎，凡被指控参与那场人所不齿的神秘计划的人都会投入监牢。幸亏"解放者"是个不怕鬼不信邪的人，逐步精明巧妙地解开了这个谜团，最后终于搞清，整个这场是非的起因，是圣索菲亚德尔里亚尔塞克雷托侯爵、波瓦利切男爵的"天真轻信"，把蚂蚁说成大象了。

从那以后，每当有人对玻利瓦尔说到有反政府阴谋时，他总是微笑着说：

"扯……他妈淡！ [1] 这是不是像勋章的暴乱那次那样？"

1　这是一句骂人话，据字面看，是要骂"扯鸡巴蛋"。但玻利瓦尔自觉有失身份，急忙改口，缓和骂人口气。同样情况见本书《解放者与独裁者的书信往来》。

玻利瓦尔的公正惩罚（1824）

献给我的朋友、玻利维亚诗人

里卡多·布斯塔曼特

一八二四年六月，解放军驻扎在安卡什省，准备发起军事行动，那次行动的结果，便是当年八月的胡宁战役，和四个月后在阿亚库乔的辉煌胜利。

玻利瓦尔和他的参谋总部、内科切亚指挥的骑兵部队、拉马尔的秘鲁师以及以波哥大、加拉加斯、皮钦查和沃尔蒂赫罗斯命名的各营住在卡拉斯。这几个营曾在无畏的科尔多瓦[1]的指挥下英勇奋战。

由巴尔加斯、里夫莱斯和文塞多雷斯各营组成的拉腊师，住在瓦拉斯城中的军营里。这几支队伍的军官是一群英俊潇洒但行为放荡的青年，在情场和战场上都有一股无法无天的蛮劲儿。他们一面忙于备战，以便与骁勇善战、人数众多的保王军英勇厮杀，同时又在驻地生活中，同样勇猛无畏地攻击被赶出天国的凡人们的女儿。

这些哥伦比亚军官闹得姑娘们惶惶不安，母亲们提心吊胆，丈夫们愁眉苦脸，因为这些可恶的军人只要碰上个稍微有模样的女人，就会像后来英勇的科尔多瓦那样高呼：前进，以胜利者的步伐！然后就随意动手动脚，即使最不疑忌、最不敏感的丈夫也会心痛如绞。看这群解放派军人有多放肆！

1　何塞·马里亚·科尔多瓦（1799—1829），哥伦比亚将军。在阿亚库乔战役中起了决定性作用，后反叛玻利瓦尔。

对他们来说，所有住宅的门都是敞开的，即使有哪家挡驾也无济于事，他们总能八仙过海，各显其能，像冲入夺取的要塞一样闯进去。再说，谁也不敢怠慢他们，第一，他们是当时的红人；第二，如果嫌弃这些从考卡河和阿普雷河岸边远道而来，帮助我们打碎枷锁、分担我们的挫折和与我们共享光荣的人，那未免太忘恩负义；第三，在"旧祖国"时期，谁也不愿落下个不冷不热的爱国者的名声。

拉腊师有一支正规乐队，上面说过，军官们都是喜欢纵情作乐的人，八点点名过后，他们就带着乐队，到兴之所至的一户居民家去，临时凑集一次舞会，家里的女主人必须把附近的女友找来参加。

有一位太太——我们就称她穆纳尔夫人吧，是一位西班牙大阔佬的遗孀，与两个女儿和两个侄女相依为命，住在靠近广场的一所房子里。几个姑娘都很漂亮、富有、受过很好的教义教育，又属于当地贵族世家，所以都处在出嫁结婚指日可待的时期。那时候所说的"盐、胡椒、薄荷和小茴香"，她们全都具备，就是说，从西班牙半岛上来的人想在美洲女子身上得到的四样东西，她们应有尽有。

穆纳尔夫人无疑忠于丈夫的亡灵，亲西班牙，而且非常亲。可是，当某一天晚上，那些哥伦比亚年轻骑兵带着乐队来到大厅，表示要在这贵族之家举办家庭舞会时，她也未便拒绝。

至于姑娘们，众所周知，只要一说到两两成对地扭动迷人的腰肢，就禁不住心猿意马，跃跃欲试。

军官们每对姑娘说句殷勤话，穆纳尔夫人就咽一口唾沫。她忽而捏一把听到挑逗话后举止失态的侄女，忽而小声提醒过分相信解放派军官的甜言蜜语，不像有教养闺秀的女儿，叫她放规矩些。

过了半夜时分，一个姑娘感到身体不爽，回到自己的闺房，岂知她那迷人的魅力早已使巴尔加斯营第四连连长神魂颠倒。这位一见钟情又放荡成性的连长以为逃过了母亲的锐利目光，径自跟进鸽巢去找小鸽子。看样子是唐璜式的军官提出了不可容忍的要求，姑娘奋力反抗，就在这时，一只手很快拔出军官挂在腰上的利剑，刺进他的肋部。

以这种方式惩罚那个企图使一家人丢名败誉者的，正是年迈的穆纳尔夫人。

连长手捂伤口奔回大厅，非常爱戴他的同伴们顿时大吵大闹，接着派兵包围了房子，扣押所有吓呆了的妇女，随后把奄奄一息的军官抬回军营。

玻利瓦尔正吃午饭，突然得知发生了这么大的丑事，立即跨马登程，短短几小时就从卡拉斯到了瓦拉斯。

当天下午就向全军发布了如下军令：

总司令军令

解放者阁下愤怒地获悉，他交给巴尔加斯营护卫的哥伦比亚的光荣旗帜，恰恰被本应一丝不苟地维护其荣誉和光辉的人所玷污，为此，特颁此令惩治罪行，以儆效尤：

1. 巴尔加斯营降到本军顺序中最后一名，其军旗暂交总司令收存，直至该部以克敌制胜之行动洗刷蒙上的耻辱为止。

2. 犯罪者尸体埋葬时，不得举行军事条例规定的仪式；哥伦比亚为维护自由和道义而授予他的剑，由军需官当全连的面折断。

这样的总司令军令不愧是伟大的玻利瓦尔颁发的军令。就凭这道军令，独立事业就能保住它的威望，军纪就能得以重振。苏克雷、科尔多瓦、拉腊和所有的哥伦比亚将领都向玻利瓦尔求情，请求废除因一名军官的过错而将巴尔加斯营降级那一条。"解放者"坚持了三天不改初衷，三天后，他觉得做些让步是明智的。道义课已经上过，还保留第一条已经没有多大意义了。

巴尔加斯营在马塔拉战斗和阿亚库乔战役中发扬勇猛顽强的精神，以实际行动洗刷了瓦拉斯的耻辱。

埋葬了哥伦比亚连长的尸体后，玻利瓦尔到了穆纳尔夫人家，对她说：

"你作为生性懦弱的女人，能鼓起勇气拯救你的名誉和你亲人的名誉，确实值得尊敬，我向你这名副其实的一家之主致敬！"

就从彼时彼刻起，穆纳尔夫人放弃了亲西班牙立场，热情地回答："解放者万岁！祖国万岁！"

面包、奶酪和糖渣（1824）

一

一八二四年十二月，拉塞尔纳总督亲自统率的西班牙军队，开始对"美洲的巴亚尔"[1]，即英勇的苏克雷将军指挥的爱国派军队发起进攻。

两军齐头并进，中间只隔着水量充沛的潘帕斯河，几乎遥相对望，不时互相对射几枪。西班牙统帅想首先切断爱国军与利马的联系，同时迫使他们离开马塔腊的山峰，进入平原。

苏克雷深知对手的意图，急忙于十二月三日占据科帕瓦伊科峡谷。前锋和中队各师在峡谷中前进时，殿后部队突然受到最有计谋、最有威信的西班牙将军巴尔德斯部的进攻，在那次战斗中，爱国派丧失了全部运输工具、炮队中的一门大炮，损失了近三百名士兵，若不是特里尼达德·莫兰少校指挥的巴尔加斯营发扬骁勇精神拼死抵抗，使全军赢得时间通过峡道，那次惨败的后果将更加严重。

对命运的悲惨讽刺！三十年后的一八五四年十二月三日，就在他挽救了爱国军，或许同时也就是挽救了美洲独立的周年纪念日的那一天，这位堂特里尼达德·莫兰将军在阿雷基帕的广场上被枪决了。

八日，保王军占据着波凯卡萨和孔杜尔孔卡（兀鹰的脖子）的高地，切断了爱国军与豪哈山谷的联系。独立派先是在坦博—坎加略，然后是在距瓦曼加四里地的基努阿小村进入阵地，最后占领了孔杜尔

1　皮埃尔·泰拉伊·巴亚尔（1476—1524），法国军人。路易十二时代的历次战争中身经百战的英雄。

孔卡山的山坡。撤向伊卡或退到库斯科，即使不是不能实现，也是荒唐的计划。

总督的军队包括十二个步兵营、五个骑兵队和十四门大炮，实际兵力共九千三百人。

爱国军只有十个营、四个骑兵队和一门大炮（这门大炮作为光荣的纪念物，直到一八八一年一直保存在利马炮兵军营博物馆），一共是五千八百人。

显然，西班牙人占有很大优势，但是每相持一个小时，都使人数不多的爱国军的处境更加难熬，更大的难题是军中的肉只够再分配一两天了。

拉马尔将军走到权作苏克雷住所的一间牧人茅屋。苏克雷亲热地向他伸出手，说：

"快来，伙计！要是你处在我这地位该怎么办？"

"明天开战，要么胜要么死！"拉马尔说。

"我也这么想，很高兴咱俩对形势的看法没有分歧。"

苏克雷走到茅屋门口，叫来副官，吩咐他立刻通知全军主要军官，举行军事会议。

一个小时后，苏克雷、拉马尔、科尔多瓦、米勒、拉腊和（参谋长）加马拉诸位将军以及各队指挥官，全都聚集到茅屋门前，有的坐在战鼓上，有的坐在临时搭成的野外小凳上。

二

我觉得，正好趁此机会，对参加军事会议的主要成员的生平做个简要的介绍。

安东尼奥·何塞·德苏克雷一七九五年生于库马纳，十六岁就参加爱国派军队，一八一三年即成为营指挥官，自皮钦查战役起晋升司令。一八二八年任玻利维亚总统时，将权力交给一位朋友，到基多与索兰达女侯爵举行订婚仪式。真是偶然的巧合！四月十八日，就在举行婚礼那一天，苏克雷在丘基萨卡镇压一场暴乱时受伤。一八三〇年六月四日，这位伟大的"阿亚库乔的元帅"在贝鲁埃科斯山中被卑鄙地暗杀。

堂何塞·德拉马尔一七七七年生于厄瓜多尔昆卡，后由一位亲属送进马德里一所军校，一七九四年从军。后来，在统领西班牙军队的利马人拉乌尼翁伯爵手下参加"鲁西永战役"，萨拉戈萨被围时已是陆军上校，深受帕拉弗克斯[1]喜爱。在守卫一处据点时受了致命伤，经艰难治疗才得康复。后来在瓦伦西亚指挥一支四千人的部队作战，被俘后由苏尔特元帅送进第戎新兵站。一八一四年，费尔南多七世晋升他为将军，派他到秘鲁执行高级军事使命。一八二三年他向拉塞尔纳总督提出辞职，被接受，断绝与西班牙的一切义务后，积极为美洲的事业效力。一八二八年任秘鲁宪法总统时，被一场最无道理的暴动推翻，一八三〇年在流放中故于哥斯达黎加圣约瑟。

哥伦比亚人何塞·马里亚·科尔多瓦生于一八〇〇年，为奖赏他在博亚卡和其他战役中的英勇果敢，一八二二年即任准将，在阿亚库乔战役中升为少将。在陪同玻利瓦尔胜利地巡视波托西时，库斯科居民热情款待解放者，送给他一顶镶宝石的金王冠，他谢绝不受，戴到了科尔多瓦头上。一八二九年哥伦比亚全国爆发内战，科尔多瓦战败被杀。

阿古斯丁·加马拉一七八五年生于库斯科，父母想把他培养成神学家，他却离开神学院，以士官生身份入伍西班牙军队，升为指挥官。一八二一年宣布独立后，加入爱国派部队。爱国军对他评价极高，仅次于苏克雷和拉马尔，在组织、军纪和战略方面是最胜任的军人之一。秘鲁进入立宪制后，不断搅乱秩序，一生中不是任总统就是阴谋举事。一八四〇年在因加维战场上英勇死去。

---

[1] 何塞·德帕拉弗克斯（1776—1847），西班牙将军。一八〇九年在萨拉戈萨抵抗拿破仑一世的法军。

三

军事会议上，全体到会者一致决定，第二天上午打响战役。

会议开完后，苏克雷召来副官说：

"给这些先生们弄点点心吃。"

接着转向参加会议的战友们说：

"我没什么东西，诸位凑合吃两口吧。明天要是上帝让我们打胜，没有枪子让咱们断气，就有时间好好吃一顿。"

副官在一面战鼓上放了一瓶烧酒、一块奶酪、几个面包和一块粗糖渣做的面包。

"简直是馋嘴王子的宴席！"科尔多瓦喊了一声。

"反正撑不死"。拉马尔说，同时把一小片奶酪夹进面包，用战刀刮了一小块糖渣。

这时，参谋部首席副官奥科纳上校走到苏克雷身旁问：

"将军阁下，您是不是把必须传达到全军的门令发布给我？"

"塞吧，大肚汉！面包、奶酪和糖渣。"拉马尔接着说，同时把刚刚卷好的一份递给米勒。

"面包、奶酪和糖渣！"风度潇洒的英国人接过递上来的吃的："非常感谢！"

苏克雷转身面向米勒，微笑着说：

"将军，你刚才说什么来？"

"没说什么！面包、奶酪和糖渣……"

"奥科纳上校，这就是口令，是胜利的兆头。"

说完，苏克雷从兜里掏出小记事本，撕下一张，用铅笔在上面写出：

面包、奶酪和糖渣

这就是阿亚库乔战场开战时爱国军的口令和回答口令。

四

开始时，阿亚库乔战役具有一场骑士决斗的所有特征。

十二月九日早晨八点，骁勇的莫内特将军带领一名副官走到爱国派阵地附近，叫人请来同样骁勇的科尔多瓦，说：

"将军，你我两军中不少校官尉官有着家族和朋友的亲密关系，在我们互相打破脑袋之前，是不是可以让他们说说话拥抱一下？"

"将军，我看没有什么不便之处。容我请示一下。"科尔多瓦答道。

接着，派副官去问苏克雷，苏克雷当时就答应了。

三十七名秘鲁校官尉官，还有二十六名哥伦比亚军官解下佩剑，走到中立线边，同样取下刀剑的八十二名西班牙军官早已等在那里。

军官们亲热地交谈、拥抱，半小时后，各回本军营帐，午饭已经做好。

吃完午饭，西班牙军的校官、尉官和士兵穿上了严整的军装，而爱国军除了身上穿的以外一无所有，没法儿跟他们比。

苏克雷身穿系一排金色扣子的蓝色小礼服，没有绶带、饰带和勋章，蓝裤子，金色肩章和插着白羽毛边饰的尖帽，拉马尔的衣服与他不同，不是小礼服而是蓝色制服。科尔多瓦的上衣与苏克雷一样，但不是戴尖帽，而是瓜亚基尔草帽。

十点，莫内特将军又来到阵前，科尔多瓦上前迎接。

"将军，"莫内特说，"我来通知您，我们要打响战役。"

"随便什么时候，将军。"英勇的哥伦比亚人应道，"等你们开火后我们再还击。"

两位将军握了握手，转身而回。

双方的彬彬有礼达到了无以复加的地步。

我们美洲人扮演着东道主的角色，西班牙人不开第一枪，我们决不首先开火。

"英国的先生们，这里是我们的家乡，请你们先动手吧！"——在阿亚库乔，再次实行了这个原则。

五

上午十点刚过，由布尔戈斯、因方特、吉亚斯和维克托里亚四个营组成的莫内特师，与赫罗纳、因佩里亚尔和费尔南迪诺斯三个营组成的比利亚洛沃斯师，分头从高地上冲下，扑向爱国军的右翼和中路。

由坎塔布里亚、森特罗和卡斯特罗三个营组成的巴尔德斯师，经过长途迂回，已经出现在左翼。费拉斯指挥的骑兵包括费尔南多七世的轻骑兵、拉乌尼翁的龙骑兵、拉瓜尔迪亚的排头连以及圣卡洛斯的骑兵中队和持戟士兵。十四门大炮也已按方位架设完毕。

爱国军列好阵势，等待进攻的时刻。右翼由科尔多瓦指挥，包括波哥大、沃尔蒂赫罗斯、加拉加斯和皮钦查各营。拉腊将军指挥的由巴尔加斯、里夫莱斯和文塞多雷斯各营组成的师占据中路。拉马尔指挥四支秘鲁部队占据左翼。米勒指挥的骑兵，包括胡宁和哥伦比亚的轻骑兵和布宜诺斯艾利斯的排头连。

西班牙步兵的每个营至少有八百人，而爱国军中很少有哪个支队超过这个数的一半。

苏克雷骑着他那匹矫健的战马巡视全线，走到中路停了下来，用两翼都可听到的洪亮声音说：

"战士们！南美洲的命运就取决于今天的拼搏。让将来值得骄傲的那一天补偿你们令人钦佩的坚强意志吧！"

说完用马刺一踢烈马，走向秘鲁部队占据的左翼。

拉马尔这位无畏无瑕的军事统领，用一句既文雅又简短热情的话鼓舞手下各部，可惜历史和传说没有注意保留下来。

巴尔德斯师已经首先打响战斗，左翼各营雷鸣般地喊着"秘鲁万岁"还击，向敌军开火。这一翼可能是打得最难解难分的地方。

与此同时，莫内特师正向科尔多瓦师扑来，指挥原努曼西亚营

（是玻利瓦尔把他改称沃尔蒂赫罗斯营的）的瓜斯上校对手下士兵说：

"努曼西亚战士们！你们很清楚，战败了绝不会宽大你们。上！要么战胜要么战死。"

哪里需要就及时赶到哪里的苏克雷，大声对科尔多瓦说：

"将军，攻占山丘，战役就赢了。"

勇敢的科尔多瓦，这位二十四岁的风度翩翩的勇士二话没说，立即翻身下马，把草帽[1]顶在剑头上，下达了这样一道别具一格的指挥令：

"全师听令！正面冲锋！枪不管怎么使，以胜利者的步伐前进！"

接着在米勒的骑兵的掩护下，发起了一场势不可挡的白刃战，无情地砍杀费尔南多七世的轻骑兵。顿时使莫内特师闻风丧胆。

我猜想历史也像娇羞的女孩那样难为情。它不愿意把拉腊将军给中路师的命令记录下来，那道命令很像出康布罗纳[2]之口，可是传说没有忘记它，我是正式的传说作家，所以要把它写出来。如果说我这么做有错，那错误也像维克托·雨果一样，就是说，有个好同伴。

有些字我写成斜体，精明的读者大概能猜出应该用什么字眼来替换。不过要注意，拉腊师的士兵都是平原人和大老粗，用沙龙里的话给他们鼓劲可不行。拉腊将军的指挥令是：

"像田里稻草人一样的黑印混血兵！对面是像烟屁股一样的西班牙佬。指挥战役的是安东尼奥·何塞·德苏克雷，你们知道，他可不是什么螃蟹。既然这样，那就系紧裤衩……冲！"

1　甚至在许多严肃作家的作品中，我们也看到这样写：开始向西班牙军发起这场不寻常的冲锋时，科尔多瓦跳下战马，拔出佩剑，刺进马的胸膛，把三角帽顶在剑头上当军旗，同时发出那不朽的指挥令。几位画家的作品也把他画成这样。这或许很有诗意，去掉画作的诗意令人痛心，但为了历史的真实，我们必须说明：那天科尔多瓦戴的不是三角帽，而是白色草帽，也根本没有刺伤那高尚的骏马，因为他多次骑着它参加战斗，那样做未免太残忍，太忘恩负义了。——原注

2　皮埃尔·康布罗纳（1770—1842），法国将军。一八一五年在滑铁卢战役中断然拒绝英国要他投降的威胁，骂了一句"屎"之类的话。雨果在《悲惨世界》中曾写到此事。

他再没有别的话，恐怕连米拉波[1]的口才也不过如此。

随即向总督所在的比利亚洛沃斯师发起冲锋，冲锋异常猛烈，巴尔加斯营不仅一举打败了中路敌军，还赢得时间去救援拉马尔将军，因为那时，训练有素的巴尔德斯部士气正盛，拉马尔的士兵已开始后退。

掩护巴尔加斯的是哥伦比亚的轻骑兵团。它的指挥官、委内瑞拉人劳伦西奥·席尔瓦上校在战斗中负伤，被抬到战地医务所，缠了一道绷带后，他问医生：

"告诉我伙计……你看我这伤会死吗？"

"说死嘛，我看不至于，不过你至少得舒舒服服地养几个月。"

"行了！既然这伤要不了命，那就赶快把我的马牵来，还有一刻钟的哈拉纳舞可跳，我要一直跳到底。"

他根本不听外科医生朋友的劝阻，飞身上马，回到了火热的战场。

多么了不起的男子汉呀，老天，真是顶天立地！自从爱国军在科帕瓦伊科山谷丧失运输工具后，一直弹药奇缺（每人只有五十二颗子弹），但他们更多地用马刀和刺刀，很少用枪，几乎全凭肉搏，仅用七十分钟的战斗就实现了美洲的独立。

六

中午十二点，头部受轻伤的拉塞尔纳总督已经成了爱国军的俘虏，可就在那一天的那一时刻，国王堂费尔南多七世正在马德里签署谕旨，赐封拉塞尔纳"安第斯山伯爵"的称号呢！真是对命运的极大讽刺！

总督的红人、西班牙军参谋长坎特拉克与保王军将军中最勇敢、最正派、最精通军事的巴尔德斯之间争斗不和，这在一定程度上铸成了他们的失败。作战计划完全是拉塞尔纳和坎特拉克二人商定的，只在战斗开始前三小时才告诉巴尔德斯，当时他就对身为密友的西班牙

---

1 奥诺雷·加布里埃尔·米拉波（1749—1791），十八世纪法国资产阶级革命时期立宪派领袖之一。革命初期揭露封建专制制度，但维护君主立宪政体，阻止革命深入发展。一七九〇年开始接受王室贿赂，四处为宫廷奔走。次年病死。

坎塔布里亚那位上校嘀嘀咕咕地发牢骚：

"起义军把咱们打得够惨的。这个作战计划可能是蠢材修士制定的，绝不是两个军人制定的。等不到咱们冲到山坡，敌人就会把咱们打得稀巴烂；即使能克服这个弊端，也不会让咱们组成完整的阵势。甭管怎么样了，我是军人，我的职责就是一声不吭地上屠宰场，在上帝佑助下报效我的国王和我的祖国。"

"有什么办法呢，将军！"坎塔布里亚的上校握着上司的手说，"坎特拉克的法国人作风够咱们受的！"

说句公道话，巴尔德斯师打得非常出色；被打散后，巴尔德斯下了战马，坐在一块石头上，冷静地说：

"他妈的，打的这叫什么鬼仗！我哪儿也不去，让他们在这儿杀了我算了。"

他深受士兵爱戴。于是一群士兵抬起他，才把他抬到战场几百米以外的地方。

日落时分，坎特拉克在阿亚库乔投降书上签字；三天后给西蒙·玻利瓦尔写了一封信，半个世纪后，这封信或许使人回忆起了在色丹战败被俘的拿破仑三世：

尊敬的解放者堂西蒙·玻利瓦尔阁下：

我虽为败军之将，但作为热爱荣誉之人，不能不为阁下通过阿亚库乔的征战在秘鲁完成您的事业表示祝贺。为此，我荣幸地以所有西班牙将军的名义等候您的吩咐并向您致意，您忠诚、顺从的奴仆吻您的手

何塞·坎特拉克（签字）

一八二四年十二月十二日，于瓜曼加

七

下午两点，被当天残酷而光荣的战斗累得筋疲力尽的米勒将军来

到苏克雷帐篷的门口，只有忠实的副官待在那里。

"潘乔，"快乐的英国将军说，"给口渴的润润嗓子，再来口吃的。"

副官说：

"我说将军，您多包涵吧。我只能给您昨天那些玩意儿：一口烧酒，面包、奶酪和糖渣[1]。"

"算了，糖渣你还是留着，就拿别的吧。要说糖渣，我们在西班牙佬身上刮的就足够了。"

1　糖渣，原意为从某物上刮下的碎屑，也指子弹、利器在人身上留下的刮伤和擦伤。

解放者与独裁者的书信往来(1825)

献给胡利奥·埃尔南德斯

一

一八二五年,"解放者"玻利瓦尔住在丘基萨卡。一天饭后,他谈起巴拉圭胆大妄为的独裁者弗朗西亚博士的古怪言行。

几位同桌吃饭的人说到,那位阴森的暴君把他的理发师贝哈拉诺视作红人,这与路易十一颇为相似。他们说的情况,使玻利瓦尔产生了极大的好奇心。

"先生们,""解放者"说,"哪位军官有勇气给我送一封信给巴拉圭独裁者,亲手交给他再带回回信,我给他升级。"

鲁伊斯上尉站起身说:

"我愿为阁下效劳。"

二

次日,鲁伊斯由二十五名士兵护送陪同,从塔里哈启程上路,准备穿越查科地区[1]。经过一个月的长途跋涉,到了上巴拉圭的坎德拉里亚,一支边境卫队收缴了护送队的枪,不准他们再往前走。守卫边界的巴拉圭军官立即派出信使飞驰政府所在地,报告情况。

弗朗西亚给他下达了指示,鲁伊斯上尉由两名巴拉圭骑士护送,继续向亚松森进发。两名骑兵不讲西班牙语,只讲瓜拉尼语[2],一路上

---

1 查科地区,南美中部高原,为玻利维亚、巴拉圭和阿根廷所有。

2 瓜拉尼语为南美瓜拉尼族印第安人使用的语言。

也不准他与任何人搭话。

鲁伊斯走过首都的几条街，到了独裁者的宫院，那里的人不准下马，他只好将带来的信交给值勤军官。

一小时后，值勤军官走出宫院，交给鲁伊斯一封盖印蜡封信件，里面装着独裁者给"解放者"的复信，公用信封上有巴拉圭独裁者亲笔写的话：

十二点收到。一点正式阅处。弗朗西亚。

三

上尉由两名巴拉圭卫兵护送，拨马而回，卫兵片刻不离身，一直陪他到了坎德拉里亚，自己卫队的二十五名士兵一直在那里等他。

归途像查科无人区的道路一样艰难。鲁伊斯自然经历了千辛万苦，把渴望的信件交到"解放者"手里，因忠心耿耿得到了当之无愧的晋升。

鲁伊斯的战友一股脑儿地拥到他的宿营地，希望听他亲口绘声绘色地谈谈巴拉圭的国土，生动形象地介绍一下那位神秘独裁者的为人。

"伙计，你在那边儿看到了什么？"

"树木，小溪，还有两个护送我的军人。"

"没别的了？"

"没了。"

"你在那个国家听到了什么？人家说咱们什么？"

"我只听见呼呼的风声，跟谁也没说话，只有两个护送我的人说话，可说的是瓜拉尼语，我一点也听不懂。"

"那么弗朗西亚呢？他对你怎么样？是高个还是矮个？就丑八怪还是美男子？总得给我们说点吧！"

"我根本没见着那独裁者的面，没进他府邸的院子，那座城也只看见四五条街，而且是骑着马一闪而过，比坟地还凄凉，既然这样我能说什么呢?"

弗朗西亚博士古怪离奇的专横霸道战胜了"解放者"戏弄人的好奇心。

四

关于这位巴拉圭独裁者的传记,还有传到我们秘鲁人这里的关于他所犯暴行的不确切消息,给这个人物和他的人民蒙上了某种难以置信的神奇色彩。一八一一年西班牙统治者堂贝尔纳多·贝拉斯科被推翻后不久,一位神学博士在那里建立了独裁统治。若想了解巴拉圭和那里独裁统治的情况,我们过去所能参看的所有稍微可信的东西,无非是瑞士医生伦格尔的著作、西班牙文人伊尔德丰索·贝尔海霍的著作、英国人罗伯逊的著作,还有弗朗西亚博士的政敌和仇人阿根廷人堂佩德罗·索海耶拉写的小册子。

巴拉圭实现独立后,将国家的权柄交给两个人执掌,一个是堂富尔亨西奥·耶格罗斯司令,他坐一把舒适的人皮椅,名叫"庞培的椅子";另一个是堂加斯帕尔·罗德里格斯·弗朗西亚博士,坐的椅子名叫"恺撒的椅子"。

一八一四年"恺撒"设计谋搞掉"庞培",自己成了独裁者。

以公正态度为他作传记的伦格尔和朗卡姆说:"从那时起,弗朗西亚改变了生活方式,完全放弃了赌博和追求女人,在家庭生活中至死都表现出严格的禁欲态度。"

在执政的最初几年,独裁者奉行人的生命不可侵犯的教义,不设断头台,但折磨自己的敌人,表现极端残酷。一名囚犯要求换一副脚镣,弗朗西亚对他说:

"想这样舒服舒服,那就让人给你打吧,可得自己出钱。"

后来,难得有哪个星期他不至少发布一道处决令。

引人注目的是,弗朗西亚曾接受教育要成为教士,但他对教会人士却极不尊重,尽管巴拉圭教会的人腐败透顶。多明我会修道院院长炫耀生了二十二个子女，弗朗西亚考虑了此事，发布政令要修士们还俗，甚至要废除教士的独身身份。有两位教士在讲道时涉及政治，弗朗西亚下令给他们剃了光头，并给他们穿上黄色死囚服当众羞辱。

一位神父审问一个被控是巫婆的妇女，弗朗西亚反对进行审问，说："教士和教会有什么屁用！只能叫人相信魔鬼不相信上帝！"从那一天起，弗朗西亚自封为教会首领，任免教区神父，禁止宗教游行，只准举行圣体节的宗教游行。

"教皇要是到巴拉圭来，我可能任命他做我的牧师；不过他在罗马待得挺好，我在亚松森也挺自在。"堂加斯帕尔经常对自己的理发师贝哈拉诺和自己的医生埃斯蒂加拉维亚说。

一八二〇年前，弗朗西亚每逢星期日和教规规定的日子都听弥撒，可那一年他轰走自己的牧师，再也不进教堂了，一座新建要塞的司令想以一位圣人的名字为要塞命名，请他批准。

"白痴！"独裁者打断他的话说，"要想守住边界，最好的圣人是大炮。"

去亚松森的欧洲人不多，弗朗西亚经常对他们说：

"你们在这儿愿意干啥就干啥，想信什么宗教就信什么宗教，没人跟你们找麻烦；不过要小心，要是掺和政府的事就要你们的命。"

他说到做到，有些冒险家在别人的祖国从事爱国者的活动，他把不少这类人送进了地狱。单凭这一点，我就渴望秘鲁有一位弗朗西亚，因为外国人在本来充其量只能作壁上观的事务上指手画脚的事，我见得太多了。这种比当事者还起劲的事……我管不了……还是不管也罢！可我不能忍受，非常讨厌，愤愤不平。

弗朗西亚博士像贵格会[1]教徒一样，对谁都以"你"相称，可若是谁不留神没称他为"尊敬的阁下"，那就要倒大霉！

一天，一名妇女透过窗户看了看宫中一个房间的家具，哨兵息事

---

1 贵格会系十七世纪英国人乔治·福克斯创立的教派，传播到美国。

宁人未予制止，弗朗西亚对哨兵发了一通话。抄下这段话，就可了解人民对他多么敬畏。当时他说："街上行人有谁停下来看我房子的外墙，就对他开火。第一枪打不中就再开一枪。要是还打不中，那你就放心好了，我的手枪决不会打不中你。"所以，凡是从那虎穴狼窟路过的人，个个都是低头而过。

一八四〇年九月二十日，这个堪称非同一般的专制暴君在八十六岁时结束了自己的生命。

希望更多地了解以弗朗西亚博士为代表的这类特殊人物的人，建议他阅读杰出的布宜诺斯艾利斯医生拉莫斯·梅希亚刚刚写完的书，书名叫作《著名的神经机能病病例》。

五

"解放者"玻利瓦尔写给独裁暴君弗朗西亚的信，只是建议他让巴拉圭摆脱与文明世界其他国家的隔绝状态，派遣和接受外交代表和领事。鲁伊斯上尉带回的复信别提有多古怪了，一开头就称玻利瓦尔将军"帕特里西奥"。复信曾登在一八二六年的一份报纸上，照录如下：

> 帕特里西奥：葡萄牙人、布宜诺斯艾利斯人、英国人、智利人、巴西人和秘鲁人已向本政府表示了与哥伦比亚同样的愿望，但均毫无结果，只是证明了本国适于国情的制度赖以运转的原则颇为正确。这种制度已把这方土地从劫掠和其他灾难中解放出来，并将坚持到新大陆曾享有的安定得到恢复为止，以免这里出现倡导革命的人，让他们用橄榄枝遮住背信弃义的匕首，用鲜血浇灌野心家们鼓吹的自由。巴拉圭了解这样的野心家，并将尽一切可能不放弃自己的制度，至少在我领导该国政府之时不会放弃，尽管必须拿起正义之剑才能使如此神圣的目的得到尊重。如果哥伦比亚帮助我，我将非常荣幸，并将与她最优秀的儿子们共同奋斗。愿上帝我主唱佑他们长寿。——加斯帕尔·罗德里格斯·德弗朗

西亚，一八二五年八月二十三日，于亚松森。

玻利瓦尔默读了一遍又一遍，看到弗朗西亚对他改了称呼，不称"西蒙"，而称为"帕特里西奥"，他微微一笑，把信递给自己的书记官埃斯特诺斯，嘟哝着说：

"扯他妈淡！你去跟这号人为国奋斗吧！"

忏悔的秘密 (1825)

献给在蒙得维的亚的伊西多罗·德玛利亚

两三个月前，圣卡米洛·德莱利斯地区十字教派的教长来看我，给我看一张从罗马寄给他的印着照片的明信片。照片上有一位临终照料者教派的牧师躺在一口棺材里，四个士兵正在用枪朝他开火。画面的背景上矗立着一座堡垒的雉堞和主堡，主堡上飘扬着西班牙国旗，远处是大海和一座小岛，小岛附近停泊着几艘军舰。教长受他在罗马的会长之托，请我谈谈照片上事件的情况。据明信片看，这次事件发生在秘鲁。下面读到的传说就是我调查的结果。

＊　　　＊　　　＊

弗赖佩德罗·马列鲁斯一七八〇年前后生于塔尔马，他的家庭享有相当优越的地位。他在利马十字教派见习班接受教育，一八〇五年获得牧师教级。

当时在秘鲁，政治事件已经开始活跃，我们正处在争取独立的过程中。时髦的事是做爱国者，可是弗赖佩德罗反对这种赶风头的事。在他看来，爱国分子不过是异端邪说的鼓动者和可憎的被革除教籍的人。马列鲁斯神父是比国王还坚决的保王派。

当拉塞尔纳一八二一年七月离开首都，使圣马丁顺利地进入利马时，有些人为了不屈服于新政府的权威，追随西班牙军队撤走，这位临终照料者教派的神父就是其中之一。总督任命他做了一个师的牧师，他以这种身份参加了奇袭马卡科纳以及其他一些军事行动。

堂拉蒙·罗迪尔准将占领卡亚俄的要塞后，马列鲁斯神父以随军牧师身份投到他的军中。

西班牙的军事力量在阿亚库乔被摧毁，卡亚俄又被胜利者包围后，马列鲁斯神父仍然不肯离开费利佩司令部的城堡司令罗迪尔。

可是到一八二五年九月，卡亚俄已被围困九个月之久，而且每天都有隆隆炮声。这时城里给养缺乏，加上坏血病流行，被包围的士兵已开始泄气。在这种环境气氛中，阴谋活动应运而生。

九月二十三日傍晚，在庄严的梅塞德斯圣母节前夕，罗迪尔准将得到告密消息，说当晚九点将发生一场大规模暴乱，为首的是准将手下最有威望的中尉——指挥官蒙特罗，准将最信任的士兵都卷了进去。

罗迪尔分秒必争，立即逮捕了他们。尽管他软硬兼施，用尽计谋，却未能使他们吐露半点消息，被捕者一口否认有暴动阴谋。于是，准将为了不再找麻烦，决定不管他们有罪无罪，晚上九点统统枪毙，这正是密谋者打算把他捆绑起来，或用四颗子弹射穿他前胸的时刻。

"牧师先生，"罗迪尔对马列鲁斯神父说，"现在是六点，过三个钟头，请神父先生为我给这些暴动分子做忏悔。"

说完走出了碉堡。

九点，十三名被判决的军人来到上帝的圣像前。

那天晚上有过一场令人心碎的悲剧。蒙特罗指挥官在被处决前的一个小时，和一位十分美貌的少妇结婚。这少妇已然丧夫，但仍是处女。第一次，她在库斯科和一位西班牙上尉结婚，上尉在接受婚礼祝福几分钟后，吻了一下妻子的前额便跨马出征，八天后战死沙场。这位少妇的婚礼总有死神光临，蒙特罗的吻如同第一位丈夫的吻一样，也是一个垂死者的吻。

这位两次守寡但始终是童身的女人，后来进利马一座修道院做了修女。我的读者当中，有不少人见过她，因为她在不久前才死去。

十三个被处死的人中，有些人的妻子、母亲或姐妹还留在城堡里。罗迪尔命人把她们赶上碉堡或城墙，用绳子吊下壕沟，到贝利亚维斯塔的爱国派军营去报信，说他善于用这种既残酷又应急的方法粉碎暴动。

果然，这种在军中杀一儆百的尼禄式做法，使手下官兵心惊胆战，人人自危，以致在围困持续的后四个月中，没有一个人再想策划密谋，背弃这个杀人魔王。

尽管罗迪尔采取了十分严厉的惩罚行动，还是放心不下。他想："谁知道我是不是放过了跟处死的人一样、甚至卷入更深的人呢？不行！这样我连觉都睡不安稳！忏悔牧师一定知道实情，而且非常详细……对，叫随军牧师来见我！"

牧师来到后，罗迪尔屏退左右，对他说：

"神父，做忏悔的时候，不轨分子一定向你吐露了他们的全部计划和他们指望依靠的人。这些事我也需要知道，我以国王的名义要求你全讲出来，名字和细节都不能回避。"

"哎呀，将军大人，您对我的要求是我不可能做到的事，因为我不会说出忏悔人的秘密来牺牲对我的灵魂的拯救，即使是上帝保佑的国王亲自恐吓，我也是这样。"

准将怒火中烧，直冲头顶，扑向牧师，一把推他一个趔趄，大声吼叫：

"臭修士！要么都说出来，要么我枪毙你！"

马列鲁斯神父像真正福音派教徒一样平静地说：

"如果上帝安排要我受难，就让他神圣的意志实现吧。做牧师的什么也不能对阁下说。"

"修士，这样你不是背叛了你的国王、你的国旗和你的上司吗？"

"我像阁下一样忠于我的君主和西班牙国旗，可是阁下要求我背叛上帝……这我不能从命。"

气急败坏的罗迪尔插上门栓喊道：

"来人！伊图拉尔德上尉！……叫四个'布丁加'枪上膛到这儿来。"

"布丁加"立即赶到——所谓"布丁加"，是当时对几乎死绝的塔拉维拉兵残余的称呼。

在发生这一可怕场面的房间里，有好几个空箱子，其中一个足有两巴拉长。

"跪下，修士！"堡垒里的禽兽不是说，简直是吼。

牧师好像预感到，箱子放在那儿就是给他当棺材用的，便在它旁边跪下了。

"预备！瞄准！——"罗迪尔下令。

他突然转过身，用威严的口气对牧师说：

"最后一次，我以国王的名义要你招供。"

"我以上帝的名义拒绝招供。"十字教派牧师回答说，语调微弱，但很镇定。

"放！"

宗教和义务的双重烈士弗赖佩德罗·马列鲁斯倒下了，胸部被子弹射穿了好几个洞。

"圣西蒙·加拉巴蒂略"节 (1826)

福斯蒂诺·格拉曾以普通一兵的身份参加阿亚库乔战役，独立后获准退役，回到出生的那个州，当了兰帕镇的小学教师。

善良的福斯蒂诺确实不是学问高深的人，不过为了应付教师的差事，得到家长的满意，能凑凑合合念课文，规规矩矩写字母，教孩子们一块儿念几句基督教教义也就够了。

学校设在安查街的一座房户里，房子当时是国家财产，现在归蒙特西诺斯家族所有。

堂福斯蒂诺给教鞭取名叫"圣西蒙·加拉巴蒂略"。他跟那时代老师的普遍做法不同，很少用教鞭打学生。他把教鞭当作权威的象征，而不是惩罚的工具；认为只有学生犯了非常严重的错误时，老师才能轻轻打两下，而且不能打出血、肿起包来。

一八二六年十月二十八日，确切地说，圣西蒙-胡达斯节那一天，秘鲁主要城市举行隆重的庆祝活动。当局着实忙碌了一番，并正式通知民众尽情娱乐。当时，玻利瓦尔正在声誉鼎盛之时，不过他的终身执政计划已开始削弱了善良秘鲁人对他的好感。

那一天，只有兰帕镇没有任何欢庆表示，像一年中随便哪一天一样，村民照常干活，学生照常上课。

过了中午时分，堂福斯蒂诺吩咐关上街门，领着学生到了院里的空地，让他们排好队，然后叫来为他干杂务的那两个结实的印第安人，叫他们打学生。孩子们从第一个到末一个，个个脱了裤子，被粗壮的大手用教鞭打了十二鞭。

孩子们喊爹叫娘，震耳欲聋，全都哭了一个来钟头。

放学回家的时刻，堂福斯蒂诺对孩子们说：

"可恶的哥特佬[1]们，小心点，不许把刚才的事告诉家长！发现谁多嘴多舌，我就活活打死他。"

"老师是疯了还是怎么的？"学生们好生纳闷。不过，虽说个个蔫头耷脑，伤痕火辣辣地疼，谁也没有把事情告诉家里。

老师性情本来和蔼的，这次为什么生气，这么狠地打学生？且听下文分解。

第二天，孩子们来到学校，心里还直犯嘀咕，生怕再次挨打。堂福斯蒂诺终于摆摆手，看样子要讲话。

"孩子们，"他说，"昨天我一反常态，对你们非常严厉，我敢说你们还都记得。放心吧，这种事我一年只干一次。知道为什么吗？孩子们，知道就大胆地说。"

"不知道，老师。"学生们齐声说道。

"好，我来告诉你们。昨天是祖国解放者的圣日，可是兰帕镇的百姓对使他们真正做了人的人却这么没有感激之心。我没有办法庆祝这个日子，也不知怎么样让你们庆祝，就只好抽鞭子了。这样，只要你们活着，脑子里就会牢牢记住圣西蒙·加拉巴蒂略节。好了，现在念你们的书吧，祖国万岁！"

*   *   *

当年那百十来个学生中，现在还有不多的人依然健在。每年十月二十八日这一天，他们真的在兰帕镇相聚，举行丰盛的宴会，席间为玻利瓦尔干杯，为堂福斯蒂诺·格拉干杯，为"圣西蒙·加拉巴蒂略"这位在清醒头脑、打热屁股方面最能创造奇迹的圣人干杯。

（1871 年）

1　哥特佬系拉美独立战争时期对西班牙人的蔑称，在某些地区是对保守派的蔑称。

“缓　流” (1826)

一

曼蒂利亚中尉是“胡宁轻骑兵”中的一员，在哥伦比亚战争以及后来的秘鲁战争中，都表现得像个猛士。他是委内瑞拉草原上的平原兵，战马骑得好，长矛刺得准。不管是在驻地还是在作战中，谁也没见过他赌博，他也讨厌喝酒，为这事同伴们经常嘲笑他。只是在追求女色上，他时不时地犯错误，不过那也是逢场作戏，过后就完，中尉不是在哪座花园生根开花、为哪个姑娘安家置业的那类人。

他是人们常说的那种“当班军官”，尊敬上级，忠于职守，执行军事条例一丝不苟。他性情殷勤，待人和蔼，温和得像一条缓缓流淌的小溪，伙伴们非常喜欢他，给他取了个绰号叫“缓流”。

只有到了战场上，他才发挥他的勇悍劲；可战斗高潮一过，他又成了一个温顺的小伙子，好像一滴胆汁也没有，随时愿为同伴帮忙出力。

这就是加铁萨少校给我描绘的他的画像，加铁萨曾当过他那个排的少尉排长。

现在我要给大家讲一讲“缓流”是怎么一夜之间变成“激流”的。

二

一八二六年初，当整个秘鲁境内已经几乎没有持枪抵抗的保王军的影子，独立事业已是既成事实时，政府认为，应该对军队人员进行整编，整编行动使十二三名军官没了职位。

被裁失业的正好是那些没有靠山的倒霉鬼，曼蒂利亚中尉便是其中之一。

他在利马挨了好几个月，穷得一个钱也没有，巴望着天降福音，就是由政府在军队里给他安排个差事，因为这平原兵没有当文职人员的天赋和才能。

一天上午，他实在饿得忍不住了，只得系好破军装上的扣子，一步一步踱到陆军部门口伫立等候。

当时的陆军部长是堂托马斯·埃雷斯将军，他原是努曼西亚的名将，深得玻利瓦尔宠信，才能过人，有勇有谋，战斗中头脑冷静，但有时性情暴躁。

此外，埃雷斯身上有点缺陷：他是个结巴。

蒙特阿古多经常亲昵地对埃雷斯说："你呀，我说老伙计，是个料事如神的哥伦比亚人。"他是用这话赞扬堂托马斯策划计谋的才能。《奥利里选集》[1] 上最近发表了他给玻利瓦尔的信，也证实了蒙特阿古多的看法。在他为人处事的作风中，总有点预言家和阴谋家的味道，就在这位阿根廷政治家被刺客用匕首暗杀前的一个半月，埃雷斯在一八二四年十二月八日从昌凯写了一封信，信中说道：

"可怜的蒙特阿古多像是基督教诞生时的使徒，每到一处不是被人绞死，就是被人扔石头。但愿蒙特阿古多的传教活动不会在哪一天使他殉难！可是，既然不管多么有灵感的预言家也有出错的时候，阁下在写出'秘鲁土地永远也长不出两次收成'时就大错特错了。还是让当代收庄稼的人说长出几次吧。"

那天上午，部长先生正发脾气，就在这时曼蒂利亚迎上前去，来了个军人的"立正敬礼"说：

"上帝保佑您，将军阁下。"

1　丹尼尔·弗洛伦西奥·奥利里（1800—1854），爱尔兰军人。曾任玻利瓦尔副官，后升将军，著有《回忆录》等。

"中尉有什么话说?"

"先生,中尉的意思是他一贫如洗,再也忍受不下去了,想回哥伦比亚。恳求阁下作为同乡和上司给予关心和救助,让人发给欠下的四次军饷,好在您的恩准下,用这点钱打点行装,返回家乡。"

"没钱!"部长冷冷地说。

"那我怎么活呢,将军阁下?"

"我怎么知道?喝西北风!"

"喝西北风?"曼蒂利亚像是自问自答地重复了一句。

"对,先生,喝西北风……要么就去抢。"

"抢?"平原兵惊愕地说。

"难道没听懂吗?"将军烦躁地反问,"对,先生,当土匪去,那也是一种职业,跟随便其他行当一样。"

"是,不过?那蒙您允许,我走了,将军阁下。"

曼蒂利亚中尉把手伸向军帽,行个军礼,向住的小客店走去。

三

三天后,卢林镇正在庆祝圣米格尔节。节日持续一个星期,是利马人的庙会,有斗牛和斗鸡比赛,人们尽情欢乐,到处设赌局。我觉得,连老鼠都从首都赶去凑热闹。

不知道埃雷斯将军是偶尔为之,还是嗜赌成癖,反正他进了一处赌局,而且手气极顺,左一个金币右一个金币,提箱里一下子装进了六十多个。下午六点,他把提箱往马屁股上一搁,带着副官和两名卫兵动身回利马,估计趁着月光,用四个钟头走完七里地的路程。

一行人经过名叫拉塔夫拉达的地方时,被一伙人团团围住,十个骑马人个个佩着短刀和铳枪。

"站住,滚下马来!"那群人的头目大喝一声。

埃雷斯琢磨怎么反抗也是白搭,随着恫吓下了马。

匪首走过去对他说:

"晚安，将军大人。麻烦您把提箱递过来吧。"

"是你，曼蒂利亚中尉！在胡宁打过胜仗的人！你，我的中尉！"堂托马斯认出了那人，不觉大出意外，结结巴巴地大声说。

"就是在下，将军大人。阁下命令我抢劫，我嘛，对上司的命令向来说一不二，就按军事条例照办了。军人首先是服从嘛，将军大人。现在咱们还是少啰嗦，快把钱给我。"

拐弯抹角没有用，提箱立刻换了主人。

四

这是有名的土匪司令"缓流"在荒郊野地进行的第一次抢劫，此后直到一八一九年，他手下那伙人一直叫过往行人胆战心惊。

最后，他到底被寻花问柳、买情卖俏这种爱好毁了。住在紧挨圣托马斯教堂那条道上一个有栅栏窗的房子的一名情妇，在他手无寸铁的情况下把他交给了警察。

十五天后，曼蒂利亚在圣安娜广场被枪决。

二百万（1826）

一八二六年七月十六日那一天，利马和卡亚俄全城骚动，群情激愤。到处可见人们三三两两地热烈交谈。闹得如此满城风雨的，既不是天塌地陷等自然灾祸，也不是重大的政治动乱，而是有消息说，装载着价值二百万比索黄金、银锭和蜡封钱币的英国造双桅帆船"秘鲁人号"，在停泊地点失踪了。

帆船本应在那天起锚驶往欧洲，但在此之前，船长为听取船只置办人的最后指示去了利马，允许不少船员到陆上过夜。

"秘鲁人号"上只剩下驾驶员和六名水手。下半夜两点，一只小艇靠近大船，艇上十三个人行动诡秘而迅疾，岸上巡逻队未能发现出了什么事。他们立即起出锚链，"秘鲁人号"扬起风帆，驶出码头。

下午三点，"秘鲁人号"的一只小艇载着被海盗释放的驾驶员和六名水手回到卡亚俄。

今天我们要简单叙述的，就是这次行动的大胆主谋成功地劫掠"秘鲁人号"装载的财宝的故事。哪位读者渴望了解更多情况，建议他参阅拉封多船长写的著作《美洲旅行记》。

一

大约一八一七年，一个仪表堂堂、讨人喜欢的苏格兰青年到了瓦尔帕莱索当局，请求在智利海军中谋职，并出示文件证明自己曾是英国皇家舰队候补队员。他就是罗伯逊，结果被派到一艘战舰上任军官；不久之后，就因演习中经验丰富和战斗中行动果敢成为佼佼者。

勇敢的吉斯[1]正指挥"加尔瓦里诺号"双桅帆船，便要求罗伯逊做他的大副。

罗伯逊中等身材，头发微红，目光锐利；胆大妄为甚至有点冒险，性情火暴甚至有点残酷，因此在一八二二年，当他指挥一艘智利双桅帆船俘虏贝纳维德斯手下王军七十名士兵时，便下令把他们吊死在树上。

科克伦[2]和吉斯在抗击强大的西班牙舰队的海战中建立了丰功伟绩，不过在本篇传说中，大书他们的历史是很不相宜的。

后来，罗伯逊把军帽上的智利花结换成秘鲁花结，当上了三桅船的船长。在"金塔尼利亚号"与"国会号"交锋的奇尔卡海战中，他是勇敢的扬指挥的双桅船的副舰长。

在包围卡亚俄那次著名行动中，西班牙将军罗迪尔守卫该城的堡垒，在阿亚库乔战役之后，还在那里坚持十三个半月，罗伯逊在那期间又有突出表现。

种种迹象表明，他可望有灿烂的前程，甚至晋升海军上将的高位，不料一个化作利马美妇人的魔鬼突然出现，断送了他的前途。有人说爱情是毒害心灵的毒药，这话一点不错。

一八二六年的时候，特蕾莎·门德斯是位二十一岁的年轻少妇，长得如花似玉，娇嫩欲滴，又黑又大的眼睛像会说话一样富于表情，鲜嫩的嘴唇像火苗一样红润，柔软的腰肢像柳丝一样婀娜，神态像磁石一样迷人，总之，具有使利马女人的美貌有口皆碑的那种完美无缺的十足风韵。看来我知道，他娘的！我已成了所谓专爱恭维妇女的那类纪事作家。

作为一个西班牙阔佬的遗孀，她心中早就燃起了对奢华的渴望，

1　马丁·乔治·吉斯（1780—1829），英国水兵。支持抗美独立事业，同爱国派一起与西班牙交战。

2　托马斯·科克伦（1775—1860），英国水兵。一八一八至一八二一年为支持智利、秘鲁独立事业，与西班牙交战。

她的家成了纨绔子弟的聚集之地。社会风尚的或兴或衰都以她为转移。

她的最大乐趣在于牢牢控制那些完全被她的魅力迷住的俘虏。而那些倾心的追求者休想吹牛夸口，说从她那里得到了什么特殊眷恋，暗示她更钟情于哪个男子。特蕾莎集天使和魔鬼于一身，是个生来就对围着她们团团转的男人滥施专横的女人。一句话，她属于那种没心肝的生物，上帝把它们贬到世间，就是为了让人受苦受难的。

罗伯逊在圣体节游行会上认识了特蕾莎·门德斯。从那一天起，趾高气扬的水兵立刻被她的美色征服，主动跟她攀谈，自称完全成了迷人利马少妇的俘虏；而她呢，用对待其他男人的手段与新崇拜者虚与委蛇。一天，罗伯逊欲行非分之举，少妇从樱唇中断然发出最后通牒：

"你这是白费时间，中校。我要跟的男人，要么家财万贯，要么官高爵显，即使金钱地位是偷来的抢来的，我也不在乎。死的丈夫是陆军上校，小小的海军中校我可不要。"

罗伯逊怏怏而退，却在一时兴奋之际对几个伙伴透露了情场得意之事。

过了几个晚上，他和另外几名水兵在卡亚俄港务局局长家里喝茶，谈话中说到盛气凌人的特蕾莎，一位军官用玩笑的口气说：

"跟西班牙佬的战争结束后，海军中校戴上海军上将军徽的事就没了指望。要说发财致富，机会倒是随手可得。眼下一条双桅帆船上就有二百万比索。"

对这句笑谈，罗伯逊似乎没有介意，只是问：

"维耶拉中尉，你说装着几百万的那条船是什么号？"

"'秘鲁人号'，英国双桅帆船。"

"不过这笔钱太少，特蕾莎的身价值得更多。"中校回了一句，就把话题转到别的上了。

三个小时后，罗伯逊就成了"秘鲁人号"那笔财富的主人。

二

原来罗伯逊离开港务局局长的家，去了一家水兵住的客店，从中挑选了十二个胆大妄为的家伙。这些人曾在"国会号"和"加尔瓦里诺号"上听他指挥，与他私交很深。

海盗罗伯逊把双桅船停在岸边，心中思忖，这么多同伙瓜分掠来的钱太不合算，于是把心一横，干脆一不做二不休，把他们干掉。他串通好乔治和威廉两个爱尔兰人跟他一起干，接着驶向大洋洲。

在途中经过的第一个海岛上，他带着几个水兵下船，在一家乌烟瘴气的妓院里花天酒地地鬼混了好一阵子，夜静更深时分，带他们回到船上。几个倒霉蛋酒性发作，昏睡不醒，船长把他们甩在小艇上起锚开船。双桅船离开岸边三十海里后，他砍断缆绳，把那六个人甩在波涛汹涌的大洋里。

除两个爱尔兰人，他暂时饶过了四名船员，因为现在还需要他们为他开船。

后来他下了船，把财宝埋在荒无人烟的阿格里汉岛[1]，只带价值三千比索的黄金，乘着"秘鲁人号"开往桑维奇群岛[2]。

航行中的一天夜里，他给水兵们喝了一种麻醉药，把他们关进底舱，在船上凿开一个大洞。次日，罗伯逊、乔治和威廉估计船已沉没，遂登上瓦胡岛[3]。

可是上帝却另有安排，事情的发展完全出乎预料。"秘鲁人号"迟迟没有沉没，恰好一条捕鲸船经过，四个船员中一个获救，其他三人因又饿又渴送了命。

三个海盗从瓦胡岛转道里约热内卢。到了城里，爱尔兰人乔治被两个同伙干掉，永远离开人世。

1　阿格里汉岛系太平洋马里亚纳群岛中一岛。
2　桑维奇群岛，即今夏威夷群岛。
3　瓦胡岛系夏威夷群岛中一岛。

剩下的两人途经西德尼，前往范迪门地[1]首府霍巴特，在那里遇见一个叫汤普森的英国老头，是一条小渔船的船老大，请他把他们带到马里亚纳群岛。小船上除两个开船的小伙子并无他人，汤普森表示同意。

那是一段漫长的、充满风险的旅途。天气酷热难熬，船上的五个人只能在船桥上睡觉。一天夜里，轮到罗伯逊值夜，除他之外，其他人喝了个酩酊大醉。突然，乔治掉入大海，拼命呼救，汤普森老汉闻声惊醒。罗伯逊佯装奋力救人，但四周漆黑，水流迅疾，又没有小艇，到底没有救上来。

这时，罗伯逊已经没有了同谋，但还需要汤普森为他出力。他顺嘴胡编了一段神话，向憨直的船老大半吐半露地说出自己的秘密，答应分给他一部分财宝。

渔船停在提尼安岛[2]补充给养，一条西班牙三桅船的船长上船看了看。罗伯逊从陆上回来后得知此事，疑心老汉多嘴多舌，走漏了消息。

渔船刚驶出海湾，罗伯逊一反平常的稳重态度，猛地扑向老船长，把他推入水中。

罗伯逊哪里知道，他遇上的是个像海豹一样精通水性的人。

几天后，载着汤普森老汉的西班牙三桅船发现，渔船藏在塞班岛[3]的小海湾里。

他们抓住了罗伯逊，但从这鬼精的家伙嘴里问不出只言片语，于是，西班牙船长命人在甲板上用鞭子抽他。

时间过了两年，其间欧洲所有报纸都报道过"秘鲁人号"失踪的消息，指控罗伯逊中校有罪。在瓦胡岛奇迹般获救的水兵也如实招供，道出详情，置办该船的英国人和高等海事法庭悬出重赏，捉拿这名海盗，这个苏格兰冒险家的罪行闹得沸沸扬扬，人们义愤填膺。

1　范迪门地，即今澳大利亚塔斯马尼亚岛。

2　提尼安岛系马里亚纳群岛中一岛。

3　塞班岛系马里亚纳群岛中一岛。

在皮鞭即将抽身的时候，罗伯逊似乎通点情理，同意带领看守他的人到埋着百万比索的地点去。可是，一只脚刚登上小艇的船舷，他就后悔自己软弱，带着心中的秘密一下子跳进了海底。

三

在结束这篇故事时，让我们向渴望摆脱穷光蛋处境的人透露一个重要消息：

马里亚纳群岛中的阿格里汉岛位于北纬十九度零分、东经一百四十二度零分。

二百万可不是不起眼的小数目。

话已说明，亲爱的读者们，鼓起勇气，相信上帝，单人独桨地向马里亚纳群岛前进吧！

（1869 年）

玻利瓦尔的最后一句话（1830）

这一幕发生在一八三〇年十二月的一天下午，"圣佩德罗·亚历杭德里诺"庄园[1]。

房子宽大的门廊里，一个面容憔悴的人坐在一张大皮椅上，持续不断的低沉咳嗽使他不时地抽搐。医生，一位博学的欧洲人，不时地给他一剂镇静药；一言不发、面带忧愁地在大厅中踱步的两位年迈军人，不时走到门廊去照看。

那已不是病人，而是一个垂死的人，然而，是一个声名不朽的垂死者。

一阵剧烈的咳嗽过后，病人陷入沉思，过了几分钟，用非常微弱的声音说：

"大夫，你知道在我感到已经即将进入坟墓的时候，使我痛苦的是什么吗？"

"不知道，我的将军。"

"就是想到我可能是在流沙上建塔，在海水中耕耘。"

他从心灵最深处发出一声长叹，又陷入了沉思。

过了好长一会儿，他脸上掠过一丝非常凄惨的笑容，从容不迫地说：

"大夫，你猜不出世界上三个最大的蠢人是谁吗？"

"真是猜不出，我的将军。"

"大夫，你过来……我趴在耳朵上告诉你……三个最大的蠢人就是耶稣基督、堂吉诃德……和我。"

---

1 此庄园位于哥伦比亚圣马尔塔港。

印卡和征服时期（‥‥‥‥1533）

殖民地时期（1533——1820）

独立时期（1821——1830）

共和国时期（1833——18××）

其他传说

"命瑶利州[1]敲钟!" (1834)

这句成语的历史由来

在本传说作者面庞润泽，不是形容枯槁的年代，一天晚上突然心血来潮，到一户人家去闲逛，见那里聚着五六个姑娘：

> 都是十五至二十岁的青春妙龄，
> 足以让悔罪的人欲念横生。

她们既漂亮又调皮，是人们见了不禁会"哇"的一声，继而注目凝视，过后还议论不止的地道的利马姑娘。那个女性小圈子的几位公民，正像俗话所说，整天无所事事，夜晚神聊，白天闲逛。

那天晚上，最为伶牙俐齿的姑娘正在说话，说的是某个比夜叉还丑、除了名字动听毫无风趣的姑娘就要结婚，因为在上次星期日的弥撒上，神父已经发布了结婚告示。圈中最漂亮、最优雅的姑娘打断她的话头说：

"那丑八怪要结婚！命瑶利州敲钟去吧！"

我多次听说过这句成语，都没介意。但不知怎么，唯独那次受到了引诱，便冒昧地对那个比猴儿还精的机灵鬼说：

"对不起，梅塞迪塔斯，这女孩结婚为什么一定要瑶利州敲钟呢？如果是结婚时请人凑热闹，说在教堂敲钟，我懂；可是……在瑶利州……那儿离利马这么远……！干脆说吧，我不懂！"

---

1 瑶利系秘鲁中部胡宁省一州。

梅塞迪塔斯露出镶在珊瑚上的一串珍珠，伙伴也跟着她哄堂大笑，异口同声地冲我嚷嚷：

"诗人，快进学校学学去，快进学校学学去吧！"

我承认露了怯，非常羞愧。连几个黄毛丫头都知道的事我却不知道。

过了几个月（当然，我用这几个月打听了这句成语的来历和含义），又一天晚上，梅塞迪塔斯跟我讲，我的一个朋友、她的情郎怎么样又为什么换了偶像，我摆出一副给人吃包医百病的仙丹妙药者的神色，对她说：

"旧人刚去，新人就来，命瑶利州敲钟去吧！"

上一次大笑不止的梅塞迪塔斯闪着机灵的眼睛看看我，咬起了嘴唇，在女人身上，这动作显然是生了气的表示。我报了一箭之仇。这我承认，我很不大度，比梅菲斯特[1]还用心险恶。

许多年过去了，如今在我年老多病的时候，那次不近人情的报复仍然使我良心不安。

如果那位小朋友还记得我的嘲笑（也许她不记得了，因为时光会抹掉一切），为了向她赔礼道歉，现在我就借助面前的官方文献，讲一讲"命瑶利州敲钟！"当年这句成语的来历。

一

一八三四年，我们秘鲁每天都发生动乱。加马拉平息了十四次动乱后，执意要把权柄交给贝穆德斯执掌，用诡计废掉议会任命的总统奥尔维戈索。

堂何塞·路易斯·奥尔维戈索预感事情不妙，不久逃出利马，带着忠于他的人躲进了卡亚俄要塞，倒也没使诡计多端的堂阿古斯丁·加马拉失望，把大批军人留给了他。

加马拉包围了要塞，但他的事业非常不得人心，利马人对他非常

1　梅菲斯特，歌德诗剧《浮士德》中的魔鬼。

仇视，军队士气很快低落下来，不仅普通士兵，就连尉官校官也纷纷开小差脱离他的麾下，加入合法统治者的营垒。

堂阿古斯丁·加马拉终于意识到，再待在利马，定会使他全军瓦解，而且自己也面临险境，说不定会像基督那样，被哪个最喜爱的使徒（尉官）捆绑起来。利马就像卡普亚[1]和那里的享乐一样，对上兵的心理非常危险。久经沙场的将军认识到这一点，遂决定率领军队开往山区，不仅可以重整军纪，还可以扩充人马。

一月二十八日，人民得知暴乱首领要在下午开始出逃，枪支不整的小股市民便聚在了广场。部队大约有步兵、骑兵和炮兵三千人左右，而决心阻止它开拔的市民还不到五百人。

夜晚七点，市民与部队还在互相射击。部队终于击退广场上的人，开始向"商人街"行进。加马拉的妻子堂娜弗朗西斯卡·苏维亚加一身戎装，在军前开道。这个女人在当时政坛上是个非常重要的角色，弗洛拉·特里斯坦[2]在她写的《一个卑贱妇女的异国旅行记》中，曾用非常奇特的色彩描写过她。

当时在利马市民中，有一个整天醉醺醺的黑白混血人，外号"无赖将军"，倒也名实相符。这家伙在军营里混事，爱好技术术语，喜欢搞恶作剧，成了军官们的笑料。

在那个伸手不见五指的夜晚，市民们在逃离广场时，把"无赖"裹胁其中。走到拉斯曼塔斯街角时，他藏到小溪的涵洞下面，像一位著名军事统领一样，运足丹田之气高声大喊：

"各营各连，准备射击！"

接着，又用这副腔调发出指挥令，与此同时，个别仍有战斗勇气的市民从街口不断打出几枪。

加马拉派士兵心想，奥尔维戈索可能已带着那一师人冲下卡亚俄，

1　卡普亚是意大利那不勒斯省城市。

2　弗洛拉·特里斯坦（1803—1844），早期女权运动者。父亲是秘鲁贵族，母亲是法国人，本人是画家保罗·高更的祖母。

要在市民的支持下发起正式攻击，顿时乱作一团，队伍溃散，争相逃命。等到加马拉夫人走出城外，几乎全军的一半已经落荒而逃。

就凭"无赖将军"那一嗓子，不费吹灰之力取得了胜利，为此奥尔维戈索颁发嘉奖令，授予他少尉军衔。

牙买加甘蔗酒真是功力不凡，像许多种酒一样，竟把"无赖"变成了英雄！

一月二十八日成了利马人心目中非常经典的日子，所以我的读者大概已经听腻了"我要搞一场二十八号""我闹了一场二十八号"或"将有一场二十八号"的话。依此类推，当一个泼皮汉子仗着后台硬，在咖啡馆或饭馆打碎玻璃或家具时，包括管区警察所长在内，大家都说："怎么回事儿！是这家伙闹了一场二十八号！"

虽非出自本意，无形中我已写出了这句成语的来历，这诸位已经知道了。

二

两三天后，米勒将军接到追击加马拉部队的命令，追击以瓦伊拉库乔的历史性波折和包围马金瓜约而告结束。对于这次追击和包围行动，我没什么要说的，因为我不想跟人争吵，更不想跟友人争吵。

三月二十五日下午，瑶利州州长收到一份公文，现根据当年利马出版的官方公报《编辑报》第二十三期照录如下：

瑶利州州长堂何塞·马里亚诺·阿尔瓦拉多：

敌军已被完全击退。特命将此消息晓谕各方并命瑶利州敲钟。

威廉·米勒
三月二十五日上午十点于乌库马卡

从国王时代到一八四五年，敲钟人的差事一直是件苦差事；不管在利马还是国内其他地方，芝麻豆粒大的消息也要敲钟大肆宣扬。我们整天竖着耳朵听着，准备跑到街上打听消息，即使深更半夜也不例外。如今报纸上的简报取代了震耳欲聋的钟，这一点我们有了进步，而且是不小的进步。

瑶利州州长分秒不停，立即将消息报告给利马，同时，同样简短地回复米勒，原文如下：

堂威廉·米勒将军阁下：

除敲钟一事外，我已执行了您的命令。即使阁下枪毙我，瑶利州也不敲钟。

愿上帝保佑阁下。

何塞·马里亚诺·阿尔瓦拉多

得悉这份公文的内容后，米勒忘记了作为标准的英国人必须保持冷静，立时火冒三丈，当即派遣一名军官带领四名长矛手，把傲慢无礼的州长抓到瓦伊帕查的司令部，因为他拒绝敲钟来庆祝合法政府的军队取得胜利。

"该死的！"[1]米勒寻思，"这个阿尔瓦拉多一定是加马拉分子，应该拿他杀一儆百。让上帝惩罚我吧！"

第二天州长押到，米勒命令给他戴脚镣，准备脚镣的时候，将军大人为了出气，对可怜的阿尔瓦拉多"恶棍、叛徒、没良心的秘鲁人"等一通臭骂。阿尔瓦拉多像没事人一样静静地听着，等到觉得米勒发泄完火气后，开口说道：

"将军，我想请问一句，阁下看见过做蛋糕吗？"

这种腔调令咆哮的将军丈二和尚摸不着头脑，不假思索地回了一句：

"该死的！问这个干什么？"

1　原文为英文。

"这跟这是一个道理，将军。要做蛋糕必须有鸡蛋，同样，要敲钟必须先有钟，可是瑶利州没有钟楼，没有钟，也没有敲钟人。"

"该死的！"米勒一拍脑门说，"你说得对！这一点我不知道。来拥抱一下！"

他唤来勤务兵，要过军用水壶，请机智的州长喝口白兰地。

"命瑶利州敲钟"这句家喻户晓的成语，就是从那一天诞生的。

死抠字眼（1835）

派瓦上尉是个身材几乎像巨人一样的库斯科印第安人。在部队中，他以力拔千钧、战场上奋勇冲杀、军营里严守纪律，特别是没有头脑而出名。跟他说话打交道，用比喻手法总是多此一举，他理解什么话都是死抠字眼。

他是家父的亲密朋友，父亲跟我说过，在我刚到断奶的年纪时，派瓦上尉有一阵还当过我的保姆。这大块头军人有一种偏爱，特别喜欢吃奶的孩子。他是个大好人。有大好人的名声常常是一种不幸。每当人们说起"谁谁是大好人"时，大家都会理解成"谁谁"是个懒散人，什么事也干不了，没发明过火药，也没发明过拔牙钳，等等。我奶奶常说：《天主经》的经文很好，好得不得了，可在弥撒献祭仪式上毫无用处。

我听派瓦好几个战友说过，他手握长矛冲杀时，真是个勇猛无畏的骑兵，能以一当百。

他在胡宁战役中升为上尉，此后又参加过多次战事行动，有不少英雄业绩，但再升一级的事却总无音讯。他的将军们非常喜欢和看重他，但总不愿意把他提升到校级。

他那个团的士官生都升到了少校。可派瓦还是永久的上尉。对他来说，根本不存在超过三道杠的级别。

可他毕竟是如此安分守己、乐天知命又忠于职守，毕竟是如此英勇地挺矛冲杀、不惜流血的呀！

派瓦为什么升不上去呢？因为他蠢，因为他蠢到得了头号蠢材的名声。至今流传着许多故事证明他有多蠢，现在，就脑子里记得的一点讲一讲。

555

　　　　　*　　　*　　　*

　　一八三五年，萨拉维里[1]将军是秘鲁全国的最高领袖，他总是热情地称赞派瓦的勇武豪爽。

　　在萨拉维里晋升为中尉时，派瓦已是上尉了。他俩说话时，总是以你相称，等到萨拉维里跃升为共和国的统帅时，还是不同意长矛手对他用尊称。

　　派瓦是他的亲信，为他执行一切危险的使命。萨拉维里深信，他的伙伴宁肯一千次被杀，也绝不会背上不忠或怯懦的罪名。

　　一天下午，萨拉维里叫来派瓦，对他说：

　　"听着，几乎可以肯定，你会在某个地方找到某某先生，把他抓来见我。不过万一在那儿找不到的话，allana su casa。[2]"

　　三个小时后，派瓦回来向最高领袖报告：

　　"命令已完全按要求执行。你说的地方没找到那家伙，不过我把他家铲得像巴掌一样平，地上晒盐都成。所有的墙都推倒了。"

　　长矛手接到的命令是"闯到家里去找"，可他没有按照文学修辞的形象思维去理解，而是死抠字眼地执行了。

　　萨拉维里转身忍住到了嘴边的笑声，喃喃地说：

　　"蠢货！"

　　　　　*　　　*　　　*

　　有个士兵外号人称"野鸽子"，是个手艺不太高的理发匠。萨拉维里将军让他做了勤务兵，专门给他刮胡子。

　　"野鸽子"是个利马小伙子，跟堂费利佩·圣地亚哥同一年生在同

1　费利佩·圣地亚哥·萨拉维里（1805—1836），秘鲁将军。参加过阿亚库乔战役，一八三五年任秘鲁总统。

2　此句原文本义为"铲平他的家"，引申义为"非法闯进他的家"。

一个居民区。童年时他们一起在街上打狗追鸡，总统对他怀有一种近似手足般的亲切感情。

"野鸽子"是个道地的泼皮无赖。他斗大的字认不得半升，可弹得一手好吉他，会跳"萨马库艾卡"舞，又好酒贪杯，嗜赌成癖，不管是谁，若跟他为妓女争风吃醋，他就跟人家动刀子。总之，他仗着跟萨拉维里的交情有恃无恐，经常为非作歹，惹得怨声四起。总统闻知后，要么把剃头匠送到营房关禁闭，要么让弓弩手给他上枷子，要么就是打一顿棍子。

"小心点，恶棍，"一天，堂费利佩斥责他，"不定哪天我容忍到头，发起火来，就毫不客气地毙了你。"

勤务兵耸耸肩膀，好像是说："你能把我怎么样？"他常受惩罚，但不思悔改，过后又故态复萌。

一天晚上，有人向萨拉维里告了一状。这一状大概告得够狠的，非常狠，气得萨拉维里冲着派瓦吩咐说：

"马上把这无赖押到排头连兵营，entre dos luces 枪毙了他！"

半小时后，上尉回来向将军报告：

"命令已经执行。"

"好了！"最高领袖应了一声。

"小伙子真可怜！"派瓦又说，"我把他押到两盏灯笼中间枪毙了！"

萨拉维里心里明白，读者们也知道，"entre dos luces"的意思是黎明时分。这是常用又常见的比喻说法。可是……能跟派瓦用比喻手法吗？

萨拉维里的本意只是吓唬一下勤务兵，等到黎明之前一个小时发一道命令赦免他，结果……他只好背过脸去掩住泪水，又一次喃喃地说：

"蠢货！"

*　　　*　　　*

从那一天起，萨拉维里接受了教训，不再让派瓦做任何事务，执行任何使命。这家伙不懂言谈话语里的引申意义，必须跟他确切地说明意图，免得捅娄子。

索卡巴亚战役前的几天，萨拉维里军队的一个营驻扎在查克利亚潘帕。一连玻利维亚士兵分成小股游击队，突然出现在一片小高地并开枪射击，向萨拉维里的部队挑衅，但没有造成伤亡。萨拉维里将军率卫队来到查克利亚潘帕，从望远镜中发现，距游击小队十夸德拉处有一师敌军；因为游击小队的子弹根本射不到营房，他决定让他们继续放空枪，同时下令采取措施，以防敌军走近时散开队形，正式进攻。

"给我几个长矛手，"派瓦上尉说，"保证在马屁股上给你驮回一个玻利维亚兵来。"

"没有必要。"堂费利佩说。

"哎呀伙计，那些龟孙子会以为把咱们镇住，咱们害怕了。"

派瓦继续对这件事唠唠叨叨，没完没了地纠缠，萨拉维里厌烦了，说：

"别再缠我。你看着办。Anda y hazte matar。[1]"

派瓦从卫队里挑了十个长矛手，向游击军勇猛冲锋，遭到密集火力的还击，派瓦出其不意，惊呆了的敌人四处溃散；上尉在马背上向右一侧身，一把揪住一名敌军官的脖子，夺下他手里的枪，把他抓到马屁股上。

接着返回营地。在这次英勇的冲锋中，三名长矛手战死，回来的人中好几个负了伤。

派瓦从远处跟萨拉维里一打照面，立刻高呼：

"下令吹起床号吧。秘鲁万岁！"

话音刚落，他从马上跌下，再也没起来。他胸口中了两颗子弹，腹部中了一颗子弹。

---

1 此句原文本义为"送死去吧"，引申义为"自己烦自己去吧"或"自己跟自己过不去吧"。

萨拉维里对他说的是"Anda y hazte matar",跟听话时死抠字眼的人说这话就等于判了他的死刑。

我不敢肯定,但我猜想萨拉维里在离开尸体时很动感情地喃喃地说:

"勇敢的蠢货!"

神父复仇记（1843）

一

在卢卡纳斯州利尔凯温泉浴池与高大的卡尔瓦拉苏山（黄色的雪山）之间，有一个完全由土著人居住的村子，在阿亚库乔省的地图上名叫奇潘，这个字可能是把克丘亚语的"奇帕"一词（意为篮子）读错了。

一八四三年，堂阿古斯丁·吉列尔莫·廷科佩·德基苏鲁库是州代理主教兼教会法官，当年正好是一百二十岁。这位非凡的长寿老人常常身穿粗布衣服，由信徒抬出来晒太阳，因此依然精力充沛，思维健全。他是杰出的拉丁语学者，隔三岔五地用西塞罗[1]的语言猛烈抨击辖区内的神父，激励他们履行福音书上的义务。虽然如此高龄，他仍不戴花镜，满口牙齿一颗不少。他说，自己所以高寿，全都得益于四肢常保暖、只喝玉米酒的习惯。

堂阿古斯丁·吉列尔莫是纯粹的印第安人，酋长的后代，四十六岁时妻子亡故，当年开始操教士职业。亡妻给他丢下两女三子，嫁出女儿后，让三个儿子接受了牧师职务，直到几年前，他的儿子堂曼努埃尔·廷科佩·德基苏鲁库一直是万卡尼亚教区的神父。

当时，内战的烽火燃遍了共和国。卡斯蒂利亚[2]将军在南方发出号

1　西塞罗（前106—前43），罗马政治家、思想家、演说家，被尊为"祖国之父"。先后支持庞培、恺撒，被安东尼杀害。他将希腊哲学通俗化，著述丰富，文体流畅，被誉为拉丁文典范。

2　拉蒙·卡斯蒂利亚（1797—1867），秘鲁将军、政治家。一八四四年推翻比万科，次年当选总统至一八五一年任满。一八五五年推翻埃切尼克，再任总统至一八六二年。任内颁布《一八六〇年宪法》。

召，反对比万科[1]将军的独裁政府。呼声在阿亚库乔省得到响应，尤其在卢卡纳斯州，所有的神父都是卡斯蒂利亚派，奇潘村神父堂毛里西奥·古铁雷斯是最狂热的支持者之一。该州代理主教、长寿的堂阿古斯丁·吉列尔莫不厌其烦地对他说：

"冷静点，教友！别钻进炉子太深，那样会烤化了你；也别离炉子太远，那样会冻僵了你。"

堂毛里西奥·古铁雷斯不听忠告，组织了一支骑兵游击队，交给弟弟费利克斯指挥。可是，费利克斯根本不像名字预示的那么幸运，刚一交手，肚子上就中了比万科军队的一颗子弹，马累得半死才把他气息奄奄地驮到教区教堂的房子，死前，他对堂毛里西奥说：

"哥哥，要为我报仇，杀死比万科分子。"

"你放心地去吧，你的仇一定会报。"神父对他说。

费利克斯听到这句宽心话，挣扎了一阵，一命归阴。

二

几天后一个傍晚，两名军官指挥的三十名士兵到了奇潘，正好是倒霉的费利克斯与之交战的那支部队。

古铁雷斯神父出门迎客，答应他们在村中歇脚，次日启程。他把军官安顿在自己家中住宿，给他们用了丰盛的晚饭，在他们面前装得比"最高执政"本人还像比万科，还为"让卡斯蒂利亚和执政委员会尽早见鬼去"干杯。接着，他请军官和士兵参加在村外举行的饯行午餐，吃辣椒烤肉，根据道地军人随时都应提前拿军饷、提前吃饭和提前睡觉的惯例，军官们高兴地接受了邀请。

神父突然改变态度，村里人为之大哗，一个在神父身边当仆人兼厨子的印第安人，把大家的议论告诉了他。

1　曼努埃尔·伊格纳西奥·德比万科（1806—1873），秘鲁将军。一八四三年发动政变，任总统，次年被推翻。一八五六年发起暴动，失败后流亡智利。

堂毛里西奥·古铁雷斯嘴唇上阴险地一笑，弦外有音地说：

"这些笨蛋！"

"我也跟他们这么说的。"仆人说，"他们真笨，想比神父大人还多知多懂，可猜不出他款待比万科派的兵是另有打算。"

神父凑到印第安人身旁，咬着耳朵悄悄对他说了几句话。

当晚仆人去了野地，一大早赶回教区神父家，古铁雷斯正在等他。

"东西弄来了吗？"神父问。

"弄来了，大人。"印第安人应道，说着，从斗篷下掏出一把浅红色木曼陀罗（克丘亚语叫"瓦尔瓦尔"），还有几根像欧芹一样的野菜。

神父和仆人再没说话，双双进了厨房。

三

继续进发之前，官兵们在早晨八点吃了午饭，吃的是堂毛里西奥和他的仆人调制的辣椒烤肉。

神父托词九点须主特弥撒仪式，不能跟他们一起吃；饭后，他拥抱众人，一直送他们到村外很远的地方。

几个小时后，那些倒霉蛋忍着腹中剧痛到了邻近一个村子。当地医婆粗粗地检查一下，说他们是中毒，不过她有一种有效的解毒办法。于是给他们喝一种药汤，往肚子上敷一种黑色草药，还让他们吸无角绵羊毛的烟，打保票说，他们一定会神奇地康复，

中毒的人只有四五个侥幸得救，其余的全都进了坟墓。

四

古铁雷斯神父在高峻的卡尔瓦拉苏山一座山洞里藏了好几个星期，得知"最高执政"下台后才回到村里。

众所周知，任何获胜的革命者都对自己党羽的放纵和罪行佯装不知，卡斯蒂利亚将军也不想成为这项规则的例外。

一天，人们当着本州终身代理主教堂阿古斯丁·吉列尔莫·廷科

佩·德基苏鲁库的面聊天，说古铁雷斯神父已在新政府里找到靠山，要把投毒杀人之事掩盖过去。一个发牢骚的人说，只有在这个名不副实的共和国时代，犯罪才会不受惩罚。这套说辞惹火了善良的老人，他打断发牢骚的人说：

"不管国王时代还是祖国时代，什么时代都一样，谁没后台谁倒霉。要是不信，就听我讲讲十九世纪头一年在英国人总督统治时期，我在利马亲眼看到的一件事：

"曼西利亚博士是王室检审庭的大法官，他有一群奴隶，里边有一个宠爱过分的穿着华丽的年轻黑人。这个自恃有靠山的小子在利马有个外号，名叫万人厌，成了个动刀伤人、坑蒙拐骗、偷鸡摸狗的有名混混。他至少每月都跟法庭打一次交道，但每次都无罪开释，因为大法官先生总是运用自己的影响和威望进行干预。

"一天晚上，他跟另外五个小流氓越墙偷盗，被当场抓住，全部招供罪行，主管此案的法官判决，将他们统统押往公共广场，绑在佩塔特罗斯小巷对面紧挨着绞刑架旁的耻辱柱上，处以鞭刑。

"押解犯人的时刻一到，大法官大人在监狱门口下了敞篷马车，对主管法官说：

"'朋友，我有句话说，说到我那个小黑奴，不论是你还是什么人都不能打，我是他的主人，如果他有过错，只有我有权利责罚。'

"法官官卑职小，不敢与堂堂的王室检审庭大法官闹不和，倾斜了法律的权杖：没有基督徒喜欢的另五个可怜鬼被绑上了耻辱柱。

"行刑手潘乔·萨莱斯每在受刑者背上抽一鞭，就手握皮鞭喊一声：

"'善有善报，恶有恶报。'

"一个挨鞭子的听腻了行刑手的教训，应声说道：

"'我说亲爱的潘乔先生，手狠着点，越狠越好。我没有后背[1]，你

1　此处原文本义为"后背""脊背"，引申义为"靠山""后台"。

打的后背是别人的。我要是像万人厌一样有后背，就不会落到这步田地了。'

"只要你们对照这段故事想一想，就不会说什么这个时代比那个时代好还是糟了，其实在秘鲁，什么时代都一样。我们身上本来就有对罪人软弱仁慈的天性，实践证明，谁对他们强硬苛刻谁就是傻瓜。既然不说，咱就不说也罢，就让法律像曼西利亚大法官时代一样继续我行我素吧。我的故事讲完了。"

"您真是出口成章啊！"教堂司事叹道。

德高望重的堂阿古斯丁·吉列尔莫·廷科佩·德基苏鲁库的话讲完了，我这篇传说也讲完了，只需再补充一句，关于行刑手与受刑人之间对话的情景，科尔多瓦-乌鲁蒂亚在他著的《三个时代》中也概括地记述过。

一只微型炮的故事 (1849)

献给身在布宜诺斯艾利斯的

莱奥波尔多·迪亚斯

人们经常说到前总统卡斯蒂利亚大元帅多么机智，如果有颇具才华的作家把他所有的机智表现汇编在一起，我敢说，我们定会为一部极有趣味的书所陶醉。我建议这件文学盛事由别人去干，因为我有誓言在前，与当代人历史有关的事情我一点也不写。我要永远这样保持戒心！

堂拉蒙·卡斯蒂利亚是位甚至能及时给皇家语言学院以教益的人物。从这个大名鼎鼎的机构考虑修改书写规则，宣布以"on"结尾的词要在"o"上打出重音符号以前的二十年时起，卡斯蒂利亚将军就在他的名字"Ramón"上打出大大的重音符号了，我说的这件事就证明了这一点。

要说哪位秘鲁人深刻了解自己的土地和土地上的人，这人无疑就是堂拉蒙。他认为，官瘾是我们这些新祖国的产儿心中不可抗拒的诱惑和一切行为的动力。

那是在堂拉蒙第一个任期，那天是他的生日（1849年8月31日）。总统府正举行仪式，这仪式在总督统治时期称为"吻手仪式"，到了共和国时代称为"觐见仪式"，以示区别。团体和个人纷纷赶往大厅，向最高统治者祝寿。

一位年轻人走近总统阁下，送给他一只表坠作为倾慕的物证。那是一只架在细工银架上的微型大炮，是一个精美物件，一句话，是件巧夺天工的作品。

"啊谢谢……多谢美意。"总统以他特有的，只有他才有的方式打断那人的话说。

"放在我小客厅的靠壁桌上。"接着，他转身对自己的一名侍从说。

送礼人一再说，请阁下拎起表坠看看那东西多么精致可爱，可是堂拉蒙推脱说：

"啊不……不……装着炮弹呢……咱别拿危险武器开玩笑……"

日子飞快地过着，微型大炮一直放在靠壁桌上，引得总统的朋友不断议论和张望。总统总是不厌其烦地说：

"噢先生们……快躲开……千万别动……这微型大炮瞄着准呢……不知目标是高是低……反正有炮弹……不定哪天就开火……别冒险……快离远点……万一炸了我可不负责任……"

堂拉蒙如此大惊小怪，总统府的人终于明白，那微型大炮可能是件比奥尔西尼[1]炸弹或威瑟德鱼雷还危险的东西。

一个月后，微型炮从靠壁桌上拿走，放在了装饰总统阁下表链的那堆坠子里。

晚上，总统对与他一起喝茶的人说：

"噢先生们……微型炮的炮弹已经射出去了……目标不高……火药不多……炮弹很小……这回没危险了……你们看吧。"

这是怎么回事？原来送礼人谋求在卡亚俄海关警卫部得到一个不高的检查官职位，堂拉蒙刚刚答应给他。

故事的寓意：小人物送给大人物的礼物几乎都像堂拉蒙的微型炮一样，都装着炮弹，瞄着确定的目标，迟早有一天会"砰！"地一声发射出来。

---

1 奥尔西尼（1819—1858），意大利民族主义革命者。一八五八年向拿破仑三世乘的车投掷炸弹，谋刺未遂。

一盒香烟 (1880)

一八八〇年六月七日那天早晨，秘鲁人在神奇的阿里卡巉岩上经过了浴血奋战，不朽的军人弗朗西斯科·博洛内西[1]已经战死，手下部队的一千六百名勇士中，九百人倒在他的周围。

战役打到了最后的一枪一弹，六千名智利士兵占领了巉岩，只有一百四十四人战死，三百三十七人受伤。

战斗中的比例是一比四。取得胜利不是因为英勇奋战，而是因为数量上占压倒优势。

在惨败明显成为事实的时刻，身旁还有四名士兵的一位年轻的秘鲁上尉，用自己来复枪的枪托用力地砸一枚手榴弹的火药，火药爆炸，炸死三个敌军，炸伤多人。

人体残肢碎片的浓密乌云消散后，加西亚上尉和手下的四名勇士发现，自己已被卢汉中尉指挥的三十名智利士兵团团围住。无法进行丝毫反抗，五个秘鲁人做了俘虏。

这时来了一名上校，听卢汉报告完手榴弹造成的伤亡后，简短地说：

"把这几个人押到巉岩脚下枪毙。"

他们距离平原有三百多米，胜者和败者开始缓缓下山。

走了一百多米时，加西亚上尉突然站住，一点没有逞能的神色，

---

1 弗朗西斯科·博洛内西（1816—1880），秘鲁军人。秘、智南美太平洋战争（1879—1883）时为上校。一八八〇年六月，智军围攻阿里卡，他拒绝诱降，六月七日城陷战死，被称为"阿里卡的英雄"。

非常镇静地问年轻英俊的智利军官：

"中尉，能点支烟抽吗？"

"没问题，上尉。到岩脚之前想抽多少抽多少。"

那时候军官穿的长外衣叫"避邪衣"，加西亚从自己衣袋里掏出一盒香烟。

"抽吗，中尉？"

"抽，上尉，谢谢。"智利军官接过烟说。

"无论如何，"加西亚接着说，"这是我抽的最后一支，盒里还剩十二到十五支，我让你继承，你以我的名义抽了吧。"

卢汉深受感动，接受了遗物说：

"非常感谢。你真是位了不起的勇士，请相信，上司的命令必须执行，可我打心眼里难受。"

二人再无言语，继续下山。

还差五十米不到一点就是要命的岩脚了，上面一百多米的地方突然传来另一名智利军官发出的命令：

"喂卢汉，卢汉中尉！快站住！等我下去！"

卢汉命手下士兵停止下山，转身去迎下令的军官。

怎么回事？原来上校最初的愤怒平息下来后仔细一想，他那枪毙俘虏的命令太不合理，简直野蛮残忍，叫来一名属下，命他赶快制止卢汉。

"上校说，"传令官走近战友时说，"这些混血人不要枪毙，命你带到战俘营去。"

"很高兴，"卢汉应道，"上尉对我真好，还让我做他的继承人呢。"

中尉走到俘虏和自己手下士兵中，说：

"上尉，我给你带来个喜讯，让你跟你的四名士兵去俘虏营。我不枪毙你了。"

"我的朋友，那样的话，"冷静的加西亚上尉说，"你就得不到遗物了。把那盒烟还给我吧。"

一名游击队员 (1883)

一八八三年七月十日进行了瓦马丘科战役[1]，这是秘鲁人的爱国激情对在乔里略斯和米拉弗洛雷斯的狂妄的胜利者进行的最后一次英勇拼搏。

卡塞雷斯将军指挥的两千多一点秘鲁军，弹药不足，连刺刀都不够，以劣势装备对戈罗斯蒂亚加指挥的英勇善战、装备精良的师发动了孤注一掷的进攻。

智利军立即陷入困境，两军相接之际，秘鲁军若能用刺刀展开白刃战，智利军必败无疑。

大屠杀惨绝人寰：对战败者绝不宽大。如同在米拉弗洛雷斯一样，对伤员还要"再补一枪"。

秘鲁军阵亡一千二百人，占全军的百分之六十；智利军战死一百七十人。

若不是戈罗斯蒂亚加上校本人贬低此次大捷的价值，智利会有充分理由认为，瓦马丘科的胜利是该国军队取得的最辉煌胜利之一。

埃米略·卢纳、弗洛伦西奥·波图加尔还有另几名校官尉官战败被俘，要求优待俘虏，戈罗斯蒂亚加却命令处决，同时宣称，战败者不是正规军，而是游击队，因为是游击队，认为不能按战争法规处置。

训练有素的正规军对游击队的胜利是廉价的胜利，不值得骄傲。

难道编织出的荣誉桂冠就是要戴在一个战胜游击队的庸才的额

---

1 瓦马丘科战役是一八七九至一八八三年南美太平洋战争中重要战役之一。

上吗？

然而，这场对"游击队孬种"的大屠杀，却使戈罗斯蒂亚加荣获了将军绶带，这可是对战胜了正规部队（不是无组织、无纪律的乌合之众）的校级军官的体面的奖赏！

这位智利校官在战报中坦然承认，与他交锋的是一支道地的正规部队，行动完全符合战术指令，服从严格的军纪。在战报中，这位智利胜利者褒扬了败军，也褒扬了自己。

但是，戈罗斯蒂亚加需要在世人面前为自己禽兽般的暴行和不知餍足的嗜血欲望进行辩解，需要为自己看到各团队几乎溃败时的恐惧心理进行报复，于是便写上了"游击队"这个字眼，但他没想到，这样做就贬低了手下官兵的勇敢精神和自己的功绩。

现在就来看看，只有广为人知的斯巴达[1]人才像瓦马丘科的"游击队"这样英勇地为国捐躯。[2]

七月十四日，一名智利士兵正在一面断壁上徘徊，忽然听见一个躺在地上的年轻人在轻轻呻吟。

"请你过来一下，"地上的人说，"我是雷昂西奥·普拉多上校……把你的枪管顶在我前额上开一枪。"

智利兵被这种大无畏精神惊呆了，赶忙跑去找战友，用担架把那伤员抬到瓦马丘科司令部。

雷昂西奥·普拉多的一条腿被一颗子弹打得皮开肉绽。

戈罗斯蒂亚加命令立即让俘虏听候处决，在等待处决的时候（在讲这段故事时，我们一直忠于其原作的智利作家说），普拉多始终谈笑风生，犹如在自己的营地一样。

1　斯巴达系古希腊城市。

2　智利军队统帅堂莱蒙多·巴伦苏埃拉于一八八五年在圣地亚哥出版了一部很有价值的关于瓦马丘科战役的小册子。本篇叙述的这段轶事就是根据小册子的材料写成的，对话部分系从小册子上原文照录，以免有人以为，我们出于民族主义感情拔高了一位同胞镇定自若的气魄。由于出自智利人的手笔，这段对那位从容就义者个人美德和爱国精神的公正叙述，具有比我们讲来更为深刻的意义。——原注当看到行刑手到来时，他要了一杯咖啡，呷了一口说：

"好久没喝味道这么好的咖啡了。"

接着转过身，问指挥行刑手的军官：

"我什么时候上路去另一个世界？"

"过几分钟。"军官说。

"那好，求你办件好事，就是准许我下令开枪。"

"完全可以。"

"智利军队里有牧师吗？"

"没有，先生。"

"算了吧！……我为我的祖国做了能做的事，死时会心安理得。"

接着他要求别站两个枪手，站四个枪手，两个瞄准心脏，两个瞄准脑袋。新要求获准后，他说：

"我喝完咖啡就瞄准，用勺一敲杯子就开枪。"

说完，他继续平心静气地喝着咖啡。

没有一丝凄惨的念头抹去他脸上的欢乐。他无忧无虑地看着甜美的咖啡越来越少，他非常清楚：苦味藏在最后一口。

他平静地喝下最后一口，拿勺用力一敲杯子，行家里手射出的四颗子弹送他长眠去了。

印卡和征服时期（……——1533）

殖民地时期（1533——1820）

独立时期（1821——1830）

共和国时期（1833——18××）

其他传说

利马谚语数则（无年代）

一

我是卡马纳人[1]，决不改口

遇到在争论中坚持己见、决不让步的人，我总听家乡的人说："由他去吧，这人比卡马纳人还固执。"

既然世界各地都有固执的人，为什么让卡马纳人独享固执的名声呢？这事必有根由，有一天我这么想，于是便开始打听。下面要讲的，就是一位七老八十的老太婆给我讲的故事。当然，这故事不是源于我国，恩里克·加斯帕尔说，它在每个国家均可用来指某个特定村镇的居民。

*　　　*　　　*

当上帝在这苦难重重的尘世云游四方的时候，不知他要跟卡马纳市议会商量什么事情，没有想到事先在《商报》[2]上发一份通告，要求朋友安排日程，便和圣彼得一起骑在赤脚僧的马背上，或是圣方济各的灰驴上，慢慢地踏上了路途。

在距卡马纳只差一里地时，从一片橄榄林深处走出一位农夫，他跟两位行路人一样，也要到卡马纳去。

1　卡马纳系秘鲁阿雷基帕省一州，州府也称卡马纳。
2　《商报》是在秘鲁历史最久、发行量最大的报纸之一。创办于一八三九年。

圣彼得生来爱搭话，爱找碴捣乱，说：

"朋友，上哪儿去呀？"

"到卡马纳去，"乡巴佬应了一声，接着从牙缝里嘟哝道，"这好打听闲事的大叔是什么人呀？"

"你应该加上一句'要是上帝愿意的话'，免得人家说你信教不诚。"圣彼得指出。

"见鬼！"大老粗把圣彼得上下打量一番说，"真没趣！不管上帝愿意不愿意，反正我要去卡马纳。"

"要这么说，今天你就去不成。"上帝听两人口角起来，插嘴说。

话还没落音，上帝把乡下人变成一只癞蛤蟆，跳进橄榄林旁一个池塘，钻到水底去了。

两位云游人像没发生什么事一样，继续赶路。

他们要去卡马纳办的那点小事，看来比我们对煤气和自来水的牢骚还容易解决，第二天他们就踏上了归途。走过满是蛤蟆的池塘时，圣彼得想起前一天被惩罚的可怜人，对上帝说：

"老师，那罪人一定后悔了。"

"等着瞧吧。"耶稣说。

说着向水面发出祝福，那只癞蛤蟆恢复了人形，迈步向城里走去。

圣彼得以为他接受了教训，又问他：

"到哪儿去呀，朋友？"

"到卡马纳去。"刚刚变回人形的人没好气地应了一句，接着自言自语地说："爱打听闲事的讨厌鬼！"

"朋友，别这么榆木脑袋。要有教养，加上一句'要是上帝愿意的话'，免得又像昨天那样。"

"我是卡马纳人，决不改口。要么上卡马纳，要么进池塘。"

上帝见他这般固执，微微一笑，让他静静地走了。从那以后，"卡马纳人是决不改口的人"就成了一句谚语。

二

说他的独生儿子

我们多次从印第安人嘴里听说过，"真该捅你一刀，叫你等不到说'他的独生儿子'"，这句话的一般含义我们过去都不知道，更不用说引申含义了。民间口语中许多话说得走了样，这句便是其中之一。[1]

在提到某人死得可耻时，我们也常听人说，他过了说'他的独生儿子'的时刻"，可我们听的人却丈二和尚摸不着头脑；即使上帝同意：

> 让我们比他活得还要长，
> 比一八六〇年宪法[2]
> 在我的同胞中
> 可能活的岁数还要长，

怕也仍然是不知所云。

不过请注意，就在昨天，一位名叫堂娜马里基塔的妇女（她是当代人，是罗迪尔服装店的裁缝），像常说的一针一线钉扣子似的，给我清楚又准确地说明了这句话的意思。说真的，这句话最生动形象不过了。不信您自己听听看。

远在国王——我们的主人和君主——那个家长制时代，当某人因为偷盗或杀人判处死刑时，就在刽子手刚把绞绳的活套套在犯人脖子上，正要骑上他肩膀的时刻，要击掌三下，这是一个信号，意思是他已万事俱备，可以彻底执行职责了。这时，为犯人做临终祈祷的牧师，站在佩塔特罗斯小巷对面离绞架几巴拉的地方，举着耶稣受难像，不

1　"他的独生儿子"几个字在西班牙语中应为三个词，印第安人把这三个词合而为一，故作者说，他们说走了样。

2　一八六〇年宪法系秘鲁一八六〇年颁布的宪法。该宪法反映了保守派的主张，遭自由派反对，导致两次谋杀卡斯蒂利亚总统。该宪法实施到一九二〇年。

紧不慢地高声说道：

"我相信上帝，他无所不能，是天地的缔造者；我相信耶稣基督，他的独生儿子……"

牧师说到这就不再说了，因为在说到"他的独生儿子"时，骑在肩膀上的人就照犯人脖子上猛击一掌，刽子手和犯人就悬在空中摇晃了。

三

连画十字的脸都没有了

"哎哟我的孩子！我穷得连画十字的脸都没有了！"这是我们祖母辈经常挂在嘴上的口头禅，她们用这句话夸大其词地形容一种穷困的生活状况，但其实这种状况不管多么恶劣和拮据，与成年累月一个钱也没有、只能靠晒太阳苦挨时光的孤儿寡母或领国家抚恤金的人的境遇相比，总还算是富富有余的，孤儿寡母这类人才真是连画十字的脸也没有呢。

我在研究语言学的过程中已经搞清，这句话是这么来的：

圣安娜医院楼梯下的陋室里住着一位病妇，被疾病折磨得形销肌损，骨瘦如柴，当她用手去摸那又干又瘪的脸时，总是唉声叹气地说："唉，这脸已经不是我的脸了！"

住进这鬼地方之前，她确实有点家财，不过因为请医吃药都已花光用尽。可是，喜欢说长道短的女邻居们却一口咬定说，虽然这不幸女人的确没有印着国王头像的钱币，但不能因此就说她没有钻石耳坠、巴拿马珍珠项链、镶着精美宝石的戒指以及其他值钱的衣物。这些卑鄙的女人还说，在病妇决定躲进慈善医院时，早把金银财宝埋藏起来，就像有人藏起面包留到明天再吃一样。

这些街谈巷议的闲言碎语传进了牧师的耳朵，等到给垂死的女人做忏悔时，便对她说：

"画十字，孩子！"

病妇怎么也找不准五官的位置，把本该在前额上画的十字画到了嘴上。牧师不得不把她的手拉到前额上，帮她按规矩画十字。

忏悔做到一半时，牧师暗示说：

"我的孩子，听说你有不少财产，要是真的，你最好留份遗嘱。"

可怜的女人吃惊地看了他一眼，说：

"我还有什么呀，牧师？您没看见我连画十字的脸都没有了吗？"

这句话就是这么来的，后来越传越广，成了一句利马谚语。

说到脸，我想趁此机会说一个关于古币学的谚语，从前老太太们想要估量某人活了多大年岁时，就经常这么说。比如在说到一个女人时，"谁谁已经没有正面和印记了"，意思就是她像古代钱币一样，又破旧又丑了。

四

像贝尼托一样有用

没有全然无用、整个是废物的人，我认为这是千真万确的真理。关键在于让他干上帝要他能干的事。贝尼托的故事就证明我这论断是有道理的。

贝尼托是个印第安人的名字，他是个十八岁的壮小伙子，在几乎像西伯利亚一样严寒的瑶利山区当了神父先生的"蓬戈"[1]。神父是位德高望重的老者，可这小伙子又蠢又笨，一无所能，简直是什么也不会干的废物典型。他真是什么事也干不好，连画十字也不会，主人费尽气力教他也是白搭。

让他擦盘子，每次都打碎五六个，没有一天不气得神父发两三次火，连气都喘不上来，简直能把海里的鱼这些冷血动物气炸了肺。

---

1 蓬戈，即土著仆人。

干脆说吧，贝尼托简直不像人，而是道地的蠢猪。尽管如此，神父大人对他却一天比一天称心如意，没有这笨到家的仆人就无法生活下去，这可叫信徒们不胜惊诧。

一天晚上，神父叫他点上蜡烛，结果神父的家和整个村子差点儿着火。于是，村长和头面人物来到神父面前，一定要他辞去这头蠢驴，别再用他当差，由他们把他赶出村子。

神父大人听了村民的正当要求，差一点儿哭起来，最后说道，如果他们执意要把他和仆人分开，他就放弃神父职务不干了。

"可是神父大人，"村长颇为震惊地问，"您为什么这么喜欢那畜生，他对您有什么用呢？"

神父听他这么一问，断然回答说：

"你问他对我有什么用？你们想知道吗？喏，他的用处就是能气热我的血叫我发火，你们这地方这么冷，这样我就暖和，就不用花钱买酒，就不会喝醉酒，就不会树立坏榜样了。"

村民们得知贝尼托的用处是气人发火，好奇心得到满足，纷纷离去。

从那以后，"我说朋友，你可大有用场……像贝尼托一样有用"这句话，就成了利马家喻户晓的谚语。

五

撒玛利亚[1]教派的说教

利马，木薯烧牛肉就像拥有最多虔诚信徒的圣人一样，是人们最爱吃的一道菜。每当丈夫因为木薯烧牛肉淡而无味开口斥责妻子时，妻子就打断他说："又来你那套撒玛利亚教派的说教了不是，快闭嘴，到此为止吧。"

1　撒玛利亚，巴勒斯坦古地区、古城，曾为以色列王国首都。

某个利马妇女告诉她的女友，她曾当面训斥另一女友时，说到最后总要加上这么一句："姐妹们，你们猜怎么着，我给她来了一通撒玛利亚教派的说教。"

我承认，"撒玛利亚教派的说教"这句话，我在年轻时不知从国王统治时期的利马女人嘴里听到过多少次，不由得产生了好奇心，想要弄个究竟。我翻开《圣经》，开始寻找这段不离嘴的说教，可是哪儿找得到呢？原来这段说教不是在朱迪亚[1]，而是在我的祖国讲的！欲知是在什么时候、为什么讲的，请看下文。

从前有位颇有绅士风度的绅士，名叫堂弗朗西斯科·德托莱多，是阿尔坎塔拉骑士团掌管钥匙的，说得再详细点，蒙堂费利佩二世陛下恩宠，做了秘鲁诸王国的总督。总督大人虽然虔诚信教，却经常吹胡子瞪眼睛地发火，就像每八天领受一次圣餐一样。一天，他得知当时正在走红的讲道者、利马多明我会教士中的萨纳布里亚神父竟然不顾礼节，在讲道台上放肆地讥讽政府人士，甚至肆无忌惮地批评政府的管理规章。

早有许多好事者告诫萨纳布里亚神父，别再发表那些露骨的影射言辞，否则会大吃苦头。孤高自傲的修士却说：

"遗憾的是总督没听见我的话，我正想当面说说事情真相，叫他心里不自在呢。"

一五七六年四旬斋后的第一个礼拜日，总督秘密地去了圣多明各教堂，想听听大名鼎鼎的舌辩家讲些什么。当天说教的内容是耶稣与撒玛利亚教派。

那天下午，萨纳布里亚神父正要登上讲道台的时候，另一位修士走近他身边说：

"教友，多加小心，总督可在祈祷的人群里呢。"

"是吗？那我太高兴了，这回他可要开心了。"

1　朱迪亚，位于死海与地中海之间的巴勒斯坦地区。

道过开场白，又说了些空洞无味的话，神父大人转入正题。在谈到《圣经》里的事件时，他说：

"救世主上帝曾向萨玛利亚派教徒讨水喝，而今天，为西班牙攻占了这片土地的征服者们，正在为自己和他们的子女向国王的代表讨吃的。阁下，赏给他们一点吧，别全都留给宫里的宠儿。如果您不这样公正地办事来补救这种不应有的怠慢，那么我敢预言，总督要为自己家族运往加的斯的银锭就会被大海无情地吞没。"

说完这些，他继续发射"炮弹"。

一直有人指责堂弗朗西斯科·德托莱多搞裙带关系，把这片土地上最好的名产贵物和肥差美缺分给自己的亲信好友。这时总督听见这番话，气得咬着下嘴唇直咽唾沫。萨纳布里亚神父走下讲道台时，总督对陪着他的官员耳语说：

"在街上碰见那滑头修士时，把他抓到宫里去。"

第二天，多明我会修士就被抓到总督面前。总督冷笑着对他说：

"神父，很高兴见到你，你来得正是时候。有艘大帆船装着我运给家里人的银锭，就要起锚，正好明天把你记录在案，送到船上。神父大人到西班牙去传播撒玛利亚教派的说教吧。"

这话用意明显，不容争辩。尽管有人多方求情释放他，也毫无结果。修士被押上了船，最不幸的是，他在巴拿马上岸时染上黄热病，不久就被折磨得命归西天，一去不返了。

至于那些银锭，据纪事作家梅伦德斯说，果然被大海吞没了。梅伦德斯也是多明我会会士，他这样写，也许是出于同派精神，使他的教友不致成为言不应验的预言家。

以上就是这句谚语的来历。

六

天主经里才有的

有些谚语是道地的利马产物，说不清为什么弃而不用了。用作本篇传说题目的那个就是这样的一句谚语，依我看，它是所有谚语中最别有含义的。

在我遥远的少年时期，常听见与我同时代的姑娘们在鼓动如簧巧舌、背后议论随便别的女人时说："哎我说，那傻家伙真是天主经里才有的！"

男人，特别是政客们也一样。每当他们企图为某人树立笨蛋名声时，总是大声说："嘻！那家伙真该为他念天主经！"

无须多说，当时我要设法弄清这句俗语或谚语的来历，肯定招人讨厌。知道是颗远程致命炮弹也就行了。

大约二十年前，有位堂娜佩帕·A（她是我的朋友，她那一死，最后一位老辈子女人也就死了）说起一条社会新闻，我搞不清它的含义，左问右问地缠着她，非让她给我说明白不可。好太太烦了，对我说：

"天哪，神通广大的人！今天你可是天主经里才有的人了。"

（意译：今天你可是笨到家了，笨得一点不开窍。）

这回可让我抓住了，我暗自想道。我抓住这个机会，让堂娜佩帕给我讲讲这句谚语的来历。原来是这么回事：

在阿马特总督时代，利马有位说话非常风趣的女人，就是马里基塔·卡斯特利亚诺斯，关于她的尖刻话，我已在两篇传说中讲过。卡斯特利亚诺斯年老时，做了卡门教派的居家修女，但始终保持着年轻时期对人品头评足的坏毛病。每天早晨画过十字后，她都念天主经，把最后一句变成这样：主啊，别让我碰上傻男人、傻女人和任何灾难，阿门。然后她穿好衣服，到邻近的教堂去听弥撒。如果路上碰见个穿戴滑稽可笑的女人、故作风雅的花花公子或腿肚短粗的人，她总要从上到下看来看去，暗自一笑，从牙缝里挤出一句：

"行了，够瞧的了，你的天主经我已给你念过了。"

如此说来，亲爱的女读者，既然你们知道了这句谚语的故事，我请大家嘴下留情，别因为我旧事重提的怪毛病给我念天主经。

琐事两件（无年代）

一

在我的祖国的医生中，我的朋友堂鲁佩尔托·沃米普尔加真是位精通细菌学的专家。他了解所有细菌的禀性，熟知它们的花花肠子，不如像对主教那般尊敬，跟它们你我相称，因为俗话说：

> 人们对上帝称你，
>
> 对圣母玛利亚称你，
>
> 可对主教要称
>
> 尊敬的大人。

昨天，我们俩在邮政总局迎面碰上一位邮局里的姑娘，是任何一个基督徒看上一眼就嘴流口水、眼珠不错位的那种姑娘。

"小妞儿多靓！"堂鲁佩尔托对我说。

"当然，大夫，"我说，"是个非常标致的小娇娃，所以你才仔细研究、分类划等，因为你至死也要跟踪到底。"

"你干吗把她推给我，不利用她来写你的传说呢？岂不知有这么个故事，说有个穷光蛋去找一个放高利贷的，要拿一幅漂亮的画做抵押借钱。放高利贷的问他：'画是你的吗？'穷人说：'不是，是鲁本斯的。'放高利贷的说：'好你个骗子！快滚，不然我把你送警察局。你明说画不是你的，可又厚着脸皮拿到我这儿来抵押，好像我是专给别人窝藏东西的似的。'朋友，我就好像是这个放高利贷的。你拿这故事对对号。"

堂鲁佩尔托只顾说话，手里的信还没交给邮局小姐。原来他怀疑邮票上的胶水是细菌的温床，不敢蘸湿了贴在信封上，于是看着迷人的邮局小姐说：

"小姐，我看你身体有点毛病。"

"不，大夫，我自己觉得挺好的。"

"那好，请把舌头伸出来。"

姑娘略显惊慌地伸出舌头。大夫拿邮票在假想病号的舌头上轻轻一抹，接着贴在信封上，说：

"祝贺你小姐，你完全健康，愿你永远健康。再见，谢谢刚才提供的服务。"

他把信丢进信箱，走出邮局，脸色比打输官司还阴沉。

看到邮局小姐惊呆的脸，我忍不住一笑，接着跑到当邮局局长的朋友那里，把这段笑话告诉了他。

第二天，所有的邮电所就都放了一块蘸过胶水的海绵。

再也不会有人让邮局小姐们伸出舌头蘸邮票了，这件好事她们应该感谢我（特别忘恩负义的也许不谢）。

二

梅塞德斯是个卖弄风情的妖媚姑娘，只要时机一到，即使嫁给魔鬼，她也会让它再生两只角。[1]

无疑她有磁石般的吸引力，所以诗人才追求她，而且至少要直截了当地对她朗诵一首十四行诗——像捅进心窝的尖刀一样的十四行诗。十四行诗流行病是一种癌疫，像鼠疫一样厉害，也许比鼠疫还厉害。

1　西方人认为，魔鬼已经生角，再让它生角，意味该女人极坏。按：西方人说让人生角，即给丈夫戴绿帽子。

听人说，迷人的梅塞德斯在汤里看到的都不是通心粉，而是平庸的诗。

一天晚上，一位浪漫派诗人、一位颓废派诗人和一位古典派诗人跟她一起闲聊天。浪漫派诗人吹嘘，当时他是梅塞德斯最青睐的情人；颓废派诗人的颓废不是甘蔗酒和柠檬水，是等着轮到他取代浪漫派诗人在姑娘那朝三暮四的心中的位置；至于古典派诗人，早在好几个月前就已在追求者名单中被除名，现在到姑娘家去，只是为了看他那两位阿波罗会社社员争风吃醋来解闷。

不知当时说起了什么话题，梅塞德斯突发奇想，问几位诗人："如果人能选择死的日子，你选择哪一天？"

第一个问到的是颓废派诗人，他以为自己苦尽甘来，终于达到目的，立即回答：

> 多么阴森的好奇折磨着你的心灵，
> 只要死在你的怀抱，哪一天都行。

浪漫派诗人像是要惹情敌发火，便炫耀此刻他最受宠，说：

> 亲爱的，只要你不再把我爱恋，
> 就死在那一天之前。

轮到古典派诗人了，他直截了当地说了大实话。他一定是个平淡无奇、毫无魅力、缺少诗意的人，因为他说的……是所有没头脑的人所说的话：

> 你想知道我愿意哪一天去死？
> 二月三十日。

关于圣马丁纪念碑

市长、评审委员会委员堂费德里科·埃尔格拉博士先生：

尊敬的堂费德里科：关于一定可以颂扬秘鲁独立的杰出奠基者并使其永垂不朽的纪念碑，许多朋友曾问我有何意见，我总是一成不变地说，没见过模型或原始草图中有什么东西，很难形成看法。昨天我离开我的隐居小屋，在市政府足足转了半个小时，只可惜您不在身边，否则会很高兴地与您交换意见。

开场白就说这些，现在谈我的看法。

几幅设计图中写上了圣马丁的话，这几句话均有一首诗开头的那种雄伟气势，我觉得很好，非常之好；但给了他"解放者"的称号，我觉得很糟，非常之糟。"解放者"的称号只适用于玻利瓦尔——确实，我对他历来不太崇敬。我认为，圣马丁完成了使徒般倡导者的使命。他播下种子，精心耕作，把它培育到了开花结果的阶段。玻利瓦尔做的是收获果实。若称圣马丁是"独立的奠基者"那才确切。还是让玻利瓦尔安享"解放者"的称号吧。

圣马丁的军衔不仅仅是"将军"。这个时期的所有出版物和文件都称他"大元帅"。

我在一件模型中看到一位头戴费里吉亚帽[1]的人物，不是异教人物就是神话人物。我问这位太太是谁，纪念碑里有她什么事，有人告诉我是"共和夫人"。真是左道邪说！天哪，愿上帝和圣母保佑我！

---

1 费里吉亚帽系法国革命时期人们戴的一种作为自由象征的软帽。

"大元帅"从来不喜欢共和制，所以圣马丁纪念碑上不应该出现"共和夫人"。在圣马丁身上，"君主制"是一种没有任何个人利益考虑的正直信念。伊图尔维德[1]解放了墨西哥后自己称帝，玻利瓦尔实现了自己的"终身制"——这不过是没有君主这个词的君主制，而圣马丁不想成为伊图尔维德和玻利瓦尔那样的人。

圣马丁在利马遇到的社会，有着封建朝廷的繁文缛节，有着由来已久服从国王一人的习惯，或许只有时间才能使它们消失。他遇到的贵族阶级，都是使用族徽的世袭贵族，包括一位公爵、五十七位侯爵、四十五位伯爵和一位子爵，还有一百八十九位荣获十字勋章的骑士，分属于圣地亚哥、阿尔坎塔拉、蒙特萨、卡拉特拉瓦、卡洛斯三世、圣胡安·德马尔塔和另外几个骑士团。他认为这里的土地还没耕耘好，共和国形式不能在这里生根。

只有七位卡斯蒂利亚贵族和十六位戴标志的骑士认为，革命不会不考虑原来的文件和绶带，因而签署了《独立文告》。圣马丁的确允许贵族封号存在下去，只是改了几个名称，例如把托雷·塔格莱侯爵改为特鲁希略侯爵；他还建立了太阳骑士团，同意"爱国社"[2]开展活动，他的部长蒙特亚古多和另几位要人在社里公开主张，君主制是治理秘鲁的决定性形式；最后，他委托加西亚·德尔里奥和帕罗伊辛（这两人曾受命在伦敦谈判我国第一笔借款），让他们把王冠优先给予一位英国亲王，如果没有，就给一位俄罗斯、德国或奥地利亲王。万不得已时，可将王位让给卢卡公爵。

把戴着红色软帽的"共和夫人"放在圣马丁的纪念碑上，就像在进行吊唁哀悼的访问时说笑话一样，不可能意味"共和夫人"对忠厚的对手表示敬意，而只能意味着民主制对卓越的"大元帅"的政治理

1　阿古斯丁·德伊图尔维德（1783—1824），墨西哥将军，一八二二年五月自行加冕称帝，一八二三年三月被迫退位，一八二四年七月被处死。
2　爱国社，秘鲁一八二二年一月创建的组织，由圣马丁的部长蒙特亚古多领导，主要目的是为实行君主制创造舆论。

想做鬼脸。纪念碑上的这个形象使我们想起一位身材苗条的女人，她在对医生讲到自己丈夫的健康状况时说：

"我丈夫连前额都疼，是怎么回事，大夫？"

"不要紧，"医生说，"可能是正长牙呢。"

艺术真实！如果这句话有美学格言的意思，那就应该同意这样的看法：竞争者肆无忌惮地打破了历史真实。圣马丁会在不刮风的国家里穿着风衣，而且还迎风飘动？简直是天大的笑话！

这样可能好看，甚至也许很美，但不真实。我不明白为什么一定要强迫穿风衣（这是历史谎言），而不给穿军上衣（这是历史真实）。奇怪的是倒还没有哪位雕刻家心血来潮，给"大元帅"穿上罗马参议员的长袍。

圣马丁像手里拿着《独立文告》，这在历史上不太确切（因为文告是放在市政议会大厅，让愿意的人签署），但有象征意义，我认为可以同意。国旗是民族的象征，我认为也可同意。

我听不少人说过：在获得灵感方面有许多艺术上的庸俗做法，即拙劣地模仿圣文森特·费雷尔[1]在约萨法特山谷[2]伴着号声召唤那一大群好人和罪人，有三位竞争者就是这样做的。这个情况我就不对您说了。这取决于不同的爱好，但确实有些爱好真是糟糕透顶。

当然有证据。最后一张照片上有一位拄着拐杖的老太婆，要是我，会毫不迟疑地取消，因为这个形象当时使我想起一个故事，下面就讲给您听听：

远在阿瓦斯卡尔总督时期，在圣罗莎这块受过祝福的土地上，有一个谎话连篇、招人怀疑的女人。年轻时候，她把肉给了魔鬼，到了晚年五十岁时全身落下大大小小的病，于是决定把骨头给上帝，就是做了腰系绦带、颈戴围巾、手拿耶路撒冷念珠的居家修女。因为全身

---

1 圣文森特·费雷尔（1350？—1419），西班牙多明我会布道者。
2 《圣经》上说，世界末日到来时，所有人都要到约萨法特山谷接受上帝的最后审判，决定最终上天堂或下地狱。

半瘫，她由一个十岁的小女奴照看，坐在轮椅上念诵九日祭和十三日祭的祈祷书挨过时光。

每当这垂垂老矣的妇人听见钟响时，总要问那小女孩：

"干吗敲钟，马农加？"

"要传经，主人。"

"哎，我多不幸哟！瘫在这儿，不能去享受听牧师讲话的乐趣。认了吧！"

可是一天夜晚，她的耳朵听到了竖琴、吉他和大鼓的声音，同时还有欢快的歌声。这些迹象肯定说明，邻居家里在举行娱乐会，她把女仆叫来问道：

"在奏什么曲子，孩子？"

"在奏蓬托，主人。"

"蓬托"是一种放荡的"萨马库艾卡"舞曲，当时非常流行，拉斯埃拉斯大主教曾偶然见人跳过一次，给它取名叫"肉欲的复活"。

"不可能，马农加。"

"就是，主人，在奏蓬托。"

"既然是奏蓬托，我可要好好活动活动筋骨。要尽情跳上一跳……快把拐杖递给我。"

现在回过头来再说纪念碑上的老太婆，看来她只能是故事中的老太婆，在问这样的问题：

"街上怎么这般热闹？"

"是要在市议会大厅前宣布独立，主人！"

"要尽情欢乐一番！快把拐杖递给我，我要去广场。"

瘫老太太费劲地迈开了双脚，嘴里还哼着流行小曲：

急急走来快快行，

咱们快去伯利恒，

没听大家都在说，

那里美食特丰盈。

　　我认为，在计划建造的纪念碑里，附加展品的价值和意义是很次要的。重要的，也是评审委员会的决定特别应该注重的，是传播争取解放的理想的这位"使徒"形象的庄重、威严、激情和象征意义。在关于如何表现这位主要人物方面，我对任何一个草案均不褒不贬。或许我不喜欢放纵的圣马丁的姿态，而喜欢平和的[1]圣马丁的姿态，这意思就是优雅的身躯上不穿西班牙风衣的圣马丁。

　　大概我有理由猜想，对于参加竞争的草案，评审委员会哪一个也不会盲目接受，而会广泛地讨论，确定进行它所认为适当的修改和改动。我在此信中信笔写下的意见，或许有值得考虑之处。

　　最后，希望我对于纪念碑的看法不会给我来一大堆麻烦（以前我在官方仪式上曾为"护国公"[2]圣马丁写过几句诗，结果不但诗文横遭不幸，而且甚至引发外交抗议），再次向您表示我的友情并吻您的手。

里卡多·帕尔马

一九〇六年五月十五日

1　这里"放纵的"和"平和的"原文为法文。

2　一八二一年七月九日，圣马丁率军进入利马，七月二十八日宣布秘鲁独立，被授予"秘鲁护国公"称号，成为最高军政首脑。

附录：里卡多·帕尔马年表

（1833—1919）

1833 年

2 月 7 日生于利马。洗礼证上名字为曼努埃尔，后加里卡多。最初发表作品时均署名曼努埃尔·里卡多，后简化成里卡多。

在王家卡罗林诺红衣主教公学读书。

1848 年

将近十五岁时发表最初诗作。当时，利马的西班牙诗人费尔南多·贝拉尔德对帕尔马的浪漫主义影响较大。

1851 年

继一系列抒情诗后，发表剧作《罗迪尔》。

1853 年

在圣马科斯大学读法律。

1854 年

成为"里马克号"战舰工作人员。

1855 年

在利马发表第一部《诗集》。3 月 1 日"里马克号"失事沉没，入海军法庭服务。

1860 年

《一八六〇年宪法》未能满足自由派愿望。帕尔马加紧进行散文和诗歌创作，为《利马评论》(1859—1863) 撰稿，开始酝酿《秘鲁传说》。

在自由派文官何塞·加尔维斯影响下进入政界。袭击拉蒙·卡斯蒂利亚总统行动失败，到智利外交使团避难，后流放智利。在瓦尔帕莱索和圣地亚哥进行历史研究和写作。

1863 年

遇大赦回秘鲁。被任命为驻（巴西）帕拉领事，称病游历欧洲，经纽约、基多回国，进入政府工作。

在利马发表《利马宗教法庭纪年》。

1865 年

在巴黎发表《和谐，一个流亡者的书》。

1866 年

与时任陆海军部秘书的何塞·加尔维斯参加卡亚俄保卫战，抗击西班牙舰队的进攻，受命去电报局向利马报告战况。卡亚俄施恩会教堂钟楼被敌军炮弹击中，与加尔维斯幸免于难。

1868 年

何塞·巴尔塔推翻普拉多独裁政府，上台执政。作为他的支持者，帕尔马被任命为总统秘书，后被洛雷托省选为参议员。

1870 年

在哈夫勒发表诗集《西番莲》。

1872 年

7 月 22 日，军官古铁雷斯四兄弟发动政变，监禁并杀死巴尔塔总统。帕尔马乘渔船向海军军官米格尔·格劳求援，镇压政变。古铁雷斯三兄弟被杀。悲惨的政治事件促使帕尔马开始脱离政治。

1872 年

在利马发表《秘鲁传说》第一集。

1874 年

在利马发表《秘鲁传说》第二集。

1875 年

在利马发表《秘鲁传说》第三集、第四集。

1876 年

3 月 25 日，与堂娜克里斯蒂娜·罗曼结婚。

1877 年

逐步脱离政治，加紧文学创作。参加"玩笑协会"，为《玩笑》写稿。在利马发表《动词与动名词》。

1879 年

秘鲁、玻利维亚—智利南美太平洋战争爆发。

1881 年

秘军战败，智军进入利马。帕尔马参加保卫首都的战斗，位于米拉弗洛雷斯的家连同藏书被战火烧毁。

1883 年

10 月 20 日秘、智媾和。秘鲁组成新政府，任命帕尔马为国立图书馆馆长。

1883 年

在利马发表《秘鲁传说》第五集、第六集。

1887 年

创建秘鲁语言研究院，任院长。

1889 年

在利马发表《旧衣服》，即《秘鲁传说》第七集。

1891 年

在利马发表《蛀坏的衣服》，即《秘鲁传说》第八集。

1892 年

作为秘鲁官方代表，携年少的女儿安赫莉卡和儿子里卡多，赴西班牙参加美洲发现四百周年纪念活动。

在利马发表诗集《民间歌谣和金银细工》。

1893 年

回国途中，在巴塞罗那与蒙塔纳-西蒙出版社商谈《秘鲁传说》全集出版事宜（至 1896 年四卷集出版）。

途经古巴，在哈瓦那会见古巴作家。

1899 年

在利马发表《传说与历史小品》。

1900 年

在利马发表文学和版本论文集《垃圾》。

1906 年

在巴塞罗那发表《最后的秘鲁传说》，由毛克西出版社出版。

1910 年

在巴塞罗那发表《我的〈最后的秘鲁传说〉附录》，由毛克西出版社出版。

1911 年

在巴塞罗那出版《诗歌全集》，由毛克西出版社出版。

妻子克里斯蒂娜·罗曼逝世。

1912 年

与政府进行书信论战，认为政府侵犯他的职权，辞去国立图书馆馆长职务。3 月 11 日晚，在利马一家戏院为其举行告别晚会。

1919 年

10 月 6 日在利马逝世，享年八十六岁。

图书在版编目（CIP）数据

秘鲁传说 /（秘）里卡多·帕尔马著；白凤森译
. -- 成都：四川人民出版社，2019.12
　　ISBN 978-7-220-11660-5

Ⅰ.①秘… Ⅱ.①里… ②白… Ⅲ.①民间故事—作
品集—秘鲁 Ⅳ.① I778.73

中国版本图书馆 CIP 数据核字 (2019) 第 222847 号

BI LU CHUAN SHUO

秘鲁传说

著　　者	［秘鲁］里卡多·帕尔马
译　　者	白凤森
选题策划	后浪出版公司
出版统筹	吴兴元
编辑统筹	朱　岳　梅天明
特约编辑	刘苗苗
责任编辑	邹　近
装帧制造	墨白空间·黄　海
营销推广	ONEBOOK
出版发行	四川人民出版社（成都槐树街 2 号）
网　　址	http://www.scpph.com
E - mail	scrmcbs@sina.com
印　　刷	北京盛通印刷股份有限公司
成品尺寸	143mm × 210mm
印　　张	19.25
字　　数	518 千
版　　次	2019 年 12 月第 1 版
印　　次	2019 年 12 月第 1 次
书　　号	978-7-220-11660-5
定　　价	88.00 元

后浪出版咨询(北京)有限责任公司常年法律顾问：北京大成律师事务所　周天晖　copyright@hinabook.com